천로 역정

천로 역정

천로 역정
The Pilgrim's Progress

존 버니언 우화소설   이동일 옮김

THE PILGRIM'S PROGRESS
by JOHN BUNYAN (1678, 1684)

일러두기

본문에 인용한 성서 내용은 대한성서공회에서 제공하는 『공동번역 개정판』을 따르고 약어로 표기했으며 본문과 구별되도록 서체를 달리했다. 단, 저자가 간접적으로 성서를 인용하여 성서 내용과 다를 경우에는 저자의 원래 표현을 따랐다.

천로 역정: 꿈의 비유

천로 역정 2부

이 세상으로부터
다가올 세상으로 향하는

천로 역정: 꿈의 비유

비유의 형식을 빌려
순례자의 위험한 여행,
그리고 염원하던 나라에
안전하게 당도하는
모습이 그려진다.
— 존 버니언

비유를 사용했노라. 「호세야」 12장 10절

책에 대한 저자의 옹호

처음 펜을 들었을 때는, 이처럼 보잘것없는 글을 쓰게 되리라고는 생각지도 못했다. 실은 이와는 다른 작품을 쓰고 싶었는데 거의 다 쓰고 보니 나도 모르는 새 이런 보잘것없는 작품이 된 것이다.

오늘날과 같은 복음의 시대에 성도들의 행적과 발자취를 묘사해 보려던 건데 갑자기 그들의 여정과 영광으로 이르는 길에 대한 우화로 빠져서는, 처음에 생각했던 것에서 20가지도 넘는 사건들이 더 보태지고 말았다. 작품을 거의 다 끝냈을 때, 머릿속에는 또다시 20가지도 넘는 사건들이 몰려오기 시작하여 마치 타오르는 석탄의 불꽃처럼 머릿속을 날아다녔다. 이처럼 마구 떠오르는 생각들을 그냥 방치한다면, 그것들은 걷잡을 수 없이 늘어나 이미 써놓은 작품까지도 망치게 될지 모른다는 생각이 들었다.

그래서 온갖 생각들을 떨쳐 버리고 이 작품을 완성했다. 그러나 펜 가는 대로 써내려 간 이 작품을 온 세상 사람들에게 보여 주겠다고 생각한 건 아니었다. 단지 내가 잘 알지 못하는 성도들의 행적을 알아보고자 했던 것이지, 이웃 사람들을 즐겁게 해준다거나 나 자신을 만족시키기 위해 쓴 것은 아니다.

더구나 공백 기간의 무료함을 달래기 위해 이 작품을 쓴 것도 아니고, 나를 혼란스럽게 하는 좋지 못한 생각들로부터 스스로를 환기시키고자 쓴 것도 아니다.

다만 즐거운 마음으로 펜을 들어 종이에 써내려 갔는데 생각이 이내 분명해지기 시작했다. 어떤 방법으로 목적지에 다다를 것인지 떠올랐으므로, 그 방법대로 생각과 구상을 끌어내다 보니 마침내 지금 여러분이 보는 바와 같은 길이와 넓이와 부피를 가진 책이 완성되었다.

이렇게 작품을 끝마친 뒤에, 나는 이것을 사람들에게 보여 주었다. 그들이 이 작품을 비난할지 칭찬할지 알아보기 위해서였다. 어떤 사람들은 살리라 하고 어떤 사람들은 없애 버리라고 했다. 또 어떤 사람들은 〈존, 이 작품을 출판해 보게〉라고 말하고 어떤 사람들은 그러지 말라고 하는가 하면, 어떤 사람들은 이 책이 유익할 것이라 하고 어떤 사람들은 그렇지 않을 것이라고 했다.

마침내 곤경에 빠진 나는 어떻게 하는 것이 좋을지 알 수 없게 되었다. 한참 생각한 끝에 사람들의 의견이 이처럼 다르므로, 일단 출판을 해서 모든 것을 독자들이 판단하게 해야 한다고 마음먹었다.

어떤 사람들은 출판을 해보라고 하고 또 어떤 사람들은 다르게 말하고 있으니, 이들 중 누가 가장 옳은 충고를 해준 건지 알아보기 위해 이 책을 시험대에 올려 보는 것이 적절하다고 생각했다.

출판하지 말라고 한 사람들을 만족시키기 위해 출판하지 않을 경우, 출판을 원하는 사람들이 얻을 수 있는 커다란 기쁨을 빼앗고 방해하는 결과를 낳을지도 모른다는 생각이 들었다.

출판을 원치 않는 분들에게는 이렇게 말씀드렸다. 「여러분들을 불쾌하게 해드리고 싶지는 않지만 여러분의 이웃이나 형제들이 출판을 반기고 있으니 판단을 보류하고 좀 더 지켜봐 주십시오. 여러분께서 제 작품을 읽고 싶지 않거든 그냥 두셔도 좋습니다. 살코기만 좋아하는 사람이 있는가 하면, 갈비를 뜯는 걸 좋아하는 사람도 있으니까요.」 이처럼 그들을 달래고 설득하고자 노력했다.

이런 문체로 글을 써서는 안 되는 것일까? 이런 문체로 쓰되, 내 의도를 놓치지 않으면서도 독자들에게 이익이 되도록 쓸 수는 없을까? 불가능할 이유가 도대체 무엇이겠는가? 맑은 구름이 아무것도 주지 못할 때 먹구름은 비를 뿌려 준다. 맑은 구름이든 먹구름이든 그들이 땅 위에 은방울 같은 비를 뿌려 줄 때, 땅은 곡식을 생산하여 그 두 구름을 다 찬양하면서 어느 한쪽에 대해 불평하지 않는다. 두 구름이 힘을 합쳐 땅에 귀한 열매를 맺도록 해주었으므로 그 열매만 보고 어느 구름 덕택인지 분간할 수는 없는 것이다. 땅이 굶주려 있을 때는 두 구름을 모두 소중하게 여기지만, 땅이 배부를 때에는 둘 다 역겨워 구름들이 내리는 은총이 무익하게 된다.

어부가 물고기를 잡는 데 쓰는 여러 방법들을 살펴보라! 그가 얼마나 많은 도구들을 사용하는지, 자신이 지닌 지혜를 어떻게 동원하는지 관찰해 보라! 그는 모든 지혜를 동원할 뿐 아니라 여러 가지 어롱과 밧줄, 낚시 도구, 고리, 그물 등을 이용한다. 하지만 어롱이나 낚싯줄, 고리, 그물, 그 밖의 도구를 이용한다 해도 고기가 저절로 잡히는 것은 아니다. 부지런히 물고기 떼를 더듬어 찾고 직접 낚아 올리지 않고는 물고기를 잡을 수 없는 법이다.

새를 잡으려는 포수는 또 어떤 방법으로 사냥감을 찾을까? 엽총, 새그물, 끈끈이를 칠한 나뭇가지들, 등불, 방울 등

등 이루 다 헤아릴 수 없이 많은 방법을 동원하면서도 그는 기어 다니거나 여기저기 돌아다니거나 한참 서 있기도 한다고 들었다. 〈새 한 마리를 잡기 위해〉 그가 취하는 온갖 자세를 누가 다 설명할 수 있겠는가? 그러나 이러한 숱한 노력에도 불구하고 그가 원하는 새들을 반드시 수중에 넣을 수 있는 것은 아니다. 이 새를 잡으려면 피리를 불거나 휘파람을 불어야 하는데, 그러면 저 새를 놓쳐 버리고 만다.

만약 진주 한 알이 두꺼비 머리 속에 들어 있을 수도 있고 굴 껍데기 속에서도 발견할 수 있다면, 만약 금보다 더 값진 것이 어디 있다는 확실한 보장이 없다면 그것에 대한 어렴풋한 추측만 가지고 그걸 찾아내려고 여기저기 돌아다니는 사람을 누가 함부로 업신여길 수 있겠는가? 내가 쓴 이 보잘것없는 책은 (비록 누구나 즐겨 읽을 만한 온갖 미사여구와 흥미로운 묘사는 결여되어 있지만) 화려한 문장으로 가득 차 있으면서도 내용이 공허한 책들과 비교해 볼 때 그런 책을 뛰어넘을 만한 좋은 내용들이 없는 것은 아니다.

〈글쎄, 하지만 철저히 검토해 보기 전에는 당신이 표현한 내용에 대해 충분히 만족을 느낄 수가 없을 거요.〉 왜, 도대체 무엇이 문제일까? 〈당신의 책은 불명확하여 무슨 내용인지 잘 모르겠소.〉 비록 그렇다 한들 무슨 상관인가? 〈하지만 일부러 꾸며 낸 허황된 내용이란 말이오.〉 이에 대해 나는 어떻게 생각하느냐고? 어떤 사람들은 나처럼 불명확하고 가공의 어휘로 글을 써내려 가면서도 진리가 광채를 발하여 그 빛이 찬란히 빛날 수 있도록 작품을 만든다. 〈하지만 그런 작가들에게는 명확하고 충실한 내용이 빠져 있소.〉 그대의 의중을 말해 보라. 〈그런 내용은 이해력이 약한 사람들을 낙담시키고, 비유는 우리마저 장님으로 만들어 버립니다.〉

물론 명확하고 뚜렷한 문체로 글을 쓰는 일이 신성한 내용을 사람들에게 전달하려는 작가에게 어울리는 것은 사실이다. 그러나 많은 비유를 썼다는 것만으로 내 글이 뜻을 명확히 전달하지 못한다고 비판할 수 있을까? 옛날에 쓰인 하느님의 율법이나 복음서 등도 독특한 상징, 암시, 비유 등으로 가득하지 않은가? 그와 같은 가장 위대하고 훌륭한 가르침에 대해서도 무조건 공격하려 드는 사람이라면 어쩔 수 없지만, 진지하고 침착한 사람들 대부분은 위대한 성서를 함부로 헐뜯으려 하지는 않을 것이다. 오히려 진지한 사람이라면 성서에 기록되어 있는 바늘과 둥근 고리, 송아지와 양, 암소와 숫양, 새와 풀, 어린 양의 피와 같은 어휘가 어떤 의미를 내포하고 있는지 알아내기 위해 겸손한 마음으로 열심히 노력할 것이다. 그런 비유 속에 숨어 있는 진리의 빛과 은총을 발견하는 사람은 참으로 행복한 사람이다.

그러므로 너무 조급하게, 내 문체가 명확하지 못하고 거칠다는 결론을 내리지는 말아 달라. 겉보기에 명확하다고 해서 모두 다 명확한 작품이라고 볼 수 없으며, 비유적으로 쓰였다고 해서 함부로 무시해서도 안 될 것이다. 그랬다간 자칫 가장 해로운 것들을 경솔하게 받아들이고, 우리 영혼에 매우 유익한 것들을 놓쳐 버릴지도 모르기 때문이다.

비록 내 글이 애매하고 불명확하게 보일지라도, 캐비닛 안에 금이 들어 있듯이 내 글에는 진리가 담겨 있다.

선지자들은 진리를 전파하고 가르치기 위해 비유를 많이 사용했다. 예수님이나 그 사도들의 말씀을 열심히 고찰해 본 사람들은, 그들이 비유를 통하여 표현한 진리가 오늘날까지 진리 그대로 빛나고 있음을 명백히 깨닫게 될 것이다. 구절구절마다 온갖 지혜와 진리가 담겨 있는 저 신성한 성서도 거의 다 애매한 문체와 많은 비유들로 쓰였기 때문에 이해하기가 쉽지 않다. 그럼에도 불구하고 그 속에서 찬란한 진리

의 광채가 흘러나와 우리의 가장 어두운 암흑조차 대낮처럼
밝혀 주는 것이다.

내 글에서 필사적으로 허물을 찾아 비판하려는 사람은, 성
서를 자세히 읽어 보고 내 책에 더 애매한 문장이 있는지 찾
아보기 바란다. 몇 가지를 찾아낸다면, 나는 가장 잘 쓴 작품
일지라도 그 속에는 역시 나쁜 문장도 있다는 것을 깨우쳐
줄 것이다. 공명정대한 독자들 앞에 그가 쓴 글귀 하나와 내
가 쓴 애매한 글귀 열 개를 내놓고 내기를 걸어 보겠다. 공명
정대한 독자라면 미사여구로 꾸민 그의 거짓말 한마디보다
내 글 열 구절의 뜻을 훨씬 더 잘 이해할 것이다.

참된 진리란 비록 그것이 거칠고 애매한 문구로 쓰였다 할
지라도 사람들의 판단력을 고취시키고, 마음을 깨끗하게 하
며, 사람들을 기쁘게 하고, 잘못된 우리 고집을 꺾어 주며, 우
리 기억과 상상을 아름다운 것들로 가득 채워 주고, 또한 우
리의 온갖 고통조차도 가라앉혀 준다.

내가 알기로, 디모테오는 명확한 어휘를 사용하려고 애쓴
나머지 나이 든 부인들의 우화 같은 것은 들으려고도 하지
않았다. 그러나 성실하고 사려 깊은 사도 바울로는 비유나
우화의 사용을 금하지 않았는데 이는 금이나 진주 혹은 그
밖의 값진 보물들이 비유 속에 감춰져 있어 조심스럽게 캐낼
가치가 충분히 있다고 여겼기 때문이다.

한마디만 더 하겠다. 오, 성직자여! 기분이 상하셨는가?
당신은 비유체가 아닌 다른 문체로 내가 글을 쓰기를 바라는
가? 혹은 좀 더 명백하게 사건들을 묘사했으면 좋겠다고 생
각하는가? 그렇다면 다음과 같은 세 가지를 제시하여 나보다
훌륭하신 저자들의 의견에 따르고자 한다.

1. 나의 글 쓰는 방법이 거부당할 이유를 발견하지 못했다.
그런즉 나는 어휘나 사건 또는 독자들을 기만하지 않았으며

상징이나 비유를 사용하는 데 경솔하지 않았다. 오히려 어떤 방법으로 쓰든 진리를 펼쳐 나가려고 애썼다. 거부당할 일을 했다고 내가 말했던가? 아니다. 다만 이런 방식으로 내 생각을 표현하고 사건들을 묘사하여 가장 훌륭하신 당신들 앞에 제시하고자 했을 뿐이다(이런 예는 얼마든지 있다. 과거에 이와 같은 비유법으로 말하고 행동했던 사람들이 지금 살아 있는 그 누구보다도 하느님을 기쁘게 해드렸던 예는 너무 많다).

2. 나는 까마득히 높은(나무만큼이나) 위치에 있는 훌륭한 작가들이 대화법을 즐겨 사용했음을 발견했다. 그러나 그런 식으로 글을 썼다고 해서 어느 누구도 그들을 흠보거나 멸시하지 않았다. 그러나 그들이 진리를 왜곡했다면 마땅히 저주받아야 하고, 진리를 왜곡하려는 의도로 사용한 기교도 저주받을 것이다. 하지만 그들이 그 방법으로 자유롭게 진리를 펼쳐 나가며 기지 넘치는 글을 쓴 덕분에 여러분과 나를 감동시키고 하느님을 기쁘게 해드렸다. 처음으로 우리에게 경작하는 법을 가르쳐 주신 하느님 이외에, 그분의 생각과 의도를 글로 표현할 수 있는 방법을 더 잘 아는 사람이 과연 있을 수 있을까? 또한 하느님께서는 비천한 것들을 끌어올려 성스럽게 만드실 수 있다.

3. 나는 성서에서 이러한 비유의 형식을 사용하여 하나의 사건이 또 다른 사건을 연상하도록 표현한 부분이 많다는 것을 발견했다. 이것이 바로 내가 쓴 수법과 유사한 것이다. 그러므로 내가 이 수법을 사용했을지라도 그것은 진리의 찬란한 광채를 은폐하기는커녕 오히려 진리의 광채를 더욱더 발산시켜 세상을 대낮같이 밝혀 주는 것이다.

이제 펜을 놓기 전에 나는 이 책의 장점을 밝히고자 한다. 그리고 강한 자를 끌어내리시고 약한 자를 세워 일으키시는 하느님의 손에 이 책과 여러분을 맡기고자 한다.

이 책의 줄거리를 대략 말하면, 한 인간이 영원불멸한 하늘의 상을 타기 위해 노력하는 모습을 그려 내고 있다. 주인공이 어디서 어디로 가는지, 무엇을 행하고자 하는지 보여 주고 있으며, 하늘나라 영광의 문 앞에 이를 때까지 얼마나 뛰고 또 뛰는지 그 과정을 묘사하고 있다.

또한 이 책은 마치 영원한 왕관을 얻을 것처럼 인생행로를 급히 달려가는 사람들의 모습을 보여 주고, 왜 그들의 노고가 아무런 쓸모가 없고 마침내는 그들이 왜 바보처럼 죽음에 이르게 되는지를 설명하고 있다.

이 책은 독자 여러분을 여행자로 만들어 줄 것이다. 만일 이 책의 충고대로 따른다면 당신은 성지에 이르는 길을 걷게 될 것이다. 이 책이 제시하는 것을 이해한다면 굼뜨고 게으른 자는 활발해질 것이며, 비록 소경일지라도 아름답고 즐거운 것들을 모두 볼 수 있게 될 것이다.

무언가 희귀하고도 이로운 것을 바라는가? 우화 속에서 진리를 발견하고 싶은가? 당신은 건망증이 심한 사람인가? 정월 초하루부터 섣달 그믐날까지의 모든 일을 기억하고 싶은가? 그렇다면 나의 이 상상 속의 이야기를 읽어 보기 바란다. 이 책의 내용이 엉겅퀴 가시 열매처럼 기억에 달라붙어 무력하고 의지할 곳 없는 당신에게 커다란 위안이 될 것이다.

이 책은 매우 무뚝뚝하고 감정이 없는 사람들의 마음까지도 감동시킬 수 있는 언어로 쓰였다. 언뜻 보기에는 신비하고 기이한 내용 같지만 실은 매우 건전하고 진실된 복음의 내용만 담고 있다.

당신은 우울증에서 벗어나고 싶은가? 어리석은 행동을 떨쳐 버리고 밝고 유쾌한 마음으로 생활하고 싶은가? 재미있는 수수께끼들과 그 답을 알고 싶은가? 혹은 나름의 묵상에 잠기길 원하는가?

오직 살코기 뜯어 먹는 것만 좋아하는가? 아니면 구름을 탄 누군가가 당신에게 들려주는 이야기를 듣고자 하는가? 잠을 자지 않고서도 꿈을 꾸고 싶지 않은가? 울고도 웃고도 싶지 않은가? 잠시 무아경에 빠졌다가도 헛된 마술에 홀리지 않고 다시 제정신을 찾는 경험을 해보고 싶지는 않은가? 책 내용을 잘 이해하지는 못하지만, 같은 구절을 읽는 것으로 하느님의 축복을 받고 있는지 아닌지를 알고 싶지 않은가?

아, 만일 그렇다면 이리 와서 이 책을 펼치고 당신의 머리와 가슴을 함께 파묻어 보라.

존 버니언

꿈의 비유

세상의 황폐한 광야 지대를 두루 다니다가 어떤 곳에 이르렀는데 거기에는 굴이 있었다. 나는 그 굴 안에서 몸을 눕히고 잠을 자다가 꿈을 꾸었다. 꿈속에서 한 남자가 남루한 옷을 걸치고 집에서 떨어진 어떤 장소에 서서, 꽤 무거운 짐^{시 38:4}을 등에 지고 책 한 권을 손에 들고 있는 것이 보였다. 그는 이윽고 책을 펴서 읽어 내려가다가 몸을 떨며 울기 시작했다. 그러더니 마침내 더 이상 참을 수 없다는 듯 슬픈 목소리로 〈어떻게 하면 좋겠습니까?〉^{행 2:37} 하고 울부짖었다.

곤경에 빠져 집으로 돌아간 그는 아내와 자식들이 자신의 고민을 눈치채지 못하게 하려고 가능한 한 감정을 억눌러 보았으나, 근심이 점점 심해져 더 이상 침묵을 지킬 수가 없었다. 참다못한 그는 마침내 아내와 자식들에게 자신의 고민을 털어놓기로 마음먹고 이야기를 시작했다. 「오, 사랑하는 아내여, 그리고 귀한 내 아이들아, 너희들을 돌보아야 할 이 아비는 등에 진 무거운 짐 때문에 몹시 고통스럽구나. 더구나 내가 확실히 들었는데, 머지않아 하늘로부터 큰불이 쏟아져 내려와 우리가 사는 이 도시가 온통 잿더미가 된다고 하더구나. 구원받을 수 있는 길을 발견하지 못하면 나는 물론 당신과 귀여운 너희들까지 모두 죽게 될 거야. 하지만 난 아직 그 길을 찾지 못했어.」 이 말을 들은 가족들은 무척 놀랐다. 그가 한 말을 믿어서가 아니라 그의 머리가 어떻게 된 게 아닌가 생각했기 때문이다. 때마침 밤이 되어 잠을 청하게 하면 그가 안정될 거라 믿고 가족들은 서둘러 그를 잠자리로 보냈다. 그러나 그는 밤에도 낮이나 마찬가지로 고통스러워하면서 한잠도 못 자고 한숨과 눈물로 밤을 지새웠다. 아침이 되어 가족들이 상태가 어떠냐고 묻자, 그는 점점 더 심해진다고 대답할 뿐이었다. 그가 다시 한 번 이야기하자 가족들의 표정은 더욱 굳어지기 시작했다. 가족들은 이번에는 거칠고 사납게 굴면 광기가 사라질 것이라 생각하여 그를 비웃기도 하고 크게 야단치기도 했으며 아예 무시해 버리기까지 했다. 그러자 그는 자기 방에 틀어박혀 그들을 불쌍히 여기고 그들을 위해 기도하면서 자신의 괴로운 심정을 슬퍼하였다. 그러다가 들로 나가 혼자 거닐기도 하고, 책을 읽기도 하고, 기도를 드리며 며칠을 보냈다.

어느 날 그는 여전히 들을 거닐며 책을 읽고 있었는데, 갑자기 크게 낙심하여 예전과 마찬가지로 〈제가 어떻게 해야 구원을 얻을 수 있겠습니까?〉[행 16:30~31] 하고 울부짖었다.

크리스천이 세속을 떠나자마자 전도자를 만나는데
그는 다른 기별을 가지고 와서 사랑스럽게 인사한다
그리고 이 아래에서 저 위로 어떻게 올라가는지를
보여 주게 된다

내가 다시 보니, 마치 어디론가 떠나고 싶은 듯이 그는 여기저기 두리번거리면서도 갈 곳을 정하지 못했는지 그냥 그 자리에 서 있었다. 그때 〈전도자〉[1]라는 이름을 가진 사람이

다가와 물었다. 「당신은 왜 울고 있습니까?」 그가 대답하기를, 「선생님, 제가 손에 들고 있는 이 성서를 읽어 보니, 저는 언젠가는 죽을 수밖에 없고 죽은 후에는 심판을 받게 된답니다. 하지만 저는 죽기도 싫고 심판을 받기도 원치 않으니 어떻게 하면 좋을까요?」

그러자 전도자가 물었다. 「이 세상은 온갖 악으로 가득 차 있는데 무엇 때문에 죽기를 꺼려 하는 겁니까?」 그가 이렇게 대답했다. 「등에 지워진 이 무거운 짐이 나를 무덤보다도 더 낮은 곳으로 떨어뜨려 저 도벳에 빠뜨리지 않을까 두렵기 때문이지요.사 30:33 나는 감옥 생활도 감당하지 못할 터인데, 더군다나 심판을 받고 무서운 형벌을 당하는 것을 어찌 견디겠습니까? 이런 일들을 생각하니 자꾸 눈물이 나옵니다.」

「그렇다면 왜 그처럼 멍하니 서 있는 겁니까?」 전도자가 다시 묻자 그가 대답했다. 「어디로 가야 할지 몰라 그럽니다.」 그러자 전도자는 양가죽으로 만든 두루마리 하나를 그에게 주었다. 거기에는 〈임박한 진노를 피하라〉고 적혀 있었다.

글을 읽은 후 그가 전도자를 주의 깊게 바라보면서 물었다. 「어디로 가야 할까요?」 전도자는 손을 들어 저 멀리 넓은 평야를 가리키며 말했다. 「저쪽에 있는 좁은 문이 보입니까?」마 7:13, 눅 13:24 「안 보이는데요.」 그가 대답하자 전도자가 다시 물었다. 「그럼 저쪽에서 빛나고 있는 광채는 보입니까?」 「보이는 것 같습니다.」 「그럼 그 밝은 광채를 바라보면서 똑바로 올라가 보십시오. 그러면 좁은 문이 나타날 것이고, 문을 두드리면 누군가 나와서 당신이 어떻게 해야 좋을지를 가르쳐 줄 것입니다.」

1 버니언에게 종교적 영향을 끼친 존 기퍼드 목사 혹은 버니언 자신의 사역을 암시한다.

그러자 그가 전도자가 가리킨 방향을 향해 뛰기 시작하는 것을 나는 꿈에서 보았다. 그가 자기 집 문에서 채 멀리 달아나기도 전에 그의 아내와 자식들이 그것을 알아채고 어서 집으로 돌아오라고 소리쳐 불렀다. 그러나 손가락으로 귀를 틀어막은 채 그는 계속 뛰어가며 소리 질렀다.「생명, 생명, 영원한 생명!」그는 한 번도 뒤돌아보지 않고 평원 한가운데를 향해 그냥 달려갔다.

이웃 주민들도 그를 보려고 밖으로 나왔다. 어떤 사람들은 비웃고, 어떤 사람들은 협박하고, 어떤 사람들은 어서 돌아오라고 고함을 질러 댔다. 그들 가운데 두 사람이 강제로라도 그를 데려오기로 마음먹었다. 이름이 하나는 〈고집쟁이〉이고 다른 하나는 〈온순〉이었다. 그는 이미 상당히 뛰어서 멀리 가 있었지만 두 사람은 따라잡기로 결심하고 서둘러서 이내 그를 따라잡았다.「여보시오. 친구들! 무슨 일로 날 따라오는 거요?」그가 멈춰 서서 물었을 때 두 사람이 대답했다.「당신을 설득해 함께 집으로 돌아가려고 왔소.」그러나 그는 머리를 가로저으며 말했다.「결코 그렇게 할 수는 없소. 나역시 그곳에서 태어났지만 당신들이 지금 살고 있는 곳은 〈멸망의 도시〉입니다. 조만간 우리는 그곳에서 죽을 것인데, 죽으면 무덤보다 더 비천하고 무서운 곳, 저주와 형벌과 유황불이 활활 타고 있는 지옥으로 떨어질 것이란 말입니다. 사랑하는 형제들이여, 그러니 당신들도 마음을 돌이켜 나와 함께 갑시다.」

고집쟁이 뭐라고요? 친구들과 함께하는 편안하고 즐거운 생활을 버리고 떠나라고요?

크리스천 (그의 이름은 크리스천이었다) 그렇습니다. 왜냐하면 당신이 지금 버리고 떠나야 할 수많은 것들은 지금 내가 찾고 있는 참된 즐거움에 비하면 아무 가치도 없는 것들이기 때문입니다.고후 4:18 당신들이 나와 함께 가기만 하면, 그리하여 그 참된 진리를 붙잡기만 하면 당신들은 나와 함께 복락을 누릴 수 있을 것입니다. 내가 찾아가려는 그곳은 모든 것이 풍족하여 마음껏 쓰고도 남는 곳이기 때문이지요. 자, 함께 갑시다. 내 말을 한번 시험해 보십시오.

고집쟁이   이 세상 모든 향락들을 다 버리면서까지 당신이 찾고자 하는 것은 도대체 무엇이오?

크리스천   내가 찾고자 하는 것은 결코 썩지 않고 더러워지지 않고 시들지도 않는 분깃벧전 1:4을 얻는 것입니다. 이러한 것들은 하늘나라에 안전하게 보존되어 있으며, 그것은 때가 되면 열심히 찾는 자들에게 주어질 것입니다. 알고 싶으시다면 여기 이 책을 읽어 보세요.

고집쟁이   흥! 그까짓 책은 치워 버리시오. 우리와 함께 집으로 돌아가겠소, 안 가겠소?

크리스천   안 갑니다. 난 돌아갈 수 없소. 나는 이미 손에 쟁기를 잡고 있기 때문이오.눅 9:62

고집쟁이   그렇다면, 여보시오, 온순 씨! 이 사람은 버려두고 우리끼리 돌아갑시다. 이 사람처럼 정신이 이상한 사람은 어떤 환상을 한번 붙들면 지혜로운 충고를 해주는 일곱 명의 현인들보다 자신이 더 지혜로운 줄로 생각하니까.

온순   그렇게 무턱대고 비난하지는 말아요. 이 착한 크리스천이 하는 말이 사실이라면, 그가 추구하고자 하는 것들이 우리가 찾는 것들보다 더 나을는지도 모르지 않소. 이분과 동행하고픈 마음이 드는군요.

고집쟁이   뭐라고요? 바보가 하나 더 생겼군. 내 말대로 어서 집으로 돌아갑시다. 이렇게 정신이 이상한 친구가 당신을 어디로 끌고 갈지 누가 알겠소? 정신을 차리고 지혜롭게 분별해서 어서 집으로 돌아갑시다. 어서요.

크리스천 온순 형제, 나와 함께 갑시다. 나와 동행하면 내가 말하는 것들을 얻을 뿐만 아니라 온갖 영광스러운 일들을 체험하게 될 것입니다. 내 말을 믿지 못하겠으면 여기 이 책을 읽어 보세요. 이 안에 기록된 진리는 그것을 지으신 분의 피로 증명되어 있습니다. ^{히 9:17~21}

온순 여보시오, 고집쟁이 선생. 나는 결심했소. 나는 이 착한 크리스천과 동행하여 같은 운명에 나 자신을 맡겨 보고자 합니다. 그런데 크리스천 형제, 당신이 소망하는 곳으로 가는 길을 알고 계십니까?

크리스천 전도자라는 분이 내게 길을 알려 주었어요. 저 앞에 보이는 좁은 문을 향하여 서둘러 가면 누군가 나와서 지시해 줄 겁니다.

온순 자, 그럼 크리스천 형제, 우리 함께 갑시다.

말을 마치자 그들은 함께 좁은 문을 향해 떠났다.

고집쟁이 그럼 난 집으로 돌아가겠소. 당신들처럼 얼빠진 정신병자들과 동행하고 싶지는 않으니까 말이오.

그리하여 고집쟁이는 집으로 돌아가고, 크리스천과 온순이 오순도순 이야기를 주고받으며 넓은 평원을 걸어가는 것을 나는 꿈에서 볼 수 있었다. 그들이 나누는 대화는 다음과 같았다.

크리스천 자, 온순 형제, 기분은 좀 어떠시오? 이렇게 동행하기로 결정해 주시니 무척 기쁩니다. 집으로 돌아간 고집쟁이 선생도 아직 경험해 보진 않았겠지만 내가 느낀 것과 같은 공포와 압박감을 느꼈더라면 그처럼 경솔하게 우리를 등지지는 않았을 겁니다.

온순 크리스천 형제, 지금 여기엔 우리 둘밖에 없으니 우리가 추구하는 것이 도대체 무엇이며, 어떻게 그것을 향유하게 될 것인지, 그리고 우리가 어디로 가고 있는지를 좀 더 자세히 이야기해 주십시오.

크리스천 말로 그것을 표현하기보다는 마음으로 전할 수 있다면 훨씬 좋겠소. 하지만 당신이 몹시 알고 싶어 하니 이 책에 있는 것을 읽어 드리겠습니다.

온순 그렇다면 당신은 이 책에 적힌 말씀들이 진실이라고 확신하십니까?

크리스천 예, 물론이지요. 이 책은 결코 거짓말을 하시지 않는 하느님의 말씀을 기록하고 있기 때문입니다.[딛 1:2]

온순 예, 잘 알았습니다. 그러면 어떤 내용이 기록되어 있습니까?

크리스천 말씀에 의하면, 영원히 멸하지 아니할 아름다운 왕국에서 살 수 있는데 거기서는 영원한 생명을 얻을 것이며, 우리는 영원히 왕국에서 살 수 있을 것입니다.[사 4:5, 요 10:27~29]

온순 예, 참으로 흐뭇한 말씀이군요. 그 밖에는요?

크리스천 우리에게 주어질 영광의 월계관이 있으며, 창공에 떠 있는 태양처럼 우리의 몸을 빛나게 해줄 예복이 있습니다.[딤후 4:8]

온순 놀랍군요. 그 밖에는요?

크리스천 그곳에서는 더 이상 울거나 슬퍼하는 일이 없을 것입니다. 왕궁의 주인이신 하느님께서 우리의 모든 눈물과 슬픔을 씻어 주실 테니까요

온순 그곳에서는 어떤 친구들과 함께 살게 될까요?

크리스천 그곳에서는 보기만 해도 우리를 눈부시게 만들

어 줄 아름다운 피조물들과 세라핌 천사들 및 케루빔 천사들과 함께 살게 될 것입니다.^{사 6:2} 또한 우리보다 앞서 온 수천, 아니 수만의 성도들과 만나게 될 터인데 그들 중 어느 누구도 다 하느님께서 보시는 앞에서 자유로이 거닐 수 있고, 그분과 함께 거하며 영원한 구원과 은총을 얻게 될 것입니다. 다시 말하면 금관을 쓴 원로들과 황금 거문고를 켜는 동정녀들을 보게 될 것이요, 오직 하느님을 믿고 사랑했기 때문에 속세에서 따돌림을 받아 몸이 갈가리 찢기고 불 속에 던져지고 야수들에게 먹히고 바다에 빠져 죽은 사람들이 모두 하느님의 은총으로 건강하게 다시 살아나 영생불멸의 옷을 입고 사는 것을 보게 될 것입니다.^{고후 5:2, 3, 5}

온순 말만 들어도 가슴이 벅차군요. 하지만 그런 모든 복락을 정말 누릴 수 있을까요? 어떻게 해야 우리도 그런 복락을 함께 나누어 가질 수 있을까요?

크리스천 그 왕국의 지배자이신 하느님께서 이 책에 기록해 놓으셨습니다. 그 내용을 말씀드리자면, 우리가 진정으로 그 은총을 얻고자 노력할 때 그분께서는 아무 조건 없이 우리에게 마음껏 부어 주실 거라고 합니다.^{요 7:37, 6:35}

온순 오, 고마운 친구여. 그 말을 들으니 기쁘기 한이 없습니다. 자, 걸음을 좀 더 빨리 합시다.

크리스천 등에 짊어진 이 무거운 짐 때문에 내 마음대로 빨리 걸을 수가 없군요.

이때 나는 꿈속에서 그들의 이야기가 다 끝나 갈 무렵 그들이 평원 한가운데에 있는 깊은 수렁에 매우 가까이 다가가는 것을 보았다. 이야기에 정신이 팔린 그들은 걷다가 그만 깊은 진흙 수렁에 빠지고 말았다. 이 수렁의 이름은 〈절망의 늪〉이었다. 그들은 한참 동안 빠져나오려고 허우적거리는 바람에 온몸이 진흙투성이가 되고 말았다. 크리스천은 등에 진 무거운 짐 때문에 수렁 속으로 점점 가라앉기 시작했다.

온순 아! 크리스천 형제, 지금 어디 있소?
크리스천 실은 나도 잘 모르오.
온순 (이 말에 버럭 화를 내며 동료인 크리스천에게 벌컥 소리를 질렀다) 당신이 여태껏 내게 말해 준 행복이란 게 이런 것이오? 출발하자마자 이 고생을 하고 있으니 앞으로 또 어떤 고생을 할지 어떻게 예측할 수 있겠소? 만일 여기서 목숨을 건질 수 있다면 나는 상관하지 말고 당신이나 혼자 그 멋진 왕국을 찾아 떠나시구려.

이렇게 말하면서 온순은 필사적으로 허우적거리다가 마침내 자신의 집 가까운 쪽에 있는 늪가로 기어올랐다. 그러고는 뒤도 돌아보지 않고 집으로 가버렸고, 그 후 크리스천은 다시는 그를 만나지 못하였다.

수렁 속에 홀로 남은 크리스천은 자기 집 쪽에서는 멀고 좁은 문과는 가까운 늪의 가장자리로 기어오르려고 필사적인 노력을 기울였다. 마침내 그는 늪 가장자리에 이르렀으나 등에 짊어진 무거운 짐 때문에 빠져나올 수가 없었다. 이때 나는 꿈속에서 〈도움〉이라는 이름의 남자가 그에게로 가까이 다가가 뭘 하고 있느냐고 묻는 것을 보았다.

크리스천 선생님, 전도자라는 사람으로부터 이 길로 가라는 지시를 받았습니다. 그는 또 앞으로 다가올 화를 피하기 위해서는 이 길로 나아가 저쪽에 있는 문으로 가야 한다고 가르쳐 주었지요. 그래서 그곳을 향해 가던 도중, 그만 이 수렁에 빠지고 말았습니다.

도움　왜 당신은 앞을 잘 살펴보지 않았소?

크리스천　두려움 때문에 다른 길로 도망가려다 그만 빠지고 말았습니다.

도움　자, 그렇다면 손을 이리 주시오.

도움이 손을 내밀어 그를 끌어올린 다음 어서 가던 길을 재촉하라고 그에게 일렀다.^{시 40:2}

그때 나는 크리스천을 끌어내 준 도움에게 다가가 말을 건넸다. 「선생님, 이 길은 멸망의 도시를 떠나 저기 좁은 문으로 가는 길이라고 들었는데, 어째서 도중에 있는 이 수렁을 고치지 않았습니까? 그렇게 했더라면 미숙한 여행자들이 좀 더 안전하게 저쪽 문을 향해 갈 수 있었을 텐데.」 그러자 그는 이렇게 설명해 주었다. 「이 깊은 수렁은 고칠 수가 없는 곳입니다. 죄가 있다고 판결받은 자들에게서 나오는 온갖 더러운 찌꺼기와 허물들이 이곳으로 끊임없이 흘러 들어와 마침내 절망의 늪이라고 불리게 된 것입니다. 또한 죄인들이 자신의 잃어버린 영혼에 대해 깨닫게 되었을 때, 그의 영혼 속에 일어났던 모든 두려움과 의심과 절망이 모두 이곳으로 흘러와 고여 있기 때문에 이곳은 늘 수렁으로 남아 있는 것입니다.

이곳이 깊은 절망의 수렁으로 남아 있는 것을 하느님께서는 좋아하지 않으십니다. 그래서 1600년 동안 하느님께서 보내신 천국 측량 기사들의 지시에 따라 많은 일꾼들이 수렁을 메워 보려고 온갖 노력을 기울였지만 소용이 없었습니다. 내가 알고 있는 것만 해도 이 수렁을 메우기 위하여 천국의 각 지역에서 춘하추동을 가리지 않고 건전하고 유익하며 훌륭한 교훈들을 모아 2만여 대의 수레에 실어 이곳에 쏟아 넣었답니다. 지혜로운 사람들 모두가 이 수렁을 메우기 위해서

세상에서 가장 좋은 재료라고 말하는 것들만 쏟아 넣었는데
도 여전히 이곳은 절망의 늪으로 남아 있는 것입니다. 어느
누가 최선을 다한다 해도 결과는 늘 마찬가지일 것입니다.

그리하여 사실은, 하느님의 지시에 따라 이 수렁 한가운데
에 매우 훌륭하고 튼튼한 디딤돌들을 갖다 놓았지만 계절이
바뀔 때마다 수렁이 온갖 더러운 오물과 진흙물을 토해 놓기
때문에 잘 보이질 않습니다. 설령 그것들이 보였다 할지라도
사람들은 머리가 어지럽고 혼돈스러워서 발을 헛디디고 말
아 결국 수렁에 빠지게 되지요. 그러나 일단 문 쪽으로 올라
서기만 하면 그곳의 땅은 단단하답니다.」

이때 나는 꿈속에서 온순이 벌써 자기 집에 돌아와 있는
것을 보았다. 이웃 사람들이 그를 만나러 왔는데, 어떤 이들
은 바보처럼 크리스천을 따라가 위험한 모험을 벌였다며 어
리석다고 놀려 댔다. 또 어떤 이들은 〈사람이 한번 크게 마음
먹고 모험을 시작했으면 끝을 봐야지, 사소한 난관에 단박
모험을 포기하고 돌아오는 것은 비겁한 행동이야〉라고 한마
디씩 하면서 그를 비웃었다. 그리하여 온순은 풀이 죽은 채
그들 가운데 앉아 있었는데 마침내 용기를 얻은 그는 화제를
바꾸어 크리스천을 몹시 비난하고 조롱했다. 온순에 대한 이
야기는 여기서 끝내기로 한다.

이제 크리스천은 혼자 외로이 평원을 걷기 시작했는데 평
원 저쪽에서 마주 걸어오는 사람이 보였다. 두 사람이 점점
가까워져 서로 마주하게 되었다. 그 신사의 이름은 〈세속 현
자〉였다. 이 현자가 살고 있는 곳은 〈현세의 정책〉이라는 꽤
큰 도시였는데, 크리스천이 살던 도시와 가까이 있었다. 때
문에 이 사람은 크리스천의 행동에 대해 어렴풋이나마 알고
있었다. 왜냐하면 크리스천이 영생을 구하러 고향인 멸망의
도시를 떠나간 일이 그가 살던 도시뿐만 아니라 이웃 지역에

서도 커다란 화젯거리가 되었기 때문이다. 세속 현자는 걸음 걸이가 몹시 피곤해 보일 뿐만 아니라 한숨과 신음이 묻은 고뇌의 표정으로 보아 그가 크리스천일 거라 짐작하고 그에게 다가가 말을 걸었다.

세속 현자 안녕하시오? 선생, 그런데 당신은 그렇게 무거운 짐을 등에 지고 어디로 가는 길이오?

크리스천 정말 무거운 짐을 지고 있긴 하죠. 사실 세상에 어느 누구도 나처럼 힘들고 가련한 존재는 없을 것입니다. 어디로 가고 있느냐고 물으셨으니 대답해 드리리다. 지금 저쪽 문을 향해 가고 있소. 그 문까지 가면 내 이 무거운 짐을 벗어 버릴 수 있는 방법을 가르쳐 줄 사람이 있다는 말을 들었기 때문입니다.

세속 현자 당신은 아내와 자식들이 있습니까?

크리스천 예, 물론 있지요. 하지만 이 무거운 짐 때문에 옛날처럼 함께 즐거움을 나눌 수 없게 되었습니다. 그러니 이제 그들은 내겐 없는 거나 마찬가지입니다.

세속 현자 내가 충고를 드린다면 귀담아들으시겠소?

크리스천 좋은 충고라면 듣겠습니다. 좋은 충고를 몹시 원하고 있거든요.

세속 현자 그렇다면 해드리지요. 우선 한시바삐 그 무거운 짐을 벗어 버리시오. 짐을 벗기 전까지는 결코 마음의 안정을 얻지 못할 것이며 하느님이 당신에게 베푸시는 축복의 은혜도 기쁜 마음으로 누리지 못할 것입니다.

크리스천 이 무거운 짐을 벗어던지는 것이 바로 나의 소망입니다. 하지만 혼자 힘으로는 벗어 버릴 수가 없어요. 고향에서도 무거운 짐을 벗겨 줄 수 있는 사람이 아무도 없었지요. 그 때문에 이미 말씀드린 바와 같이 이 짐을 벗기 위해 지금 길을 가고 있는 중이랍니다.

세속 현자 이 길로 가면 짐을 벗어 버릴 수 있다고 말해 준 사람이 누구입니까?

크리스천 매우 위대하고 고귀해 보였습니다. 내 기억으로, 그의 이름은 전도자입니다.

세속 현자 나로서는 그 사람의 충고를 비난하지 않을 수 없군요. 아마 그가 당신에게 가르쳐 준 방법은 세상에서 가장 위험하고 어려운 방법일 겁니다. 만일 당신이 그 방법을 따르고자 한다면 앞으로 어렵고 위험한 고비들을 수없이 겪게 될 것입니다. 방금 전, 절망의 늪에 빠져 온몸이 진흙투성이가 된 걸 보니 당신은 벌써 위험한 고비를 하나 넘겼군요. 그러나 이 길을 가는 사람들이 부딪힐 온갖 어려움을 생각하면 그 수렁은 단지 시작에 불과합니다. 나는 당신보다 나이도 더 먹었고 경험도 더 많이 한 사람이니 내 말을 귀담아들으시오. 이 길을 그냥 계속 따라 가다가는 피로와 고통, 굶주림, 공포, 헐벗음뿐만 아니라 시퍼런 칼날, 사자들, 용, 암흑 등 한마디로 말해 죽음 그 자체를 만나게 될 것입니다. 그런 고통들이 이 길에 깔려 있다는 것은 틀림없는 사실이며 이미 그런 일들을 겪어 본 사람들의 증언으로 확인되었지요. 자, 그러니 생전 처음 보는 낯선 사람의 말을 듣고 자신의 운명을 그처럼 아무렇게나 던져 버릴 이유가 도대체 어디 있겠소.

크리스천 아, 현명하신 선생님, 사실은 지금 말씀해 주신 모든 고통과 위험보다도 등에 진 이 짐이 내게는 더욱 괴롭고 무섭게 느껴지기 때문이랍니다. 만일 이 무거운 짐을 벗어던질 수만 있다면, 그리하여 영생의 구원을 얻을 수만 있다면 도중에 어떤 고통과 어려움을 겪게 될지라도 나는 두려워하지 않을 것입니다.

세속 현자 어떻게 해서 그 무거운 짐을 지게 되었습니까?

크리스천 손에 들고 있는 이 책을 읽은 후부터입니다.

세속 현자 내 그러리라 짐작하고 있었소. 모든 연약한 인간들에게 일어나기 쉬운 갈등과 오류에 당신도 휩싸이게 된 것입니다. 그 사람들은 자신들의 수준에 맞지도 않는 너무 높은 것들을 추구하면서 쓸데없는 걱정에 휩싸이다가 갑자기 당신처럼 정신 착란증에 빠지게 되는 겁니다. 더구나 정신 착란증은 지금 당신이 스스로 택한 어리석은 행동의 결과처럼 사람으로 하여금 판단력을 흐리게 하여 자신도 잘 알지 못하는 것을 얻으려고 무모한 모험을 벌이게 만듭니다.

크리스천 나는 내가 무엇을 얻고자 하는지 알고 있습니다. 바로 내 등의 무거운 짐에서 벗어나는 일입니다.

세속 현자 짐에서 벗어나기 위해 이처럼 많은 위험과 고통이 눈앞에 있는 것을 뻔히 알면서도 굳이 모험을 감행해야 할 이유가 도대체 무엇입니까? 내 말에 귀를 기울여 주신다면 당신 혼자서 이 길을 계속 가고자 할 때 부딪히게 될 온갖 어려움과 위험한 난관들을 만나지 않고도 당신이 소망하는 것을 얻을 수 있는 좋은 방법을 가르쳐 드리겠소. 정말이오, 그 방법은 아주 가까운 곳에 있습니다. 뿐만 아니라 그 방법대로 하신다면 당신은 온갖 위험들 대신에 안전과 우정과 만족감을 얻게 될 것입니다.

크리스천 선생님! 어서 그 비결을 알려 주세요.

세속 현자 자, 저쪽을 보시오. 저쪽에 있는 마을 이름은 〈도덕〉이라고 하는데 그곳에는 〈합법〉이라는 신사 분이 살고 계십니다. 그분은 판단력이 몹시 뛰어나기로 명성이 높은 분으로 당신같이 무거운 짐 때문에 고생하는 사람들을 도와 짐에서 벗어나게 해주는 훌륭한 기술을 지니고 있습니다. 내가 알고 있는 경우만 하더라도 그는 그 일로 많은 선행을 쌓은 분이지요. 더군다나 등에 짊어진 무거운 짐 때문에 약간 정신이 오락가락하는 사람들을 치유해 주는 기술도 가지고 있답니다. 그러니 어서 그분께 가보시오. 이미 말씀드린 것처럼 가기만 하면 금방 도움을 받을 수 있습니다. 혹시 그분이 집에 계시지 않거든 〈예의〉라는 이름을 가진 그의 젊은 아들을 찾으십시오. 그도 역시 아버지 못지않은 판단력과 기술을 가지고 있으니 당신의 짐을 쉽게 벗겨 줄 것입니다. 만일 당신이 전에 살던 고향으로 돌아가고 싶지 않다면, 물론 나 역시 당신이 집으로 돌아가는 것을 원치 않지만, 아내와 자식들을 이 마을로 데려와 살 수도 있습니다. 이 마을에는 지금 빈 집이 많아서 싸게 집을 구할 수 있을 뿐 아니라 맛있고 값싼 음식들이 많아 당신은 더 행복한 생활을 누릴 수 있을 겁니다. 더구나 정직하고 믿을 수 있는 이웃들과 더불어 틀림없이 만족스러운 생활이 보장되리라 봅니다.

그 말을 듣고 크리스천은 잠시 망설였으나 이내 결정을 내렸다. 만일 이 신사의 말이 사실이라면 그의 충고를 따르는 것이 현명한 처사라 생각하고는 덧붙여 물었다.

크리스천 선생님, 그 현명하고 정직하신 분의 집은 어디에 있습니까?
세속 현자 저쪽에 있는 높은 언덕[2]이 보이십니까?
크리스천 예, 아주 잘 보입니다.
세속 현자 저 언덕을 넘어가면 첫 번째 집이 바로 그분의 집입니다.

그리하여 가던 길을 바꾼 크리스천은 좀 더 손쉽고 현명한

2 모세가 십계명을 알았다는 시나이 산을 암시함.

도움을 얻기 위해 합법의 집으로 향했다. 그러나 어찌 된 일인가? 그가 힘들게 언덕 가까이 이르렀을 때 언덕은 굉장히 높고 가파를 뿐 아니라 산 중턱 여기저기에 커다란 바위와 깊은 골짜기들이 위험스럽게 깔려 있어 그는 혹여 그 바위들이 자신의 머리 위로 떨어지지 않을까 두려워서 더 이상 나아갈 수 없었다. 그리하여 그는 언덕 앞에 우두커니 서서 어찌해야 좋을지 망설이고 있었다. 그런데 원래 가던 길을 바꾸어 새로운 길로 접어들었을 때부터 등에 짊어진 짐이 훨씬 더 무겁게 느껴지는 것이었다. 더구나 갑자기 언덕 위에서 불길이 활활 타오르는 것을 본 크리스천은 그곳으로 올라가다가는 불길에 휩싸여 타 죽을지도 모른다는 두려움을 느꼈다.^{출 19:18} 그는 땀을 흘리면서 무서워 떨기 시작했다. 그리하여 크리스천은 세속 현자의 그릇된 충고를 받아들인 것을 후회하기 시작했다. 마침 그때 얼마 전에 보았던 전도자가 자신을 만나기 위해 저쪽에서 다가오는 것을 발견하고는 부끄러움과 죄책감으로 얼굴이 붉어지기 시작했다. 차츰차츰 가까이 다가와 마침내 얼굴을 마주 보게 되었을 때, 전도자는 엄한 표정으로 크리스천을 보면서 캐묻기 시작했다.

전도자 여보시오, 크리스천, 어찌하여 이런 곳에 오게 되었소?

그런 질문을 받고 어떻게 대답해야 할지 몰라 당황하면서 크리스천은 얼굴을 붉힌 채 우두커니 서 있었다. 그러자 전도자가 다시 말을 이었다. 「당신은 멸망의 도시 성문 밖에서 울며 괴로워하던 바로 그 사람이 아닙니까?」

크리스천 예, 선생님, 제가 바로 그 사람입니다.

전도자 제가 당신에게 작고 좁은 문으로 가는 길을 가르쳐 드리지 않았습니까?

크리스천 예, 그렇습니다.

전도자 그렇다면 무슨 이유로 이렇듯 쉽게 결심을 바꾸어 다른 길로 들어서게 되었소?

크리스천 절망의 늪에서 가까스로 빠져나오자마자 한 신사 분을 만났는데 그분께서 저쪽 언덕 너머에 있는 마을로 가면 이 무거운 짐을 벗겨 줄 사람을 만나게 될 거라고 저를 설득하였습니다.

전도자 그분은 어떤 사람이었습니까?

크리스천 매우 점잖고 권위 있는 신사로 보였으며 어찌나 말을 잘하던지 결국 제가 그 말에 현혹되어 그만 딴 길로 들어서게 되었습니다. 그러나 막상 여기까지 와서 눈앞에 놓인 언덕을 보니 커다란 바위가 여기저기 깔려 있고 불길이 타올라 이 길로 가다가는 죽음을 만날 것 같은 두려움에 사로잡힌 채 갑자기 걸음을 멈추게 되었지요.

전도자 그 신사가 뭐라던가요?

크리스천 어디 가냐고 묻기에 사실대로 대답했습니다.

전도자 그리고 또 무얼 물었나요?

크리스천 가족이 있냐고 묻기에 그렇다고 대답했습니다. 그러나 이렇게 무거운 짐을 등에 지고는 이전처럼 그들과 즐겁게 지낼 수 없다고 말했습니다.

전도자 그랬더니 또 뭐라 그러던가요?

크리스천 그는 어서 빨리 짐을 벗어던지라고 했습니다. 그래서 나도 짐을 벗어 버리고 싶어 구원을 받을 수 있는 곳으로 가기 위해 자세한 지시를 얻으려고 저쪽 문을 향해 가는 중이라고 했습니다. 그러자 그는 당신이 알려 준 길처럼 많은 어려움과 위험이 따르지 않는, 훨씬 편하고 빠른 지름

길을 가르쳐 주겠다면서 그 길로 가면 판단력이 뛰어나고 짐을 쉽게 벗겨 내는 기술을 가진 고귀한 신사의 집에 당도하게 된다고 했습니다. 그리하여 어서 빨리 이 짐을 벗어 버리고 싶은 마음에 그만 귀가 솔깃해져서 가던 길을 버리고 이 길로 들어서게 된 겁니다. 그러나 막상 여기까지 와서 보니 아까 말씀드린 대로 언덕이 너무 험하여 혹 죽음을 당하지 않을까 두려워 지금 어찌할 바를 모르고 있는 것입니다.

전도자 그럼 잠깐 그대로 서 계세요. 내가 당신에게 하느님의 말씀을 보여 드리죠.

그가 떨면서 서 있는 가운데 이윽고 전도자가 하느님의 말씀을 읽어 주었다. 「여러분에게 말씀해 주시는 분을 거역하지 않도록 조심하십시오. 이 세상에 하느님의 말씀을 선포한 이를 거역한 자들도 형벌을 면하지 못했는데 하물며 하늘에서 말씀하시는 분을 우리가 뿌리친다면 그 형벌을 어떻게 면할 수 있겠습니까?」히 12:25

그는 계속 읽어 나갔다. 「그러나 나를 믿는 올바른 사람은 믿음으로 살리라. 만일 그가 뒤로 물러서면 내 마음이 그를 달갑게 여기지 않으리라.」히 10:38 그는 하느님의 말씀을 읽고 나서 그 말씀을 적용하여 말하기 시작했다. 「당신은 지금 지극히 높으신 하느님의 권고를 물리치고 평화를 향한 길에서 벗어나 파멸과 멸망의 길로 들어서서 스스로 불행을 자처하고 있소.」

이 말을 듣고 크리스천은 하얗게 질린 얼굴로 황급히 전도자의 발 앞에 엎드리며 울부짖었다. 「오, 슬픈 일입니다. 이젠 다 틀렸으니 저주받아 마땅한 저는 어쩌면 좋을까요?」 전도자는 이 모습을 보고 크리스천의 오른손을 잡아 일으키며 말했다. 「사람이 어떤 죄를 지었든 모든 죄와 모독은 사람을 얻을 수 있으니 믿음을 버리지 말고 믿음 있는 자가 되도록 하십시오.」 이 말을 듣고 크리스천은 다소 생기를 얻은 듯했으나 아직도 두려움에 떨며 전도자 앞에 서 있었다.

크리스천들이 세속의 사람들 말에 귀를 기울일 때
그들은 그들의 정도에서 벗어나게 되고 그 값을 톡톡히 치른다네
왜냐하면 세속 현자의 대장이 성도에게 보여 줄 수 있는 길은
단지 속박과 절망의 길이기 때문이라오.

전도자는 계속해서 말했다. 「지금부터 내가 당신께 말씀드리는 것들을 좀 더 주의 깊게 들으시오. 이제 당신을 현혹시킨 자가 누구이며, 또한 누가 그자를 당신께 보냈는지 가르쳐 드리겠소. 당신이 만났던 사람은 세속 현자인데, 그렇게 불리는 것이 마땅한 자입니다. 왜냐하면 우선 그는 이 세상의 교훈이나 신조를 좋아해서 늘 도덕이란 마을의 교회에만 나가고 있습니다. 또한 그는 세속 교훈이나 신조가 십자가를 지지 않고서도 자신을 어려움에서 구할 수 있다고 생각하기 때문에 그런 것들을 가장 신봉하며 좋아합니다. 이와 같은 세속적인 기질 때문에 당신을 방해하여 옳은 길에서 벗어나 다른 길로 가도록 권한 것이지요. 그런데 그자의 권고들 중에서 당신이 반드시 물리쳐야 할 세 가지 중요한 것들이 있습니다.

1. 당신을 바른길에서 벗어나게 한 점.

2. 당신에게 십자가를 가증스러운 것으로 보여 주기 위해 애쓴 점.

3. 당신으로 하여금 죽음의 권세가 지배하는 길로 가도록

유혹한 점.

우선 그는 당신을 유혹하여 가던 길을 버리게 했는데, 당신은 그의 말대로 행동하게 된 것을 혐오하고 두려워해야 합니다. 세속 현자의 그릇된 권고를 따르는 것은 곧 하느님의 권고를 거부하는 것이기 때문입니다. 하느님께서는 〈좁은 문으로 들어가도록 있는 힘을 다하거라〉 하고 말씀하셨는데 내가 당신에게 가르쳐 준 길이 바로 그 좁은 문입니다.눅 13:24 또한 주님께서는 〈멸망에 이르는 문은 크고 또 그 길이 넓어서 그리로 가는 사람이 많지만 생명에 이르는 문은 좁고 또 그 길이 험해서 그리로 찾아드는 사람이 적다〉마 7:13~14고 말씀하셨습니다. 그런데 그 악한 세속 현자는 좁은 길로 가고 있던 당신을 유혹하여 파멸에 이르는 다른 길로 이끌었으니 그의 말에 쉽게 넘어간 당신 자신과 그 악한 현자 둘 다 혐오해야 합니다.

두 번째로 그자가 당신으로 하여금 십자가의 짐을 싫어하도록 유도했으니 이를 혐오하지 않으면 안 됩니다. 왜냐하면 당신은 십자가를 〈이집트의 제물〉보다 더 값진 것으로 여길 줄 알아야 하기 때문입니다.히 11:26 그뿐 아니라 영광의 왕이신 주님께서는 〈제 목숨을 살리려는 사람은 잃을 것〉막 8:35이라고 당신에게 말씀하셨고 그를 따르는 무리들에게 〈누구든지 나에게 올 때 자기 부모나 처자나 형제자매나 심지어 자기 자신마저 미워하지 않으면 내 제자가 될 수 없다〉마 10:37고 가르치셨습니다. 그러므로 무릇 죽지 않고는 영생을 얻을 수 없다고 하신 진리의 말씀을 무시하는 자가 당신을 설득하려한 것을 혐오해야 합니다.

셋째로, 그가 한 말을 그대로 믿고 쉽게 발길을 돌려 사망의 권세로 이르는 길에 들어선 당신 자신을 미워하고 반성해야 합니다. 또한 당신에게 찾아가 만나 보라고 그가 가르쳐 준 사람이 과연 누구인가를 잘 생각해 보고, 그는 결코 당신의 무거운 짐을 벗겨 주지 못할 것이라는 사실도 깨달아야 합니다.

당신이 무거운 짐에서 구원받으려고 찾아가는 사람의 이름은 합법인데, 그는 지금도 자녀들과 함께 종노릇하고 있는 한 여종의 아들입니다.^{갈 4:21~27} 그리고 신비롭게도 당신이 당신의 머리 위로 떨어져 내릴 것을 두려워하였던 시나이 산이 바로 그녀입니다. 지금도 어머니와 자녀가 종노릇하고 있는 사람들에게서 당신이 어떻게 구원받을 것을 기대할 수 있겠습니까? 따라서 그 합법이라는 자가 당신의 짐을 벗겨 주지 못하리라는 것은 확실한 일입니다. 지금까지 어느 누구도 그의 도움을 받아 짐을 벗은 적이 없었고, 앞으로도 그럴 일은 없습니다. 당신은 율법의 행위로는 의로움을 얻지 못하는데, 그것으로써는 어느 누구도 짐을 벗을 수 없기 때문입니다. 그러므로 세속 현자는 거짓말쟁이이고, 합법이란 자는 사기꾼일 뿐이며, 그의 아들 예의는 겉으로는 점잖은 표정을 짓고 있지만 결국 위선자에 불과합니다. 이렇듯 그들은 당신을 도와줄 수 없는 사람들이니 이제 내 말을 믿으시오. 당신이 이 어리석은 사람들에게 들은 이야기들은 헛된 속임수일 뿐이며, 당신을 현혹시켜 내가 당신께 알려 드린 바른길을 벗어나게 함으로써 당신의 구원을 일부러 방해하는 협잡꾼입니다.」 전도자는 말을 마치자 자기가 한 말의 진실을 증명해 달라고 큰 소리로 하느님께 호소했다. 그러자 크리스천이 서 있던 산 위에서 하느님의 말씀이 들리며 커다란 불길이 솟아올라 크리스천은 머리카락이 곤두서고 온몸이 쭈뼛해졌다. 하느님의 말씀은 이러하였다. 〈성서에 《율법서에 기록된 모든 것을 꾸준히 지키지 않는 사람은 저주를 받을 것이다》라고 기록되어 있듯이 율법을 지키는 것에 의존하는 사람은 언

제나 저주의 위협을 받고 있습니다.〉갈 3:10

　이제 죽는 것 외에는 달리 구원받을 도리가 없다고 생각한 크리스천은 슬픈 목소리로 울부짖기 시작했다. 그는 세속 현자와 만난 것을 저주하면서 그의 거짓된 충고에 쉽게 넘어가 버린 자신을 바보들 중의 바보라고 수천 번 외쳤다. 그는 또한 세속적이고 인간적인 욕망에서 우러나오는 그 현자의 충고에 현혹되어 바른길을 저버린 자신의 행동에 커다란 부끄러움을 느꼈다. 다소 진정이 되었을 때 크리스천은 다시 전도자에게 다가가 다음과 같이 간절한 호소를 하였다.

크리스천　전도자님, 선생님은 어떻게 생각하십니까? 제게도 아직 희망이 남아 있습니까? 지금이라도 다시 바른길로 되돌아가서 그 좁은 문으로 갈 수는 없을까요? 아니면 이 어리석은 실수로 인하여 구원의 희망을 잃은 채 부끄러운 모습으로 고향에 돌아가야만 하나요? 나는 지금 그 세속 현자의 거짓된 충고에 현혹된 것을 몹시 후회하며 반성하고 있습니다. 저의 죄가 사함을 받을 수 있을까요?

전도자　당신은 두 가지 실수를 저질렀기 때문에 당신의 죄는 매우 큽니다. 바르고 선한 길을 저버린 것이 그 하나요, 금지된 길로 걸어간 것이 또 하나의 죄입니다. 하지만 그 문지기는 선의와 호감을 갖고 있는 사람이므로 당신을 받아 줄 것입니다. 그러니 다시는 옆으로 벗어나지 않도록 단단히 주의하십시오. 만일 주의 진노가 조금이라도 발하여 당신이 길에서 망할까 두렵습니다.

　그러자 크리스천은 다시 돌아가겠다고 말했고 전도자는 그에게 입맞춤을 해주며 어서 하느님을 향해 떠나라고 미소로 격려해 주었다. 이렇게 해서 크리스천은 서둘러 다시 걸기 시작했다. 도중에 만나는 어느 누구에게도 말을 걸지 않았고 혹 누가 그에게 말을 걸어 와도 대답하지 않았다. 그는 마치 금지된 구역을 걷는 사람처럼 서둘러 걸었는데 세속 현자의 꾐에 빠져 쉽사리 팽개쳐 버렸던 바른길로 다시 들어가기 전까지는 마음을 놓을 수가 없었다. 마침내 얼마 후 크리스천은 좁은 문에 도착했다. 그 좁은 문에는 〈두드려라, 그러면 너희에게 열릴 것이다〉마 7:7라는 글귀가 쓰여 있었다. 그래서 크리스천은 두서너 번 문을 두드리며 외쳤다.

제가 지금 여기로 들어가도 될까요? 비록 저는
하느님의 말씀을 거역한 쓸모없는 존재이지만, 문 안에
계신 분은 저를 긍휼히 여겨 받아 주실 수 있는지요?
만일 당신께서 저를 긍휼히 여기신다면
저는 저 높은 곳에 계시는 하느님께 영원한 찬양을 드리겠나이다.

마침내 〈선의〉라는 이름으로 불리는 성실하고 침착해 보이는 사람이 나와서 지금 문을 두드리는 사람이 누구이며, 어디에서 왔고 또 무엇을 얻고자 하는지를 물었다.

크리스천 여기 헐벗고 무거운 짐을 진 죄인이 왔습니다. 나는 다가올 하느님의 진노를 피하기 위해서 멸망의 도시를 떠나 영생의 구원을 얻으려고 시온 산을 향해 가는 길입니다. 그런데 선생님, 그곳으로 가려면 이 문을 지나야 한다고 들었는데 제가 문 안으로 들어가는 것을 당신께서 허락해 주실지 알고 싶습니다.

「진심으로 환영합니다.」 선의는 기꺼이 문을 열어 주었다.

들어가고자 하는 자는 먼저
밖에서 문을 두드려야 할 것이니라.
자신이 두드리는 자라는 사실을 의심하지 말고 들어갈
지니,
하느님은 그를 사랑하시고 그의 죄를 사하여 주실 수 있
기 때문이라오.

크리스천이 문 안으로 발을 들여놓았을 때 그가 갑자기 크
리스천의 팔을 와락 끌어당겼다. 「도대체 왜 이러세요?」 크
리스천이 묻자 선의가 대답했다. 「이 문에서 약간 떨어진 곳
에 튼튼한 성 하나가 서 있는데, 그 성의 성주는 베엘제불이
라 하며 그와 그의 부하들이 이곳을 향해 늘 화살을 쏘고 있
답니다. 그들은 악마들인데 이 문으로 들어서는 사람들을 쏘
아 죽이려고 애쓰고 있지요.」 크리스천이 말했다. 「저는 기쁘
기도 하고 두렵기도 합니다.」 문지기가 물었다. 「어떻게 해서
이곳에 오게 되었습니까?」

크리스천 전도자라는 분이 이곳으로 와서 문을 두드리라
고 하기에 이곳으로 왔습니다. 또한 그분께서 말씀하시기를,
이곳에 오면 장차 내가 어떻게 해야 할지를 알려 줄 분이 계
시다고 하더군요.

선의 당신 앞에 문이 열려 있으니 어느 누구도 그 문을 닫
을 수는 없습니다.

크리스천 이제야 비로소 많은 어려움을 무릅쓰고 여기까
지 온 수확을 얻는 셈이군요.

선의 그런데 어째서 당신 혼자서만 이곳에 왔습니까?

크리스천 내 이웃 중에는 어느 누구도 내가 느끼고 깨달
았던 멸망과 진노의 위험을 전혀 느끼지 못했기 때문입니다.

선의　그들 중에 당신이 여기 오는 것을 아는 사람이 있었습니까?

크리스천　예, 내 아내와 자식들이 맨 처음에 내가 떠나는 것을 발견하고는 어서 돌아오라며 소리 질렀지요. 다음에는 이웃들이 집 밖으로 나와 어서 돌아오라고 불렀지만 나는 손가락으로 귀를 틀어막은 채 그냥 이곳을 향해 달렸습니다.

선의　당신을 따라오면서 집으로 돌아가자고 설득하는 사람은 없었나요?

크리스천　있었습니다. 온순 씨와 고집쟁이 씨 두 사람이 저를 따라와 설득하려 했지만 제가 말을 듣지 않자, 고집쟁이는 조롱을 퍼부으며 돌아갔고 온순 씨는 한동안 저를 따라왔었습니다.

선의　그런데 어째서 여기까지 같이 오지 않았나요?

크리스천　우리는 함께 이야기를 나누며 걸어왔는데 절망의 늪이라는 곳에 이르렀을 때 갑자기 우리도 모르는 사이에 그 속으로 빠지게 되었지요. 간신히 그 늪에서 빠져나왔을 때 온순 씨는 그만 용기를 잃고 더 이상 모험하기를 원치 않았어요. 그는 화를 내며 그 아름답고 영광이 가득 찬 나라는 당신이나 가지라고 말하면서 떠나가 버렸지요. 그는 고집쟁이 씨의 뒤를 따라 다시 집으로 돌아갔고 결국 저 혼자 이 문까지 오게 된 것입니다.

선의　아, 참 불쌍한 사람이군요! 천국의 영광이 얼마나 크고 아름다운지를 깨닫지 못하고 사소하게 여기다니요. 그것을 얻기 위해서 겪어야 할 몇 가지 난관들 때문에 영생의 구원을 포기하고 말았으니…….

크리스천　사실 온순 씨의 행동을 그대로 전해 드렸지만 저 자신도 그분보다 나을 게 없는 사람입니다. 그분이 도중에 포기하고 집으로 돌아가 버린 것도 사실이지만 저 역시 길을 걷다가 만난 세속 현자라는 사람의 거짓 충고에 현혹되어 바른길을 버리고 사망의 길로 들어섰었으니까요.

선의 오! 당신도 그를 만났었군요? 그 사람이 합법 씨의 도움을 구하면 평안을 얻을 수 있다고 말하던가요? 그들은 모두 사기꾼에 불과합니다. 그런데 당신은 그의 속임수에 넘어갔습니까?

크리스천 예, 저는 그의 말을 듣고 합법 씨를 찾아 나서기 위해 갈 수 있는 데까지 서둘러 갔습니다. 그런데 합법의 집 옆에 우뚝 솟은 산이 마치 머리 위로 금방 떨어질 것 같은 생각이 들어 그만 발걸음을 멈추지 않을 수 없었습니다.

선의 그 산은 이제껏 숱한 사람들의 생명을 빼앗아 갔고 앞으로도 많은 사람들이 생명을 잃을 것입니다. 당신의 몸이 그 산으로 인해 산산조각으로 부서지기 전에 죽음을 모면하게 되었으니 참으로 다행한 일입니다.

크리스천 그 산 앞에 이르러 곤경에 처해 당황하고 있을 때 마침 다행스럽게도 전도자님을 다시 만나지 않았다면 제가 거기에서 어떻게 되었을지는 알 수 없는 일이지요. 그분께서 다시 한 번 제게 와주신 것은 하느님의 자비로우신 섭리였으며 그렇지 않았더라면 영영 이곳에 오지 못했을 겁니다. 그러나 이제, 어리석고 용기가 부족하여 그 산으로 인해 죽음을 당하기에 마땅한 존재인 제가 여기까지 무사히 와서 당신과 이야기를 나누고 있으니 이 얼마나 크나큰 주님의 은총입니까?

선의 당신이 여기 오기 전에 어떤 일을 했건 우리는 결코 상관하지 않습니다. 주님께서는 〈나에게 오는 사람은 내가 결코 외면하지 않을 것이다〉요 6:37 고 약속하셨기 때문입니다. 그러니 선한 크리스천 씨, 잠깐 나와 함께 이쪽으로 가십시다. 내가 당신이 가야 할 길을 가르쳐 드리겠습니다. 저 앞을 보십시오. 저쪽으로 뻗어 있는 좁은 길이 보입니까? 그 길이 이제부터 당신이 가야 할 길입니다. 당신의 조상들과 많은 예언자들, 그리스도와 또 제자들에 의해 만들어진 길인데, 마치 자로 그어 놓은 것처럼 똑바로 닦인 길이고 당신이 이제부터 가야 할 길입니다.

크리스천 그런데 혹 처음 그 길을 걷는 사람이 길을 잃게 만들 만한 굽은 길이나 모퉁이들은 없습니까?

선의 물론 이 길에는 그런 것들이 많이 연결되어 있지만 그런 길들은 모두 구부러져 있고 폭이 넓습니다. 그러나 바른길은 오로지 하나이며 그 길은 매우 좁고 또 곧게 뻗어 있으므로 당신은 한눈에 옳고 그른 길을 분간할 수 있을 것입니다.^{마 7:14}

그때 나는 꿈속에서 크리스천이 아직도 그의 등에 지운 무거운 짐을 벗을 수 있도록 도와줄 수 없겠느냐고 선의에게 간청하는 것을 보았다. 그 짐은 다른 사람의 도움을 받지 않고는 도저히 벗어 버릴 수 없는 것이었기 때문이다.

그러자 선의는 그에게 이렇게 말했다. 「비록 당신의 짐이 무거울지라도 구원의 장소에 이를 때까지는 참고 그대로 지고 가십시오. 거기에 이르면 당신의 짐은 저절로 등에서 떨어져 나갈 것입니다.」

그리하여 크리스천은 허리띠를 꼭 동여매고 다시 길 떠날 채비를 했다. 선의가 다시 일러 주었다. 「얼마쯤 가면 〈해석자〉라는 사람의 집이 있는데 가서 문을 두드리십시오. 그분께서 당신에게 여러 가지 훌륭한 것들을 보여 주실 것입니다.」 크리스천이 선의에게 작별 인사를 하자 선의는 하느님의 은총으로 그가 성공하기를 기원해 주었다.

쉬지 않고 걸음을 재촉하여 이내 해석자의 집에 이른 크리스천은 여러 번 문을 두드렸다. 마침내 누군가 문 쪽으로 나오더니 용건을 물었다.

크리스천 여보세요. 전 멸망의 도시에서 온 나그네인데 이 댁 주인과 잘 아는 분이 이리로 와서 주인을 뵙게 되면 유익한 것을 보여 주실 거라고 가르쳐 주어 여기까지 왔습니다. 그러니 이 댁의 주인님을 좀 만나 뵈었으면 하는데요.

문지기가 주인을 부르러 간 지 얼마 되지 않아 주인이 크리스천에게 다가와서 무슨 용건인지를 물어보았다.

크리스천 저는 멸망의 도시를 떠나 시온 산을 향해 가고 있는 나그네인데 저 좁은 문 안에 서 계신 분이 가르쳐 주시기를, 당신을 찾아가면 여행길에 도움이 될 유익한 것들을 보여 주실 거라고 해서 이렇게 찾아왔습니다.

해석자 어서 들어오십시오. 당신에게 도움이 될 만한 것들을 보여 드리지요.

그는 하인에게 촛불을 켜라고 명하면서 크리스천에게 따라오라고 말했다. 그가 어떤 비밀스러운 방에 이르러 하인에게 문을 열라고 말했고 하인이 문을 열었다. 크리스천은 아주 점잖아 보이는 인물의 초상화가 벽에 걸려 있는 것을 보았다. 두 눈은 하늘을 올려다보고 있었고 아주 훌륭한 책을 손에 쥐고 있었으며 입술 위에는 진리의 법칙들이 쓰여 있고 그의 등 뒤에는 온 세계가 펼쳐져 있었다. 머리 위에는 황금 면류관이 씌워져 있었는데, 그는 마치 세상 사람들에게 무언가 간절히 탄원하는 듯한 모습으로 서 있었다.

크리스천   이 초상화는 무얼 의미하는 것입니까?

해석자   초상화의 주인공은 천에 하나 있을까 말까 한 귀한 분인데 이분은 자녀를 낳을 수 있고, 해산의 고통을 알고 있으며, 낳은 자녀를 기를 수 있는 분입니다. 당신이 지금 보시는 것처럼 그의 눈은 하늘을 올려다보고 있고 가장 좋은 책을 손에 들었으며 입술 위에는 진리의 법칙들이 쓰여 있습니다. 이것들이 의미하는 바는 그가 하는 일은 참된 진리를 알고 세상의 어두운 면을 밝혀내어 죄인들 앞에서 설명해 주는 것입니다. 또 보시는 바와 같이 사람들에게 무엇인가 탄원하는 듯한 표정으로, 배경에는 전 세계가 그려져 있으며 머리 위에 황금 면류관을 쓰고 서 있는데, 이는 주님께 바치는 봉사를 사랑하기 때문에 세상에 속한 헛된 것들을 경시하고 무시하려 애쓰는 사람은 이 세상에서 내세로 가게 되었을 때 그 노력에 대한 보상으로 틀림없이 영광의 면류관을 얻게 될 것임을 보여 주기 위한 것입니다.

해석자가 계속해서 말했다. 「내가 이 그림을 가장 먼저 보여 드린 이유는 당신께서 앞으로 가시고자 하는 장소에 이르게 될 때까지 도중에 만나는 온갖 어려움을 극복해야 하는데 이 집의 주인이 하느님이 인정해 주신 유일한 인도자가 되시기 때문입니다. 그러니 내가 당신께 보여 드린 것을 주의 깊게 보시고 잘 기억해 두셔야 합니다. 이는 앞으로 당신이 여행하는 중에 당신 앞에 나타나 바른길로 인도하는 것처럼 꾸며 결국은 사망의 길로 이끌어 가려는 사람들이 많을 터인데 이들의 꾐에 넘어가지 않기 위해서입니다.」

이윽고 해석자는 직접 크리스천의 손을 잡아끌고 매우 넓은 객실로 데려갔는데 그곳은 여태껏 한 번도 청소를 하지 않아서 온통 먼지투성이였다. 해석자는 잠시 동안 그곳을 둘러보더니 하인을 불러 청소를 시켰다. 그래서 하인이 방을 청소하기 시작했을 때 먼지가 어찌나 많이 일어나는지 크리스천은 거의 질식할 정도였다. 그러자 해석자가 옆에 서 있던 소녀에게, 〈물을 이리로 가져다가 뿌려 봐라〉 하고 일렀다. 소녀가 물을 뿌리자 먼지는 가라앉아 마침내 방은 말끔히 청소되었다.

크리스천 이것은 무엇을 의미합니까?

해석자 이 객실은 복음의 달콤한 은혜로 성화(聖化)된 일이 한 번도 없는 인간의 마음입니다. 먼지는 인간의 원죄를 의미하며 또 모든 인간을 이렇게 만드는 내면의 부패를 의미합니다. 처음 이 방을 쓸기 시작한 자는 〈율법〉입니다. 그러나 물을 가져다 뿌린 여자는 〈복음〉입니다. 당신도 보셨다시피 첫 번째 사람 율법이 방을 쓸기 시작하자마자 먼지가 일어나 방을 가득 채웠기 때문에 방이 깨끗이 청소될 수가 없었고 당신은 거의 질식할 지경이었지요. 이것은 율법이라는 것이 죄를 발견하고 금지시키는 효력이 있기는 하지만 죄를 온전히 제압할 수 없기 때문에 죄로부터 인간의 마음을 청소하려 들다가는 오히려 영혼 속의 죄를 소생시키고 힘을 돋우어 더 증가하게 만들 뿐이라는 사실을 당신에게 보여 드리기 위한 것입니다. 롬 7:9, 고전 15:56

다음으로 한 소녀가 방에 물을 뿌리고 난 뒤에 청소를 하니까 아주 기분 좋게 깨끗해졌습니다. 이것은 거룩한 복음이 인간의 마음에 들어와 영향을 주게 되었을 때 마치 소녀가 마루에 물을 뿌려 모든 먼지를 가라앉힌 것처럼 죄를 물리치고 근절시킴으로써 영혼은 깨끗해지고 그러한 믿음을 통하여 마침내 영광의 주님과 함께 기거할 자격을 얻을 수 있음을 당신께 보여 드리기 위한 것입니다. 요 15:3, 행 15:9

그때 나는 꿈속에서 해석자가 크리스천의 손을 잡고 어떤 작은 방으로 인도해 가는 것을 보았다. 그곳에는 두 소년이 의자 위에 앉아 있었는데 그중 나이 많은 소년의 이름은 〈욕망〉이고 나이 어린 소년의 이름은 〈인내〉였다. 욕망은 매우 불만스러운 표정으로 앉아 있었으나 인내는 매우 조용하고 침착한 표정이었다. 「욕망이 불만을 품고 있는 이유가 무엇입니까?」 크리스천이 묻자 해석자가 설명해 주었다. 「이 소년들의 아버지가 이들이 가장 좋아하는 선물들을 가져다줄 테니 내년 초까지만 기다리라고 했지요. 그런데 욕망은 지금 당장 달라 하고, 인내는 기꺼이 기다리는 중입니다.」

그때 어떤 사람이 보물 한 자루를 짊어지고 욕망에게 다가와 그의 발아래 쏟아 놓는 것을 나는 보았다. 욕망은 그것을 집어 들어 제멋대로 낭비하고 즐기면서 인내를 비웃고 조롱했다. 그러나 내가 바라보고 있는 얼마 되지 않은 동안 욕망은 모든 것을 낭비해, 남은 것이라고는 누덕누덕 기운 천 조각들뿐이었다.

크리스천 이것은 무엇을 의미하는지 좀 더 자세히 설명해 주십시오.

해석자 두 소년은 상징적인 인물입니다. 욕망은 현세의 인간을 상징하고 인내는 내세의 인간을 상징하고 있습니다. 우리가 여기서 방금 본 것처럼 욕망은 지금 당장 이 세상에서 모든 것을 갖고자 하는데, 이와 마찬가지로 이 세상 사람들도 지금 당장 자신들이 차지할 수 있는 모든 것을 갖고자 하며 내년까지, 즉 미래의 세상이 올 때까지 기다리지 못하는 것입니다. 그들은 〈손에 잡은 한 마리 새가 숲에 있는 두 마리 새보다 낫다〉는 속담이 장차 다가올 세상의 복락에 대한 하느님의 증언보다 더 믿을 만한 가치가 있다고 여기는 것입니다. 그러나 당신도 보다시피 욕망은 모든 것을 순식간에 낭비하고 겨우 누더기 조각들밖에 남은 것이 없었던 것처럼 이 세상의 물질에만 눈이 어두운 모든 사람들은 현세의 종말이 다가왔을 때 결국 그와 같이 될 것입니다.

크리스천 여러 가지 이유로 인내가 가장 훌륭한 지혜를 가지고 있다는 것을 나는 지금 깨달았습니다. 첫째로 가장 좋은 것을 얻기 위해 기다릴 줄 아는 태도가 지혜이며, 둘째로 욕망이 누더기밖에 남은 게 없게 되었을 때 그는 자신의 영광을 차지할 것입니다.

해석자 아니, 또 하나의 이유가 있습니다. 즉 다가올 세상의 영광은 영원불멸의 것이지만 현세의 허황된 영광들은 순식간에 사라져 버리기 때문입니다. 그러므로 이 세상에서 좋은 것들을 먼저 가졌다 해서 욕망이 인내를 비웃을 이유가 없고 오히려 나중에 좋은 것들을 차지하는 인내가 욕망을 비웃어야 할 것입니다. 왜냐하면 처음에 좋은 것을 차지하는 사람은 나중에 올 사람에게 자리를 넘겨주어야 하지만, 나중에 차지할 사람은 다가올 좋은 것들에 대한 희망을 품고 마침내 그걸 차지하게 되었을 때는 뒤에 올 사람이 없으므로 아무에게도 넘겨줄 필요가 없기 때문이지요. 게다가 처음에 자기 몫을 차지하는 사람은 그것을 소비할 시간이 많아서 결국 남는 게 하나도 없지만 나중에 차지하는 사람은 영원히 그것을 보존하게 될 것입니다. 그러므로 예수께서 어느 부자에게 하신 말씀이 있지요. 〈너는 살아 있을 동안에 온갖 복을 다 누렸지만 라자로는 불행이란 불행을 다 겪지 않았느냐? 그래서 지금 그는 여기에서 위안을 받고 너는 거기에서 고통을 받는 것이다.〉^{눅 16:26}

크리스천 이제 저는 눈앞에 보이는 이승의 것들을 탐내는 것보다 다가올 세상의 복락을 기다리는 것이 가장 현명한 일이라는 것을 깨달았습니다.

해석자 당신은 진리를 말씀하셨습니다. 〈보이는 것은 잠시뿐이지만 보이지 않는 것들은 영원하기〉때문입니다.^{고전 4:18} 말하자면 현세의 욕망과 육욕은 서로 지극히 가까운 사이이므로 인간은 금세 친밀해지지만 저승의 복락이나 육욕과는 서로 멀리 떨어져 있으므로 늘 서먹서먹하고 거리감을 느끼게 되는 것입니다.

꿈속에서 보니 해석자가 크리스천의 손을 잡고 또 다른 방으로 들어갔다. 그곳의 한쪽 벽난로에는 불이 활활 타오르고 있었다. 한 사람이 벽난로 앞에 서서 불길을 끄기 위해 많은 물을 끼얹고 있었으나 불은 꺼지기는커녕 점점 더 높이 그리고 더 뜨겁게 타오르는 것이었다.

크리스천이 물었다. 「이것은 무슨 뜻입니까?」

해석자가 대답했다. 「이 불은 사람의 마음속에 작용하는 은총을 의미합니다. 물을 끼얹어 불을 끄려고 애쓰는 자는 마귀인데 그럼에도 불구하고 불은 점점 더 세차게 타오르고 있습니다. 이제 그 이유를 보여 드리겠습니다.」해석자는 크리스천을 데리고 벽 뒤로 갔다. 거기에서는 한 사람이 손에 기름통을 들고 몰래, 그러나 끊임없이 불 위에 기름을 끼얹고 있었다.

크리스천이 다시 물었다. 「이것은 또 무슨 의미이지요?」

해석자가 이렇게 대답했다. 「이분이 바로 그리스도이십니다. 인간의 마음속에 이미 넣어 준 은총을 보존하기 위해 끊임없이 은총의 기름을 부어 주고 계시지요. 이렇게 하심으로써 마귀가 은총을 없애기 위해 수단 방법을 가리지 않고 제아무리 날뛰어도 인간의 영혼은 변함없이 자비로우신 은총을 누리게 되는 것이라오. 또한 보다시피 이분이 불을 보전하려고 벽 뒤에 서서 남몰래 기름을 끊임없이 붓고 계신 걸로 보아 한 번 악마의 속임수에 빠진 영혼에게 그 은총을 유지하는 일이 얼마나 어려운 일인지를 당신에게 가르쳐 주고 있는 것입니다.」

해석자가 또다시 크리스천의 손을 잡고 아주 웅장한 궁전이 있는, 보기에도 아름다운 장소로 그를 안내하는 것을 나는 보았다. 크리스천은 매우 기뻐했다. 그는 또 멋진 궁전 위에서 황금빛 옷을 걸친 사람들이 거닐고 있는 모습을 보았다.

크리스천이 물었다. 「우리도 저 궁 안으로 들어갈 수 있습니까?」

해석자는 크리스천을 데리고 그 궁전의 문간까지 갔다. 그런데 이게 어찌 된 일인가! 문간에는 안으로 들어가고 싶어 하는 사람들이 몰려서서 웅성거리고 있었으나 아무도 감히 들어가지 못했다. 문에서 그리 멀지 않은 곳에 책상이 하나 놓여 있고 그 앞에 한 남자가 앉아 있었는데, 책 한 권과 잉크병을 놓고 안으로 들어가려는 사람들의 이름을 적고 있었다. 그런데 입구에는 갑옷을 입은 병정들이 지키고 서서 안으로 들어가려는 사람들을 막으려고 단단히 준비하고 있는 것 같았다. 크리스천은 뜻밖의 광경에 내심 놀랐으나 말없이 유심히 바라보았다. 무장한 병정들의 모습을 보고 두려움에 질린 대부분의 사람들이 뒤로 물러서고 있을 때 단단히 결심을 한 듯한 사나이 하나가 성큼성큼 명단을 적는 사람에게 걸어가 이렇게 말했다. 「선생님, 제 이름을 적어 주시오.」 말을 마친 그는 검을 빼어 들더니 투구를 쓰고 무장한 병사들이 지키고 있는 문간을 향해 용감하게 달려갔다. 문가에 선 병정들이 거침없이 달려들었으나 그 남자는 조금도 굴하지 않고 용감하게 달려들어 마구 칼을 휘두르며 치열한 싸움을 벌였다. 얼마 후 그 남자나, 그를 밀어내려던 많은 병사들이 상처를 입었지만 그 남자는 계속 길을 트며 앞으로 나아가 마침내 궁전 앞에 다다랐다. 그때 궁전 안이나 궁전 위를 거닐던 사람들에게서 즐거운 음성이 흘러나왔다.

들어오라, 들어오라.
영원한 영광을 그대에게 주리라.

그러고는 남자가 궁전 안으로 들어가자 그에게도 역시 금빛 옷을 입혀 주는 것이었다. 이 광경을 지켜보던 크리스천은 미소를 지었다. 「이것이 무엇을 의미하는지는 저도 알 수 있을 것 같습니다. 자, 이제 다시 길을 떠났으면 합니다.」 그러나 해석자가 대답했다. 「아닙니다. 좀 더 보여 드릴 것이 있으니 마저 보시고 떠나십시오.」

그는 다시 크리스천의 손을 잡고 몹시 캄캄한 방 안으로 들어갔다. 방 안에는 쇠창살이 달린 감방이 하나 있고 감방 안에 한 남자가 앉아 있었다. 그는 깊은 슬픔에 젖어서는 팔짱을 긴 채 제 가슴을 쥐어뜯을 듯이 깊은 한숨을 내쉬면서 땅바닥만 바라보고 있었다. 「이것은 무엇을 의미합니까?」 크리스천이 묻자 해석자는 직접 물어보라고 대답했다.

크리스천은 그 남자에게 다가가 물었다. 「당신은 누구십니까?」 그가 대답했다. 「예전엔 이런 사람이 아니었는데 이제는 그만 이런 꼴이 되었습니다.」

크리스천　전엔 어떤 사람이었나요?

남자　그 전에는 나 자신은 물론 사람들도 모두 인정하는 훌륭한 신자였고 박식한 사람이었지요. 그 당시만 해도 틀림없이 하늘나라에 갈 수 있다고 믿고 자신하면서, 그러한 생각을 할 때마다 기뻐하곤 했지요.

크리스천　그런데 지금은 도대체 어떻게 되었다는 말씀입니까?

남자　이제는 절망의 인간이 되어 이 쇠창살 감방 안에 갇힌 뒤 아무 데도 나갈 수 없게 되었지요. 아! 이젠 나갈 수가 없어요!

크리스천　어쩌다 이리 되셨소?

남자　항상 깨어 근신하지 못한 자, 세상의 정욕이 내 목을 얽매었고 나는 마침내 말씀의 빛과 하느님의 선하심에 거역하는 죄를 지었습니다. 내가 마귀의 유혹에 빠져 성령을 거슬리고 슬프게 하였기 때문에 성령이 내게서 떠나고 마귀가 내 마음으로 들어왔습니다. 내가 늘 하느님을 거역하고 노엽게 하여 하느님께서는 마침내 나를 떠나셨고 이미 내 마음은 너무나 굳어져 있어 나는 회개할 수도 없게 되고 말았지요.

이 말을 듣고 크리스천은 해석자에게 물었다. 「이자에게는 이제 희망이 전혀 없습니까?」 그러자 해석자가 대답했다. 「그에게 직접 물어보시오.」

크리스천　아닙니다. 간청컨대 당신이 물어봐 주시기 바랍니다.

해석자　이젠 아무런 희망도 없이 당신은 이 절망의 쇠창살 안에 갇혀 있어야 한단 말입니까?

남자　예, 이제는 전혀 없어요. 전혀요.

해석자　왜요? 찬송받으실 하느님의 아들은 매우 인자하시지 않습니까?

남자　나는 나 자신의 정욕을 위해 그분을 새로운 십자가에 다시 제 손으로 못 박은 죄인입니다.[히 6:6] 나는 그분의 인격을 경멸했고 그분의 의로우심마저도 경멸했습니다. 또 그분의 피가 부정하다고 여겼고 그 은혜의 성령을 욕되게 하였습니다. 그리하여 나는 모든 언약으로부터 스스로 마음을 닫아 버림으로써 결국 모든 은총을 잃고 버림받게 되었습니다. 지금 내게 남은 것은 맹수가 집어삼킬 듯한 위협, 확실한 심판과 원수로써 나를 태워 죽일 것 같은 가혹한 분노의 위협과 두려움뿐입니다.

크리스천 도대체 어떤 일로 이런 비참한 지경에 이르게 되었소?

남자 이 세상의 정욕과 쾌락과 헛된 부귀영화 때문이었습니다. 이런 것들을 향유하면 많은 즐거움과 행복을 얻을 거라고 그때는 믿었지요. 그러나 이제는 그 모든 것들이 무서운 독충이 되어 나를 물어뜯고 삼켜 버리려 하고 있어요.

해석자 그렇지만 지금이라도 회개하면 돌이킬 수 있지 않을까요?

남자 하느님께서는 이제 저의 회개를 받아들이지 아니하시며 저는 하느님의 말씀으로 인하여 다시 믿을 수 있는 용기를 얻을 수가 없습니다. 그렇습니다, 하느님께서 직접 저를 이 철의 감방 안에 가두셨으니 세상 어느 누구도 저를 쇠창살 밖으로 내보낼 수가 없지요. 아! 영원, 영원, 영원한 고통! 영원토록 내게서 떠나지 않을 이 무시무시한 고통을 내가 어떻게 견뎌 낼 수 있을지…….

해석자 이 사람의 비참한 불행과 고민을 잘 기억하여 영원히 잊지 않을 교훈으로 삼으십시오.

크리스천 이건 너무나 무서운 일이군요! 저로 하여금 이 사람과 같이 세속적인 유혹에 넘어가 비참한 불행에 빠지지 않도록 제가 늘 깨어 기도할 수 있게 하느님께서 도와주시기를! 자, 선생님, 이제 떠나야 할 때가 되지 않았습니까?

해석자 잠깐만 기다리시오. 당신에게 한 가지 더 보여 드릴 게 있으니 그걸 보고 나서 길을 떠나십시오.

그러고는 다시 크리스천의 손을 잡고 어떤 방으로 안내해 주었다. 그 방에서는 마침 한 사람이 잠자리에서 일어나 옷을 갈아입고 있었는데, 그는 손발을 부들부들 떨면서 두려움에 잠겨 있었다. 이것을 본 크리스천이 〈이 사람은 왜 떨고 있습니까?〉 하고 물었다. 해석자는 떨고 있는 자에게 그 이유를 직접 크리스천에게 설명해 주라고 말했다. 떨고 있던 자가 입을 열어 말하기 시작했다. 「지난밤 저는 잠을 자다가 꿈을 꾸었습니다. 하늘이 갑자기 캄캄한 암흑으로 뒤덮이더니 여기저기서 번개가 번쩍이고 천둥소리가 무섭게 들려와 저는 공포와 슬픔에 잠기게 되었지요. 하늘을 올려다보니 구름이 놀라운 속도로 날아오는데 나팔 소리가 요란하게 울리는 가운데 구름 위에 한 사람이 앉아 수천 명의 시중을 받고 있었습니다. 그런데 그들 모두가 불길에 휩싸이고 하늘 역시 온통 타오르는 불길로 가득 차 있었어요. 그때 우렁찬 목소리가 울려 나오면서 〈죽은 자들아, 깨어 일어나 심판 받으러 오라〉 하고 외치는 것을 들었습니다. 그 소리와 함께 갑자기 바위가 갈라지고 무덤이 열리면서 죽은 자들이 살아 일어나 밖으로 나오는 것이었습니다. 그들 중 몇몇은 몹시 기뻐하면서 하늘을 올려다보았고 어떤 사람들은 두려워 떨면서 산 밑으로 숨으려 애썼습니다. 그러자 구름 위에 앉아 시중을 받던 사람이 책을 펼치더니 모든 세상 사람들에게 가까이 오라고 명령했어요. 그러나 그 사람 앞에서 끊임없이 타오르는 맹렬한 불길 때문에 그와 세상 사람들 사이에는 피고와 재판장 사이 비슷한 간격을 이루고 있었습니다. 구름 위에서 책을 펼친 사람이 시중드는 많은 무리에게 〈가라지와 쭉정이와 검불은 모두 거두어 타오르는 못에 던져라〉[마 13:30] 하고 큰 소리로 선포하는 것을 나는 들었습니다. 그 명령이 떨어지자마자 내가 서 있던 곳 바로 옆에서 밑도 끝도 없는 지옥의 문이 열리더니 그 입구에서 몸서리쳐질 만큼 이글거리는 화염과 지독한 연기가 무시무시한 소리를 내며 넘쳐 나왔습니다. 구름 위에 있던 사람이 〈내 곡식을 모아 창고에 쌓아 두어라〉하고 시종들에게 다시 명령했을 때, 많은 사람들이 구름 위로 들려 올라 어디론가 인도되는 것을 보았는데, 나는 그대로 뒤에 남아 있었습니다. 부끄러운 마음에 몸을 숨기려 했지만 구름 위에 앉아 계신 그분이 나를 줄곧 내려다보고 있었어서 어찌할 수가 없었습니다. 그동안 저지른 모든 죄악이 어지럽게 머리에 떠오르고 양심이 여기저기서 나를 공격하기 시작했는데, 마침 이때 잠에서 깨어났답니다.」

크리스천 그 광경을 바라보면서 당신은 무엇 때문에 그렇게 무서움에 떨었습니까?

남자 무엇 때문이냐고요? 심판의 날이 다가왔다고 생각했을 때 나는 아무런 준비도 되어 있지 않았고, 더욱이 가장 무섭고 놀라웠던 것은 천사들이 몇몇 믿음이 훌륭한 자들을 구름 위로 끌어올렸을 때 나는 뒤에 남아 있는 광경이었습니다. 또 불길을 내뿜는 무시무시한 지옥의 입구가 바로 옆에 놓여 있었습니다. 나의 양심 역시 나를 괴롭히기 시작했고 구름 위에 앉아 있던 분은 몹시 분노한 표정으로 계속 나를 노려보고 있었기 때문에 나는 두려움에 질려 몸을 숨기지도 못했던 것입니다.

그러자 해석자가 크리스천에게 물었다. 「당신도 일찍이 이 모든 것들을 신중하게 생각해 보셨습니까?」

크리스천 예, 그러나 생각하고 반성할 때마다 나는 희망과 두려움을 번갈아 느끼곤 하였습니다.

해석자 자, 이제까지 본 모든 광경을 마음에 깊이 새겨 당신의 여정 중에 많은 격려와 자극이 될 수 있도록 하시오.

이제 크리스천은 허리띠를 졸라매고 길 떠날 채비를 차렸다. 이제껏 많은 광경들을 보여 주며 자상하게 설명하던 해석자가 그를 격려했다. 「선한 크리스천이여, 우리의 위로자가 되시는 주님께서 늘 당신과 함께하사 당신이 앞으로 가고자 하는 목적지에 이르기까지 가는 길목 길목마다 안내자가 되어 주시길!」 크리스천은 이렇게 말하며 길을 떠났다.

여기 이곳에서 난 희귀하고 유익한 많은 일을 보았노라.
즐거운 광경이나 무시무시한 광경이나 모두
내가 이미 시작한 일에 굳건히 서게 하였네.
내가 본 모든 일들을 늘 마음에 깊이 새겨
왜 그것들을 보여 주었는지 참된 의도를 깨닫게 하소서.
오, 선하신 해석자여, 당신께 깊은 감사를 드리나이다.

그때 나는 꿈속에서 크리스천이 올라가려는 길 양쪽에 높은 울타리가 둘러져 있는 것을 보았는데 그 울타리의 이름은 〈구원〉이었다. 등에 무거운 짐을 진 크리스천은 이 길을 달려 올라가는 동안 무척 고통스러워하는 것 같았다.

그러나 그는 쉬지 않고 계속 뛰어가 마침내 한 언덕 자락에 이르게 되었다. 그곳에는 십자가가 서 있고 조금 떨어진 아랫부분에는 무덤이 입을 딱 벌린 채 놓여 있었다. 크리스천이 십자가 위로 올라가려는 순간, 그의 어깨에서 짐이 풀려 등에서 벗겨지더니 계속 미끄러져 내려 마침내 무덤 안으로 굴러 떨어져 다시는 보이지 않게 되었다.

이게 누구란 말인가? 오, 바로 그 순례자 아닌가.
옛것은 지나가 버리고 모든 것이 새롭게 되었구나.
놀라운 일이로다! 그가 진정 새로운 사람이 되었도다.
아름다운 새를 치장하는 아름다운 깃털과 같도다.

이를 본 크리스천은 무거운 짐을 벗어 버린 홀가분함과 기쁜 마음으로 말했다.「주께서 괴로움을 당함으로써 내게 평안을 주셨고, 주께서 목숨을 버리사 내게 영생을 주셨나이다.」십자가 앞에 이르러 그토록 무거운 짐을 벗어던지고 몸이 홀가분해진 크리스천은 무척 놀란 모습으로 한동안 우두커니 서서 신기하다는 듯 여기저기 바라보았다. 그는 기쁨에 넘쳐 머릿속의 샘물이 터지면서 눈물이 흘러내려와 두 뺨을 촉촉이 적시는 것도 느끼지 못한 채 십자가를 바라보고 또 바라보고 서 있었다. 이처럼 눈물을 흘리며 십자가를 바라보고 서 있을 때 광채를 발하는 세 사람이 그에게 다가와 〈평안할지어다〉 하고 인사했다. 그중 첫 번째 사람은 〈당신의 죄는 사함을 받았습니다〉라고 말해 주었고, 두 번째 사람은 크리스천의 누더기 옷을 벗기고 깨끗한 새 옷으로 갈아입혀 주었으며, 세 번째 사람은 크리스천의 이마에 인을 치고 봉인된 두루마리 하나를 건네주었다.^{엡 1:13} 그러고는 크리스천에게 길을 가면서 두루마리에 적힌 내용을 읽고 천국 문에 이르렀을 때 그것을 제시하라고 말한 뒤 모두 떠나가 버렸다. 그러자 크리스천은 기쁨에 겨워 서너 번 껑충껑충 뛰고 나서 노래를 부르며 길을 떠났다.

지금까지 난 무거운 죄의 짐을 지고 다녔네.

이곳에 오기까지 나는 슬픔과 고통의 짐을 벗지 못했네.
아! 이 얼마나 좋은 장소인가!
이제부터 참된 행복이 시작되려나?
이제부터 내 등의 무거운 짐을 벗어던지려나?
이제부터 나를 묶어 놓았던 고통의 사슬이 끊어지려나?
복되도다 십자가여! 복되도다 무덤이여!
날 위해 치욕을 당하신 그분에게 찬양을!

꿈에서 보니 그는 노래를 부르며 계속 걷다가 한 언덕 밑에 이르렀고, 거기 세 명의 사나이가 발목에 쇠고랑을 찬 채 길에서 조금 떨어진 곳에 누워 잠자고 있었다. 그들의 이름은 각각 〈천박〉과 〈나태〉와 〈거만〉이었다.

크리스천은 그런 모습으로 자고 있는 세 사람을 깨워야겠다고 마음먹고는 가까이 다가가 크게 소리를 질렀다. 「여보시오. 밑도 끝도 없는 죽음의 바다 언저리에서 그렇게 자다니, 마치 배의 돛대 위에서 자는 것 같구려. 위험을 피하려거든 어서 일어나 이리로 오시오. 원하신다면 내가 당신들의 쇠고랑을 풀어 드리겠소. 그렇게 자다가 〈으르렁대는 사자처럼 먹이를 찾아 돌아다니는 자〉벧전 5:8가 오는 날에는 당신들은 틀림없이 그들의 날카로운 이빨에 삼켜질 것이오.」 그 말을 듣고 잠자던 세 사람이 제각기 크리스천을 바라보면서 한 마디씩 대꾸하기 시작했다. 〈난 아무런 위험을 느끼지 않습니다〉라고 천박이 말하자 나태는 〈난 좀 더 자야겠소〉라고 말했고, 거만은 〈사람들은 다 제각각 사는 거요. 공연히 남의 일에 참견 말고 당신 일이나 잘 알아서 하시오〉라고 말했다. 말을 마친 후 그들은 제각기 도로 누워 잠자기 시작했고, 할 수 없이 크리스천은 가던 길로 다시 떠나고 말았다.

그러나 그들이 위험한 곳에서 자고 있음을 깨우쳐 주려고 일부러 깨워 충고하고 발목의 쇠고랑을 풀어 주겠다고까지 하면서 친절을 베풀었는데도 불구하고 고맙게 생각하기는커녕 그토록 무뚝뚝하게 반응한 것을 생각하자 크리스천은 마음이 편안하지 않았다. 이렇듯 불쾌한 생각을 하면서 가던 크리스천은 좁은 길 저쪽에서 왼편 담을 뛰어넘어 오는 두 사람을 보았다. 크리스천에게 다가오는 그들의 이름은 〈허례〉와 〈위선〉이었다. 이윽고 그들은 크리스천 곁으로 다가와서 대화를 나누고자 했다.

크리스천 여보시오, 신사 양반들. 당신들은 어디서 와서 어디로 가는 길입니까?

허례와 위선 우리는 〈헛된 영광〉이라는 곳에서 태어난 사람들인데 영예를 찾아 시온 산으로 가는 길입니다.

크리스천 이 길 어귀에 문이 있는데 왜 그리로 들어오지 않고 담을 넘어 오는 겁니까? 문으로 들어오지 않고 〈딴 데로 넘어 들어가는 사람은 도둑이며 강도이다〉요 10:2라고 성서에 나와 있는 것을 모르십니까?

허례와 위선 우리뿐만 아니라 우리 고장 사람들은 모두 입구에 있는 문을 통해 시온으로 가는 길이 너무 멀고 힘들다고 생각합니다. 그래서 지름길을 택해 우리처럼 담을 넘어 오는 것이 예사지요.

크리스천 하지만 그처럼 불법으로 쉬운 길을 택하는 것은 우리가 지금 찾아가고 있는 하늘나라의 주님께서 밝히신 뜻을 어기고 제멋대로 행한 죄로 간주되지 않을까요?

허례와 위선 당신이 이러쿵저러쿵할 필요는 없습니다. 우리가 그리 한 것은 오랫동안 내려온 관습 때문이며, 필요하다면 천 년 이상 계속되어 온 관습임을 증명해 보일 수도 있습니다.

크리스천　그렇다면 당신네 행동이 법정에서도 관습으로 인정받을까요?

허례와 위선　천 년이 넘도록 당연하게 여겨 온 관습이니까 공정한 재판관이라면 틀림없이 합법적인 것으로 인정하리라는 것을 의심치 않습니다. 게다가 일단 이 길로 들어선 이상 우리가 어떤 경로를 밟았든 그게 무슨 상관입니까? 어디까지나 이 길로 들어선 건 들어선 겁니다. 우리가 보건대 당신은 입구의 문을 지나 이 길로 들어섰고, 우리는 담을 뛰어넘어 이 길에 이르렀습니다. 그러나 지금 당신 상황이 우리보다 나을 게 뭐가 있습니까?

크리스천　나는 하느님의 법에 따라 행동하지만 당신들은 마음 내키는 대로 함부로 행동한다는 게 다른 점이지요. 당신들은 이미 이 길의 주인이신 하느님에 의해 도둑으로 규정되었습니다. 그러므로 당신들이 설령 목적지에 이른다 해도 하느님의 자비를 얻지 못하고 스스로 도망치듯 쫓겨나게 될 것입니다.

이 말에 그들은 아무런 대답도 하지 않고 단지 크리스천에게 자기 일이나 신경 쓰라고 한마디 쏘아붙였다. 이렇게 그들은 서로 별 대화 없이 제각기 자신의 길을 걷고 있는 것을 꿈속에서 볼 수 있었다. 조금 뒤에 두 사람이 크리스천에게 말을 걸었다. 「율법이나 규례라면 우리도 당신 못지않게 양심적으로 잘 따르고 있으니 그 점에서는 당신이나 우리나 다를 게 없고, 다만 당신이 지금 걸치고 있는 겉옷만이 우리 것과 다른 듯싶은데 아마도 그건 당신 이웃들이 벌거벗고 다니는 당신의 부끄러움을 가려 주려고 준 옷 같군요.」

크리스천　올바른 문으로 들어오지 않은 당신들은 율법과 규례로 구원받을 수 없습니다. 내가 걸치고 있는 이 옷은 우리가 지금 가고 있는 천국의 주님께서 당신들이 말한 대로 내 벗은 몸을 가리라고 주신 것입니다. 누더기밖에 입어 본 적 없는 나에게 하느님께서 이처럼 좋은 옷을 주신 것은 사랑의 증거라고 생각합니다. 더구나 천국 문 앞에 다다랐을 때 그곳의 주인 되시는 하느님께서 내 누더기를 벗기시던 날 아낌없이 주셨던 겉옷을 계속 걸치고 있는 나를 보시고 영원히 날 기억해 주실 것을 생각하면 커다란 위안이 됩니다. 뿐만 아니라 당신들이 아마 부주의해서 알아차리지 못했을지 모르지만 내 이마에는 인이 쳐졌는데, 그것은 내 등의 무거운 짐이 어깨로부터 떨어져 내리던 날, 주님과 가장 가까운 분들 중 한 분이 붙여 주신 것입니다. 한 가지 더 말씀드리자면 그날 그분들 가운데 한 분이 내게 봉인된 두루마리 하나를 주셨습니다. 길을 가면서 그것을 읽으면 큰 위안을 얻을 뿐만 아니라 천국 문 앞에서 그것을 증거물로 제시하면 틀림없이 문 안으로 들여보내 줄 것이라고 말씀해 주셨습니다. 그러나 당신들은 문으로 들어오지 않아 이런 증거물들을 얻지 못했을 터이니 증거물 없이도 문 안으로 들어갈 수 있을지 의문이로군요.

설명을 다 듣고 난 그들은 아무런 대답도 하지 않고 서로 쳐다보며 웃었다. 허례와 위선이 함께 묵묵히 걷고 그들보다 약간 앞서 크리스천이 걸었다. 그는 더 이상 그들과 대화를 나누지 않고 혼자 한숨을 내쉬거나 때때로 위안을 느끼며 걸었다. 또한 빛을 발하던 분들이 주신 두루마리를 읽을 때마다 새로운 기운을 얻는 것 같았다.

그들은 쉬지 않고 계속 걸어가 마침내 산기슭에 이르렀는데 그 아래로 샘물이 흐르고 있었다. 그런데 좁은 문으로부터 곧장 반듯하게 뻗은 길 이외에도 산기슭에는 두 갈래의 길이 더 있었다. 하나는 왼편으로 굽고 또 하나는 오른편으로 굽어 있었다. 산꼭대기까지 반듯하게 곧장 뚫려 있는 길의 이름은 〈고난〉의 길이었다. 샘으로 가서 물을 마시고 새로운 기운을 얻은 크리스천은 산꼭대기까지 뻗어 있는 고난의 길로 걸어 올라가며 이렇게 흥얼거렸다.

이 언덕이 제아무리 높다 한들 나 오르기를 갈망하네
고난이 내 마음을 상하게 하지 못할지니
생명으로 인도하는 길이 바로 여기 있음을 내가 깨달았기 때문이로다.
자, 힘을 내고 용기를 돋울지어다. 나약한 마음과 두려움 따윈 떨쳐 버리고,
비록 험난해도 옳은 길 가는 것이 안이한 잘못된 길을 가는 것보다 낫다네.
잘못된 길의 끝은 재앙이라네.

잠시 후 허례와 위선 두 사람이 산기슭에 도착했다. 그러나 산꼭대기로 곧장 뻗은 길은 너무 험난하고 가파른 데 비해 좌우의 양쪽 길은 평탄하므로 그 길을 택하면 돌아서 가더라도 산을 넘어서면 크리스천이 택한 길과 만날 수 있으리라 생각하면서 각각 하나씩 택해 가기로 작정했다. 그런데 두 길의 이름은 각각 〈위험〉과 〈멸망〉이었다. 위험의 길로 간 사람은 얼마 가지 못해 무성한 가시덤불 숲으로 들어가 버렸고, 멸망의 길로 간 사람은 어두운 골짜기들로 가득 찬 벌판을 이리저리 헤매다가 결국 넘어져서는 두 번 다시 일어나지 못했다.

그릇된 길로 출발한 사람들이 올바른 결과를 얻을 수 있
겠는가?

그들의 안전을 보장해 줄 참된 벗들이 있겠는가?

아! 그렇지 못하다니, 제멋대로 택해 길을 떠난 자들은

제 고집 때문에 마침내 멸망함을 의심할 여지가 없도다.

가파르고 곧은길로 산을 오르는 크리스천에게 눈을 돌려
보니 처음엔 뛰어 올라가다가 길이 너무나 험하고 가팔라서
뛰지 못하고 걷기 시작하더니 이윽고 손과 무릎을 땅에 댄
채 간신히 기어오르고 있었다. 중간 턱쯤까지 올라가니 피곤
한 여행자들이 쉬었다 갈 수 있도록 산의 주인이 만들어 놓
은 아담한 정자가 하나 있었다. 잠시 쉬기로 마음먹은 크리
스천은 정자의 긴 의자 위에 앉아 가슴 안쪽에서 두루마리를
꺼내 읽으며 위안을 얻었다. 그는 또한 십자가 밑에서 얻어
입은 겉옷을 만지작거리며 새로운 힘을 얻었는데 그만 잠깐
졸다가 잠이 들고 말았다. 그러고는 결국 깊이 잠이들어 거
의 밤이 될 때까지 그의 여정은 지연되었으며 손에 들고 있
던 두루마리를 떨어뜨리고 말았다. 그때 누군가가 나타나 그
를 깨우며 말했다. 「게으른 자는 개미에게 가서 그 사는 모습
을 보고 지혜를 깨쳐라.」^{잠 6:6} 이 소리를 듣고 크리스천은 벌
떡 일어나 쉬지 않고 빠른 걸음으로 산꼭대기까지 올라갔다.

산꼭대기에 이르러 그는 저쪽에서 그를 향해 허겁지겁 마
주 달려오는 두 사람을 보았다. 하나는 〈겁쟁이〉이고, 다른
하나는 〈불신〉이었다. 크리스천은 그들에게 말을 걸었다.
「선생님들, 반대 방향으로 거슬러 오시니 도대체 무슨 일입
니까?」 겁쟁이가 대답했다. 「시온 성으로 가려고 험난한 산
길을 간신히 올라왔는데 가면 갈수록 점점 더 위험한 것들을
만나 할 수 없이 되돌아오는 길입니다.」 이에 불신이 덧붙였

다. 「맞아, 그렇고말고. 길 가운데 사자 두 마리가 누워 있었어요. 그놈들이 잠들었는지 깨어 있는지 확실히 알 수는 없지만 가까이 다가가면 달려들어 우리를 갈가리 물어뜯어 버릴 것만 같았습니다.」

크리스천 당신들 말을 들으니 나도 두려운 생각이 드는군요. 하지만 어디로 가야 안전할까요? 그렇다고 고향으로 돌아가자니 그곳은 유황불에 타버릴 멸망의 도시로 예정된 곳이어서 결국 난 죽게 될 겁니다. 천국으로 들어갈 수만 있다면 틀림없이 그곳은 안전할 텐데요. 그러니 위험을 무릅쓰고라도 그곳으로 가야겠습니다. 집으로 돌아가면 죽음만 남지만 계속 천국을 향해 나아가면 비록 죽음의 공포는 있어도 그것을 뛰어넘으면 영생의 구원이 기다릴 것입니다. 그러니 난 계속 가겠습니다.

그리하여 불신과 겁쟁이는 산 아래로 뛰어 내려갔고 크리스천은 가던 길을 계속 걸었다. 얼마 후 두 사람이 해준 말이 다시 생각나자 두루마리를 펼쳐 읽으면 위안을 얻을 수 있으리라 믿고 가슴 안쪽에 손을 넣었다가 그만 두루마리가 없어진 것을 알게 되었다. 깜짝 놀라고 크게 낙담한 크리스천은 어찌할 바를 몰라 당황했다. 두루마리를 읽기만 해도 마음에 위안을 얻었을 뿐만 아니라 그것은 하늘나라로 들어갈 수 있는 통행증인데 그만 없어지고 만 것이다. 더욱 당황한 그는 어찌할 바를 몰라 하며 갈피를 잡지 못했다. 마침내 오던 중 산 중턱 정자에서 잠들었던 일을 생각해 내고는 자신의 어리석은 행동을 용서해 달라고 무릎 꿇고 엎드려 하느님께 간절히 기도한 후 두루마리를 찾으러 다시 돌아갔다. 그러나 여기까지 와서 다시 험난한 길을 돌아가야 하는 크리스천의 뼈

아픈 슬픔을 어찌 표현할 수 있으리오? 그는 때로는 한숨을 내쉬고 때로는 눈물을 흘리며, 잠시 피로나 풀라고 만든 정자에서 그토록 오래 잠든 자신의 어리석음을 거듭 꾸짖었다. 그리고는 여행 중에 여러 번, 읽기만 하면 위안을 얻었던 두루마기를 찾기 위해 되돌아가면서 혹시 길가에 떨어져 있지는 않을까 하는 생각에 길 이쪽저쪽을 유심히 살피면서 조심스럽게 걸어갔다. 이윽고 아까 잠들었던 정자가 눈에 들어오자 자신의 어리석은 행동이 기억나서 그는 더욱더 큰 슬픔에 사로잡혔다. 그는 탄식하며 말했다. 「대낮에 정자에서 잠을 자다니 나는 얼마나 어리석은 인간인가! 더구나 위험과 곤경의 한가운데서 낮잠을 자다니!^{살전 5:5~8} 순례자들에게 정신적 위안을 주기 위해 하느님이 세워 놓으신 정자에서 나만의 육체적 안락을 얻기 위해 잠을 자다니! 오호라, 나는 곤고한 사람이니, 얼마나 많은 발걸음을 헛되이 다녔는가! 하기야 이스라엘 백성들도 자신의 죄로 인해 광야에서 고생하며 홍해의 바닷길로 되돌아가지 않을 수 없었지. 나 역시 죄스러운 잠만 아니었던들 기쁜 마음으로 걸었을 이 길을 이토록 슬픔에 잠겨 걸어가야만 하다니! 이렇게 되돌아오지 않고 그냥 곧장 걸어갔더라면 지금쯤 얼마나 많이 갔을 것인가! 한 번만 걸어도 될 길을 세 번이나 걷게 되었으니, 벌써 날은 저물어 밤이 가까워 오는구나. 아! 그때 잠만 자지 않았던들!」

마침내 다시 정자에 이르렀을 때 그는 슬픔에 못 이겨 잠시 앉아 울었다. 그러고 나서 걱정스럽고 두려운 마음으로 긴 의자 밑을 굽어 살펴보니 거기에 잃어버린 두루마리가 놓여 있었다. 떨리는 손으로 재빨리 두루마리를 집어 들어 다시 가슴 안쪽에 간직했을 때 그것을 되찾은 그의 기쁨이 얼마나 컸는지 누가 감히 묘사할 수 있으리오! 이 두루마리야말로 그의 영생을 보장하는 증서인 동시에 그가 소망하는 천국으로 들어갈 수 있는 통행증이었다. 가슴 깊숙한 곳에 다시 두루마리를 간수한 크리스천은 자신의 눈을 두루마리가 떨어져 있는 장소로 인도해 주신 하느님께 감사를 드리면서 기쁨의 눈물로 범벅이 된 채 다시 길을 떠났다. 그가 얼마나 경쾌한 발걸음으로 다시 산꼭대기까지 뛰어 올라갔는지! 그러나 산꼭대기에 채 이르기도 전에 해가 지고 말았다. 이렇게 늦어지게 된 것이 쓸데없이 낮잠을 청한 자신의 어리석음 때문임을 다시 떠올린 크리스천은 자책감에 못 이겨 스스로를 꾸짖기 시작했다. 「아아, 너 죄스러운 잠이여! 너로 인해 여행 도중에 밤을 만나게 되었구나! 너 죄스러운 잠 때문에 나는 햇빛이 비치지 않는 어두운 밤을 걸어야 하고 어둠이 내 발길을 덮어 버려 무시무시한 짐승들의 울부짖음 소리를 들으며 걸어가야만 하는구나!」 때마침 불신과 겁쟁이가 사자들의 모습을 보고 혼비백산하여 되돌아왔다고 그에게 말하던 것이 생각났다. 〈그런 짐승들은 으레 밤만 되면 먹이를 찾으러 돌아다니는 법인데, 어둠 속에서 내가 사자들을 만나게 되면 어찌 갈가리 찢김을 피할 수 있을까?〉 하고 거듭 중얼거리며 크리스천은 계속 걸었다. 이처럼 불행해진 것을 한탄하며 눈을 들어 앞을 바라보니 아주 웅장한 궁전이 당당하게 서 있었다. 그 궁전의 이름은 〈아름다움〉으로, 길의 한쪽 가장자리에 서 있었다.

하룻밤 묵고 갈 수 있지 않을까 생각하며 크리스천이 서둘러 궁전을 향해 걸어가는 것을 나는 꿈속에서 보았다. 그러나 그는 채 얼마 가지 못해 몹시 비좁은 길로 접어들었다. 멀지 않은 곳에 문지기가 사는 조그만 오두막집이 보였고, 좁은 길 앞쪽을 주의 깊게 살펴보니 두 마리의 사자가 길을 막고 누워 있음을 알았다. 〈불신과 겁쟁이가 깜짝 놀라 되돌아선 위험이 바로 저기에 있구나〉 하고 생각하자 크리스천은 더럭 겁이 나기 시작했다. 자기 앞에는 이제 죽음만 있다고 생각하면서 자신도 불신과 겁쟁이처럼 돌아갈까 하고 궁리해 보았다. 그러나 멈춘 지점에서 돌아가려는 듯한 크리스천을 본 문지기가 — 그의 이름은 〈경계〉였다 — 크리스천을 향해 소리를 질렀다.「당신은 그렇게도 용기가 없소? 사자들은 사슬에 매여 있으니 무서워할 필요 없소. 믿는 자의 신앙을 시험하고 믿지 않는 자를 가려내기 위해 사자들을 거기 매어 둔 거요. 길 한가운데로 오면 아무런 상처도 입지 않고 안전하게 지날 수 있을 거요.」

어려움이 뒤에 있고, 두려움이 앞에 있지.
비록 산 위에 올랐으나 사자들이 으르렁대네.
크리스천은 결코 편안할 수 없지.
한 가지 두려움이 사라지면, 다른 하나가 그를 사로잡는다네.

크리스천이 아주 조심스럽게 길 한가운데로 걸으면서도 두려움에 떨고 있는 것을 나는 보았다. 그러나 사자들은 으르렁거리기만 할 뿐 아무런 해도 끼치지 못했다. 크리스천은 손뼉을 치며 계속 걸어가 문지기가 살고 있는 오두막집 문 앞에 이르렀다.「선생님, 이 집은 무슨 집입니까? 오늘 밤 여기서 묵을 수 있을까요?」그러자 문지기가 대답했다.「이 집은 산의 주인 되시는 분께서 지으셨는데, 순례자들에게 안도감과 평안한 휴식을 주기 위해서입니다. 그런데 당신은 어디에서 왔으며 어디로 가는 길입니까?」

크리스천 멸망의 도시를 나와 시온 산으로 가는 길입니다. 이제 날이 저물었으므로, 바라건대 하룻밤만 묵고 갔으면 합니다.

문지기　당신 이름은 무엇입니까?

크리스천　지금 이름은 크리스천인데 처음에는 〈은혜 없음〉이었습니다. 저는 하느님께서 셈의 천막으로 가서 살라고 말씀하신 야벳의 후손입니다.^{창 9:27}

문지기　그런데 어인 일로 이렇게 늦으셨소? 벌써 해가 저물었는데요.

크리스천　좀 더 일찍 올 수 있었는데……. 아! 내가 얼마나 어리석고 가엾은 인간인지! 산 중턱에 있는 정자에서 그만 깜빡 잠이 드는 바람에 이렇게 늦어졌습니다. 게다가 잠자는 동안 귀중한 증서인 두루마리를 떨어뜨린 것도 모르고 길을 떠났다가 산꼭대기까지 올라와 가슴 안쪽을 뒤져 보고 나서야 두루마리가 온데간데 없다는 걸 알았지 뭡니까? 결국 쓰디쓴 슬픔을 되새기며 잠들었던 정자로 다시 갔고 다행히도 두루마리를 찾아 이렇게 오는 길입니다.

문지기　그렇다면 이 댁의 아가씨들 중 한 분을 부릅시다. 그녀가 호의적으로 당신 이야기를 믿는다면 이 댁의 규칙에 따라 당신은 가족 전부를 만나게 될 것입니다.

경계라는 문지기가 종을 울리자 그 소리를 듣고 〈신중〉이라는 이름의 아름답고 조심성 있는 아가씨가 나와서 무슨 일이냐고 물었다.

그러자 문지기가 설명했다. 「이분은 멸망의 도시를 떠나 시온 산을 향해 여행하는 분입니다. 몹시 피곤하고 날도 이미 저물어 하룻밤만 여기서 묵고 가기를 간청하고 있습니다. 그래서 내가 아가씨를 불러 함께 이야기를 나눈 후에 아가씨가 그의 이야기를 믿고 호의적으로 받아들인다면 이 집의 규칙에 따라야 할 것이라고 알려 주었습니다.」

그러자 신중 아가씨는 어디서 왔으며 어디로 가는 중이냐고 크리스천에게 물었다. 크리스천은 자신이 어떻게 해서 이 길로 들어서게 되었는지를 설명했다. 그녀는 또 오는 중에 무엇을 보았고 누구누구를 만났느냐고 물었다. 이에 크리스천은 자상하게 이야기를 들려주었다. 마지막으로 그녀가 이름을 물었을 때 그는 크리스천이라고 대답하면서, 듣자 하니 이 집은 언덕의 주인 되시는 분이 순례자들의 휴식과 안전을 위해 세운 집이라고 하던데, 하룻밤만 여기서 묵고 가기를 간절히 소망하노라고 했다. 그러자 아가씨가 미소를 지었는데 아름다운 두 눈에는 눈물이 어려 있었다. 잠시 후 그녀는 〈내가 집안 식구 두세 명을 더 불러오겠어요〉 하고 말하면서 문 쪽으로 달려가더니 〈분별〉, 〈경건〉, 〈자애〉라고 불리는 세 처녀를 불러냈다. 잠시 더 이야기를 나눈 후에 그들은 크리스천을 가족들에게 데려갔다. 크리스천이 집 문턱에 다다르자 많은 가족들이 반갑게 인사했다. 「주님의 축복을 받으신 분이여, 어서 들어오십시오. 이 집은 당신처럼 피곤에 지친 순례자들을 편히 쉬어 가게 하려고 언덕의 주인께서 세워 놓은 집입니다.」 크리스천은 머리를 숙여 인사하고 나서 그들을 따라 집 안으로 들어갔다. 그가 방 안으로 들어가 자리에 앉자 그들이 마실 것을 갖다주면서 저녁 식사가 준비될 때까지 시간이 좀 남았으니 그 시간을 좀 더 유익하게 보내기 위해 몇몇 처녀들과 함께 이야기를 나누었으면 좋겠다고 청했고, 크리스천은 기꺼이 응했다. 그들은 경건과 분별과 자애라는 이름의 아가씨들을 지명하여 크리스천과 함께 대화를 나누게 했는데 그들의 이야기는 이러하였다.

경건 어서 오세요, 선한 크리스천 님. 오늘 밤 당신을 받아들여 저희 집으로 모셨으니 부족한 저희의 경험과 지식을 넓혀 주는 의미에서 순례 여정 이야기를 들려주시면 무척 감사하겠습니다.

크리스천 기꺼이 그러지요. 당신들 마음이 이다지도 선하여 호의를 베풀어 주시니 참으로 기쁩니다.

경건 처음에 당신으로 하여금 순례의 여정을 택하도록 한 것은 어떤 동기에서였나요?

크리스천 내가 살던 멸망의 도시에 계속 머물러 있으면 피할 수 없는 파멸에 이를 것이라는 무서운 목소리가 내 귀에서 떠나지 않았기 때문에 결국 떠나게 되었지요.

경건 그렇다면 고향을 떠나올 때 어째서 하필 이 길을 택하게 되었나요?

크리스천 그것은 하느님의 섭리에 의해서였습니다. 내가 멸망의 두려움에 사로잡힌 채 어디로 가야 할지 몰라 떨며 울고 있을 때 우연히 전도자라는 분을 만났는데, 그분이 좁은 문으로 가라고 가르쳐 주었답니다. 그분이 아니었다면 좁은 문을 찾을 도리가 없었을 터인데 그분이 가르쳐 준 길로 계속 오다 보니 여기 이 집 앞까지 이르게 되었습니다.

경건 그런데 해석자의 집에는 가지 않으셨나요?

크리스천 예, 그분 댁에 갔었지요. 그곳에서 나는 일생 동안 기억에 남을 여러 장면들을 보았는데 그중에서도 특히 세 가지가 가장 인상 깊었습니다. 설명해 드리자면 사탄의 온갖 방해에도 불구하고 하느님의 은총이 계속 우리 마음속에 남아 있는 장면이 그 하나요, 하느님의 무한하신 사랑으로 구원할 희망조차 없을 만큼 많은 죄를 지은 사람의 모습이 또 하나이고, 마지막으로 자다가 최후의 심판 날을 목격한 사람의 장면입니다.

경건 그 사람의 꿈 이야기를 들어 보셨나요?

크리스천 물론 들었지요. 정말 무서웠습니다. 이야기를 듣는 동안 제 마음이 몹시 아팠지만 그래도 이야기를 들어서 매우 기쁩니다.

경건　해석자의 집에서 본 것은 그게 전부였습니까?

크리스천　아니, 그 밖에도 많지요. 해석자께서는 내 손을 잡고 아주 웅장한 궁전 안으로 인도했는데 황금빛 의복을 입은 사람들이 유유히 뜰을 거닐고 있었습니다. 많은 사람들이 그 궁전 안으로 들어가려고 했지만 문을 지키고 선 무장한 병사들 때문에 어느 누구도 감히 안으로 들어가지 못했습니다. 그때 한 용감한 사나이가 나타나 그를 저지하려는 병사들과 치열한 싸움을 벌인 끝에 결국 병사들을 무찔렀습니다. 그가 궁전 안으로 들어가자 사람들이 그를 환영하였고 그는 영광의 면류관을 차지했습니다. 그 광경은 내 마음을 몹시 사로잡았고, 가야 할 길이 남아 있지 않았더라면 그 친절하신 해석자의 집에서 1년 열두 달이라도 더 머물러 있고 싶었습니다.

경건　그 밖에도 오시는 길에 무엇을 보았습니까?

크리스천　물론 여러 가지를 보았지요. 그 댁을 떠난 지 얼마 되지 않아, 누군가 피를 흘리며 고통스럽게 나무 위에 못 박혀 있는 모습을 본 것 같았어요. 그런데 그분을 바라보자마자 내 등에서 짐이 떨어져 나갔습니다. 나는 그때까지 등에 무거운 짐을 진 채 신음하고 있었거든요. 전에 결코 볼 수 없었던 신비한 일이 일어나서 무척 놀랐지만 한편으론 깊이 감사하지 않을 수 없었습니다. 가슴이 아파서 차마 지켜볼 수 없는 광경이었어요. 그런데 십자가에 달리신 분의 모습을 계속 보고 있노라니 광채를 발하는 세 사람이 내게 다가왔습니다. 그중 한 분이 내 죄가 사함을 받았다고 증명해 주셨고, 다른 한 분은 내가 걸치고 있던 누더기 옷을 벗기고 당신이 지금 보고 있는 아름답게 수놓인 이 겉옷을 입혀 주셨으며,

세 번째 분은 내 이마에 있는 이 증표를 찍어 주고 또 봉인된 두루마리를 주셨습니다.

경건　그 밖에도 많은 것을 보셨겠지요?

크리스천　물론 많은 것들을 보았지만 가장 감명 깊은 것들만 말씀드린 것입니다. 그 밖에도 내가 온 길에서 조금 벗어난 곳에 천박, 나태, 거만이라고 불리는 세 사람이 발에 쇠고랑을 찬 채 잠들어 있었는데 아무리 깨우려고 애써도 그들은 들은 척도 않고 계속 잠만 자려 했습니다. 또 허례와 위선이라는 사람이 지름길을 택해 시온 산에 간다면서 담을 넘어 들어오는 것을 보았는데, 옳은 길로 가지 않고 담을 넘어 시온 산에 가는 것은 불가능하다고 아무리 말을 해도 들은 척도 하지 않더니 이내 자취를 감추고 말았답니다. 결국 이 산을 올라올 때 좀 더 쉽고 편한 길을 택하려다 도중에 자멸하게 된 거지요. 사실 무엇보다 어려운 일은 이 험난한 산을 올라오는 것이었고, 사나운 사자들이 으르렁거리는 길 한가운데로 걸어야 했던 것도 그 못지않았지요. 솔직히 말해서 저 문 옆에 계신 착한 문지기가 용기를 북돋워 주시지 않았더라면 지금쯤 나는 돌아가 버렸을지도 모릅니다. 무사히 여기까지 올 수 있도록 은총을 베풀어 주신 하느님께 감사드리며, 또한 저를 이토록 환영해 주신 여러분께 진심으로 감사드립니다.

이때 분별이 다가오더니 크리스천에게 몇 가지 질문을 던지고 그에 대한 대답을 듣고 싶어 했다.

분별　이따금 떠나오신 고향이 생각나지는 않으십니까?

크리스천　예, 종종 생각나지만, 부끄럽기도 하고 싫기도 합니다. 〈만일 그들이 떠나온 곳을 고향으로 생각했었다면 그리로 돌아갈 기회도 있었을 것입니다. 그러나 실지로 그들이 갈망한 곳은 하늘에 있는 더 나은 고향이었습니다.〉히 11:15~16

분별 그 밖에도 좋아하던 것들이나 친밀했던 사람들에 대한 미련은 안 남았나요?

크리스천 다소의 미련이야 있지요. 하지만 그것은 내 의지에 크게 거슬리는 것이 아닙니다. 그중에서도 특히, 나뿐만 아니라 고향 사람들 모두가 크게 희열을 느꼈던 세속적이고 육욕적인 향락들을 돌이켜 보면 지금은 그 모두가 고통이자 슬픔입니다. 지금 나보러 하고 싶은 일들을 선택하라고 한다면 나는 결코 그런 것들은 생각하지도 선택하지도 않을 겁니다. 그러나 종종 선한 일을 하려고 하면 뜻밖에도 내가 가장 미워하는 악한 일들이 나를 따라다니곤 합니다.

분별 때때로 당신을 당혹케 하던 일들이 이제는 모두 극복된 것처럼 느껴질 때도 있나요?

크리스천 예, 자주는 아니지만 그런 일들이 일어나는 시간이야말로 내게는 가장 귀하고 값지지요.

분별 때때로 당신을 괴롭히던 것들이 당신에게서 떠나 버렸다고 느꼈다면 당신이 어떤 방법으로 그걸 극복해 냈는지 기억하시나요?

크리스천 예, 십자가를 볼 때 느꼈던 기쁨과, 고통으로부터의 해방감이 내 괴로움을 이기게 해주었다고 생각합니다. 또 내가 입고 있는 이 수놓은 겉옷을 볼 때 혹은 가슴에 깊이 간직한 두루마리를 들여다볼 때마다 그런 느낌이 들지요. 또 내가 지금 어디로 가고 있는지를 생각할 때마다 마음이 따뜻해지면서 그런 느낌이 들곤 한답니다.

분별 당신은 무엇 때문에 그토록 시온 산으로 가려고 하는 거죠?

크리스천 십자가에 못 박혀 돌아가신 분이 살아 계신 것을 뵐 수 있을 겁니다. 또 지금까지 날 괴롭히던 모든 것을 떨쳐 버릴 수 있을 뿐만 아니라 거기에는 더 이상 죽음이 존재하지 않는다고 하니,^{사 25:8} 나는 내가 가장 사랑하는 사람들과 더불어 즐겁게 살 수 있을 겁니다. 나는 내 무거운 짐을 벗게 해주신 그분을 진심으로 사모하고, 나의 내적인 허약함에 피로를 느낍니다. 더 이상 죽음이 존재하지 않는 곳에서 끊임없이 〈거룩, 거룩, 거룩하도다!〉를 노래 부르는 성도들과 더불어 살게 되기를 소망하지요.

이때 자애가 끼어들어 크리스천에게 물었다. 「선생님, 가정을 가지고 계십니까? 결혼하셨나요?」

크리스천　예, 아내와 어린 자식 넷이 있지요.
자애　그런데 왜 그들을 데리고 오지 않으셨나요?
크리스천　(눈물을 흘리며 대답했다) 아! 함께 오기를 얼마나 원했는데요! 하지만 가족들은 나를 이상하게 생각하면서 순례 길에 오르는 것을 완강히 반대했습니다.」
자애　하지만 뒤에 남아 봤자 멸망과 위험만 찾아오리라는 것을 그들이 깨달을 수 있도록 열심히 설득하고 권고할 수 있었을 텐데요.
크리스천　물론 그렇게 했지요. 그리고 하느님께서 내게 보여 주신 우리 도시의 멸망에 대해서도 말했습니다. 그렇지만 그들은 내가 농담하는 것으로 여기고 믿지 않았습니다.^{창 19:14}
자애　그럼 그들에게 은총을 베풀어 당신의 참된 충고를 그들이 받아들이게 해달라고 하느님께 기도해 보셨나요?
크리스천　예, 하느님께 아주 간절히 기도 드렸답니다. 당신도 알다시피, 아내와 자식들이야말로 내겐 둘도 없이 귀하고 사랑스러운 존재들이었으니까요.

자애　하지만 당신 자신이 느낀 멸망에 대한 두려움과 슬픔을 그들에게도 알기 쉽게 설명하셨나요? 제가 보기에 선생님께서는 멸망이 오리라는 사실을 확실히 알고 있었던 것 같은데요.

크리스천　물론이지요. 반드시 멸망하게 된다고 여러 번 반복해 설명했답니다. 그들은 내 얼굴에 드리워진 공포와 두려움, 나의 뜨거운 눈물, 바로 우리 머리 위에 걸려 있는 하느님의 심판을 깨달은 내가 부들부들 떠는 모습을 여러 번 보았습니다. 그럼에도 이 모든 것이 그들을 동행하게끔 설득하기에는 충분하지 못했나 봅니다.

자애　따르지 않으려는 이유를 뭐라고 대던가요?

크리스천　아내는 속세의 모든 물질과 영화를 잃어버릴까 봐 두려워했고, 아이들은 젊은 시절의 어리석은 쾌락에 빠져 이런저런 핑계를 대면서 나 혼자 이 방랑의 길을 떠나도록 내버려 두었지요.

자애　혹 당신의 무질서하고 공허한 생활 때문에 설득력을 잃어 그들이 당신과 동행하려 하지 않은 것은 아닐까요?

크리스천　어쩌면 그랬을지도 모르겠습니다. 내 생활은 온갖 결함으로 가득 차 있어 당신에게 말씀드리기조차 부끄러울 지경이니까요. 또한 논쟁이나 설득보다는 자연스러운 대화로 다른 사람을 선으로 인도하는 것이 훨씬 효과적임을 잘 알고 있었습니다. 그럼에도 여러 꼴사나운 내 행동 때문에 혹 그들이 순례 여행에 대해 혐오감을 갖게 되지는 않을까 몹시 걱정하면서 나름대로 세심한 주의를 기울였습니다.

그런데 나의 이러한 조심스러운 행동을 두고 그들은 내가 너무 용의주도한 사람이라고 욕하더군요. 결국 그들 스스로는 아무런 죄악도 느끼지 않는 것들을 나 혼자서만 나쁘다고 걱정하면서 조심한 셈이지요. 만약 나의 언행이 그들을 방해

했다면, 그것은 아마 내가 하느님께 죄를 짓거나 이웃에게
해를 끼치지 않으려고 조심했기 때문이라고 볼 수 있겠지요.

자애 옳은 말씀이에요. 카인이 동생 아벨을 미워한 것도
〈저 자신의 행위는 악한 데 반해 동생의 행위는 의로운 데〉
그 원인이 있었지요. 만일 선생님의 아내와 자식들이 이러한
이유로 당신에게 화를 냈다면, 그들은 선으로 인도되기에는
가능성이 없는 사람들이지요. 당신은 가족들의 피로부터 당
신의 영혼을 구원한 셈입니다.

나는 꿈속에서 저녁 식사가 준비될 때까지 그들이 앉아 이
런저런 이야기를 주고받는 것을 보았다. 마침내 저녁이 준비
되자 그들은 식탁에 둘러앉았다. 식탁 위에는 〈기름진 것들
과 오래 저장한 맑은 포도주〉 등이 차려져 있었다. 식탁에서
의 대화는 주로 이 산의 주인에 관한 것이었다. 말하자면 그
가 쌓아 놓은 여러 가지 공적, 어떤 목적으로 이러한 일들을
하게 되었는가, 그리고 또 무슨 이유로 이 집을 짓게 되었는
가 하는 것들이었다. 그들의 말로 미루어 보건대, 이 산의 주
인은 본래 위대한 무사였으며 〈사망의 권세를 가진 자〉와 싸
워 그를 살해하기는 했지만 그 자신도 큰 위험에 빠졌었다는
것을 알 수 있었다. 그로 인해 크리스천은 그분을 한층 더 사
모하게 되었다.

그때까지 처녀들의 말을 듣고 있던 크리스천이 마침내 입
을 열었다. 「사람들이 말한 대로 나도 그렇게 믿습니다만 그
분은 사망의 권세를 가진 자를 죽이기 위해 자신도 많은 피
를 흘리셨습니다. 그가 자신의 나라를 아끼는 순수한 사랑으
로 행한 이 모든 일로 은혜의 영광을 입게 되었습니다.」 그러
자 그 집에 사는 몇몇 사람들이 십자가에 못 박혀 돌아가신
후에도 그분을 만나 이야기를 주고받았다고 말했다. 그분이

직접 입을 열어 말씀하시기를, 자기는 이 세상 누구보다 불쌍한 순례자들을 사랑하노라고 하셨고, 그들은 정말 그분처럼 사랑이 충만하신 분은 동서고금에 없을 것이라고 입을 모아 간증했다.

그들은 자신들의 간증을 확인하고자 또 한 가지 예를 들었다. 즉 그분은 영적으로 헐벗고 가난한 인간들을 구원하기 위해 자신의 영광을 스스로 벗어 버렸고, 시온 산에 그분 혼자만 거하기를 원하지 않는다고 거듭 다짐하시더라는 것이다. 게다가 본시 거지로 태어나 거름 더미에서 살던 많은 순례자들을 왕처럼 귀한 위치로 끌어올려 주었노라고 말씀하시는 것까지 직접 들었노라고 했다.

이렇게 밤늦게까지 이야기를 나누던 그들은 사랑과 자비로 보호해 주실 것을 주께 기도드린 뒤 제각기 잠자리에 들어갔다. 그들은 해 뜨는 쪽으로 창문이 나 있는 2층의 커다란 방으로 순례자를 인도했다. 그 침실의 이름은 〈평화〉였다. 동이 틀 때까지 숙면을 취한 크리스천은 깨어나 다음과 같이 노래 불렀다.

내가 지금 머물고 있는 곳은 어디인가? 순례자들을 사
랑하시고 돌보시기 위해
마련한 장소란 말인가?
이렇게 예비해 주시다니 나는 죄 사함을 받았도다!
벌써부터 하늘나라 옆방에 머물게 되다니.

아침이 되자 모두 일어나 좀 더 이야기를 나누었는데, 그들은 이 집에 보존되어 있는 온갖 진기한 물건들을 구경한 후에 길을 떠나라고 크리스천에게 말했다. 맨 처음 그들은 크리스천을 서재로 인도해 아주 오랜 옛날의 일들을 기록해 놓은 책들을 보여 주었다. 내가 꿈속에서 기억하건대, 그 책들 중에서도 가장 먼저 그들이 보여 준 것은 이 집 주인의 족보였다. 거기에는 그가 아주 오랜 시대의 아들이요 영원한 세대 동안 옛적부터 항상 계시다는 것과, 이제껏 행한 그의 행적들이 자세히 기록되어 있었다. 또 그가 부러 사역시킨 수백 명의 이름이 적혀 있었고, 오랜 세월과 자연의 온갖 천재지변에도 소멸되지 아니할 견고한 집에 그들을 머물게 하신 기록도 자세히 적혀 있었다.

다음에는 주인에게 봉사한 사역자들 중에서 몇몇이 행한 가치 있는 공적들을 크리스천에게 읽어 주었다. 즉 그들이 어떻게 사자들의 입을 막고 맹렬히 타오르는 불길을 껐으며, 어떻게 날카로운 칼날을 피해 본래는 약한 자들이 점차 강해져 전쟁에서 용맹을 떨쳤으며, 어떻게 외국 군대를 물리쳤는가 하는 기록이었다.^{히 11:33~34}

다음에는 이 집의 또 다른 기록을 읽어 주었는데, 이 집의 주인은 세상 어느 누구, 심지어 과거에 그의 인격과 행위에 심한 모욕과 핍박을 가한 사람들조차도 아무런 차별 없이 기꺼이 영접하여 은혜를 베풀었다고 했다. 이 밖에도 수많은 유명한 사건들을 기록한 책들이 여러 권 있었고, 그것들을 일일이 크리스천에게 보여 주었다. 그중에는 동서고금을 막론하여 반드시 성취되고 이루어질 예언들도 있었다. 원수들에게는 두려움과 놀라움이 되고 순례자들에게는 도움과 위로가 될 만했다.

다음 날 그들은 크리스천을 병기 창고로 데려가 순례자들을 무장시키기 위해 집주인께서 마련해 놓은 무기들, 즉 칼, 방패, 투구, 갑옷, 모든 기도, 영원히 닳지 않는 신 등을 구경시켰다. 주님을 위해 사역하고자 하는 사람들이 하늘의 별처럼 많다 해도 그들을 충분히 무장시킬 만큼 병기들이 많았다.

　다음으로 그들은 주님의 일꾼들이 놀라운 일을 행할 때 사용했던 몇 가지 도구들을 보여 주었다. 예를 들면 모세의 지팡이, 야엘이 시스라를 죽일 때 사용한 말뚝과 방망이, 기드온이 미디안 군대를 물리칠 때 사용한 빈 항아리와 나팔과 횃불, 삼갈이 육백 명을 죽일 때 사용한 소몰이용 막대기, 삼손이 눈부신 공적을 세울 때 사용한 턱뼈, 다윗이 가드 사람 골리앗의 이마를 쳐 죽일 때 사용한 물매와 돌, 또 주님께서 장차 심판하실 날에 죄인들을 멸하실 칼도 보여 주었다. 이 밖에도 여러 가지 좋은 도구들을 구경하는 동안 크리스천은 몹시 행복해졌다. 구경을 끝내자 그들은 다시 잠자리에 들었다.

　다음 날 아침 크리스천이 다시 길 떠날 채비를 갖추는 것을 나는 꿈속에서 보았다. 하지만 그들은 하루만 더 묵으라고 간곡히 권하면서 날씨가 맑으면 〈기쁨의 산들〉을 보여 주겠다고 했다. 그 산들은 지금 그가 있는 곳보다 천국에 더 가까우니 더 많은 위안을 얻을 것이라고 덧붙였다. 그리하여 그는 하루 더 묵고 가겠노라고 했다. 오전이 끝날 무렵, 그들은 크리스천을 지붕 꼭대기로 데려가 남쪽을 바라보게 했다. 저 멀리 한참 떨어진 곳에 매우 아름답고 보기 좋은 산들이 펼쳐져 있었다.^{사 33:16~17} 울창한 산림, 포도밭, 모든 종류의 유실수가 있는 과수원들, 형형색색의 아름다운 꽃들, 끊임없이 솟아나는 샘물과 분수들 등등, 실로 표현하기 어려울 정도로 아름답고 유쾌한 절경이었다. 크리스천이 그 고장의 이름이 무엇이냐고 묻자 그들은 〈임마누엘의 땅〉이라고 하며 덧붙였다. 「저 산은 이 집과 마찬가지로 순례자들을 위한 휴식처입니다. 산꼭대기에 가서 올려다보면 천국의 문이 보일 것이고 그곳에 살고 있는 양치기들도 보게 될 것입니다.」

　이제 그가 떠나야겠다고 말하자 그들은 기꺼이 그러라고

하면서, 우선 병기고에 한 번 더 가보자고 했다. 무기고에서 그들은 크리스천의 머리끝부터 발끝까지를 꿰뚫을 수 없는 투구와 갑옷 등으로 무장시켜 주었다. 길 가는 도중에 부딪칠 온갖 위험에 대비하기 위해서였다.

크리스천이 그의 믿음의 친구들과 함께 있을 때
그들의 웅변은 그의 모든 슬픔을 치유하기에 부족함이 없었노라.
그들이 그를 돌려보낼 때
그의 몸은 머리부터 발끝까지 강한 철갑옷으로 무장되었노라.

이렇게 중무장한 크리스천이 친구들과 함께 문으로 달려가 그곳에 있는 문지기에게 다른 순례자들이 지나가는 것을 보았느냐고 물었다. 그러자 문지기가 〈예〉라고 대답했다.

크리스천 누구였습니까?
문지기 이름을 물었더니 〈믿음〉이라고 하더군요.
크리스천 아, 내가 아는 사람입니다. 내 고향 사람이죠. 가까운 이웃으로 내가 태어난 고장에서 온 사람이 틀림없어요. 그런데 얼마 정도나 앞섰을까요?
문지기 지금쯤 산 아래까지 내려갔을 거요.
크리스천 아, 착하신 문지기님, 주님께서 당신과 함께하사 제게 베풀어 준 온갖 친절에 대해 더욱더 많은 은혜와 축복을 당신께 더해 주시기를!

그러고 나서 크리스천은 출발했다. 신중, 분별, 경건, 자애 등의 처녀들이 산 아래까지 동행하겠다고 나섰다. 그들은 산 아래에 다다를 때까지 이전에 나누던 이야기들을 계속했다. 크리스천이 말했다. 「올라올 때도 몹시 힘들더니 내려가는 길도 몹시 위태롭군요.」 그러자 분별이 대답하기를, 「예, 물론이지요. 〈겸손의 골짜기〉로 내려가기는 어려워요. 미끄러지지 않도록 아주 조심하셔야 해요.」 세 처녀가 이구동성으로 덧붙였다. 「그래서 우리가 함께 온 거예요.」 그래서 그는 아주 조심스럽게 내려갔지만 한두 번은 미끄러지고야 말았다.

또 나는 꿈속에서 크리스천이 산 아래 다다랐을 때 세 사람의 선한 동행자가 그에게 빵 한 덩어리와 포도주 한 병, 건포도 한 송이를 건네는 것을 보았다. 그는 여행을 계속했다.

그런데 겸손의 골짜기에서 불쌍한 크리스천은 난관에 봉착했다. 채 얼마 가기도 전에 추하게 생긴 괴물 하나가 그에게 다가온 것이었다. 이 괴물의 이름은 〈아폴리욘〉이었다. 두려움에 사로잡힌 크리스천은 뒤돌아 도망칠까, 아니면 맞서 볼까 망설였다. 그러나 자신이 입고 있는 가슴 보호용 갑옷은 등을 가리지 못하므로 뒤돌아 도망가면 마귀의 창을 맞을 가능성이 더 커 매우 위험하다는 생각이 들었다. 크리스천은 목숨을 구하는 일보다 더 급한 일이 떠오르지 않았으므로 맞서 싸우는 것이 최상의 방도라고 생각했다. 크리스천은 아폴리욘과 마주 섰다. 그런데 그 마귀의 모습은 보기만 해도 소름이 끼칠 정도로 흉측하기 짝이 없었다. 몸은 물고기 같은 비늘로 덮여 있고(이것이 또한 마귀의 자랑거리였다) 용의 날개와 곰의 발을 가졌으며 배에서는 시뻘건 불길과 검은 연기가 쏟아져 나오고 입은 사자 입 같았다. 크리스천에게 바짝 다가온 아폴리욘은 경멸하는 듯한 표정으로 바라보며 질문을 던지기 시작했다.

아폴리욘 너는 도대체 어디서 와서 어디로 가는 놈이냐?

크리스천 모든 악의 소굴인 멸망의 도시를 떠나 시온 산으로 가고 있소이다.

아폴리욘 내게 복종해야 할 신자들 중 하나로구나. 왜냐하면 네 고향 근처의 모든 나라가 내 것이고 나는 그들의 왕이며 신이기 때문이다. 그런데 너는 어찌하여 왕을 배반하고 달아나는 것이냐? 만일 네가 반성하여 다시 날 섬기지 않는다면 지금 당장 한 방에 너를 거꾸러뜨리겠다.

크리스천 네가 지배하는 나라에서 태어난 것은 사실이지만 너를 섬기는 일은 몹시 힘들었고 삯도 너무 박해서 도저히 생계를 꾸려 나갈 수 없었다. 〈죄의 대가는 죽음〉롬 6:23이라는 말씀이 있는 것처럼 결국 나는 성도가 되어 분별력 있는 사람들이 그러하듯 내 생활과 나 자신을 개선해 보려고 여러 가지 방도를 찾고 있었다.

아폴리욘 쉽사리 자신의 신하를 잃어버리는 어리석은 왕이 없듯이 나도 너를 절대 잃지 않겠다. 일이 힘들고 품삯이 박하다고 불만인가 본데 그런 염려는 버리고 안심하고 돌아가거라. 우리 나라의 경제 사정이 허락하는 대로 후대해 주겠다고 분명히 약속하마.

크리스천 난 이미 다른 분, 즉 왕 중의 왕이신 분께 내 몸을 바치기로 했는데 어떻게 다시 네게로 돌아가겠는가?

아폴리욘 너는 지금 〈나쁜 곳에서 더 나쁜 곳으로 옮겨 간다〉는 속담처럼 어리석은 짓을 저지르는군. 스스로 그놈의 신하라 칭하며 잠시 그에게 봉사하던 놈들이 그를 속이고 다시 내게 오는 경우가 헤아릴 수 없이 많다. 네놈도 머지않아 그렇게 될 테니 그때는 만사가 잘 해결되겠지.

크리스천 나는 이미 그분께 신앙을 바치고 충성을 다하기로 맹세한 사람이다. 이를 번복한다면 반역자로 낙인찍혀 처형될 게 뻔하지 않은가?

아폴리욘　너는 이미 날 배반한 놈이다. 지금이라도 마음을 바꿔 내게 돌아온다면 기꺼이 용서해 주겠다.

크리스천　너에게 충성을 약속한 건 어렸을 때의 일이다. 지금 내가 그 깃발 아래 서 있는 하느님께서는 내 죄를 사해 주시고 내가 한때 너에게 복종했던 모든 죄악도 용서해 주실 수 있는 분이시다. 그러니 너 멸망의 왕 아폴리욘아! 잘 들어라. 사실 나는 그분을 섬기는 일과 그분이 주시는 삯, 그분의 일꾼들, 그분의 통치, 그분의 동료들, 그분의 나라를 너보다 훨씬 더 좋아한다. 그러니 나를 설득하려는 헛수고는 더 이상 하지 말고 돌아가거라. 나는 하느님의 신하이고 앞으로도 그를 따르고 섬길 터이니까.

아폴리욘　그렇게 흥분하지 말고 냉정하게 마음을 가다듬어 네가 가는 길에 부딪힐 어려움에 대해 생각해 봐라. 너도 알다시피 그의 신하들은 나와 나의 통치를 배반하고 그에게로 가는 바람에 대부분 비참한 종말을 맞았지. 얼마나 많은 사람들이 치욕적으로 죽었던가? 뿐만 아니라 너는 그를 섬기는 것이 나를 섬기는 것보다 더 낫다고 생각하는 모양이지만, 그는 내 손아귀에 들어온 자기 신하들을 구원하려고 나서는 일이 절대로 없어. 하지만 나는 나를 충실히 섬긴 신하들이 그들에게 잡혀 있으면 내 모든 권력을 동원하고 속임수를 써서라도 어떻게든 구해 내고 만다는 것을 이 세상 천하가 다 알고 있다! 그런 식으로 너를 구원해 주려는 거다.

크리스천　그분께서 지금 당장 자신의 신하들을 구해 주지 않고 참는 것은 하느님에 대한 그들의 사랑이 끝까지 가는지 시험해 보기 위한 의도이다. 너는 그들이 결국 비참한 종말을 맞게 된다고 말하지만, 그들에게 종말은 결코 비참한 것이 아니고 무엇보다도 영광스러운 것이다. 왜냐하면 그들은 현세의 구원이 아니라 하느님께서 자신의 영광 혹은 천사들의 영광 가운데 이 땅에 오실 때 얻게 될 영원한 영광을 기대하면서 기다리고 있기 때문이다.

아폴리욘 너는 이미 그를 섬기는 데 충실하지 못했거늘 어떻게 그에게 품삯을 받을 수 있다고 생각하는 거냐?

크리스천 마귀 아폴리욘아, 내가 그분께 충실하지 못했다고?

아폴리욘 우선 길 떠난 지 얼마 되지 않아 절망의 늪에 빠져 거의 질식할 뻔했을 때 너는 결심이 흔들렸지. 너의 하느님이 적당한 때에 네 짐을 벗겨 줄 때까지 한 길로 계속 갔어야 하는데 너는 세속의 유혹에 넘어가 다른 길로 빠져들고 말았다. 어리석은 잠에 빠져 귀중한 증거들을 잃어버렸고, 으르렁대는 사자를 보며 속으로 돌아갈 생각을 품지 않았더냐. 또 여행 도중 보며 들은 것들을 이야기할 때의 네 모든 언행에는 지적인 자만심과 허영심이 드러났단 말이다.

크리스천 네 말이 모두 사실이다. 더구나 숱한 잘못들이 더 있다. 그럼에도 내가 섬기는 주님께서 자비를 베풀어 모든 걸 용서해 주셨다. 그러나 이 약점들은 내가 네 나라에서 살며 너를 섬길 때 몸에 배어 버린 것들이다. 나는 이것들 때문에 늘 신음하고 슬퍼했는데 하느님께서는 그마저도 용서해 주셨다.

아폴리욘 (벌컥 화를 내며 달려들 듯한 기세로 말했다) 나는 네가 섬기는 그 왕과는 불구대천의 원수이지. 그의 인격, 그의 율법, 그의 백성들까지 모두 미워한다. 그래서 너를 방해하려고 이렇게 나온 거다.

크리스천 마귀야, 조심하는 게 좋을 거다. 지금 내가 걷고 있는 이 길은 하느님의 길이고 또한 거룩한 길이니 조심하라는 거야.

그러자 아폴리욘은 길 전체를 차지하고 떡 버티고 선 채 화가 머리끝까지 올라 고함을 질러 댔다. 「이런 일쯤 무서울 게 없다. 죽을 각오를 단단히 해둬라. 저 끝없는 지옥을 두고 맹세하나니, 내 기필코 여기서 네 영혼을 멸망시켜 한 발짝도 더 못 나가게 할 테다.」

이 말이 떨어지기 무섭게 마귀가 불붙은 창을 크리스천의 가슴을 향해 던졌다. 그러나 다행히도 크리스천은 손에 쥔 방패로 막아 내어 위험을 벗어날 수 있었다.

이제 분발해야 할 때라고 생각한 크리스천은 칼을 빼들었다. 그러자 아폴리욘은 여러 개의 투창들을 우박처럼 한꺼번에 퍼부으며 맹렬하게 돌진해 왔다. 크리스천은 있는 힘을 다해 그 많은 창들을 피하려고 애썼으나 결국 머리와 손과 발에 부상을 입고 말았다. 크리스천은 조금 뒤로 물러서지 않을 수 없었다. 이때 아폴리욘은 온 힘을 모아 공격했고 크리스천도 다시 용기를 내어 남자답게 최선을 다해 싸웠다. 이 치열한 싸움이 거의 반나절 이상 계속되었으므로 크리스천은 그만 기진맥진해지고 말았다. 몸 여기저기에 부상을 입어 점차 기력이 약해질 수밖에 없었다.

마침 좋은 기회다 싶은 아폴리욘은 크리스천에게 달려들어 거칠게 그를 넘어뜨렸다. 그 바람에 크리스천은 손에서 검을 놓치고 말았다. 아폴리욘은 〈자, 이제 꼼짝 마라〉며 크리스천을 마구 내리눌렀고 크리스천은 거의 죽을 지경에 이르렀다. 그러나 하느님께서 도우사, 마귀가 최후의 일격을 가하려 할 때 크리스천은 재빨리 놓쳤던 칼을 집어 들었다. 「원수들아, 우리가 이 꼴이 되었다고 좋아하지 마라. 지금은 쓰러졌지만 일어설 날이 온다.」^{미 7:8} 그가 온 힘을 다해 칼로 찌르자 치명상을 입은 듯 비틀거리며 마귀가 뒤로 나자빠졌다. 이 모습을 본 크리스천은 〈그럼 그렇지. 이 모든 일에 우리를 사랑하시는 주님으로 말미암아 우리가 넉넉히 이기느니라〉 하고 외치면서 다시 반격하려 하자 아폴리욘은 용의 날개를 펴 멀리 달아나 버렸고 그 후로 크리스천은 다시는 그를 보지 못했다.

나처럼 직접 보고 들은 사람이 아니고는 어느 누구도 상상하지 못할 전투였다. 아폴리욘은 싸움 내내 무시무시한 포효와 고함 소리를 내며 용과 같이 으르렁거렸고, 반면 크리스천은 가슴속에서부터 한숨과 신음 소리가 우러나왔다. 양날을 세운 칼이 마귀에게 치명상을 입힌 것을 확인할 때까지 한 번도 유쾌한 표정을 보이지 않던 그는 마침내 마귀를 물리치고 나서야 미소를 지으며 하늘을 올려다보았다. 정말 일찍이 보지 못한 가장 치열하고 무시무시한 전투였다.

도저히 힘의 상대가 되지 못한 전투였지만
크리스천은 천사처럼 싸워야 했노라. 아! 그러나 보라.
용감한 대장부의 재치 있는 검과 방패는
용과 같이 힘센 마귀를 물리쳐 버렸도다.

전투가 끝나자 크리스천은 〈사자의 입으로부터 나를 구해주시고 마귀 아폴리욘과의 싸움에서 나를 도와주신 주님, 진심으로 감사를 드립니다〉 하며 다음과 같은 찬송을 드렸다.

악마의 두목인 저 거대한 베엘제불이
나를 파멸시키려고 중무장하고 와서
소름 끼치는 분노를 품고서 불꽃처럼 맹렬히 달려들었으나
축복받은 미카엘 천사장이 나를 도와주사
날 선 검의 위력을 발휘함으로써

재빨리 저 못된 마귀를 쫓아 버렸도다.
그러므로 고마우신 주님께 영원한 찬송을 드리며
영원토록 그 거룩한 이름에 찬양과 감사를 드리나이다.

그때 생명나무 잎들이 크리스천에게 전해지고, 그가 싸움에서 얻은 상처 위에 붙이자 순식간에 상처가 아물었다. 그는 그 자리에 앉아 좀 전에 받은 빵을 먹고 포도주를 마셨다. 다시 원기를 회복한 크리스천은 빼어 든 검을 손에 쥔 채로 여행을 계속했다. 〈앞으로 또 어떤 마귀들을 만나게 될지 모른다〉고 했지만 골짜기를 거의 다 지날 때까지 아폴리온은 물론 다른 마귀들의 습격도 받지 않았다.

그런데 이 골짜기를 다 지나자 또 하나의 골짜기가 나타났는데, 그것은 〈음산한 죽음의 골짜기〉시 23:4로, 천국에 이르기 위해서는 반드시 이 골짜기 한가운데를 통과해야 하기 때문에 크리스천은 그곳을 지나가지 않을 수 없었다. 매우 고독하고 인적이 없는 곳이었다. 일찍이 선지자 예레미야는 이곳을 죽음의 그림자가 드리운 땅, 크리스천을 제외하고는 어느 누구도 지나가지 않고 살지도 않는 땅렘 2:6이라고 묘사했다.

그런데 이 골짜기에서 크리스천은 아폴리온과의 싸움보다 더 심각한 난관에 부딪히게 되었다. 그 난관을 적어 보겠다.

꿈속에서 보니, 크리스천이 음산한 죽음의 골짜기 경계선 근처에 이르렀을 때 두 사람을 만났다. 그들은 살기 좋은 천국에 대해 나쁜 소문을 퍼뜨리는 사람들의 자손으로, 서둘러 돌아가던 중이었다. 크리스천이 그들에게 다가가 말을 걸었다.

크리스천 어디로 가시는 길입니까?
남자들 돌아가는 중이오. 돌아가는 중이란 말입니다. 생명이나 평화를 귀하게 여기신다면 당신도 어서 돌아가시오.

크리스천 왜요? 도대체 무슨 일입니까?

남자들 무슨 일이냐고요? 우리는 당신이 지금 걷고 있는 이 길을 갈 수 있는 데까지 가보았지요. 좀 더 갔더라면 되돌아오기는커녕 이렇게 살아 돌아와 당신에게 소식을 전하지도 못할 뻔했지요.

크리스천 대체 무엇을 만나셨기에 그러시나요?

남자들 우리는 음산한 죽음의 골짜기 안으로 거의 들어갔소. 그런데 다행히도 눈을 들어 앞을 보니 우리 앞에 위험이 놓여 있는 것을 볼 수 있었다오.

크리스천 어떤 위험이었나요?

남자들 골짜기 자체가 역청처럼 온통 시커멓고 구렁텅이에 온갖 귀신들, 사티로스와 용이 우글거리고 있었소. 또 쇠사슬로 묶인 채 꼼짝 못하고 구렁텅이 속에 잡혀 말할 수 없이 비참한 지경에 놓인 인간들의 고통스러운 울부짖음과 고함 소리가 골짜기에서 울려 왔습니다. 골짜기 위로는 절망적인 혼돈의 구름이 덮고 있고 죽음이 그 어두운 날개를 쫙 펼치고 있었지요.^{욥 3:5} 한마디로 질서라고는 찾아볼 수 없이 온통 공포와 괴로움이 뒤섞인 곳이었지요.

크리스천 당신들이 말하는 바가 무엇인지 아직 잘 모르겠습니다. 하지만 내가 바라는 안식처로 가려면 이 길로 가야 한다는 것은 잘 알고 있습니다.

남자들 굳이 가려거든 가시구려. 우린 가지 않겠소.

거기서 그들은 헤어졌고, 크리스천은 길을 계속 갔다. 그러나 습격당할까 봐 두려워 손에는 칼이 들려 있었다.

그때 나는 꿈속에서 골짜기의 끝까지 오른쪽으로 엄청나게 깊은 도랑이 놓여 있는 것을 보았다. 예나 지금이나 맹인이 맹인을 인도하다가 비참하게 둘 다 빠져 죽는다는 도랑이었다. 또 골짜기 왼쪽에는 대단히 위험한 수렁이 있었다. 선한 사람이 빠질지라도 도저히 발 딛고 설 바닥을 찾을 수 없이 깊었다. 한때 다윗 왕도 이 깊은 수렁에 빠진 적이 있었는데 전능하고 자비로우신 하느님께서 빼내 주시지 않았던들 질식해 죽었을 것은 의심할 여지가 없다.

게다가 길은 한없이 비좁아 선량한 크리스천이 겪는 고생은 극심하기 짝이 없었다. 칠흑같이 컴컴한 어둠 속에서 한쪽 도랑을 피하려고 애쓰다가는 반대쪽 수렁에 빠질 위험이 있고, 정말 조심스럽게 수렁을 피하지 않는 한 도랑으로 굴러 떨어지기 십상이었다. 나는 이토록 고생하며 가는 크리스천의 입에서 괴로운 탄식이 새어 나오는 것을 들었다. 이미 위에서 말한 위험 말고도 너무 어두워서 발을 들어 앞으로 내디딜 때마다 어디를 디뎌야 할지 종잡을 수 없었다.

가엾은 자여! 너는 지금 어디 있느냐? 그대의 낮은 밤이로구나.

선한 이는 내쳐지지 않을 것이니 그대는 아직 의로운 길을 가고 있도다.

천국에 이르는 길은 지옥의 문 옆에 있나니

기운을 내 나아갈지어다, 모든 일이 형통하리라.

골짜기 중간쯤 되는 곳에서 나는 지옥의 입구를 보았는데, 그것 또한 길가에 접해 있었다. 이를 본 크리스천은 〈아! 이제 어쩌면 좋을까?〉 하고 생각했다. 이따금 무시무시한 소음과 함께 불꽃이 튀면서 연기와 화염이 쏟아져 나왔다. 이것들은 아폴리욘의 경우와 달리 크리스천의 칼로도 피할 수 없었다. 그는 칼을 집어넣고 〈전심 기도〉라는 새로운 무기를 꺼내 들었다. 그러곤 내게도 들릴 정도로 큰 소리로 외쳤다.

「야훼여, 구하옵나니 이 목숨 살려주소서.」^{시 116:4} 한참 걸었
는데도 불길은 여전히 그를 향해 달려들었고 여기저기서 처
량한 목소리와 음산한 소음들이 들려왔다. 이러다가는 자기
몸이 갈가리 찢기거나 길 위의 진흙탕처럼 짓밟히지나 않을
까 하는 생각이 들었다. 이 무시무시한 광경과 음산한 소음
은 수 킬로미터를 걷는 동안 끊임없이 계속되었다. 한 무리
의 마귀 떼가 그를 만나러 쫓아오는 듯한 소리가 들리자 그
는 멈춰 섰다. 그러곤 어떻게 하는 것이 가장 좋을지를 골똘
히 생각하기 시작했다. 그냥 돌아가는 게 좋지 않을까 하는
생각이 들다가도, 다시 생각하니 이미 골짜기의 절반 정도
왔으리라는 생각이 들었다. 그동안 숱한 위험에 부딪쳤으나
이미 잘 이겨 내고 여기까지 이르렀으며, 또한 되돌아가는
것이 그냥 앞으로 나아가는 것보다 훨씬 더 위험할지도 모른
다는 생각이 들어 결국 계속 나아가기로 마음먹었다. 그러나
마귀들은 점점 더 가까이 다가오는 것 같았다. 바로 옆까지
다가왔다고 느껴졌을 때 그는 우렁찬 목소리로 고함을 질렀
다.「나는 주 여호와의 힘을 믿고 걸어가리라.」그랬더니 그
놈들은 전부 도망쳐 다시는 나타나지 않았다.

　내가 말하지 않은 게 하나 있는데, 가엾은 크리스천은 자
신의 목소리조차 구별하지 못할 지경에 이르렀음을 알게 되
었다는 것이다. 그가 불타오르는 지옥 입구를 지날 때 사악
한 마귀 하나가 뒤를 따라와 하느님을 모독하는 온갖 말들을
그의 귀에 소곤거렸는데 그는 자신의 생각이라고 착각했다.
그가 전에 그토록 사랑했던 분을 모독하고 있다는 생각이 이
제껏 겪었던 그 어떤 고통보다 더 심하게 그를 괴롭혔다. 그
러지 않으려고 애를 써도 소용이 없었고, 귀를 막거나 그 소
리가 어디서 나는지를 분별해 내려 해도 소용 없었다.

　답답하고 울적한 마음으로 한참 걸었을 때, 그는 앞서 가

던 누군가가 〈나 비록 음산한 죽음의 골짜기를 지날지라도 내 곁에 주님 계시오니 무서울 것 없어라〉^{시 23:4} 하고 외치는 소리를 들은 것 같았다.

크리스천은 몹시 반갑고 즐거웠는데, 그 이유는 이러했다.

첫째, 그 소리로 미루어 보건대 하느님을 두려워하는 또 다른 사람이 자기처럼 이 골짜기를 걷고 있음을 알게 된 것이다.

둘째, 이렇게 어둡고 음침한 골짜기에서도 하느님께서 그들과 함께 계셨거늘, 이곳의 여러 장애물 때문에 자신과 함께하심을 알지 못했다는 것을 깨달았기 때문이다.

셋째, 이렇게 계속 쉬지 않고 나아가노라면 조만간 동료를 만날 것이라는 희망이 생겼기 때문이다. 그리하여 그는 계속 걸으며 앞서 가는 사람을 불렀다. 그 역시 혼자라고 생각했는지 어떻게 대답해야 할지 모르는 것 같았다. 얼마 안 가 날이 밝아 오기 시작하자 크리스천은 이렇게 외쳤다. 「하느님께서 짙은 어둠을 아침으로 바꾸셨다.」^{암 5:8}

마침내 밝은 아침이 되었을 때 크리스천은 뒤를 돌아보았다. 되돌아가고 싶어서가 아니라 어둠 속에서 그가 뚫고 지나온 위험을 밝은 아침 햇살 아래 똑똑히 보고 싶어서였다. 이제는 길 한편의 도랑과 다른 한편의 수렁, 그 사이에 놓인 길이 얼마나 비좁은지 좀 더 확실하게 볼 수 있었다. 또한 그는 날이 밝아 가까이 다가올 수 없는 귀신, 반인반수의 사티로스, 용 들을 멀리서 보았다. 날이 밝자 그들은 더 이상 가까이 올 수 없었다. 그렇지만 그들은 볼 수 있었으니 그것은 다음과 같이 기록된 말씀에 따른 것이었다. 〈어둠의 깊은 비밀을 들추어내시고 흑암을 백일하에 드러나게 하시는 이.〉^{욥 12:22}

크리스천은 고독하게 걸어온 그 모든 위험으로부터 구원받았다는 기쁨에 한껏 젖었다. 얼마 전 엄청난 두려움과 공포를 느끼게 했던 온갖 위험들이 밝은 햇빛 아래 모습을 드러내어 훨씬 똑똑하게 그것들을 볼 수 있었다. 태양이 점점 떠오르자 크리스천은 다시 한 번 하느님의 자비하심을 느낄 수 있었다. 그러나 여기서 안심하고 있을 수만은 없었다. 비록 음산한 죽음의 골짜기까지의 길도 몹시 위험했지만 앞으로 가야 할 길은 더욱더 위험했기 때문이다. 지금 그가 서 있는 곳에서 골짜기 끝에 이르기까지 도처에 덫과 함정들, 구렁텅이와 그물들이 수두룩하게 깔려 있고, 수렁과 깊은 구멍과 가파르게 경사진 곳이 셀 수 없을 정도로 널려 있었다. 만일 지금 온 길처럼 컴컴한 어둠이 깔려 있었더라면 그의 목숨이 천 개라 해도 하나도 남아나지 못했을 것이다. 그러나 이미 말했듯이, 태양이 떠올랐다. 그가 이렇게 말했다. 「그의 등불이 내 머리에 비치고 그의 횃불로 어둠을 몰아내며 거닐던 그날.」^{욥 29:3}

이렇게 그는 광명의 힘을 입어 골짜기 끝에 이르렀다. 이제 내가 꿈속에서 보니, 골짜기 끝에는 인간들 혹은 전에 이 길을 걸어간 순례자들의 피와 뼈와 재와 갈기갈기 찢긴 몸뚱어리들이 여기저기 널려 있었다. 그 이유를 골똘히 생각하던 중 나는 바로 앞에 동굴이 있는 것을 발견했다. 이 동굴에는 옛날부터 〈교황〉과 〈이교도〉라는 두 거인이 살고 있었는데, 그들이 권세와 폭정으로 잔인하게 학살한 사람들의 뼈와 피와 재 등이 너저분하게 깔려 있었던 것이다. 그런데 크리스천이 별다른 위험을 겪지 않고 무사히 이곳을 통과하는 것을 보고 나는 다소 의아한 느낌이 들었다. 알고 보니 이교도는 이미 죽은 지 오래됐고, 교황은 아직 살아는 있지만 나이가 너무 많은 데다 젊은 시절에 입은 수많은 혹심한 상처 때문에 병약하고 제정신이 아니었다. 또 관절이 딱딱하게 굳어서 지금은 그저 굴 입구에 앉아 분통을 삭이느라 손톱을 깨물며 지나가는 사람들을 비웃기나 할 뿐 덤벼들지는 못했다.

그리고 크리스천이 계속 걸어가는 게 보였다. 동굴 입구에 앉아 있는 늙은 교황을 본 그는, 특히 그 노인이 따라오지는 못할지라도 〈더 많은 놈들이 불에 타 죽기 전에는 결코 너희들은 고쳐지지 못할 것이다〉라고 욕지거리를 하니 두려워서 어쩔 줄 모르는 듯했다. 하지만 그는 침착한 태도와 너그러운 표정으로 그 앞을 지나갔기 때문에 아무런 해도 입지 않았다. 그리고 크리스천은 노래 불렀다.

오, 얼마나 놀라운 세상인가!(그 이상 무슨 말을 하리오)
이곳에서 만난 모든 재난으로부터
내가 이렇듯 보호받을 수 있다니!
오, 그 많은 재난으로부터 나를 구원해 주신 손길 위에 축복 있으라!
내가 이 골짜기를 지나는 동안
암흑과 마귀와 지옥과 죄악의 위험이 나를 에워쌌으며
수많은 함정과 구덩이와 덫과 그물이 내 앞에 수두룩하게 놓여 있어
어리석고 미련한 내가 덫에 걸리거나 함정에 빠지거나
구덩이에 빠질 위험이 컸음에도 불구하고
이렇게 살아왔으니 예수께 영광 돌려 면류관을 드리세.

계속 길을 가던 크리스천은 낮은 언덕에 다다랐다. 이 언덕은 순례자들이 올라가 앞을 내다볼 수 있게 일부러 쌓아 올린 것이었다. 그래서 크리스천도 언덕 위로 올라가 내다보니 저 앞에서 여행을 재촉하고 있는 〈믿음〉이 보였다. 크리스천은 큰 소리로 외쳤다. 「여보시오. 잠깐 기다려 주시오. 나와 함께 길을 갑시다.」 그 말을 듣고 믿음이 뒤를 돌아보자

크리스천은 다시 한 번 소리를 질렀다. 「기다려요, 기다려, 내가 당신을 따라잡을 때까지만 말이오.」 그러나 믿음은 거절하며 말했다. 「아니오, 기다릴 수 없어요. 내 생명이 걸렸소. 더욱이 피의 복수자가 내 뒤를 따라오고 있다오.」

이 말에 다소 화가 난 크리스천은 있는 힘을 다해 급히 달려가 믿음을 따라잡았을 뿐 아니라 심지어 앞질러 버리고 말았다. 그리하여 나중 된 자가 먼저 된 셈이었다. 동료를 앞질렀다는 자만심으로 의기양양한 미소를 머금던 크리스천은 발밑을 주의해 보지 않은 바람에 갑자기 미끄러져서 길 위에 넘어졌고 믿음이 와서 일으켜 줄 때까지 일어날 수 없었다.

꿈에 보니 그들은 매우 사이좋게 걸으며 순례 도중 그들에게 일어났던 모든 일에 대해 대화를 나누고 있었다. 크리스천이 먼저 이야기를 시작했다.

크리스천 존경하고 친애하는 나의 형제 믿음 씨, 당신을 만나게 되어 몹시 기쁩니다. 우리 마음을 녹여 주셔서 이렇게 여행의 즐거운 동반자가 되도록 도와주신 하느님께 감사드립니다.

믿음 사랑하는 친구여, 사실 우리가 살던 도시를 떠나올 때부터 당신과 함께 가려고 생각했었소. 당신이 그만 먼저 떠나 버리는 바람에 할 수 없이 나도 이렇게 먼 길을 혼자 오게 된 거라오.

크리스천 당신이 날 따라 떠나기 전에 얼마나 멸망의 도시에 머물러 있었습니까?

믿음 오래 머물 순 없었소. 당신이 떠나고 얼마 안 되어 하늘에서 유황불이 떨어져 온 도시가 잿더미가 될 거라는 굉장한 소문이 순식간에 쫙 퍼져 버렸지요.

크리스천 뭐요? 이웃들이 그런 말을 했단 말이오?

믿음　그렇소. 한동안 그 이야기가 모든 사람의 입에 오르내렸지요.

크리스천　아니, 그렇다면 어째서 다른 사람들은 위험을 피해 도시를 떠나지 않았소?

믿음　이미 말씀드린 것처럼 말은 많이 돌았지만 그걸 확실하게 믿는 사람은 별로 없었어요. 당신 이야기로 한창 열띤 논쟁이 벌어졌을 때 몇몇 사람들이 당신과 당신의 〈필사적인 도피〉 — 그들은 당신의 순례 여행을 이런 식으로 불렀지요 — 를 조소했지요. 하지만 나는 하늘에서 떨어진 유황불로 도시가 멸망할 거라 믿었고, 지금도 여전히 믿고 있지만, 그래서 도망쳐 나온 겁니다.

크리스천　혹시 온순이라는 이웃 사람에 대해 들어 본 적이 있습니까?

믿음　예, 들었지요. 듣자니 당신을 따라나섰다가 절망의 늪에 빠졌다고 하더군요. 그는 그 일을 눈치채지 못하게 하려고 애썼지만 그의 몸 여기저기에 진흙이 묻어 있어 빠진 것이 틀림없다고 생각했지요.

크리스천　이웃들은 그에게 뭐라고 하던가요?

믿음　모든 계층 사람들로부터 몹시 조롱을 받았지요. 심지어 어떤 사람들은 그를 비웃고 멸시하기까지 해서 그는 직장을 구하기가 몹시 힘들었어요. 당신을 따라 도시를 떠났을 때보다 지금 일곱 배나 더 어려운 지경에 놓여 있답니다.

크리스천　그런데 왜 사람들이 그를 그토록 경멸할까요? 자기들도 그가 포기한 길을 경멸하면서 말이오.

믿음　아! 그들은 이렇게 말하지요. 〈그놈은 변절자이고 자신의 소임에 진실하지 못했으니 목을 매달아 버리자!〉라고요. 그가 도중에 마음을 바꾸어 돌아섰기 때문에 하느님께서 노하셔서 그의 원수들까지 그를 멸시하게 함으로써 교훈으

로 삼으시려나 봅니다.^{잠 15:10}

크리스천 떠나기 전에 그와 이야기를 나누어 본 적은 없습니까?

믿음 거리에서 한 번 그를 만나긴 했지만 자신이 한 일이 부끄러웠는지 외면하고 지나갔기 때문에 이야기를 나누지는 못했어요.

크리스천 참 안됐군요. 처음에 그와 함께 길을 떠날 때는 저도 그에게 희망을 가지고 있었는데, 도시가 멸망하는 날 그도 함께 멸망하지 않을까 두렵군요. 왜냐하면 참된 속담대로 마치 〈개는 제가 토한 것을 도로 먹는다. 돼지는 몸을 씻겨 주어도 다시 진창에 격〉^{벧전 2:22}이기 때문입니다.

믿음 저도 그가 멸망할까 봐 두렵지만, 누가 감히 막을 수 있겠습니까?

크리스천 그럼, 믿음 씨. 그에 대한 이야기는 그만하고 우리 이야기나 나눕시다. 여기까지 오면서 무엇을 보고 겪었는지 이야기해 주십시오. 반드시 무언가 만났을 겁니다. 그렇지 않다면 오히려 이상한 일이지요.

믿음 당신은 수렁에 빠졌던 모양인데, 저는 다행히 좁은 문까지 무사히 올 수 있었습니다. 다만 〈바람둥이〉라는 못된 여자를 만나 하마터면 큰일 날 뻔했지요.

크리스천 당신이 그녀의 그물에 걸려들지 않았다니, 참으로 다행입니다. 요셉도 그녀 때문에 곤욕을 치렀으나 당신처럼 필사적으로 피했지요.^{창 39:11~13} 요셉은 하마터면 목숨을 잃을 뻔했는데 당신에게는 어떻게 하던가요?

믿음 당신도 어느 정도 알고는 계시겠지만, 그녀가 얼마나 아첨하는지 상상도 못할 겁니다. 그녀는 온갖 쾌락을 약속하며 자기와 함께 가자고 끈질기게 유혹하더군요.

크리스천 하지만 그녀가 참된 양심의 만족을 주겠노라고 약속하지는 않았겠지요.

믿음 내 말뜻을 아시는군요. 모든 것이 다 육신과 정욕의 만족이지요.

크리스천 당신이 그녀의 유혹을 피할 수 있었던 것에 대해 하느님께 감사드립니다. 〈주님께서 미워하는 자는 그녀의 함정에 빠지게 될 것〉잠 22:14이라고 했어요.

믿음 아니, 하지만 완전히 그녀를 피한 건지 아닌지 잘 모르겠어요.

크리스천 설마 당신이 그녀의 욕망을 만족시켜 주진 않았을 텐데요?

믿음 몸을 더럽히지는 않았지요. 마침 전에 읽은 책의 한 구절 〈그녀의 걸음은 지옥으로 향한다.〉잠 5:5가 생각나더군요. 그래서 그녀의 현란한 외모에 넘어가지 않으려고 눈을 감아 버렸지요. 그랬더니 그녀는 온갖 욕을 퍼부으며 물러갔고, 나는 내 갈 길을 계속 갔습니다.

크리스천 오는 도중 습격을 받지는 않았습니까?

믿음 고난의 산 중턱에서 나이가 지긋한 한 남자를 만났는데, 내가 누구이며 어디로 가느냐고 묻더군요. 나는 순례자이며 천국에 간다고 말했지요. 그랬더니 그 노인이 〈보아 하니 당신은 정직한 사람 같은데 월급을 줄 테니 나와 함께 살지 않겠소?〉 하고 권하지 않겠어요? 그래서 나는 그가 누구며 어디 사느냐고 물어보았지요. 그랬더니 이름은 〈첫 사람 아담〉이며 정욕의 도시에서 살고 있다고 하더군요. 그래서 다시 시킬 일은 무엇이며 품삯은 얼마냐고 물어보았습니다. 그러자 일은 온갖 쾌락들뿐이고 품삯은 자신이 죽은 후에 상속인이 되는 것이라고 하더군요. 어떤 집에서 살며 종들을 거느리고 있느냐고 또 물었더니 자기 집에는 세상의 온갖 맛있는 것들이 가득하고 종들은 전부 자기 자손들이라고 합디다. 자식이 몇 명이냐고 했더니 아들은 없고 딸만 셋이 있는데, 그들의 이름은 〈육신의 쾌락〉, 〈눈의 쾌락〉, 〈재산을 가지고 자랑하는 것〉요일 2:16이며 내가 원하기만 한다면 그들 모두와 결혼해도 좋다고 하더군요. 또 내가 얼마 동안 그와 함께 살기를 원하느냐고 물었더니, 자기가 죽을 때까지 계속 같이 살자고 했어요.

크리스천 그래, 결국 당신과 노인은 어떤 결론을 내렸소?

믿음 처음에는 다소 마음이 끌려 노인과 함께 가고 싶은 생각이 일기도 했습니다. 그런데 그와 이야기를 나누다 그의 이마를 바라보니 〈옛 생활을 청산하여 낡은 인간을 벗어 버리라〉라고 써 있더군요.

크리스천 그래서 어떻게 했습니까?

믿음 그가 당장은 온갖 유혹과 아첨으로 내 맘에 불을 지피지만 그의 집에 가면 틀림없이 나를 노예로 팔아 버릴 것 같더군요. 그래서 나는 집 대문 근처에도 가지 않을 테니 말을 삼가라고 했지요. 그는 마구 욕설을 퍼부으며 사람 하나를 뒤따르게 해 가는 도중 내 영혼을 한껏 괴롭혀 주겠노라고 악담을 하더군요. 등을 돌리고 떠나려는 순간, 그가 내 몸을 움켜잡고 어찌나 세게 비틀며 끌어당기던지 마치 몸 한쪽이 떨어져 나가는 것 같았어요. 그래서 나는 〈나는 과연 비참한 인간입니다〉롬 7:24라고 외치며 쉬지 않고 달려 산 위로 올라갔지요. 마침내 산의 중턱쯤 올라 뒤를 돌아보니 한 사나이가 바람처럼 빠르게 내 뒤를 쫓아오고 있더군요. 결국 정자가 서 있는 부근에서 따라잡히고 말았어요.

크리스천 아, 그 정자 말이군요. 피곤해서 잠시 쉬려고 앉았다가 그만 잠드는 바람에 가슴에 품고 있던 두루마리를 잃어버렸던 곳이에요.

믿음 아! 그런데 형제여, 내 말을 끝까지 좀 들어주시오.

그 남자는 나를 따라잡자마자 다짜고짜 나를 내려치는 바람에 난 땅에 나동그라져서 한동안 죽은 듯이 정신을 잃고 있었지요. 마침내 어렴풋이 정신을 차리고 왜 이토록 심하게 구느냐고 했더니, 그가 대답하기를 최초의 인간인 아담의 유혹에 마음이 끌렸기 때문이라고 하면서 또 세차게 가슴을 내리치며 때리는 바람에 난 또다시 벌렁 뒤로 나자빠져서 정신을 잃은 채 죽은 듯이 그의 발밑에 쓰러져 있었습니다. 다시 정신을 차렸을 때 나는 자비를 베풀어 달라고 간절히 소리쳤습니다만 그는 자비를 베푸는 방법을 모른다며 다시 저를 내리쳐 쓰러뜨렸어요. 지나가던 사람이 만류하지 않았더라면 아마 그는 나를 죽여 버렸을 것입니다.

크리스천 그를 만류한 사람이 누구였습니까?

믿음 처음에는 알아보지 못했는데 옆으로 지나가실 때 보니 손과 옆구리에 구멍이 나 있는 것으로 보아 바로 주님이라는 것을 알아차릴 수 있었지요. 그래서 난 계속 산 위로 올라갈 수 있었습니다.

크리스천 당신을 뒤쫓아 와서 때린 사람은 모세입니다. 그는 누구든 용서해 주는 법이 없고, 율법을 어긴 사람들에게 자비를 베푸는 아량도 없는 사람이지요.

믿음 그것은 저도 잘 알고 있습니다. 그를 만난 게 이번이 처음이 아니니까요. 고향에서 평안하게 살고 있던 나를 찾아와 이곳에 계속 머물러 있으면 집 전체를 몽땅 태워 버리겠다고 말한 사람이 바로 그였으니까요.

크리스천 혹시 모세를 만났던 언덕 꼭대기에 서 있는 집 하나를 보지 못하셨습니까?고전 1:27~28

믿음 물론 봤지요. 그 앞에서 으르렁거리는 사자들도 봤는데, 그때가 바로 정오여서 사자들이 낮잠을 자고 있다고 생각했지요. 게다가 해 질 때까지는 아직 시간이 많이 남아 있어서 문지기 앞을 지나쳐 산 아래로 그냥 내려갔습니다.

크리스천 문지기가 당신이 지나가는 것을 봤다고 하더군요. 당신이 그 집을 방문했더라면 좋았을 걸 그랬어요. 죽을 때까지 잊지 못할 매우 희귀하고 값진 것들을 봤을 테니까요. 참, 그런데 겸손의 골짜기에서는 아무도 만나지 못했습니까?

믿음 만났지요. 〈불만〉이라는 사람을 만났는데 함께 돌아가자고 열심히 저를 설득했습니다. 이유인즉 겸손의 골짜기에는 아무리 봐도 명예로운 것이 없기 때문이라나요? 또한 내가 그리로 가는 것은 〈교만〉, 〈오만〉, 〈자기기만〉, 〈세상 영광〉 등 다른 많은 친구들을 배반하는 것이라고 하더군요. 그리고 내가 어리석게 골짜기를 계속 헤쳐 나간다면 그들을 몹시 기분 상하게 만들 거라고 주장하더군요.

크리스천 그래서 뭐라고 대답해 주었습니까?

믿음 그가 언급한 그 모든 사람들이 내 친척이라고 주장하지만, 물론 사실상 혈통을 따지면 옳은 주장이긴 해요. 내가 순례의 길에 들어섰을 때 그들은 나와 절연을 선언했고, 나 역시 그들을 멀리했으니 이제 더 이상 그들은 내게 혈통 관계를 따질 필요가 없게 되었다고 그에게 말해 주었지요. 더구나 이 골짜기에 대한 그의 생각은 많이 빗나갔다고 덧붙였지요. 〈거만엔 재난이 따르고 겸손을 배우면 영광이 뒤따른다〉라고 했으니 나는 당신이 가장 가치 있다고 주장하는 세상 것들을 선택하기보다는 참된 현자들이 숭상하는 하늘의 영광을 구하기 위해 이 골짜기를 계속 나아가겠노라고 말했습니다.

크리스천 골짜기에서 또 다른 사람은 만나지 못했습니까?

믿음 또 있었지요. 〈수치〉를 만났는데, 순례 도중에 만난 이들 중에서 그처럼 이름이 걸맞지 않은 사람은 없었을 겁니다. 다른 사람들 같으면 얼마만큼 논쟁한 뒤에 다소 마음을 돌리거나 단념하고 말 텐데, 이 철면피 같은 인간은 그저 막 무가내였어요.

크리스천 아니, 도대체 그가 무슨 말을 했는데요?

믿음 무슨 말이냐고요? 글쎄, 그 작자는 종교 자체를 부정했어요. 사람이 종교에 관심 가지는 것 자체가 가련하고 비열하고 무기력한 일이라는 거예요. 온유한 양심이란 사내답지 못한 것이고, 과시하기 좋아하는 영웅적인 자유분방함에 길들여진 시대의 용감한 정신의 소유자들이 그러한 자유를 억제하고 말과 행동에 조심함으로써 시대의 조롱거리가 될 거라고 하더군요. 또 그는 권세가 있고 부유하고 지혜로운 사람들이라면 거의 다, 하느님을 구해야 한다는 내 의견에 동의하지 않으며, 믿음을 통해 장차 무엇을 얻게 될지 확실히 알지도 못하면서 세상의 모든 쾌락을 버리고 어리석은 바보가 되라는 말에 설득당하지도 않겠다고 하더군요. 게다가 예로부터 순례자가 되는 사람들은 모두 비천하고 신분이 낮은 사람들로서 자신이 살고 있는 현세조차 알지 못할뿐더^{러고전 1:27~28} 세상적인 지식을 전혀 이해하지 못하는 무식한 자들이라고 놀리기까지 했소. 그 밖에도 여기서 내가 다 말하지 못할 정도로 많은 것들을 말했는데, 예를 들면 설교를 들으며 눈물을 흘리는 것은 수치스러운 행동이고, 예배가 끝나 집으로 돌아가면서도 한숨짓고 괴로워하는 것은 우스꽝스러운 짓이라더군요. 사소한 잘못을 저지르고 나서도 이웃 사람들에게 용서를 비는 것이라든지, 작은 돈을 빌려도 반드시 갚는 것 등 모두가 수치스러운 일이라는 거예요. 더구나 종교는 위대한 사람이 사소한 악행 — 악행이란 말을 쓰지 않고 좀 더 근사한 말을 쓰기는 했지만 — 여하튼 조그만 실수를 저질러도 비난받게 될 뿐 아니라, 같은 종교를 믿는 사람들끼리는 같은 믿음의 형제들이라고 하여 비천한 사람들일지라도 존경하게 되니 이 또한 수치스러운 일이 아니냐고 합디다.

크리스천 그래, 당신은 그에게 뭐라고 말해 주었습니까?

믿음 처음엔 뭐라고 말해야 할지 몰라 잠깐 당황했지요. 계속 몰아붙여 내 얼굴이 벌게졌고, 그 수치란 놈이 이런 낌새를 알아차려서 하마터면 그에게 당할 뻔했지요. 그러나 나는 마음을 진정시키고 생각했어요. 〈사람들에게 떠받들리는 것이 하느님께는 가증스럽게 보이는 것이다〉^{눅 16:15}라는 성서 말씀을 상기하면서 다시 생각해 보니 인간에 대한 이야기만 했지, 하느님과 하느님의 말씀에 대한 이야기는 한마디도 하지 않았다는 사실이 떠올랐습니다. 좀 더 깊이 생각해 보고는 최후의 심판 날에 우리의 영원한 생명과 죽음이 결정되는 것은 세상의 허세에 의한 것이 아니라 지극히 높으신 분의 지혜와 율법에 따르는 것임을 기억해 낼 수 있었습니다. 그러므로 이 세상 모든 인간이 하느님의 말씀에 거역한다 해도 하느님의 말씀이 가장 옳고 아름다운 것임을 재삼 확신했지요. 하느님께서는 그를 믿는 신앙과 온유한 양심을 더 즐겨 받으신다는 것을 생각해 볼 때 천국을 위해 세상에서 바보 취급 당하는 사람들이야말로 가장 현명한 사람들이며, 하느님을 사랑하고 따르는 가난한 사람들이 하느님을 미워하는 위대한 영웅이나 부자들보다 더 영적으로 부유한 사람들임을 깨닫게 되었지요. 그래서 나는 〈수치야, 물러가라. 너는 나의 구원을 방해하려는 원수로다. 내가 하느님의 뜻을 어기고 너를 환영할까 보냐? 그렇게 한다면 주님께서 강림하시는 날에 내가 무슨 낯으로 하느님을 뵐 수 있겠는가? 만일 내가 지금 하느님의 종으로서 그의 길을 따르는 것을 부끄러워한다면 어찌 축복을 바랄 수 있으리오?〉^{막 8:38}라고 소리를 질렀습니다. 그런데 정말이지 이 수치란 놈은 대단히 뻔뻔스러운 악한이었어요. 어떻게든 그를 뿌리치려고 애썼지만 그놈은 악착같이 내게 달라붙어 뒤쫓아 오면서 내 귀에다 입을 바싹 대고 종교에 속하는 여러 가지 약점들을 끊임없이 속삭였어요. 그래서 나는 단호하게 그자에게 말했지요. 〈이런 수작을 계속해 봤자 헛수고일 뿐이다. 나는 네가 경멸하고 비난하는 것들을 가장 존경하며 또한 거기서 영광을 구하고 있으니 말이다.〉 마침내 나는 그 지긋지긋하게 성가신 놈을 지나 앞으로 나아가면서 그를 떼어 버리고 이렇게 노래 불렀다오.

> 하늘의 부르심에 순종하는 사람들이
> 겪어야 할 시련은 많고 많도다.
> 육체에 해당되는 시험들이 오고 가고 또 새로이 오고 가
> 나니
> 지금 혹은 다른 때에 시험에 사로잡혀
> 굴복당하고 버림을 받는다.
> 오! 순례자여, 하늘 가는 나그네들이여,
> 그러니 우리 모두 경계하고 조심하여
> 장부답게 모든 시련을 물리치자.

크리스천 형제여, 당신이 그토록 용감하게 그놈을 물리쳤다니 정말 반갑습니다. 당신 말대로 그놈은 도대체 이름에 걸맞지 않은 자입니다. 그는 자신의 행동을 부끄럽게 여기기는커녕 길거리에서 우리를 따라다니며 모든 사람들 앞에서 우리에게 모욕을 주려고 과감히 대들었으니 말입니다. 말하자면 우리로 하여금 선한 것을 부끄럽게 생각하도록 하려고 온갖 애를 쓰는 지독한 놈이지요. 대담하지 못했으면 감히 그런 일을 하려고 엄두도 내지 못했을 텐데. 그러니 우리가

합심하여 그자의 헛된 유혹에 대항한다면 그가 아무리 배짱 있고 담이 크다 할지라도 결국 그의 꾐은 어리석은 행동일 뿐 아무것도 아니게 되지요. 〈지혜로운 사람은 영광을 상속 받고, 미련한 자는 부끄러움을 당할 것이다〉잠 3:35 라고 솔로몬도 말했지요.

믿음 우리는 모두 수치에 대항하여 온 세상 사람들이 진리를 펴는 일에 용감해지게 해달라고 하느님께 간구해야 한다고 생각합니다.

크리스천 옳은 말씀입니다. 그런데 골짜기에서 또 다른 사람을 만나 보셨습니까?

믿음 아니, 만나지 못했어요. 나머지 길을 걷는 동안, 그리고 음산한 죽음의 골짜기를 지나는 동안에도 내내 햇볕이 쨍쨍 빛나고 있었으니까요.

크리스천 그것참 다행스러운 일이었군요. 내 경우는 당신과 전혀 달랐으니까요. 그 골짜기에 들어서자마자 아폴리욘이라는 지독히 무시무시한 악마를 만나 오랜 시간 격투를 벌였는데 정말이지 그놈의 손에 죽는 줄로 생각했습니다. 특히 그놈이 날 넘어뜨리고 깔고 앉아 마구 짓누를 때는 온몸이 산산조각 나며 부서져 버리는 것 같았어요. 더구나 그가 날 내던졌을 때 내 손에서 칼이 빠져나가자 그는 자신만만하게 나를 죽이겠노라 장담했으니까요. 그때 나는 하느님께 호소했는데 사랑이 충만하신 그분은 내 외침을 들으시고 온갖 고통 가운데서 나를 구원해 주셨습니다. 음산한 죽음의 골짜기에 들어섰을 때부터 거의 중간 지점에 이를 때까지 빛은 전혀 없고 몹시 컴컴했어요. 그래서 죽을 고비를 여러 번 넘기다가 마침내 새벽이 되고 태양이 떠올라서 남은 길 절반은 좀 더 쉽게 조용히 걸어올 수 있었지요.

꿈속에서 보니, 두 사람이 계속 함께 걷고 있었는데 믿음이 문득 옆을 바라보다가 그들 옆에서 한참 떨어져 가는 〈수다쟁이〉를 보게 되었다. 길이 상당히 넓어서 그들 모두 함께 걸어갈 수 있었다.

믿음 친구여, 당신은 어디로 가십니까? 혹시 천국으로 가시는 길입니까?

수다쟁이 예, 그리로 가는 길이올시다.

믿음 아, 그럼 잘됐군요. 우리 모두 사이좋은 동행자가 될 수 있을 겁니다.

수다쟁이 기꺼이 그렇게 하지요. 같이 가겠소.

믿음 그렇다면 이리로 오십시오. 유익한 이야기로 시간을 보내며 같이 갑시다.

수다쟁이 당신이든 다른 누구든 함께 유익한 이야기를 나눈다는 것은 내겐 퍽 반가운 일입니다. 그처럼 선하고 값있는 일에 관심 가진 사람을 만나게 되어 무척이나 기쁘군요. 솔직히 말해 여행의 무료함을 달래기 위해 무익한 잡담이나 나누길 좋아하는 사람은 많아도 가치 있는 이야기로 시간을 보내려는 사람은 별로 없는 게 늘 걱정거리였지요.

믿음 참으로 슬퍼할 만한 일이지요. 하늘에 계신 하느님에 관한 얘기를 하는 것보다 이 세상 사람들의 혀와 입을 더 가치 있게 만드는 일이 어디 있겠습니까?

수다쟁이 그토록 확신이 넘치는 훌륭한 말씀을 하시니 참 기쁘군요. 한마디 더 거들자면 사실 하느님에 관한 이야기보다 더 유쾌하고 유익한 일이 어디 있겠습니까? 사람이 경탄할 만한 것들에서 기쁨을 느끼고자 한다면 그처럼 유쾌한 일은 없을 것입니다. 예를 들어 사람이 역사(役事)나 신비한 것들에 대한 이야기로 기쁨을 찾거나, 기적, 기이한 것들 혹은 징조에 관한 이야기들을 즐긴다면 성서처럼 재미있고 유익하게 기록되어 있는 책을 어디서 찾을 수 있겠습니까?

믿음 옳은 말씀이에요. 그런 것들을 이야기함으로써 유익해지는 것이 바로 우리가 지향하는 바가 되어야 합니다.

수다쟁이 그게 바로 제가 말씀드리고자 했던 바입니다. 그런 이야기를 함으로써 사람들은 많은 지식을 얻을 수 있으니 매우 유익한 거지요. 예를 들면 세상의 것들이 모두 헛되다든지 하늘에 관한 것들이 우리의 영육에 유익하다는 것 등. 물론 이런 것들은 보편적인 것들이지만 특별히 유익한 것들을 말하자면 거듭 태어나야 한다는 필요성, 인간이 하는 일의 불충분성, 그리스도의 의로우심이 인간의 구원에 필요하다는 점 등입니다. 뿐만 아니라 이런 이야기들을 나눔으로써 회개하는 것, 믿음을 갖는 것, 기도하는 것, 고통받는 것 등이 과연 어떤 의미를 갖고 있는지를 배우게 되며, 또한 복음이 주는 위대한 언약과 위로가 무엇인가를 깨달아 스스로 위안을 얻게 되는 것이지요. 더 나아가 사람은 이런 이야기들을 통해 그릇된 견해들을 물리치고, 진리를 밝혀 주며, 어리석은 사람들을 깨우쳐 주는 능력까지 배우게 될 겁니다.

믿음 모두 다 옳은 말씀입니다. 당신에게 이런 이야기들을 듣게 되어 참 기쁩니다.

수다쟁이 아! 그러나 이런 지식이 부족하여, 영원한 생명을 얻으려면 믿음이 필요하고 영혼에 은총이 작용해야 한다는 것을 이해하는 사람이 거의 없습니다. 그래서 대개는 율법에 의지해 사는데, 이처럼 율법에만 의지해 사는 사람은 결코 천국을 차지할 수 없습니다.

믿음 잠깐 실례합니다만, 그와 같은 하늘에 대한 지식은 하느님의 선물입니다. 어느 누구도 인간 자체의 근면한 노력과 단순한 이야기만으로는 성스러운 하늘의 지식을 얻을 수 없습니다.

수다쟁이 그것은 저도 잘 알고 있는 바입니다. 하늘에서 주신 것 아니면 인간은 아무것도 얻을 수 없으니까요. 이 모든 일이 은총으로 되는 것이지 우리의 공로로 말미암은 것이 아닙니다.^{딤후 1:9} 그것을 증명하기 위해서라면 백 개의 성서 구절이라도 인용할 수 있습니다.

믿음 그렇다면 이제 한 가지 주제를 정해 놓고 대화를 나누면 어떻겠습니까?

수다쟁이 무엇이든 원하는 대로 하십시오. 우리에게 유익하기만 하다면 하늘에 관한 이야기나 세상에 대한 이야기, 혹은 도덕에 관한 이야기, 복음에 대한 이야기, 거룩한 것, 세속적인 것, 과거에 대한 것, 미래에 대한 것, 외국에 대한 것, 우리 나라에 대한 것, 본질적이거나 혹은 부수적인 것 등 무엇이든 이야기하고 싶습니다.

믿음은 수다쟁이에게 내심 경탄을 금치 못하면서 크리스천 쪽으로 다가가(이제껏 크리스천은 혼자서 말없이 길을 걷고 있었다) 조용히 속삭이기 시작했다. 「참으로 용감하고 훌륭한 동행자가 생겼소! 틀림없이 이 사람은 매우 뛰어난 순례자가 될 것입니다.」

크리스천 (그 말을 듣고 조심스럽게 미소를 지으면서) 당신이 지금 그토록 감탄하고 있는 사람은 스무 겹이나 되는 혀를 가지고 그를 잘 알지 못하는 사람들을 감언이설로 속여 넘길 겁니다.

믿음 당신은 그를 알고 있습니까?

크리스천 알다뿐이겠소! 그자가 자신에 대해 아는 것보다 오히려 내가 더 잘 알 거요.

믿음 도대체 누구입니까?

크리스천 이름은 수다쟁이인데, 우리 동네에 살았소. 당신이 그를 모르다니 좀 이상하지만, 아마도 우리 동네가 크기 때문인가 봅니다.

믿음 그는 누구의 자식이며 우리 도시의 어디쯤에 살았습니까?

크리스천 그는 〈달변〉의 아들로 〈말 많은 동네〉에 살았는데 말 많은 동네의 수다쟁이라면 누구나 다 알지요. 말재주는 좋지만 알고 보면 보잘것없는 사람입니다.

믿음 글쎄요, 꽤 훌륭한 사람으로 보이던데요.

크리스천 잘 알지 못하는 사람들 눈에는 그렇게 보이지요. 멀리서 보기에는 그럴싸해 보이지만 가까이 하면 할수록 추잡한 사람입니다. 당신이 그를 무척 훌륭한 사람이라고 하시니, 멀리서 볼 때는 아주 멋져 보였는데 가까이 갈수록 점점 형편없었던 어떤 화가의 그림이 생각나는군요.

믿음 웃는 걸 보니 농담을 하고 계시나 봅니다.

크리스천 천만의 말씀입니다. 비록 미소를 짓기는 했지만 이런 문제에 대해 농담해서는 안 된다는 것을 하느님께서 명하고 계십니다. 더구나 근거 없이 남을 비방한다면 하느님께서 용서치 않으실 것입니다. 저자에 대해 좀 더 자세히 알려 드리리다. 당신과 이야기를 나눈 것처럼 저자는 언제 어디서나 어떤 사람이든 무엇에 관한 이야기든 이것저것 마구 지껄여 대는 사람입니다. 술자리에 앉아서도 아무나 붙들고 이야기를 시작하는데 술이 들어가면 들어갈수록 더욱더 이야기가 많아지지요. 종교라는 것은 사실상 그의 마음 안에도, 집에도, 대화 중에도, 일상생활 가운데에도 존재하지 않습니다. 그는 단지 혀끝으로만 이야기할 따름이며, 그의 종교관은 결국 횡설수설 떠벌리는 것에 지나지 않습니다.

믿음　정말이오? 그렇다면 내가 단단히 속았군요.

크리스천　속았지요! 틀림없이 속으신 겁니다. 〈그들은 말만 하고 실행하지는 않는다〉^{마 23:3}라는 말씀을 명심하십시오. 〈하느님의 나라는 말에 있지 않고 능력에 있으니〉^{고전 4:20}라는 말씀도 잘 새겨 두세요. 저자는 기도와 회개, 신앙과 거듭남 등에 관해 말하지만 사실은 말로만 그칠 뿐입니다. 그의 집에 가본 적도 있고 고향에서나 타향에서나 계속 관찰해 왔으니 그에 대해 내가 하는 말은 어디까지나 사실입니다. 달걀 흰자위가 맛이 없듯 그의 집안은 종교의 참맛을 모르는 가정입니다. 그의 집에서는 기도하거나 회개하는 모습은 도무지 보지 못했고, 차라리 그 집 짐승들이 하느님을 더 잘 섬긴다고 보아야 할 것입니다. 그를 아는 모든 사람들에게는 저 사람이야말로 종교를 더럽히고 욕되게 하고 수치스럽게 만드는 존재입니다. 그가 살던 동네 어디를 가도 그를 좋게 말하는 사람은 거의 볼 수 없고, 저자 때문에 종교 자체도 비난을 받았지요. 그를 아는 사람들은 그를 가리켜 〈타향에서는 성자요, 고향에서는 악마〉라고 말한답니다. 가족들은 그가 막돼먹은 사람이란 걸 알죠. 겉과 속이 다른 언행으로 욕을 마구 퍼부으면서 하인들을 부당하게 대우하는 데다 지독한 구두쇠여서 그에게 어떻게 해야 할지, 혹은 어떻게 말해야 할지 몰라 늘 당황했습니다.

저 사람과 거래해 본 사람들은 차라리 잔인하고 포악하다는 터키 사람들과 거래하는 게 훨씬 낫겠다고 말한답니다. 오히려 터키 상인들과 거래하는 것이 더 공정할 거라고 생각하기 때문이지요. 저 수다쟁이는 틈만 나면 남 위에 올라서서 부정하게 속이고 횡령하고 그들을 압도하며 괴롭힌답니다.

뿐만 아니라 그의 아들들도 자신을 따르도록 가르치는데 만일 자식들 중 어느 하나가 약한 담력을 소유한 바보라고 판단되면(온유하고 선량한 양심의 소유자를 그는 바보 같은 약자라고 부르지요), 바보니 멍청이니 하고 모욕하며 결코 일을 맡기지 않고 남 앞에서 칭찬하는 일도 절대 없답니다.

솔직히 말해, 그의 추악한 생활로 많은 사람들이 거꾸러지고 구렁텅이에 빠졌으며 만일 하느님께서 막지 아니하시면 더 많은 사람들이 파멸에 이르게 될 겁니다.

믿음 아! 형제여, 당신 말을 믿을 수밖에요. 그를 잘 안다고 했을 뿐만 아니라 당신은 크리스천다운 양심으로 사람들을 정직하게 평하기 때문이오. 악의를 가지고 그런 말을 했다고는 생각할 수 없고 당신이 말한 대로일 거라고 믿소.

크리스천 그를 잘 알지 못했다면 당신이 처음에 경탄했듯이 아마 나도 그의 본색을 파악하지 못하고 그렇게 생각했을 것입니다. 종교를 배척하는 무리 입에서 나온 말이라면 나는 그것을 악의에 찬 비방으로 여겼겠지요. 악한 사람 입에서 선한 사람의 명성이나 기업을 혹평하는 일은 흔히 있으니까요. 하지만 내가 직접 알고 있는 이 모든 악한 행위들만 가지고도 그가 얼마나 사악한 자인지 증명할 수 있습니다. 선한 사람들은 그를 부끄럽게 여겨 형제나 친구라고 부르지도 않습니다. 그를 알고 있는 사람들은 그의 이름만 들어도 얼굴을 붉히며 수치로 여기지요.

믿음 아, 말과 실제 행동은 별개의 문제임을 깨닫게 되었소. 이제부터 좀 더 명확히 구별할 수 있도록 한층 주의를 기울이겠소.

크리스천 영혼과 육체가 다른 것처럼 정말 별개의 것들이지요. 영혼이 없는 육신이 죽은 시체와 마찬가지이듯이, 행동이 따르지 않는 말 역시 죽은 시체에 불과하니까요. 종교의 정신은 곧 실행하는 데 있으니 〈하느님 아버지 앞에 떳떳하고 순수한 신앙생활을 하는 사람은 어려움을 당하고 있는 고아들과 과부들을 돌보아 주며 자기 자신을 지켜 세속에 물들지 않게 하는 사람입니다〉약 1:27라고 성서에 써 있잖소.

그러나 수다쟁이는 이를 깨닫지 못하고 단지 말만으로도 진실한 기독교인이 될 수 있다고 생각함으로써 자신의 영혼까지 속이고 있는 셈이지요. 듣는 것은 단지 씨를 뿌리는 작업에 불과하고, 말하는 것은 그의 마음과 생활 속에 실제로 참된 열매가 열렸다는 것을 증명하기에는 불충분합니다. 최후의 심판이 온다는 것을 우리는 명심해야 합니다. 그날 심판자께서는 〈너는 믿었느냐?〉 하고 묻지 않고 〈너는 진실로 행했느냐?〉 혹은 〈말만 하고 다녔느냐?〉 하고 묻고 그에 따라 심판을 내리실 겁니다. 이 세상 최후의 날은 추수하는 날로 비유됩니다. 당신도 알다시피 추수할 때 농부가 관심을 두는 것은 열매 이외에는 없소. 심판 날에 믿음에 의하지 않은 것도 받아들여진다는 뜻이 아니라 저 수다쟁이의 허황된 거짓말이 얼마나 쓸모없고 헛된 것인지를 알려 주려고 이런 비유를 댄 것이오.

믿음　당신 말씀을 들으니 모세가 깨끗한 짐승에 대해 설명했던 것이 생각나는군요. 깨끗한 짐승이란 굽이 두 쪽으로 갈라지고 새김질하는 것을 일컫는 것이지요. 굽만 갈라졌거나 새김질만 하는 짐승을 가리키는 게 아니라던 말씀 말입니다.레 11 토끼는 새김질은 하지만 굽이 갈라져 있지 않아 깨끗하지 않다고 말씀하셨는데, 이는 수다쟁이와 너무나 유사한 비유입니다. 그는 세상의 지식을 이용해 말만으로 새김질을 하지만, 행동은 죄인의 길에서 벗어나지 못하므로 개나 곰의 발처럼 굽이 갈라지지 않은 부정한 놈이라 해야 할 것입니다.

크리스천　그 말씀을 들으니 잘은 모르지만 성서의 참된 뜻을 이해할 것 같은데 저도 한마디 보태지요. 사도 바울로는 말만 하기 좋아하는 사람들을 가리켜 〈울리는 징과 요란한 꽹과리와 다를 것이 없다〉고전 13:1~3고 하셨고, 다른 부분에서 이 말을 좀 더 쉽게 설명하여 〈생명 없는 악기도 소리는 난다〉고 했지요. 생명이 없는 것들, 즉 진실한 신앙과 복음의 은총을 받지 못한 사람들은 비록 그들의 혀가 천사의 목소리처럼 많은 것을 이야기할지라도 결코 생명의 자손들 틈에 끼여 천국에서 함께 살 수는 없습니다.

믿음　그렇지요, 처음부터 저 사람과 동행하는 게 그다지 달갑지 않았지만 이제는 아주 진절머리가 나는군요. 어떻게 하면 저 사람을 떨쳐 버릴 수 있을까요?

크리스천　제 충고대로 하십시오. 하느님께서 감동시키셔서 그의 마음을 돌리지 않는 한, 그도 당신과의 동행에 진절머리를 낼 테니까요.

믿음　자, 그럼 어떻게 하면 좋겠습니까?

크리스천　가서 그에게 종교의 능력에 대해 진지하게 토론해 보자고 제의해 보십시오. 그는 틀림없이 찬성하며 많은 이야기를 하려 들 텐데, 그때 참된 종교의 능력이 그의 마음이나 가정이나 대화 속에 분명히 들어 있는지를 확실하게 물어보세요.

믿음　(다시 수다쟁이에게 다가가 말을 건넸다) 오랫동안 실례했습니다. 그래, 지금 기분은 어떻습니까?

수다쟁이　고마워요, 좋습니다. 계속했더라면 꽤 많은 이야기를 나누었을 텐데 중단되어 아쉬울 따름입니다.

믿음　글쎄, 원하신다면 다시 시작하십시다. 무엇에 대해 이야기할지는 저에게 맡긴다고 하셨으니 이런 얘기를 했으면 합니다. 하느님의 구원의 은총이 사람의 마음속에 있다면 그 구원의 은총은 어떻게 스스로를 발견할 수 있을까요?

수다쟁이　아, 사물의 능력에 대해 이야기해 보자는 말씀이군요. 아주 좋은 화제입니다. 기꺼이 대답해 드리지요. 간단히 요점만 말씀드리자면 우선 하느님의 은총이 가슴에 충만해지면 죄에 대한 반발의 소리가 크게 일어날 것이고, 둘째로…….

믿음 아니, 잠깐만. 우선 한 가지씩 생각해 보기로 합시다. 제 생각에는 죄에 대한 반발의 소리라기보다 영혼으로 하여금 죄를 혐오하게 만들어 줌으로써 하느님의 은총이 나타나리라고 봅니다.

수다쟁이 아니, 죄에 반발하는 소리와 죄를 혐오하는 생각 사이에 무슨 차이가 있단 말씀입니까?

믿음 아! 큰 차이가 있지요. 사람은 단지 전략상 죄를 비난하는 소리를 할 수 있지만 진실로 죄 자체를 미워하려면 죄악을 대적하는 경건한 반감에 의하지 않고는 할 수 없습니다. 강단 위에서는 죄를 비난하며 크게 외치지만, 실제로 마음이나 가정에서나 행동에서는 그 발언대로 잘 지키지 않는 사람들을 많이 보았지요. 요셉의 주인마누라는 마치 자신이 정숙하고 경건한 것처럼 큰 소리로 외쳤지만 기꺼이 요셉과 더불어 부정한 짓을 행하려 들었습니다.^{창 39:15} 마치 어떤 어머니가 무릎에 앉힌 아이를 향해 못된 아이니 버릇없는 녀석이니 막 비난하다가도 어느새 아이를 껴안고 입 맞추는 것과 같습니다.

수다쟁이 내가 보기에 당신은 억지로 남의 흠을 찾아내려 애쓰는 것 같군요.

믿음 아닙니다. 결코 그렇지 않아요. 저는 단지 제대로 판단하고자 할 뿐입니다. 자 그럼, 마음속에 나타나는 은혜의 두 번째 작용은 뭐라고 생각하십니까?

수다쟁이 복음의 신비에 대한 많은 지식을 얻게 된다는 것이지요.

믿음 그것이 은혜가 나타나는 첫 표지가 되어 있어야 할 텐데, 그러나 첫 표지이건 마지막 표지이건 그것 역시 헛된 것입니다. 왜냐하면 복음의 신비에 대해 아무리 많은 지식을 얻는다 할지라도 지식만으로는 영혼에 작용하는 은총의 혜택이 될 수 없으니까요. 사람이 모든 지식을 소유한다 해도 그는 결국 허무한 존재이고 결과적으로 지식만으로는 하느님의 자녀가 될 수 없습니다.[고전 13] 그리스도께서 제자들에게 〈내가 왜 지금 너희의 발을 씻어 주었는지 알겠느냐?〉고 물으셨을 때 제자들이 〈네〉 하고 대답하자 예수께서는 덧붙여 말씀하시길 〈너희는 이것을 알았으니 그대로 실천하면 복을 받을 것이다〉 하셨습니다. 즉 예수께서는 진리를 아는 것에 축복을 내리신 것이 아니라 그것을 실천하는 것에 축복을 주셨습니다. 〈주인의 뜻을 알고도 아무런 준비를 하지 않았거나 주인의 뜻대로 하지 않은 종〉이 있듯이 행함이 따르지 않는 지식이 있기 때문입니다. 천사처럼 많은 것을 알고 있으면서도 참된 기독교인이 되지 못하는 사람이 많으니 당신이 말씀하시는 표지는 옳지 않은 것 같습니다. 사실 안다는 것은 말하기 좋아하고 허풍 떨기 좋아하는 사람들을 만족시킬 뿐이고, 하느님을 기쁘게 하는 일은 아는 대로 행하는 것입니다. 그렇다고 지식이 없는 마음이 얼마든지 좋다는 이야기는 아닙니다. 지식이 없는 마음은 공허하므로 지식은 물론 필요하지요. 그런데 지식에는 여러 가지가 있습니다. 단순히 사색으로 만족하는 지식이 있는가 하면 신앙과 사랑의 은총을 동반하는 지식도 있지요. 전자는 말만 하기 좋아하는 사람들이 흔히 과시하는 지식이고, 후자는 사람의 마음을 움직여 진실로 하느님의 뜻에 맞는 행동을 하도록 이끌어 주는 지식입니다. 그러므로 진정한 기독교인이라면 후자의 지식을 소유하지 못하고는 참된 만족을 얻을 수 없습니다. 〈당신 법을 깨우쳐 주시고 그 법 따라 살게 하소서. 마음을 다 쏟아

지키리이다.〉

수다쟁이   또다시 내 흠만 잡으려 드는구려. 그런 말은 덕이 되지 못합니다.

믿음   그럼, 만일 좋으시다면 은총의 작용이 나타나는 표지를 또 하나 말씀해 주십시오.

수다쟁이   아니, 그만두겠습니다. 우리 둘의 의견이 서로 일치되지 않을 게 뻔하니까요.

믿음   만일 당신이 말하기를 원치 않으신다면, 제가 의견을 제시해도 괜찮겠습니까?

수다쟁이   좋을 대로 하시구려.

믿음   마음속에 은혜의 작용이 나타나는 사람은 그 자신은 물론 옆에 있는 사람들에게까지 영향을 미치지요. 은총을 소유한 사람에게는 다음과 같은 효과가 나타납니다. 즉, 은혜의 작용으로 자신의 죄의식을 절실히 깨닫고 특히 본성의 타락함과 불신의 죄를 인식하게 되지요. 즉 은혜의 덕택으로 그가 만일 예수 그리스도를 믿어 하느님의 자비를 얻지 못하면 그는 정죄받게 되리라는 것을 깨닫게 해주는 겁니다. 이와 같이 사물을 보고 느낌으로써 그는 죄에 대한 슬픔과 부끄러움을 인식할 뿐만 아니라, 세상의 구세주께서 그의 마음속에 나타나사 평생 동안 그가 구세주 가까이 살아가야 할 절대적인 필요성을 느낍니다. 동시에 하느님의 언약이 이루어질 것을 목마름과 갈급함으로 추구하고 또 기다리게 됩니다. 요 16:8, 막 16:16, 행 4:12, 마 5:6 이처럼 구세주를 믿는 믿음의 강하고 약한 정도에 따라 그의 기쁨과 평화, 경건한 것을 사모하는 마음, 구세주를 좀 더 알고자 하는 소망의 정도, 이 세상에서 주님께 봉사하고자 하는 열성이 좌우되지요. 그러나 마음에 은총을 간직한 사람이 자신의 말과 행동에 변화가 일어나는 것을 발견하면서도 그 원인이 곧 은총에 의한 것임을 스스로 깨닫고 인식하는 경우는 극히 드뭅니다. 이런 점들을 잘못 판단하게 되는 이유는 그가 현재 타락한 상태에 있고 이성을 남용했기 때문입니다. 그러므로 이런 변화가 은총에 의한 것임을 확고하게 인식하기 위해서는 우선 건전한 판단력을 갖춰야 합니다.

옆에 있는 사람들에게 나타나는 은총의 효과는 다음과 같습니다.

1. 그리스도에 대한 신앙을 체험적으로 고백하는 것.

2. 그런 고백에 실제로 부합되는 삶을 영위하는 것, 즉 경건한 생활, 경건한 마음, 경건한 가정(만일 그가 가정을 가지고 있다면), 경건한 일상생활의 대화 등을 통해 자신의 모든 것을 경건하고 깨끗하게 하면 대개는 자신도 모르는 사이에 죄를 미워하게 되며, 가정 안에서도 이러한 죄에 대한 혐오감 때문에 암암리에 죄를 멀리하게 되고 마침내 온 세상에 경건함을 증진시키게 됩니다. 위선자나 지껄이기 좋아하는 사람들처럼 단지 입으로만 하는 것이 아니라 하느님의 말씀이 지닌 능력에 의지해 믿음과 사랑으로 순종하고 실천함으로써 이루어지는 것이지요. 자, 선생님, 방금 은혜의 작용과 그 효과에 대해 간략하게 설명했는데 혹시 이의가 있으시면 말씀해 주십시오. 이의가 없으시다면 당신께 두 번째 질문을 하고 싶습니다만.

수다쟁이 아니, 지금 난 반대할 입장이 아니고 듣기만 하는 입장에 처해 있으니, 어서 두 번째 질문이나 해보시구려.

믿음 두 번째 질문은 이렇습니다. 은혜의 작용에 대한 내 설명 중에 첫 번째 것을 경험해 본 적 있으신가요? 당신의 생활과 말이 서로 잘 부합되고 있습니까? 혹시 당신의 종교는 행위와 진실 안에 서 있기보다 말과 혀끝에만 존재하지는 않습니까? 제발, 이 질문에 대답할 때는 하늘에 계신 하느님께서 아멘, 하고 인정해 주실 것만 말하고, 당신의 양심이 속에서 시인하는 것 이외에는 말하지 말아 주십시오. 〈참으로 인정받을 사람은 스스로 자기를 내세우는 사람이 아니라 주님께서 내세워 주시는 바로 그 사람입니다.〉 뿐만 아니라 당신의 일상생활이나 이웃들은 당신이 거짓말을 하고 있다고 증명하는데도 당신 혼자서만 이렇다 저렇다 장황하게 떠벌리는 것은 크나큰 죄악임을 명심하시오.

수다쟁이 (처음에는 얼굴을 붉히더니 곧 마음을 강퍅하게 고쳐먹고는 대답했다) 믿음 씨, 당신은 지금 경험이니 양심이니 하느님이니 하는 말들을 장황하게 늘어놓으며 자기 말에 대한 정당성을 하느님께 호소하고 있군요. 이런 식으로 대화가 진행되리라곤 기대하지 않았을뿐더러 그따위 질문들에 대해 지금 대답할 기분이 전혀 아닙니다. 당신이 교리 문답을 하는 사람이 아닌 이상, 내가 꼭 대답해야 할 의무도 없고 설사 당신이 교리 문답자인 양 으스댄다 해도 당신이 내 심판관이 되는 것은 거부하겠습니다. 어째서 그런 질문을 하는 건지 그 이유를 좀 말해 주시겠소?

믿음 당신은 말만 앞세우는 것처럼 보이는 데다 당신이 일반 상식 이외에 얼마나 더 많이 하느님에 대해 알고 있는지 모르기 때문이오. 솔직히 말씀드린다면 당신의 종교는 단지 혀끝에서만 맴돌 뿐이고 말과 행동이 서로 일치하지 않는다는 소문을 여러 번 들었소. 그들의 말에 의하면, 당신은 기독교인의 오점으로, 당신의 경건치 못한 행동 때문에 종교에 대한 인식이 더 나빠졌고, 당신의 사악한 속임수에 넘어간 사람이 벌써 여럿이며 앞으로 더 많은 사람들이 멸망의 위기에 처할 것이라고 하더군요. 당신의 종교는 술집과 탐욕과 부정한 짓과 헛된 맹세와 거짓말과 잡담 등 온갖 좋지 않은 것들과 결합되어 있소. 창녀 하나가 여성 전체의 수치가 된다는 속담이 있듯, 당신도 모든 성도의 수치가 된다는 평판이더군요.

수다쟁이 말하기 좋아하는 세상 사람들의 중상모략을 있는 그대로 받아들여 성급하게 사람을 판단하는 것으로 미루어 당신은 함께 이야기할 자격이 없는 사람이군요. 자, 그러니 이만 헤어집시다. 잘 가시구려.

크리스천 (믿음에게 다가가 말을 꺼냈다) 저자와의 대화가 결국 어떻게 될지 이미 말했잖소. 당신의 말과 그자의 정욕이 서로 어울릴 수는 없으니까요. 그는 자신의 생활을 개선하기는커녕 당신과의 동행을 거부하고 떠나 버렸군요. 그냥 가게 내버려 둡시다. 손해 보는 것은 결국 그 자신이니까. 그는 계속 이야기하려 들었을 테지만 알아서 떠났으니 우리는 괴로움을 면한 셈입니다.

그는 우리가 그를 떠나야 하는 난처한 상황에서 우리를 구해 주었소. 왜냐하면 그는 늘상 그러하듯 계속해서 이렇게 했을 것이고 — 나는 그가 그렇게 하리라고 확신합니다 — 그렇게 되었다면 그는 우리와의 동행에 오점이 되었을 것이오. 사도 바울로가 말했지요. 〈이런 자들을 멀리하시오〉라고 말이지요.

믿음 하지만 그 사람과 잠시 이야기를 나누기를 잘했다고 생각해요. 그로 하여금 다시 생각할 기회가 되었을지도 모르니까요. 여하튼 저는 분명하게 이야기했으니 설사 그자가 멸망한다 해도 제게는 책임이 없습니다.

크리스천 명백하게 말씀하신 것은 잘하신 일입니다. 요즘에는 성실하게 신의로써 사람들을 대하는 이가 매우 적기 때문에 종교가 많은 사람들에게 좋지 못한 인상을 주고 있지요. 즉 말로만 종교를 믿는, 말하기 좋아하는 바보들이 경건한 신자들 사이를 돌아다니며 타락하고 허영에 찬 말들을 지

걸임으로써 세상을 놀라게 하고 기독교를 더럽히며 신실한
자들을 슬프게 만듭니다. 말만 앞세우는 사람들을 다룰 때는
모든 사람들이 당신처럼 명백하고 신실했으면 좋겠어요. 그
러면 그들이 더욱 합당한 종교 생활을 하거나 아니면 경건한
성도들과의 교류가 그들에게 너무 부담스러워질 것입니다.

　　처음엔 날개를 펼쳐 올리며 득의양양하던 수다쟁이!
　　얼마나 용감하게 말했던가!
　　모든 사람들을 자기 능변 아래 굴복시킬 듯이 도도하던
수다쟁이!
　　믿음이 흉금을 터놓고 진실을 이야기하자
　　둥근 달이 이지러지듯 그의 기세도 기울어 결국은 떠나
버렸네.
　　누구에게나 흉금 터놓고 진실을 이야기할 때 다 그처럼
될 것이라.

　이렇게 그들은 계속 길을 걸었다. 오던 도중에 보고 겪은
이야기를 서로 나누며 무료함을 달랬다. 그렇지 않았더라면
광야를 지나고 있어서 무척 지루하고 피곤했을 것이다.
　광야를 거의 다 벗어날 무렵, 우연히 뒤를 돌아본 믿음은
아는 사람 하나가 뒤따라오는 것을 알게 되었다. 믿음은 함
께 걷던 크리스천에게 말했다. 「아, 형제여, 저기 오시는 분
이 누구라고 생각하십니까?」 크리스천은 뒤돌아 유심히 보
았다. 「저분은 나의 좋은 친구이신 전도자라는 분입니다.」
「아, 그렇군요. 제게도 좋은 친구이십니다. 저더러 좁은 문으
로 가라고 일러 주셨으니까요.」 믿음도 기쁜 얼굴로 맞장구
를 쳤다. 이때 전도자가 다가와 인사했다.

전도자 사랑하는 여러분들, 안녕하십니까? 당신들을 도와준 분들도 모두 화평하시길 빕니다.

크리스천 어서 오십시오, 전도자님! 진심으로 환영하는 바입니다. 다시 봬니 저의 영원한 생명과 복락을 위해 친절하고 끈기 있게 도와주셨던 일이 새삼스레 기억나는군요.

믿음 천만번 환영하는 바입니다. 오, 고마우신 전도자님, 당신이 동행해 주시다니 저희 불쌍한 순례자들에게 얼마나 고마운 일인지요!

전도자 자, 친구 분들, 헤어진 뒤로 두 분께서는 어떻게 지내셨습니까? 어떤 일들을 겪었고 어떻게 처리하셨습니까?

그러자 믿음과 크리스천은 전도자에게 도중에 있었던 모든 일과 그 모든 어려움을 어떻게 극복하여 이곳까지 오게 되었는지를 상세히 들려주었다.

전도자 그 모든 시련을 극복하고 승리자가 되셨다니 무척 반갑고 기쁘군요. 숱한 약점들을 가졌음에도 불구하고 이 길을 오늘에 이르기까지 계속 걸어오셨으니 더욱 감격스럽습니다. 정말이지 당신들이 중도에 포기하지 않고 여기까지 오신 것은 나뿐 아니라 당신들에게도 대단히 기쁜 일입니다. 씨는 내가 뿌리고 당신들이 거두었으니, 즉 〈낙심하지 말고 꾸준히 선을 행합시다. 꾸준히 계속하노라면 거둘 때가 올 것입니다〉라고 하신 말씀처럼 머지않아 반드시 거둘 것이고, 그래서 〈심는 사람도 거두는 사람과 함께 기뻐하게 될 것〉요 4:36입니다. 월계관을 얻으려고 길을 떠나 꽤 멀리까지 갔다가 갑자기 다른 사람이 중간에 끼어들어 월계관을 빼앗기는 일도 종종 있습니다. 그러니 남에게 월계관을 빼앗기지 않도록 굳게 지켜 단단히 잡고 있어야 합니다. 당신들은 아직 마귀의 세력에서 완전히 벗어나지 못한 터라 죄에 대항해 싸우기는 했으나 피투성이가 되어 죽을 만큼 무시무시한 경험은 별로 하지 못한 셈입니다. 그러니 보이지 않는 것을 보이는 것처럼 확고하게 믿고 굳건히 나아가야 합니다. 세상의 속된 것들에 마음을 둬 쓸데없이 동요하지 않도록 노력해야 하고, 무엇보다 여러분들 자신의 영혼과 마음을 보살펴 육신의 정욕에 사로잡히지 않도록 주의해야 합니다. 왜냐하면 〈사람의 마음은 천 길 물속이라, 아무도 알 수 없다〉는 말씀처럼 마음에서 우러나오는 정욕은 이 세상 그 어느 것보다도 거짓되고 사악합니다. 얼굴을 차돌같이 굳게 하십시오. 하늘과 땅의 모든 권세가 여러분들 편에 서 있으니까요.

크리스천은 그의 권고에 깊이 감사하며 남은 길에 도움이 될 이야기를 좀 더 해주기를 간청했다. 그들 두 사람은 전도자가 예언자이며, 앞으로 그들에게 일어날지 모를 여러 가지 일들과 그런 난관들을 극복할 수 있는 방법들까지 가르쳐 줄 분이라는 것을 잘 알고 있었기 때문이었다.

믿음도 또한 크리스천의 요구에 동의했다. 전도자는 다음과 같이 이야기를 계속했다.

전도자 나의 형제들이여, 당신들은 복음에 기록된 참말씀들 가운데 하느님 나라에 들어가려면 많은 어려움을 겪어야 한다는 것과, 어느 도시에 들어가든지 투옥과 고통이 기다리고 있다는 것, 또 그런 이유로 어려움을 당하지 않고서는 순례의 길을 계속 갈 수 없음을 잘 알고 있습니다. 이미 몇 가지 어려움을 겪으셨으니 내 말이 진실임을 알 것이며, 앞으로도 더 많은 어려움이 당신들을 따라다닐 것입니다. 이제 보시는 바와 같이, 광야는 거의 다 벗어났으므로 머지않아 한 소도

시가 보일 것입니다. 그 도시에 들어서면 사방에서 당신들을
죽이려고 마귀들이 공격해 올 터인데 당신들 중 한 사람 혹
은 두 사람 모두 피로써 당신들이 믿고 있는 하늘의 복음을
증거해야 합니다. 그러나 죽음을 무릅쓰고 믿음을 지키려는
자에게 하느님께서는 생명의 월계관을 씌워 주실 것이며, 그
고통은 이루 말할 수 없겠지만 죽은 자의 영광은 살아서 여
행을 계속하는 자의 영광보다 더 클 것입니다. 왜냐하면 산
자보다 먼저 천국에 도착할 뿐 아니라 살아서 계속 길을 가
며 만나게 될 온갖 고통에서 벗어날 수 있기 때문입니다. 그
러나 이 도시에 들어서면 지금 내가 말씀드린 일들이 벌어질
터이니, 내 말을 명심하고 사내답게 용감히 행할 것이며 당
신들의 영혼을 하느님, 곧 신실하신 조물주에게 의탁하시기
바랍니다.

나는 꿈에서, 그들이 광야를 벗어나자마자 한 마을이 나타
나는 것을 보았다. 그 마을의 이름은 〈허영〉이고 그 마을에는
허영의 시장이 연중 내내 열렸다. 시장이 열리는 이 마을 자
체가 허영보다도 더 경박한 곳일 뿐만 아니라 사고파는 많은
물건들이나 모여드는 사람들도 모두 허영에 가득 차 있었다.
어떤 현자의 말대로 〈사람의 앞날은 헛될 뿐이다〉.^{전 1:2, 사 40:17}
그런데 이 시장은 새로 열린 시장이 아니고 오래전부터 존
속해 왔는데 그 기원을 설명하면 이렇다.
약 5천 년 전에 지금처럼 정직하고 경건한 순례자들이 있
었다. 베엘제불과 아폴리욘, 군대 등 세 악마와 그 동료들은
순례자들이 천국으로 가는 길에 이 허영의 도시를 통과한다
는 사실을 알아채고는 도시 안에 온갖 종류의 허영을 사고파
는 시장을 연중무휴로 열기로 했다. 시장에는 집, 토지, 명당
자리, 무역 물자들, 직위, 명예, 승급, 귀족 칭호들, 국가들,

왕국, 욕정, 향락 등등이 거래되고 또한 모든 종류의 쾌락을 위하여 매춘부들, 포주들, 아내, 남편, 아이들, 주인, 하인, 생명, 피, 육체, 영혼, 금, 은, 진주를 비롯한 각종 보석 등등 온갖 것들이 다 있었다.

그뿐 아니라 이 시장에서는 언제든지 요술, 사기, 도박, 노름, 광대짓, 원숭이, 불량배, 악당 등 온갖 것들을 볼 수 있었다. 또한 이곳에서는 도둑, 살인자, 간통한 자, 거짓 증언한 자, 그리고 핏빛 얼굴을 한 자 들을 공짜로 볼 수 있었다.

그리고 임시 장터와 마찬가지로 이 시장에도 같은 종류의 물건을 파는 몇몇 특별 구역과 거리로 분류해 늘어선 광장들, 거리들, 골목들에 적당한 이름이 붙어 있어서(나라와 왕국), 누구나 원하는 물건을 쉽게 찾을 수 있었다. 영국 거리, 프랑스 거리, 이탈리아 거리, 스페인 거리, 독일 거리 등이 자리 잡고 있어서 제각기 그 나라 특유의 많은 사치품들과 허영을 살 수 있었다. 그런데 다른 시장에서도 주요 거래 상품이 있는 것과 마찬가지로 이 시장에서 로마의 허영과 상품들이 큰 인기를 끌었는데, 단지 영국인들과 그 밖의 몇몇 사람들만 로마 제품에 혐오감을 가지고 있었다.

앞에서 말한 것처럼 천국으로 가려면 허영의 상품으로 가득 찬 이 도시를 통과해야 하므로 천국으로 가는 사람이 이 거리를 거쳐 가지 않으려 할 때는 세상 밖으로 나가는 수밖에 없었다. 만왕의 왕이신 예수께서도 자신의 나라인 천국으로 가실 때도 이 도시에 때마침 장이 성대하게 열리고 있었다. 내가 생각하건대, 이 도시의 주인 베엘제불은 예수를 유혹하여 온갖 허영을 사도록 권했을 것이다. 만일 예수께서 이 거리를 지나시다 그대로 따랐더라면 마귀는 그를 허영의 거리의 주인으로 삼았을 것이다. 예수께서는 존경받으실 만한 귀한 분이므로, 베엘제불은 이 거리 저 거리로 데리고 다니며 잠깐 동안 이 세상의 모든 왕국들을 보여 주고 나서 어떻게 하면 이 축복받은 사람을 유혹하여 시장에 널려 있는 허영을 살 수 있게 만들까 궁리했다.눅 4 그러나 예수께서는 이런 온갖 상품들에 전혀 마음을 두지 않으시고 허영에 대해서는 한 푼도 허비하지 않으신 채 그 도시를 떠나셨다. 이처럼 허영의 시장은 아주 오래전에 세워져 오랫동안 변함없이 유지되어 온 매우 거대한 시장이었다.

이들 두 순례자도, 이미 말했듯이 이 도시를 반드시 통과해야만 했다. 그러나 어찌 된 일인지 그들이 시장에 들어서자마자 사람들이 여기저기서 웅성거리기 시작하더니 이윽고 도시 전체가 그들 두 순례자 때문에 떠들썩해지고 말았다. 이렇게 야단법석이 일어나게 된 데는 몇 가지 이유가 있었다.

우선 순례자들의 옷이 시장에서 파는 옷이나 이곳 사람들이 입고 있는 옷과는 판이하게 달랐다. 그래서 시장 사람들이 이상한 눈초리로 두 사람을 훑어봤다. 더러는 바보니 미친놈이니 이방인들이니 하며 욕하고 놀려 댔다.

둘째, 사람들은 두 순례자의 옷뿐만 아니라 말씨도 이상하게 여겼다. 그들은 당연히 모국어인 가나안 말[3]을 쓰기 때문에 이 시장에서 그들 말을 이해할 수 있는 사람은 거의 없었다.고전 2:7~8 시장 주민들은 이 세상에 속한 사람들이므로 시장 이쪽 끝에서 저쪽 끝에 이르기까지 순례자들을 마치 야만인들처럼 봤다.

셋째, 시장 상인들이 이 두 순례자를 불쾌하게 여긴 까닭은 이들이 시장에 쌓인 온갖 허영의 물건들을 경시하여 거들떠보지도 않았기 때문이다. 상인들이 물건 좀 팔아 달라고 그들을 부르면 순례자들은 두 손으로 귀를 틀어막고 〈헛된

3 〈약속의 땅〉의 언어. 청교도들이 그들의 영적 경험을 표현할 때 은유적으로 사용하기도 했다.

것에서 나의 눈을 돌리시고 당신의 길을 걸어 생명을 얻게 하소서〉^{시 119:37}라고 부르짖으며, 자신들의 모든 거래는 모두 하늘나라에 있다는 표시로 하늘을 우러러보았다.

두 순례자의 거동을 비웃던 한 상인이 〈무엇을 사고자 하십니까?〉 하고 말을 걸자, 그들은 정색을 하고 상인을 바라보면서 〈우리는 진실을 사들이고 있습니다〉^{잠 23:23}라고 대답했다. 이 대답으로 그들은 더한층 비웃음을 샀고 어떤 사람들은 그들을 놀리며 시비를 거는가 하면 어떤 사람들은 거칠게 욕하며 때려눕히자고 선동하기도 했다. 마침내 일이 커져 시장 전체가 떠들썩하게 들끓고 큰 혼란과 소동이 벌어졌다. 바야흐로 이런 소식이 시장 주인에게 알려졌고, 그는 곧바로 가장 믿을 만한 친구들에게 이 두 나그네가 어떻게 시장 전체를 온통 소란하게 만들었는지 조사하라고 시켰다. 두 순례자는 심문받으러 재판정으로 끌려갔고, 몇몇 조사관들은 그들이 어디에서 어디로 가는 길이며 이상한 옷차림으로 시장에서 어떤 일을 했는지 캐묻기 시작했다. 자기들은 멸망의 도시를 떠나 영원한 본향인 하늘의 예루살렘을 향해 가는 나그네들인데, 지상에서는 타향 사람이며 이 도시에 들어온 이후 주민들에게나 상인들에게 아무런 나쁜 짓도 하지 않았노라고 대답했다. 다만 상인들을 불쾌하게 한 일이 있다면 무엇을 사겠느냐고 묻기에 단지 진실을 사들이고 있다고 대답한 일밖에 없으니 조용히 여행을 계속할 수 있게 해달라고 간청했다. 그러나 조사관들은 그 말을 믿지 아니하고 정신병자들이 아니고서야 시장의 질서와 주민들을 온통 혼란에 빠뜨릴 리 없다고 생각했다. 그래서 두 순례자를 데려가 마구 때리고 온통 흙투성이로 만든 후 옥에 가두어 시장에 있는 모든 사람들의 구경거리가 되게 하였다. 감옥에 갇힌 순례자들은 한동안 이곳 사람들의 구경거리이자 온갖 놀림, 경멸,

분풀이, 욕설의 대상이 되었으나 시장 주인은 그들이 겪는 온갖 수난들을 보면서도 그냥 웃기만 했다. 참을성 많은 두 순례자는 온갖 경멸과 욕지거리를 욕으로 갚지 않고 오히려 축복을 빌어 주며 선한 말로 대꾸하고 온갖 박해를 친절로 대했다. 좀 더 사려 깊고 편견이 적은 사람들은 순례자들을 계속 박해하는 것은 비열하다고 비난하기 시작했다. 그러자 많은 사람들이 더욱 분개하여 그들도 옥 안에 있는 자들과 똑같이 나쁜 놈이라고 욕하며 공모자나 마찬가지이니 똑같이 처벌받아야 한다고 대들었다. 그러나 순례자들을 동정하는 사람들은 두 사람의 언행이 점잖고 온건하여 자신들을 해칠 사람들이 아니라고 대꾸하며, 오히려 이 장터의 상인들 중에 옥에 가둬 더 큰 벌을 내려야 마땅한 사람들이 더 많다고 대꾸했다. 이렇게 (옥중 순례자들은 사람들 앞에서 매우 지혜롭고 침착하게 처신하는 반면) 시장 사람들은 양편으로 갈려 서로 욕지거리를 하다가는 결국 맞붙어 싸우는 바람에 부상자까지 발생하는 소동이 일어났다. 불쌍한 두 순례자는 다시 재판관들 앞에 불려가서는 시장에서 지금 막 일어난 소동까지도 그들의 잘못이라는 판결을 받은 뒤 실컷 두들겨 맞고 쇠사슬과 족쇄에 묶인 채 시장 여기저기로 끌려 다녔다. 시장 사람들이 이 두 순례자를 옹호하거나 이들 편에 서지 못하도록 본보기로 공포를 불러일으키기 위한 것이었다. 그러나 크리스천과 믿음은 더욱 현명하고 신중하게 처신하여 그들에게 퍼부어지는 수치와 경멸을 온유함과 인내로 받아들였다. 그리하여 주민들 중에서는 매우 적지만 그들 편에서는 사람들의 수가 늘어나기 시작했다.

일이 이렇게 되자 다른 패거리들은 더욱 격노하여 두 사람을 죽여 버리기로 결정했다. 그리하여 그들은 순례자들을 감옥에 가두거나 쇠사슬을 채우는 정도로는 충분하지 않으므로 그들을 반드시 죽여야 한다고 위협했다. 이유인즉 그들이 시장 사람들을 모욕하고 현혹시켰기 때문이라는 것이었다.

　보라, 허영의 시장을.
　순례자들이 쇠사슬에 묶여 있고 돌세례를 받고 있다.
　그렇다 해도, 우리 주께서는 이곳을 지나가셨고,
　갈보리 산에서 돌아가셨네.

　최종 명령이 내려질 때까지 그들은 다시 감옥에 갇혔다. 그래서 그들은 감옥 안에서 발에 쇠고랑을 차고 있었다.
　그들은 여기에서 비로소 신실한 친구인 전도자가 해준 이야기를 기억해 냈다. 이제야 전도자가 예언했던 치욕과 고통의 길이 더욱 확실해졌다. 고통은 다 정해진 뜻이라 믿고 그들은 서로를 위로했다. 또 내심으로는 각자 선택되기를 바랐다. 여하튼 모든 만물을 주재하시는 전지전능하신 하느님께 자신을 맡긴 채 현재 처한 상황에 큰 만족을 느끼며 이곳 주인의 처분을 기다렸다.
　곧 그들은 재판관들 앞에 불려가 최후 판결을 받게 될 참이었다. 마침내 때가 되어 그들은 원수들 앞으로 끌려 나가 심판을 받았는데, 재판장 이름은 〈선을 증오하는 경〉이었다. 고소장들은 형식적으로는 다소 차이가 있었으나 내용은 다 같았으며 다음과 같이 기록되어 있었다.
　〈피고들은 상업의 원수인 동시에 방해자이다. 이들은 도시에 혼란과 분열을 조장하고 왕이 제정한 법률을 경멸하였으며 가장 위험한 의견에 동조하는 당파를 멋대로 만든 죄를 범했다〉라고 적혀 있었다.

　이제, 믿음이여 담대히 행할지어다, 그대의 하느님을 대변할지어다.

사악한 자의 간계와 그들의 막대기를 두려워 말라.

담대히 말할지어다. 진실이 그대의 편이니,

그것을 위해 죽을지어다. 승리 속에 영원한 생명을 향해 달릴지어다.

그때 믿음이 단지 지극히 높은 자보다 더 높으신 하느님께 대적하는 자만을 대적했을 뿐이라며 심문에 대답하기 시작했다. 「내가 소동을 일으켰다고 하지만 본디 평화를 신조로 여기는 사람으로서 선동할 까닭이 없고, 당파를 만들었다고 하나 그것은 우리의 진실됨과 결백함을 알게 된 사람들이 동의해 준 것이며, 그들은 단지 악에서 선으로 돌아섰을 뿐입니다. 게다가 당신네 왕 베엘제불은 우리 주 하느님의 원수이므로 그와 그의 신하들을 배격하지 않을 수 없었습니다.」

그러자 그들의 왕인 베엘제불을 옹호하여 피고인들을 반박하고자 하는 사람은 증언하라는 지시가 내려졌다. 세 명의 증인이 나섰는데 그들의 이름은 〈아첨〉과 〈질투〉와 〈미신〉이었다. 피고인들을 알고 있느냐는 질문을 받은 후, 이들은 이 죄인들의 말을 반박하여 그들의 왕을 옹호하는 증언을 하도록 요청받았다.

먼저 질투가 앞으로 나와 말하기 시작했다.

질투 재판장님, 저는 오래전부터 이 사람을 알고 있으며, 이 존엄한 법정 앞에서 저는 맹세코 거짓 없는 증언을 하겠습니다. 이 사람으로 말하자면······.

재판장 잠깐, 선서부터 먼저 하시오.

곧 그들은 서약을 했다.

그러곤 질투가 말하기 시작했다.「재판장님, 이 사람은 매우 그럴듯한 이름을 가지고 있지만 실은 우리 나라에서 가장 비열한 사람 중 하나입니다. 그는 왕이건 백성이건 법률이건 관습이건 아랑곳하지 않고 무시하면서 다만 자신이 신봉하는 소위 신앙과 경건의 규칙들이라 불리는 불충스러운 사상을 모든 사람들에게 전파하고 감염시키고자 하는 악한입니다. 특히 언젠가 그에게서 직접 들은 바에 의하면, 기독교의 원리와 우리 허영의 도시 관습은 정반대의 것이어서 서로 화합할 수 없다고 했습니다. 이것만 봐도, 재판장님, 그는 칭찬할 만한 우리의 모든 관습뿐 아니라 그것을 지키는 우리까지 비난하는 놈입니다.」

재판장 더 할 말은 없는가?
질투 재판장님, 말씀드릴 것은 많지만 법정을 지루하게 할 것 같아 이상 마치렵니다. 그러나 다른 증인들이 제시한 증거만으로 이자를 사형 시킬 만한 증거가 불충분하다면 다시 한 번 보충 증언을 하겠습니다.

질투에게 대기하고 있으라 명해진 다음 미신을 불러 피고인의 얼굴을 자세히 보라고 했다. 그러고는 그들의 왕인 베엘제불을 옹호하여 피고에게 반박할 것이 있으면 말하라고 명해졌다. 미신은 선서를 한 후 증언을 시작했다.

미신 재판장님, 저는 이 사람과 친분도 없고 알고 싶지도 않습니다만, 지난번에 이 도시에서 잠시 이야기를 나눈 뒤로 아주 못된 녀석임을 알게 되었습니다. 그는 우리 종교는 아주 무가치한 것이고 이런 종교로는 하느님을 기쁘게 해드릴 수 없다고 했습니다. 재판장님께서도 잘 아시겠지만, 이자가 말한 대로라면 우리는 모두 헛되이 신을 섬기고 있으며 여전히 죄악에 빠져 있어 결국 저주받아 지옥에 떨어지게 될 것입니다. 제가 말하고자 하는 점은 바로 이것입니다.

다음으로는 아첨이 선서했다. 그러자 재판장은 그들의 왕인 베엘제불을 옹호하여 피고인에게 반박할 말이 있으면 하라고 명령했다.

아첨 재판장님, 그리고 여기 모인 신사 여러분, 저는 오래전부터 이자를 알았는데, 그가 말해선 안 될 것을 말하는 것도 여러 번 들었습니다. 이자는 우리의 고귀한 왕 베엘제불을 비방하고 존경할 만한 그분의 친구들인 노인 경, 음란 경, 사치 경, 허영 경, 호색 경, 탐욕 경 등을 비롯한 여러 귀족들을 모욕하는 말을 하는가 하면, 모든 사람의 생각이 자기와 일치한다면 그 귀족들이 이 마을에서 더 이상 살지 못하도록 내쫓아야 한다고 말하기까지 했습니다. 뿐만 아니라 이자를 재판하라고 임명하신 재판장님마저도 하느님을 거역하는 악당이라고 비방했으며, 우리 마을에 사는 대부분의 귀족들을 제멋대로 비방했습니다.

아첨의 말이 끝나자 재판장은 법정에 선 피고인을 가리키며 말했다. 「변절자요, 이단자요, 반역자인 이 악한아! 이 선량한 신사들이 너희를 반박하는 것을 전부 잘 들었는가?」

믿음 저 자신을 변호하기 위해 몇 말씀 드려도 될까요?
재판장 이 악당 같으니, 너는 더 이상 살 가치가 없는 놈이야. 당장 이 자리에서 죽여 버려야 마땅하겠지만 우리가 너 같은 녀석에게도 얼마나 관대한지 보여 주기 위해 변명할 기회를 주기로 한다.

믿음 우선 질투 씨가 말한 것에 대해 답변하겠습니다. 세상의 어떤 법률이나 규칙, 관습, 사람일지라도 하느님의 말씀에 어긋나는 것은 기독교 정신에 어긋나는 것이라는 말밖에는 하지 않았습니다. 내 말에 잘못된 점이 있다면 납득할 만한 설명을 해주십시오. 그럼 여기 당신들 앞에서 내가 한 말을 기꺼이 취소하겠습니다.

둘째로, 미신이 증언한 내용에 대해 말씀드리자면, 하느님을 경배하기 위해서는 신성한 믿음이 필요하며 하느님의 뜻을 보여 주는 신성한 계시 없이는 신성한 믿음도 있을 수 없습니다. 그러므로 무엇이든 하느님의 신성한 계시에 부합하지 않는 것을 믿으면서 하느님을 경배한다는 것은 단지 인간들의 신앙에 불과할 뿐, 영생의 은혜를 얻을 수 있는 참된 신앙이 되지 못합니다.

셋째로, 아첨 씨가 말한 것에 대해 말씀드리자면(내가 비방했느니 헐뜯었느니 하는 따위의 말은 제쳐 두고) 이 도시의 왕과 소위 귀족들이라 불리는 그의 신하들은 이 도시나 이 나라보다는 지옥에 가서 살아야 마땅할 인물들이라고 생각합니다. 그러하오니 주여, 저를 긍휼히 여겨 주시옵소서!

그러자 재판장이 배심원들에게 말했다(그때까지 배심원들은 옆에 대기해 관망하고 있었다). 「배심원 여러분, 여러분도 알다시피 이 사람은 우리 도시에서 커다란 난동을 일으킨 장본인입니다. 그리고 덕망 높은 신사들이 그를 반박하는 증언도 들으셨을 줄 압니다. 또 그의 답변과 자백을 들으셨습니다. 이제 이자를 교수형에 처하느냐 아니면 살려 두느냐 하는 것은 여러분의 생각에 달려 있습니다. 판단을 내리시기 전에 우리 법에 대해 설명해 드리는 것이 타당하다고 생각하는 바입니다.

우리 군주이신 베엘제불의 신하들 중 하나였던 파라오의 시대에 제정된 법률에 의하면, 이단 종교가 번성하고 강력해지는 것을 억제하기 위해 그 종교를 믿는 사람들의 사내자식은 모두 강에 내던져 죽게 하였습니다.[출 1] 또 역시 대왕님의 신하였던 느브갓네살 왕 시대에는 누구든지 금을 부어 만든 우상 앞에 엎드려 경배하지 아니하면 즉시 훨훨 타는 화덕에 던져 태워 죽이는 법령이 있었습니다. 다음으로 다리우스 왕 때에도 정해진 기간 동안 왕 이외에 다른 어떤 신이나 사람에게 경배하고 의지하면 사자 우리에 집어넣는다는 법령이 있었습니다.[단 6] 그런데 이 반역자는 생각뿐만 아니라(물론 생각을 품은 것도 용서할 수 없지만) 언행으로도 이 모든 법령들을 위반했습니다. 그러므로 이자의 죄악은 결코 용서할 수 없습니다.

파라오는 실제로 아직 범죄가 일어나지는 않았지만 머지않아 일어날지도 모른다는 우려에서 미연에 방지하기 위해 법률을 정했는데, 이자의 범죄는 명백하게 드러났습니다. 느브갓네살 왕과 다리우스 왕의 법률에 비춰 봐도 여러분은 이 피고인이 우리의 종교를 거역하고 비방하는 것을 보았고 스스로 자백한 반역죄대로 마땅히 사형에 처해야 한다고 생각합니다.」

배심원들은 의견을 모으기 위해 잠시 퇴정했는데, 그들의 이름은 맹인, 불선, 악의, 애욕, 방탕, 성급, 자만, 적의, 거짓말쟁이, 잔인, 증광(憎光), 무자비 등이었다. 그들은 이미 속으로 피고를 반대하고 있었으므로 잠시 후 만장일치로 유죄 판결을 내려 재판장에게 보고했다. 그들 중에 배심원 대표 맹인이 맨 먼저 〈이놈은 이단자임이 분명합니다〉라고 말했다. 불선이 말했다. 「이런 놈은 이 세상에서 아주 없애 버려야 합니다.」악의가 맞장구쳤다.「그렇소. 이런 놈의 얼굴은 쳐다보기도 싫소.」이번에는 애욕이 말했다.「도저히 봐줄 수가 없습니다.」방탕이 말을 받았다.「나도 마찬가지입니다. 저놈은 늘 내 언행을 비방했습니다.」드디어 성급이 외쳤다.「저놈을 교수형에 처합시다. 교수형이오.」자만이 한 마디 내뱉었다.「저 빌어먹을 녀석 같으니.」적의가 거들었다.「저놈을 보기만 해도 적개심과 분노가 끓어오릅니다.」거짓말쟁이가 나섰다.「저놈은 사기꾼이오.」잔인이 외쳤다.「교수형에 처하는 것도 저놈에게는 과분한 일이오.」증광이 흥분했다.「저놈을 어서 죽여 없애 버립시다.」마지막으로 무자비가 말했다.「이 세상을 다 준다 해도 저놈은 도저히 받아들일 수 없습니다. 그러니 어서 저놈을 사형에 처합시다.」그들은 곧 실행에 옮겼다. 그리하여 믿음은 법정에서 끌려 나가기 전에 있었던 감옥으로 돌아가, 일찍이 없었던 가장 참혹한 죽음을 당하라는 선고를 받았다.

그들은 믿음을 감옥에서 끌어내어 그들 법률에 따라 우선 채찍으로 매질을 가한 뒤 주먹으로 실컷 때리고 여기저기 칼로 찌르고 돌로 치고 다음에는 대검으로 난도질을 하고 나서 끝으로 화형 틀에 묶은 다음 살이 불에 타서 재가 되도록 내버려 두었다. 믿음은 마침내 고통스러운 종말을 맞았다.

담대한 믿음이여, 그대는 말과 행동을 용감하게 행했도다.
재판관, 증인, 배심원 들은
그대를 이기지 못하고 분노만 토해 냈도다.
그대가 죽을지언정, 그대는 세세토록 살리라.

그런데 나는 수많은 군중 뒤로 두 필의 말이 끄는 마차 한 대가 그를 기다리고 있다가 그의 고통스러운 환난이 끝나자마자 곧장 그를 태우고 나팔 소리를 울리며 구름 사이를 헤치고 지름길로 천국 문에 이르는 것을 보았다. 크리스천은 집행 유예를 받고 감옥으로 송환되어 한동안 감금되어 있었다. 그런데 세상 만물을 통치하고 지배하시는 하느님께서 배심원들과 관리들의 노여움을 장악하시어, 결국 그는 감옥을 탈출하여 길을 계속 갈 수 있게 되었다.

선한 믿음이여, 그대는 충실하게 하느님에 대한 믿음을
세상 앞에 밝혔으니
그분의 축복이 그대와 함께 있을지어다.
믿음 없는 자들이 속세의 환락으로 인해
지옥의 고통 속에 울부짖고 있을 때
찬송하라 믿음이여, 그대의 이름 영원히 남으리니.
그들이 비록 그대를 죽였으나 그대는 여전히 살아 있도다.

그런데 꿈속에서 보니 크리스천은 혼자가 아니라 〈소망〉이라는 이름의 동행자와 함께 걷고 있었다. 소망은 허영의 시장에서 크리스천과 믿음이, 고통 속에서도 꿋꿋한 언행을 보여 준 것에 감동받아 스스로 소망이라고 이름 짓고 형제의 언약을 맺은 다음 동행하겠다고 나섰다. 하느님의 진리를 증거하기 위해 한 사람이 죽자 또 다른 사람이 그의 재 가운데 일어나 크리스천의 순례 길에 동행하게 된 것이다. 또한 소망은 크리스천에게, 머지않아 허영의 시장에서 더 많은 사람들이 천국을 향한 순례의 길에 따라나서게 될 것이라고 말해 주었다.

다시 꿈속에 보니, 그들이 허영의 시장 경계선 밖으로 벗어나자마자 앞서 가던 사람을 급히 따라잡는 것을 보았는데, 그의 이름은 〈사심(私心)〉이었다. 크리스천과 소망이 그에게 말을 걸었다.「여보시오, 선생. 고향은 어디이며 어디까지 가시는 길입니까?」그가 대답하기를 〈교언〉이라는 도시를 떠나 하늘나라로 가는 길이라면서 자신의 이름은 말하지 않았다. ^{잠 26:25}

크리스천　교언이라는 도시에서 오셨다고요? 그곳에도 선한 사람들이 살고 있습니까?

사심　예, 그렇다고 생각합니다.

크리스천　죄송합니다만 선생, 성함이 어떻게 되시지요?

사심　우리는 서로 초면이지요. 당신들이 이 길로 간다면 기꺼이 동행해 드리겠소만, 혼자 가도 무방합니다.

크리스천　교언이라는 도시는 전에 들은 적이 있는데 굉장히 부유한 동네라던데요.

사심　네, 사실이에요. 내 친척들 중에도 큰 부자들이 무척 많으니까요.

크리스천　실례입니다만, 그곳에 사시는 친척들은 누구누구입니까?

사심　마을 주민 거의 전체가 제 친척이라 해도 과언이 아니지요. 특히 영합 경, 기회주의자 경, 교언 경(이분의 조상에게서 그 성을 따라 마을 이름을 지었지요), 게다가 팔방미인 씨, 표리부동 씨, 무관심 씨. 그리고 우리 교구의 목사로 일하고 계신 속임수 씨는 어머니의 한 형제이시지요. 제가 지금은 이렇게 교양을 갖춘 훌륭한 신사가 되어 있지만 사실대로 말씀드리자면 본디 저의 증조부께서는 한쪽만 바라보면서도 다른 쪽으로 노를 젓는 뱃사공이셨는데, 저도 그 일로 유산 대부분을 모았죠.

크리스천　결혼은 하셨습니까?

사심　물론이지요. 내 아내는 현숙한 어머니의 딸인 만큼 매우 정숙하고 덕 있는 여인입니다. 속임수 마님의 딸인 아내는 전통 있는 명문 귀족의 후예이며 뛰어난 교양과 예의범절을 갖추고 있어 왕족으로부터 비천한 농부에 이르기까지 제각기 예의와 태도로 대하는 방법을 잘 알고 있지요. 사실 우리는 지나치게 종교에 엄격한 신자들과 다소 다르긴 하지만 그것은 단 두 가지의 사소한 차이일 뿐입니다. 우선, 우리는 시대적인 사조와 흐름에 결코 역행하려는 법이 없으며, 둘째, 종교가 순탄한 길을 가며 명예롭게 빛날 때는 늘 열심히 종교를 믿고 또 태양이 거리를 밝게 비추는 화창한 날에 사람들이 종교를 찬양하고 갈채를 보낼 때는 우리도 기꺼이 하느님과 동행하기를 원합니다.

그러자 크리스천은 동행인 소망에게 가 말했다. 「내 생각에 저 사람은 교언이라는 도시에 사는 사심이라는 사람인 것 같은데, 그게 사실이라면 우리는 이 부근에 사는 사람 중 가장 악한 자와 동행하게 되었군요.」 그러자 소망이 말했다. 「직접 물어보세요. 자기 이름을 부끄러워할 자가 아닐 것 같습니다.」 그리하여 크리스천은 다시 사심에게 다가가 함께 거닐면서 말을 건넸다. 「여보시오, 선생, 당신은 이 세상 모든 일을 잘 알고 있는 것처럼 말씀하시는군요. 내 추측이 빗나가지 않았다면 대강 짐작이 가는데, 혹 교언 마을에서 오신 사심 선생이 아니신가요?」

사심 사실 그건 이름이 아니고 저랑 잘 어울리지 못하는 사람들이 붙여 준 별명이지요. 앞서 살다 간 사람들 중에 이런 몰지각한 일들을 묵묵히 참고 견딘 훌륭한 사람들이 있는 것처럼 저도 하나의 질책으로 알고 달게 받아들여야겠지요.

크리스천 그런 별명이 지어진 데는 당신이 뭔가 근거를 제공한 게 아닐까요?

사심 절대, 절대로 아닙니다. 혹시 그 실마리를 내가 만들어 준 거라면 항상 운 좋게도 현실을 빠르게 잘 파악하고 판단하여 어떤 일이 닥쳐도 임시변통으로 남보다 좀 더 이익을 보았기 때문입니다. 내게 덮어씌우려나 본데, 솔직히 신의 축복일 따름이지 악의적인 질책이나 비난을 받을 이유는 없다고 봅니다.

크리스천 내가 들었던 소문 속의 사람이 바로 당신이 아닐까 생각했는데, 제 생각에 당신 별명은 다른 어떤 것보다 당신 취향과 뜻에 잘 어울리는 것 같은데요.

사심 군이 그리 생각하신다면 어쩔 수 없지요. 하지만 계속 동행하면 내가 아주 훌륭한 친구라는 걸 알게 될 겁니다.

크리스천 우리와 함께 가려면 당신은 시대사조와 경향을 거슬러 올라가야 하는데, 당신 뜻과 안 맞을 겁니다. 또 당신은 종교가 비단옷을 입고 있을 때뿐 아니라 누더기를 걸치고 있을 때도 변함없이 믿고 따라야 하며, 주님께서 갈채와 환호를 받으며 거리를 걸어가실 때나 쇠고랑을 차고 경멸의 대상이 되실 때나 변함없이 굳게 주님을 의지하고 믿어야 합니다.

사심 내 신앙에 대해 강요하거나 지배하려 해서는 안 됩니다. 그건 내 자유에 맡기시고 함께 길이나 갑시다.

크리스천 내 제안대로 하지 않는다면 한 발짝도 같이 갈 수 없습니다.

사심 내 오래된 원칙들은 해롭기는커녕 오히려 유익한 것들이어서 나는 절대 버릴 수 없소이다. 내가 동행하는 것을 원치 않는다면 나 혼자라도 가겠소. 혹 누군가 따라오는 자가 있으면 그와 즐거이 함께 가면 되니까.

이제 크리스천과 소망은 사심을 남겨 두고 한참 앞서서 길을 걸었다. 그중 하나가 뒤를 돌아보니 세 명의 남자가 사심의 뒤를 쫓아오고 있었다. 그들이 옆까지 다가오자 사심은 정중하게 인사했고 그들도 예절을 갖춰 답례했다. 이 세 남자의 이름은 〈세욕(世慾)〉, 〈애전(愛錢)〉, 그리고 〈구두쇠〉였는데 사심이 전부터 잘 알고 지내던 사람들이었다. 이들은 어린 시절부터 함께 자란 소꿉친구로, 북부 지방의 〈탐욕〉군 내에 위치한 상업 도시인 〈애리(愛利)〉 시의 〈붙들기〉 선생에게서 함께 배운 동창생들이었다. 붙들기 선생은 그들에게 이득을 얻기 위해서는 폭력, 속임수, 사기, 횡령, 아첨과 거짓말 혹은 종교의 탈을 쓰든 온갖 수단을 가리지 말아야 한다고 가르쳤고, 이 네 명의 신사는 선생으로부터 많은 기술을 습득하여 이제는 제각기 그 기술들을 가르치는 학교를 설립했을 정도였다.

내가 이미 말했던 것처럼, 그들 네 사람이 서로 인사를 나눈 뒤에 애전이 사심에게 말을 건넸다. 「앞에 가는 저 사람들은 누구입니까?」 그때까지도 크리스천과 소망이 눈에 띄었기 때문이었다.

사심　먼 지방에서 온 사람들인데, 자기들 고집대로 저렇게 순례의 길을 가고 있지요.

애전　허, 참, 저들이나 우리나 모두 순례의 길을 가는 사람들인데 왜 조금만 기다려 즐거운 동반자가 되려 하지 않는 거요?

사심　그러게 말입니다. 하지만 저들은 대단히 강직하고 고집불통이어서 자신들 생각만 내세우고 남의 의견은 무시합니다. 그래서 그들이 주장하는 모든 난관들을 기꺼이 뛰어넘지 않는 한 함께 동행하지 않겠답니다.

구두쇠 그건 옳지 않아요. 우리는 〈지나치게 의롭다〉는 사람들에 관한 글을 읽었는데, 그들은 너무 고지식하여 사람들을 판단할 때 자신들 이외의 사람들을 쉽게 비난하고 정죄해 버립니다. 그런데 도대체 저들과 선생님 사이에 얼마나 생각의 차이가 있었습니까?

사심 저들은 온갖 폭풍 한설을 무릅쓰고라도 순례 여행을 계속해야 한다고 고집스럽게 주장했는데, 저는 순풍과 밀물을 기다려 좀 더 쉽고 안전하게 여행하는 게 좋겠다고 했지요. 또한 저들은 하느님을 위해서라면 온갖 어려움과 죽음을 무릅쓰고라도 나서려 하는데, 저는 되도록 모든 수단과 방법을 이용해 내 생명과 재산을 보호하려 합니다. 게다가 저들은 모든 사람이 반박해도 자신들이 옳다고 여기는 생각을 굳게 지키려고 고집하는데, 나는 시대 조류에 맞춰 내 신변의 안전이 보장되는 한에서 종교를 지키려 하고요. 저들은 누더기를 걸친 채 모욕을 당해도 종교와 신앙을 따르려 하지만, 나는 종교가 황금 신을 신고 태양 빛 아래서 만인의 갈채를 받을 때만 종교를 따르려 한답니다.

세욕 선하고 지혜로운 사심 형제여! 당신 생각을 끝까지 지키시오. 사람이라면 자신이 가진 것을 지킬 자유가 있는데도 그것을 잃는 것은 아주 어리석다고 생각되는군요. 우리는 뱀같이 슬기롭게 행동하십시다.

해가 빛날 때 건초를 만드는 게 지혜롭습니다. 꿀벌만 봐도 겨우내 조용히 누워 기다리다가 기분 좋게 이득을 얻을 수 있을 때만 일어나 활동하지 않습니까? 하느님께서는 때로 비를, 때로 햇빛이 환히 빛나는 청명한 날을 주시는데, 저들이 바보처럼 폭풍 한설에 순례 길을 강행하더라도 우리는 지혜롭게 기다렸다가 청명한 날을 택해 만족을 얻읍시다. 하느님의 선하신 축복이 확실히 보장되는 종교가 제일이라고 생각하오. 하느님께서 이 세상에 우리에게 많은 것을 베풀고 허락하셨으니 우리는 그 베푸신 것들을 잘 보존하여 하느님께 영광을 돌리는 게 이치에 맞지 않겠소. 아브라함과 솔로몬은 종교를 가짐으로써 부자가 되었습니다. 욥은 선한 사람은 〈금은 땅에 내버린다〉고 하지 않았습니까? 당신이 설명한 대로라면 저기 앞서 가는 사람들은 욥처럼 선하고 지혜로운 사람이기는커녕 지극히 어리석은 사람들일 겁니다.

구두쇠　이 점에 대해서는 우리 모두 의견이 일치되었다고 생각하므로 더 이상 언급할 필요가 없겠소.

애전　그 말씀이 옳소. 더 왈가왈부할 필요도 없어요. 우리야 성서 말씀도 믿고 지혜로운 이성의 판단과 도리도 믿지만, 다른 사람들은 자신들의 자유도 모르고 자신들의 안전도 지키지 못하잖아요.

사심　형제들이여, 보다시피 우리는 모두 순례 여행 중입니다. 기분 나쁜 이야기는 집어치우고 기분 전환용으로 제가 문제 하나를 내겠습니다.

어떤 사람이 있는데, 목사든 상인이든 관계없어요. 인생에서 행복과 부귀영화를 누릴 좋은 기회가 눈앞에 있는데, 그것을 얻기 위해 최소한 외견상으로나마 관심이 없던 종교의 몇 가지 요점들에 비상한 열성을 보였다면, 이런 식으로 자신의 목적을 달성하는 일이 잘못된 일일까요 아니면 정당한 일일까요?

애전　당신 의도가 무언지 알겠소. 허락해 주신다면 제가 답변해 보겠소. 첫째, 목사라면 매우 훌륭한 자격을 지녔겠으나 봉급이 너무 적을 테니 더 많은 보수를 받으려고 더 열심히 공부하고 더 열심히 설교하며 신자들의 취향이나 기질에 따라 자신의 주장 몇 가지를 수정한다 해도 (그가 목사의 사명과 직업에 충실한 이상) 그럴 만한 충분한 이유가 된다고 생각합니다. 이보다 더한 일을 해도 그는 여전히 정직한 사람입니다. 그 이유를 들어 볼까요?

1. 보수를 더 원하는 그의 마음은 (결코 비합법적이라고 볼 수 없으니까) 합법적이며, 또 하느님의 섭리에 의해 주어진 기회입니다. 따라서 할 수 있는 한 더 큰 소득을 올리고자 노력한다고 그의 양심을 문제 삼을 순 없습니다.

2. 더구나 보수를 더 받으려고 더 열심히 공부하고 더 열정적으로 설교하여 결국 그는 더욱 훌륭한 사람이 되고 재능을 키워 나가게 된다면 이는 하느님의 뜻에 합당한 일입니다.

3. 다음으로 변하기 쉬운 성도들의 기질에 따라 이제껏 주장해 온 스스로의 신념들을 바꾸는 일에 대해 말하자면 첫째, 그의 성질이 자기희생적이며, 둘째, 그가 온화하면서도 남의 마음을 끄는 힘을 가지고 있고, 셋째, 그렇기 때문에 더욱더 목사로서 합당한 인물이라는 뜻입니다.

4. 결론적으로 보수가 적은 목사가 보수를 많이 받으려고 노력하는 것은 탐욕스럽다고 할 수 없으며, 오히려 더 열심히 연구하고 더 부지런히 노력하여 목사로서의 소임을 다하고 선을 행할 기회를 잡았으므로 매우 칭찬받을 만한 일이지요.

이번에는 두 번째로 상인에 대해 말하겠습니다. 본래 가난한 장사꾼이 종교를 가짐으로써 가게를 수리할 수 있었고 어쩌면 부유한 여자와 결혼도 할 수 있었으며 가게로 더 많은 고객을 끌게 되었다고 가정해 봅시다. 이 모두가 매우 합법적이라고 말할 수밖에 없습니다. 왜냐하면,

1. 동기가 어떻든 간에 신앙을 갖는다는 것은 덕행입니다.

2. 부유한 아내를 맞는다든지 더 많은 고객을 가게로 끌어들이는 것도 불법이 아닙니다.

3. 뿐만 아니라 신앙을 가짐으로써 좋은 사람들로부터 좋

은 것들을 얻고, 스스로도 선한 사람이 되고 선한 아내와 선한 고객들을 맞이하는 것은 모두 좋은 일입니다. 그러므로 이 모든 것들을 얻기 위해 종교를 갖는 것 또한 선하고 유익한 계획입니다.

사심의 질문에 대한 애전의 대답에 그들 모두 대대적인 박수갈채를 보냈다. 그러므로 목적 달성을 위해 종교를 갖는 것은 건전하고 유익한 일이라는 데 만장일치로 결론을 맺었다. 이를 반박할 수 있는 사람은 아무도 없을 것이라고 생각한 그들은 부르면 들릴 만한 거리에서 앞서 가는 크리스천과 소망을 공박하기로 작정했다. 게다가 전에 그들이 사심의 말을 공박하고 반대한 터라 네 사람의 의견이 일치했다. 그들이 함께 소리를 지르자 두 사람은 걸음을 멈추고 그들이 따라잡기를 기다렸다. 이번에는 사심이 아니라 세욕이 문제제기하여 공박하기로 했다. 조금 전에 말다툼을 하고 헤어진 사심이 또다시 문제를 끄집어내면 적개심의 남은 불꽃을 부채질할 우려가 있었기 때문이다.

마침내 두 사람을 따라잡아 간단히 인사를 나눈 뒤 세욕은 크리스천과 그의 동료에게 예의 그 문제를 제시하면서 대답할 수 있으면 해보라고 말했다.

크리스천 믿음만 있다면 어린아이라도 그런 문제 수만 개쯤은 대답하고도 남을 거요. 사람이 단지 빵을 배불리 먹기 위해 예수님을 따르는 것조차 불법이라 하였거늘 ^{요 6:26} 예수님과 종교를 구실로 현세의 쾌락과 유익을 얻는다는 것은 얼마나 혐오스러운 일인가요! 이교도, 위선자, 악마, 마녀 들이 아니면 그럴 사람은 없을 겁니다.

1. 이교도에 대해 설명하자면, 옛날에 하몰과 세겜은 야곱

의 딸과 가축을 탐냈으나 할례를 받아야만 그들과 어울릴 수 있음을 알고는, 〈그들이 할례를 받은 것처럼 우리 모든 남자도 할례를 받아야 한다는 것이다. 결국은 그들의 양 떼와 재산과 모든 가축이 우리 것이 되지 않겠느냐?〉고 말했습니다. 결국 그들은 야곱의 딸과 가축을 얻고자 종교를 하나의 방편으로 이용하려 했지요. 그 뒤 어떻게 되었는지 더 알고 싶다면 성서를 펴들고 그 대목 전체를 읽어 보시구려. ^{창 34:20~23}

2. 위선자인 바리새인들 역시 비슷한 무리들이었지요. 그들의 기나긴 기도는 겉치레에 불과하고 본래 목적은 과부의 집을 차지하는 데 있었습니다. 결국 하느님께서는 그 거짓되고 사악한 행위에 대해 다른 사람들보다 더 엄한 벌을 내리셨지요. 「루가의 복음서」 20장 46, 47절을 보세요.

3. 악마인 유다 역시 이런 종교를 갖고 있었습니다. 돈주머니를 얻으려고 예수를 배반했으나 결국 버림받고 내던져져 영원한 지옥의 자식이 되고 말았지요.

4. 마술사 시몬 역시 이런 종교를 얻고자 했으나 돈을 벌기 위한 수단이었기 때문에 마침내 베드로에게 정죄 선고를 받았습니다. ^{행 8:19~22}

5. 내 마음속에 항상 떠나지 않는 게 하나 있습니다. 이 세상의 부귀영화를 얻기 위해 종교를 믿는 자는 결국 이 세상의 부귀를 위해 종교를 버리게 될 것입니다. 분명히 말하지만, 유다는 이생의 재물이 탐나 종교를 믿었다가 결국 이생의 재물을 위해 그의 스승인 예수를 팔아넘겼습니다. 따라서 당신들처럼 긍정적으로 받아들인다거나 옳다고 시인하는 것은 모두 이교적이요, 위선적이고 악마적인 발상일 뿐만 아니라 그런 생각을 품고 행하는 자는 제각기 그 행한 바에 따라 정죄를 받게 될 것입니다.

이 말을 듣고 그들은 서로 얼굴만 쳐다볼 뿐 크리스천의 말에 어떻게 반박해야 할지 몰라 한동안 침묵했다. 더구나 소망도 크리스천의 대답을 묵인하니 더욱더 무거운 침묵이 흘렀다. 사심을 비롯한 그의 동료들은 머뭇머뭇거리면서 뒤에 남고 크리스천과 소망이 앞서 걸었다. 그러자 크리스천은 동료인 소망에게 말했다. 「저들이 사람의 선고에도 대꾸하지 못할진대 어찌 하느님의 선고에 맞설 수 있겠습니까? 한낱 질그릇에 불과한 나 같은 사람의 말에도 힘없이 입을 다무는 저들이 무시무시한 심판의 불길로 질책을 당할 때는 어찌 견딜 수 있겠소?」

사심 일행보다 다시 앞서 걷게 된 크리스천과 소망은 〈안락〉이라 불리는 멋진 평원에 이르렀다. 편안하고 기쁜 마음으로 평원을 걷는데, 평원이 너무 좁아 금세 끝나고 말았다. 평원의 저편 끝에는 〈물욕〉이라 불리는 조그만 언덕이 있고, 그곳에 은광이 있었다. 전에도 이 길을 가던 사람들 중에 더러는 희귀한 금속인 은을 보려고 옆길로 들어서서 은광 입구까지 가까이 다가갔다가 그만 발을 디딘 땅이 꺼져 버리는 바람에 죽음을 당하거나 혹은 불구자가 되어 평생을 고생스럽게 보내는 자들이 부지기수였다.

다시 꿈에 보니 은광으로 올라가는 한길에서 약간 떨어진 곳에 〈데마〉(신사처럼 보이는)라는 사람이 서서 지나가는 사람들을 유혹하고 있었다. 데마가 크리스천과 소망을 보더니 말을 걸었다. 「여보시오. 이쪽으로 와보시오. 내가 당신들께 보여 드릴 게 있습니다.」

크리스천 도대체 무엇이기에 가던 길을 바꾸어서까지 보고 가라고 권하는 것이오?

데마 여기 은광이 있는데 몇몇 사람들이 귀한 보물을 얻기 위해 땅을 파고 있답니다. 당신들도 오시기만 하면 별로 힘들이지 않고도 많은 재물을 얻을 수가 있지요.

소망 우리도 한번 가봅시다.

크리스천 난 가지 않겠소. 전부터 이 은광에 대한 이야기를 들었는데, 앞서 가던 많은 사람들이 광의 갱 속에 굴러 떨어져서 죽음을 당했을 뿐만 아니라, 재물이라는 것은 본디 그것을 탐하는 자들을 패망시키기 위한 함정이지요.(큰 소리로 데마에게 물었다) 그곳은 위험하지 않습니까? 수많은 순례자들의 여행을 방해해 오지 않았습니까?

데마 조심성 있는 사람이라면 별로 위험하지 않습니다. (이 말을 하면서 그는 얼굴을 붉혔다)

크리스천 여보시오, 소망 씨. 우리는 한 발짝도 이 길에서 벗어나지 말고 가던 길을 계속 가기로 합시다.

소망 사심이 이곳에서 우리와 같은 초청을 받는다면 영락없이 은광을 보려고 발길을 돌릴 게 뻔합니다.

크리스천 그자의 사고방식이 원래 그러하니 의심할 여지도 없이 그쪽으로 갈 것이며, 백이면 백 죽음을 당하고 말 것입니다.

데마 (다시 그들을 불렀다) 왜 와서 구경하지 않으십니까?

크리스천 (담대하고 솔직하게 말했다) 여보시오, 데마 씨. 당신은 이미 바른길로 인도하시는 이 길의 주인과 원수가 되었고 스스로 올바른 길에서 벗어나 다른 길로 들어섰기 때문에 하느님의 심판관으로부터 정죄를 받았는데, 어찌하여 우리까지 당신처럼 정죄받도록 유혹하려는 겁니까? 뿐만 아니라 만일 우리가 옆길로 들어선다면, 그분께서는 이 일을 분명히 아시게 될 거요. 그러면 우리는 우리가 떳떳하게 서야 할 그분의 심판대에서 부끄러움을 당하게 될 거요.

그러자 데마는 다시 소리 지르며, 자기도 같은 순례자들 중의 하나인 만큼 잠시 기다려 준다면 함께 가겠노라고 말했다. 그러자 크리스천이 이렇게 물었다.

크리스천 당신의 이름은 도대체 무엇입니까? 내가 아까 부른 것처럼 데마가 당신의 이름인가요?

데마 그렇소. 내 이름은 데마이고, 아브라함의 자손이오.

크리스천 당신을 잘 알지요. 게하시가 당신 증조부이고 유다가 당신 아버지이며 당신도 선조들의 발자취를 따라왔습니다.^{왕하 5:20} 당신이 하는 짓은 악마의 장난과도 같군요. 당신 아버지는 반역자로 목매달려 죽었고 당신 또한 그보다 나은 보상을 받을 가치가 없는 사람입니다.^{마 26:14~15} 우리가 하느님 앞에 서게 될 때는 당신의 이런 행동을 있는 그대로 고해 드릴 테니 그리 아시구려.

이렇게 말하고 나서 크리스천과 소망은 다시 갈 길을 재촉했다. 그 무렵 사심과 그의 일행이 나타났는데, 단번에 데마의 유혹에 넘어간 그들은 주저하지 않고 은광 쪽으로 달려갔다. 그런데 그들이 갱의 언저리에서 안을 들여다보다가 그만 구덩이 속으로 빠지고 말았는지 혹은 은을 캐려고 갱 속으로 내려갔는지, 구덩이 밑에서 쉴 새 없이 뿜어 나오는 습한 독가스에 숨이 막혀 죽었는지 어쨌는지 확실히 알 수는 없지만 다시 행로 위에 나타나지 않은 것은 확실했다. 그러자 크리스천이 노래를 불렀다.

사심과 데마는 서로 뜻이 맞아
한쪽이 부르면 다른 쪽이 달려가고
탐욕스러운 마음을 함께 나누다가

온갖 세상 영화에 빠져 버린 탓으로 천국 향해 가는 길을 영영 떠나 버렸다네.

내 꿈에 보니, 평원 바로 맞은편에 두 순례자가 이르렀는데, 행로 바로 옆에 꽤 오래된 비석이 하나 서 있었다. 두 순례자는 이상스레 생긴 그 모양에 마음이 끌렸는데 마치 돌기둥으로 변한 여인의 모습을 하고 있었다. 그들은 한참 비석 앞에 서서 유심히 들여다보았으나 그게 무엇인지 확실히 알 수 없었다. 마침내 비석 머리에서 이상한 문체로 쓰인 글귀를 발견한 소망은 학자가 아닌 이상 그 뜻을 헤아릴 수 없었으므로 학식 있는 크리스천을 불러 그 글귀의 의미가 무엇인지 풀어 달라고 부탁했다. 글자를 맞추며 한동안 조심스럽게 살펴보던 크리스천은 그 글귀가 〈롯의 아내를 기억하라〉는 말임을 깨닫고는 동료인 소망에게 읽어 주었다. 그들은 이 소금 기둥이야말로 멸망이 임박한 소돔에서 화를 피하려고 성을 빠져나온 롯의 아내가 두고 온 재물에 대한 탐욕스러운 마음을 버리지 못해 뒤를 돌아보다가 그만 소금 기둥이 된 것임에 틀림없다고 결론을 내렸다.^{창 19:26} 뜻밖에도 놀라운 광경을 보게 된 그들은 다음과 같은 이야기를 주고받았다.

크리스천 아, 형제여, 때맞춰 이것을 보게 되었군요. 데마가 은광을 보라고 우리를 유혹한 후에 이것을 발견했으니 말입니다. 만일 데마의 유혹에 당신이 끌렸듯이 우리가 그곳에 갔더라면, 우리도 정녕 이 여인처럼 기둥으로 남아 뒤에 오는 사람들의 구경거리가 되었을 거요.

소망 그토록 어리석었다니 참으로 유감스럽군요. 하마터면 롯의 아내처럼 될 뻔했는데 그렇지 않으니 무척 다행한 일이오. 솔직히 그녀나 내가 저지른 죄는 별 차이가 없소. 그녀는 뒤를 돌아보았을 따름이고, 난 가서 보고 싶어 했으니까요. 무한하신 하느님의 은총을 찬양할 일이나, 그런 생각을 마음에 품었다는 게 참으로 부끄럽습니다.

크리스천 여기서 본 걸 마음속에 잘 명심하여 장차 본보기로 삼읍시다. 이 여인은 소돔의 멸망이라는 심판에서는 벗어났으나 마음속의 탐욕으로 또 다른 벌을 받게 된 것이지요.

소망 옳은 말씀이오 이 여인은 우리 두 사람에게 경고와 본보기가 될 거요. 이 여인과 같은 죄를 저지르지 않도록 경계하라는 의미에서 경고이고, 이런 범죄를 예방하지 못하면 어떤 형벌을 받을지 보여 주는 심판의 표시라는 의미에서 본보기지요. 이와 마찬가지로 코라와 다단과 아비람과 그들을 따르던 2백50명이 그들의 죄로 말미암아 멸망을 당했는데, 이것도 역시 후세 사람들에게 경고하는 표적과 본보기가 될 겁니다. 그런데 무엇보다도 한 가지 의문이 남는군요. 이 여인은 단지 한 번 뒤를 돌아본 것뿐인데(성서를 읽어 보면 그녀는 가던 길에서 단 한 발짝도 옆길로 벗어나지 못했어요) 소금 기둥으로 변하는 심판을 받았고, 이 여인에 대한 심판의 본보기가 보일 정도로 가까운 거리에서 데마와 그 일당은 어쩌면 그렇게 당당하고 태연하게 재물을 탐하고 행인들을 유혹했는지 이해가 안 돼요.

크리스천 그것참 이상한 일입니다. 그들이 자포자기해 버린 탓이 아닐까요? 무엇에 비교하면 좋을까요? 재판관 앞에서 소매치기하는 자나 교수대 아래서 남의 지갑을 째는 자들과 같겠지요. 소돔 사람들을 하느님 앞에 악하며 큰 죄인이었다고들 하는데, 이는 하느님께서 소돔 땅을 에덴동산 같은 곳으로 만들어 주셨는데도 그들이 하느님의 목전에서 죄를 지었기 때문입니다.^{창 13:13} 그래서 하느님이 크게 진노해서 하늘에서 가장 뜨거운 불의 형벌을 내리셨습니다. 따라서 하느님 목전에서까지 범죄를 저지른 자들, 또 그 본보기가 경고를 하는데도 계속 범죄를 저지른 자들은 가장 가혹한 심판을 받게 되리라는 결론은 결코 틀리지 않습니다.

소망 맞소. 우리, 특히 제가 그 본보기가 되지 않은 것은 하느님의 크나크신 자비 때문입니다. 이것은 우리가 하느님께 감사를 드리게 하고, 그분을 두려워하게 하며, 항상 롯의 아내를 기억하게 해줍니다.

내가 보니, 그들은 쾌적한 강가에 이르렀다. 다윗 왕은 이 강을 〈하느님의 강〉이라 불렀고, 요한은 〈생명수의 강〉^{시 65:9}이라 불렀다. 이제 강둑을 따라 난 길을 걸으면서 크리스천과 그의 동료는 큰 기쁨을 느꼈다. 강물을 마셔 보았더니, 지친 마음에 활기를 주었다. 한편 강 양편으로 온갖 열매를 맺는 푸른 나무들이 서 있었고 그 잎사귀들은 배탈을 예방하고 여행으로 피가 불결해진 이들이 자칫 걸리기 쉬운 각종 질병들을 막아 주므로 그들은 이 잎들을 따 먹었다. 또 강 양편으로 아름답고 탐스러운 백합화들이 피어 있는 초장(草場)이 있었는데, 그 초장은 사시사철 푸른빛을 잃지 않았다.^{시 23} 그들은 이 초장에 누워 잠을 잤다. 왜냐하면 그들이 안심하고 쉴 수 있는 곳이었기 때문이다. 잠에서 깨면, 그들은 나무 열매를 따먹고 강물을 마신 다음, 다시 누워 잤다. 이렇게 둘은 며칠 밤낮을 지냈다. 그러면서 이렇게 노래했다.

보라, 수정 같은 강물이 흐르는 모습을.
이 강물은 순례자들을 위로하기 위해 대로를 따라 흐르도다.
푸른 초장은 향기로운 냄새를 풍기며
저들을 위해 온갖 과일을 제공하노라.

이 나무들이 만들어 내는 감미로운 열매 맛과 신선한 잎
사귀들을 분별할 수 있는 자는
　머뭇거리지 않고 모든 것을 팔아 이 들판을 사게 되리라.

　아직 여행이 끝나지 않았으므로 계속 길을 가기로 결심한
그들은 열매와 잎을 먹고 강물을 마신 뒤 길을 재촉하였다.
　이제 내가 꿈에서 보니, 얼마 가지 않아 강과 강이 갈라지
는 곳이 나타났다. 그들은 적잖이 실망했지만 길을 벗어나려
하지는 않았다. 그런데 강에서 멀어지면 멀어질수록 길은 더
험해져 발이 부르텄다. 순례자들의 영혼도 길 때문에 크게
낙심했다. 그들은 계속 나아가면서 길이 좀 더 나아지기를
바랐다. 그런데 얼마 앞에 길 왼편으로 초장이 있고, 그리고
넘어갈 수 있는 층계식 문이 하나 있었다. 이 초장은 〈곁길
초장〉이라 불렸다. 크리스천이 그의 친구에게 말했다. 「만약
이 초장〉이 우리가 가는 길을 따라 놓여 있다면, 그 안으로
들어가서 걷는 게 어떻겠소?」 크리스천이 계단식 문에 올라
가서 보니 울타리 건너편에도 길을 따라 오솔길이 나 있었
다. 「내가 바라던 대로 여기 편한 길이 있습니다. 자, 착한 소
망 씨, 우리 함께 이리로 건너갑시다.」

　소망　하지만 이 길이 우리를 바른길에서 벗어나게 하면
어떡하지요?
　크리스천　그럴 것 같지는 않아요. 보세요. 이 길이 본래
길을 따라 뻗어 있지 않습니까?

　그리하여 크리스천에게 설득당한 소망은 그의 뒤를 따라
계단식 문을 넘어갔다. 울타리를 넘어 오솔길로 들어서니 과
연 발이 아주 편해졌다. 앞을 바라보니 자기들처럼 어떤 사

람이 걷고 있는 게 보였다. 그 이름은 〈헛된 확신〉이었는데, 크리스천 일행은 그를 불러 이 길이 어디로 통하느냐고 물었다. 그가 대답했다. 「천국의 문으로 통하지요.」 크리스천이 대꾸했다. 「그것 보세요. 내 그럴 거라고 하지 않았소? 이제 우리가 올바로 가고 있다는 사실을 알겠지요?」 이리하여 크리스천과 소망은 그를 따라 갔고, 그는 그 둘을 앞서 걸었다. 그러나 밤이 찾아와 주위에 짙은 어둠이 깔리자, 앞서 가던 사람의 모습이 보이지 않게 되었다.

> 이제 순례자들은 육신의 정욕을 만족시키기 위해
> 안락한 세속의 길을 찾을 것이니라. 하지만 보라!
> 그들은 또 다른 비탄에 빠질 것이니,
> 육신의 쾌락을 쫓는 자는 파멸을 맞으리라.

헛된 확신은 혼자 앞으로 나아가다가 바로 앞길을 보지 못하고 깊은 웅덩이에 빠졌는데, 이 웅덩이는 그 땅의 주인이 괜히 잘난 체하는 바보들을 잡기 위해 파놓은 것이었다. 그는 구덩이에 떨어지자마자 몸이 갈가리 찢기고 말았다.

크리스천과 소망은 그가 떨어지는 소리를 듣고는 무슨 일이 일어났느냐고 물었다. 그러나 대답은 없고 신음 소리만 들려왔다. 이에 소망이 말했다. 「여기가 어딥니까?」 크리스천은 자기가 친구를 잘못 인도하지는 않았나 생각하면서 잠자코 있었다. 그러자 갑자기 천둥 번개가 치고 비가 억수같이 퍼붓더니, 길 위로 물이 철철 넘치기 시작했다.

그러자 소망이 속으로 신음 소리를 내면서 말했다. 「그냥 제 길을 따라 갔어야 하는 건데!」

크리스천 이 길이 잘못된 곳으로 빠질지 누가 생각이나 했겠습니까?

소망 처음부터 이럴 것 같아 당신에게 살짝 주의를 주었던 거요. 좀 더 분명하게 주의를 줄까 하는 생각도 했지만, 당신이 저보다 연장자라서 참았지요.

크리스천 착한 형제여, 이제부터는 거리낌 없이 말하십시오. 당신을 잘못 인도해 이런 급박한 위험에 처하게 했으니 미안하오. 제발 나를 용서해 주시오. 나쁜 의도로 그런 게 결코 아니니까.

소망 형제여, 안심하십시오. 용서해 드릴 테니까요. 상황도 좋아지리라 믿습니다.

크리스천 이렇게 자비로운 형제와 함께 있으니 얼마나 기쁜지 모르겠습니다. 하지만 여기 계속 있으면 안 됩니다. 돌아가도록 힘써 봅시다.

소망 예, 그렇지만 이제는 제가 앞에서 가겠습니다.

크리스천 아닙니다. 괜찮다면 내가 앞장서겠소. 나 때문에 곁길로 들어섰으니, 위험을 당해도 내가 먼저 당해야 마땅하지요.

소망 아닙니다. 앞서 가시면 안 됩니다. 당신 마음이 산란하실 텐데 그러다가 또 길을 잃을지도 모릅니다.

이때 어디선가 그들을 격려하는 음성이 들려왔다. 「네가 전에 가던 길에 마음을 쏟아라, 돌아오라.」렘 31:21 그러나 물이 몹시 불어나 돌아가는 길도 매우 위험스러웠다. (그때 나는 길 안에서 바깥으로 나가는 것보다 길 밖에 있다가 안으로 들어가는 일이 훨씬 더 어렵다는 생각을 했다) 그럼에도 두 사람은 과감하게 뒤로 돌이켜 나아갔다. 그러나 날이 몹시 어둡고 홍수가 거세게 밀어닥쳤으므로, 그들은 돌아가다가 아홉 번인가 열 번 정도 물에 빠져 죽을 뻔했다.

무진 애를 다 썼지만 그 밤 안으로는 계단식 문에 다시 이를 수 없었다. 그리하여 마침내 두 사람은 조그만 은신처 안에 들어가 불을 피우고 앉아 날이 밝기를 기다렸다. 몹시 지쳐 있어서 이내 잠이 들고 말았다.

그런데 그리 멀지 않은 곳에 〈의심의 성〉이 있었는데, 그곳 영주는 〈절망〉 거인이었다. 두 사람이 잠든 곳은 바로 이 거인의 땅이었다. 아침 일찍 일어나 성을 시찰하던 거인은 자기 땅에서 자고 있는 크리스천과 소망을 보았다. 거인은 무시무시하면서도 똑똑한 목소리로 그들에게 일어나라고 명한 후 물었다. 「어디서 온 누구인데 내 땅에 들어와 있느냐?」 그들은 거인에게 말했다. 「순례자들인데, 길을 잃었소.」 거인이 말했다. 「이 밤에 내 땅에 넘어 들어와 이곳을 짓밟고 함부로 잠을 잤으니 나와 함께 가야겠다.」 거인은 그들보다 힘이 셌으므로 두 사람은 할 수 없이 끌려갔다. 또 자신들의 잘못을 알고 있었기 때문에 별로 할 말이 없었다. 거인은 그들을 앞세워 끌고 가서는 성의 아주 어두운 지하 감옥에 가두었는데, 그 감옥은 더럽고 악취가 심해 몹시 견디기 어려웠다. 여기서 그들은 수요일 아침부터 토요일 저녁까지 빵 한 조각, 물 한 모금도 못 먹고 누워 있었다. 그곳은 빛도 없을 뿐 아니라 물어볼 사람도 없었다. 이렇게 그들은 지독한 곤경에 빠져, 친구나 아는 사람 하나 없이 갇혀 있었다. 크리스천은 갑절로 큰 슬픔을 느꼈다. 왜냐하면 이런 고난에 빠지게 된 것이 모두 자기 고집 때문이라고 여겼기 때문이다.

절망 거인에게는 아내가 있었는데, 그녀의 이름은 〈자포자기〉였다. 잠자리에 들자 거인은 아내에게 자기가 행한 일, 즉 자기 땅을 침범한 두 사람을 붙잡아 지하 감옥에 던져 넣은 일을 이야기했다. 그러고 나서 거인은 아내에게 저들을 어떻게 처리하면 좋겠느냐고 물었다. 아내는 그들이 누구이며 어디서 와서 어디로 가는지 되물었다. 거인이 대답하자, 그녀는 남편에게 아침에 일어나 그들을 무자비하게 때리라고 충고했다. 아침에 일어난 거인은 무지막지한 돌능금나무 몽둥이를 들고 지하 감옥으로 내려가 우선 개에게 하듯이 그들에게 욕설을 퍼부었다. 그러고는 달려들어 그들을 무섭게 때리기 시작했다. 두 사람은 그 매를 감당치 못하고 바닥에 쓰러지고 말았다. 거인은 그들이 자신들의 고초를 슬퍼하며 소리 내어 울게 놓아두고 물러갔다. 두 사람은 한숨과 쓰디쓴 탄식 속에 하루를 보냈다. 그날 밤 거인과 아내는 다시 그들에 관해 이야기를 나누었다. 그들이 아직 살아 있다는 말을 듣자, 아내는 남편에게 그들 스스로 목숨을 끊도록 설득하라고 충고했다. 아침에 거인은 전처럼 단호한 자세로 지하 감옥으로 내려갔다. 전날 맞은 상처로 몹시 아파하는 그들을 보며 말했다.「여기서 빠져나갈 길은 없다. 고통을 끝낼 유일한 방법은 칼이나 밧줄, 독약을 사용해 스스로 목숨을 끊는 것뿐이다. 너희는 살아 있는 게 얼마나 고통스러운지 알면서도 왜 굳이 목숨을 부지하려 하느냐?」그러나 두 사람은 거인에게 내보내 달라고 말했다. 거인은 험상궂은 표정을 지으며 그들에게 달려들었다. 기세로 보아 자신이 직접 그들의 목숨을 끝내려는 것이 틀림없었다. 그러나 갑자기 발작이 일어나 (거인은 화창한 날이면 때때로 발작을 일으키곤 했다) 잠시 동안 손을 쓸 수 없게 된 거인은 무엇을 할지 생각해 보라고 하며 자기 처소로 물러갔다. 두 사람은 갇힌 채 거인의 권유를 따라야 좋을지 따르지 말아야 좋을지 의논하기 시작했다.

크리스천 형제여, 어떻게 해야 할까요? 지금 우리 삶은 비참하기 짝이 없습니다. 이렇게라도 살아 있는 게 좋은지 아니면 스스로 목숨을 끊는 게 좋은지 알 수가 없군요. 〈견딜 수 없는 이 고통을 당하느니 차라리 숨통이라도 막혔으면 좋겠습니다.〉[욥 7:15] 이 지하 감옥보다는 무덤이 더 편하겠어요. 우리, 거인의 말대로 할까요?

소망 참으로 우리 형편은 비참하기 이를 데 없군요. 이렇게 사느니 차라리 죽는 편이 낫겠어요. 하지만 한번 곰곰이 생각해 봅시다. 우리가 가고자 하는 나라의 주님께서는 〈너희는 살인하지 못한다〉고 하셨습니다. 우리는 누군가를 살해해서는 안 되오. 하물며 거인의 권유대로 스스로 목숨을 끊는 일도 결코 할 수 없소. 뿐만 아니라 다른 사람을 죽이는 자는 몸만 죽이는 것이지만, 스스로 죽는 자는 몸과 영혼을 모두 죽이는 겁니다. 그리고 형제여, 당신은 무덤이 편할 거라고 말했지만, 살인자가 가는 곳은 필경 지옥이라는 사실을 잊으셨소? 살인자는 영원한 생명을 누릴 수 없소. 다시 한 번 생각해 봅시다. 모든 법이 절망 거인 손에 쥐어진 것은 아니오. 내가 알기로는 우리 말고도 여러 사람들이 거인에게 붙잡혔지만, 그의 손에서 빠져나온 사람이 있다고 합니다. 누가 알겠소, 세상을 지으신 하느님께서 절망 거인을 죽게 하실지, 또 거인이 아무 때든 옥에 자물쇠 채우는 일을 잊을지, 조만간 그가 우리 앞에서 다시 발작을 일으켜 사지를 못 쓰게 되는 일이 생길지 말이오. 거인이 다시 우리 앞에서 발작을 일으키면 그때 나는 용기를 내어 어떻게든 도망칠 작정이라오. 어리석게도 아까 그렇게 못한 것이 너무나 후회스럽소. 하지만 형제여, 조금만 더 참고 기다려 봅시다. 우리가 즐겁게 풀려날 날이 올지도 모르니까. 부디 스스로 목숨을 끊는 일은 하지 맙시다.

소망은 이런 말로 자기 형제의 마음을 가라앉혔다. 그날 하루 내내 그들은 어둠과 슬픔과 괴로움 속에서 참았다.
저녁때가 되어 거인은 갇힌 자들이 자기 권유를 따랐는지 알아보러 다시 지하 감옥으로 내려왔다. 그러나 그들은 모두 살아 있었다. 두 사람은 빵 한 조각, 물 한 모금 먹지 못하고 또 거인이 때린 상처로 간신히 숨 쉬는 일 이외에는 아무것도 할 수 없었지만, 아무튼 분명히 살아 있었다. 그들이 살아 있는 것을 본 거인이 격노했다. 「내 권고를 무시했으니, 이제 태어나지 않은 것만 못하게 만들어 주리라.」

이 말에 두 사람은 몸을 덜덜 떨었는데, 내가 보니 크리스천은 기절한 듯했다. 그러나 잠시 후 크리스천은 정신을 차렸고 그들은 조금 전에 거인의 권유를 따를지 말지에 관해 다시 의논했다. 크리스천이 또 망설이는 빛을 내비치자, 소망이 다시 그를 격려했다.

소망 형제여, 여기까지 오면서 당신은 얼마나 용감했습니까? 아폴리욘도 당신을 무너뜨릴 수 없었고, 음산한 죽음의 골짜기에서 당신이 보고 듣고 느낀 그 어떤 것들도 당신을 막을 수 없었소. 당신은 지금껏 얼마나 많은 역경과 공포와 경악할 일들을 겪어 왔소? 그런데 지금은 두려워만 하고 있는 거요? 보다시피, 천성적으로 훨씬 약한 나도 당신과 함께 이 지하 감옥에 갇혀 있소. 나도 당신처럼 거인에게 매를 맞고, 먹지도 못하고, 캄캄한 암흑 속에서 신음하고 있소. 그러니 조금만 더 참아 봅시다. 당신이 허영의 시장에서 얼마나 사나이답게 행동했는지 떠올려 보세요. 거기서는 쇠사슬이나 철창, 심지어 처절한 죽음까지도 두려워하지 않았소. 그러니 여기서 기독교인답지 못한 수치를 드러내기보다 할 수 있는 한, 끝까지 참아 봅시다.

밤이 되자 거인은 다시 그의 아내와 함께 잠자리에 들었다. 아내는 거인에게 갇힌 자들이 그의 권유를 따랐는지 물었다.「지독한 고집불통들이야. 스스로 목숨을 끊느니 모든 고생을 참고 견디겠대.」그러자 아내가 말했다.「내일 그들을 성 뜰로 끌어내어 당신이 처치한 자들의 뼈와 해골을 보여 주세요. 그리고 한 주 안에 그들도 동료들처럼 갈가리 찢기게 될 거라고 알려 주세요.」

아침이 되자 거인은 다시 감옥으로 내려가 두 사람을 끌고 성 뜰로 나갔다. 그리고 아내가 말한 대로 그들에게 뼈들을 보여 주었다.「이 뼈의 임자들도 한때 너희처럼 순례자였다. 그리고 너희처럼 내 땅을 침범해 들어왔기에, 적당한 때 내가 갈가리 찢어 주었다. 너희도 열흘 안에 이런 꼴이 될 거다. 자, 다시 너희 토굴 안으로 들어가거라.」그러고 나서 거인은 감옥으로 돌아가는 동안 내내 그들을 때렸다. 그들은 예전처럼 토요일을 온종일 탄식하며 보냈다. 밤이 와서 잠자리에 든 절망 거인과 그의 아내 자포자기는 갇힌 자들에 관해 다시 의논했다. 늙은 거인은 매질과 권유로는 그들을 죽일 수 없을까 봐 걱정했다. 그러자 거인의 아내가 말했다.「혹시 누군가 자기네들을 구출해 주거나 도둑이라도 들어서 그 틈을 타 탈출할 기회만 노리고 있는 게 아닐까요?」거인이 말했다.「그럼 여보, 내가 아침에 그들을 한번 다그쳐 보리다.」

토요일 한밤중 두 사람은 기도하기 시작했는데, 기도는 거의 날이 샐 때까지 계속되었다.

아침이 되기 직전, 착한 크리스천은 반쯤 놀란 표정으로 갑자기 격렬하게 말을 내뱉기 시작했다.「아이고, 내가 멍청이지, 자유롭게 도망칠 길이 있는데도 그동안 이 악취 나는 토굴에 갇혀 있었다니! 내 가슴에 약속이라는 열쇠가 하나 있는데, 그 열쇠는 의심의 성에 있는 모든 자물쇠를 열 수 있다고 들었소.」소망이 반겼다.「그것참 반가운 소식이군요. 착한 형제여, 그 열쇠를 꺼내 한번 열어 봅시다.」

이에 크리스천은 가슴에서 열쇠를 꺼내 감옥 문을 열기 시작했다. 그가 열쇠를 넣어 돌리자 자물쇠 고리가 빠지면서 쉽게 문이 열렸다. 크리스천과 소망은 감옥을 빠져나와 성 뜰로 통하는 바깥문까지 갔다. 그 문도 크리스천의 열쇠로 쉽게 열렸다. 마지막으로 그들은 철로 된 성문에 이르렀는데, 성문의 자물쇠는 매우 단단했지만 그 문도 열 수 있었다. 그들은 재빨리 탈출하고자 급히 성문을 열었다. 그러나 성문이 열리면서 나는 삐거덕 소리에 그만 절망 거인이 잠에서 깨어나고 말았다. 거인은 포로들을 뒤쫓으려고 급히 일어났지만, 다시 발작이 일어나는 바람에 사지를 움직일 수 없게 되었다. 그리하여 거인은 그들을 잡을 수 없었다. 성에서 도망친 두 사람은 다시 왕의 대로로 돌아왔다. 거인의 관할권에서 벗어났으므로 안심할 수 있었다.

계단식 문을 넘어온 그들은 뒤에 오는 사람들이 절망 거인에게 잡히지 않도록 하기 위해 어떤 조치를 취하면 좋을까 의논했다. 결국 그들은 문 옆에 기둥을 하나 세우고 그 위에 다음과 같은 문장을 새겨 넣기로 합의를 보았다. 〈이 계단식 문 너머에 있는 길은 의심의 성으로 가는 길인데, 그 성의 주인 절망 거인은 천국의 임금님을 멸시하고 거룩한 순례자들을 죽이려 한다.〉 그리하여 그 후로 오는 많은 사람들이 그 글을 읽고 위험을 피할 수 있었다. 두 사람은 이 일을 마친 후 다음과 같이 노래했다.

우리가 가던 길에서 벗어나니 금단의 땅에 발을 들여 놓으면
어떤 일이 벌어진다는 걸 알 수 있었네.
뒤에 오는 사람들이여 조심할지어다.
우리가 겪은 것처럼 부주의하게 들어가지 말지니,

잘못 들어가 그의 포로가 되지 말지어다.
그의 성은 의심의 성이요, 그의 이름은 절망이라네.

계속 길을 가던 그들은 기쁨의 산에 도착했는데, 그 산은 우리가 앞서 언급했던 산의 주인에게 속한 땅이었다. 산에 올라 보니 정원과 포도원과 샘이 있었다. 여기서 그들은 물을 마시고 몸을 씻은 다음 포도원에 들어가 마음껏 과실을 따먹었다. 산 꼭대기에는 양을 먹이는 목자들이 왕의 대로 옆에 서 있었다. 순례자들은 그리로 가서 지팡이에 기댄 채 (지친 순례자들은 서서 다른 사람들과 말할 때 보통 이런 자세를 취한다) 그들에게 물었다. 「이 기쁨의 산은 누구의 소유며, 당신들이 치는 양들은 누구의 것입니까?」

목자들 이 산은 임마누엘 님의 땅으로, 그분의 도성에서도 다 보이지요. 그리고 이 양들도 그분의 것입니다. 그분은 양을 위하여 목숨을 바치셨답니다.

이제 그들은 기쁨의 산에 오르도다.
그곳에는 선한 목자들이 있었고 그 목자들은 그들에게
많은 유혹적인 것들과 신중한 것들을 알려 주었노라.
이제 순례자들은 믿음과 두려움으로 굳건히 지켜지리라.

크리스천 이 길로 가면 천상의 도시가 나옵니까?
목자들 제대로 오셨소.
크리스천 그곳까지는 얼마나 남았나요?
목자들 너무 멀어 못 간 사람도 있지만 갈 사람들은 다 갑니다.
크리스천 이 길은 위험합니까, 안전합니까?

목자들 안전하게 행하는 자들에게는 안전하오. 〈죄인은 그 길에서 걸려 넘어지지만 죄 없는 사람은 그 길을 따라 갈 겁니다.〉

크리스천 이곳에 지치고 피곤한 순례자들이 쉴 만한 곳이 있습니까?

목자들 이 산의 주인님께서는 〈나그네 대접을 소홀히 하지 말라〉히 13:1~2고 우리에게 분부하셨소. 그래서 여러분들을 위해 좋은 장소를 마련해 놓았지요.

내가 꿈에 보니, 목자들은 두 사람이 여행자임을 깨닫고는 그들에게 여러 가지 질문을 던졌다(두 사람은 다른 곳에서와 마찬가지로 모두 답변했다). 질문은 〈어디서 왔는가?〉 그리고 〈어떻게 이 길로 들어서게 됐는가?〉 그리고 〈어떻게 여기까지 잘 헤쳐 올 수 있었는가?〉 그런 것이었다. 목자들이 이렇게 질문한 이유는 떠난 사람들 중에 산까지 도달한 사람이 극히 적었기 때문이다. 두 사람의 대답을 들은 목자들은 매우 사랑스럽다는 표정으로 둘을 보며 말했다. 「기쁨의 산에 참 잘 오셨습니다.」

목자들의 이름은 〈지식〉, 〈경험〉, 〈경계〉, 〈성실〉이었는데, 그들은 두 사람의 손을 잡고 자기네 장막으로 데려가 이미 음식이 차려진 식탁에 함께 앉아 식사를 했다. 목자들이 말했다. 「당신들이 이곳에 잠시 머물면서 우리와 좀 더 친해지고, 또 기쁨의 산에서 나는 좋은 음식들로 몸과 마음을 위로한 후 떠나셨으면 합니다.」 두 사람은 기꺼이 머물겠노라고 말한 다음 처소로 쉬러 들어갔다. 밤이 매우 깊었기 때문이었다.

그다음에 내가 꿈에 보니, 아침이 되어 목자들은 크리스천과 소망을 찾아와 함께 산으로 나가자고 청하였다. 그리하여 그들은 함께 산책을 했는데 가는 곳마다 아름다운 풍경으로 장관을 이루고 있었다. 그때 목자들이 말을 서로 주고받았다.「이 순례자들에게 놀라운 것을 좀 보여 줄까요?」그렇게 하기로 결론을 본 목자들은 그들을 데리고 먼저 〈오류〉라고 불리는 산으로 올라갔다. 산 아래에 산꼭대기에서 굴러떨어져 산산조각 난 사람들의 시체가 널려 있었다. 크리스천이 말했다.「이것은 무슨 의미입니까?」목자들이 대답했다.「당신은 부활이 이미 지나갔다고 떠드는 히메내오와 필레도의 말을 듣고 오류에 빠졌던 자들에 관해 들어 보지 못했소?」딤후 2:17~18 그들이 대답했다.「들은 적 있지요.」목자들이 말했다. 「이 산 아래로 떨어져 산산조각 난 저 사람들이 바로 그들이오. 보다시피, 지금까지 매장하지 않고 둔 것은 산 가까이 오거나 기어오르려는 사람들에게 경고하기 위해서요.」

또 내가 보니, 목자들이 그들을 데리고 다른 산에 올라갔는데, 그 산의 이름은 〈조심〉이었다. 저 멀리 보라는 목자들의 말에 두 사람이 그곳을 바라보니 여러 사람들이 무덤 사이를 오르락내리락하고 있었다. 그들은 소경임에 틀림없었다. 왜냐하면 때때로 무덤에 걸려 넘어지고 그러면서도 거기서 빠져나오지 못하고 있었기 때문이다. 이에 다시 크리스천이 물었다.「이것은 무슨 의미입니까?」

목자들이 대답했다.「이 산 밑에서 길 왼편에 초장으로 들어가는 계단식 문이 있는 걸 못 보셨죠?」그들이 대답했다. 「봤지요.」목자들이 말했다.「그 문 너머로 나 있는 길을 따라가면 곧장 의심의 성이 나오는데, 그곳 주인은 절망 거인이지요. (무덤 사이에서 헤매는 자들을 가리키며) 저들도 당신들처럼 순례 길을 떠나 그 계단식 문까지 오기는 왔습니다. 그런데 거기서 길이 매우 험해서 초장에 나 있는 길로 넘어들어갔다가 절망 거인에게 붙잡혔습니다. 거인은 그들을 의심의 성으로 끌고 가 얼마 동안 지하 감옥에 가두었다가, 결국엔 그들의 눈을 뽑고 저 무덤으로 데려가 온종일 그곳을 헤매게 했습니다. 그리하여 지혜자의 말이 이루어지게 되었습니다. 〈깨달음의 길을 떠난 사람은 수명을 못 채우고 저승 사람이 된다.〉잠 21:16잖아요. 크리스천과 소망은 눈에 눈물이 글썽하여 서로를 바라보았지만 목자들에게는 아무 말도 하지 않았다.

그리고 나는 꿈속에서 보았는데, 목자들이 순례자들을 언덕 쪽으로 문이 있는 산 밑으로 데리고 가는 것이었다. 목자들이 그 문을 열고는 순례자들에게 안을 들여다보라고 했다. 안에는 짙은 어둠과 연기가 자욱했다. 그리고 불이 타는 듯한 소음과 고통당하는 자들의 울부짖는 소리가 들렸으며, 유황 냄새 같은 것이 풍겼다. 크리스천이 물었다. 「이것은 무슨 의미입니까?」 목자들이 대답했다. 「이곳은 지옥으로 가는 샛길인데, 주로 위선자들이 가는 길이지요. 예를 들면 에사오처럼 자기의 출생 권리를 파는 자나 유다처럼 자기 스승을 파는 자, 알렉산더처럼 복음을 모욕하는 자, 아나니아와 그 아내 삽피라처럼 거짓말하고 속이는 자들이 들어간답니다.」 소망이 또 물었다. 「그들도 지금 우리처럼 순례자 모습을 하고 있었겠죠? 그렇지 않습니까?」

목자들 예, 그렇죠. 꽤 오랫동안 그랬습니다.

소망 저들은 얼마나 멀리까지 갔다가 저리 비참한 상황에 빠졌습니까?

목자들 어떤 이는 이 산까지 못 왔을 것이고, 또 어떤 이는 더 멀리 갔겠지요.

그러자 순례자들은 서로 말을 주고받았다. 「능력 있는 분께 힘을 달라고 울부짖을 필요가 있어요.」

목자들 예, 그리고 만약 당신들이 그 힘을 가지고 있다면, 이를 사용할 필요도 있습니다.

이제 순례자들은 계속 길을 가기를 원했고, 목자들도 그 소원을 받아들였다. 그리하여 저들은 산 끝까지 함께 걸어갔다. 그때 목자들이 서로 말했다.「여기서 순례자들에게 천국의 문을 보여 줍시다. 그들이 우리의 망원경을 볼 수 있는 기술을 지녔다면 말입니다.」순례자들이 제안을 받아들이자 목자들은 그들을 〈청명〉이라 부르는 높은 산으로 데려가 망원경을 보여 주었다.

두 사람은 망원경을 들여다보았다. 그러나 목자들이 마지막으로 보여 준 장면이 생각나 그 손이 부들부들 떨렸다. 장애물 때문에 똑똑히 볼 수 없었지만 대문 같은 것과 그곳의 영광을 약간 볼 수 있었다. 순례자들은 다음과 같은 노래를 부르며 길을 떠났다.

이렇듯 목자들을 통하여 비밀이 계시되었으니
이 비밀은 다른 사람들에게는 감춘 것이라.
만약 누구든 깊은 것, 감춘 것, 신비로운 걸 보고 싶거든
이 목자들에게 오시오.

길을 떠나려 할 때, 목자 하나가 그들에게 길 안내도를 주었다. 또 한 사람은 아첨쟁이를 주의하라고 일러 주었다. 세 번째 목자는 마법의 땅에서 잠들지 않도록 주의하라고 당부했다. 네 번째 목자는 하느님께서 그들을 지켜 주시길 바란다고 말했다. 그러고 나서 나는 잠을 깨었다.

내가 다시 잠들어 꿈에서 보니, 두 순례자가 하늘나라로 가는 큰길을 따라 산을 내려가고 있었다. 그런데 이 산 바로

앞 왼쪽에 〈기만〉이라는 나라가 있었다. 그 나라에서부터 순례자들이 가고 있는 큰길로 들어오는 약간 구부러진 오솔길이 하나 있었는데 거기서 그들은 쾌활해 보이는 젊은이를 만났다. 이름이 〈무지〉인 그는 기만의 나라에서 오는 길이었다. 크리스천이 그에게 어디 출신이며 어디로 가냐고 물었다.

무지　나는 저기 왼쪽으로 조금만 가면 나오는 나라에서 태어났습니다. 그리고 지금 하늘나라로 가는 길이지요.

크리스천　그런데 어떻게 그 문까지 도달할 생각입니까? 거기까지 가려면 어려움이 많을 텐데요.

무지　다른 선한 사람들이 하듯이 할 거요.

크리스천　하지만 그 문 앞에서 무엇을 보이면서 열어 달라고 부탁할 겁니까?

무지　나는 주님의 뜻을 알고 있습니다. 그리고 이제껏 나는 착하게 살아왔지요. 남의 돈을 떼어먹은 적도 없고, 늘 기도하고 금식하고 십일조를 바치고 자선을 베풀었소. 그리고 천국으로 가려고 고향을 떠나왔습니다.

크리스천　그러나 당신은 이 길 어귀에 있는 좁은 문이 아니라 저 구부러진 오솔길을 따라 들어왔소. 당신이 어떻게 생각하든, 심판의 날이 오면 천국에 들어가기는커녕 도둑이요, 강도라고 비난받지나 않을까 걱정이오.

무지　신사 분들, 당신네는 낯선 사람들이고, 나는 당신들을 알지 못합니다. 당신들은 당신네 나라의 종교를 따르십시오, 나는 우리 나라의 종교를 따르겠소. 모두 잘되기를 바라오. 그리고 당신이 말한 그 문에 관해서는 세상이 다 알고 있으며, 그 문이 우리 나라에서 꽤 멀리 떨어져 있다는 사실도 알지요. 우리 나라 사람 중에 그 문으로 가는 길을 아는 이가 있는지는 잘 모르겠는데, 나는 전혀 개의치 않소. 왜냐하면 당신들도 보다시피 저렇게 훌륭하고 상쾌하고 푸른 오솔길로 질러올 수 있었으니까요.

그가 뭣도 모르고 지혜로운 체하는 것을 본 크리스천은 소망에게 나직이 속삭였다.「스스로 지혜롭다 하는 자를 보셨겠지만 그런 사람보다는 바보에게 희망이 있습니다.^{잠 26:12} 사람이 어리석으면 만사에 생각이 모자라, 입만 열면 제 어리석음을 드러냅니다. 자, 어떻게 할까요? 그와 더 이야기를 나눌까요, 아니면 그가 우리가 한 말에 대해 혼자 생각하도록 놔두고 앞서 가다가, 나중에 다시 멈춰 어떻게 그를 도울 수 있을지 알아볼까요?」그러자 소망이 말했다.

무지로 하여금 이제 잠시 동안
우리의 말을 생각하도록 합시다.
또 그가 좋은 권면 받기를
거절하지 못하게 합시다.
가장 큰 이득이 무엇인지 모르도록 해선 안 되니까요.
(물론 하느님께서 이해력 없는 자들도 만드셨지만) 그런 자들은 구원받을 수 없다고 주께서 말씀하셨답니다.

소망 내 생각에, 한꺼번에 다 이야기해 주는 것은 좋지 않아 보여요. 당신이 동의하신다면, 지금은 우리끼리 그냥 앞서 가고 그가 알아들을 만한 때 다시 이야기해 보죠.

그리하여 두 사람은 계속 길을 갔고, 무지는 뒤에 처져 걸었다. 얼마 되지 않아, 두 사람은 아주 어두운 길에 들어섰는데, 한 사람이 일곱 가닥의 강한 밧줄에 묶인 채 악령 일곱에게 끌려오는 게 보였다. 악령들은 전에 순례자들이 본 언덕

옆의 문으로 그를 끌고 가고 있었다.^{마 12:45} 이 모습을 본 착한 크리스천과 그의 동료 소망은 벌벌 떨었다. 그러나 악령들이 그를 끌고 지나가자, 크리스천은 그가 혹시 아는 사람이 아닌지 자세히 살펴보았다. 크리스천은 그가 배교 마을에 살던 〈변절〉 같다고 생각했다. 그러나 마치 현장에서 붙잡힌 도둑처럼 그가 고개를 푹 숙이고 있어서 크리스천은 그 얼굴을 똑똑히 볼 수 없었다. 하지만 소망은 그가 지나가고 그의 등에 〈바람둥이 교수요 저주받을 배교자〉라고 써 있는 것을 보았다. 그때 크리스천이 동료인 소망에게 말했다.「그러고 보니 예전에 들은 이야기가 생각나는데, 이 근처에서 한 착한 사람이 당한 일이라오. 그 사람의 이름은 〈작은 믿음〉이었습니다. 비록 믿음은 적었지만, 착한 사람이었지요. 고향은 〈성실〉이란 도시였답니다. 자초지종을 말하자면 이렇소. 이 길 어귀에는 넓은 문에서부터 내려오는 작은 오솔길이 하나 있는데, 그 길은 〈죽은 자의 오솔길〉이라고 불린다오. 살인자들이 보통 그 길을 이용하기 때문입니다. 우리처럼 순례 길을 가던 작은 믿음은 우연히 거기 앉아 잠이 들고 말았소. 그때 넓은 문에서 내려오는 오솔길에 세 명의 포악한 건달들이 나타났는데, 그들의 이름은 〈비겁〉, 〈불신〉, 〈범죄〉로, 한 형제였지요. 그 건달들은 작은 믿음을 보자 속력을 내어 달려왔소. 잠에서 깨어난 착한 사람이 다시 여행을 막 시작하려던 참이었고. 건달들은 뒤를 쫓으며 무시무시한 목소리로 그에게 멈춰서라고 위협했소. 작은 믿음은 백지장처럼 하얗게 질려 싸울 힘도 도망칠 힘도 다 잃고 말았지요. 그러자 비겁이 말했소. 〈네 돈지갑을 내놔라.〉 돈을 잃기 싫은 작은 믿음이 머뭇거렸고요. 불신이 그의 호주머니에 손을 푹 찔러 넣더니 은돈 주머니를 끄집어내자 작은 믿음이 소리쳤소. 〈도둑이야! 도둑이야!〉 이에 범죄가 손에 들고 있던 커다란 곤봉으로 작은 믿음의 머리를 내리쳤다오. 그대로 두면 그는 피를 너무 많이 흘려 죽게 될 처지였지요. 그동안 도둑들은 그냥 그 곁에 서 있었소. 그러나 마침내 누군가 오는 소리를 듣고 그가 혹시 〈좋은 확신〉이란 도시에 살고 있는 〈큰 은혜〉가 아닌가 두려워하여, 발소리마저 죽이고는 그 착한 사람을 혼자 내버려 두고 도망쳐 버렸다오. 잠시 후 정신을 찾은 작은 믿음은 땅에서 일어나 비틀거리며 제 갈 길을 갔다고 하오. 이게 전부라오.」

소망　하지만 그자들이 작은 믿음이 갖고 있던 재산을 다 빼앗아 가지 않았습니까?

크리스천　아니요. 보석 감춘 곳은 뒤지지 않아서 그것들은 무사했지요. 그러나 내가 들은 바에 의하면, 그 착한 사람은 생활비의 대부분을 잃어버렸기 때문에 많은 고생을 했답니다. 도둑들은 보석뿐만 아니라 또 얼마 안 되는 잔돈은 남겨 두었는데, 끝까지 여행하기에는 충분하지 않았지요. 내가 잘못 들은 것이 아니라면, 그는 목숨을 부지하기 위해 구걸을 해야 했답니다. 한사코 보석들을 팔려 하지 않았기 때문이지요. 구걸뿐만 아니라 할 수 있는 온갖 일을 다 하면서 나머지 길 대부분을 굶주린 배를 안고 갔답니다.

소망　하지만 천국 문에 들어갈 때 제출할 증명서를 도둑들이 훔쳐 가지 않았다는 것은 놀랍지 않습니까?

크리스천　놀랍지요. 어쨌든 증명서는 훔쳐 가지 않았소. 도둑들이 그것을 뺏지 못한 것은 작은 믿음이 잘 숨겼기 때문은 결코 아니오. 왜냐하면 그는 도둑들이 오는 것을 보고 하도 낙담하여 뭘 숨길 만한 힘과 재주를 발휘할 수 없었기 때문이지요. 그 좋은 것을 잃어버리지 않은 이유는 그의 노력 때문이라기보다는 성령의 도움이라 할 수 있소.

소망 그래도 그가 보석들을 잃어버리지 않았으니 마음에 위안이 되었겠군요.

크리스천 만약 그가 보석을 썼더라면, 더 큰 위안을 얻을 수 있었을 거요. 그러나 내게 이야기를 해준 사람의 말에 의하면, 그는 나머지 길을 가는 동안 거의 그 보석들을 사용하지 않았다고 하오. 돈을 잃어버렸을 때 받은 충격 때문이지요. 실제로 그는 남은 여행 동안 대개 그 보석을 잊고 지냈다오. 가끔 보석이 생각나면 그것으로 마음의 위안을 삼았지요. 하지만 돈을 잃어버렸을 때의 생각이 곧 되살아나 그는 온통 거기에 사로잡히곤 했답니다.

소망 저런, 불쌍한 사람! 그에게는 큰 슬픔이 아닐 수 없었겠네요.

크리스천 큰 슬픔이고말고요! 만약 우리가 그 사람처럼 낯선 곳에서 강도를 만나 돈을 빼앗기고 상처를 입었다고 생각해 봅시다. 우리도 그렇게 슬프지 않겠소? 그 불쌍한 사람이 슬픔으로 죽지 않은 게 이상할 정도라오. 내가 듣기에, 그는 나머지 길을 거의 슬프고 쓰디쓴 불평만 하면서 갔다더군요. 만나는 사람마다 붙들고, 자기가 어디서 어떻게 강도를 만났으며 누가 그 짓을 했는지, 자기가 무엇을 빼앗기고 어떻게 상처를 입었는지, 그리고 하마터면 목숨까지도 빼앗길 뻔했다는 이야기를 했다던데요.

소망 그런데 왜 그토록 어려우면서도 보석을 팔거나 저당 잡혀 여행에 쓸 물건을 사지 않았는지 궁금하네요.

크리스천 마치 이 시대를 전혀 모르는 사람처럼 말하는군요. 보석을 저당 잡혀 봤자 무엇을 받을 수 있겠소? 또 누구에게 보석을 팔겠소? 그가 강도 당한 지역에서는 그 보석을 전혀 값지게 여기지 않았다오. 그리고 그는 보석을 팔아 생계를 유지할 마음도 없었고. 실제로 보석이 없으면 그가 천국 문 안으로 들어갈 수 없소. (그는 이 사실을 잘 알고 있었지요) 그렇게 되느니, 차라리 수만 명의 도둑들에게 수모를 당하는 편이 낫다고 생각했을 거요.

소망　형제여, 왜 당신은 그리도 신랄하게 말씀하십니까? 에사오는 죽 한 그릇에 가장 큰 보석인 장자 상속권을 팔아먹었지요. 에사오가 그랬는데 작은 믿음이라고 해서 그렇게 못할 이유가 없지 않소?

크리스천　물론 에사오는 자신의 장자 상속권을 비롯해 거기 딸린 여러 권리들을 팔아 버렸지요. 그렇게 함으로써 그는 망령된 자들과 같이 주된 축복에서 제외되고 말았소. 그러나 에사오와 작은 믿음은 엄연히 다르며, 소유한 재산도 다르다는 사실을 염두에 두어야 하오. 에사오의 장자 상속권은 상징적인 것이지만 작은 믿음의 보석은 그렇지 않소. 에사오의 배는 하느님이었지만, 작은 믿음의 배는 그렇지 않았소. 에사오는 육신적 미각을 만족시키는 데 급급했지만 작은 믿음은 그렇지 않았소. 또 에사오는 자기 욕심을 채우는 것 외에는 아무것도 몰랐소. 배고파 죽을 지경인데 상속권 따위가 무슨 소용이 있느냐고 했지요.^{창 25:32} 그러나 작은 믿음은 비록 믿음은 작았지만, 그 믿음 덕분에 방종을 멀리할 수 있었고, 장자 상속권을 판 에사오처럼 자기 보석들을 팔지 않고 이를 보며 기쁨을 얻을 수 있었던 거요. 어디서건 에사오가 믿음을 갖고 있었다는 말씀을 읽어 본 적 있소? 아마 없을 거요. 그에게는 눈곱만큼의 믿음조차도 없었소. 그러므로 그가 육체가 시키는 대로 행동하고(믿음이 없는 자는 이럴 수밖에 없소) 자기의 장자 상속권과 영혼과 모든 것을 지옥의 악마에게 팔아 버린다 해도 그리 놀랄 일은 아니오. 왜냐하면 이는 마치 발정한 암나귀의 경우와 같기 때문이라오. 그 달뜬 몸을 무엇으로 가라앉히겠소. 일단 마음이 정욕에 붙잡히면 물불 가리지 않고 행하지요. 그러나 작은 믿음은 기질이 전혀 달랐소. 그는 신성한 것들을 사모했다오. 또 그의 삶은 영적인 것과 하늘에서 내려오는 것들로 유지되었소. 그러니 설령 사겠다는 작자가 나섰더라도 보석을 팔아 헛된 것들로 마음을 채우려 할 리 있겠소? 누가 건초 더미로 배를 채우겠다고 돈을 쓰겠소? 까마귀처럼 썩은 고기만 먹고 살라고 산비둘기를 설득할 수 있겠소? 믿음 없는 이는 육신의 정욕 때문에 자기가 가진 것뿐만 아니라 자기 자신까지도 팔아 버리거나 저당 잡힐 수 있을지 몰라도, 믿음 곧 구원의 믿음을 갖고 있는 이는 아무리 그 믿음이 눈곱만큼 작을지라도 그런 일을 하지는 않소. 그러니 형제여, 당신 생각이 틀렸소.

소망 잘못을 인정합니다만 당신의 비난이 다소 심해서 제가 거의 화를 낼 뻔했어요.

크리스천 그런가요? 난 단지 당신을 마치 머리 위에 조개 껍데기를 얹고 사람이 밟고 지나간 길을 이리저리 달려가고자 하는 활달한 새에 견주어 본 거라오. 하지만 그 이야기는 이제 넘어갑시다. 우리가 토론한 내용을 곰곰이 생각해 보면 당신과 나 사이의 관계가 다시 좋아질 거요.

소망 하지만 크리스천, 이런 생각이 들었어요. 그 세 명의 도둑도 겁쟁이에 불과했습니다. 그렇지 않았다면 누군가 다가오는 소리에 도망쳤겠어요? 그런데 작은 믿음은 왜 좀 더 대범한 마음을 갖지 못했을까요? 그들과 한번 싸움을 벌여 보고 정 대책이 없으면 그때 항복해도 됐을 텐데요.

크리스천 많은 사람들이 그들이 겁쟁이라고 말하지만, 실제로 그런지 시험해 본 사람들은 별로 없소. 그리고 대범한 마음을 언급하셨는데, 그에게는 그런 마음이 전혀 없었소. 형제여, 듣고 보니 만약 당신이라면 한번 싸워 본 다음 항복했을 것 같군요. 하지만 지금이야 배도 부르고 그자들이 멀리 있으니 그런 생각을 하지, 만약 그들이 실제로 우리 앞에 나타나면 생각이 달라질 거요.

그리고 다시 생각해 봅시다. 그들은 행인을 터는 도둑에 불과하지만, 그들이 섬기는 왕은 밑 없는 구덩이, 곧 무저갱의 주인이오. 그 왕은 필요하면 언제든지 자기 부하들을 돕기 위해 나타나는데, 그 음성이 으르렁대는 사자 소리 같지요.^{벧전 5:8} 나도 작은 믿음 씨와 비슷한 일을 겪은 적이 있는데, 참 무시무시했지요. 그 세 악한이 달려들자 나는 그리스도인답게 저항했어요. 그런데 그자들이 소리를 지르자 그들의 주인이 나타났다오. 그때 나는 속담에 이른 대로 내 생명을 헐값에 넘겨 버리려고 했소. 그러나 하느님의 도우심으로 나는 증거의 갑옷을 입게 되었지요. 그전부터 나는 하느님의 도구로 쓰여 왔지만, 사나이답게 처신하는 게 얼마나 힘든지 그때 처음 알았소. 직접 싸워 보지 않고서는 어느 누구도 어떻게 싸울 것이라고 자신 있게 말할 수 없다오.

소망 하지만 당신도 알다시피 그자들은 큰 은혜가 오는 줄 알고 도망친 거 아닙니까?

크리스천 그렇습니다. 큰 은혜가 나타나면 그들뿐 아니라 그 주인도 종종 도망을 치곤 합니다. 놀랄 일이 아니지요. 왜냐하면 그는 우리 임금님의 투사니까요. 당신은 작은 믿음과 임금님의 투사 사이에 어떤 차이점을 발견할 수 있을 거요. 임금님께 복종하는 자들이 모두 그의 투사가 되는 건 아니오. 아무리 노력해도 투사들이 거두는 전공을 결코 세울 수 없는 이도 있소. 어린아이가 다윗처럼 골리앗을 물리칠 수 있겠소? 또 굴뚝새한테 황소와 같은 힘이 있겠소? 어떤 이들은 강하고 어떤 이들은 약하오. 또 어떤 이들은 큰 믿음을 갖고 있고, 어떤 이들은 작은 믿음을 갖고 있소. 작은 믿음 씨는 약한 사람이었고, 그래서 난관에 부딪혔던 거요.

소망 작은 믿음 대신 큰 은혜 씨가 있었으면 좋았을걸.

크리스천 그였더라도 몹시 힘겨웠을 거요. 큰 은혜 씨가 아무리 무기를 잘 쓴다 해도, 칼끝으로 그들을 겨눌 때에만 막을 수 있소. 그러나 비겁과 불신과 또 한 사람이 그를 포위한다면 몹시 어려울 거요. 그들은 발을 걸어 그를 넘어뜨리려 할 테니까요. 쓰러진 사람이 무엇을 할 수 있겠소?

큰 은혜 씨의 얼굴을 자세히 살펴보면 상처와 흉터가 많은데, 그게 내 말의 좋은 증거요. 예, 언젠가 그가 이런 말을 하는 것을 들었소. (당시 그는 전투 중이었다오) 〈우리의 힘으로는 도저히 견뎌 낼 수 없으리만큼 심해서 마침내 우리는 살 희망조차 잃게 되었습니다.〉 이 불한당들과 그 동료들이 다윗을 얼마나 고통스럽게 하고 고민하게 하고 화나게 했는지 아시겠소? 헤만과 히즈키야도 당시의 강인한 투사였지만 저들의 공격을 물리치려고 무진 애를 썼는데도 겉옷이 저들에 의해 못 쓰게 되고 말았소. 베드로는 한때 자기가 주님을 위해서라면 무엇이든 하겠다고 나서곤 했지요. 어떤 사람들은 사도들의 대장이라 부르기도 했소. 그러나 불한당들이 그를 요리조리 조종해서 결국 그는 보잘것없는 소녀조차도 두려워하게 되었지만.

한편 악한의 왕은 그들의 호각 소리에 늘 귀를 기울이고 있어 못 듣고 지나치는 적이 없소. 악한들이 곤경에 처하면 가능한 한 그는 도우러 달려온다오. 그 왕에 관해서는 이렇게들 이야기하지요. 〈칼로 찔러 보아도 박히지 않고 창이나 표창, 화살 따위로도 어림없다. 쇠를 지푸라기인 양 부러뜨리고 청동을 썩은 나무인 양 비벼 버린다. 아무리 활을 쏘아도 달아날 생각도 하지 않고 팔맷돌은 마치 바람에 날리는 겨와 같구나. 몽둥이는 검불처럼 여기며 절렁절렁 소리 내며 날아드는 표창 따위에는 코웃음친다.〉욥 41:26~29 이런 상황에서 무엇을 할 수 있겠소? 그러나 항상 욥의 말이 있고 또 그 말을 탈 용기와 기술이 있으면, 큰일을 성취할 수 있소. 그 말에 관해서는 이렇게 기록되어 있소. 〈네가 말에게 날랜 힘을 주었느냐? 그 목덜미에 휘날리는 갈기를 입혀 주었느냐? 네가 말을 메뚜기처럼 뛰게 할 수 있느냐? 힝힝 하는 그 콧소리에 모두들 두려워한다. 발굽으로 세차게 땅을 파다가 힘을 뻗쳐 내달으면 눈썹 하나 까닥하지 않고 무서움쯤은 콧등으로 날려 버리며 칼날도 피하지 아니하고 내닫는다. 화살 통이 신나게 덩그렁하고 창과 표창이 번뜩이는데 아우성치는 함성을 헤치며 땅을 주름잡고 곁눈 한번 팔지 않고 돌진한다. 나팔 소리 울려오면 《힝힝》 울고 지휘관들의 고함과 진격 명령만 듣고도 멀리서 풍겨 오는 전쟁 냄새를 맡는다.〉욥 39:19~25

그러나 우리 같은 하인들은 원수와 만나기를 바라지도 말고, 곤경을 당한 사람들의 이야기를 들어도 우리라면 더 잘했을 거라고 으스대지도 맙시다. 그리고 우리는 남자답다며 스스로 흐뭇해하지도 맙시다. 그러면 시험에 들었을 때 더 큰 어려움을 당하게 마련이니까요. 앞서 말한 베드로는 허황된 마음에서 모든 사람이 주를 버릴지라도 자기만은 주를 위해 싸우겠다 으스댔지만, 악한들에게 베드로만큼 희롱당하고 쫓긴 사람이 어디 있소?

그러니 왕의 대로에 그런 강도들이 나타났다는 말을 들으면 우리는 두 가지 일을 해야 하오. 첫째, 무장을 하고 방패를 확실히 챙겨야 하오. 작은 믿음 씨가 레비아단의 공격을 무찌를 수 없었던 것은 무장을 하지 않았기 때문이오. 실제로 우리가 무장하지 않으면 마귀는 우리를 전혀 두려워하지 않는다오. 능숙한 기술을 갖춘 이가 이렇게 말했소. 〈손에는 언제나 믿음의 방패를 잡고 있어야 합니다. 그 방패로 여러분은 악마가 쏘는 불화살을 막아 꺼버릴 수 있을 것입니다.〉엡 6:16

두 번째로 우리는 만군의 왕께서 우리와 함께하셔서 우리를 호위해 주시도록 기도하는 게 좋소. 덕분에 다윗은 음산한 죽음의 골짜기로 다니면서 기뻐할 수 있었고, 모세는 하느님 없이 행군하느니 차라리 그가 서 있는 곳에서 죽는 편이 낫겠다고 말했잖소. 오 내 형제여, 주께서 우리와 함께 가주시기만 한다면 수만 명의 원수가 달려든다 해도 두려워할 게 있겠소? 그러나 그가 함께 계시지 않으면 제아무리 으스대는 조력자라도 시체들 사이에 쓰러지게 될 거요.^{시 3:5~8, 사 10:4}

나도 여러 번 전쟁을 치렀소. 가장 선하신 그분의 도우심으로, 보다시피 지금 내가 살아 있기는 하지만, 내가 사나이답다고 자랑할 순 없소. 우리가 아직 모든 위험에서 벗어나지는 못했겠지만, 이제 더 이상 원수들의 공격을 받지 않았으면 좋겠군요. 그러나 사자와 곰이 아직 나를 삼키지 못했으니, 다음에 만나게 될 할례 받지 않은 블레셋 사람들로부터 하느님께서 나를 구해 주실 거요.

그러고 나서 크리스천은 다음과 같이 노래하기 시작했다.

불쌍한 작은 믿음이여! 도둑들에게 둘러싸였다고? 강탈을 당했다고?
믿는 자들이 더욱 굳건한 믿음을 갖게 되면
수만 명을 물리칠 수 있는 승리자가 될 수 있지만,
그렇지 못하면 단 세 명의 적도 이기지 못하리라.

그들은 계속 길을 갔고, 무지가 그 뒤를 따랐다. 한참 가다 보니 그 길에서 또 한 가닥의 길이 나 있었다. 그 길 역시 곧게 뻗은 것처럼 보였다. 두 길 모두 곧게 보여 크리스천과 소망은 어느 길로 가야 할지 몰라 잠시 서서 생각해 보기로 했다. 그때, 피부는 검지만 매우 흰 겉옷을 입은 사람이 다가와 물었다. 「왜 당신들은 여기 서 계시오?」 그들이 대답했다. 「천국으로 가려는데, 어느 길로 가야 할지 모르겠습니다.」 그 사람이 말했다. 「따라오시오. 나도 그리로 가는 참이라오.」 크리스천과 소망은 그를 따라나섰다. 하지만 그 길은 갈수록 방향이 틀어졌고 마침내 그들은 가고자 하는 천국의 길에서 점점 멀어져 얼마 지나지 않아 천국과 정반대의 방향을 향하게 되었다. 하지만 두 사람은 계속 그를 따라갔다. 그는 그들이 알아채기 전에 그물을 감춰 둔 곳까지 그들을 데려갔고 그물이 덮쳐 그들은 꼼짝도 할 수 없었다. 이때 검은 자의 등에서 흰 겉옷 자락이 떨어져 내렸다. 그제야 두 사람은 자신들이 어떤 처지에 빠졌는지 깨달았다. 거기서 자신들 힘으로는 빠져나갈 수 없었기 때문에 한동안 누워 엉엉 소리 내어 울었다.

크리스천 (그의 친구에게) 내가 또 실수를 범했구려. 목자들이 우리에게 아첨꾼들을 조심하라고 일러 주었는데, 옛 현인의 말씀을 이제야 알겠군요. 〈이웃에게 아첨하는 사람은 그의 앞에 올가미를 치는 사람이다.〉^{잠 29:5}

소망 길을 잘 찾을 수 있도록 목자들이 안내도도 주었지요. 그런데 우리는 그 안내도 보는 것을 잊고 〈멸망시키는 자의 길〉에 들어서게 되었군요. 이 부분에서 다윗이 우리보다 더 지혜로웠습니다. 그는 이렇게 말했으니까요. 〈남들이야 무얼 하든지 이 몸은 당신의 말씀을 따라.〉^{시 17:4}

이렇게 한참 그들은 그물 속에서 통곡을 했다. 그때 한 빛나는 이가 조그만 줄로 만든 채찍을 손에 들고 다가오는 것이 눈에 띄었다. 두 사람이 있는 곳까지 온 그는 그들에게 어디서 왔으며 거기서 무엇을 하고 있느냐고 물었다. 두 사람은 대답했다. 「우리는 시온을 향해 가는 불쌍한 순례자들인데, 흰옷을 입은 검은 사람이 자기를 따르라고 하기에 그를 따라 여기까지 왔다가 이렇게 되었습니다.」 그러자 채찍을 든 사람이 말했다. 「그자는 아첨쟁이라는 사람으로 〈거짓 사도이며, 사람을 속여 먹는 일꾼이며 그리스도의 사도로 가장하는 자〉입니다.」 그러고는 그물을 찢어 두 사람을 풀어 주었다. 「당신들을 도로 데려다 줄 테니 따라오시오.」 두 사람은 그의 인도로 얼마 전 아첨쟁이를 만났던 곳까지 오게 되었다. 이때 그 사람이 순례자들에게 물었다. 「지난밤 어디서 묵었습니까?」 그들이 대답했다. 「기쁨의 산에 있는 목자들의 집에서요.」 그가 또 물었다. 「목자들이 안내도를 주지 않았습니까?」 그들이 말했다. 「주었습니다.」 그가 말했다. 「그러면 당신은 여기서 안내도를 꺼내 보지 않았습니까?」 그들이 대답했다. 「안 보았습니다.」 그가 물었다. 「왜요?」 그들이 말했다. 「깜빡 잊었습니다.」 그가 다시 물었다. 「목자들이 당신들에게 아첨쟁이를 조심하라고 일러 주지 않던가요?」 그들이 대답했다. 「일러 주었습니다. 하지만 그렇게 말을 잘하는 이가 바로 그 아첨쟁이일 줄은 상상도 못했습니다.」

그때 내가 꿈에 보니, 그가 두 사람에게 엎드리라고 명하였다. 그는 그들을 혹독하게 채찍질하면서 그들이 걸어야 할 선한 길에 대해 가르쳐 주었다. 그는 채찍질하며 말했다. 「나는 내가 사랑하는 자일수록 책망도 하고 징계도 한다. 그러므로 너는 열심히 노력하고 네 잘못을 뉘우쳐라.」 두 사람에게 갈 길을 가라고 명하면서 목자들이 일러준 다른 방향에 특별히 주의하라고 덧붙였다. 두 사람은 그의 친절에 감사한 후 가벼운 마음으로 올바른 길로 나아가며 노래를 불렀다.

천성 길을 가는 자들이여, 이리 와서
곁길로 간 순례자들이 어떤 삯을 치렀는지 보시오.
그들은 꽁꽁 얽어매는 그물에 걸리었나니
이는 선한 충고를 가볍게 여기고 잊었기 때문이라오.
물론 구조되기는 했으나, 보시오, 게다가 채찍질까지 당했으니
그대들은 이를 보고 조심하시오.

얼마 후 그들은 저 앞에서 유유히 대로를 따라 자기들을 향해 오는 한 사람을 발견하였다. 크리스천이 말했다. 「저 너머에 한 사람이 시온을 뒤로하고 우리를 향해 오는군요.」

소망 내 눈에도 보여요. 이제 정신을 바짝 차립시다. 그도 아첨쟁이 같은 사람일지 모르니까.

그가 점점 다가와 마침내 서로 만났다. 이름은 〈무신론자〉였는데, 두 사람에게 어디로 가느냐고 물었다.

크리스천 우리는 시온 산을 향해 가고 있습니다.

그러자 무신론자는 한바탕 너털웃음을 터뜨렸다.

크리스천 왜 그렇게 웃으십니까?
무신론자 그렇게 우스꽝스러운 여행을 한다니, 당신들이 얼마나 무지몽매한 사람들인가 싶어서요. 고통스럽게 여행해 왔지만 여러분은 아무것도 얻지 못할 것입니다.
크리스천 여보시오, 왜 당신은 우리가 아무것도 못 얻을 거라고 생각하는 거요?

무신론자　얻는다고요? 이 세상에는 당신들이 꿈꾸는 그런 곳이 어디에도 없단 말입니다.

크리스천　그렇지만 내세에는 있소.

무신론자　내가 집에 있을 때, 나도 당신이 지금 말하는 것 같은 소리를 들었소. 그때부터 20년간 그 도성을 찾아 헤맸지만 출발한 첫날에 본 것 말고는 본 게 없다오.

크리스천　우리는 그곳을 찾을 수 있다고 들었고, 또 그 말을 믿습니다.

무신론자　집에 있을 때 내가 믿지 않았다면, 그 도시를 찾으러 멀리까지 가지도 않았을 거요. 하지만 나는 아무것도 찾지 못했소. 만약 그런 곳이 있다면 틀림없이 찾았을 거요. 왜냐하면 나는 당신들보다 훨씬 더 멀리 갔었으니까. 이제는 돌아가려 하오. 존재하지도 않는 도시를 찾아 나서느라 전에 버리고 온 것들을 다시 찾아 이젠 즐겨야겠소.

크리스천　(그의 동료 소망에게) 저자의 말이 사실일까요?

소망　조심하십시오. 그도 아첨꾼 중 하나입니다. 전에 이런 친구들의 말을 들었다가 얼마나 큰 대가를 치렀는지 기억하십시오. 뭐라고요? 시온 산이 없다고요? 기쁨의 산에서 그 문을 보지 않았습니까? 또 우리는 지금 믿음으로 행하고 있지 않습니까? 채찍 든 사람에게 또 신세지지 않으려거든 어서 갑시다. 당신이 내게 이런 훈계를 해야 마땅한데 오히려 내가 하게 되는군요. 〈내 아들아, 지식의 말씀을 등지려거든 꾸지람을 듣지 않아도 좋다.〉^{잠 19:27} 형제여, 청컨대 그의 말을 듣지 마십시오. 그리고 믿음을 가져 생명을 얻읍시다.

크리스천　형제여, 내가 그렇게 물은 까닭은 우리가 믿는 진리를 의심해서가 아니라, 단지 당신 마음속에 있는 정직의 열매를 꺼내어 당신에게 확인시켜 주려던 거였소. 저 사람은 이 세상의 신 때문에 눈이 먼 것이 틀림없소. 당신과 나는 진

리에 대한 믿음이 있으니 계속 나아갑시다. 〈진리로부터 거짓말이 결코 나오지 않습니다.〉잠 19:29

소망　이제 나는 하느님의 영광을 바라는 소망 안에서 몹시 기쁩니다.

그리하여 두 사람은 그를 떠나보냈고, 무신론자는 그들을 비웃으며 자기 길을 갔다.

내가 꿈에 보니, 그들은 어떤 지방에 도착했는데, 누구든 낯선 사람이 그곳 공기를 마시면 졸음이 오는 곳이었다. 소망은 잠에 취해 발걸음이 매우 둔해지기 시작했다. 그리하여 크리스천에게 말했다.「웬일인지 매우 졸립군요. 눈을 뜰 수가 없어요. 여기 누워 한숨 자고 갑시다.」

크리스천　절대 안 돼요. 일단 잠들면 깨어날 수 없소.

소망　왜요? 잠은 수고한 자에게는 달콤한 것이오. 한잠 자고 나면 기운을 회복할지도 몰라요.

크리스천　목자 하나가 우리에게 마법의 땅을 조심하라고 일러 준 걸 기억하지 못하오? 결코 잠들면 안 된다고 주의를 주었잖소. 〈그러므로 우리는 다른 사람들처럼 잠자고 있을 것이 아니라 정신을 똑바로 차리고 깨어 있읍시다.〉살전 5:6

소망　내 잘못을 인정합니다. 나 혼자였다면, 아마 잠자다가 큰 위험을 당했을 거요. 지혜자의 말이 옳다는 것을 알겠습니다. 〈혼자서 애를 쓰는 것보다 둘이서 함께하는 것이 낫다.〉전 4:9고 했지요. 지금까지 당신과 동행한 것이 내게는 큰 자비였습니다. 당신은 그 노고에 합당한 보상을 받을 것이고요.

크리스천　자, 이제 졸음을 쫓을 겸 말이나 주고받으며 갑시다.

소망　좋고말고요.

크리스천   어디서부터 시작할까요?

소망   하느님께서 인도하는 대로 따르지요. 원하신다면 당신이 먼저 시작하십시오.

크리스천   우선 당신에게 이 노래를 불러 드리지요.

성도들이 졸려 하거든 이리로 보내어
우리 두 순례자가 하는 이야기를 들으라고 하시오.
예, 그들로 하여금 어떻게든 배우게 하고 그럼으로써
졸리고 흐물거리는 눈을 바로 뜨게 하시오.
성도들의 교제, 만약 그것이 잘만 유지된다면,
지옥의 권세에도 불구하고 항상 그들을 깨어 있게 해줄 것이오.

크리스천   한 가지 묻겠소. 당신이 이 길을 시작했을 때 제일 먼저 무슨 생각이 들었소?

소망   어떻게 해서 내 영혼의 유익함을 추구하기 시작했느냐고요?

크리스천   예, 내 말이 그 말이오.

소망   나는 꽤 오랫동안 우리 시장에서 전시되고 팔리는 물건들에 빠져 있었다오. 내가 믿기에, 만약 내가 여전히 그런 것에 빠져 있었다면, 그 물건들이 나를 파멸과 죽음으로 몰아넣었을 거요.

크리스천   어떤 물건들 말이오?

소망   세상의 모든 보화와 부귀지요. 또한 나는 떠들고 흥청대고 술 마시고 욕하고 거짓말하고 추잡한 일을 하고 안식일 범하는 것을 무척 좋아했지요. 모두 내 영혼을 파괴시키는 것들이었어요. 그러다가 마침내 나는 당신과 또 허영의 시장에서 믿음과 선한 생활을 지키기 위해 순교당한 사랑스러운 믿음 씨를 통해 하느님의 말씀을 듣고 또 생각하는 가운데 〈그런 생활은 결국 죽음을 안겨 주고〉롬 6:21~23, 〈이런 일 때문에 하느님의 진노가 당신을 거역하는 자들에게 내린다〉엡 5:6는 사실을 깨달았지요

크리스천   곧바로 그런 확신에 따라 살게 되던가요?

소망   아니요. 처음에는 죄는 악하고 죄를 저지르면 저주가 뒤따른다는 사실을 인정하지 않으려 했지요. 그러나 내 마음이 말씀으로 흔들리기 시작한 이후부터는 죄에 눈을 돌리지 않으려고 열심히 노력해 왔지요.

크리스천   그런데 하느님의 복되신 성령이 당신에게 역사하기 시작한 후에도 계속 죄를 지은 이유는 무엇이오?

소망   그 이유들은 다음과 같다오. 1. 그것이 내게 임하신 하느님의 역사인 줄 몰랐소. 하느님께서 죄를 깨닫게 하심으로써 죄인의 회심(回心) 역사를 시작하신다는 사실을 알지 못했소. 2. 죄가 여전히 내 육체에 달콤하게 느껴졌고, 그것을 떠나기 싫었소. 3. 옛 친구들과 결별하자고 어떻게 말해야 할지 몰랐소. 그들과 어울리는 게 내게는 매우 바람직해 보였기 때문이오. 4. 죄의식이 몰려올 때는 심히 고통스럽고 마음이 아파 견딜 수가 없었소. 예, 정말 내가 지은 죄들을 마음에 두는 것조차 어려웠소.

크리스천   그래도 때때로 마음의 고통에서 벗어날 수 있었던 것 같군요.

소망   그렇소. 하지만 그 일이 다시 마음에 떠오를 때면, 나는 전과 같은, 아니 전보다 더 심한 고통에 빠져들곤 했지요.

크리스천   당신의 죄를 다시 생각나게 만드는 것은 대체 어떤 것들이었소?

소망   많이 있었지요. 예를 들면,

1. 거리에서 착한 사람을 만날 때,

2. 성서를 읽을 때,

3. 내 머리가 아프기 시작할 때,

4. 이웃 중 누군가 병들었다는 소식을 들을 때,

5. 죽은 자들을 위해 울리는 종소리를 들을 때,

6. 내 죽음에 관해 생각할 때,

7. 어떤 사람이 갑자기 죽었다는 소식을 들을 때,

8. 특히 내가 곧 심판을 받게 된다는 생각이 들 때 그러하지요.

크리스천   죄의식이 들면 쉽게 떨쳐 버릴 수 있었소?

소망   아니요. 죄의식이 내 양심을 하도 굳세게 붙들었기 때문에 그럴 수 없었다오. 그리고 만약 내가 죄로 되돌아갈 생각이라도 할라치면(내 마음은 죄에서 돌이켰지만, 가끔 그런 생각이 들었습니다), 고통은 두 배로 커졌소.

크리스천   그럴 때는 어떻게 했소?

소망   생활을 고치려고 노력해야 한다는 생각을 했지요. 그렇게 하지 않으면 저주를 면치 못할 거라는 생각이 들었기 때문이오.

크리스천   그래서 고치려고 노력해 봤소?

소망   예, 나는 죄뿐 아니라 죄악이 된 친구들을 피하고 여러 가지 종교적 의무들을 수행했지요. 예를 들면 기도나 성서 읽기, 울며 자복하기, 이웃들에게 진리의 말씀 전하기 같은 것들이오. 다른 것들도 많아 다 열거할 수가 없소만.

크리스천   그렇게 해서 고통에서 벗어났소?

소망   예, 잠시 동안은요. 하지만 결국 고통이 다시 엄습해 와서 내 개혁은 별 소용이 없게 되었지요.

크리스천   생활을 개혁한 후로는 어떤 생각이 들었소?

소망   여러 가지가 마음에 떠올랐지요. 특히 다음과 같은 말씀들이 생각났소. 〈기껏 잘했다는 것도 개짐처럼 더러우며〉, 〈너희도 명령대로 모든 일을 다 하고 나서는《저희는 보잘것없는 종입니다. 그저 해야 할 일을 했을 따름입니다.》하고 말하여라〉눅 17:10, 〈율법을 지키는 것으로는 누구를 막론하고 하느님과 올바른 관계를 가질 수가 없기 때문입니다〉. 그때부터 혼자 따져 나가기 시작했지요. 〈만약 내 의가 모두 개짐에 불과하다면, 또 율법을 지키는 것으로는 아무도 의로움을 얻지 못한다면, 그리고 우리가 모든 일을 행하고도 유익을 얻지 못한다면, 그러면 율법으로 하늘나라에 간다는 생각은 어리석은 생각이다.〉 나는 계속 생각했어요. 〈어떤 사람이 한 가게 주인에게 백 파운드의 빚을 지면서 나중에 모두 갚았다고 하자. 그런데 만약 이 옛날 빚이 장부에서 지워지지 않고 그대로 남아 있다면 어찌 되랴? 가게 주인은 그를 고소해서 빚을 갚을 때까지 감옥에 가둘지도 모른다.〉

크리스천 그럼 그 생각을 어떻게 자신에게 적용했소?

소망 예, 그래서 나 자신에게 이렇게 적용했지요. 〈나는 많은 죄를 지었기 때문에 하느님의 회계 장부에 빚이 많이 올라 있다. 그리고 나의 개혁된 생활로는 그 빚을 청산할 수 없다. 그러므로 지금의 생활에 관해 조용히 생각해 봐야 한다. 과연 나는 과거에 지은 죄로 인한 저주에서 어떻게 벗어날 수 있단 말인가?〉

크리스천 아주 훌륭합니다. 계속해 보시오.

소망 생활을 개선한 후에도 계속 나를 괴롭혀 온 것이 또 있었어요. 다름 아니라 시야를 좁게 해 최선의 행위만 바라보는데도 여전히 죄를 발견하게 된다는 것이었습니다. 그 새로운 죄는 내 최선의 행위 안에 뒤섞여 있었습니다. 그래서 난 이런 결론을 내릴 수밖에 없었습니다. 〈지금껏 어리석게도 나 자신과 내 의무들에 대해 자부심을 가져왔지만, 설령 과거의 내 생활에 전혀 흠이 없었다 해도, 오늘 하루 내가 지

은 죄는 나를 지옥으로 보내기에 충분하다.〉

크리스천 그래서 어떻게 했소?

소망 무엇이든요! 믿음을 만나 내 마음이 깨지기 전까지 내가 한 일은 이루 다 말할 수가 없어요. 믿음과는 잘 아는 사이였는데, 믿음은 죄 없으신 분의 의를 덧입지 않는 한, 나 자신의 의나 세상의 의로는 구원받을 수 없다고 말했지요.

크리스천 그 말이 진실처럼 여겨졌나요?

소망 만약 내가 개선된 삶을 기뻐하고 만족하고 있을 때 그런 말을 들었다면, 나는 그의 노고에도 불구하고 그를 바보라고 놀렸을 거예요. 그러나 그때 나는 스스로 부족함을 알고, 또 내 최선의 행위 속에 들어 있는 죄의 실체를 알고 있어서 그의 의견에 끌리지 않을 수 없었지요.

크리스천 그런데 그가 당신에게 그 말을 처음 했을 때, 그의 말대로 죄를 전혀 짓지 않은 사람이 있을 수 있다고 생각했소?

소망 솔직히, 처음에는 이상하게 들렸어요. 하지만 그와 좀 더 이야기를 나눈 다음 그에 대해 온전히 확신하게 되었지요.

크리스천 그분이 누구인지, 또 어떻게 하면 그분의 의롭다 함을 얻을 수 있는지 묻지 않았소?

소망 물었지요. 그랬더니 곧 지극히 높으신 이의 오른편에 계신 주 예수님이라고 가르쳐 주더군요. 그리고 그분을 믿고 의롭다 하심을 얻되, 그가 육체로 이 땅에 거하실 동안 친히 행하신 일들과 그가 나무에 달려 고난당하신 사실도 믿어야 한다고 했어요. 그때 나는 그분의 의가 어떻게 하느님 앞에서 다른 사람을 의롭다 할 수 있느냐고 물었지요. 그랬더니 그가 대답하기를, 예수님은 전능하신 하느님으로서, 그의 행위와 그의 죽으심은 자신을 위한 것이 아니라 나를 위한 것이요, 그의 행위들과 그 행위의 가치는 그를 믿는 자들에게 전가된다고 했소. ^{히 10, 골 1}

크리스천　그래서 당신은 어떻게 했나요?

소망　나는 그분이 나를 구원하고 싶어 하지 않으시는 줄로 여기고 그를 믿지 않겠다고 말했지요.

크리스천　그랬더니 믿음이 뭐라고 했소?

소망　나에게 직접 가서 그분을 만나 보라더군요. 나는 주제넘은 짓은 하지 않겠다고 말했지요. 그랬더니 그분이 나를 초청했으므로 그것은 주제넘은 짓이 아니라고 하더군요. ^{마 11:28} 그러고는 내가 좀 더 선선히 나아갈 수 있도록 용기를 북돋우기 위해 예수님의 말씀이 담긴 책을 주면서, 그 안에 담긴 글은 하늘과 땅이 다 사라질 때까지 한 글자도 사라지지 않을 거라더군요. 그래서 나는 그분에게 나아가려면 어떻게 해야 하느냐고 물었지요. 그가 대답하기를, 무릎을 꿇고 마음과 뜻을 다해 아버지께 그를 계시해 달라고 기도해야 한다더군요. 그때 나는 다시 그분께 청원을 드리려면 어떻게 해야 하느냐고 물었지요. 그는 이르기를, 가보면 자비의 자리 위에 계신 그분을 발견할 수 있으리니, 그분은 오래전부터 거기 계시면서 자기를 찾는 자들에게 용서와 죄 사함을 주신다고 했어요. 나는 믿음에게 그분을 찾아가 무슨 말을 해야 할지 모르겠다고 말했지요. 그러자 그가 이렇게 가르쳐 주더군요. 〈하느님, 불쌍히 여기소서. 저는 죄인이로소이다. 저로 하여금 예수 그리스도를 알게 하시고 또 믿게 하옵소서. 만약 그의 의가 없으면 또 내가 그의 의를 믿지 아니하면, 나는 결국 내쫓김을 당할 줄 알기 때문입니다. 주여, 나는 당신이 자비의 하느님이시요, 당신의 아들 예수 그리스도를 보내시어 세상의 구세주가 되게 하셨다고 들었습니다. 뿐만 아니라 나와 같이 불쌍한 죄인들을 위해(나는 참으로 죄인입니다!)

기꺼이 아들을 바치셨다는 사실도 압니다. 그러니 주여, 지금 당신의 아들 예수 그리스도를 통해 제 영혼을 구원하시어 당신의 크신 은혜를 나타내옵소서. 아멘.〉

크리스천 그래서 하라는 대로 했나요?

소망 예. 하고 또 하고 또 했습니다.

크리스천 아버지께서 당신에게 아들을 계시해 주셨나요?

소망 첫 번째 할 때도 안 해주시고, 두 번째 할 때도, 세 번째 할 때도, 네 번째 할 때도, 다섯 번째 할 때도, 여섯 번째 할 때도 안 해주셨습니다.

크리스천 그래서 어떻게 했나요?

소망 어떻게 했느냐고요? 정말 어떻게 해야 할지 모르겠더라고요.

크리스천 기도를 그만둘 생각은 하지 않았소?

소망 했지요. 아마 수백 번은 했을 겁니다.

크리스천 그런데 왜 그만두지 않았나요?

소망 그리스도의 의가 없으면 세상이 나를 결코 구원해 줄 수 없다는 말을 진실이라고 믿었기 때문이에요. 그리고 기도를 그만두면 꼭 죽을 것만 같았거든요. 그래서 죽을 때 죽더라도 은혜의 보좌 앞에서 죽기로 한 거죠. 그러다가 〈쉬오지 않더라도 기다려라〉^{합 2:3}하는 말씀이 마음에 떠올라 아버지께서 아들을 계시해 주실 때까지 기도를 계속하게 되었지요.

크리스천 하느님께서 그를 어떻게 계시해 주셨나요?

소망 육체의 눈이 아니라 마음의 눈으로 그분을 보았어요. 자초지종을 이야기하자면 이래요. 어느 날 나는 엄청나게 서글펐는데, 내 생전 그렇게 서글펐던 때는 없었던 것 같아요. 그렇게 서글펐던 이유는 내 죄가 얼마나 크고 추악한지 다시금 알게 되었기 때문이었지요. 그때 나는 지옥과 내 영혼의 영원한 저주만 보고 앉아 있었는데, 갑자기 하늘에서부터 주 예수께서 내려오시는 모습이 마음으로 보였고, 그분이 내게 말씀하셨어요. 〈주 예수를 믿으시오. 그러면 당신과 당신네 집안이 다 구원을 얻을 것입니다.〉행 16:30~31

그러자 내가 대답했지요. 〈주여, 저는 큰 죄인, 아주 큰 죄인입니다.〉 그가 대답하셨습니다. 〈너는 이미 내 은총을 충분히 받았다.〉고전 12:9 그때 나는 〈나에게 오는 사람은 결코 배고프지 않고 나를 믿는 사람은 결코 목마르지 않을 것이다〉요 6:35는 말씀을 통해 믿는 것과 오는 것이 하나라는 사실을 깨달았어요. 누구든 그에게 나아오는 자, 즉 그리스도의 구원을 얻으려 진심과 애정을 갖고 달려오는 자는 참으로 그리스도를 믿는 자라는 사실을 안 겁니다. 이에 내 눈에서는 눈물이 왈칵 쏟아졌지요. 그에게 계속 물었어요. 〈하지만 주여, 나같이 큰 죄인도 받아 주시고 구원해 주실 수 있으십니까?〉 그가 말씀하셨지요. 〈나에게 오는 사람은 내가 결코 외면하지 않을 것이다.〉 내가 다시 말했어요. 〈하지만 주님, 내가 당신께 가더라도 나의 믿음이 온전히 당신 위에 놓일지 어떻게 알 수 있습니까?〉 그러자 그가 대답하셨지요. 〈그리스도 예수께서 죄인들을 구원하시려고 이 세상에 오셨다〉, 〈그리스도께서 나타나심으로 율법은 끝이 났고 그를 믿는 사람은 누구든지 하느님과 올바른 관계를 가지게 되었다〉, 〈예수는 우리의 죄 때문에 죽으셨다가 우리를 하느님과 올바른 관계에 놓아주시기 위해서 다시 살아나신 분이시다〉, 〈우리를 사랑하신 나머지 당신의 피로써 우리를 죄에서 해방시켜 주시고〉, 〈예수께서는 항상 살아 계셔서 그들을 위하여 중재자의 일을 하시니〉, 〈그는 하느님과 사람 사이의 중재자라〉, 〈그가 항상 살아 계셔서 그들을 위하여 간구하심이라〉. 이 말씀들을 통해 나는 그의 인격 안에 있는 의와 또 그의 피를 통해 내 죄가 보상받을 수 있다는 것을 깨달았어요. 그리고 예수께서 아버지의 율법에 순종하셔서 징벌을 당하신 것은 자기 자신을 위해서가 아니라 그의 구원을 받아들이고 이에 감사하는 이들을 위해서라는 것도 깨달았습니다. 그러자 내 마음은 기쁨으로 가득 차올랐고 내 눈에는 눈물이 가득 고였으며, 내 가슴은 예수 그리스도의 이름과 그 백성과 그 길에 대한 사랑으로 울렁거리게 되었지요.

크리스천 그야말로 당신 영혼에 대한 그리스도의 계시였군요. 그런데 그로 인해 당신 영혼에 특별히 어떤 변화가 있었는지 말해 주시겠소?

소망 온 세상이 아무리 의롭다고 주장해도 이는 저주받은 상태임을 알게 되었어요. 그리고 하느님 아버지께서는 비록 정의로운 분이시지만 자신 앞에 나온 죄인들을 의롭게 하실 수도 있는 분임을 알았어요. 또 나는 과거의 사악한 생활이 심히 부끄러워졌고, 나의 무지함을 깊이 느꼈지요. 왜냐하면 그전까지는 생각도 할 수 없었던 것들을 깨달았기 때문이에요. 예수 그리스도의 아름다움을 깨달았고, 그 거룩한 생활에 대한 사랑이 일어났어요. 그리고 주 예수의 명예와 영광을 위해 무언가 하고 싶어졌고요. 예, 만약 내 몸에 378리터의 피가 있다면, 주 예수님을 위해 다 쏟아 부을 수도 있겠다는 생각이 들었어요.

그때 내 꿈속에서 소망이 고개를 돌리니 무지가 뒤따라오는 것이 보였다. 그가 크리스천에게 말했다. 「보세요. 저 멀리 그 젊은 친구가 빈둥거리며 오네요.」

크리스천 예, 나도 보입니다. 그는 우리와 함께 가고 싶어 하지 않는 것 같군요.

소망 여기까지 함께 왔어도 해로운 일은 없었을 텐데요.

크리스천 옳소. 하지만 그는 다르게 생각할 겁니다.

소망 나도 그렇게 느껴집니다만, 그래도 기다려 봅시다.

무지가 오기를 기다렸다가 크리스천이 말을 걸었다. 「어서 오시오, 친구. 왜 이렇게 뒤처져서 오십니까?」

무지 혼자 걷는 걸 즐기는 편입니다. 좋은 친구들과 함께가 아니라면 혼자가 훨씬 낫지요.

이에 크리스천이 소망에게 나직이 말했다. 「우리와 동행하는 걸 그가 좋아하지 않을 거라고 내가 말했죠?」 그러고는 다시 말했다.

「그렇지만 여기는 호젓한 곳이니 함께 이야기나 나누며 가는 게 좋을 것 같군요.」 크리스천은 말머리를 무지에게 돌렸다. 「자, 한번 이야기해 봅시다. 지금 하느님과 당신 영혼 사이의 관계는 어떠합니까?」

무지 좋다고 봅니다. 왜냐하면 나는 모든 선한 것들에 대해 항상 생각하고 있거든요. 그런 생각을 하면 걸으면서도 마음에 위안이 됩니다.

크리스천 어떤 선한 것들에 대한 생각인가요? 좀 말해 주십시오.

무지 예를 들면 하느님과 천국이 있다는 것에 대한 생각이지요.

크리스천 그런 생각은 마귀와 저주받은 영혼들도 합니다

무지 하지만 나는 그것들을 생각할 뿐 아니라 원하기도 하지요.

크리스천 여기 오기 싫어하는 많은 사람들도 그렇게는 합니다. 〈게으른 사람은 아무리 바랄지라도 얻을 게 없다.〉

무지 하지만 나는 하느님과 천국을 위해 모든 것을 버렸습니다.

크리스천 좀 의심스럽군요. 왜냐하면 모든 걸 버리기는 어려우니까요. 그보다 어려운 일은 별로 많지 않습니다. 그런데 당신은 어쩌다 자신이 하느님과 하늘나라를 위해 모든 것을 버렸다고 생각하게 되었습니까?

무지 내 마음이 내게 그렇게 말했습니다.

크리스천 지혜자가 이르기를, 〈제 생각만 믿는 사람은 미련한 사람〉이라고 하였습니다.

무지 악한 마음이라면 그러하지만, 내 마음은 선합니다.

크리스천 그것을 어떻게 증명할 수 있습니까?

무지 천국을 소망하면 내 마음이 평안해집니다.

크리스천 그건 자기기만일 수 있습니다. 왜냐하면 사람의 마음이란 아직 소망할 근거도 없는 것들을 소망함으로써 평안을 줄 수 있으니까요.

무지 그러나 내 마음과 내 생활이 일치합니다. 그러므로 내 소망은 든든한 근거를 갖고 있는 것이죠.

크리스천 누가 당신의 마음과 생활이 일치한다고 말했습니까?

무지 내 마음이 내게 말해 주었습니다.

크리스천 내가 도둑인지 아닌지는 내 친구에게 물어보라고 한다더니, 당신 마음이 당신에게 그렇게 말했다고요? 오직 하느님의 말씀만 증거가 될 수 있는 것이요, 다른 증거는 아무 소용이 없습니다.

무지 하지만 선한 생각을 하면 선한 마음 아닙니까? 또 하느님의 계명에 따라 살면 선한 생활이 아닙니까?

크리스천 예, 선한 생각을 하면 선한 마음이고, 하느님의 계명에 따라 살면 선한 생활입니다. 하지만 그렇다고 생각하는 것과 실제로 그렇게 행하는 것은 전혀 별개의 문제죠.

무지 그렇다면 당신은 무엇이 선한 생각이고, 무엇이 하느님의 계명에 따라 사는 생활이라고 보십니까?

크리스천 선한 생각에는 여러 종류가 있지요. 자기 자신에 관한 생각, 하느님에 관한 생각, 그리스도에 관한 생각, 다른 것들에 관한 생각 등.

무지 우리 자신에 관한 선한 생각이란 어떤 것을 말하는 겁니까?

크리스천 하느님의 말씀과 일치하는 생각이죠.

무지 그럼 우리 자신에 대한 생각은 언제 하느님의 말씀과 일치합니까?

크리스천 그것은 우리가 하느님의 말씀이 내린 판단과 똑같은 판단을 우리 자신에게 내릴 때입니다. 좀 더 자세히 설명하면 다음과 같습니다. 하느님은 인간의 속성에 대해 이렇게 말씀하셨습니다. 〈올바른 사람은 없다. 단 한 사람도 없다.〉롬 3:10 또한 이렇게도 말씀하셨습니다. 〈사람의 마음의 생각은 항상 악할 뿐이다.〉,창 6:5 〈사람의 마음이 계획하는 바는 어려서부터 악하다.〉창 8:21 라고요. 그러므로 우리 스스로에 관해 이런 생각을 하면, 그것은 선한 생각입니다. 그 생각이 하느님의 말씀을 따르기 때문이죠.

무지 내 마음이 그렇게 나쁘다는 걸 믿을 수 없습니다.

크리스천 그러니까 당신은 자신에 관해 좋은 생각을 평생 한 번도 해본 적이 없는 것이지요. 계속해 보겠습니다. 하느님의 말씀이 우리 마음을 판단하듯이 우리 생활 방식도 판단합니다. 우리 마음과 생활 방식이 하느님의 말씀이 판단하시는 것과 일치할 때, 두 가지 모두 다 선하다고 할 수 있는 겁니다.

무지 더 설명해 보십시오.

크리스천 하느님의 말씀에 이르기를, 인간의 길은 비뚤어져 있고, 선하지 않고 사특하다고 하였으며, 또 인간은 본성적으로 선한 길에서 떠나 있어 그 길을 알지 못한다고 하였습니다. 어떤 사람이 자신의 길을 생각할 때, 즉 지각 있고 겸손하게 자신의 길을 생각할 때는 자신의 길에 관해 선한 생각을 갖고 있다 할 수 있습니다. 왜냐하면 그제야 그의 생각과 하느님의 말씀이 판단하시는 것과 일치하기 때문입니다.

무지 하느님에 관한 선한 생각은 무엇입니까?

크리스천 우리 자신에 관한 것에서도 말했듯이, 하느님에 관한 우리의 생각이 하느님의 말씀과 일치할 때 그 생각은 선합니다. 즉, 우리가 말씀에서 가르치는 대로 하느님의 존재와 속성에 관해 생각할 때 그러합니다. 그분의 존재와 속성에 관해서는 여기서 길게 이야기할 수 없습니다만, 우리와 연관된 것만 간단히 말씀드리지요. 그분은 우리보다도 우리를 더 잘 아시고 우리 스스로 발견하지 못할 때조차 우리 안에서 죄를 보실 수 있습니다. 또 그분은 우리의 가장 깊은 생각을 아시며, 우리 마음을 속속들이 들여다보실 수 있습니다. 우리의 모든 의로움은 그의 코앞에서 악취를 풍길 뿐이며, 우리가 아무리 최선의 행위를 한다 해도 그의 앞에 자신 있게 설 수 없습니다. 이렇게 생각하는 것이 하느님에 관해 올바르게 생각하는 것입니다.

무지 당신은 내가 하느님을 나보다 더 멀리 보지 못하시는 분으로 여기는 바보인 줄 아십니까? 아니면 내가 최선의 행위를 통해 하느님께 나아가려는 바보인 줄 아십니까?

크리스천 그럼 당신은 어떻게 하느님께 나아가야 한다고 생각합니까?

무지 간단히 말해서, 의롭다 하심을 얻기 위해 그리스도를 믿어야 한다고 생각합니다.

크리스천 그래요? 당신은 그리스도가 왜 필요한지도 깨닫지 못하면서 그리스도를 믿어야 한다고 생각하십니까? 당신은 자신의 원래 약점과 현실의 약점을 깨닫지 못하고 있습니다. 자신과 자신의 행위에 대해 그렇게 생각한다면 하느님 앞에서 의로움을 주시는 그리스도의 인격적인 의의 필요성을 전혀 경험하지 못하게 되는 것이지요. 그런데도 당신은 그리스도를 믿고 있다고 말하는 겁니까?

무지 하지만 나는 모든 것을 잘 믿고 있습니다.

크리스천 어떻게 믿고 있습니까?

무지 나는 그리스도께서 죄인들을 위해 죽으셨음을 믿습니다. 그리고 내가 그의 율법에 순종하는 것은 은혜롭게 받아 주시고, 나를 하느님 앞에서 의롭다 하시고 저주에서 건져 주실 것을 믿습니다. 다시 말해, 그리스도께서는 자신의 공로로 종교적 나의 행실들이 아버지께 용납되게 하시며, 이로써 나를 의롭게 만드실 것입니다.

크리스천 당신의 신앙 고백에 대해 답해 봅시다.

1. 당신은 공상에 가까운 믿음을 갖고 있습니다. 그런 믿음은 하느님의 말씀 어디에도 기록되어 있지 않기 때문입니다.

2. 당신은 거짓된 믿음을 갖고 있습니다. 그리스도의 인격적인 의에서 의로움을 취해 그것을 당신 자신에게 적용하고 있기 때문입니다.

3. 이런 믿음은 그리스도를 당신 인격이 아니라 당신 행위에 대한 옹호자로 만듭니다. 그럼 당신의 행위가 당신 인격보다 중요한 셈이 되므로, 이런 믿음은 거짓된 것입니다.

4. 따라서 이 믿음은 기만적인 것이며, 심판 날에 당신은 전능하신 하느님의 진노를 받게 될 겁니다. 왜냐하면 진정으

로 의로움을 주는 믿음은 영혼으로 하여금 율법에 의해 상실된 자신의 위치를 깨닫고 그리스도의 의로움으로 달려가 거기서 피난처를 찾게 만들기 때문입니다. 여기서 그리스도의 의로움이란 하느님께서 당신의 순종을 받아들이사 의롭다 함을 주시도록 만드는 은혜의 행위가 아니라, 우리에게 요구되는 바를 우리를 위해 행하시고 또 당하시는 가운데 이루어지는 율법에 대한 그의 인격적인 순종입니다. 진정한 믿음은 이러한 의로움을 받아들입니다. 또 이러한 의로움의 치마폭이 우리 영혼의 수치를 가려 줍니다. 그리고 이를 통해 우리는 하느님 앞에 흠 없이 설 수 있으며, 영접함을 얻고, 정죄를 모면할 수 있습니다.

무지 뭐라고요? 그리스도께서는 우리 없이 다만 그의 인격 안에서 모든 일을 이루셨다고 주장하는 겁니까? 그런 독단적인 착상이야말로 우리의 열망의 고삐를 느슨하게 만들고, 우리가 살고 싶은 대로 살게 만들 것입니다. 왜냐하면 우리가 어떻게 살아가든, 만약 믿기만 하면 그리스도의 개인적 의로움으로 우리도 의로움을 얻게 될 테니까요.

크리스천 당신은 이름처럼 참 무지하군요. 당신 대답이 입증해 줍니다. 당신은 의로움을 주는 의가 어떤 것인지, 또 어떻게 하면 믿음으로 당신의 영혼을 하느님의 무서운 진노로부터 구할 수 있는지 모르고 있군요. 예, 당신은 그리스도의 의로움을 믿는다는 믿음의 참된 구원적 힘에 대해서도 모르고 있습니다. 그 힘은 우리의 마음을 그리스도 안에서 하느님께 굴복하게 만들며, 그의 이름과 그의 말씀, 그의 길과 백성을 사랑하게 합니다. 당신은 무지하게도 이런 생각을 전혀 하지 못하시는군요.

소망 그에게 하늘로부터 계시된 그리스도를 본 적이 있는지 물어보세요.

무지 뭐라고요? 당신은 계시를 되게 좋아하는군요. 나는 당신들처럼 계시 운운하는 사람들은 약간 정신이 나갔다고 믿어요.

소망 아니, 왜요? 그리스도는 하느님 안에 감춰져 있어 육체의 자연적 이해력으로는 파악할 수 없기 때문에, 하느님 아버지께서 인간들에게 계시해 주시지 않으면 그를 알고 구원에 이를 수가 없습니다.

무지 그건 당신들 믿음이지, 내 믿음이 아닙니다. 내 머릿속에 당신처럼 온갖 변덕스러운 생각이 들어 있는 건 아니지만 그래도 내 믿음이 당신 믿음보다 더 낫다고 확신합니다.

크리스천 한마디만 하게 해주십시오. 이 문제를 그렇게 가벼이 말해서는 안 됩니다. 방금 내 선한 친구도 이야기했듯이 단언하건대, 아버지의 계시 없이는 어느 누구도 예수 그리스도를 알 수 없습니다.^{마 11:27, 고전 12:3} 그리스도께 영혼을 굳건히 붙어 있게 하는 믿음도(올바른 믿음일 때 그러합니다) 그의 넘치도록 크신 능력이 없으면 될 수 없습니다. 불쌍한 무지 씨, 내가 보기에 당신은 이런 믿음의 역사에 관해 많이 무지한 것 같군요.

공상에서 깨어나 자신의 추악함을 바로 보고 주 예수님께 피해 가십시오. 그리하면 그의 의로움, 곧 하느님의 의로움을 통해(왜냐하면 예수님이 곧 하느님이시기 때문입니다) 당신은 저주에서 벗어나게 될 겁니다.

무지 당신들이 너무 빨라서 도저히 속도를 맞출 수가 없습니다. 당신들이 앞설 동안, 나는 잠시 뒤에 머물렀다 가겠습니다.

아, 무지여, 당신은 아직도 어리석음을 못 버리는가?
열 번이나 주어진 선한 충고를 무시하다니.

　그대가 만약 이를 거절한다면
　오래지 않아 그대의 행위가 잘못되었음을 알게 되리라.
　시간이 있을 때 기억할 것이며 두려워 말고 겸허히 들을
지어다.
　선한 충고가 그대를 구할 것이니 귀 기울일지어다.
　그러나 끝내 거절한다면 내가 장담하건대,
　그대는 패자가 될 것이니라.

크리스천　자, 내 친구 소망이여, 다시 우리끼리 가야겠소.

내가 꿈에 보니, 그들은 멀찍이 앞서 가고, 무지는 뒤에서 절름거리며 따라갔다. 크리스천이 다시 동행에게 말했다. 「저 불쌍한 사람 때문에 마음이 몹시 상하는군요. 결국 그는 몹쓸 일을 당하게 될 것이 틀림없어요.」

소망　아아! 우리 마을에도 저런 사람들이 많았습니다. 집집마다 거리마다 있었고, 순례자들 중에도 있었어요. 우리 가운데도 이렇듯 많은데 저 사람이 태어난 곳에는 오죽 많겠어요?

크리스천　알아보지 못하도록 눈을 멀게 하셨다는 말씀이 참으로 맞는군요. 이제 우리끼리니 하는 말인데, 당신은 저런 사람들에 대해 어떻게 생각하시오? 죄의식이라든가 위험스러운 자신의 상태에 대한 두려움 같은 걸 느껴 본 적 있을까요?

소망　당신이 연장자니까, 직접 대답해 보시지요.

크리스천　내 생각에는 그들도 가끔 그런 걸 느낄 듯싶어요. 하지만 본성적으로 무지해서 그 자책감이 자신에게 유익하다는 걸 알지 못하지요. 그래서 그들은 그런 생각들을 역

누르려고 필사적으로 애쓰고 계속 담대하게 그런 마음의 생각을 부추기는 것이죠.

소망 당신 말처럼, 나도 두려움이 인간에게 유익하고 순례의 길을 올바로 시작하도록 도와준다는 데 동의합니다.

크리스천 올바른 두려움이라면 의심할 여지 없이 그렇지요. 그래서 말씀에도 이렇게 기록되어 있지 않소? 〈야훼를 두려워하여 섬기는 것이 지혜의 근본이오.〉시 111:10

소망 올바른 두려움이란 어떤 것일까요?

크리스천 참되고 올바른 두려움은 다음 세 가지 면에서 생각해 볼 수 있소.

1. 죄에 대한 깨달음에서 생겨나는데, 이런 죄의식은 결과적으로 구원을 낳게 됩니다.

2. 영혼이 구원받도록 그리스도를 굳게 붙들게 해줍니다.

3. 영혼이 하느님을 몹시 두려워하게 하며, 그의 말씀과 길을 애정 있게 지키게 하여 거기서 벗어나 좌로나 우로 치우치는 일을 막지요. 즉, 하느님을 모욕하는 일이나 평화를 깨는 일, 성령을 슬프게 하는 일, 원수로부터 비난받을 만한 일들을 피하게 합니다.

소망 맞습니다. 참으로 옳은 말씀입니다. 그런데 우리가 마법의 땅을 거의 다 벗어났나요?

크리스천 왜요? 이 대화가 지루한가?

소망 천만에요. 하지만 어디쯤 와 있는지 궁금해서요.

크리스천 아직 3킬로미터 정도 더 가야 하오. 이제 하던 이야기나 마저 합시다. 무지한 자들은 이렇게 죄의식에 대한 두려움이 자신한테 유익한 줄 모르고, 이를 떨쳐 버리려고 필사적으로 노력하지요.

소망 어떤 노력을 하나요?

크리스천 1. 사실 하느님께서 일으킨 죄의식인데도 그들은 마귀가 일으킨 것이라 여긴다오. 그래서 그 죄의식이 자신들을 멸망시킬 것 같은 생각에 거부하는 거요.

2. 그들은 이 두려움이 자신들의 믿음을 해칠까 봐 걱정하지요. 애석하게도 그들은 자신들에게 전혀 믿음이 없다는 사실을 모르고 말이오. 그래서 마음을 굳게 먹고 그 두려움을 거부하지요.

3. 그들은 아무것도 두려워해선 안 된다는 주제넘은 생각을 갖고 있소. 그래서 두려워도 그렇지 않은 척 가장한다오.

4. 이 두려움이 자신들의 알량하고 낡은 자존심을 손상시킬까 봐 온 힘을 다해 이를 막으려 한다오.

소망 그것에 대해서라면 저도 조금은 알고 있습니다. 깨닫기 전까지는 나도 그랬으까요.

크리스천 자, 이제 우리 이웃 무지에 관한 이야기는 이 정도 하고, 다른 유익한 문제로 넘어가 봅시다.

소망 좋습니다. 이번에도 당신이 먼저 시작하시죠.

크리스천 10년쯤 전에 종교적으로 앞장서서 활동했던 〈임시변통〉이라는 사람을 아시오?

소망 알다마다요! 그는 〈정직의 도시〉에서 3킬로미터쯤 떨어진 〈은혜 없음〉이란 곳에서 〈배반〉이란 사람과 이웃하여 살았지요.

크리스천 맞습니다. 그들은 한 지붕 아래 살았지요. 그는 한때 크게 각성한 적이 있었소. 그때는 자기 죄와 죄로 인한 보응에 관해 약간 깨달았던 것이 확실해요.

소망 나도 그렇게 생각합니다. 우리 집이 그의 집에서 5킬로미터도 채 안 되었는데, 그가 종종 찾아와 많은 눈물을 흘리곤 했지요. 나는 진정으로 그를 불쌍히 여겼고 희망이 전혀 없는 자로 보지는 않았습니다. 하지만 주여 주여, 라고 외친다고 다 같은 사람들은 아니더군요.

크리스천 언젠가 나를 찾아와서는 자기도 순례 길을 가기로 결심했다고 말하더군요. 그러나 갑자기 〈자기 구원〉이란 사람과 친해지면서 나와는 멀어지게 되었소.

소망 이왕 그에 관해 이야기하게 되었으니, 그를 비롯한 여러 사람들이 갑자기 되돌아서는 이유를 좀 생각해 보고 싶습니다.

크리스천 예, 매우 유익할 겁니다. 형제가 한번 말해 보시지요.

소망 내 판단으로는, 거기에는 네 가지 이유가 있다고 봅니다.

1. 양심은 깨우침을 받았지만 마음은 아직 변화하지 않았기 때문입니다. 그러므로 죄책감이 약해지자 종교심도 희박해져 자연히 다시 예전으로 돌아가게 된 겁니다. 병이 든 개가 먹은 것을 다 토해 내는 것을 봐도 그렇지요. 그러나 개는 자유의사로 그러는 게 아니라(만약 개에게도 자유의사가 있다면), 배가 아프기 때문에 그런 것입니다. 병이 나아 배가 편안해지면, 자기가 토해 낸 것들에 대한 욕심이 완전히 끊어진 것이 아니므로 다시 그것들을 먹어 치웁니다. 〈개는 제가 토한 것을 도로 먹는다〉^{벧후 2:22}라는 말씀은 사실입니다. 그러므로 그들은 오직 지옥의 고통에 대한 생각과 두려움 때문에 하늘나라에 대해 열심을 내다가, 지옥에 관한 의식과 저주의 두려움이 시들해지자 하늘나라와 구원에 대한 열망도 시들해지는 겁니다. 죄책감과 두려움이 사라지면, 하늘나라와 행복에 대한 욕망도 사라져 다시 옛날로 돌아가게 됩니다.

2. 또 다른 이유는 그들이 비천한 두려움에 너무 사로잡혀 있기 때문입니다. 이 비천한 두려움이란 사람에 대한 두려움을 말합니다. 사람을 겁내면 올가미에 걸리므로,^{잠 29:25} 지옥의 화염이 귓가에서 이글거릴 때에는 하늘나라에 대해 열렬

한 것 같아 보이지만 일단 그 공포가 약해지면 다른 생각을 하게 됩니다. 즉 모든 것을 잃을 만한 위험(왜냐하면 저들은 이것이 어떤 것인지 모르기 때문입니다), 적어도 불가피하고 불필요한 고통은 피하는 편이 현명하다는 생각입니다. 그리하여 다시 세상에 빠지게 되는 거죠.

3. 종교에 의지한다는 수치심이 그들에게 걸림돌이 됩니다. 교만하고 오만한 자들의 눈에 종교가 천박하고 치욕스러워 보입니다. 그러므로 지옥에 대한 느낌과 다가올 진노에 대한 두려움이 사라지면 다시 옛날로 치닫게 되는 겁니다.

4. 죄책감을 느끼고 두려운 생각을 갖는다는 것은 그들에게 몹시 비통한 일입니다. 그래서 전까지는 자신의 불행을 직면하기를 꺼려 합니다. 불행이 처음 눈에 띄었을 때, 만약 그들이 그 광경을 사모했다면, 의로운 자들이 그랬듯이 그 불행에 뛰어들어 그 원인에 대해 성찰하면서 안전할 수도 있었겠죠. 앞에서 잠깐 말했듯이, 그들은 죄책감과 두려움을 느끼기 싫어하므로 일단 하느님의 진노와 공포에 대한 각성이 사라지면 다시 마음을 악하게 먹고 더욱더 자신들을 악하게 만드는 길로 애써 나아가는 것이죠.

크리스천 참 잘 지적하셨소. 모든 근본적인 원인은 마음과 의지가 변하지 않았기 때문이오. 마치 판사 앞에 선 죄인 같지요. 죄인들은 두려워 떨고 마치 마음속 깊이 회개하는 것처럼 보여요. 근본적으로는 교수대를 두려워하는 것일 뿐, 자기가 지은 죄에 대해 혐오하는 것은 아니오. 때문에 다시 자유를 얻어도 도둑과 사기꾼 기질이 되살아나게 된다오. 진정으로 마음이 변화되면, 그렇게 하지 않을 거요.

소망 그들이 옛 모습으로 돌아가는 이유를 설명했으니, 이제 어떻게 돌아가는가에 대해 말씀해 주십시오.

크리스천 기꺼이 그러죠.

1. 그들은 자신이 품었던 하느님, 죽음, 다가올 심판에 관한 생각을 모두 떨쳐 버립니다.

2. 그러고 나서 골방 기도나 정욕의 절제, 근신, 죄에 대한 탄식 등의 개인적 의무들을 점차 소홀히 하게 되오.

3. 또 그리스도인들과의 생기 있고 따뜻한 교제를 끊어 버리지요.

4. 그들은 점차 설교 듣는 일이나 성서 읽는 일, 모임에 참석하는 일 같은 공적인 의무들을 저버리게 되오.

5. 그러고 나서 저들은 경건한 사람들에 대해 험담하기 시작하고, 종교가 갖고 있는 몇 가지 약점들을 보고는 종교색을 뒤로 던져 버리지요.

6. 그다음에 육신적이고 느슨하고 음탕한 자들과 어울리기 시작한다오.

7. 은밀히 육신적인 음담패설을 즐기고, 정직하다고 여겨지는 자들에게서 그런 점을 보게 되면 더 담대하게 그들의 본을 따르고자 하지요.

8. 이후에는 공연히 사소한 죄들을 범하기 시작한다오. 그래서 마음이 굳어지면 완전히 본색을 드러내게 되고, 은혜의 기적이 일어나지 않는 한 다시 비참한 소용돌이에 휘말려 자기기만 속에서 영원히 멸망하게 되는 거요.

꿈에 내가 보니, 이제 순례자들은 마법의 땅을 벗어나 〈뻘라〉 땅에 들어갔다. 그곳의 공기는 매우 맑고 상쾌했으며, 길은 그 지방을 똑바로 가로지르고 있었다.^{사 62:4} 두 사람은 잠시 앉아 피로를 풀었다. 그곳에선 새들이 계속 노래하였고, 땅은 꽃으로 덮여 있었으며, 거북이의 울음소리도 들려왔다. 또 해가 밤낮으로 빛났다. 이곳은 음산한 죽음의 골짜기 너머에 있고, 절망 거인의 손이 미치지 않았으며, 의심의 성 같은 것들은 전혀 보이지 않았다. 여기서는 자신들이 가고자 하는 성의 모습이 잘 보였다. 그리고 이곳에 살고 있는 사람도 몇 명 만났다. 이곳은 천국의 경계선에 있기 때문에 빛나는 자들이 자주 걸어 다녔다. 또 신랑과 신부 사이의 약혼이 새로이 갱신되었다. 〈신랑이 신부를 반기듯 너의 하느님께서 너를 반기신다.〉사 62:5 그들은 곡식과 포도주의 궁핍을 느끼지 않았다. 순례 도중 구하던 것들 모두가 풍성하게 있었기 때문이다. 하늘나라에서 울려 나오는 커다란 음성도 들을 수 있었다. 〈야훼께서 외치시는 소리, 땅끝까지 퍼진다. 수도 시온에게 일러라.《너를 구원하실 이가 오신다. 승리하신 보람으로 찾은 백성을 데리고 오신다. 수고하신 값으로 얻은 백성을 앞세우고 오신다.》〉 이곳에 사는 사람들은 자신들을 〈거룩한 백성, 야훼께서 구해 내신 자들〉 등으로 불렀다.

이제 그들은 이 땅을 걸으면서 예전에 하늘나라에서 멀리 떨어진 곳을 걸을 때보다 더 큰 기쁨을 느꼈다. 또 하늘나라에 가까이 가면 갈수록 그 모습을 좀 더 뚜렷이 볼 수 있었다. 그곳은 진주와 온갖 보석들로 세워지고 거리는 모두 금으로 포장되어 있었다. 그 도시의 자연적 영광과 또 거기에서 반사되는 태양 빛 때문에 크리스천은 상사병에 걸리고 말았다. 소망도 그 병 때문에 한두 번 발작을 일으켰다. 격통을 참지 못한 그들은 잠시 거기 누워 외쳤다. 「나의 임을 만나거든 제발 내가 사랑으로 병들었다고 전해 다오.」

그러나 병이 차도를 보여 약간 힘을 얻은 그들은 점점 더 하늘나라에 가까이 갔다. 도중에 과수원과 포도원과 정원이 있었는데 그 문이 큰길 쪽으로 활짝 열려 있었다. 그들이 이곳에 이르니 정원사가 길가에 서 있었다. 순례자들이 그에게 물었다. 「이 훌륭한 포도원과 정원은 누구의 것입니까?」 그가 대답했다. 「모두 임금님의 소유인데, 임금님 스스로도 즐기시고, 또 순례자들의 휴식을 위해서도 이것들을 가꾸시지요.」정원사는 그들을 정원으로 안내하여 맛있는 열매로 기운을 회복하라고 일러 주었다. 그리고 그는 하느님의 산책길과 편히 쉴 수 있는 정자도 보여 주었다. 그들은 거기서 잠시 쉬다가 잠이 들었다.

그때 나는 꿈속에서 그들이 그동안 여행길에서 나누었던 대화보다 더 많은 이야기를 자면서 나누는 것을 보았다. 이상해하는 내게 정원사가 말했다.「자면서 이야기하는 게 이상한가요? 이 포도밭의 포도는 무척 달아서 그것을 먹으면 잠자는 사람들의 입술로 하여금 말하게 합니다.」

이내 잠에서 깨어난 그들이 천국으로 올라가자고 서로 말하는 게 보였다. 그러나 이미 말한 대로 천국은 순금으로 만들어졌기 때문에 천국에서 반사되는 태양의 빛이 너무도 영광스러워서 그들은 똑바로 그곳을 바라볼 수 없었고,^{고후 3:18} 특별히 만든 기구를 통해서만 볼 수 있었다. 나는 그들이 계속 걸어가다가 순금같이 반짝이는 옷을 입고 얼굴에서 광채를 발하는 두 사람을 만나는 것을 보았다.

그 둘은 순례자들에게 어디서 오느냐고 물었고, 그들이 대답했다. 그 둘은 또 오는 도중에 어디서 묵었으며, 어떤 어려움과 위험을 당했고, 또 어떤 위안과 기쁨을 얻었느냐고 물었다. 순례자들이 대답하자 그들이 다시 말했다.「이제 당신들은 두 가지 난관만 더 통과하면 됩니다. 그러면 여러분은 천국에 들어가게 됩니다.」

그러자 크리스천과 그의 동료가 그들에게 동행해 달라고 청했다. 그들은 그러겠다고 하며 덧붙였다.「그러나 당신들 자신의 믿음으로만 천국을 얻어야 합니다.」나는 꿈속에서 그들이 성문이 보이는 곳까지 함께 걸어가는 것을 보았다.

그리고 나는 또한 순례자들과 성문 사이에 강이 가로놓여 있는 것을 보았는데, 강을 건널 다리가 없었으며 물은 대단히 깊었다. 이를 본 순례자들이 크게 당황했다. 그러자 순례자들과 동행하던 사람들이 말했다. 「어떻게든 이 강을 건너야 합니다. 그렇지 않으면 성문에 이를 수 없습니다.」

순례자들은 성문까지 다른 길이 없느냐고 물었다. 그러자 그들은 이렇게 답했다. 「있긴 있지요. 그러나 천지 창조 이후로 두 사람을 제외하고는 어느 누구도 그 길을 밟도록 허락받지 못했어요. 그 두 사람은 에녹과 엘리야였습니다. 앞으로도 최후의 심판을 알리는 나팔 소리가 울릴 때까지는 어느 누구도 그 길로 가진 못할 겁니다.」^{고전 15:51~52} 그러자 순례자들, 특히 크리스천이 크게 낙담하여 이리저리 다른 길을 찾아보았지만 그 강을 피해 갈 다른 길은 어디에도 보이지 않았다. 그들은 강물이 한결같이 깊으냐고 물었다. 동행자들이 그렇지 않다고 대답했으나 순례자들에게는 아무 도움이 되지 못했다. 왜냐하면 그 대답이 이랬기 때문이다. 「강이 깊으냐 얕으냐는 당신이 이곳의 왕이신 하느님을 얼마나 믿느냐에 달려 있습니다.」

그리하여 그들은 물속으로 들어갔다. 크리스천은 이내 물속으로 가라앉기 시작했다. 그는 허우적거리며 절친한 동료인 소망에게 소리 질렀다.

「나는 깊은 물에 빠졌소. 큰 물결이 내 머리 위로 덮치고 물결이 내 몸을 삼켰소. 오, 셀라.」

소망이 말했다. 「안심하세요. 강바닥이 발에 닿는 것 같소. 다행입니다.」

다시 크리스천이 말했다. 「아, 친구여! 죽음의 슬픔이 나를 감싸고 있소. 나는 젖과 꿀이 흐르는 땅을 보지도 못하고 죽을 것 같소.」 그 말과 함께 깜깜한 어둠과 거대한 공포가 크리스천을 덮쳤다. 그리하여 그는 더 이상 앞을 볼 수 없게 되었다. 마침내 그는 정신을 잃어 순례의 길에서 만난 온갖 신선한 위안들을 기억하지도 못하고 남에게 이야기해 줄 수도 없게 되었다. 그저 말이라고 하는 소리는 단지 그가 지금 마음에 두려움을 갖고 있고, 물에 빠져 죽는 것, 그리고 성문에 들어가지 못할 것을 진심으로 두려워하고 있다는 사실을 알려 줄 뿐이었다. 또한 곁에 서 있는 동행자들의 눈에는 그가 순례의 길을 떠나기 전과 떠난 후에 저지른 죄에 대해 참회하는 모습이 역력해 보였다. 때때로 중얼거리는 것을 보면 그가 지금 여러 종류의 꼬마 도깨비들과 악령들에 시달리는 것도 같았다. 그래서 소망은 자기 형제의 머리를 물 위로 들어올리려고 애써야 했다. 크리스천은 물속에 완전히 잠겼다가 잠시 후에 반죽음이 되어 떠오르곤 했다. 소망이 열심히 그를 위로해 주었다. 「저기 성문이 보입니다. 우리를 영접하려고 문가에 사람들이 서 있어요.」 그러나 크리스천은 이렇게 대답했다. 「그들이 기다리는 건 당신이오, 당신. 처음 만난 때부터 당신은 아주 희망에 넘쳤었지요.」 소망이 말했다. 「당신도 희망이 넘쳤었지요.」 「아, 형제여. 만약 내가 틀림없이 옳다면 지금쯤 주께서 일어나 나를 도우실 텐데. 그러나 내 죄 때문에 그분은 나를 이렇게 함정에 빠뜨리시고도 그냥 놔두시는 거요.」 그러자 소망이 말했다. 「형제여, 당신은 악한 자에 대해 성서에 써 있는 〈그들은 피둥피둥 살이 찌고 고생이 무엇인지 조금도 모릅니다. 사람들이 당하는 고통을 겪지 않으며 사람들이 당하는 쓰라림은 아예 모릅니다〉시 73:4~5 라는 말씀을 잊으셨군요. 지금 이렇게 물속에서 받는 고통과 시련은 하느님이 당신을 버리셨다는 표시가 아니라, 지금까지 받아 온 주의 은총을 기억하며 시련 속에서도 그분을 의지하는가 아닌가를 시험하시는 겁니다.」

그때 나는 꿈속에서 크리스천이 잠시 생각에 잠기는 것을 보았다. 소망이 다시 그에게 말했다. 「마음 푹 놓으세요. 예수 그리스도께서 당신을 완전하게 해주실 겁니다.」 그 말을 듣고 크리스천이 큰 소리로 외쳤다. 「아, 다시 그분이 보인다. 그분이 말씀하시는구나. 〈네가 물결을 헤치고 건너갈 때 내가 너를 보살피리니 그 강물이 너를 휩쓸어 가지 못하리라.〉」 그리하여 두 사람은 용기를 얻었고, 마귀는 그들이 강을 다 건널 때까지 돌처럼 단단하게 굳어 있었다. 크리스천은 곧 강바닥을 밟게 되었고 거기서부터는 얕아서 쉽게 건너갈 수 있었다. 이렇게 해서 그들은 강을 다 건넜다. 강둑에 오르자, 그들은 자신들을 기다리고 있는 빛나는 두 사람을 다시 보았다. 강물에서 나오는 두 사람에게 인사를 건네고 나서 그들이 말했다. 「우리는 구원의 상속자가 될 분들에게 봉사하라고 주께서 보내신 봉사의 성령입니다.」 이리하여 그들은 성문을 향해 나아갔다. 천국은 장엄한 언덕 위에 서 있었다. 그러나 빛나는 두 사람이 손을 잡아 앞에서 이끌어 주었기 때문에 힘들이지 않고 올라갈 수 있었다. 썩어 없어질 옷가지들은 강물에 버렸다. 물속에 들어갈 때 입고 있던 옷을 나올 때는 벗어 버린 것이다. 그리하여 천국은 구름보다도 더 높은 곳에 위치해 있었으나 그들은 민첩하고 재빠르게 올라갔다. 이렇게 공중에 올라가면서 강도 무사히 건넜고, 그들을 이끌어 주는 영광스러운 안내자가 있다는 데 위안을 느껴 즐겁게 이야기를 주고받았다.

이제 보라, 그 신성한 순례자들이 달려가는 모습을
구름이 그들의 마차요, 천사들이 그들을 인도하는구나.
그가 필요로 하는 것을 잘 제공할 수 있는 자, 그를 위해
세상의 마지막 때에
그 어떤 어려움도 감당하지 못할 자가 어디 있겠는가?

빛나는 사람들과 나눈 이야기는 천당의 영광에 관한 것이었는데, 그들은 그 아름다움이며 영광을 어떻게 표현할 길이 없다고 말했다. 「거기에는 시온 산이 있고 천국의 예루살렘이 있으며, 이루 다 셀 수 없이 많은 천사들이 있고, 완벽한 의인들의 영혼이 있습니다.」^{히 12:22} 그들은 계속했다. 「여러분은 지금 하느님의 낙원을 향해 가고 있습니다. 거기서 생명의 나무를 볼 것이며 그 나무에서 열리는 영원히 시들지 않는 열매를 먹게 됩니다. 그리고 흰옷을 입고 왕이신 하느님과 함께 매일매일 산책하며 이야기하게 될 텐데 영원히 그럴 것입니다. 그곳에서 당신들은 저 아래 지상에서 겪었던 일, 곧 슬픔, 고통, 질병, 죽음 들을 다시는 보지 않아도 됩니다. 이전 것들은 다 사라져 버렸기 때문이죠. 당신들은 이제 아브라함, 이삭, 야곱, 그리고 예언자들과 장차 닥쳐올 악으로부터 하느님께서 구해 주셔서 편히 침상에서 쉬고 있는 사람들도 만날 겁니다. 그들은 모두 의로움 안에서 생활하고 있습니다.」 그때 순례자들이 물었다. 「그 거룩한 곳에서 우리는 무엇을 해야 합니까?」 빛나는 사람들이 대답했다. 「그동안 겪은 모든 고난에 대해 위안을 받게 됩니다. 그리고 슬픔 대신 기쁨을 얻을 것입니다. 그곳에서 여러분은 뿌린 것을 거두어들여야 합니다. 여행 중에 기도드린 것, 눈물 흘린 것, 하느님을 위해 고통받은 것, 그 모든 것의 열매를 거두어야 합니다. 또 황금 왕관을 받아 쓰고 거룩하신 분을 항상 볼 수 있는 즐거움을 누리게 될 것입니다. 그의 참모습을 보기 때문입니다.^{요일 3:2} 지상에서는 섬기고 싶어도 육체의 약점 때문에 잘 섬기지 못했던 그분을 당신들은 갈채와 감사로 쉬지 않고 섬기게 될 것입니다. 눈은 볼 수 있어 즐겁고, 귀는 전능하신 분의 유쾌한 목소리를 들어 즐거울 것입니다. 그곳에서 당신들은 먼저 간 친구들과 만나 다시 즐거움을 나누고, 당신들 뒤에 거룩한 곳을 찾아오는 모든 사람들을 만나는 즐거움도 누리게 됩니다. 또 영광스럽고 위엄 있는 옷을 입고 영광의 왕이신 하느님과 함께 타도 손색없는 수레를 갖게 될 것입니다. 그분이 바람 날개를 타고 구름에 싸여 나팔 소리와 함께 세상에 내려오실 때 당신들도 동행하고, 심판하는 보좌에 나란히 앉을 것입니다. 그래서 그분이 죄악을 저지른 자들에게 판결을 내릴 때, 당신들도 그 심판에 참여하게 됩니다. 천사이건 인간이건 죄악을 저지른 자는 모두 그분과 당신들의 적이기 때문입니다. 그리고 다시 그분이 천국에 돌아오실 때 당신들도 나팔 소리와 함께 같이 돌아오고, 그리고 영원히 그분과 함께 있게 될 것입니다.」^{살전 4:13~16}

그들이 성문 가까이 이르자 천사의 무리가 영접하러 나오는 게 보였다. 두 명의 빛나는 사람이 천사들에게 말했다. 「이 두 순례자는 세상에 있을 때 주님을 사랑했고 그분의 거룩한 이름을 위해 모든 것을 버렸소. 주께서 우리를 보내 이들을 영접하라 하셔서 여기까지 데려왔소. 이제 안으로 들어가 즐거운 마음으로 구세주의 얼굴을 뵙도록 해주시오.」 그러자 천사의 무리들이 큰 소리로 외쳤다. 「어린 양의 혼인 잔치에 초대받은 사람은 행복하도다.」

이때 하느님의 나팔수들이 두 순례자를 맞이하려고 나왔는데, 희고 빛나는 옷을 입은 그들은 하늘나라가 온통 울리도록 아름답고 요란하게 나팔을 불었다. 나팔수들은 크리스천과 그의 동료에게 세상으로부터 떠나온 것을 극구 칭송하며 노래와 나팔 소리로 환영했다.

그러고 나서 그들은 순례자들 주위를 빙 둘러쌌다. 어떤 이는 앞에서, 어떤 이는 뒤에서 그리고 왼쪽에서, 오른쪽에서 그들을 둘러싼 채 높은 음정으로 아름다운 나팔 소리를 울리며 나아갔다. 마치 하늘 스스로 그들을 영접하려고 내려

온 것 같았다. 그리하여 모두 함께 걸었는데 걷는 내내 즐거운 음악 소리와 함께 적당한 몸짓과 표정까지 섞어 가며 크리스천과 그의 형제에게 자신들이 그들을 얼마나 기쁘게 환영하고 얼마나 즐거운 마음으로 마중 나왔는지를 보여 주었다. 두 사람은 아직 천국에 이르지도 않았으면서 천사들의 모습에 둘러싸이고 그들의 아름다운 가락에 묻혀 마치 천국에 있는 기분이었다. 여기서 그들은 하늘나라의 모습을 보았고, 천국에 있는 모든 종들이 그들을 환영하여 음악을 들려 주는 것같이 들렸다. 그러나 무엇보다도 그들을 감격시킨 것은 이렇게 훌륭한 무리와 함께, 그것도 영원히 거기에서 살게 되리라는 벅찬 생각이었다. 그들의 영광스러운 기쁨은 말로 표현할 수 없고 글로 적을 수 없는 것이었다. 마침내 그들은 성문에 다다랐다.

성문 앞에 이르자 문 위에는 금으로 다음과 같이 써 있었다. 〈생명의 나무를 차지할 권세를 얻고 성문으로 그 도성에 들어가려고 자기 두루마리를 깨끗이 빠는 사람은 행복하다.〉

그때 나는 꿈속에서 빛나는 사람들이 순례자들에게 문 앞에서 큰 소리로 외치라고 일러 주는 것을 보았다. 그들이 소리를 지르자 성문 위에 에녹, 모세, 엘리야 등의 얼굴이 나타났다. 누군가가 말했다. 「여기 이 순례자들은 이곳의 왕을 사모하여 멸망의 도시를 떠나온 자들입니다.」 그러자 순례자들은 각자 여행을 시작할 때 받았던 증서들을 보여 주었다. 증서는 곧 왕에게 전달되었고, 그것을 읽은 왕이 말했다. 「그들은 어디 있는가?」 누군가가 대답했다. 「지금 성문 밖에 서 있습니다.」 그러자 왕이 문을 열라고 명령했다. 「충성을 다짐한 마음 바른 겨레를 들어오게 하여라.」^{사 26:2}

나는 마침내 그들이 문 안으로 들어가는 것을 꿈속에서 보았다. 그런데 그들이 안으로 들어가자마자 갑자기 거룩한 모습으로 변하더니 황금처럼 번쩍이는 옷을 입게 되었다. 또 어떤 이들이 하프와 왕관을 들고 나와 그들에게 주었는데, 하프는 찬양할 때 쓰려는 것이고 왕관은 영광의 표시였다. 그때 나는 천국에 있는 모든 종들이 다시 기쁘게 울리는 소리를 꿈속에서 들었다. 두 사람에게 이렇게 말하는 소리도 들었다.

「자, 와서 네 주인과 함께 기쁨을 나누어라.」 그들도 큰 소리로 노래했다.

「옥좌에 앉으신 분과 어린 양께서 찬양과 영예와 영광과 권능을 영원무궁토록 받으소서.」

그들이 들어갈 수 있도록 문이 열리는 순간, 나는 그 안을 들여다보았다. 도시 전체가 마치 태양처럼 눈부셨고 거리 또한 황금으로 포장되어 있었다. 거리에는 머리에는 황금 왕관을 쓰고 손에는 종려나무 가지를 든 많은 사람들이 황금 하프 소리에 맞춰 찬양의 노래를 부르며 걸어 다녔다.

그리고 또한 날개를 가진 이들이 쉴 새 없이 화답하며 말했다. 「거룩하시도다, 거룩하시도다, 거룩하시도다, 하느님이시여.」 이윽고 문이 닫혔다. 나도 그 안에 들어가 살았으면 하는 마음이 간절했다.

이 모든 것을 눈여겨보다가 문득 뒤를 돌아보니 무지가 막 강가에 도착해 있었다. 그는 크리스천과 소망이 겪었던 어려움보다 절반도 안 되는 어려움을 쉽게 극복하고 강을 건너려 했다. 때마침 〈허망함〉이라는 뱃사공이 거기 있다가 무지를 배에 태웠다. 그러나 마중 나온 사람은 하나도 보이지 않고 그는 홀로 걸었다. 성문 앞에 이르자 그는 문 위에 써 있는 글씨를 쳐다보았다. 자신에게도 문이 쉽게 열리려니 생각하고 문을 두드렸다. 그러자 성문 위로 모습을 내민 사람들이 물었다. 「어디서 온 사람이오? 그리고 무엇 하러 왔소?」 그가 대답했다.「나는 왕이신 하느님 앞에서 먹고 마셨습니다. 그리고 그분은 우리들의 거리에서 가르치셨습니다.」그러자 그들은 왕이신 하느님께 보여 줄 증서를 내놓으라고 했다. 무지가 가슴속을 뒤져 찾아보았으나 증서는 어디에도 없었다. 그들이 물었다.「증서가 없소?」무지는 한마디도 못했다. 그들은 왕에게 그 사실을 알렸고 왕은 그를 마중하러 내려가는 게 아니라 크리스천과 소망을 안내했던 두 명의 빛나는 사람에게 밖으로 나가 무지를 붙들어 손발을 묶은 다음 내다 버리라고 명령했다. 그들은 무지를 잡아다 공중을 뚫고 내가 전에 본 산기슭에 있는 문으로 데려가더니 그 안에 밀어 넣었다. 그때 나는 멸망의 도시뿐만 아니라 천국의 문에서도 지옥에 이르는 길이 있음을 보았다. 나는 잠에서 깨어났다. 그리고 지금까지의 이 모든 것이 꿈이었음을 알게 되었다.

끝맺는 말

자, 독자여! 지금까지 나는 그대들에게
내가 꾼 꿈 이야기를 들려주었다.
그 꿈을 나에게, 혹은 그대 자신에게, 아니면
다른 이웃에게 해몽해 줄 수 있는가?
절대 그러지 말도록 주의하기를.
그것은 도움이 아니라 그대에게
해를 가져다줄 뿐이니.
오해를 통해 악이 따르게 된다.

또한 내 꿈의 겉모양만 가지고 장난하거나,
내가 한 비유나 상징을 비웃거나 반박하는
그런 극단에 빠지지 않도록 주의하기를.
그런 짓은 아이들이나 바보들에게 맡기고
내 이야기의 알맹이를 보시라.

커튼을 걷고 내 장막 안을 살펴 내가 사용한
비유의 뜻을 알아내고 놓치지 말기를.
거기서 그대가 찾기만 한다면,

그대는 정직한 사람에게 도움이 될 그 어떤 것을
발견하리라, 거기서.

거기서 무언가 찌꺼기를 발견하거든
과감히 던져 버리고 금덩이만 간직하기를.
나의 황금이 광물 속에 싸여 있는 줄 그 누가 알랴?
누구도 씨가 싫다고 사과를 버리진 않는다.
하지만 만일 그대가 내 모든 이야기를
헛된 것으로 여기신다면
나는 알고 있다.
다시 한 번 꿈을 꿀 수밖에 없으리란 걸.

이 세상으로부터
다가올 세상으로 향하는

천로 역정 2부

비유의 형식을 빌려
크리스천의 아내와 아이들
그들의 위험한 여행,
그리고 염원하던 나라에
안전하게 당도하는
모습이 그려진다.
— 존 버니언

비유를 사용했노라. 「호세야」 12장 10절

『천로 역정』 2부를 내면서

내 작은 책이여, 이제 가거라.
내 첫 번째 순례자가 얼굴을 비춘 곳이면 어디든 가서
문을 두드려라. 누구냐고 묻거든 크리스티애너가 왔다고
대답하라.
그들이 들어오라 하거든 아들들과 함께 들어가라.
그들에게 그 아이들이 누구이며 어디에서 왔는지 말하라.
아마 그들은 모습을 보고 또는 이름만 들어도
이들이 누군지 알 것이다.
그러나 그들이 몰라보거든 다시 물으라.
예전에 그들이 순례자 크리스천을 대접하지 않았는지.
그들이 그런 적이 있었고
또 그의 순례 이야기로 기쁨을 얻었다고 대답하면
그들에게 우리는 그의 가족들,
즉 아내와 아들들이라고 일러 주라.

그리고 우리가 집과 가정을 떠나
내세를 찾는 순례자가 되었다고 말하라.
또 순례 길에서 당한 고난과 밤낮으로 당한 역경들과

뱀을 밟고 지나간 일과 마귀와 대적한 일,
수많은 악한들을 이겨 낸 일들을 이야기해 주라.
다음으로 순례를 사랑하여 그 길의 수호자가 된
담대하고 용감한 자들의 이야기도 들려주라.
그들이 아버지의 뜻을 행하기 위해
어떻게 이 세상을 거부하였는가를.

또 가서 순례자들이 순례에서 얻은 멋진 것들을 말해 주라.
얼마나 주님의 사랑과 보호를 받았는지
또 얼마나 훌륭한 거처를 얻게 되었는지
비록 그들이 거친 바람과 파도를 만나더라도
주님과 순례 길을 굳게 붙든 이들은
결국 용감하게 이겨 내고 평안을 얻었으니

아마도 그들은 나의 첫 순례자에게 그리하였듯이
그대의 손을 붙잡고 또 품에 안으며
그대와 동료들을 북돋고 호의를 베풀어
순례자에 대한 사랑을 보여 주리라.

이의 1
그러나 내가 진짜 당신이 쓴 책이란 것을
사람들이 믿어 주지 않으면 어찌하리까?
순례자와 그의 이름을 도용하여
진짜인 것처럼 가장한 책들이 있습니다.
그들이 누구 손에, 누구 집에 들어갔는지 어찌 알겠습니까?

대답
최근 나의 순례기를 도용해

자기 책에 내 책과 같은 제목을 붙이는 자가 있는 게 사실
이다.
어떤 이들은 나의 이름과 제목에서 절반을 따와
자기 책에 붙여 놓기도 한다.
하지만 누구의 책이든 간에 그 특징들을 살펴보면
내 책이 아님을 금방 알 수 있다.

행여 그대를 의심하는 자를 만나거든
그대는 지금 아무도 말하지 않고
쉬이 흉내 낼 수도 없는
그대의 고유한 언어로 말해 주라.
그런데도 저들이 계속 그대를 의심하여
그대를 떠돌아다니며 나라를 어지럽히는 집시로 여기거나
부당한 일로 선한 사람을 속이려는 자처럼 여기거든
나를 부르라.
그리하면 그대가 순례자임을 내가 증언하리니.
나의 순례자는 오직 그대뿐이요,
앞으로도 그러하리라고 증언하리라.

이의 2
그러나 나는 사람의 생명과 육체를 파멸하려는
자들을 찾아가게 될지도 모릅니다.
내가 그런 집 문간에서 순례자들에 대해 물었다가
오히려 그들을 더욱 노하게 만들면 어이하리이까?

대답
내 책이여 두려워 마라,
그런 근심들은 근거 없는 두려움일 뿐일지니.

내 순례자의 책은
바다를 건너 여러 나라를 두루 여행했지만
어느 나라에서든, 빈부를 막론하고
무시나 문전 박대를 당했다는 이야기를 나는 아직 들은 적
이 없다.

서로를 죽이며 싸우는 프랑스나 플랑드르에서도
내 순례기는 친구요 형제로 존중받고 있으며,
네덜란드에서도 그렇다는 이야기를 들었다.
더러는 내 책이 금보다 귀하게 여겨진다고도 한다.
스코틀랜드 고지대인들과 거친 아일랜드인들도
내 순례기에 익숙하다고들 한다.

선진국인 뉴잉글랜드에서
내 책은 매우 사랑스러운 외양을 갖추었다.
그 얼굴 생김새와 육신이 돋보이도록
다듬고 새 옷으로 입혔으며, 보석으로 장식되었다.
그리하여 내 순례기는 어여삐 활보하게 되었고
수많은 사람들이 날마다 그를 노래하고 칭송한다네.

그대가 내 고향에 가까이 와보더라도
내 순례기는 두려워하거나
부끄러워할 이유가 전혀 없음을 알게 되리라.
도시와 농촌 모두 그를 환영하며 반기리니,
내 순례기가 지나가거나 그 어떤 모임에 나타나더라도
사람들은 그에게 미소를 보내리라.
용감한 멋쟁이들은 내 순례기를 껴안고 사랑하며
부피 큰 책들보다 더 귀하게 여기리라.

그러고는 기쁨으로 충만해 이르길,
내 종달새의 다리 하나가 솔개 한 마리보다 낫다고 말하리라.

젊은 귀부인들과 아가씨들 또한
내 순례기에게 적잖은 친절을 베푼다.
내 순례기는 그들의 장식장과 품속에 자리 잡고 있다.
이는 그가 멋진 수수께끼를
유익한 가락으로 전해 주어
읽는 고통보다 갑절이나 되는 유익함을
그들에게 안겨 주기 때문이다.
내 감히 단언하건대, 어떤 이는 내 책을
금보다 훨씬 귀히 여긴다네.

어린아이들조차 길을 걷다가
나의 거룩한 순례자를 만나면
그에게 인사하고 축복하며
당신만이 이 시대의 유일한 젊은이라고 말하리라.

그를 전혀 만나 본 적 없는 이들조차
소문만으로도 존경할 것이며
그를 만나 이미 잘 알고 있는
순례 이야기를 듣고
함께 순례 길을 떠나기를 심히 바란다네.

처음에는 그를 사랑하지 않고
바보 얼간이라고 부르던 자들도
이제 그를 만나 그의 이야기를 들은 후에는
그를 칭찬하며 사랑하는 이들에게 그를 보낸다네.

그러므로 나의 책 제2부여,
두려워 말고 그대의 얼굴을 드러내라.
앞서 간 순례자에게 호감을 가진 사람들 중에
그대에게 해를 끼칠 자는 아무도 없으리라.
뒤에 가는 그대 또한 마찬가지로
젊은이에게나 늙은이에게나
마음이 흔들리며 불안한 자에게나 안정된 자에게
선하고 귀하고 이로운 것을 줄 수 있기 때문이라네.

이의 3

그렇지만 어떤 이들은 순례자가 너무 크게 웃는다 하고
어떤 이들은 그의 생각이 뜬구름 잡는 듯하다고 흉합니다.
또 어떤 이들은 그의 말과 이야기가 너무 막연해
도저히 참뜻을 이해할 수 없다고 불평합니다.

대답

사람은 웃을 때나 울 때 모두
눈가에 눈물을 적신다네.
마음이 아픈데도
입으로는 웃게 만드는 일도 있게 마련이라네.
야곱이 양 치는 라헬을 보았을 때
그는 그녀에게 입 맞추면서 흐느꼈지.
사람들이 순례자의 생각이
뜬구름 잡는 것 같다고 하지만
이는 다만 망토로 지혜를 감추고
사람의 마음을 움직여
찾고자 하는 것을
찾게 만들려는 의도요,

모호한 말로 감추는 듯 보이는 까닭은
경건한 사람들의 마음을 끌어
뜬구름 같은 말이 의미하는 바를
살피게 하려는 것이라.

또한 내가 알기로, 막연한 비유는
심상을 더욱 자극하여
비유가 없는 글보다
마음과 생각을 더욱 굳건하게 사로잡는다.

그러니 나의 책이여,
용기를 잃지 말고 여행을 계속하라.
보라, 너는 원수가 아니라
그대 순례자들과 그대의 이야기를 기꺼이 보듬어 줄
친구들에게 가는 것이라.

한편 나의 첫 순례기가 숨겨 두었던 것을
그대, 내 용감한 두 번째 순례기가 드러낼 것이요,
크리스천이 자물쇠를 채우고 떠난 것을
마음씨 고운 크리스티애너가 열쇠로 열 것이라.

이의 4
그러나 어떤 이들은 첫 번째 순례기에서 썼던 방법을 좋아
하지 않습니다.
한낱 소설이라며 티끌처럼 하찮게 여깁니다.
이러한 자들을 만나면 무슨 말을 할까요?
그들이 나를 업신여기듯 나도 그들을 업신여길까요? 아니
면 그러지 말아야 할까요?

대답

나의 크리스티애너여, 행여 그런 자들을 만나거든
반드시 사랑스럽고 지혜롭게 인사하고
욕으로 앙갚음하지 마라.
그들이 찡그리거든 바라건대 그대는 그들에게 미소를 지
으라.
그들이 경멸하고 쏘아붙이는 것은
아마도 그들의 본성이거나 악의에 찬 소문 때문일 것이라.

어떤 이들은 고기를 싫어하고 치즈도 싫어하며
또 어떤 이들은 친구와 집과 가정을 싫어한다.
어떤 이들은 돼지를 보고 놀라며
닭도 꺼리고 집에서 키우는 새를 싫어하는 이들이
뻐꾸기나 올빼미를 좋아한다.
나의 크리스티애너여, 그들은 그들 좋을 대로 하게 두고
그대를 보고 기뻐할 자들을 찾으라.
결코 싸우지 말고 지극히 겸손한 자세로
순례자다운 모습을 보이라.

이제 가거라, 나의 작은 책이여,
그대를 환영하고 영접하는 자들에게 가서
다른 이들에게는 감춰 두었던 것들을 보여 주고
그것이 저들에게 축복이 되기를 빌며
저들이 나나 그대보다 훨씬 훌륭한 순례자로 선택되도록
도와주라.

내가 이르노니 이제 가서 모든 사람에게
그대가 누구인지 말하라. 나는 크리스티애너요,

이제 나의 네 아들과 함께
사람들에게 순례자의 운명을 받아들이는 것에 대해서 이
야기하라.

또한 그대와 함께 순례 길을 가고 있는 이들이
누구인지 말해 주라.
여기 내 이웃 〈자비〉가 있으니
그녀는 나와 오랫동안 순례 길을 함께 온 사람이라.
와서 이 처녀의 얼굴을 보고
게으름뱅이와 순례자를 구별하는 법을 배우게 하라.
젊은 아가씨들이 그녀로부터 무엇보다도 다가올 세상을
귀히 여기는 법을 배우게 하라.
발걸음이 가벼운 소녀들은 하느님을 따르고
노망한 죄인들은 진노한 하느님의 막대기에 맡겨 두라.
마치 젊은이들은 호산나를 외치고
늙은이들은 조소하던 시절 같구나.

다음으로 그대가 만난 〈정직 노인〉에 대해서 이야기하라.
백발을 휘날리며 순례 길을 걸어가는 그가
얼마나 솔직 담백한지
어떻게 자기 십자가를 지고
선하신 주님을 따랐는지 이야기해 주라.
혹시 머리 희끗한 사람들이
이를 통해 그리스도와 사랑에 빠져서
지은 죄를 애통해할지도 모를 일이다.

그리고 〈두려움〉이 어떻게 순례 길을 갔는지 말해 주라.
그가 홀로 두려움에 떨며 울음으로 보낸 나날들과

마침내 기쁨이라는 상을 받게 된 사연을 들려주라.
비록 그는 정신력이 약했지만
착한 심성을 지녔기에 생명을 얻게 되었구나.

또한 〈심약〉에 관해 이야기하라.
앞서기보다는 늘 뒤에서 가고자 하는 그가
죽을 뻔했던 이야기와 〈담대〉의 도움으로
생명을 구한 사연을 들려주라.
비록 은총은 부족했지만 진실했던
그의 얼굴에서 사람들은 진심 어린 경건함을 읽을 수 있으
리라.

다음으로 〈주저〉에 대해 이야기하라.
그는 지팡이를 짚고 다녔으나 결함이 별로 없었다.
심약과 그가 얼마나 서로 사랑했는지
또 그들이 얼마나 죽이 척척 맞았는지
그들은 태어날 때부터 나약했으나
한 사람은 노래하면 다른 한 사람은 춤을 추었던 이야기를
모두에게 들려주어라.

〈진리의 용사〉에 관한 이야기를 잊지 마라.
그는 나이가 적었지만 용기 있는 사람이었다.
지극히 강건했던 그의 기백과
그 누구도 꺾을 수 없었던 그의 의지를,
그가 어떻게 담대 씨와 힘을 합하여
의심의 성을 무너뜨리고 절망을 죽였는지를
모두에게 이야기해 주라.

또한 〈낙심〉과 그의 딸 〈질겁〉을 지나치지 마라.
그들이 뒤집어쓴 외투를 보면 (어떤 이들에게는)
마치 하느님으로부터 버림받은 것처럼 보이지만
그들은 발걸음도 가벼이 그러나 확신을 지니고 순례 길을
걸어 마침내
순례자들의 주님이 그들의 친구임을 깨달았다네.
나의 책이여, 이 모든 이야기들을 세상에 알렸거든
되돌이켜 이 현들을 타거라.
손만 대도 훌륭한 음악이 흘러나와
절름발이가 춤추고 거인이 덜덜 떨게 되나니.

그대 가슴에 간직한 이 수수께끼들을
스스럼없이 드러내고 설명하라.
그리고 나머지 풀리지 않는 문구들은
민첩한 상상력을 지닌 자들의 몫으로 남겨 두라.

이제 이 작은 책이 이 책과 나를 사랑하는 자들에게
축복이 되기를, 그리하여 이 책을 구입한 자들로부터
돈만 버렸다는 말이 나오지 않기를 바라노라.
그리고 이 두 번째 순례기가
선한 순례자들 각자의 마음에 흡족한 열매를 맺게 하고
방황하는 자들을 설득하여
그들의 발걸음과 마음이 옳은 길에 들게 하기를.

이상이
저자의 진심 어린 기도이다.
존 버니언

2부

　친애하는 동료들이여, 얼마 전에 나는 여러분에게 순례자 크리스천이 천국을 향해 가는 위험스러운 여정을 꿈에 본 대로 이야기했다. 나는 이 이야기로 큰 즐거움을 얻었고 여러분도 유익함을 얻었을 것이다. 당시 나는 크리스천의 아내와 자식들에 관해서도 이야기했다. 그들은 크리스천과 함께 순례 길에 나서기를 내켜하지 않아 크리스천은 그들을 그냥 두고 혼자 순례 길을 갈 수밖에 없었다. 그는 멸망의 도시에 가족들과 함께 있다가는 결국 파멸하리라는 두려움이 너무 컸다. 그러므로 이미 내가 말씀드린 것처럼 크리스천은 아내와 자식들을 버려두고 순례 길을 떠났다.

　그 후 온갖 업무에 시달리느라 내가 늘 다니곤 하던, 즉 크리스천이 살던 곳에 가볼 수 없었다. 때문에 나는 남아 있던 그의 가족들에 대해 미처 물어볼 기회가 없었다. 그래서 여러분에게도 그들에 관한 이야기를 해주지 못했다. 최근 볼일이 있어 다시 그곳을 방문하게 되었는데 나는 그곳에서 한 4킬로미터쯤 떨어진 숲 속에 숙소를 정하고 잠을 자다가 다시 꿈을 꾸었다.

　나는 꿈에 누워 있는 내 옆을 지나가는 노신사를 보았다.

그가 가는 길이 내 여정과 어느 정도 일치하였으므로 나는 일어나 그와 동행했다. 우리는 함께 걸으면서 대개 여행자들이 하는 대로 대화를 나누다가 우연찮게 크리스천과 그의 여행에 관한 이야기가 나왔다. 그 노인과의 대화는 다음과 같이 시작되었다.

나는 말했다. 「선생님, 우리가 가는 길 왼쪽 저 아래에 있는 도시의 이름은 무엇입니까?」

그러자 〈현명〉이라 불리는 노인이 대답했다. 「저곳은 멸망의 도시입니다. 인구는 많지만 매우 심술궂고 게으른 사람들로 가득하지요.」

내 생각에도 그러했으므로 나는 이렇게 말했다. 「저도 한번 저 도시를 지나가 보았는데, 어르신 말씀이 맞습니다.」

현명 맞다마다요. 저기 사는 사람들에 대해 좋게 말하고 싶기야 하지만 사실이 그렇지 않소.

나는 말했다. 「선생님, 참 선한 분이시군요. 선한 일을 듣고 말하는 것으로 낙을 삼는 분임을 알겠습니다. 혹시 저 도시에 살던 크리스천이라는 사람이 더 숭고한 곳을 향해 나아가려고 얼마 전 순례 길에 오른 이야기를 들어 보셨습니까?」

현명 듣다마다요! 뿐만 아니라 그가 여행 중에 만나고 겪은 숱한 학대와 고난, 전쟁, 포로가 되었던 일, 울부짖음, 신음, 놀라움, 두려움 등에 관해서도 모두 들었지요. 크리스천에 관한 소식은 온 나라에 다 퍼졌습니다. 그에 관한 이야기를 듣고 그의 순례기를 구해 보지 않은 집이 거의 없습니다. 내 생각에, 모험으로 가득 찬 크리스천의 여행은 그의 길을 따라가고 싶어 하는 사람들을 많이 만들어 낸 것 같습니다.

비록 여기 있을 동안에는 모든 사람들로부터 바보라는 소리를 들었지만, 떠나고 없는 지금 그는 모든 사람들로부터 높이 칭찬을 받고 있으니까요. 아마도 그가 천국에서 행복하게 살고 있다는 소문 때문인 것 같습니다. 그가 겪은 위험을 감수할 엄두는 못 내면서도 그가 얻은 행복에는 군침을 흘리는 것이지요.

내가 말했다. 「사람들 생각이 그가 천국에서 행복하게 산다는 것이니, 사실대로 알고는 있는 것 같네요. 그는 지금 〈생명의 샘〉에 살면서 수고도 하지 않고 슬픔도 겪지 않으면서 갖고 싶은 것은 다 가지고 있습니다. 그곳에는 어떠한 고난도 없는 연유입니다. 사람들은 그에 관해 무슨 이야기들을 합니까?」

현명　이야기요? 사람들은 그에 관해 기이한 이야기들을 합니다. 어떤 사람들은 그가 지금 흰옷 차림으로 걸어 다니며, 목에는 금 목걸이를 걸고, 머리에는 진주가 장식된 금 면류관을 쓰고 있다 합디다. 또 어떤 사람들은 그가 그의 순례 길에 종종 나타났던 빛나는 자들과 함께 기거하는데, 마치 이웃처럼 친하게 지낸다고 하더군요. 게다가 믿을 만한 소식에 따르면, 그가 사는 곳의 왕께서 이미 그에게 궁정 안에 매우 화려하고 안락한 거처를 하사하셨다는군요. 크리스천은 매일 왕과 함께 먹고 마시고 산책하고 대화하면서 그곳 만물의 재판장이신 왕의 호의와 총애를 받고 있다 하더군요.녹 14:15 게다가 일부 사람들은 그 나라 왕의 아들께서 곧 이곳으로 오신다고 하오. 그러고는 그의 이웃들에게 어찌하여 크리스천을 그리도 박대했는지, 그가 순례자가 되고자 했을 때 조롱했던 이유를 혹시라도 댈 수 있으면 들어 보려고 내려오실 것이라

예측하기도 합니다. 그들의 말에 따르면, 크리스천은 지금 왕자님의 총애를 받고 있기 때문에 왕자님은 그가 순례자였을 때 당했던 불경한 일들에 깊은 관심을 갖고 계시며, 그 모든 모욕을 마치 왕자 자신이 당한 것처럼 여기신다고 합니다. 크리스천이 온갖 역경을 무릅쓰고 왕자님을 사랑했으니, 왕자님께서 그렇게 하시는 것도 당연하지요.

나는 단호히 말했다. 「참 잘된 일입니다. 그 불쌍한 크리스천이 이제 모든 수고를 벗어던지고,^{계 14:13} 눈물의 대가로 기쁨을 얻었다니 기쁩니다. 그리고 적들이 쏜 총알이 미치지 못하는 곳에 이르러 그를 미워하는 자들로부터 멀리 떨어져 살게 되었으니 잘됐습니다. 그에 관한 소문이 온 나라를 시끄럽게 하였다니 그 또한 다행입니다. 순례를 떠나지 않고 남아 있는 몇몇 사람들에게 좋은 영향을 끼치지 않는다고 누가 감히 말할 수 있겠습니까? 그런데 선생님, 생각난 김에 여쭙는데, 그의 아내와 자식들에 관한 소식도 들어 보셨습니까? 불쌍한 사람들! 그들이 어찌 되었는지 참 궁금합니다.」

현명　누구요? 크리스티애너와 그의 아들들 말이오? 그들도 크리스천처럼 순례 길을 떠났습니다. 처음에 그들은 바보처럼 크리스천이 눈물로 간청하는 것도 전혀 듣지 않았소. 그런데 다시 한 번 생각해 보고는 놀랍게도 심경의 변화를 일으켰지요. 그리하여 저들도 짐을 싸서 크리스천의 뒤를 따라나섰다오.

나는 말했다. 「더더욱 잘됐군요. 그럼 아내와 자식들이 모두 길을 떠났습니까?」

현명 그렇소. 마침 내가 그때 그곳에 있어 자초지종을 속속들이 알고 있으니 설명해 드릴 수 있습니다.

나는 말했다. 「그렇다면 선생님 말씀을 사실이라 믿고 남에게 전해도 되겠습니까?」

현명 염려할 필요 없어요. 틀림없이 그의 착한 아내와 네 아들 모두 함께 순례 길을 떠났다오. 보아하니, 한동안 동행할 것 같은데 사연을 모두 말씀드리지요.

남편이 강을 건너가 감감무소식이 되자 크리스티애너(그녀는 자식들과 함께 순례자의 삶을 시작하는 날부터 이름을 이렇게 바꾸었습니다)는 갖가지 번민에 휩싸였지요. 우선 남편을 잃었다는 생각이 들었지요. 사랑하는 부부로서의 연이 완전히 끊어졌다고 여겼답니다. 알다시피 사랑하는 가족을 잃고 나면 그들을 기억하며 숱한 상념으로 괴로워하는 것이 인간의 본성 아니겠소? 그녀도 그 때문에 많은 눈물을 흘렸답니다. 게다가 한발 더 나아가 크리스티애너는 자신을 돌아보았지요. 남편에게 못되게 굴어 남편을 더 이상 못 보게 되었다고, 그것이 남편을 빼앗기게 된 원인이 아닐까 생각하기 시작했지요. 그런 생각이 들자 사랑하는 남편을 불친절하고 고약하고 불경하게 대했던 갖가지 일들이 마치 벌 떼처럼 그녀의 마음에 한꺼번에 몰려들어, 양심을 얽어매고 죄의식에 시달리게 되었습니다. 게다가 그녀는 남편이 안절부절못하면서 신음하고 쓰디쓴 눈물을 흘리며 스스로에 대해 탄식하던 모습과 더불어, 자신과 함께 떠나자고 아내와 아들들에게 사랑으로 간청하며 설득하는 남편의 말을 묵살하던 자신의 모습이 떠올라 마음이 몹시 괴로웠습니다. 그래요, 등에 무거운 짐을 진 크리스천이 그때 자기 앞에서 하던 말과 행동들이 하나같이 번개처럼 그녀의 기억에 되살아나 가슴을 갈 가리 찢어 놓았지요. 특히 〈제가 어떻게 해야 구원을 얻을 수 있겠습니까?〉라는 남편의 부르짖음이 그녀의 귀에 가장 슬 프게 울려왔답니다.

드디어 그녀는 아이들에게 말했지요. 〈애들아, 이제 우린 다 틀렸다. 내가 너희 아버지께 죄를 지어 아버지가 떠나셨 단다. 우리도 함께 가자고 하시는 걸 거절했으니 내가 너희 앞길까지 막은 셈이구나.〉 이 말을 들은 아이들은 눈물을 흘 리며 아버지를 따라가자고 울부짖었습니다. 그러자 크리스 티애너가 〈아, 마땅히 너희 아버지를 따라갔어야 하는 건데, 그랬으면 지금 같은 어려움은 당하지 않고 평안히 지낼 수 있었을 것을! 예전에 어리석게도 나는 너희 아버지가 그저 어리석은 공상이나 우울증 때문에 고통받는다고 여겼단다. 이제 생각해 보니 원인은 다른 데 있었던 게야. 아버지께 생 명의 빛이 내려졌기 때문이었던 거야. 이제야 깨달았는데 아 버지는 그 빛을 통해 죽음의 덫에서 벗어나신 것이란다〉라고 말했소. 그러자 아이들은 다시 흐느끼며 〈아, 올 날이 오고야 말았다!〉라고 부르짖었습니다.

이튿날 밤에 크리스티애너는 꿈을 꾸었습니다. 넓은 양피 지 한 장이 그녀 앞에 펼쳐져 있었는데, 그녀가 살아온 행적 이 모두 적혀 있었습니다. 꿈속에서 그녀는 암울해졌답니다. 그래서 그녀는 잠든 상태에서 〈주여, 제가 비록 죄인이나 자 비를 베푸소서〉눅 18:13 하고 소리 질렀는데, 어린 자식들도 이 소리를 들었다오.

이후 그녀는 불한당 두 명이 침대 맡에 서 있는 것을 보았 는데, 그들은 이렇게 말했소. 〈이 여인을 어떻게 해야 할까? 자나 깨나 자비를 베풀어 달라고 소리치고 있으니, 만약 이 여인을 처음부터 그냥 가게 두었다가는 남편을 놓쳤듯 이 여인도 영영 잃고 말 거야. 그러니 무슨 수를 써서라도 이 여인이 앞으로 벌어질 일을 생각하지 못하도록 해야겠어. 그러잖으면 이 여자가 순례자가 되는 걸 세상 사람들은 막을 수 없을 거야.〉

크리스티애너는 땀에 흠뻑 젖어 덜덜 떨며 잠에서 깼지만 이내 다시 잠들었지요. 이윽고 다시 꿈속에 든 그녀는 남편 크리스천이 천국에서 불멸을 얻은 여러 인물들과 함께 있는 것을 보았다오. 크리스천은 둘레에 무지개가 걸려 있는 옥좌 앞에 서서 손에 든 수금을 연주하고 있었다지. 또한 그녀는 남편이 왕자의 발 쪽을 향해 절하면서 〈저를 이곳으로 데려오신 나의 주님, 임금님께 진심으로 감사드리나이다〉라고 말하는 것을 보았소. 이 말이 끝나자 거기 둘러서 있던 사람들이 수금을 켜며 노래를 불렀고, 크리스천과 그 동료들을 제외한 세상 사람들은 그들이 말하는 바를 알아들을 수 없었다네요.

다음 날 아침, 잠에서 깬 그녀는 하느님께 기도를 드린 후 아이들과 이야기를 나누고 있었는데, 누군가 요란하게 문을 두드렸다오. 크리스티애너가 그에게 말했지요. 「하느님의 이름으로 오신 분이면 들어오세요.」 그러자 〈아멘〉 하는 소리와 함께 문이 열리더니 한 남자가 들어와 말했습니다. 「이 댁에 평화를 빕니다.」 이어서 그가 물었지요. 「크리스티애너, 왜 내가 여기 왔는지 알겠습니까?」 그러자 그녀의 얼굴은 상기되고 몸은 떨렸지요. 그러면서도 그 사람이 어디서 무슨 일로 왔는지 알고 싶어 가슴이 뜨거워졌다오. 그때 그는 이렇게 말했소. 「제 이름은 〈비밀〉이며, 저 높은 데 계시는 분들과 함께 살고 있습니다. 당신도 제가 사는 곳으로 오고 싶어 한다는 소식을 들었습니다. 또한 예전에 당신이 남편의 뜻을 거역하며 마음의 문을 닫았던 악한 일과 아이들을 무지한 가운데 내버려 둔 것을 뉘우치고 있다는 소식도 들었습니다. 크리스티애너, 자비로운 주님은 항상 용서할 준비가 되어 있으시며, 하느님께서는 죄를 많이 용서하실수록 기뻐하신다는 것을 당신에게 알리라고 저를 보내셨습니다. 또한 그분께서는 당신을 그가 계신 곳, 곧 그의 식탁으로 초대하셨습니다. 당신이 응하기만 하면 그분은 기름진 음식으로 당신을 대접할 것이요, 당신에게 조상 야곱의 유산으로 먹고살게 하실 것임을 알리라 하셨습니다.

당신 남편 크리스쳔은 지금 수많은 동료들과 함께 자기를 바라보는 자에게 생명을 주시는 하느님의 얼굴을 늘 바라보며 살고 있습니다. 그들이 아버지의 집 문지방을 넘어서는 당신의 발소리를 듣는다면 크게 기뻐할 것입니다.」

이 말에 크리스티애너는 자기 모습이 매우 부끄러워 몹시 얼굴을 붉히며 고개를 떨구었고, 이 손님은 계속해서 말했지요. 「크리스티애너, 여기 당신 남편의 왕께서 당신에게 보내는 편지를 가져왔습니다.」 그녀가 편지를 받아 펴자 가장 좋은 향유 냄새가 피어올랐고, 황금으로 쓴 글자가 보였다오. 편지의 내용을 보자면, 왕께서는 그녀 역시 남편인 크리스쳔이 한 것처럼 하기를 바라시는데, 그것만이 왕의 도성에 와서 영원토록 그와 함께 즐거이 살 수 있는 길이라고 적혀 있었지요. 그 착한 여인은 편지에 완전히 압도된 나머지 비밀에게 외쳤다오. 「선생님, 우리도 왕께 경배할 수 있도록 나와 내 아이들을 데려가 주십시오!」

그러자 비밀이 말했지. 「크리스티애너, 고진감래라고 했습니다. 천국에 들어가려면 앞서 간 남편처럼 모든 난관을 극복해야 합니다. 그러므로 제가 말씀드릴 수 있는 것은 이것뿐입니다. 당신 남편 크리스쳔이 그랬던 것처럼 평원 저편의 좁은 문으로 가십시오. 그 문에서 당신이 가야 할 길이 시작

됩니다. 아무쪼록 서두르십시오. 또한 이 편지를 가슴에 품고 가면서 당신도 읽고 아이들에게도 읽어 주어 마음에 깊이 새기십시오. 왜냐하면 이것은 당신이 순례 중에 불러야 하는 노래들 가운데 하나이며, 저쪽 문에 이르렀을 때 전달해야 하는 것이기 때문입니다.」

꿈에 나는 이야기를 들려주는 노신사가 이 이야기에 스스로 크게 감동했다고 느꼈다. 그는 계속해서 말했다. 「그리하여 크리스티애너는 아들들을 불러 당부했지요. 〈애들아, 너희도 알겠지만 너희 아버지께서 돌아가신 후로 최근에 나는 여러 가지로 깊이 고민했단다. 너희 아버지가 행복할지 의심해서가 아니라, 너희 아버지가 잘 계신다니 나도 기쁘다. 그리고 나와 너희들의 형편에 대해서도 많이 생각했는데, 아무리 봐도 비참하기 짝이 없구나. 그리고 너희 아버지께서 번민에 빠져 계실 때 내가 보여 준 태도가 이제 와서 양심에 가책이 된단다. 왜냐하면 나 자신뿐만 아니라 너희 마음도 냉담하게 만들어 아버지와 함께 순례를 떠나지 못했으니 말이다.
이런 사정을 헤아리면 당장이라도 죽고 싶지만, 지난밤에 꾼 꿈과 오늘 아침에 우리 집에 오셨던 분의 격려 덕분에 희망을 갖게 되었다. 자, 애들아, 우리 짐을 꾸려서 천국으로 인도하는 문으로 가자꾸나. 천국에 가면 아버지도 만나 뵐 수 있고 그곳 법에 따라 아버지와 그의 친구들과 함께 평화롭게 살 수 있을 게다.〉
그녀의 아들들은 어머니의 마음이 기쁨에 차 있는 것을 보고 덩달아 기쁨의 눈물을 흘렸소. 이때 이들을 찾아왔던 비밀은 작별을 고했고, 그들은 여행을 떠날 준비를 시작했지요.
그러나 그들이 막 출발하려는데, 이웃에 사는 두 여인이 크리스티애너의 집 문을 두드렸소. 크리스티애너는 아까처럼 말했지요. 〈하느님의 이름으로 오신 분이면 들어오세요.〉 이 말에 두 여인은 어리둥절해졌소. 그런 말은 들어 본 적도 없는 데다 그런 말이 크리스티애너의 입에서 나오리라고는 상상도 못했기 때문이지요. 어쨌든 그들은 들어왔소. 크리스티애너는 집을 떠날 준비를 하고 있었지.

그래서 그녀들은 말했습니다. 〈크리스티애너, 도대체 이게 무슨 일이에요?〉

크리스티애너는 그중 가장 나이가 많은 〈겁쟁이 부인〉에게 대답했지요. 〈여행 떠날 준비를 하고 있어요.〉(이 겁쟁이 부인은 고난의 산 근처에서 크리스천을 만나 사자가 무서우니 돌아가라고 충고했던 사람의 딸이었소)

겁쟁이　무슨 여행을 떠나시려고요?

크리스티애너　저의 선한 남편을 따라가려고 해요. (이 말을 하면서 그녀는 흐느껴 울었지요)

겁쟁이　크리스티애너, 그러지 않았으면 좋겠군요. 불쌍한 자식들을 생각해서라도 함부로 행동하지 마세요.

크리스티애너　아니요. 아이들도 함께 간답니다. 아이들 역시 아무도 남고 싶어 하지 않아요.

겁쟁이　참 이상도 하군요. 대체 누구 때문에 그런 생각을 하게 된 거죠?

크리스티애너　아, 부인, 만약 당신도 내가 깨달은 만큼 깨닫게 된다면 분명 함께 떠나려고 할 겁니다.

겁쟁이　새롭게 깨달은 게 무엇인데 친구들까지 버리고 아무도 모르는 미지의 세계로 갈 생각을 하는 거죠?

크리스티애너　(그러자 크리스티애너가 대답했지요) 남편이 집을 떠났을 때 마음이 무척 아팠어요. 그가 강을 건넌 이

후로 특히 더 그랬답니다. 그러나 저를 가장 괴롭힌 것은 그이가 번뇌로 힘들어 할 때 내가 보여 준 심술궂은 행동들이었어요. 게다가 나는 지금 그때 그이와 같은 고뇌에 빠져 있지요. 그래서 순례 길을 떠날 수밖에 없답니다. 지난밤 꿈에 그이를 보았어요. 아, 내 영혼이 그이와 함께 있었다니까요! 그이는 하늘나라에 살면서 왕의 식탁에 앉아 함께 식사를 하고, 영생을 얻은 이들의 친구가 되어, 왕께서 세워 주신 집에 살고 있는데, 세상의 아무리 좋은 궁궐도 그 집에 비하면 똥 더미에 불과해 보였어요.^{고후 5:1~4} 그 왕궁의 왕자님께서 내게도 전갈을 보내셔서 내가 그에게로 오면 환영하시겠다고 약속하셨어요. 그분께서 보낸 분이 좀 전까지 여기 계셨는데, 그는 나에게 초청장을 가져다주었지요. (그렇게 말하고 그녀는 편지를 꺼내 읽고 나서 그들에게 물었다오. 〈어떻게들 생각하세요?〉)

겁쟁이 아, 당신 내외가 다 미쳤구려! 그런 고난을 자초하다니! 당신도 분명 알고 있을 거라고 봐요. 당신 남편이 길을 떠나자마자 첫걸음부터 얼마나 큰 어려움에 봉착했었는지를 말이에요. 우리 이웃의 고집쟁이 씨와 온순 씨가 말씀해 주셨잖아요. 그들은 당신 남편을 따라가다가 현명하게도 중간에 두려워서 돌아온 분들이지요. 뿐만 아니라 우리는 당신 남편이 사자와 아폴리온과 죽음의 그림자 등 많은 위험을 만났다는 소식을 들었어요. 그리고 당신도 그가 허영의 시장에서 당한 위험을 잊지 않았을 거예요. 남자인 당신 남편도 그처럼 견뎌 내기 어려웠는데, 한낱 아녀자가 어떻게 그걸 견디겠어요? 그리고 이 사랑스러운 네 아이들도 좀 생각해야지요. 애들은 당신의 뼈와 살들이에요. 당신 자신이야 아무렇게나 내던질 수 있다 치더라도, 당신 몸의 열매인 아이들을 위해서라도 그냥 여기 계세요.

크리스티애너 (그러나 크리스티애너는 그녀에게 이렇게 말했다오) 이웃이여, 나를 유혹하지 마세요. 지금 제 수중에는 복을 얻는 데 치러야 할 돈이 있어요. 마음을 다해 이 기회를 잡지 않는다면 나는 가장 어리석은 바보가 될 겁니다. 당신은 내가 길을 가다가 만날지도 모를 고생들에 관해 이야기하고 있지만, 그것들이 결코 나의 용기를 꺾지 못하며, 외려 내가 올바른 길 가운데 있다는 사실을 증명해 줄 것입니다. 고진감래라 하였으니, 쓰디쓴 고난은 즐거움을 더해 줄 따름입니다. 그리고 당신은 내 말처럼 하느님의 이름으로 내 집에 들어오지도 않았으니, 더 이상 나를 불안하게 만들지 말고 제발 돌아가 주세요.

그러자 겁쟁이는 그녀에게 욕을 하면서 함께 온 〈자비〉 양에게 말했습니다. 〈이웃이라고 생각해서 찾아와 충고했는데 이 여자가 우리를 비웃고 있으니 마음대로 하게 두고 우리는 그만 가시지요.〉 그러나 자비는 머뭇거리면서 겁쟁이의 말에 동조하지 않았지요. 거기에는 두 가지 이유가 있었다오. 첫째, 크리스티애너에게 동정심을 느꼈기 때문이었소. 그래서 그녀는 속으로 이렇게 생각했다오. 〈이 이웃이 꼭 떠나야 한다면 당분간이라도 함께 가면서 도와주어야지.〉 둘째 이유는 그녀의 관심이 자기 영혼에 쏠렸기 때문이었소. 크리스티애너의 말이 그녀의 마음을 사로잡았던 것이오. 그래서 그녀는 다시 속으로 이렇게 말했지요. 〈크리스티애너와 좀 더 이야기를 해봐서 그녀의 말에 진리와 생명이 있다는 걸 발견하면 나도 진심으로 그녀를 따라가야지.〉 그리하여 자비는 이웃 겁쟁이 부인에게 이렇게 답변했소.

자비 겁쟁이 부인, 나는 오늘 아침에 당신과 함께 크리스티애너를 보러 왔어요. 그리고 보다시피 그녀는 마지막으로 이 고장을 떠나려 하네요. 그러니 맑게 갠 아침에 잠시나마 그녀와 동행하면서 도와주는 게 좋겠어요. (그러나 자비는 두 번째 이유는 말하지 않고 마음속에 간직했다오)

  겁쟁이 흥, 당신도 어리석은 여행을 떠나고 싶군요. 그러나 시간 아까운 줄 알고 현명하게 처신하세요. 우리 모두 위험한 일이 없을 땐 괜찮지만, 일단 위험 속에 빠져들면 헤어나기 어려우니까요.

  이리하여 겁쟁이 부인은 자기 집으로 돌아가고 크리스티애너는 여행을 떠났지요. 그러나 집으로 돌아간 겁쟁이 부인은 이웃들, 곧 〈박쥐 눈 부인〉, 〈무분별 부인〉, 〈경박심 부인〉, 〈무지 부인〉 등을 불러 모았다오. 그녀들이 모여들자 겁쟁이 부인은 크리스티애너가 여행을 떠난다는 이야기를 꺼내며 이렇게 이야기했지요.

  겁쟁이 여러분, 오늘 아침 별로 할 일이 없기에 크리스티애너 집에 놀러 갔어요. 그런데 내가 그 집 문 앞에서 늘 그랬던 것처럼 문을 두드리자, 그 여자가 이렇게 대답하지 않겠어요? 〈하느님의 이름으로 오신 분이면 들어오세요.〉 별일 없으려니 생각하고 안으로 들어갔는데 그 여자가 이 도시를 떠날 채비를 하고 있더라고요. 그 여자뿐 아니라 아이들까지도요. 그래서 내가 도대체 무슨 일이냐고 물었지요. 간단히 말해, 그 여자는 자기도 남편처럼 지금 순례 길을 떠날 생각이라는 거예요. 게다가 자기가 꾼 꿈 이야기도 하고, 또 남편이 가 있는 나라의 임금님이 자기에게도 그리로 오라는 초청장을 보냈다더군요.

그때 무지 부인이 물었답니다. 〈그럼 그 여자가 정말 떠날 거라고 생각하세요?〉

겁쟁이 물론 떠날 거예요. 내 생각에, 그 여자는 어떤 일이 생겨도 떠날 겁니다. 여행 중에 만날 온갖 어려움을 생각해서 집에 머물러 있으라고 내가 알아듣도록 누누이 설득했는데도 떠나겠다는 생각이 더욱 굳어지는 걸 보니 알 만하더군요. 그러면서 그녀는 나에게 이런 말을 많이 했어요. 〈고진감래라 하였으니, 고생이 있기 때문에 즐거움이 더 커진다〉네요.

박쥐 눈 부인 아, 눈멀고 어리석은 여자 같으니! 남편의 고통을 보고도 조심할 줄을 모르던가요? 내 생각에는 만일 그녀의 남편이 여기 다시 온다면, 헛되이 수많은 위험을 무릅쓰기보다는 여기서 편안히 지내는 것을 더 만족스러워할 거예요.

무분별 부인도 한마디 거들었습니다. 〈그런 공상에 빠진 바보들은 이 도시에서 내보내야 해요. 그 여자가 떠나면 한시름 놓겠군요. 그 여자가 그런 마음으로 여기 그대로 머물러 있다면, 주변 사람들이 조용히 살 수 있겠어요? 그 여자는 침울하거나 이웃과 사귀지도 않겠죠. 아마 현명한 사람이라면 그런 헛소리를 참아 낼 수 없을 거예요. 그러니 내 생각에는 그 여자가 떠나도 전혀 섭섭할 게 없어요. 갈 사람은 가라 하고, 그 여자가 살던 곳에는 더 좋은 사람이 들어와 살게 합시다. 그런 변덕쟁이 바보들이 사니까 세상이 아직까지 이 모양이라고요.〉

그러자 경박심 부인이 다음과 같이 덧붙였다오. 〈자, 그런 이야기는 이제 집어치웁시다. 어제 나는 바람둥이 마님 집에 가서 처녀 때처럼 즐겁게 놀았어요. 거기에 누가 있었는지 아세요? 나하고 애육 부인, 음탕 부인, 외설 부인 말고도 서너 명이 더 있었어요. 우리는 음악과 춤 등 여러 가지 오락을 즐겼어요. 말이 났으니 말이지만, 바람둥이 마님은 정말 칭찬할 만큼 교양 많은 숙녀이고, 음탕 씨는 멋진 분이었어요.〉

이즈음에 크리스티애너는 자비와 동행하여 길을 가고 있었지요. 아이들을 다 데리고 길을 걷던 크리스티애너가 이야기를 꺼냈습니다. 〈자비 양, 잠시 동안이나마 날 배웅하려고 나와서 동행해 주다니, 뜻밖이지만 정말 고마워요.〉 그러자 자비(그녀는 아직 젊은 여자였습니다)가 말했습니다.

자비 부인과 함께 가겠다는 결심이 확실해진다면 저 도시로 다시는 돌아가지 않을 거예요.

크리스티애너 그럼 자비 양, 나와 운명을 같이하자고요. 나는 우리의 순례가 어떤 결말을 맺을지 잘 알고 있어요. 지금 내 남편은 스페인 금광을 모두 주어도 바꿀 수 없는 곳에 살고 있어요. 내가 초대해서 가는 길이라 할지라도, 결코 당신을 쫓아내지는 않을 거예요. 나와 내 아이들을 부르신 하늘의 임금님은 자비를 베푸는 것을 기뻐하는 분이에요. 그리고 원한다면 당신을 하녀로 고용해 함께 가겠어요. 그렇지만 보상은 따로 없이 당신과 내가 모든 물건을 공동으로 사용하고, 다만 함께 동행하는 것으로 해요.

자비 하지만 그 나라에서 나를 받아 준다는 보장이 없잖아요? 제 소망을 확실히 받아 줄 사람만 있다면, 그의 도움을 받아 아무리 지루한 길이라도 주저 없이 나아갈 텐데.

크리스티애너 사랑스러운 자비 양, 그럼 이렇게 해요. 좁은 문까지 함께 가서 내가 당신에 관해 물어볼게요. 거기서 당신에게 용기를 줄 만한 대답을 얻지 못한다면, 당신이 집으로 돌아가더라도 괘념치 않겠어요. 그리고 나와 아이들을 거기까지 바래다준 당신의 친절에 대한 보수를 드리겠어요.

　자비　그러면 거기에 가서 그다음 일을 결정하도록 하지요. 천국의 왕께서 나도 생각하고 계시다면, 거기서 나의 운명을 말씀해 주시겠죠.

　이에 크리스티애너는 진심으로 기뻐했다오. 동행이 생겼을 뿐 아니라, 자신이 이 불쌍한 처녀를 설득하여 자신의 구원을 받아들이게 만들었다는 것 때문이었지요. 그리하여 저들이 함께 걸어가는데, 갑자기 자비가 흐느끼기 시작했지요. 크리스티애너가 물었다오. 〈자매여, 왜 그렇게 흐느낍니까?〉

　자비　아, 가엾어서 그래요! 죄악으로 가득 찬 우리 도시에 아직 그냥 머물러 있는 가엾은 친척들의 형편과 사정을 헤아려 볼 때 어찌 탄식이 나오지 않겠어요? 그들을 가르치거나 장래 일에 관해 말해 줄 사람이 아무도 없다는 점이 더욱 슬퍼요.

　크리스티애너　순례자들은 연민 어린 동정심을 지니게 마련이지요. 당신이 당신 친구들에 대해 슬퍼하는 마음을 갖듯이, 내 선한 남편 크리스천도 나를 떠날 때 내게 그런 마음이 있었다오. 내가 남편 말을 제대로 듣지 않아, 그는 한탄했지요. 그러나 그이와 우리의 주님께서는 그의 눈물을 받아 병에 넣어 두셨습니다. 그리하여 이제 당신과 나, 그리고 이 귀여운 아이들이 그 눈물의 열매와 은총을 거두고 있는 것이지요. 자비 양, 나는 당신의 이 눈물들이 결코 헛되지 않으리라고 봐요. 왜냐하면 진리의 말씀에 이르기를, 〈눈물을 흘리며 씨 뿌리는 자, 기뻐하며 거두어들이리라〉고 하였고, 또 〈울며 씨를 뿌리러 나가는 자는 정녕 기뻐하며 그 단을 가지고 돌아오리라〉^{시 126:5}라고 하였기 때문입니다.

그러자 자비는 이렇게 노래했소.

가장 복된 그분이 그의 복된 뜻대로
나의 인도자가 되어 주시고
나를 그의 문으로, 그의 품으로
그의 거룩한 언덕으로 이끄소서.
그분이 결코 나를 버리지 마시어
어떤 일이 일어날지라도
그의 값없는 은총과 거룩한 길에서
내가 벗어나거나 빗나가지 않게 하시기를.
그리고 주님께서
내가 두고 온 모든 이들을 다 불러 모으시고
저들이 온 마음과 정성을 다해
주의 것이 되기를 기도하게 하소서.」

나이 많은 길벗은 계속 이야기해 나갔다. 「그런데 크리스티애너는 절망의 늪 앞에 왔을 때 걸음을 멈추고 말했다오. 〈이곳은 내 사랑하는 남편이 진흙에 파묻혀 죽을 뻔한 곳이에요.〉 또한 그녀는 왕께서 순례자들을 위해 이곳을 보수하도록 명하셨음에도 늪이 전보다 더 나빠진 것을 깨달았지요.」 그래서 내가 그것이 사실이냐고 물었더니, 노신사는 이렇게 대답했다. 「사실입니다. 왕의 일꾼임을 자처하는 많은 이들이 말로는 왕의 대로를 보수한다고 하면서 보수는커녕 돌 대신 흙과 분뇨만 잔뜩 가져다 부어 망쳐 놓았기 때문이죠. 그래서 크리스티애너와 아이들이 여기에 멈춰 선 것입니다. 자비가 말했지요. 〈자, 모험을 해보기로 해요. 조심하면 괜찮을 거예요.〉 그들은 걸음을 조심하면서 뒤뚱뒤뚱 건너기 시작했답니다.

그러나 건너는 동안 크리스티애너는 빠질 뻔한 적이 한두 번이 아니었습니다. 그들이 늪을 건너자마자, 그들은 이런 음성이 들려왔다고 생각했지. 〈믿는 여인에게 복이 있다. 주께서 그에게 하신 말씀이 반드시 이루어지리라.〉눅 1:45

그들이 다시 길을 가게 되었을 때 자비가 크리스티애너에게 말했습니다. 〈만약 나에게도 아주머니처럼 좁은 문에서 따뜻하게 영접받으리라고 소망하게 하는 확실한 근거가 있다면, 절망의 늪 따위가 나를 실망하게 하지는 못할 거라는 생각이 들어요.〉

크리스티애너가 대답했지요. 〈당신에게는 당신대로의 고민이 있고, 나에게는 나대로의 고민이 있지요. 선한 친구여, 우리는 여행을 마칠 때까지 많은 어려움을 겪어야 해요. 왜냐하면 세상에서 우리가 얻으려 하는 드높은 영광을 얻고자 하고, 우리가 누리려는 행복을 부러워하는 사람들을 상상이나 해봤겠어요? 우리는 두려움과 함정을 만날 것이며, 우리를 미워하는 사람들은 환난과 우환을 통해 우리를 해치고자 할 거예요.〉」

이때 현명 노인은 나 혼자 꿈을 꾸게 두고 떠났다. 내가 보기에, 크리스티애너와 자비와 소년들이 모두 다 좁은 문 앞까지 올라가는 것 같았다. 그 앞에서 그들은 어떻게 문을 열어 달라고 해야 할지, 또 문이 열릴 경우 문지기에게 무어라고 할지 잠시 의논했다. 결국 그들은 가장 연장자인 크리스티애너가 문을 두드리고 문지기가 나오면 말을 꺼내기로 했다. 그리하여 크리스티애너는 예전에 불쌍한 자기 남편이 그랬던 것처럼 문을 두드리고 또 두드렸다. 그러나 안에서는 대답 대신 개 한 마리가 짖으며 달려오는 듯한 소리가 들려왔다. 그 개는 아주 커서 여인들과 아이들은 두려움에 사로잡혔다. 그 사나운 개가 달려 나와 자신들을 덮칠 것 같아 그들은 잠시 동안 문을 두드리지 못하였다. 저들은 마음만 갈 팡질팡할 뿐 어찌해야 할 바를 몰랐다. 문을 두드리자니 개가 너무 무섭고, 돌아가자니 혹시 문지기가 그들이 돌아가는 것을 보고 꾸짖을까 봐 두려웠다. 결국 그들은 다시 문을 두드려야겠다고 생각하고 더 힘차게 문을 두드렸다. 그제야 문지기가 〈거기 누구요?〉 하고 대답했다. 그와 동시에 개 짖는 소리가 그치면서 문이 열렸다.

크리스티애너는 공손히 인사하며 말했다.「주님께서는 계집종들이 고귀한 문을 함부로 두드렸다고 노여워하지 마십시오.」 그러자 문지기가 말했다.「너희는 어디서 왔으며 무엇을 원하느냐?」

크리스티애너가 대답했다.「우리는 예전에 크리스천이 살던 곳에서 왔으며, 여기 온 목적도 그이와 같습니다. 기꺼이 이 문을 열어 주시고 우리가 천국으로 가는 길에 들게 해주십시오. 주여, 또 한 가지 말씀드리면, 저는 지금 저 위에 올라 있는 크리스천의 아내였던 크리스티애너입니다.」

문지기가 깜짝 놀라며 말했다.「뭐라고? 얼마 전까지만 해도 순례자의 생활을 그토록 싫어하던 여자가 지금은 순례자가 되겠다고?」 머리를 조아리며 그녀가 말했다.「그렇습니다. 그리고 여기 있는 제 귀여운 아이들도 순례자가 되려고 왔습니다.」

그러자 문지기는 그녀의 손을 잡아 안으로 인도하였고, 또 〈어린이들이 나에게 오는 것을 막지 말고 그대로 두어라〉막 10:14, 눅 18:16고 말하면서 아이들도 들어오게 했다. 저들이 들어오자 문을 닫은 그는 문 위에 있는 나팔수에게 나팔을 불고 환호하며 즐거이 크리스티애너를 맞아들이라고 했다. 이 말에 따라 나팔수가 나팔을 불자, 멋진 나팔 소리가 사위를 가득 채웠다.

그사이 불쌍한 자비는 문밖에 서서 거절 당할지도 모른다
는 두려움에 몸을 떨며 울고 있었다. 그러나 크리스티애너는
자신과 아이들이 다 들어오고 나자 자비를 위해 중보(仲保)
의 기도를 드리기 시작했다. 그녀가 말했다.

크리스티애너 내 주여, 지금 문밖에는 저와 같은 생각으로
여기까지 온 친구가 하나 있습니다. 저는 제 남편의 임금님
께서 보낸 초청장을 받았지만, 그녀는 스스로 초청받지 못했
다고 생각하여 크게 낙심해 있습니다.

한편 밖에 있던 자비는 심히 조바심이 나서 1분이 마치 한
시간처럼 길게 느껴졌다. 그녀는 문을 두드리기 시작했고,
이 소리 때문에 크리스티애너는 중보의 기도를 제대로 마칠
수가 없었다. 자비가 문 두드리는 소리가 너무 커서, 크리스
티애너는 흠칫 놀랐다. 문지기가 말했다. 「밖에 있는 사람이
누구요?」 크리스티애너가 대답했다. 「제 친구입니다.」
문지기는 문을 열고 내다보았다. 그러나 밖에 있던 자비는
문이 열리지 않을 것 같은 두려움에 기진맥진하여 기절해 쓰
러져 있었다. 문지기가 그녀의 손을 잡으며 말했다.

문지기 처녀야, 일어나거라.
자비 아, 선생님, 기운이 하나도 없어요. 내 안에 생명이
거의 남아 있지 않은 것 같아요.
문지기 〈정신이 가물가물하는데도 야훼 님을 잊지 않고
빌었더니 그 기도가 하느님 계시는 거룩한 궁전에, 하느님
귀에 다다랐구나.〉욘 2:6~7 두려워 말고 일어나 무엇 때문에 왔
는지 말해 보아라.
자비 저는 초청받지 않고 그냥 왔습니다. 내 벗인 크리스

티애너는 왕의 초청을 받았지만, 저는 그녀의 초청을 받았을 뿐입니다. 그래서 제가 주제넘은 짓을 한 게 아닌지 두렵습니다.

문지기 크리스티애너가 당신과 함께 이곳에 오기를 바랐는가?

자비 예, 그래서 보시는 바와 같이 제가 왔습니다. 은혜를 베풀어 제 죄를 용서하실 수 있다면, 청하옵건대 이 불쌍한 계집종에게도 은혜와 용서를 베풀어 주십시오.

그러자 문지기는 다시 그녀의 손을 잡고 안으로 다정하게 이끌면서 말했다.「어떻게 내게로 오게 되었든, 나는 나를 믿는 모든 이들을 위해 기도합니다.」그러고는 곁에 서 있던 이들에게 말했다.「이 처녀가 깨어나게끔 무언가 냄새 나는 것을 갖다주어라.」그러자 저들이 몰약 한 줌을 가져다가 그녀에게 주었고, 그녀는 잠시 후 원기를 회복하였다.

이렇게 크리스티애너와 그녀의 아이들과 자비는 하늘나라로 가는 길목에서 영접을 받고 친절한 말씀을 들었다. 그러고 나서 저들은 그에게 다시 말했다.「우리는 우리 죄로 인해 두려우니 용서를 구합니다. 그리고 앞으로 어떻게 해야 할지도 가르쳐 주소서.」

그가 말했다.「내가 말과 행동으로 너희 죄를 용서하노라. 말로는 죄 사함을 약속하는 것이요, 행동으로는 내가 약속을 이행할 것이다. 첫 번째는 내 입맞춤을 받아들이면 된다.^{아 1:2} 두 번째 용서는 곧 나타날 것이다.」

꿈에 나는 문지기가 저들에게 여러 가지 좋은 말을 해주자 그들이 크게 기뻐하는 것을 보았다. 또 그는 크리스티애너 일행을 문 꼭대기로 데리고 올라가 그들이 어떤 행동으로 구원을 얻었는지 보여 주었다. 그들의 마음이 편안해지도록 그들이 길을 가다 보게 될 광경에 관해서도 이야기해 주었다.

그러고 나서 문지기는 밑에 있는 정자에 그들을 남겨 두고 잠시 자리를 비웠고, 그들은 서로 이야기를 나누었다.

크리스티애너 세상에, 우리가 여기까지 들어올 수 있다니 얼마나 기쁜지 모르겠군요.

자비 물론 아주머니도 기쁘시겠지만 저는 너무 기뻐서 펄쩍펄쩍 뛸 지경이에요.

크리스티애너 문을 두드려도 아무 대답이 없어 한순간 문 밖에 서서 우리의 수고가 다 허사였다는 생각이 들었어요. 특히 저 사나운 개가 우리한테 크게 짖어 댈 때는요.

자비 그렇지만 당신이 그의 영접을 받아 안으로 들어가고 저 혼자 밖에 남았을 때, 저는 가장 두려웠어요. 그때 저는 〈두 여자가 맷돌을 갈고 있다면 하나는 데려가고 하나는 버려둘 것이다〉마 24:41라고 한 말씀이 이뤄졌다고 생각했어요. 〈이젠 다 끝났구나, 다 끝났어!〉라고 외치며 울고 싶은 걸 가까스로 참았어요.

더 이상 문을 두드리자니 두려운 마음이 앞섰지만 문 위에 쓰인 글귀를 읽고 용기를 냈어요. 그리고 문을 다시 두드리지 않으면 죽을 수밖에 없다고도 생각했지요. 그래서 다시 문을 두드렸어요. 죽기살기로 생각했기 때문에 어떻게 두드렸는지도 모르겠어요.

크리스티애너 어떻게 두드렸는지 모르겠다고요? 당신이 얼마나 열심히 두드렸던지 그 소리에 내가 움찔 놀라고 말았다니까요. 그처럼 세게 문을 두드리는 소리는 생전 처음 들어 본 것 같아요. 그래서 나는 당신이 폭행을 써서 하늘나라를 빼앗으려는 게 아닌가 생각했지요.

자비 세상에! 그랬군요. 하지만 누구든 제 처지에 놓이면 그럴 수밖에 없었을 거예요. 아주머니도 보신 것처럼 문은 닫혔지요, 주변에 사나운 개는 어슬렁대지요, 저처럼 심약한 사람이 온 힘을 다해 두드릴 수밖에 더 있겠어요? 그런데 주님께서는 제가 무례하다고 뭐라고 하셨어요? 화내시지는 않으셨나요?

크리스티애너 요란하게 두드리는 소리를 듣자 그분은 멋지고 천진스러운 미소를 지으셨어요. 나는 당신이 그분을 기쁘게 해드렸다고 믿어요. 왜냐하면 그분 얼굴에는 성난 빛이 조금도 없었거든요. 그런데 한 가지 이상한 것은 그분이 왜 이처럼 사나운 개를 기르고 계시느냐 하는 거예요. 그런 개가 여기 있다는 사실을 미리 알았더라면, 그렇게 대담하게 문을 두드리지 못했을 거라는 생각이 들어요. 하지만 지금 우리는 안에 들어와 있으니 정말 기뻐요.

자비 당신만 괜찮다면 나중에 그분이 내려오실 때 왜 그런 사나운 개를 마당에서 기르는지 여쭤 보고 싶어요. 이런 질문을 언짢게 생각하지 않으시면 좋으련만.

그러자 어린아이들이 말했다. 「예, 물어보세요. 그리고 그 개를 없애 달라고 부탁하세요. 밖으로 나갔다가 개에게 물릴까 봐 무서워요.」

마침내 문지기가 다시 내려오자 자비는 엎드려 그에게 경배하며 말했다. 「내 주여, 송아지 제물 대신 제 입술로 드리는 찬양의 제사를 받아 주소서.」

이에 그가 말했다. 「그대에게 평안이 있기를. 이제 일어서거라.」

그러나 자비는 계속 엎드려 말했다. 「주여, 〈제가 아무리 시비를 걸어도 그때마다 옳은 것은 하느님이십니다〉.렘 12:1~2 그러나 주께 질문하옵니다. 저희와 같은 아녀자들은 짖는 소리만 듣고도 겁이 나 도망치게 되는 사나운 개를 이 뜰 안에 기르시는 이유가 무엇인지요?」

그가 대답하였다.「저 개의 주인은 다른 사람이네. 그 개는 근처의 다른 사람의 집 뜰에 살고 있지. 순례자들은 그 개가 짖는 소리만 들을 뿐. 저 너머 보이는 성 주인이 개의 주인인데, 그 소리가 여기 성벽까지 들리는 거요. 저 개가 크게 으르렁거리는 소리에 많은 진실한 순례자들이 크고 작게 놀라곤 하지. 사실 저 개의 주인은 나에게 유익함을 주려는 것이 아니라, 순례자들이 내게 오는 것을 막으려고 개를 기르지. 순례자들이 두려워서 문을 두드려 보지도 못하고 도망치게 만들려는 것이지. 가끔 개가 뛰쳐나와 내가 사랑하는 이들을 괴롭히기도 하지만, 나는 지금까지 잘 참아 왔어. 그리고 그 짐승이 흉악한 본능에 따라 순례자들을 해치려 할 때 내가 나가 구해 내곤 하지. 하지만 그게 무슨 문제야! 내가 값 치르고 얻은 이들은 이 사실을 미리 알지 못했다 할지라도, 개를 두려워하면 안 되네.

이 집 저 집 문전걸식하는 거지들도 동냥을 놓치느니 개가 으르렁대고 짖어 대고 물어 대는 것을 무릅쓰고 문을 두드리지 않는가? 그런데 개가, 그것도 남의 집 마당의 개가 짖는다고 무서워 내게 올 수 없다? 나는 사랑하는 이들을 사자의 입에서 구해 살려 낸다. 하물며 개의 세력에서 구해 내지 못하겠는가?」 그러자 자비가 말했다.

자비 제가 무지했습니다. 미처 깨닫지 못하고 어리석은 질문을 하였습니다. 당신께서 모든 일을 잘 처리하시는 줄 알게 되었습니다.

이때 크리스티애너가 여행 이야기를 꺼내면서 이후의 갈

길에 관해 질문하였다. 문지기는 예전에 그녀의 남편에게 해 주었던 대로 저들에게 먹을 것을 주고 발을 씻겨 준 다음에 그들이 걸어 나갈 길을 보살펴 주었다. 그리고 나는 꿈에 저들이 길을 걷는 모습을 보았다. 날씨는 포근하였다.

이때 크리스티애너가 노래를 부르기 시작했다.

복되도다.
내가 순례자가 되는 첫날,
복되도다.
내가 순례자가 되도록 마음을 움직여 주신 분.

영생을 찾기 위해
길 떠난 지 이미 오래되었지만
가지 않는 것보다 늦더라도 가는 것이 낫기에
지금 나는 힘껏 달려가네.

우리의 눈물이 기쁨으로 변하고
두려움은 변하여 믿음이 되었네.
우리의 출발이 이러했으니
마지막이 훌륭할 줄 알겠네.

크리스티애너와 그 일행이 가는 길을 따라 쌓아 올린 성벽이 하나 있었다. 이 담 안마당은 전에 이야기했던 개 주인의 것이었다. 그 마당 안에서 자라는 과일나무 가지들이 더러 담 밖으로 뻗어 나와 있었다. 매우 탐스럽게 보이는 그 과일을 사람들이 따먹다가 탈이 나곤 하였다. 또래 소년들이 으레 그렇듯 크리스티애너의 아이들도 나무에 달린 열매에 정신이 팔려 따서 먹기 시작했다. 어머니가 아이들의 행동을 나무랐지만 아이들은 말을 듣지 않았다.

크리스티애너가 말했다. 「애들아, 저 과일은 우리 것이 아니니 따먹는 것은 잘못이야.」 그러나 그녀는 과일들이 원수의 것이라는 사실을 몰랐다. 내가 분명히 말하지만, 만일 알았더라면 그녀는 두려워 죽을 지경이 되었을 것이다. 그러나 저들은 별일 없이 여행을 계속했다. 그들이 출발했던 곳으로부터 얼마쯤 왔을 때, 아주 흉악하게 생긴 남자 둘이 앞에서 걸어오는 것을 보았다. 그들을 본 크리스티애너와 자비는 베일로 얼굴을 가리고 소년들을 앞세워 계속 나아갔다. 마침내 그들은 만나게 되었다. 두 사나이는 곧장 다가와 여인들을 끌어안으려는 듯 가까이 다가섰다. 크리스티애너가 말했다. 「물러서세요. 아니면 조용히 갈 길이나 가세요.」 그러나 두 사나이는 귀머거리라도 되는 양 크리스티애너의 말은 들은 척도 않고 그들에게 손을 대기 시작했다. 화가 머리끝까지 난 크리스티애너가 그들을 걷어찼다. 자비도 용케 몸을 피했다. 크리스티애너는 다시 말했다. 「물러나세요. 보다시피 돈 한 푼 없는 순례자들이에요. 친구들의 자선을 받아 겨우 버텨 나가고 있다고요.」 그러자 악한 중 하나가 말했다.

악한 우리는 돈을 빼앗으러 온 것이 아니라, 이 이야기를 하러 왔소. 그대들이 우리가 청하는 작은 부탁을 들어준다면 그대들을 영원히 여자다운 여자로 만들어 주겠소.

크리스티애너 (그 말이 무슨 뜻인지 생각해 본 다음 다시 말했다) 우리는 당신네 말을 듣지도, 고려해 보지도, 요청에 응하지도 않겠어요. 우리는 바빠서 지체할 수 없어요. 우리의 문제는 사느냐 죽느냐 하는 중요한 것이에요.

그러고 나서 크리스티애너 일행은 사내들을 뿌리치고 애

써 나아가려 했지만, 사내들은 한사코 길을 막았다. 그들이 말했다.

악한들 당신들을 해치려는 게 아니라 다른 것이라니까.
크리스티애너 우리의 몸과 영혼을 다 차지하겠다는 거죠? 그걸 노리고 당신들이 왔다는 걸 알아요. 하지만 장차 우리의 행복을 위협하는 함정에 빠지느니 차라리 당장 이 자리에서 죽겠어요.

말을 마치자마자 두 여인은 소리를 질렀다. 「사람 살려요. 사람 살려!」 그들은 여성을 보호하기 위해 마련된 율법을 적용받고자 하였다. 그러나 사내들은 여인들을 욕보이려고 계속 다가왔다. 두 여인은 다시 소리를 질렀다.

내가 말한 대로, 지금 그들은 출발했던 문에서 얼마 떨어져 있지 않았다. 그들의 비명 소리는 문에 있는 사람들에게까지 들렸다. 그것이 크리스티애너의 목소리라는 걸 안 사람들은 그녀를 구하러 급히 달려갔다. 현장에는 여인들이 악한들과 옥신각신하고 있었고 아이들은 곁에 서서 울고 있었다. 이들을 구하려고 왔던 사람이 악한들을 향해 소리 질렀다. 「무슨 짓을 하는 거냐? 우리 주님의 백성을 범하려 드는 거냐?」 그리고는 그가 악당들을 잡으려 하자 그들은 담을 넘어 흉악한 개 주인의 마당으로 들어가 버렸다. 이리하여 개가 그들의 보호자가 되었다. 〈구조자〉는 여인들에게 다가와 어떻게 된 일이냐고 물었다. 여인들은 대답했다. 「우리는 하늘나라 왕자님께 감사를 드립니다. 조금 놀랐을 뿐, 별일은 없습니다. 우릴 구하러 오신 당신께도 감사드립니다. 당신이 오시지 않았다면 우리는 봉변을 당하고 말았을 거예요.」 몇 마디 말을 주고받은 후 구조자는 다음과 같이 말했다.

구조자 당신들은 연약한 여자들인데, 저쪽 문 안에서 대접받고 있을 때 어째서 〈안내자〉를 딸려 보내 달라고 주님께 부탁하지 않았는지 이상하게 생각했지요. 그렇게 요청했더라면 주님께서는 안내자를 딸려 보내 주셨을 것이고, 이런 곤경을 피할 수 있었을 텐데요.

크리스티애너 맙소사! 그때는 당장 받은 축복에 너무 취해서 앞으로 닥쳐올 위험을 잊고 있었어요. 게다가 왕궁에서 이렇게 가까운 곳에 그런 악한들이 도사리고 있을 줄 누가 알았겠어요? 우리에게 안내자를 달라고 주님께 부탁했었더라면 아무 일도 없었겠죠. 우리에게 안내인이 있으면 좋다는 것을 알고 계시는 주님께서 어째서 딸려 주시지 않았을까요?

구조자 청하지 않는 것을 줄 필요는 없습니다. 청하지 않은 것을 주면 받은 것을 소중히 여기지 않으니까요. 그러나 필요할 때 주어지면, 그것을 소중히 여기고 유효적절히 사용하게 됩니다. 만약 주님께서 자진해서 안내자를 보내셨더라면, 당신들은 미리 청하지 못한 실수를 지금처럼 절실하게 느끼지는 못했을 것입니다. 그러므로 모든 일이 서로 작용하여 선을 이루게 됩니다. 당신들도 이번 일을 계기로 좀 더 조심하게 되었을 테니까요.

크리스티애너 그럼 우리가 주님께 다시 가서 우리의 어리석음을 고백하고 한 사람을 딸려 보내 달라고 부탁할까요?

구조자 여러분이 스스로 어리석었음을 고백했다는 점을 내가 그분께 말씀드리겠습니다. 앞으론 당신들이 가는 곳마다 전혀 부족함이 없을 터이니 다시 돌아갈 필요는 없습니다. 주님께서는 순례자들이 가는 곳마다 숙소를 만들어 놓으셨고, 그곳에는 어떠한 어려움도 막을 수 있도록 만반의 준비를 갖추고 있습니다. 그러나 말씀드린 바와 같이, 그렇게 이루어 주기를 구하여야 합니다. 요청할 가치도 없는 것은 별로 중요한 것이 아니지요. (구조자는 이 말을 마치고 자기 처소로 돌아갔으며, 순례자들은 여행을 계속했다)

자비　참 뜻밖의 일이었죠? 이제 모든 위험이 지나가고 더 이상 슬픈 일은 없을 것 같았는데.

크리스티애너　자매님, 당신은 아무것도 몰랐으니 괜찮지만, 나야말로 잘못이 크답니다. 나는 집을 나서기 전부터 그런 위험이 닥칠 것을 알면서도 대비하지를 못했잖아요. 그러니 난 책망받아 마땅해요.

자비　어떻게 집을 나서기도 전에 그런 걸 아셨어요? 그 사연을 좀 말해 주세요.

크리스티애너　들어 보세요. 내가 집을 떠나기 전, 어느 날 밤 잠자리에 들었다가 꿈을 꾸었어요. 꿈에 보니 아까 만났던 자들과 똑같이 생긴 사내 둘이 내 침대 발치에 서서 어떻게 하면 내가 구원받지 못하게 방해할 수 있을까 작당하고 있었어요. 그때는 내가 고민하던 중이었는데, 그들은 〈이 여인을 어찌하면 좋을까? 자나 깨나 불쌍히 여겨 달라고 소리치고 있으니. 만일 이 여인을 그대로 내버려 두었다가는 그녀의 남편을 잃었듯이 이 여인도 영영 잃어버리고 말 거야.〉 하고 이야기했지요. 이런 꿈을 꾸고도 정신을 못 차리고, 당신도 알다시피 미리 준비하지 못했으니 내 잘못이 참으로 크지요.

자비　글쎄요? 하지만 이렇게 소홀했으니까 우리의 불완전함을 깨달았겠죠. 또 주님께서는 그의 은혜가 얼마나 풍성한지를 보여 주시는 계기가 되었잖아요. 우리가 보았다시피, 주님은 우리를 따라오시다가 우리가 청하지도 않은 친절을 베풀어 주셨고, 우리보다 강한 자의 손아귀에서 우리를 구해 주셨으니, 그분은 선하시고 기쁨을 주시네요.

이런 대화를 나누며 한동안 여행하던 그들은 길가에 있는 어떤 집 근처에 이르렀다. 『천로 역정』 1부에서 자세히 보았듯이 이 집은 순례자들이 쉬어 갈 수 있도록 지은 집이었다. 해석자의 집을 향해 가까이 걸어가 문 앞에 당도한 그들은 집에서 새어 나오는 놀라운 이야기를 듣게 되었다. 귀를 기울이니 크리스티애너라는 이름이 들리는 것 같았다. 독자 여러분도 잘 알고 있겠지만, 그녀와 네 아들들이 순례 길을 떠났다는 소문은 그녀의 여정을 앞질러 널리 퍼져 있었다. 그 소문을 듣고 매우 기뻐했다. 왜냐하면 그들은 크리스티애너가 다름 아닌 크리스천의 아내, 얼마 전까지만 해도 크리스천이 순례 길을 떠날 때 한사코 반대했던 여인이라는 이야기를 들었기 때문이다. 크리스티애너 일행은 안에 있는 착한 사람들이 문밖에 이야기의 장본인이 있는지도 모르고 크리스티애너를 칭찬하는 말을 조용히 듣고 있었다. 마침내 크리스티애너는 예전에 좁은 문을 두드릴 때처럼 문을 두드리기 시작했다. 젊은 처녀가 나와 문을 열어 보고는 두 여인이 서 있는 것을 발견하였다.

처녀 누굴 찾아오셨나요?

크리스티애너 우리는 이 집이 순례자들에게 특별히 허락된 거처라고 알고 있습니다. 우리도 순례자들이니 부디 들어가 쉬게 해주십시오. 보다시피 날도 저물었고, 밤길이라 무서워서 더 이상 갈 수 없습니다.

처녀 성함을 가르쳐 주십시오. 안에 계신 우리 주인님께 말씀드리게요.

크리스티애너 제 이름은 크리스티애너예요. 몇 해 전 이곳을 거쳐 여행한 크리스천의 아내입니다. 애들은 그의 네 아들들이고, 이 처녀는 제 길벗으로 함께 순례 중입니다.

그러자 〈순진〉이라는 이름으로 불리는 이 처녀가 안으로 뛰어 들어가 사람들에게 말했다. 「문 앞에 누가 와 있는지 아세요? 크리스티애너와 아이들과 그 친구가 여길 들어오려고 기다리고 있어요.」 이에 사람들은 기쁨에 겨워 펄쩍 뛰며 그들 주인에게 달려가 보고하였다. 주인이 문으로 나와 크리스티애너를 보고 말했다. 「선한 크리스천이 순례자 생활을 시작할 때 뒤에 남겨 두었던 크리스티애너가 바로 당신인가요?」

크리스티애너 제가 바로 남편이 떠날 때 마음이 완악해져 그의 고통을 얕보고 혼자 떠나게 버려 두었던 그 여자입니다. 그리고 애들은 그의 네 아들들입니다. 예전에는 제가 남편을 반대했지만, 지금은 이 길만이 옳은 길인 줄 확신하기에 저도 순례 길에 나섰습니다.

해석자 어떤 사람이 자기 아들에게 〈오늘 포도원에 가서 일을 하라〉 하니 아들이 〈싫다〉라고 말했다가 후에 뉘우치고 일하러 갔다는 말씀이 이제야 이루어졌군요.^{마 21:29~30}

크리스티애너 아멘, 그렇게 되기를 바랍니다. 하느님께서 그 말씀대로 제게 이루어 주시기를 바라며, 또한 마지막 날에 티와 흠 없이 평안히 그를 뵙게 해주시기를 바랍니다.

해석자 그런데 왜 문 앞에 서 계시는 겁니까? 아브라함의 딸이여, 안으로 들어오시오. 그러잖아도 당신이 순례자가 되었다는 소식을 듣고 당신 이야기를 하던 참이었소. 자, 애들아, 너희도 들어오렴. 그리고 아가씨도 들어오시오.

그리하여 그들은 모두 집 안으로 들어갔다. 그들이 안으로 들어서자, 사람들은 그들에게 앉아서 쉬라고 권했다. 그들이 자리에 앉자, 그 집에서 순례자들을 시중 드는 이들이 방으로 들어와 그들과 인사했다. 그들은 크리스티애너가 순례자가 되었다는 사실이 기쁜 듯 한 사람이 웃다가, 옆 사람이 따라 웃고, 결국 모든 사람들이 웃게 되었다. 또 소년들을 바라보며 환영의 표시로 그들의 얼굴을 어루만져 주었다. 그리고 자비에게도 다정하게 인사를 건네며 자신들의 주인 해석자의 집에 온 것을 환영했다.

잠시 쉰 후, 아직 저녁 준비가 안 되었으므로 해석자는 그들을 뜻 깊은 방들로 안내하여 얼마 전 크리스티애너의 남편 크리스천이 보았던 것들을 보여 주었다. 그리하여 크리스티애너 일행은 쇠창살 안에 갇힌 사람과 꿈꾸는 사람, 원수들을 무찌르고 나아갈 길을 열었던 사람을 보았고, 가장 위대한 이의 초상화를 비롯해 크리스천에게 값졌던 것들을 함께 보았다.

구경을 마친 크리스티애너 일행이 의미를 웬만큼 이해하기를 기다린 다음, 해석자는 그들을 다른 방으로 데려갔다. 그 방에는 손에 퇴비를 헤치는 갈퀴를 들고 아래만 쳐다보는 사람이 있었다. 그의 머리 위에는 천국의 면류관을 손에 든 사람이 서서 갈퀴 대신 면류관을 받을 것을 권하고 있었지만, 갈퀴를 든 사람은 흥미 없다는 듯 거들떠보지도 않은 채 바닥에 쌓인 짚과 조그만 나무토막들과 흙만 긁어 대고 있었다.

크리스티애너　이 광경이 무엇을 뜻하는지 짐작할 수 있겠어요. 저 사람은 이 세상에 사는 인간을 상징하는 것이지요. 그렇지요, 선생님?

해석자　바로 보셨습니다. 손에 든 갈퀴는 인간의 속세적 마음을 나타냅니다. 보다시피 저 사람은 하늘의 면류관을 손에 들고 자기를 부르는 사람의 음성에는 아랑곳 않고 오직 바닥에 널린 짚과 잔가지들과 흙을 긁는 일에만 열중하고 있습니다. 이런 모습은 천국을 단지 꾸며 낸 이야기로 여기고 오로지 세속의 것만 중요하다고 여기는 일부의 세태를 보여주는 것입니다. 또 저렇게 아래만 바라보고 있는 것은 속세의 일이 사람의 마음을 지배하면 그 마음도 하느님과 멀어지게 된다는 의미입니다.

크리스티애너　아, 이 퇴비나 헤치는 갈퀴로부터 나를 구해주소서.

해석자　그런 기도를 하는 사람은 이젠 거의 없습니다. 〈부요하게 마옵소서〉^{잠 30:8}라는 기도는 만의 하나, 나올까 말까입니다. 대부분의 사람들은 짚이나 잔가지, 흙 같은 것만 귀하게 여기지요.

이 말에 자비와 크리스티애너는 눈물을 흘리며 말했다. 「슬프게도 사실입니다.」

그다음에 해석자는 그들을 그 집에서 가장 좋고 화려한 방으로 안내했다. 해석자는 그들에게 방을 둘러보고 혹시 유익한 것이 있는지 찾아보라고 했다. 그들은 두리번거려 보았지만 거미 한 마리 외에는 아무것도 보지 못했고, 그마저도 무심히 지나쳤다.

자비　선생님, 제게는 아무것도 보이지 않습니다. (그러나 크리스티애너는 조용히 있었다)

해석자　다시 한 번 보십시오.

그리하여 자비는 다시 한 번 살펴본 다음에 말했다. 「벽 위에 매달린 흉측한 거미 한 마리밖에 없는데요.」 해석자가 말했다. 「그러면 이 넓은 방에 거미 한 마리밖에 없단 말입니까?」 그러자 이 상황을 재빨리 이해한 크리스티애너의 눈에 눈물이 괴었다. 크리스티애너가 말했다. 「그렇습니다. 주여,

한 마리뿐이 아닙니다. 저 거미보다 훨씬 더 해로운 독을 품은 거미들이 지금 여기 있습니다.」해석자가 흐뭇한 표정으로 그녀를 바라보며 말했다. 「그렇습니다.」이 말에 자비는 얼굴을 붉혔고, 소년들은 손으로 얼굴을 가렸다. 그들도 이 수수께끼의 뜻을 깨달았기 때문이다.

해석자가 다시 말했다. 「보시다시피 손에 의지하여 기어다니는 거미조차도 왕의 궁전에 살고 있습니다.^{잠 30:28} 성서에 이 말씀이 기록된 이유는 아무리 죄의 독으로 가득 찬 사람이라도 믿음의 손을 통해 천국에 있는 왕궁의 가장 좋은 방에 들어와 살 수 있다는 사실을 가르쳐 주기 위함입니다.」

크리스티애너가 말했다. 「이에 관해 약간은 이해하고 있었지만, 완전히 깨닫지는 못하고 있었습니다. 인간이 제아무리 좋은 방에 거처하더라도 거미처럼 흉측한 피조물에 지나지 않는다는 생각은 했습니다. 그러나 저 흉한 독거미를 통해 우리가 믿음을 행하는 법을 배울 수 있다고 생각하지 못했습니다. 하지만 보다시피, 거미는 제 손을 뻗어 쥐고 이 집에서 가장 좋은 방에 기거하고 있습니다. 하느님께서는 결코 헛된 것 하나 만드시는 법이 없으십니다.」

그들은 모두 기뻐하는 듯 보였으나 눈에는 눈물이 맺혀 있었다. 그들은 서로를 바라보다가 해석자에게 절하였다.

해석자는 그들을 또 다른 방으로 데리고 갔다. 거기에는 암탉 한 마리와 병아리 몇 마리가 있었는데, 해석자는 그들에게 닭들이 노는 모습을 잠시 살펴보라고 했다. 병아리 한 마리가 물통으로 가서 물을 마시는데, 물을 마실 때마다 그 병아리는 번번이 머리를 들어 하늘을 쳐다보곤 하였다. 해석자가 말했다. 「이 작은 병아리를 한번 보세요. 번번이 위를 쳐다보아 위로부터 자비가 내려온다는 사실을 알려 줍니다. 이런 점을 배우세요 자, 이제 다른 점을 또 살펴보십시오.」

그리하여 그들은 주의 깊게 관찰하여 암탉이 병아리들을 다루는 네 가지 방식을 깨닫게 되었다. 1. 암탉은 하루 종일 병아리들을 부르고 있다. 2. 가끔 내는 특별한 소리가 있다. 3. 병아리들을 품을 때 나는 소리가 있다. 4. 크게 외치는 소리가 있다.

해석자　이제 이 암탉을 당신들의 왕으로, 또 병아리들을 백성에 비유해 봅시다. 암탉과 마찬가지로 임금님께서도 똑같은 방식으로 백성들을 다루십니다. 그는 평상시 부르심을 통해서는 아무것도 주시지 않습니다. 그러나 특별한 부르심을 통해서는 항상 무언가를 주십니다. 또한 날개 아래 품어 부드러운 음성으로 그들을 불러 주십니다. 그리고 적들이 나타나면 그는 소리쳐서 경고해 주시지요. 친애하는 여러분, 내가 암탉과 병아리가 있는 이 방을 특별히 골라서 보여 주는 이유는 그대들이 여성이므로 쉽게 깨달을 수 있으리라고 여겼기 때문입니다.

크리스티애너　선생님, 좀 더 구경시켜 주십시오.

그리하여 해석자는 그들을 데리고 도살장으로 갔는데, 도살자 한 사람이 양을 잡고 있었다. 그들이 보니, 양은 조금도 동요하지 않고 묵묵히 죽음을 받아들이고 있었다. 해석자가 말했다.「그대들은 이 양처럼 부당한 일을 당하더라도 불평이나 원망 없이 인내하는 것을 배워야 합니다. 저 양을 보십시오. 반항하지 않고 죽음에 순종하며, 귀부터 가죽이 벗겨지는 고통도 견딥니다. 그대들의 임금님은 그대들을 자신의 양이라고 부르십니다.」

다음으로 해석자는 저들을 온갖 꽃이 만발한 정원으로 데려가서 말했다.「이 모든 꽃들이 보이십니까?」크리스티애너가 말했다. 「예.」 그러자 해석자가 다시 말했다. 「저 꽃들을 보면, 외양, 색깔, 향기, 특징이 모두 다릅니다. 어떤 꽃은 다른 꽃보다 훌륭하지요. 그래도 꽃들은 정원사가 심어 놓은 자리를 지키면서 서로 다투지 않습니다.」

해석자가 이번에는 그들을 밭으로 데려갔다. 밀과 옥수수를 심은 밭인데, 자세히 보니 알곡은 하나도 없고 짚대만 남아 있었다. 해석자가 다시 말했다. 「내가 이 땅에 거름을 주고 밭을 갈고 씨를 뿌렸는데 열매를 맺지 못했으니 어떻게 할까요? 이 곡식들을 어떻게 해야 할까요?」 이에 크리스티애너가 대답했다. 「더러는 불사르고 나머지는 퇴비나 만들어야지요.」 그러자 해석자가 다시 말했다. 「보다시피 우리가 찾고자 하는 것은 열매인데, 열매를 맺지 못하는 곡식은 불살라 버리거나 사람들 발에 짓밟힐 수밖에 없습니다. 그대들은 이러한 저주를 받지 않도록 주의하십시오.」

밭에서 돌아오는 길에 그들은 울새 한 마리가 커다란 거미를 입에 물고 있는 모습을 보았다. 해석자가 말했다. 「저걸 보십시오.」 일행은 새를 자세히 바라보았다. 자비는 무슨 뜻인지 몰라 의아해했으나 크리스티애너가 말했다. 「작고 귀여운 붉은가슴울새가 저런 것을 먹다니 실망이네요. 사람들과 친밀하게 지내는 새라서 빵 부스러기나 다른 깨끗한 먹이를 먹고 사는 줄 알았는데, 저걸 보니 정이 떨어지는군요.」

그러자 해석자가 대답했다. 「이 울새는 일부 거짓된 신앙 고백자들의 모습을 상징합니다. 겉으로 보면 그들은 이 울새처럼 목소리가 곱고 빛깔도 아름다우며 자태도 의젓합니다. 또한 그들은 참된 신앙 고백자들을 대단히 사랑하고 그들과 친해지고 싶어 하는 듯 보입니다. 마치 선한 분의 빵 조각을 먹고 사는 것 같습니다. 뿐만 아니라 그들은 주님께서 택하신 경건한 이들의 집인 교회에도 자주 드나듭니다. 그러나 자기네들끼리 모이면 울새들이 거미를 잡아먹듯 닥치는 대로 먹고 물 마시듯이 부당한 짓과 죄를 저지르지요.」

일행은 집으로 돌아왔다. 아직 저녁 준비가 덜 된 것을 안 크리스티애너는 해석자에게 무엇이든 유익한 것을 보여 주든지 말해 주기를 바랐다.

그러자 해석자가 말하기 시작했다.「암퇘지는 살이 찔수록 진흙 구덩이를 더 좋아하고, 황소는 살이 찔수록 먼저 도살장에 끌려 들어가며, 정욕이 넘치는 사람은 건강할수록 악에 더 쉽게 빠지는 법입니다.

여자들에겐 깨끗이 하고 곱게 단장하려는 마음이 있지만 하느님 보시기에 고귀한 덕으로 꾸미는 것이 더 값집니다.

하루 이틀쯤 밤을 새우기는 쉽지만 1년 내내 앉아서 밤을 새우기는 어렵습니다. 마찬가지로 처음 신앙을 고백하는 일은 쉽지만, 끝까지 신앙을 지키는 일은 매우 어렵습니다.

폭풍을 만난 선장들은 배에서 값이 덜 나가는 것들부터 바다에 내던집니다. 가장 값진 물건부터 던지는 사람이 어디 있겠습니까? 하느님을 두려워하지 않는 이들 이외에는 누구도 그렇게 하지 않습니다.

구멍 하나에 배가 침몰하듯이 죄 한 가지가 사람을 파멸하게 만듭니다.

친구를 잊은 사람은 그 친구에게 몹쓸 짓을 하는 것이지만, 구세주를 잊는 자는 자기 자신에게 무자비한 짓을 하는 것입니다.

죄 가운데 살면서 내세의 행복을 바라는 자는 잡초를 심고 밀과 보리로 곳간을 채우려는 사람과 같지요.

올바른 삶을 살려면 자신이 세상을 떠날 날을 늘 마음에 품고 살아야 합니다.

귀엣말로 나쁜 소문을 퍼뜨리고, 변덕을 부리는 사람들은 세상에 악이 있다는 증거입니다.

하느님께서 가벼이 보시는 이 세상을 사람들이 중히 여긴다면, 하느님께서 권하시는 천국은 얼마나 더 가치가 있겠습니까?

숱한 괴로움이 따르는 이 세상 삶도 포기하기 싫어하는데, 하물며 하늘나라의 삶은 어떠하겠습니까?

모든 사람들이 선한 인간을 칭찬하는 데 목청을 높이지만, 하느님의 선하심을 외치는 이는 몇이나 됩니까?

우리가 고기를 실컷 먹고 남길 때가 있는 것처럼 예수 그리스도께는 세상을 채우고도 남을 만한 가치와 의로움이 있습니다.」

말을 마친 해석자는 일행을 데리고 다시 정원으로 나갔다. 그러고는 한 나무를 보여 주었는데, 그 나무의 속은 모두 썩었지만 여전히 자라면서 잎을 피우고 있었다. 자비가 물었다.「이것은 무슨 뜻입니까?」해석자가 말했다.「겉은 훌륭하지만 속은 썩어 버린 이 나무는 하느님의 정원에서 사는 사람들에 비유할 수 있습니다. 그들은 입으로는 하느님을 높이 칭송하지만, 실제로는 주님을 위해 아무것도 하지 않습니다. 그들의 잎사귀는 훌륭하지만 헛된 마음뿐이어서 마귀의 불쏘시개 통에 담길 불쏘시개에 불과합니다.」

드디어 저녁 식사가 준비되었다. 식탁이 펼쳐지고, 그 위에 모든 음식들이 차려졌다. 그들은 식탁에 앉아 한 사람이 감사의 기도를 드린 후에 음식을 나누기 시작했다. 해석자는 집에 묵는 손님들이 식사할 때면 음악을 들려주곤 했다. 이번에는 음유 시인들을 불러 연주하게 했다. 그중에는 노래하는 이도 있었는데, 그의 음성은 매우 아름다웠다. 노래는 다음과 같았다.

주님만이 나의 부양자시니,
그가 나를 먹여 주시니
내게 전혀 부족함이 없어라.
내 무엇을 더 바라리오?

노래와 음악이 끝나자 해석자가 크리스티애너에게 물었다. 「그대는 무슨 사연이 있어 순례 길을 떠나게 되었소?」
크리스티애너가 대답했다. 「우선, 남편을 잃고 나서 저는 정말 슬펐습니다. 그러나 이는 모두 자연스러운 감정일 뿐이었지요. 다음으로 제 남편이 겪었던 역경과 순례 길이 떠올랐습니다. 그리고 그 때문에 남편에게 못되게 굴었던 일이 생각났습니다. 그때는 죄책감에 시달려서 급기야 연못에 빠져 죽고 싶은 심정이 되었답니다. 그러다가 마침 남편이 행복하게 지내는 꿈을 꾸었고, 또 그가 살고 있는 나라의 왕께서 보낸 초청장을 받았습니다. 꿈과 편지가 제 마음을 사로잡아 순례 길을 떠나게 되었습니다.」

해석자 집을 나서기 전에 방해를 받지 않았나요?

크리스티애너 받았어요. 이웃에 사는 겁쟁이 부인이 찾아왔었습니다. 그녀는 사자가 두려우니 돌아가자고 제 남편을 꾀던 사람의 딸이었는데, 제가 떠나려는 순례 길을, 목숨을 건 모험을 어리석은 짓이라고 말했어요. 또 그녀는 제 남편이 순례 길에서 겪은 온갖 역경과 고난을 읊어 대며 저를 낙심시키려고 하였으나 이 모든 것들을 용케 이겨 냈습니다. 하지만 저는 악한 두 명이 나타났던 꿈 때문에 무서워요. 꿈에서 그들은 제 여행을 좌절시킬 음모를 꾸미고 있었어요. 그래요, 그자들의 모습이 제 기억에 생생하게 남아 있어서, 만나는 사람마다 혹시 저들이 나에게 해를 끼쳐 이 길에서 벗어나게 하지는 않을까 의심이 들어요. 남에게 별로 알리고 싶지 않은 이야기지만, 해석자 님께는 말씀드리겠어요. 좁은 문을 지나 이곳으로 오는 길에 우리 두 사람은 큰 봉변을 당할 뻔했어요. 그래서 〈사람 살려〉 하고 소리쳤지요. 우리에게 해코지하려던 그 두 남자는 제가 꿈에서 본 두 남자와 생김새가 비슷했어요.

그러자 해석자가 말했다. 「그대의 시작이 좋았으니 끝은 더 좋을 것입니다.」 그러고는 자비를 보고 말했다. 「당신은 어떤 동기로 여기까지 왔소, 아가씨?」
자비는 얼굴을 붉히고 몸을 떨더니 잠시 잠자코 있었다.

해석자 두려워 말고 오로지 믿음으로 당신의 마음을 말씀하십시오.
자비 선생님, 저는 참으로 경험이 모자라기 때문에 침묵하려는 것입니다. 그로 인해 결국 잘못될 것 같은 두려움에 빠지곤 합니다. 크리스티애너 아주머니는 환상이나 꿈에 대해 말씀하시지만, 제게는 그런 것이 없었어요. 또한 저는 선한 친척들의 조언을 거절해서 슬픈 일을 당한 적이 없으니, 그 슬픔이 어떤지도 이해할 수 없어요.
해석자 귀여운 아가씨, 그러면 당신이 길을 떠나도록 설득한 것은 누구입니까?
자비 예, 여기 있는 크리스티애너 아주머니가 마을을 떠나려고 짐을 꾸리고 계실 때, 저와 또 한 여자가 우연히 이 댁을 방문했습니다. 문을 두드리고 들어가 보니 아주머니께서 짐을 꾸리고 계시기에 무슨 일이냐고 물었지요. 그러자 아주머니께서는 남편에게로 오라는 전갈을 받았다며 꿈 이야기를 해주셨어요. 꿈에 보니 아주머니의 남편께서 영원히 죽지 않는 사람들과 함께 신비로운 곳에서 사시는데, 면류관을 쓰고 수금을 연주하며 왕자님과 함께 한 상에서 먹고 마시며, 자기를 불러 주신 주님을 찬양하고 계셨대요. 아주머니의 말을 듣고 있자니 내 마음속에서 불길이 이는 것 같았어요. 그리고 마음속으로 말했답니다. 〈만약 저 말이 사실이라면, 나도 부모님과 고향을 떠나 크리스티애너와 함께 길을 떠나야지〉 하고요.

그래서 저는 아주머니께 더 많은 진실을 알려 달라고 부탁했고, 저도 함께 갈 수 있느냐고 물었습니다. 그때 저는 더 이상 그 마을에서 살 수 없었어요. 그곳이 곧 파멸하리라는 것을 알았으니까요. 하지만 무거운 마음으로 길을 떠나야 했습니다. 길을 떠나기 싫어서가 아니라 뒤에 남겨 둔 많은 친척들 때문이었습니다. 이제 이왕 길을 떠났으니, 할 수만 있다면 온 마음을 다해 크리스티애너 아주머니와 함께 아주머니의 남편과 왕이 계신 곳으로 가려 합니다.

해석자   진리를 믿고 따랐으니 당신의 출발도 훌륭하네요. 당신은 룻과 같습니다. 룻은 나오미와 그 하느님 여호와를 사랑하여 부모와 고향을 떠나기 전에는 알지 못하던 백성과 살았지요. 주님께서는 그대가 행한 일에 보답하실 것이며, 이스라엘의 하느님께서 그 날개 아래 찾아왔으니, 당신에게 넉넉하게 갚아 주실 것입니다. 룻 2:12

저녁 식사가 끝나자 잠자리가 준비되었다. 여자들은 각자 방 하나씩을 차지하고, 소년들은 함께 한방에 들었다. 자리에 누운 자비는 기쁨으로 잠을 이룰 수 없었다. 자신이 결국 버림받지 않을까 하는 의혹이 그 어느 때보다도 멀리 사라져 버렸다. 그리하여 자리에 누운 채 그녀는 자신에게 이렇듯 큰 은총을 내려 주신 하느님께 찬양을 바쳤다.

　이튿날 해 뜰 무렵 자리에서 일어난 그들은 떠날 채비를 했다. 그러나 해석자는 그들에게 잠시 기다리라고 했다. 「여기서부터는 몸을 좀 더 단정히 하셔야 합니다.」 다음으로 해석자는 처음 그들에게 문을 열어 준 처녀에게 말했다. 「이분들을 정원에 있는 목욕탕으로 모시고 가서 여행하며 뒤집어 쓴 먼지를 말끔히 씻을 수 있게 해드려라.」 그러자 순진이라는 이 처녀는 그들을 정원에 있는 목욕탕까지 안내하였다. 그리고 그녀는 몸을 깨끗이 씻어야 한다고 말하며, 해석자님은 이 집에 찾아온 여인들이 다시 순례 길에 나서기 전에 몸을 씻게 한다고 말했다. 그들은 목욕탕에 들어가 몸을 씻었으며, 소년들도 그렇게 했다. 목욕을 마치자 그들은 깨끗하고 상쾌해졌을 뿐 아니라 뼈마디에 생기가 돌고 힘이 솟았다. 그래서 그들의 모습은 한결 더 아름답게 보였다.

　그들이 정원의 목욕탕에서 돌아오자, 해석자가 그들을 바라보며 말했다. 「보름달처럼 아름답군요.」 그러고 나서는 목욕한 이들에게 찍어 주는 도장을 가져오라고 명했다. 도장을 가져오자 그는 앞으로 어디를 가든 사람들이 그들을 알아볼 수 있도록 표식을 찍어 주었다. 이 도장은 이스라엘 자손들이 애굽을 나올 때 먹은 유월절 음식의 내용물이며 그 정수인데, 양미간에 찍혔다.출 13:8~10 이 표시는 얼굴을 치장하는 장식품처럼 그들의 아름다움을 한층 빛냈다. 뿐만 아니라 저들의 품격을 한층 높여 그들은 마치 천사처럼 보였다.

　그러고 나서 해석자는 다시 시중드는 처녀에게 말했다. 「이분들이 입을 옷을 가져오너라.」 처녀가 흰옷들을 가지고 와서 해석자 앞에 놓았다. 해석자는 그들에게 옷을 입으라고 했다. 희고 깨끗한 아마포 옷이었다. 여인들은 그 옷을 차려 입고 나서 놀라움을 금치 못했는데, 서로가 영광스럽게 빛이 나는 모습이어서 제대로 바라보기조차 힘들었기 때문이다.

그리하여 이들은 상대방이 자기보다 낫다고 서로 치켜세웠다. 한 사람이 〈당신이 훨씬 아름다워요〉라고 말하면, 상대방은 〈당신이야말로 훨씬 더 어여쁜데요〉라고 말했다. 아이들도 그들이 입은 옷을 보고 놀라 서 있었다.

다음으로 해석자는 〈담대〉라는 이름의 남자 하인을 불러 긴 칼과 투구, 방패로 무장하도록 명령했다. 「이분들을 아름다움의 집까지 안내해 드려라. 이들은 그곳에서 쉴 것이다.」 담대가 무장을 하고 앞서 나아가기 시작했다. 해석자는 일행에게 〈하느님이 돌보시기를!〉 하고 인사했으며, 그 집 식구들도 모두 나와서 온갖 축원의 말로 작별 인사를 하였다. 이렇게 다시 길을 떠난 그들은 노래를 불렀다.

우리 여행의 두 번째 길목인 이곳에서
대대로 다른 이들에게는
감추어져 왔던
좋은 것들을 보고 들었네.

갈퀴로 거름을 헤치는 자, 거미, 암탉,
그리고 병아리들이
내게 교훈을 주고
또 교훈을 따라 살게 하였다네.

도살자, 정원과 밭,
울새와 먹이,
속이 썩은 나무 또한
귀중한 교훈이었네.

모든 것이 내게 감동을 주네.

내가 깨어 기도하며 성실해지도록 노력하고
날마다 내 십자가를 지고
경외하는 마음으로 주님을 섬기게 하였다네.

　꿈속에서, 일행은 담대의 뒤를 따라 나아가고 있었는데, 곧이어 전에 크리스천의 짐이 등에서 벗겨져 무덤 안으로 굴러 떨어지던 장소에 도착했다. 여기서 그들은 잠시 걸음을 멈추고 하느님을 찬양했다. 크리스티애너가 말했다. 「좁은 문에서 우리가 들은 말씀이 생각나네요. 거기서 우리는 말과 행위로 용서받아야 한다고 들었어요. 말이란 약속을 뜻하며, 행위란 약속을 성취하는 방법을 뜻한다고 했습니다. 약속이 무엇인지는 좀 알겠는데, 행위에 의한 용서나 약속을 성취하는 방법은 잘 이해할 수 없네요. 담대 씨, 당신은 알고 계실 것 같으니 그에 관해 말해 주십시오.」

　담대　행위로 용서받는다는 것은 누군가 용서받아야 할 다른 사람이 용서를 대신 얻어 낸다는 의미입니다. 그것은 용서받는 사람에 의해서가 아니라 다른 누군가가, 그것을 얻은 방식으로 성취하게 됩니다. 좀 더 확대시켜 말하자면 당신과 자비와 이 소년들은 다른 분, 다름 아닌 좁은 문에서 당신들을 안으로 들이신 그분에 의해 용서를 얻었습니다. 그는 이중적인 방식으로 용서를 성취하셨지요. 첫 번째로 당신들을 감싸 주시기 위해 의를 행하셨고, 두 번째로 당신들을 씻기시기 위해 피를 흘리셨습니다.
　크리스티애너　만약 그분이 자기의 의를 우리에게 나눠 주신다면 그분 자신을 위한 의는 어떻게 되나요?
　담대　그분의 의는 너무나 커서 여러분들에게 필요한 만큼을 나눠 주고도 흘러넘칩니다.

크리스티애너 좀 더 자세히 설명해 주세요.

담대 기꺼이 그러죠. 그러나 이제 이야기할 분이 누구와도 비교할 수 없는 분이라는 사실을 전제해야 합니다. 그분은 하나의 인격 안에 두 가지 본성을 갖고 계십니다. 이 본성들은 쉽게 구별되지만 분리되지는 않으며, 각각의 의를 지니고 있는데, 각 의는 그 본성에 핵심이 됩니다. 때문에 한 가지 본성에서 정의 또는 의를 분리시키려 할 경우 그 본성이 사멸하는 것과 같습니다. 우리는 이러한 의를 하나도 갖고 있지 않습니다. 우리가 의롭게 되고 의에 힘입어 살려면 그 의가 하나든 둘 다이든 우리가 입고 있어야 합니다. 한편 이들 외에도 그분은 두 가지 본성을 한꺼번에 소유한 분으로서 별개의 의를 가지셨지요. 이 의는 인간과 구별되는 하느님의 의가 아닙니다. 또한 하느님과 구별되는 인간의 의도 아닙니다. 이 의는 두 본성이 결합하여 존재하는 의인데, 그분이 중보의 직무를 맡는 데 필수적인 의라 할 수 있겠습니다.

만약 그분이 첫 번째 의를 우리에게 나눠 주신다면 그것은 그의 신성을 나눠 주시는 것이요, 두 번째 의를 나눠 주신다면 그것은 그의 순결한 인간성을 나눠 주시는 것이요, 세 번째 의를 나눠 주신다면 그것은 중보자의 직분을 감당할 능력을 나눠 주시는 것입니다. 그러므로 그는 또 다른 의를 가지고 계시며, 이 의는 계시된 하느님의 뜻에 순종하여 이루어집니다. 이 의가 바로 죄인들을 덮어 주는 의이며, 이로써 죄를 가리게 됩니다. 그리하여 주님께서는 다음과 같이 말씀하셨습니다. 〈한 사람의 불순종으로 많은 사람이 죄인이 된 것과 같이 한 사람의 순종으로 많은 사람이 의인이 되리라.〉롬 5:19

크리스티애너 그러면 다른 의들은 우리에게 아무 소용이 없나요?

담대 소용이 없다곤 할 수 없죠. 물론 처음 두 가지 의는 그의 본성과 직무에 필수적인 것이기 때문에 남에게 나누어 줄 수는 없지만 이 두 가지 의 덕분에 죄인을 의롭게 하는 세 번째 의가 효력을 발휘할 수 있습니다. 신성의 의로움은 그분의 순종을 낳고 인간성의 의로움은 그 순종을 의인하는 능력을 줍니다. 그리고 두 본성이 결합함으로써 존재하는 의는 그의 직무에 권위를 부여하여 그가 맡으신 일을 온전히 행하게 해줍니다.

그러므로 이제 그리스도께서는 하느님이시므로 의가 필요하지 않습니다. 왜냐하면 그런 의로움 없이도 하느님이시기 때문입니다. 또 그리스도께서는 인간으로서의 의도 필요하지 않습니다. 왜냐하면 그것 없이도 완전한 인간이시기 때문입니다. 그리고 그리스도께서는 신인God-man의 의도 필요하지 않습니다. 왜냐하면 그것 없이도 완전한 신인이시기 때문입니다. 그리스도 자신과 관련지어 볼 때, 그에게는 하느님으로서나 인간으로서나 신인으로서 의 모두가 필요 없으므로, 얼마든지 이런 의를 남겨 두실 수 있지요. 이렇게 사람들에게 의로움을 얻게 해주는 의가 그에게 필요하지 않으므로 나누어 주시는 것입니다. 그러므로 이를 〈의의 선물〉이라고 부릅니다. 주 예수 그리스도께서는 자신을 율법 아래 두셨기 때문에, 이 의를 남에게 주시지 않을 수 없습니다. 율법은 그분이 정의를 행하도록 구속할 뿐 아니라 자선을 행하도록 합니다. 율법에 따라 자신에게 외투 두 벌이 있으면 그중 하나를 옷 없는 자에게 주셔야 합니다. 우리 주님께서는 외투를 두 벌 가지고 계십니다. 하나는 자신을 위한 것이요, 하나는 남는 것입니다. 그래서 주님께서는 남는 하나를 없는 이들에게 그냥 주십니다. 크리스티애너와 자비, 그리고 여기 이 아이들이 용서받게 된 것은 다른 분의 행위에 의한 것입니다. 그 일을 행하신 분은 여러분들의 주 그리스도이신데, 그분은 자신이 행하신 바를 만나는 거지에게 그냥 주셨습니다.

그런데 행위로 용서받기 위해 우리를 덮어 줄 것뿐만 아니라 하느님께 대가로 치러야 할 것이 있어야 합니다. 우리는 죄 때문에 의로운 율법 아래 저주받아 마땅합니다. 이 저주에서 벗어나 구원받고 의롭다 하심을 얻으려면, 우리가 저지른 죄를 보상할 대가를 치러야 하는데, 주님께서는 당신의 피로 이 대가를 치르셨습니다. 주님은 여러분을 대신해 심판받으시고 여러분의 죄악 때문에 죽임을 당하셨습니다.롬 4:24 이리하여 그는 피로써 여러분이 지은 죄악으로부터 여러분을 구해 내셨고, 의로써 여러분의 오염되고 추해진 영혼을 덮어 주셨습니다. 그러므로 하느님께서 세상을 심판하러 오셨을 때, 여러분을 처벌하지 않고 그냥 넘어가실 것입니다.

크리스티애너 정말 놀라운 일입니다. 이제야 우리가 말과 행위로 용서받았다는 뜻을 좀 알겠습니다. 자, 착한 자비 자매, 이 이야기를 명심하십시다. 그리고 애들아, 너희도 이 뜻을 꼭 기억해라. 그런데 선생님, 제 남편 크리스천이 메고 가던 짐이 벗겨지니까 기뻐하며 세 번이나 펄쩍펄쩍 뛰었다고 하던데, 그것도 이 때문이었습니까?

담대 그렇습니다. 바로 이 믿음이 이전에 어떤 것으로도 자를 수 없던 끈을 끊어 버렸습니다. 당신 남편에게 십자가 앞까지 짐을 지고 오는 고통을 준 것 또한 믿음의 미덕을 증명하기 위한 것이었습니다.

크리스티애너 저도 그렇게 생각했어요. 전에도 제 마음이 가볍고 즐거웠지만, 지금은 전보다 열 배는 더 상쾌하고 기쁩니다. 그리고 지금까지는 절실히 느끼지 못했는데, 이 세상에서 아무리 무거운 짐을 진 자라 할지라도 이 자리에 와서 지금 저처럼 깨닫고 믿게 된다면, 그의 마음도 한층 쾌활해지고 밝아질 것이라는 생각이 들어요.

담대 이런 것들을 보고 깊이 생각하면 마음이 편안해지고 우리에게 주어진 짐에 대한 걱정이 가벼워질 뿐만 아니라 소중한 애정까지 우러나오게 됩니다. 용서는 약속뿐만 아니라 나 대신 십자가에서 돌아가신 분 때문에 얻어진다는 것을 한 번이라도 생각해 본 사람이라면, 구원의 방법과 그것에 따라 구원을 행하신 그분을 사랑하게 됩니다.

크리스티애너 옳은 말씀입니다. 주님께서 저를 위해 피 흘리셨음을 생각할 때 제 마음에서도 피가 흐르는 것 같습니다. 아, 사랑의 주님! 복된 주님! 당신께서 저를 사셨으니 저는 당신 소유입니다. 당신께서 제 몸값의 만 배도 더 되는 값을 치르셨으니 제 모든 것이 온전히 당신 소유입니다. 그러니 제 남편이 눈물을 글썽이며 이 험한 길을 빨리 달려간 것도 전혀 놀랍지 않습니다. 그는 저에게 함께 가자고 설득했지만, 제 마음이 악하고 삐뚤어져 그를 혼자 보냈습니다. 아, 자비 양, 당신의 부모님도 여기 계셨더라면, 그리고 겁쟁이 부인과 바람둥이 마님도 함께 있었으면 얼마나 좋을까요? 그랬으면 틀림없이 그들의 마음도 감동을 받았을 텐데요. 두려움이 아무리 크고, 또 욕정이 아무리 강하다 할지라도 집으로 돌아가지 않고 좋은 순례자가 되었을 텐데요.

담대 당신은 지금 감동을 받아 뜨거운 사랑으로 그런 말을 하고 있지만 그 감정이 언제나 계속되리라 여기십니까? 예수의 피 흘리시는 모습을 본다고 해서 누구나 다 이렇게 감격하지는 않습니다. 예수께서 흘리시는 피가 심장에서 바닥으로 떨어질 때, 곁에 서서 보는 이들 중에 몇몇은 애통해하는 대신 조롱하고 비웃었고, 제자가 되는 대신 주님에게 냉담하게 굴었습니다. 그러므로 내 딸들이여, 당신들이 이 모든 은혜를 받게 된 것은 내 말을 진지하게 받아들이고 묵상하여 특별한 감동을 받았기 때문입니다. 암탉이 병아리에게 먹이를 주려 할 때는 평소와 같은 소리를 내지 않는다는 사실을 기억하십시오. 지금 여러분이 느끼는 감격은 주님의 특별한 은총에 의한 것입니다.

그다음에 꿈에서 나는 크리스티애너 일행이 전에 크리스천이 여행할 때 천박과 나태와 거만 세 사나이가 누워 자던 곳에 다다른 것을 보았다. 그런데 그 세 사람이 철사로 목이 졸려 길 맞은편에 매달려 있었다.

보라, 여기 나태한 자들이 어떻게 표적이 되었는지.
거룩한 여행을 거절하고 목이 매달려, 어린아이에게도 조롱당하는구나.
보라, 담대가 나약한 이들을 이끌자 그들이 강건해졌구나.

이를 본 자비는 보호자 겸 안내자인 담대에게 물었다. 「저 사람들은 누군데 저기 목이 매달려 있나요?」

담대 이 세 사람은 질이 나쁜 사람들이었습니다. 그들은 원래 순례자가 될 생각이 없는 데다, 다른 순례자들을 방해하려 했습니다. 나태하고 어리석었던 그들은 만나는 자마다 꾀어서 자기들처럼 만들려고 애썼답니다. 그러고 결국에는 다 잘될 것이라고 가르쳤다네요. 크리스천이 여기를 지나갈 때 이 사람들은 잠을 자고 있었는데, 당신들이 지나가는 지금은 목이 매달려 있군요.

자비 저들의 꾐에 넘어간 사람들이 있었나요?

담대 예, 여러 사람들이 이들 때문에 다른 길로 들어갔지요. 그중에는 〈느림보〉라는 사람이 있지요. 이외에도 〈촐랑이〉, 〈무심이〉, 〈정욕 미련이〉, 〈멍청이〉, 〈우둔〉이라는 젊은 여자 한 명도 자기 갈 길에서 벗어나 이들처럼 되었답니다. 뿐만 아니라 이들은 주님을 혹독하게 일을 시키는 주인이라고 음해하였습니다. 또한 천국에 대한 악선전을 늘어놓으며 그곳이 사람들 말처럼 그리 좋은 곳은 못 된다고 떠들어 댔지요. 또한 그들은 주님의 종들에 대해서도 지극히 훌륭한 종들을 쓸데없이 참견하여 문제만 일으키는 바쁜 사람들이라고 비방했습니다. 게다가 이들은 하느님의 빵을 짐승이나 먹는 콩깍지라 부르고, 하느님 자녀들의 평안을 환상이라 하며, 순례자들의 여행과 노고를 헛된 짓이라고 떠벌렸습니다.

크리스티애너　어머, 그런 줄 알았으면 저들을 위해 슬퍼할 가치가 없었군요. 죽어 마땅한 자들이네요. 내 생각에, 저들의 시체가 이렇게 한길 가까이에 달려 있으니, 다른 사람들에게 경고가 되어 좋은 것 같아요. 그런데 그들의 죄악상을 철판이나 동판에 새겨, 더구나 그들이 나쁜 짓을 한 이곳에 세워 두면 더 좋지 않았을까요? 다른 악한 자들에게 경고가 되도록 말이에요.

담대　그런 게 세워져 있지요. 저 벽으로 좀 더 가까이 가면 보일 겁니다.

자비　가까이 갈 필요는 없어요. 저들은 그냥 매달아 두고 더러운 이름을 남기게 하세요. 그리고 저들의 죄는 영원토록 살아남아 그들을 괴롭히게 하세요. 우리가 여기까지 오기 전에 저들의 목이 매달린 것이 매우 다행이라고 생각됩니다. 저들이 우리처럼 연약한 여인들에게 무슨 짓을 했을지 누가 압니까? (그러고 나서 그녀는 노래했다)

이제 너희 세 사람은 거기 매달린 채
작당하여 진리를 거스르는 모든 자들에게 경고가 될지라.
그리고 혹 뒤에 오는 자들 중에

순례자의 벗이 되지 않는 자는 이러한 종말을 보고 두려
워하게 하라.
　내 영혼아, 저자들을 잊지 마라,
　거룩함을 거스르는 자는 다 그러하리라.

　계속 길을 가던 그들은 마침내 고난의 산 기슭에 도착했
다. 여기서 그들의 착한 친구인 담대는 예전에 크리스천이
이곳을 지날 때 겪은 일을 들려 주었다. 우선 그는 일행을 샘
터로 인도한 후 말했다.「자, 보세요. 크리스천이 산을 오르
기 전에 마셨던 샘입니다. 당시만 해도 물이 깨끗하고 좋았
지만, 지금은 순례자들이 갈증을 풀지 못하도록 악한 자들이
발을 씻어 물을 더럽혀 놓았습니다.」^{겔 34:18}
　이에 자비가 말했다.「왜 그렇게 시기할까요?」안내자가
말했다.「하지만 염려할 건 없어요. 물을 떠서 깨끗하고 좋은
그릇에 담아 두면 더러운 흙은 바닥에 가라앉고 물은 맑아지
니까요.」크리스티애너 일행은 그의 말대로 할 수밖에 없었
다. 물을 떠서 질그릇에 담아 두었다가 흙이 가라앉은 뒤에
야 물을 마셨다.
　그다음 담대는 산기슭에 있는 두 갈래의 샛길을 보여 주었
다. 그곳은 예전에 허례와 위선이 길을 잃었던 곳이었다. 담
대가 말했다.「이 두 길은 위험합니다. 크리스천이 지나칠 무
렵 두 사람이 잘못 들어갔다가 낭패를 당했지요. 지금은 쇠사
슬과 말뚝을 치고 배수로를 파서 막아 놓았지만, 아직도 산
오르는 게 고통스러워 모험을 하는 사람들이 더러 있습니다.」

크리스티애너　〈속임수를 쓰면 망친다.〉^{잠 13:15} 이런 길을 가
면서도 목이 부러지지 않는다면 오히려 이상한 일이지요.
　담대　그래도 저들은 모험을 택하지요. 그들이 옳지 않은

길로 가는 것을 왕의 종들이 보고 위험하다고 일러 주면, 그들은 도리어 반발하며 이렇게 말하지요. 〈당신이 야훼의 이름으로 우리에게 한 말을 우리는 듣지 않겠소. 우리는 한번 한 말을 어길 수가 없소.〉렘 44:10~17 좀 더 자세히 살펴보면 저 길은 쇠사슬과 기둥과 배수로로 막혀 있을 뿐 아니라 울타리까지 쳐져 있지요. 그럼에도 사람들은 굳이 저 길로 가려고 한답니다.

크리스티애너 그들은 게으르고, 힘들여 얻으려 하지 않는 겁니다. 그들에게 오르막길은 별로 탐탁지 않거든요. 그래서 저들에게 〈게으른 사람의 길은 가시덤불에 뒤덮이고〉잠 15:19 라는 성서 말씀이 이루어진 것이네요. 예, 그들은 이 산에 올라 천국으로 가느니 덫이 깔린 길을 걸으려 합니다.

그들은 발걸음을 재촉하여 산을 오르기 시작했다. 그러나 크리스티애너는 산꼭대기에 오르기도 전에 헐떡거렸다. 「이 산은 참으로 숨이 차군요. 영혼보다 안락함을 좋아하는 사람들이 좀 더 평탄한 길을 택하는 것도 놀랄 일은 아니겠어요.」 이때 자비가 말했다. 「저는 좀 앉아서 쉬어야겠어요.」 그리고 크리스티애너의 막내아들은 울기 시작했다. 담대가 말했다. 「자, 어서 와요. 여기서 앉아 쉬면 안 돼요. 조금 더 올라가면 왕자님의 정자가 있어요.」 담대는 막내아들의 손을 잡고 계속 올라갔다.

정자에 다다른 그들은 모두 심한 더위에 지쳐 있었으므로 앉아서 쉬고 싶은 생각이 굴뚝같았다. 이때 자비가 말했다. 「고단한 자들에게 휴식은 얼마나 달콤한지요! 그리고 여행에 지친 순례자들에게 이런 휴식처를 준비해 두신 순례자의 왕자님은 얼마나 좋은 분이신가요!마 11:28 이 정자에 관해서는 많이 들었지만 보는 건 처음이에요. 하지만 잠들지 않도록 조심합시다. 들은 바에 의하면, 불쌍한 크리스천이 여기서 잠을 자다가 큰 낭패를 보았다고 했습니다.」

이에 담대가 소년들을 향해 말했다.「애들아, 이리 온. 너희들은 어떠냐? 순례 여행은 할 만하니?」막내가 말했다.「선생님, 저는 심장이 터지는 줄 알았어요. 제가 힘들 때 손을 잡아끌어 주신 것 정말 고맙습니다. 저는 지금 어머니께서 해주신 말씀이 생각나요. 어머니께선 하늘로 가는 길은 사닥다리와 같고, 지옥으로 가는 길은 언덕을 내려가는 것과 같다고 하셨어요. 하지만 저는 언덕을 내려가 죽는 것보다 사닥다리를 타고 올라가 사는 편을 택하겠어요.」

이때 자비가 말했다.「언덕을 내려가는 일은 쉽다는 속담이 있지.」이름이 야고보인 막내가 말했다.「하지만 저는 언덕을 내려가는 일이 가장 힘들게 될 날이 올 거라고 생각해요.」그러자 담대가 말했다.「참 훌륭하구나. 네 말이 정답이다.」자비는 미소 지었고 소년은 얼굴을 붉혔다.

크리스티애너　자, 앉아서 쉬는 동안 입맛이라도 다시게 이걸 좀 드세요. 해석자 님 댁을 나설 때 그분이 내 손에 쥐여 준 석류가 있거든요. 그리고 벌집 한 송이와 원기를 돋우는 작은 음료수 한 병도 있어요.

자비　그분이 아주머니를 한쪽으로 데려가시는 걸 보고 무언가 주시는 것으로 짐작했지요.

크리스티애너　예, 그때 주셨어요. 우리가 처음 여행을 시작할 때 약속했죠? 내가 가진 모든 것을 자매님과 나누겠어요. 당신은 자진해서 우리의 동행이 되어 주었지요.

그러고 나서 크리스티애너는 자비와 소년들에게 음식을 나눠 주고 함께 먹었다. 크리스티애너가 담대에게 말했다.

「선생님도 좀 드세요.」그러나 그는 대답했다. 「괜찮습니다. 당신들은 순례를 계속해야 할 사람들이고, 나는 곧 돌아갈 사람입니다. 그걸 드시면 여행에 큰 도움이 될 겁니다. 집에서 나는 매일 그렇게 먹습니다.」그들이 먹고 마시면서 잠시 잡담을 나누자 담대가 말했다. 「해가 기울고 있으니 웬만하면 길 떠날 준비를 합시다.」그리하여 저들은 계속 산을 오르기 시작했는데 소년들이 앞서 나아갔다. 그러나 음료수 병을 놓고 온 것을 깨달은 크리스티애너는 아들을 시켜 찾아오게 했다. 그러자 자비가 말했다. 「이곳은 무언가 잃어버리는 장소 같아요. 여기서 크리스천 님은 두루마리를 잃어버렸고, 크리스티애너 아주머니는 병을 잊고 왔잖아요. 선생님, 무슨 이유일까요?」이에 그들의 안내자인 담대가 대답했다. 「그건 잠이나 건망증 때문입니다. 어떤 이들은 깨어 있어야 할 때 잠을 자고, 기억해야 할 때 잊어버리곤 하지요. 이런 이유로 종종 저 휴식처에서 순례자들이 물건을 잃어버리곤 합니다. 순례자들은 가장 기뻤을 때 받았던 것들을 잘 지키고 기억해야 합니다. 그렇지 못할 때 종종 그들의 기쁨은 슬픔으로 끝나고, 햇빛은 구름에 가려지고 맙니다. 이곳에서 크리스천이 당했던 일이 그것을 증명하지요.」

길을 가던 그들은 예전에 불신과 겁쟁이가 무서운 사자를 만나 도망치면서 크리스천에게 돌아가라고 설득했던 장소에 이르렀다. 거기서 그들은 단(段)처럼 생긴 것을 보았다. 그 앞 길가에는 넓적한 게시판 하나가 있었는데, 거기에는 시 한 편과 그 아래에 단을 세운 이유가 적혀 있었다. 시는 다음과 같았다.

이 처형대를 보는 자는
마음과 혀를 조심하라.

만일 삼가지 않으면 예전 사람들이 당했던 것처럼
여기서 벌을 받으리라.

시 아래 쓰인 문구는 이러했다. 〈이 처형대는 불신이나 두려움 때문에 순례 길을 계속하지 않으려는 자들을 벌하기 위해 세워졌다. 크리스천의 여행을 방해하려고 했던 불신과 겁쟁이가 이 처형대 위에서 불에 달군 쇠꼬챙이로 혀가 뚫리는 벌을 받았다.〉

그러자 자비가 말했다. 「이는 사랑스러운 이의 말씀과 매우 흡사하군요. 〈너, 사악한 혀야, 너 무엇을 얻으려 하느냐? 너 무엇을 더 받으려 하느냐? 네가 받을 것은 용사의 날카로운 화살과 노가주나무 숯불뿐이라.〉」시 120:3~4

다시 길을 가던 그들은 사자가 보이는 곳까지 이르렀다. 담대는 워낙 강한 사람이므로 사자를 두려워하지 않았다. 그러나 앞서 걷던 소년들은 사자들이 있는 곳에 이르자 무서워하며 되돌아와 어른들 뒤로 숨었다. 이 모습을 보고 안내자가 웃으며 말했다. 「애들아, 이게 무슨 짓이냐? 위험이 없을 때에는 앞서기를 좋아하다가 사자가 나타나자마자 뒤로 와서 숨다니.」

일행이 사자 있는 곳에 가까이 가자 담대는 칼을 빼들었다. 사자를 무찌르고 순례자들에게 길을 내주려는 것이었다. 이때 사자를 도와주려고 나선 것처럼 보이는 사람 하나가 담대에게 말을 걸었다. 「여기엔 뭣 하러 왔느냐?」 이 사나이의 이름은 〈난폭한 자〉인데, 순례자들을 많이 죽였다 해서 〈피투성이〉라 불리기도 했다. 그는 거인 족속의 한 사람이었다. 그러자 순례자들의 안내인이 말했다.

담대　이 여인들과 소년들은 순례 길을 가는 사람들이오.

당신과 사자들이 막아선대도 이 길을 꼭 지나가야겠소.

난폭한 자 이 길은 순례자들이 가야 할 길이 아닐뿐더러, 이 길로는 절대 못 지나간다. 나는 그들을 막기 위해 왔으니 사자들을 도울 것이다.

사실 이 길목을 지키는 사자가 워낙 맹렬한 데다 난폭한 자까지 사자들은 도와주어 근래엔 이곳을 왕래하는 사람이 적었고 길에는 수풀이 무성했다. 이때 크리스티애너가 말했다.

크리스티애너 비록 지금까지 이 길을 가는 사람이 없고 순례자들이 속속 샛길로 빠져들었다 할지라도, 이제 내가 일어난 이상 그럴 수는 없어요. 〈이스라엘의 어머니로서 내가 일어서노라.〉

난폭한 자 이 사자들을 걸고 맹세하건대, 그대들은 돌아가라. 결코 너희는 이 길로 지나갈 수 없다.

그러나 안내자는 난폭한 자에게 먼저 접근해 힘껏 검을 휘둘렀고, 난폭한 자는 이 기세에 물러섰다. 사자들을 도우려던 난폭한 자가 말했다.

난폭한 자 네가 내 땅에서 나를 죽이려 하느냐?
담대 우리가 서 있는 이 길은 원래 왕의 대로였는데 네가 사자를 풀어 놓지 않았느냐? 이 여인들과 아이들은 비록 연약하지만 사자를 물리치고 길을 갈 터이니 그리 알라.

이 말과 함께 그가 한 번 더 칼을 내리치자 난폭한 자는 무릎을 꿇으며 주저앉아 버렸다. 담대의 일격으로 난폭한 자가 쓰고 있던 투구가 깨졌으며, 그다음 일격으로 팔 하나가 잘려 나갔다. 난폭한 자의 비명이 워낙 크고 무시무시해서 여인들은 놀랐으나, 그가 땅에 엎어지는 것을 보고 기쁨을 감추지 못했다. 한편 사자들은 사슬에 매여 있어 아무 짓도 할 수 없었다. 결국 사자들을 도우러 왔던 늙은 난폭한 자가 죽자, 담대는 순례자들에게 말했다.「자, 나를 따라오세요. 사자들은 여러분을 해치지 못합니다.」그래서 그들은 앞으로 나아갔지만, 사자 곁을 지날 때 여자들은 몸을 떨었고 소년들은 두려워서 죽을 것 같은 표정을 지었다. 그러나 일행은 무사히 사자를 지나갔다.

이제 아름다운 집을 지키는 문지기의 오두막이 보이는 곳까지 온 그들은 발걸음을 재촉했다. 밤에 여행하는 것은 위험하기 때문이었다. 대문 앞에 이르러 안내자인 담대가 문을 두드리자 문지기가 대답했다.「누구요?」담대가 대답했다.「나요, 나.」담대는 이전에도 순례자의 안내자로서 그곳에 몇 번 온 적이 있었다. 문지기는 그의 목소리를 알아듣고 얼른 아래로 내려왔다. 문지기는 문을 열었으나, 문 바로 앞에 서 있는 안내자만 보고 뒤에 있는 여인들은 보지 못한 채 말했다.「아니, 담대 씨, 밤늦게 무슨 일이십니까?」담대가 말했다.「순례자 몇 분을 모시고 왔습니다. 주인께서 여기서 쉬었다 가라고 하셨습니다. 좀 더 일찍 올 수 있었는데, 사자들을 도우러 온 거인과 싸우느라 늦어졌지요. 그러나 한참 싸운 끝에 그를 죽이고 순례자들을 이곳까지 무사히 모시고 왔습니다.」

문지기 당신도 오늘은 여기서 쉬고 내일 아침에 떠나지 않으렵니까?

담대 아닙니다. 나는 오늘 밤에 주인님께로 돌아갈 것입니다.

크리스티애너 선생님, 우리를 두고 떠나시다니 어쩔 줄 모르겠군요. 성실하고도 자애롭게 우리를 대하시고 우리의 안전을 위해 용감히 싸워 주시고 또 진심으로 우리에게 조언해 주신 은혜는 영원히 잊지 못할 거예요.

자비 아, 여행을 마칠 때까지 선생님께서 동행해 주시면 좋겠어요. 우리처럼 힘없는 여자들이 친구도 보호자도 없이 어떻게 이처럼 험한 길을 갈 수 있겠어요?

야고보 (한마디 거들었다) 제발 선생님, 저희와 함께 가면서 도와주세요. 우리는 너무 연약하고, 길은 너무 위험하잖아요.

담대 저는 주님의 명령에 따를 뿐입니다. 만약 주님께서 제게 끝까지 여러분의 안내자가 되라고 명하셨다면 저는 기꺼이 그렇게 했을 겁니다. 하지만 여러분이 처음에 실수하신 게 있습니다. 주님께서 제게 당신들을 안내하라 하셨을 때, 여행 목적지까지 안내하게 해달라고 청했다면 승낙하셨을 거예요. 그러니 지금 저는 돌아가야 합니다. 자, 착한 크리스티애너 부인, 자비 자매님, 그리고 용감한 소년들, 잘 가요.

담대가 떠나가자 문지기인 경계는 크리스티애너에게 고향이 어디며 친척은 누구냐고 물었다. 크리스티애너가 대답했다.「저는 멸망의 도시에서 온 과부입니다. 세상을 떠난 제 남편의 이름은 순례자 크리스천입니다.」문지기가 말했다.「뭐라고요! 당신 남편이 그분이었어요?」크리스티애너가 말했다.「예, 그리고 애들은 그의 아들들이고, (자비를 가리키며) 이분은 우리 동네에 살던 여자입니다.」그러자 문지기는 늘 하던 대로 종을 울렸다. 종소리를 듣고 〈겸손〉이라는 처녀가 문 밖으로 나오자, 문지기가 말했다.「안에 들어가 크리스천의 아내 크리스티애너 부인과 아이들이 함께 순례 길을 떠

나 지금 여기 왔다고 알리게.」 겸손이 안에 들어가 이 소식을
알리자 기쁨의 환호성이 터져 나왔다.

크리스티애너는 아직 문간에 서 있었고, 사람들이 집 안에
서 서둘러 문지기에게 달려왔다. 그들 중 가장 점잖게 생긴
사람이 그녀에게 말했다.「들어오시오. 크리스티애너, 어서
요. 선한 이의 부인이시여, 들어오시오. 복된 여인이시여, 함
께 온 분들도 모두 들어오시오.」 크리스티애너는 안으로 들
어갔고, 아이들과 자비도 뒤따라 들어갔다. 그들은 큰 방으
로 인도되었고, 자리에 앉게 되었다. 그들이 자리에 앉자, 사
람들은 윗사람들에게 가서 손님을 맞이하도록 알렸다. 방에
들어온 윗사람들이 순례자들을 알아보고는 입맞춤으로 인사
했다.「잘 오셨습니다. 여러분은 하느님 은혜를 받으셨습니
다. 환영합니다. 우리는 여러분의 친구입니다.」

이제 밤도 깊은 데다 순례자들은 여행에 지치고, 무시무시
한 사자들에게 맞서느라 시달린 터라 될 수 있는 한 속히 잠
자리에 들고 싶었지만 이 집 사람들은 이렇게 말했다.「요기
부터 하고 기운을 차리세요.」 그러고는 평소대로 소스를 끼
얹은 어린 양의 고기를 가져왔다. 크리스티애너 일행이 온다
는 소식을 미리 들은 문지기가 식사를 준비시켰던 것이다.
저녁을 먹고 나서 시편 한 편으로 기도를 마친 그들은 이제
잠자리에 들기를 원했다. 크리스티애너가 말했다.「결례가
아니라면 전에 제 남편이 묵었던 방에서 자게 해주시겠습니
까?」 일행은 그 방으로 올라가 모두 한자리에 누웠다. 자리
에 들자 크리스티애너와 자비는 이야기를 나누기 시작했다.

크리스티애너　남편이 길을 떠날 때만 해도 내가 이렇게 뒤
따라 순례 길을 나서리라고는 상상도 못했어요.

자비　또 지금 이렇게 그분이 묵으셨던 방, 그분이 주무셨

던 침대에 누워 주무시리라는 것도 생각 못하셨죠?

크리스티애너 평안히 그이의 얼굴을 바라보고 그이와 함께 왕 되신 주님을 예배하게 되리라고는 전혀 생각하지 못했는데, 이제는 반드시 이뤄질 것으로 믿어요.

자비 잠깐, 무슨 소리가 들리지 않으세요?

크리스티애너 예, 들려요. 내 생각에는 우리가 여기 온 것을 환영하며 음악을 연주하는 모양이에요.

자비 멋져요! 우리가 여기 온 것이 기쁘다고 이렇게 집 안에도, 마음에도, 하늘에도 음악이 울리다니요.

그들은 이야기를 나누다가 잠이 들었다. 다음 날 아침, 잠에서 깬 크리스티애너가 자비에게 물었다.

크리스티애너 지난밤에 자면서 웬일로 그렇게 웃었어요? 꿈을 꾸는 것 같던데.

자비 네, 꿈을 꿨어요. 그것도 아주 달콤한 꿈을 꾸었어요. 그런데 제가 정말 웃었나요?

크리스티애너 그럼요. 진심에서 우러나온 웃음 같던데요. 얘기 좀 해주세요.

자비 저는 꿈에 홀로 외딴곳에 앉아 악한 제 마음을 탄식하고 있었어요. 좀 앉아 있자니 많은 사람들이 주위에 몰려들어 저를, 또 제가 하는 말을 들으려는 것 같았어요. 사람들이 듣든 말든 저는 계속해서 악한 제 마음을 탄식했어요. 어떤 사람은 저를 조롱하고, 어떤 사람은 절더러 바보라 했고, 또 저를 밀치는 사람들도 있었어요. 그때 눈을 들어 보니 날개 달린 사람 하나가 제게로 내려오고 있었어요. 그는 곧장 제게 다가와서 말씀하셨어요. 「자비야, 무엇 때문에 괴로워하느냐?」 그분에게 제 고민을 말씀드렸더니, 그분은 〈평안하거라〉하시며 손수건으로 제 눈물을 닦아 주시고 금과 은으로 꾸민 옷을 입혀 주셨어요. 그리고 목에는 목걸이를 걸어 주시고, 귀에는 귀고리, 머리에는 아름다운 면류관을 씌워 주셨어요. 그분은 제 손을 잡으며 말씀하셨어요. 「자비야, 나를 따라오너라.」 그래서 우리는 함께 올라가 황금 대문 앞에 도착했어요. 그분이 문을 두드리자 안에 있던 사람들이 문을 열어 주었어요. 그분이 먼저 들어가고 저는 뒤따라 들어갔지요. 거기에는 보좌가 하나 있었는데, 거기 앉아 계신 분께서 제게 말씀하셨어요. 「잘 왔다, 내 딸아.」 그곳은 매우 밝았어요. 별처럼, 해처럼. 내 생각에 아주머니 남편 분도 거기 계신 것 같았어요. 그러고는 꿈에서 깨어났지요. 그런데 제가 웃었어요?

크리스티애너 웃다마다요. 당신이 더 잘 알 거예요. 분명히 그건 길몽이에요. 처음에 진리를 보았으니 그 뒷부분에서도 진리를 찾게 될 거예요. 침대에 누워 깊이 잠들었을 때, 꿈이나 밤에 나타나셔서 하느님께서는 한 번, 두 번 말씀하시지만, 사람은 그것을 알아듣지 못하지요. 우리가 침대에 누워 있을 때에는 하느님과 대화하기 위해 굳이 깨어 있을 필요가 없어요. 하느님께서는 우리가 자는 동안에도 우리를 찾아오셔서 그분의 음성을 들려주실 수 있어요.^{욥 33:15~16} 우리가 잠들어도 종종 우리의 마음은 깨어 있지요. 그래서 하느님께서는 우리가 깨어 있을 때와 마찬가지로 말씀이나 잠언, 징조나 비유로 말씀하실 수 있습니다.

자비 그런 꿈을 꿔서 참 기뻐요. 그리고 제 꿈이 곧 이루어져 다시 한 번 웃게 되길 바라요.

크리스티애너 이제 자리에서 일어날 시간이 된 것 같군요. 일어나서 우리가 할 일이 없는지 알아봅시다.

자비 사람들이 우리에게 좀 더 머물라고 하거든 그들의 제안을 기꺼이 받아들였으면 해요. 저는 좀 더 머물며 이 집 처녀들과 가까이 사귀고 싶어요. 분별과 경건, 자애는 하나같이 참하고 아름다워요.

크리스티애너 어떻게 될지 곧 알게 되겠죠. (그들이 일어나 준비를 갖추고 아래로 내려오자, 사람들이 잠자리가 편안했는지를 물었다)

자비 참 좋았습니다. 제 평생 가장 편안한 잠자리였어요.

그러자 분별과 경건이 말했다. 「한동안 여기 머무르시겠다면 잘 모시겠습니다.」

자애도 말했다. 「예, 성심성의껏 대접하겠어요.」

그들은 아가씨들의 제안을 받아들여 한 달 남짓 머물렀는데, 서로에게 크게 유익한 시간을 보냈다. 분별은 크리스티애너가 아이들을 어떻게 키웠는지 알고 싶어 아이들에게 교리 문답을 해도 되겠냐고 물었다. 크리스티애너가 흔쾌히 승낙하자 분별은 우선 막내 야고보에게 묻기 시작했다.

분별 자, 야고보야, 누가 널 만들었는지 말해 보련?

야고보 성부, 성자, 성령인 하느님께서요.

분별 참 똑똑하구나. 그럼 누가 너를 구원해 주셨지?

야고보 성부, 성자, 성령인 하느님이시지요.

분별 잘 대답했어요. 그런데 성부 하느님께서 어떻게 너를 구원하셨지?

야고보 그분의 은총으로 구원하셨어요.

분별 성자 하느님께서는 어떻게 너를 구원하셨니?

야고보 그분의 의로우심과 죽음과 피와 부활을 통해서요.

분별 그리고 성령 하느님께선 어떻게 너를 구원하셨지?

야고보 그의 교화, 갱신, 보호를 통해서요.

그러자 분별이 크리스티애너에게 말했다. 「아이들을 이렇듯 훌륭하게 가르치시다니요. 막내가 대답을 잘했으니 나머지 아이들에게는 물어보나 마나겠어요. 그래서 셋째 아드님에게는 다른 질문을 해볼까 합니다.」 그러고 나서 분별은 셋째 아들 요셉에게 말했다.

분별　자, 요셉아, 네게 교리에 대해 물어봐도 되겠니?

요셉　물론이에요.

분별　인간이란 무엇이지?

요셉　제 동생이 말씀드린 대로 하느님께서 만드신 이성을 지닌 피조물이에요.

분별　구원이라는 말에는 어떤 의미가 담겨 있을까?

요셉　인간이 죄를 지어 비참한 포로와 같은 상황이라는 의미가 있죠.

분별　삼위일체 하느님에 의해 인간이 구원받는다는 말은 어떤 뜻일까?

요셉　죄는 너무나 크고 힘센 폭군이라서, 하느님 이외에는 그 속박을 끊을 수가 없습니다. 그리고 하느님께서는 인간을 지극히 사랑하시는 선하신 분이므로 비참한 상태에 있는 인간을 구원해 주십니다.

분별　불쌍한 인간을 구원해 주시는 하느님의 의도는 무엇이지?

요셉　하느님의 이름과 그분의 은총, 정의 등을 영광스럽게 하시려는 것입니다. 그리고 그가 만드신 피조물들을 영원히 행복하게 하시려는 것입니다.

분별　어떤 사람들이 구원을 받을 수 있지?

요셉　하느님의 구원을 영접하는 자들이오.

분별　옳은 답이로구나, 요셉아. 어머니께서 잘 가르쳐 주셨고, 너도 어머니의 가르침을 명심해 들었구나.

그러고 나서 분별은 둘째 아들 사무엘에게 말했다.「자, 사무엘아, 너도 교리 문답에 응해 주겠니?」

사무엘　예, 원하신다면 기꺼이요.
분별　천국은 어떤 곳이니?
사무엘　천국은 하느님이 계시는 곳으로, 가장 복된 장소이자 상태입니다.
분별　그러면 지옥은 어떤 곳일까?
사무엘　거기는 죄와 마귀와 죽음이 있는 곳이니 가장 비참한 곳입니다.
분별　왜 너는 천국에 가고자 하는 거니?
사무엘　첫째는 하느님을 뵙고 아무 근심 없이 섬기기 위해서이고, 둘째는 그리스도를 뵙고 영원히 그분을 사랑하기 위해서이며, 셋째는 여기서는 결코 누릴 수 없었던 성령의 충만함을 얻기 위해서지요.
분별　참 훌륭하구나. 그리고 잘 배웠다.

그다음에 분별은 맏아들인 마태오에게 말했다.「자 마태오야, 너도 교리 문답을 할 수 있겠니?」

마태오　기꺼이요.
분별　그러면 하느님이 계시기 전에는 무엇이 있었다고 생각하니?
마태오　아니에요. 하느님께서는 영원하십니다. 그래서 태초의 첫날까지 하느님 이외엔 아무것도 존재하지 않았습니다. 엿새 동안 하느님께서는 하늘과 땅과 바다와 그 안에 있는 모든 것을 만드셨어요.

분별 성경에 대해서는 어떻게 생각하니?

마태오 거룩한 하느님의 말씀입니다.

분별 거기 쓰인 말씀 중에 네가 이해하지 못하는 내용은 없니?

마태오 아주 많습니다.

분별 그러면 이해하지 못하는 것이 나오면 어떻게 하지?

마태오 저는 하느님께서 저보다 더 지혜로우시다고 생각하기 때문에 제게 유익한 부분은 제가 모두 이해할 수 있게 깨우쳐 달라고 하느님께 기도드립니다.

분별 죽은 사람이 부활한다는 걸 믿니?

마태오 저는 죽어서 땅에 묻혔던 사람들이 전의 모습 그대로 부활하리라고 믿습니다. 썩지 않은 원래 모습 그대로요. 제가 부활을 믿는 이유는 두 가지입니다. 첫째 하느님께서 약속하셨기 때문이고, 둘째 그분은 부활을 행하실 수 있기 때문입니다.

그러자 분별이 소년들에게 말했다. 「여러분은 어머니께 배울 게 많으니 계속해서 어머니 말씀을 잘 들으세요. 그리고 다른 분들이 들려주는 좋은 말씀에도 열심히 귀 기울여야 해요. 그분들은 모두 여러분이 잘되라고 말씀하시는 것이니까. 또 천지 만물이 가르쳐 주는 것도 주의 깊게 살펴보세요. 하지만 특히 여러분의 아버지를 순례자가 되게 했던 성경을 깊이 묵상하세요. 여러분이 여기 있는 동안 나도 가능한 한 여러분을 가르칠 테니, 신앙에 도움이 되는 문제로 묻고 싶을 게 있을 때는 언제든지 찾아오세요. 기꺼이 대답해 줄 테니.」

순례자 일행이 그곳에 머문 지 일주일쯤 되었을 때 자비를 찾아온 방문객이 있었다. 그는 자비에게 호의가 있는 척 가장했는데, 이름은 〈활달〉이라고 했다. 어느 정도 교양을 갖추고 신앙심이 있는 체했으나 사실 매우 세속적인 사람이었다. 두서너 번 자비를 찾아온 그는 어느 날, 그녀에게 사랑을 고백했다. 자비는 외모가 뛰어나고 매력적이었기 때문이다.

자비는 마음씨 또한 아름다웠을 뿐 아니라 늘 부지런했다. 할 일이 없을 때는 양말이나 옷을 만들어 가난한 사람들에게 나누어 주곤 하였다. 활달은 그것들을 만들어 어디에 쓰는지도 모르고, 다만 그녀가 한시도 게으름 부리지 않는다는 것을 마음에 들어 하며 〈틀림없이 훌륭한 가정주부가 될 거야〉라고 혼잣말을 하기도 했다.

자비는 이 문제를 그 집에 있는 처녀들에게 이야기하고 활달에 대해 물어보았다. 그들이 자기보다 활달에 관해 잘 알기 때문이었다. 처녀들은 그가 대단히 활달한 청년이고 신앙심이 있는 척하지만 선한 능력과는 무관한 사람 같다고 말했다.

그러자 자비가 말했다. 「앞으로는 그를 만나지 말아야겠어요. 제 영혼에 거리낄 일을 하고 싶진 않아요.」

분별이 말했다. 「그 남자를 실망시키는 것은 그리 어렵지 않아요. 당신이 가난한 이들을 계속 돕는다면 금세 시들해질 거예요.」

얼마 후 그가 다시 찾아왔을 때, 자비는 여전히 가난한 이들을 위해 일하고 있었다. 그것을 본 활달이 말했다. 「항상 무슨 일을 그렇게 하십니까?」 그녀가 대답했다. 「나 자신을 위한 것이기도 남을 위한 것이기도 해요.」 그가 다시 물었다. 「그래서 하루에 얼마나 법니까?」 그녀가 대답했다. 「선행을 풍부히 쌓아 미래를 위해 든든한 기초를 놓고 영생을 얻기 위해서입니다.」^{딤전 6:17~19} 그가 말했다. 「그렇다면 대체 이것들로 무엇을 하는 겁니까?」 「헐벗은 사람들을 입히려고요.」 이 말에 그의 얼굴빛이 변했다. 그리고 이후로 다시는 자비를 찾아오지 않았다. 사람들이 그에게 이유를 묻자, 자비가 어여쁘긴 하지만 정신이 온전치 못한 여자라고 대답했다.

그가 떠나자 분별이 말했다. 「활달 씨가 곧 당신을 포기할 거라고 말씀드렸었죠? 그는 틀림없이 사람들에게 당신을 험담하고 다닐 거예요. 그는 신앙심 있는 척하고 자비를 사랑하는 듯 보였지만, 당신과 그는 천성이 전혀 달라서 배필이 될 수 없어요.」

자비　아무에게도 말은 안 했지만 예전에도 저는 여러 번 청혼을 받았지요. 그들도 제 성품에 대해서 흠잡지 않았지만 제 마음 씀씀이는 좋아하지 않았어요. 그래서 그들은 저와 결혼할 수 없었지요.

분별　지금 시대에 자비라는 건 허울뿐이지, 별로 소중하게 여기지 않아요. 당신과 같은 마음으로 계속해서 자비를 실천해 나가는 사람은 참으로 드물답니다.

자비　만약 아무도 날 맞이하지 않는다면, 저는 평생 처녀로 살다 죽든지, 아니면 내 마음을 남편으로 모시고 살겠어요. 제 천성을 바꿀 수 없으니까요. 이런 면에서 저와 맞지 않는 사람은 죽을 때까지 받아들이지 않겠어요. 저한테 〈후덕〉이라는 언니가 한 분 있는데 야비한 사람과 결혼했어요. 두 사람은 결코 성격이 맞을 수 없었어요. 언니가 결혼하고 나서 예전처럼 가난한 사람들에게 계속 친절을 베풀자, 그 남편은 공공연히 언니에게 욕설을 퍼붓더니 결국 언니를 내쫓고 말았어요.

분별　그러면서도 그 남자는 틀림없이 신자입네 했겠죠?

자비　예, 그랬어요. 지금 세상에는 그런 사람들로 가득 차 있어요. 하지만 저는 그런 사람은 질색이에요.

그때 크리스티애너의 맏아들 마태오가 앓아눕게 되었다. 배가 아프다는데 고통이 너무 심해 때때로 배를 움켜쥐고 온 방을 데굴데굴 굴렀다. 마침 얼마 떨어지지 않은 곳에 〈노련〉이라는 의사가 살고 있었는데, 명의로 소문나 있었다. 크리스티애너의 요청으로 사람들이 부르자 그가 곧 달려왔다. 의사는 방 안으로 들어가 잠시 마태오를 진찰하더니 배탈이 났다고 했다. 의사가 크리스티애너에게 물었다. 「최근에 마태오가 무엇을 먹었습니까?」 크리스티애너가 대답했다. 「음식이요? 건강에 좋은 것들만 먹었는데요.」 의사가 응답했다. 「이 아이가 뭔가 소화되지 않는 음식을 몰래 먹었나 봅니다. 조치를 취하지 않으면 안 되겠습니다. 어떻게든 토해 내지 않으면 죽을 겁니다.」

사무엘 엄마, 엄마, 좁은 문을 지나 이쪽으로 오다가 형이 뭘 따먹었잖아요? 엄마도 생각나죠? 길 왼쪽, 그러니까 담장 너머 과수원에서 형이 밖으로 뻗어 나온 과일나무 열매를 따먹었잖아요.

크리스티애너 그렇지, 애야. 마태오가 그걸 따먹었지. 못된 녀석 같으니. 내가 야단치는데도 듣지 않고 따먹었어.

노련 뭔가 나쁜 음식을 먹은 줄 짐작했습니다. 그 음식, 다시 말해 그 열매는 세상에서 가장 해로운 것이지요. 바로 베엘제불의 과수원에서 나는 열매랍니다. 그걸 먹고 죽은 자들이 많은데, 당신에게 주의를 준 사람이 없다니 이상하군요.

크리스티애너 (울음을 터뜨리며 말했다) 아, 나쁜 녀석! 그리고 나도 그렇지, 이토록 부주의하다니! 선생님, 애를 살리려면 어떻게 해야 하지요?

노련 자, 너무 상심하지 마십시오. 구토와 설사를 하고 나면 괜찮을 겁니다.

크리스티애너 제발, 선생님 치료비는 얼마든지 드릴 테니 최선을 다해 치료해 주세요.

노련 물론입니다. 치료비는 일한 만큼 받겠습니다.

그러고 나서 의사는 아이에게 하제(下劑)를 먹였으나 효과가 없었다. 그 약은 염소의 피와 암송아지를 태운 재, 그리고 우슬초 즙 따위를 섞어 만든 것이었다.^{히 9:19} 설사약이 너무 약한 것을 깨달은 노련은 마태오에게 또 다른 약을 지어 주었다. 그 약은 그리스도의 피와 살로 만든 것이었다.^{요 6:54~57}(독자들도 아시다시피 의사들은 이상한 약들을 환자에게 준다) 그리고 이 알약에는 한두 가지의 약속과 소금도 적당한 비율로 들어갔다. 이 약은 한 번에 세 알씩, 금식하면서 회개의 눈물 한 홉에 타서 마시게 되어 있었다. 약을 만들어 마태오에게 먹이려 했으나, 그는 복통으로 살이 찢어질 듯 아프면서도 약 먹기를 싫어했다. 노련이 말했다. 「자, 어서 이 약을 먹어라.」 소년이 대꾸했다. 「보기만 해도 뱃속이 뒤집어져요.」 이에 크리스티애너가 나섰다. 「이 약을 꼭 너에게 먹이고 말 거다.」 소년이 대답했다. 「다시 토할걸요.」 그러자 크리스티애너가 노련에게 물었다. 「선생님, 그 약은 맛이 어떤가요?」 의사가 말했다. 「그리 나쁘지 않아요.」 이 말을 들은 크리스티애너가 약 한 알을 혀끝에 대보고 나서 말했다. 「아, 마태오야, 이 약은 꿀보다 더 달구나. 네가 이 엄마를 사랑하고 네 동생들을 사랑하고 자비 누나를 사랑하고 네 생명을 사랑한다면, 제발 이 약을 먹어라.」 야단법석을 떨던 아이는 하느님의 축복이 내리시어 약효가 있게끔 짧게 기도한 다음 약을 먹었다. 약은 즉각 효험을 나타냈다. 아이는 설사와 구토를 하고 나서 곧바로 잠들어 편히 쉬었다. 열이 내리고 호흡도 고르게 되면서 복통은 완전히 사라졌다.

얼마 후 마태오는 깨어나 지팡이를 짚고 이 방 저 방 다니며 분별과 경건과 자애를 만나 탈이 났다가 치료받은 얘기를 하였다.

마태오가 완쾌되자 크리스티애너가 노련에게 물었다. 「선생님, 제 자식 때문에 그토록 수고하시고 돌봐 주신 은혜에 어떻게 보답해야 할까요?」이에 노련이 말했다. 「이 경우에 적용되는 규정에 따라 보답은 의과 대학 학장님께 하셔야 합니다.」

크리스티애너 선생님, 이 약이 다른 병에도 듣습니까?

노련 이건 만병통치약입니다. 순례자들이 여행 도중 걸리는 모든 질병에 효험이 있는 데다 제대로 조제하면, 생각보다 오래 보관할 수 있습니다.

크리스티애너 그러면 선생님, 그 약을 제게 열두 갑만 만들어 주세요. 이것만 있으면 다른 약은 필요 없을 테니까요.

노련 이 약은 아플 때 치료제로도 쓰이지만 병을 예방하는 데도 효과가 좋습니다. 예, 감히 단언컨대 이 약을 제대로 복용한다면 영원히 살 수도 있습니다.^{요 6:50} 그러나 선하신 크리스티애너 부인, 이 약은 처방대로 회개의 눈물과 함께 복용해야지 그렇지 않으면 아무 효험도 못 볼 것입니다.

그러고 나서 의사는 크리스티애너와 아이들, 그리고 자비가 먹을 약을 주고 나서 마태오에게 앞으로는 풋과일을 먹지 말도록 당부한 후, 모두에게 입 맞추고 돌아갔다.

앞에서 말했듯이, 분별이 아이들에게 무엇이든 유익한 질문이다 싶으면 모두 대답해 줄 테니 사양 말고 질문하라고 말한 적이 있었다. 병에 걸렸던 마태오가 그녀에게 물었다.

마태오   약은 대부분 우리 입에는 쓴데, 그 이유가 무엇인가요?

분별   그건 하느님의 말씀과 그 효험이 세속적인 마음에는 달갑지 않다는 사실을 보여 주는 거지.

마태오   약이 몸에 좋다면 왜 구토와 설사를 일으키나요?

분별   하느님의 말씀이 효험을 나타낼 때 인간의 마음과 생각을 씻어 준다는 사실을 보여 주는 거야. 약이 육신을 깨끗하게 해주듯 하느님의 말씀은 영혼을 깨끗하게 해준단다.

마태오   불꽃이 위로 올라가는 걸 보고 우리가 배울 점은 무엇인가요? 그리고 태양 빛과 그 따뜻한 기운이 아래로 내려오는 것을 보면서 무엇을 배워야 하나요?

분별   불꽃이 위로 올라가는 것을 통해 우리는 하늘에 오르려면 뜨겁고 열렬한 갈망이 있어야 함을 배울 수 있지. 그리고 태양이 열기와 빛과 온기를 내려보내는 것을 통해 우리는 세상의 구세주께서 비록 높이 계시지만 낮은 곳에 있는 우리에게 은혜와 사랑을 충분히 내려 주신다는 사실을 배울 수 있단다.

마태오   구름은 어디에서 수분을 얻죠?

분별   바다에서 얻는단다.

마태오   우리는 거기서 무엇을 배울 수 있나요?

분별   성직자들은 그들이 가르치는 교리를 하느님으로부터 받아야 한다는 것을 배울 수 있지.

마태오   구름은 왜 땅 위에 자신을 모두 쏟아 부어 비우나요?

분별   성직자들은 하느님에 관해 알고 있는 것을 모두 세상에 전해야 한다는 것을 보여 주기 위해서야.

마태오   무지개가 생기는 이유는 뭐죠?

분별   그건 하느님의 은총으로 맺은 언약이 그리스도 안에서 우리에게 확실히 이행됨을 보여 주기 위해서야. ^{창 9:13}

마태오　바닷물이 육지로 스며들었다가 샘물로 솟아 나오는 이유는 무엇인가요?

분별　하느님의 은총이 그리스도의 몸을 통해 우리에게 임하는 것을 보여 주기 위해서지.

마태오　어떤 샘은 높은 산꼭대기에서 솟아 나오는데, 무슨 까닭인가요?

분별　이는 은총의 성령이 낮고 천한 사람들 안에서뿐만 아니라 높고 권세 있는 사람들 안에서도 솟아난다는 사실을 보여 주는 거야.

마태오　왜 불꽃은 초의 심지에 꼭 붙어 있지요?

분별　그건 은총이 마음에 불을 붙이지 않으면 우리 안에 진정한 생명의 빛이 있을 수 없다는 걸 보여 주지.

마태오　초가 계속 빛을 내려면 심지는 물론 모든 것을 태워야 하는 이유는 무엇인가요?

분별　우리 안에 있는 하느님의 은총을 잘 유지하려면 몸과 영혼을 다해 하느님을 섬겨야 한다는 걸 보여 주지.

마태오　펠리컨은 왜 제 부리로 자기 가슴을 쪼는 거죠?

분별　자기 피로 새끼들을 먹여 살리기 위해서지. 이를 통해 우리는 복되신 그리스도께서 당신 자녀 백성들을 지극히 사랑하신 나머지 당신 피로써 그들을 죽음에서 구원하셨음을 배워야 해.

마태오　수탉이 우는 소리를 듣고 무엇을 배울 수 있나요?

분별　베드로의 죄와 그의 회개를 기억할 줄 알아야 해. 또 수탉이 우는 것은 날이 밝아 온다는 증거이지. 우리는 수탉의 울음소리를 듣고 무시무시한 최후의 심판 날이 오고 있음을 명심해야 돼.

그럭저럭 한 달이 지나자, 크리스티애너 일행은 그 집 사람들에게 이제 길을 떠나는 것이 좋겠다는 의사를 전했다. 그때 요셉이 어머니에게 말했다. 「해석자 님 댁에 연락해서 담대 아저씨에게 우리를 끝까지 안내해 주시도록 요청하는 것 잊지 않으셨겠죠?」 이에 크리스티애너가 말했다. 「착하구나. 하마터면 내가 잊을 뻔했다.」 그리하여 크리스티애너는 안내자를 청하는 편지를 한 장 써서 문지기인 경계에게 가지고 갔다. 그리고는 경계에게 적당한 사람을 통해 좋은 친구인 해석자에게 편지를 전해 달라고 부탁했다. 해석자는 크리스티애너가 보낸 부탁의 편지를 받아 보고 심부름꾼에게 말했다. 「내가 그를 보내 주겠다고 이르시오.」

크리스티애너 일행이 다시 길을 떠나려는 것을 알게 된 사람들은 모두 모여 크리스티애너 일행처럼 유익한 손님들을 보내 주신 왕께 감사를 돌렸다. 그러고 나서 그들은 크리스티애너에게 말했다. 「순례자들에게 으레 구경시켜 드리는 것이 있는데, 지금 보시겠어요? 길을 가면서 그에 관해 묵상을 할 수 있을 겁니다.」 그들은 크리스티애너와 아이들과 자비를 벽장으로 데려가 사과 하나를 보여 주었다. 그 사과는 하와가 먹고 그 남편에게도 주었다가 함께 낙원에서 쫓겨났던 문제의 열매였다.^{창 3:6} 그들은 크리스티애너에게 열매를 보고 무슨 생각이 드는지를 물었다. 크리스티애너가 대답했다. 「이것이 음식인지 독인지 분간할 수가 없네요.」 그러자 사람들은 그녀에게 그 사과가 어떤 것이라고 이야기해 주었다. 크리스티애너는 두 손을 들 정도로 깜짝 놀랐다.

그다음에는 그녀를 다른 곳으로 데리고 가 야곱의 사닥다리를 보여 주었다.^{창 28:12} 바로 그때 천사들 몇이 그 사닥다리를 오르고 있었다. 크리스티애너와 일행은 천사들이 오르는 모습을 눈여겨보았다. 사람들이 크리스티애너 일행을 다른 곳으로 데리고 가서 새로운 것을 보여 주려 했으나 야고보가 어머니에게 졸랐다. 「이 광경이 너무나 신기해요. 그러니 좀 더 구경하자고 부탁해 보세요.」 그리하여 다시 돌아선 그들은 이 멋진 광경을 계속 바라보았다. 다음에 일행은 황금의 닻이 걸려 있는 장소로 갔다. 사람들이 크리스티애너에게 그 닻을 내리라고 한 뒤 말했다. 「이걸 가지고 가십시오. 이 닻을 지니고 있으면 거센 풍랑을 만나더라도 굳게 서 있을 수 있도록 해줄 것입니다.」 이 말을 듣고 일행은 크게 기뻐하였다. 다음으로 사람들은 일행을 데리고 우리의 조상 아브라함이 아들 이삭을 제물로 바치려 했던 산으로 올라갔다. 거기서 그들은 오늘날까지 잘 보존되어 있는 제단과 나무, 불과 칼을 구경하였다. 이를 보고 그들은 두 손을 치켜들어 경배를 올렸다. 「아, 아브라함은 자기 주인을 극진히 사랑하고, 자신은 철저히 부인한 사람이로다!」 분별은 크리스티애너 일행에게 이 모든 것을 다 보여 주고 나서 식당으로 데리고 갔다. 거기에는 훌륭한 버지널 한 쌍이 놓여 있었는데, 분별은 그것을 연주하며 지금까지 크리스티애너 일행에게 보여 준 것을 아름다운 노래로 바꾸어 불렀다.

하와의 사과를 당신들께 보였으니
이를 깊이 깨달으세요.
천사들이 오르내리는
야곱의 사닥다리도 보았다.

닻도 받았으나
만족하지는 마세요.
아브라함처럼 가장 소중한 것을
제물로 바치기 전까지는.

이때 밖에서 누군가가 문을 두드렸다. 문지기가 문을 열어 보니 담대가 있었다. 그가 안으로 들어오자 모두들 기뻐 어쩔 줄을 몰라 했다. 얼마 전 그가 늙은 거인, 곧 피투성이 난폭한 자를 죽이고 사자로부터 그들을 구해 준 일이 떠올랐기 때문이다.

담대가 크리스티애너와 자비에게 말했다.「주인님께서 두 분께 각각 포도주 한 병과 약간의 볶은 곡식과 석류 두 알을 보내셨습니다. 그리고 아이들에게는 무화과 열매와 건포도를 보내셨습니다. 여행 중 피로를 회복하는 데 좋을 겁니다.」

그들이 다시 여행을 떠나려 하자, 분별과 경건이 그들을 배웅했다. 문까지 나온 크리스티애너가 문지기에게 최근에 그곳을 지나간 사람이 있는지 묻자 그가 대답했다.「얼마 전 한 사람이 지나갔을 뿐, 그 외에는 없습니다. 그런데 그가 하는 말, 여러분이 가려는 왕의 대로에서 최근에 큰 강도 사건이 있었답디다. 그러나 도둑들은 체포되었고, 곧 생사를 가름하는 재판을 받게 될 것이라고 했습니다.」이 말에 크리스티애너와 자비가 두려워하는 모습을 보고 마태오가 말했다. 「엄마, 담대 아저씨가 우리의 안내자로 동행하시니 걱정할 것 없어요.」

크리스티애너가 문지기에게 말했다.「선생님, 그동안 친절하게 대해 주셔서 정말 감사합니다. 아이들도 사랑해 주시고 잘 보살펴 주셨는데 이 은혜를 어떻게 갚을지요. 변변찮지만 선생님께 존경과 감사의 표시로 드리니 받아 주십시오.」그 말과 함께 크리스티애너는 천사가 새겨진 금화 한 닢을 쥐여 주었다. 문지기는 그녀에게 허리를 굽혀 절하면서 말했다.

「당신의 옷이 항상 희고 당신의 머리에 기름이 끊어지지 않기를 바랍니다. 그리고 자비 자매님도 죽지 않고 오래 사시면서 많은 일을 하시길 빕니다.」그는 소년들에게도 말했다. 「너희는 소년 시절의 욕망을 버리고, 정중하며 슬기로운 이들과 함께 경건을 본받거라. 그러면 너희 어머니가 얼마나 기뻐하시겠니. 그리고 분별 있는 사람들이 모두 칭찬할 거야.」 그들은 문지기에게 감사의 인사를 하고 길을 떠났다.

꿈에서 그들은 계속 앞으로 가다가 한 언덕배기에 이르렀다. 갑자기 경건이 뭔가 생각난 듯 소리쳤다. 「저런! 크리스티애너와 여러분에게 드리려던 것을 깜빡 잊고 그냥 왔네. 제가 다시 가서 가져올게요.」 그러고 나서 그녀는 물건을 가지러 돌아갔다. 그녀가 가고 없는 동안 크리스티애너는 길 오른쪽의 조금 떨어진 수풀에서 신비하고 아름다운 노랫소리가 흘러나오는 것을 들었다. 그 가사는 다음과 같았다.

제 평생에 걸쳐 당신의 은총이
숨김없이 제게 드러났사오니,

당신의 집이 영원히
제 지낼 곳이 되겠네.

그녀가 계속 들으니 다른 누군가가 화답했다.

우리 주 하느님은 선하시고
그의 자비는 영원토록 흔들림이 없으며
그의 진리는 언제나 굳건히 버티고 서서
대대에 이르기 때문이라네. ^{시 100:6}

크리스티애너가 분별에게 물었다. 「이 신기한 노래를 부르는 이가 누구인가요?」 분별이 대답했다. 「저 노래는 이곳 새들이 부르는 것인데, 꽃이 피고 햇빛이 따뜻하게 비치는 봄

에만 들을 수 있죠. 그때는 이 노래를 하루 종일 들을 수 있답니다.^{아 2:11~12} 저는 자주 여기에 와서 노래를 듣곤 한답니다. 가끔은 새들을 집에 데려가서 길들이기도 하지요. 우울할 때 매우 좋은 친구가 되어 주며, 숲과 수풀, 외진 곳을 쾌적하게 만들어 준답니다.」

그때 경건이 돌아와 크리스티애너에게 말했다. 「여기 좀 보세요. 이것은 여러분이 우리 집에서 본 모든 것들을 정리한 것이에요. 잊었다 싶을 때 이걸 보시면 기억이 되살아나 믿음이 굳건해지고 위안을 얻게 될 거예요.」

그들은 이제 겸손의 골짜기를 향해 내려가기 시작했다. 언덕이 가파르고 미끄러웠으나 매우 조심했으므로 별일 없이 밑에 다다를 수 있었다. 골짜기에 도착하자 경건이 크리스티애너에게 말했다. 「여기서 당신 남편 크리스천이 악한 마귀 아폴리온을 만나 끔찍한 싸움을 벌였습니다. 물론 당신도 그 이야기는 들으셨겠죠. 그러나 용기를 내세요. 안내자요 보호자인 담대 씨가 여러분과 동행하시니 좀 더 편안히 여행할 수 있을 거예요.」 분별과 경건 두 사람은 안내자에게 순례자들의 남은 여정을 부탁하고 집으로 돌아갔다.

담대 이 골짜기를 두려워할 필요가 없습니다. 우리 스스로 화를 자초하지 않는 이상, 해를 끼칠 만한 것이 없으니까요. 여기서 크리스천이 아폴리온을 만나 격렬한 싸움을 벌인 것은 사실입니다만, 그 또한 그가 산을 내려오면서 미끄러졌기 때문에 그렇게 된 것입니다. 내려오면서 미끄러지는 사람은 누구나 여기서 싸우게 됩니다. 그래서 이 골짜기가 험하다는 소문이 자자한 것이지요. 보통 사람들은 누가 여기서 놀랍고 무서운 일을 당했다는 이야기만 듣고 이곳에 못된 마귀와 귀신들이 가득할 것이라고 생각합니다. 그러나 애석하게도 사람들이 그런 일을 당하는 것은 자신들이 저지른 행위의 결과일 뿐입니다.

이 겸손의 골짜기도 까마귀가 날아다니는 여느 골짜기들처럼 땅이 기름진 곳입니다. 잘 찾아보면 어딘가에 크리스천이 왜 여기서 그런 고생을 하게 되었는지 설명해 주는 것이 있을 듯싶군요.

이때 야고보가 어머니에게 말했다. 「보세요, 저기 서 있는 기둥에 뭔가 적혀 있는 것 같아요. 뭐라고 적혀 있는지 가서 봐요.」 그래서 일행은 기둥으로 갔고 거기서 이런 글을 읽게 되었다. 〈뒤에 오는 이들은 크리스천이 여기 오기 전에 미끄러진 일과 그가 여기서 싸운 일을 경계하라.〉 안내자가 말했다. 「보세요. 크리스천이 왜 여기서 고생하게 됐는지를 설명해 주는 것이 있을 거라고 했죠?」 그는 크리스티애너를 돌아보며 말했다. 「크리스천을 비롯해 다른 많은 사람들이 여기서 그런 일을 당했지만, 결코 그들을 경멸할 수는 없습니다. 이 산은 오르는 것보다 내려가는 것이 더 어렵거든요. 세상에서 이러한 산은 거의 없지요. 이제 착한 크리스천에 관한 이야기는 그만합시다. 이제 그는 영면에 들었고, 또 원수와 용감히 싸워 귀한 승리를 거두었으니까요. 우리도 시험을 당할 때 크리스천보다 나쁜 상황에 빠지지 말게 해달라고 하늘에 계신 주님께 기도드립시다.

다시 이 겸손의 골짜기에 대해 이야기하죠. 이곳은 근방에서 가장 훌륭하고 비옥한 땅입니다. 이를 데 없이 기름지고, 보다시피 대부분 목초지입니다. 우리처럼 여름에 이곳에 오는 사람들 그리고 아무 선입견 없이 그저 아름다운 것을 보고 즐길 줄 아는 안목을 지닌 사람이라면, 여기서 멋진 경치를 볼 수 있습니다. 저 푸른 계곡과 아름다운 백합을 보십시오.^{아 2:1} 또 저는 이 골짜기에 좋은 땅을 갖고 부지런히 일하는 사람들을 많이 알고 있습니다(하느님이 교만한 자를 물리치시고 겸손한 자에게 은총을 주신다 하셨지요)^{약 4:6} 정말 이 땅은 비옥해서 많이 수확할 수 있습니다. 어떤 이들은 여기서 아버지의 집까지 곧바로 이어지는 지름길이 있으면 좋겠다고도 생각합니다. 더 이상 수고스럽게 언덕과 산을 오르기를 꺼려하지요. 그러나 길은 길일 뿐, 끝이 있는 법입니다.」

일행은 이런 이야기를 주고받으며 길을 가다가 자기 아버지의 양 떼를 치고 있는 한 소년을 보았다. 소년은 남루한 옷을 입었지만 외모는 순박하고 복스러웠다. 그는 혼자 앉아 노래를 흥얼거리고 있었다. 담대가 말했다.「들어 보세요. 저 양치기 소년이 뭐라고 하는지를.」 그리하여 저들이 귀를 기울이자 소년은 이렇게 노래하였다.

낮은 곳에 임한 자는 떨어질 염려가 없고
비천한 이는 교만하지 않으니,
겸손한 이는 언제나
하느님께서 인도하시리라.

내게 있는 것 많든 적든
나는 만족하리라.^{빌 4:12~13}
주여, 당신께서 저를 구원하셨으니
더함 없이 만족하옵니다.^{히 13:5}

무거운 짐 가득 지고
순례 길을 가는 자는
지금 보잘것없더라도
훗날 세세토록 축복받으리.

이때 안내자가 말했다. 「소년의 노래가 들립니까? 그는 가슴에 〈마음의 평안〉이라는 약초를 품고 있기 때문에 비단옷, 우단 옷을 입은 자보다 행복하게 생활하는 것입니다. 자, 이제 다시 우리가 하던 이야기를 마저합시다.

예전에 주님께서 이 골짜기에 별장을 지은 적이 있었습니다. 그분은 여기 내려오시는 걸 무척 좋아하셨고 상쾌한 공기를 마시며 풀밭 위를 걷는 것도 좋아하셨습니다. 그리고 이곳에는 속세의 소음과 번잡함이 없습니다. 세상은 소음과 혼돈으로 가득하지만 겸손의 골짜기는 고즈넉하고 조용합니다. 다른 곳에서는 묵상하기가 어려운데, 여기에서는 묵상에 방해받을 일이 없지요. 이 골짜기는 순례 생활을 사랑하는 사람들 이외에는 아무도 지나가지 않습니다. 비록 크리스천이 여기서 아폴리욘을 만나 힘겹게 싸우기는 했지만 예전에 지나간 사람들 중에는 여기서 천사를 만나기도 하고^{호 12:4~5} 진주를 발견하기도 하고 생명의 말씀을 얻기도 했습니다.

제가 주님께서 여기에 별장을 지으시고 산책하시기를 즐겼다고 말씀드렸지요? 덧붙이자면 주님께서는 이 땅을 사랑하며 지나다니는 사람들을 위해 매년 생기는 수익을 남기셨습니다. 그 돈은 순례자들이 순례 길을 계속할 수 있도록, 그리고 용기를 북돋게 하려고 특정 절기에 지불됩니다.」

사무엘 (계속 나아가며 담대에게 말했다) 선생님, 이 골짜기는 저희 아버지와 아폴리욘이 싸움을 벌인 곳으로 아는데, 골짜기가 너무 넓어서 어디가 그 장소인지 모르겠어요.

담대 좀 더 가면 〈망각의 초원〉 바로 다음에 좁은 길이 하나 나오는데, 거기서 너희 아버지와 아폴리욘이 싸움을 벌였단다. 이 골짜기에서 가장 위험한 곳이지. 왜냐하면 순례자들이 그곳에서 위험에 처하면, 그때는 분명 그들이 자신이 받은 은총을 잊어버리고 스스로 그런 은총을 받기에 얼마나 보잘것없는지 잊어버리거든. 다른 이들도 그곳에서 숱한 어려움을 겪었단다. 하지만 그 이야기는 그곳에 도착하거든 다시 하자. 거기 가면 틀림없이 싸움의 흔적이나 그것을 증거하는 기념물 같은 것이 남아 있을 거야.

자비 지금까지 여행해 온 곳도 그랬지만 이 골짜기는 좋은 곳이네요. 제 마음에 쏙 들어요. 저는 마차나 수레가 지나가며 덜그럭거리는 소리가 나지 않는 곳이 좋아요. 여기서는 별다른 방해를 받지 않고 명상에 잠겨 그분이 누구이며, 어디서 오셨고 무슨 일을 해왔으며, 나를 부르신 왕이신 하느님의 뜻은 무엇인가를 생각할 수 있을 것 같아요. 이곳에서 묵상에 잠기면 마음이 깨어지고 영혼이 녹아 두 눈이 〈헤스본의 연못〉처럼 될 거예요.^{아 7:4} 이 〈눈물 골짜기〉를 똑바로 통과하는 자는 이곳을 우물로 만들 것이며, 하느님께서 천국으로부터 그들에게 내려 주시는 빗물이 연못을 채울 것입니다.^{시 6:7} 임금님께서 신자들에게 포도원을 주시겠다고 하신 곳도 바로 이 골짜기입니다. 또한 크리스천이 아폴리욘을 만났음에도 노래를 부르며 지나갔던 것처럼 사람들 또한 노래를 부르며 이곳을 지나갈 것입니다.

담대 맞습니다. 나는 이 골짜기를 여러 번 지나다녔는데, 여기 있을 때가 가장 좋았습니다.

내가 인도했던 여러 순례자들도 그렇다고 하더군요. 왕께서는 〈마음이 가난하고 심령에 통회하며 나의 말이 두려워 떠는 자, 그 사람을 내가 굽어보리라〉^{사 66:2} 하셨습니다.

이제 그들은 조금 전에 말했던 크리스천과 아폴리욘이 싸왔던 장소에 도착했다. 안내자가 크리스티애너와 아이들과 자비에게 말했다. 「여기가 바로 그곳입니다. 크리스천은 이

자리에 서 있었고, 아폴리욘은 저 위에서 다가왔습니다. 보세요, 흔적이 있을 거라고 말했죠? 이 돌들 위에 당신 남편이 흘린 핏자국이 아직까지 남아 있지요? 그리고 아폴리욘이 쓰던 창이 부서져서 여기저기 흩어져 있지 않습니까? 또 보십시오. 두 사람이 싸우는 중에 서로 유리한 위치를 차지하려고 다투다 땅이 팬 것을 보세요. 그리고 저들이 헛치는 바람에 맞고 깨진 돌조각들을 좀 보세요. 크리스천은 그 싸움에서 진정 대장부다웠습니다. 헤라클레스라 할지라도 그처럼 용감하게 싸우지는 못했을 거예요. 아폴리욘은 싸움에서 지자 다음 골짜기로 도망갔지요. 그곳은 음산한 죽음의 골짜기라고 불리는데, 우리도 그곳을 지나게 될 것입니다.

저기 기념비가 서 있지요? 크리스천의 싸움과 승리를 새겨 영원토록 그를 기리고 있습니다.」 기념비는 바로 길가에 있었다. 그들은 그리 가서 적힌 글을 읽었다.

이곳에서 가장 기이하고
가장 진실된 싸움이 있었네.
크리스천과 아폴리욘이
서로를 굴복시키기 위해 치열하게 싸웠노라.

크리스천은 남자답게 용감히 싸워
마귀를 쫓아냈으니
이곳에 기념비를 세워,
증거로 삼노라.

일행은 그곳을 지나 음산한 죽음의 골짜기에 들어섰다. 이 골짜기는 이전 겸손의 골짜기보다 더 길고, 많은 사람들의 증언대로 온갖 악한 것들이 출몰하는 곳이었다. 하지만 대낮인 데다 담대가 인도해 주어 두 여인과 아이들은 별 탈 없이 지나갈 수 있었다.

골짜기에 들어섰을 때 그들은 죽어 가는 이들의 신음 같은 것을 들었는데, 소리가 대단히 컸다. 또한 극심한 고통에 몸부림치는 사람들의 울부짖음을 들은 것처럼 느껴졌다. 이 소리에 소년들은 덜덜 떨었고 여인들도 창백하고 파리해졌지만, 안내자가 그들을 안심시켰다.

그들이 좀 더 나아가자, 마치 땅 아래에 빈 구덩이가 있는 것처럼 땅이 흔들거리기 시작했다. 또 그들은 쉭쉭대는 뱀 소리 같은 것도 들었지만 아무것도 나타나지 않았다. 이때 소년들이 말했다. 「이 음침하고 음울한 곳에서 벗어나려면 아직 멀었나요?」 그러자 안내자는 용기를 북돋우며 덫에 걸리지 않도록 발을 조심하라고 주의를 주었다.

이때 야고보가 몸이 아픈 듯 비틀거리기 시작했는데 두려움 때문인 것 같았다. 아이의 어머니가 해석자의 집에서 받은 정신 나게 하는 음료 한 잔과 의사 노련에게 얻은 약 세 알을 아이에게 먹이자 야고보는 원기를 회복했다. 그들이 골짜기 중간쯤 왔을 때 크리스티애너가 말했다. 「저 앞에 무언가 보이는 것 같은데, 생전 처음 보는 것이에요.」 요셉이 물었다. 「엄마, 뭐예요?」 그녀가 대답했다. 「고약하게 생겼단다, 애야, 아주 고약해.」 다시 요셉이 물었다. 「그런데 엄마, 그게 어떻게 생겼어요?」 다시 그녀가 대답했다. 「어떻게 말로 설명할 수가 없구나. 지금 그다지 멀지 않은 데까지 왔다. 저런, 아주 가까이 왔어.」

담대가 말했다. 자, 무서워서 못 견딜 것 같은 사람은 내 쪽으로 가까이 오세요.」 악귀는 계속 다가왔고, 안내자가 그를 막기 위해 나섰다. 그러나 악귀는 막상 담대와 마주하자 사람들의 시야에서 홀연히 사라졌다. 이때 일행은 얼마 전에 들었던 〈악마를 대항하십시오. 그러면 악마는 여러분을 떠나 달아날 것입니다〉라는 말씀을 떠올렸다.

　잠시 정신을 가다듬은 다음 그들은 계속해서 나아갔다. 하지만 얼마 가지 않아 뒤를 돌아본 자비는 사자처럼 생긴 것이 성큼성큼 따라오는 것을 발견하였다. 포효하는 그 짐승의 울음소리가 골짜기에 쩌렁쩌렁 울렸고 안내자를 제외한 모든 일행의 마음속에 공포가 퍼졌다. 짐승이 다가오자 담대는 순례자들의 뒤로 가 일행을 모두 앞세웠다. 사자는 빠르게 다가왔으며 담대는 싸울 태세를 갖추었다.^{벧전 5:8~9} 그러나 사자는 저항할 것을 눈치챈 듯 뒤로 물러나 더 이상 다가오지 않았다.

　다시 안내자를 앞세워 나아가던 일행은 전부 구덩이가 팬 길에 이르렀다. 구덩이를 건널 준비도 갖추지 못했는데 자욱한 안개와 어둠이 덮쳐 그들은 앞을 볼 수 없게 되었다. 순례자들이 말했다. 「아뿔싸! 이제 우린 어떻게 하죠?」 그러자 안내자가 대답했다. 「두려워하지 말고 가만히 서서 어떻게 되는지 두고 봅시다.」 길이 막혔기 때문에 그들은 거기 서 있을 수밖에 없었다. 적들이 왁자지껄 소란을 피우며 몰려오는 소리를 들었다. 게다가 이젠 구덩이 안의 불길과 연기도 분명히 보였다. 그러자 크리스티애너가 자비에게 말했다. 「이제야 불쌍한 내 남편이 어떤 난관을 뚫고 이 길을 갔는지 알겠군요. 이곳에 대한 소문은 이미 숱하게 들었지만, 직접 와서 보니 정말 대단하군요. 불쌍한 사람! 그이는 이곳을 밤새 혼자 지나갔대요. 그가 이 길을 거의 다 지나갈 때까지 날이 새지 않았고, 원수들은 그를 갈가리 찢어 버릴 듯 덤벼들었다죠. 많은 사람들이 음산한 죽음의 골짜기에 관해 이야기하지만, 직접 여기 와서 보기 전에는 이곳이 어떤 곳인지 아마 모를 거예요. 〈마음의 고통은 저밖에 모른다. 마음의 즐거움도 남이 어찌 알랴.〉^{잠 14:10} 이곳은 정말 무서운 곳이에요.」

담대 이는 마치 대양을 헤치며 장사하는 이들과 같지요. 또는 심연으로 빠져드는 것과도 같지요. 또한 바다 가운데 홀로 있거나 산골짜기로 떨어지는 것 같기도 하고, 땅이 빗장들을 영영 내린 것 같기도 합니다.욘 2:6~7 하지만 빛이 없을지라도 어둠 속을 걸어가며, 주님의 이름으로 믿고 하느님께 의지하라사 50:50고 말씀하셨습니다. 이미 말씀드렸지만, 저는 이 골짜기를 여러 번 왕래했고 지금보다 더 어려운 일도 당했지만 아직 살아 있습니다. 자랑하려고 말씀드리는 것이 아닙니다. 저 스스로의 힘으로 구원을 얻은 것이 아니라 하느님께서 구해 주신 것임을 말씀드리고 싶어서입니다. 지금도 하느님께서 우리를 구원해 주시리라 믿습니다. 자, 우리 다 함께 하느님께 기도합시다. 우리에게 빛을 주셔서 어둠을 몰아내 주시고, 이뿐 아니라 지옥에 있는 모든 사탄까지 다 꾸짖어 물러가게 하시도록 말입니다.

그들은 울면서 기도를 드렸다. 그러자 하느님께서 빛과 구원을 보내 주시어 그들의 앞길을 막는 장애물이 사라졌다. 그들의 발걸음을 막았던 구덩이가 없어진 것이다. 그러나 아직 골짜기가 끝난 것이 아니었다. 그들은 계속해서 나아갔다. 이때 어디선가 지독하게 역겨운 악취가 풍겨 나와 그들을 몹시 괴롭혔다. 자비가 크리스티애너에게 말했다. 「이곳엔 좁은 문과 해석자의 집, 그리고 지난 시간 묵었던 집처럼 즐거운 것들이 없군요.」

그러자 소년 중 하나가 말했다. 「하지만 여기서 살아야 하는 것이 아니고 지나가기만 하면 되니까 정말 다행이에요. 제 생각에, 우리가 이 길을 지나야만 우리에게 마련된 집으로 갈 수 있게 하신 이유 중 하나는 그 집이 얼마나 살기 좋은 곳인지를 절실히 깨닫게 하시려는 데 있는 것 같아요.」

안내자가 말했다.「사무엘아, 그렇게 말하다니 다 자랐구나.」사무엘이 말했다.「이곳을 벗어나면 햇빛과 훌륭한 길을 예전보다 더 소중히 여기게 될 것 같아요.」안내자가 말했다.「머지않아 이곳을 벗어나게 될 거다.」

다시 길을 걷다가 요셉이 말했다.「아직도 골짜기 끝이 안 보이나요?」안내자가 대답했다.「네 발이나 조심해라. 이제 곧 덫이 여기저기 놓인 길에 들어서게 될 테니.」^{시 73:2, 141:9} 그들은 발밑을 조심하며 계속 나아갔지만 덫 때문에 고생이 많았다. 덫 사이를 지나면서 그들은 왼편에 살이 찢긴 채 도랑에 처박힌 사람을 보았다. 그때 안내자가 말했다.「저 사람은 〈부주의〉인데, 길을 가다가 저렇게 되었습니다. 시체로 버려진 지 꽤 오래되었습니다. 부주의가 붙잡혀 살해될 때 〈주의〉라는 사람도 함께 있었는데, 그는 화를 면했습니다. 여기서 얼마나 많은 사람들이 살해당했는지 상상조차 못할 것입니다. 하지만 사람들은 어리석게도 순례 길을 가볍게 생각하여 안내자도 없이 길을 떠나곤 하지요. 불쌍한 크리스천! 그가 여기서 무사히 빠져나갔다는 건 기적입니다. 하느님께서 그를 사랑하시고 또 그가 착한 마음을 가졌기에 망정이지, 그러지 않았더라면 변을 당하고 말았을 겁니다.」거의 그 길의 끝에 이르렀을 때 일행은 예전에 크리스천이 지나가다 보았던 굴이 있던 장소에 도착했다. 거기에서 〈철퇴〉라는 이름의 거인이 나왔는데, 그는 억지 궤변으로 젊은 순례자들을 현혹했다. 철퇴가 담대의 이름을 부르며 말했다.「내가 너에게 이런 짓을 그만하라고 얼마나 많이 타일렀느냐?」그러자 담대가 말했다.「무슨 일이냐?」거인이 말했다.「무슨 일이냐니! 몰라서 묻느냐? 하여튼 내 오늘 너와 끝장을 봐야겠다.」다시 담대가 말했다.「글쎄, 싸우기 전에 무슨 일로 싸워야 하는지 이유나 알자.」여인들과 아이들은 벌벌 떨고 서서 어쩔 줄 몰라 했다. 「너는 우리 나라를 도적질하고 있다. 그것도 가장 악질적으로 말이다.」 담대가 말했다. 「이봐, 두루뭉술 말하지 말고 구체적으로 말해 봐.」

그러자 거인이 대답했다. 「네가 사람들을 유괴하고 있단 말이다. 네가 여자와 아이들을 모아 이상한 나라로 데려가기 때문에 우리 주인의 왕국이 약해지고 있단 말이다.」 이에 담대가 답변했다. 「나는 하늘에 계신 하느님의 종으로, 죄인들을 회개시키는 것이 나의 임무다. 나는 온 힘을 다해 남녀노소 모든 사람을 어둠에서 빛으로, 사탄의 세력에서 하느님께 돌아가게 하라는 명을 받았다. 만약 이로 인해 네가 시비를 건다면 얼마든지 오너라. 겨루어 주마.」

거인이 다가오자 담대는 그와 마주 섰다. 담대는 칼을 뽑아 들었고 거인은 쇠몽둥이를 잡았다. 그들은 지체 없이 싸우기 시작했다. 거인이 선제공격하자 담대는 한쪽 무릎을 꿇었다. 이 모습을 본 여인들과 아이들은 비명을 질렀다. 그러나 담대는 금방 기력을 회복하여 힘껏 칼을 휘둘러 거인의 팔에 부상을 입혔다. 싸움은 한 시간가량 계속되었는데, 얼마나 치열했던지 거인이 뿜는 콧김이 마치 펄펄 끓는 가마솥에서 나오는 김 같았다.

그 후 두 사람은 잠시 앉아 휴식을 취했다. 담대는 기도를 올렸으며, 여인들과 아이들은 싸움이 끝날 때까지 줄곧 한숨을 쉬며 부르짖었다.

잠시 쉬면서 숨을 돌린 이들은 다시 싸움을 시작했다. 담대가 있는 힘을 다해 칼로 내려치자 거인은 땅에 나동그라졌다. 거인이 외쳤다. 「잠깐, 기다려. 내가 일어날 때까지.」 담대는 신사적으로 거인이 일어나기를 기다렸다. 그리고 다시 싸움에 들어갔는데, 거인이 내려치는 쇠몽둥이에 하마터면 담대의 머리가 산산조각 날 뻔했다.

거인의 쇠몽둥이가 빗나간 틈을 이용해 담대는 전력을 다
해 달려들어 거인의 다섯 번째 갈빗대 아래 칼을 꽂았다. 거
인은 비틀거리며 쇠몽둥이를 떨어뜨렸다. 그러자 담대는 다
시 칼을 휘둘러 거인의 머리를 잘라 버렸다. 이에 여인들과
아이들은 기뻐 펄쩍펄쩍 뛰었고, 담대는 구원해 주신 하느님
께 찬송을 돌렸다.

싸움이 끝나자 그들은 그 자리에 기둥을 세우고 거인의 머
리를 매단 다음, 오가는 사람들이 읽을 수 있도록 다음과 같
은 글을 적어 놓았다.

이 머리의 주인은
순례자들을 괴롭혔노라.
그는 순례자들의 앞길을 막고
한 사람도 남기지 않고 모두 능욕했노라.
그러나 순례자들의 안내자인
나 담대가 일어나
순례자들의 원수였던
그를 대항하여 쓰러뜨렸노라.

이제 나는 일행이 언덕길을 오르는 모습을 보았다. 그리
멀지 않은 곳에 순례자들을 위한 전망대가 있었다. 이곳은
크리스천이 그의 형제 믿음을 처음 만난 장소이기도 했다.
그들은 전망대에 앉아 쉬면서 음식을 먹었다. 그리고 거인
철퇴처럼 위험한 적의 손에서 벗어난 것을 기뻐하였다. 이렇
게 앉아 먹으면서 크리스티애너가 담대에게 물었다. 「싸우시
다 어디 다치지는 않으셨어요?」 담대가 말했다. 「아닙니다.
살에 긁힌 자국이 있지만 대단찮은 겁니다. 이 상처는 나에
게 해가 되기는커녕, 지금은 주인님과 여러분에 대한 내 사

랑의 증거가 되고, 장차 내 상급을 더욱 크게 하는 은총이 될 것입니다.」

크리스티애너 그런데 선생님 거인이 쇠몽둥이를 들고 다가오는 것을 보았을 때 무섭지 않으셨어요?

담대 저 자신의 능력이나 수완에 의지하지 않고 세상 누구보다 강하신 분을 의지하는 것이 저의 의무입니다.

크리스티애너 거인이 먼저 공격해 땅에 쓰러졌을 때 무슨 생각을 하셨어요?

담대 예, 주인님께서도 처음엔 쓰러지셨지만 결국 승리를 거두셨다는 생각을 했습니다.

마태오 모두들 나름대로 생각하시는 게 있겠죠. 저는 그 골짜기를 무사히 통과하게 도와주시고, 특히 그 무시무시한 적에게서 우리를 구원해 주신 하느님의 은혜가 정말 놀랍고 감사하다고 생각했어요. 이제 우리가 더 이상 하느님을 의심할 필요가 없을 것 같아요. 왜냐하면 하느님께서는 이런 곳에서 우리를 구해 내셔서 그분의 사랑을 확실히 증명해 주셨으니까요.

잠시 후 그들은 자리에서 일어나 다시 앞으로 나아갔다. 얼마 떨어지지 않은 곳에 떡갈나무 한 그루가 서 있었는데, 가까이 가 보니 나무 아래 깊이 잠든 늙은 순례자가 있었다. 입은 옷과 지팡이와 허리띠로 보아 순례자임을 금방 알 수 있었다.

안내자인 담대가 흔들어 깨우자 노신사는 눈을 번쩍 뜨며 버럭 소리를 질렀다. 「무슨 일이야? 당신들 뉘시오? 무슨 일로 여기 왔소?」

담대　너무 화내지 마세요. 우리는 당신과 같은 길을 걷는 동료입니다. (그러나 노인은 일어나 방어 자세를 취하며 누군지 대라고 다그쳤다) 저는 담대라고 하는데, 이 순례자들을 천성까지 안내하고 있습니다.

정직　(정직이란 이름의 노인이 말했다) 그렇다면 용서하십시오. 난 여러분이 얼마 전 작은 믿음이란 사람의 돈을 강탈해 간 패거리인 줄 알았지 뭡니까. 이제 보니 당신들은 정직한 사람들 같군요.

담대　어허, 우리가 그 패거리였다면 어쩌려고 그러셨어요? 대항할 수 있으셨겠어요?

정직　하고말고요! 목숨이 붙어 있는 한, 끝까지 싸웠을 거요. 내가 맞서 싸웠으면, 분명 여러분도 내게 최악의 패배를 안기지는 못했을 거요. 그리스도인은 스스로 굴복하지 않는 이상 결코 정복될 수 없으니까요.

담대　옳은 말씀입니다. 참된 말씀을 하시는 걸 보니, 선생님은 곧고 올바르신 분 같군요.

정직　당신도 진정한 순례 생활이 어떤 것인지 아는 사람 같군요. 대개 사람들은 우리를 가장 정복하기 쉬운 인간이라고 여기거든요.

담대　만나 뵙게 되어 반갑습니다. 선생님 성함과 고향이 어디신지 알고 싶은데요.

정직　이름은 말씀드릴 수 없습니다만, 〈우둔〉이란 도시 출신입니다. 그 마을은 멸망의 도시에서 4킬로미터쯤 떨어져 있지요.

담대　아, 그 마을에서 오셨습니까? 그렇다면 짐작이 갑니다. 선생님은 정직 노인이시죠?

정직　(얼굴을 붉히며 말했다) 정직하지도 못하지만, 정직이 제 이름이올시다. 내 천성과 이름이 일치되기를 바라고 있지요. 그런데 선생께선 어떻게 내가 그 고장 출신이라는 말만 듣고 내 이름을 아셨소?

담대 전에 주인님으로부터 당신 이야기를 들은 적이 있습니다. 제 주인님께서는 세상일을 두루두루 잘 아시거든요. 그런데 당신 고향에서 순례자가 나올 수 있다는 사실이 종종 신기하게 여겨집니다. 그곳은 멸망의 도시보다 더 형편없는 곳 아닙니까.

정직 예, 우리는 태양으로부터 더 멀리 떨어져 있기 때문에 더 춥고 무감각하지요. 하지만 빙산 위에 사는 사람도 그에게 의로운 태양이 떠오르면 얼어붙은 마음이 녹을 수 있습니다. 내가 바로 그런 사람이지요.

담대 믿습니다, 정직 선생님. 그런 일이 사실이란 걸 알기 때문에 믿을 수 있습니다.

그러고 나서 노신사는 순례자들과 일일이 사랑의 거룩한 입맞춤으로 인사하면서 그들의 이름을 묻고, 또 순례 길을 떠난 후 지금까지 어떻게 지내 왔는지를 물었다.

크리스티애너 제 이름은 크리스티애너입니다. 아마 선생님께서도 들으셨을 텐데, 선한 크리스천이 제 남편이었어요. 그리고 이 네 아이는 그의 아들들입니다.

그녀의 말을 들은 노인의 반응을 여러분은 상상할 수 있겠는가? 그 노인은 기뻐서 펄쩍펄쩍 뛰며 얼굴에 웃음을 가득 담고 그들에게 셀 수 없이 축복을 빌어 주었다.

정직 당신 남편 이야기는 많이 들었습니다. 그의 순례 여정과 싸움에 대해서도요. 당신 남편의 이름이 온 세상에 울려 퍼지고 있으니 마음을 편히 가지세요. 그의 믿음과 용기와 인내 그리고 어떤 상황에서도 진실했기 때문에 그는 매우 유명해졌지요.

그러고 나서 노인은 소년들에게 이름을 물었다. 그들이 대답하자, 노인은 말했다. 「마태오야, 너는 세리 마태오와 같이 되는데, 그의 악덕을 닮지 말고 그의 미덕을 닮아라.마 10:3 사무엘아, 너는 신앙심 깊고 기도에 힘썼던 예언자 사무엘같이 되어라.시 99:6 요셉아, 너는 보디발의 집에서 순결을 지키며 유혹을 물리쳤던 요셉과 같이 되어라.창 39 야고보야, 너는 의로운 사도 야고보와 주님의 동생 야고보처럼 되어라.」

다음으로 소년들이 자비를 소개하며, 그녀가 크리스티애너와 자신들을 따르려고 고향과 친척을 떠났다고 하자, 노인이 말했다. 「그대의 이름이 자비라고? 자비심을 지니고 여행 도중에 만나게 될 모든 어려움을 참고 나아가세요. 목적지에 도착해 평안한 얼굴로 자비심의 근원을 만나 뵙길 빌겠소.」

그동안 안내자인 담대는 크게 기뻐하면서 환하게 웃는 얼굴로 순례자 일행을 바라보고 있었다.

그들이 함께 걸어갈 때 안내자가 노인에게 혹시 같은 마을에 살다가 순례 길을 떠난 두려움을 아느냐고 물었다.

정직 예. 아주 잘 압니다. 그는 문제가 있었지요.욥 19:28 내 평생 만나 본 그 어떤 순례자보다 골치 아픈 이였습니다.

담대 그의 성격을 제대로 지적하시는 걸 보니 그를 잘 아시는 것 같군요.

정직 알다마다요! 나는 그의 막역한 친구였습니다. 앞으로 어떤 일이 일어날까 처음으로 생각하기 전까지, 우리는 늘 함께했지요.

담대　나는 그를 우리 주인님의 집에서부터 하늘의 도시 성문까지 안내해 주었습니다.

정직　그럼 그가 얼마나 골치 아픈 사람인지 알겠군요.

담대　잘 압니다. 그러나 저는 참을 수 있었어요. 안내를 하다 보면 그런 사람들을 종종 만나게 되니까요.

정직　그러면 그에 관한 이야기를 조금만 해주시오. 그가 당신의 안내를 받는 동안 어떻게 순례 생활을 꾸려 나갔는지 궁금합니다.

담대　예, 그는 항상 자기가 바라는 목적지에 도달하지 못할지도 모른다는 두려움에 사로잡혀 있었어요. 다른 사람이 조금이라도 부정적인 말을 비칠 때마다 깜짝깜짝 놀라곤 했지요. 내가 들은 바로는, 그가 절망의 늪에서 한 달 이상 울며 주저앉아 있었다고 합니다. 그는 여러 사람들이 자기를 앞질러 늪을 건너가는 것을 보았고 그들이 손을 내밀어도 뿌리치고 그곳을 벗어나려 하지 않았답니다. 하지만 다시 돌아가는 일도 한사코 거부했습니다. 하늘나라에 가지 못할 바에 차라리 죽어 버리겠다고 말했지요. 그러면서도 그는 조그만 난관을 만나도 풀이 죽고 누가 버린 지푸라기라도 길에 놓여 있으면 거기 걸려 넘어지곤 했죠. 그런데 아까 말씀드렸듯이, 오랫동안 절망의 늪에 주저앉아 있던 그가 어느 화창한 아침에 용기를 내어 늪을 건넜다고 합니다. 어떻게 건넜는지는 저도 잘 모르겠어요. 건너고 나서도 그는 자신이 건넜다는 사실을 믿으려 하지 않았답니다. 제 생각에 그의 마음속에는 절망의 늪이 있었던 것 같아요. 그렇지 않고서야 그처럼 행동할 사람이 누가 있겠습니까? 하여튼 그는 문 앞까지 왔답니다. 어떤 문인지 아시겠죠? 순례 길 입구에 있는 좁은 문 앞에서도 그는 문 두드릴 엄두를 못 내고 오랫동안 서 있었답니다. 문이 열리자 뒤로 물러서면서 자기는 자격이 없으니

다른 사람이나 들어가라고 말했다고 합니다. 그래서 그보다 나중에 온 많은 사람들이 먼저 들어갔다더군요. 그 불쌍한 사람은 문밖에 서서 떨며 웅크리고 있었다는데, 그 모습을 보는 사람이면 누구나 측은한 마음이 들었을 것입니다. 그러면서도 집으로 돌아갈 생각은 하지 않더래요. 마침내 그가 문에 걸려 있던 망치를 들고 살짝 한두 번 두드렸답니다. 그러자 한 사람이 나와 문을 열어 주었지만, 두려움은 예전처럼 다시 뒤로 물러섰답니다. 문을 열어 준 사람이 그에게 다가가 말했답니다. 〈거기서 떨고 계신 분, 무엇을 원합니까?〉 이 말에 그는 그만 땅바닥에 쓰러지고 말았답니다. 문지기는 그가 혹시 기절한 것이 아닌가 의아해하면서 말했답니다. 〈안심하고 일어나십시오. 당신을 위해 문을 열어 두었으니 들어오십시오. 당신은 축복받은 사람입니다.〉 이 말에 그는 일어나 떨면서 안으로 들어갔고, 거기서도 부끄러워 얼굴을 들지 못했답니다. 여러분도 잘 아시다시피, 거기서 한동안 대접받은 후에 그는 가던 길을 계속하고 어떤 길로 가라는 지시까지 받았습니다. 결국 그는 제가 있는 집에 도착했는데 우리 주인인 해석자의 집 문 앞에서도 그는 좁은 문에서처럼 행동했습니다. 그는 오랫동안 추운 바깥에서 머뭇거리며 감히 문을 두드리지 못했는데, 그러면서도 돌아갈 생각은 하지 않았습니다. 그즈음에는 밤이 아주 추웠는데, 글쎄 우리 주인님께 보내는 추천서까지 가슴에 품고 왔으면서도 그랬지 뭡니까. 그 서신에는 이 사람을 집에 들여 잘 대접해 달라는 말과, 마음이 약한 사람이니 건강하고 용감한 안내자 한 명을 딸려 보내 달라는 당부가 적혀 있었어요. 그럼에도 그는 문 두드리기를 두려워했답니다. 바깥에서 누웠다 앉았다 하는 사이에 그 불쌍한 사람은 거의 굶어 죽기 직전에 이르렀습니다. 하지만 그는 너무 낙담한 나머지 다른 사람들이 문을 두드리고 안으로 들어가는 것을 보면서도 감히 문을 두드리지 못했지요. 그러다가 창문을 바라보던 제가 결국 누군가 문 근처에서 안절부절못하는 것을 보고 말았습니다. 저는 밖으로 나가 누구냐고 물었지요. 그랬더니 그 불쌍한 사람의 눈에 눈물이 글썽해지지 않겠어요? 그래서 저는 그가 무엇을 원하는지 알았지요. 저는 안으로 들어가 사람들에게 이 일을 알렸고, 다시 주인님께 가서 보고를 드렸습니다. 주인님은 저에게 다시 나가 그를 청하여 들어오라고 명하셨습니다. 솔직히 말씀드려 그를 데리고 들어오느라 진땀깨나 흘렸습니다. 마침내 그가 안으로 들어왔는데, 우리 주인님께서는 그에게 놀라운 사랑을 베푸셨습니다. 식탁 위에 진기하고 좋은 음식은 아주 적었지만, 주님께서는 그중 일부를 꼭 그 사람의 접시에 놓아 주셨습니다. 그러고 나서야 그 사람은 추천서를 꺼내 보여 주었는데, 이를 보신 주인님은 그의 원대로 다 해주겠다고 말씀하셨습니다. 그는 한참 후에야 어느 정도 용기를 얻고 긴장을 풀며 평온을 되찾는 것 같았습니다. 여러분도 아시겠지만 우리 주인님은 성품이 아주 온유하신데, 두려움이 많은 사람들에게는 특히 더욱 그러하시죠. 주인님께서 이렇게 잘 대해 주셔서 그가 용기를 얻었던 것 같습니다. 그가 집에 있는 것들을 모두 구경하고 하늘나라로 떠날 준비를 갖추자, 주인님께서는 예전에 크리스천에게도 그러셨던 것처럼 정신 나게 하는 음료수 한 병과 간편한 음식을 약간 주셨습니다. 마침내 우리는 함께 길을 떠나게 되었지요. 제가 앞서 나아갔는데, 그는 말도 별로 하지 않고 크게 한숨만 내쉬곤 했습니다.

목이 매달린 세 사람의 시체가 있는 곳을 지날 때 그는 자신도 그들과 같은 꼴이 되리라는 의구심이 든다고 말했습니다. 그는 십자가와 무덤을 볼 때만 기뻐하는 듯하였습니다.

조금 더 머무르며 보다가 가자고 했지요. 약간 생기를 얻은 듯 보이기까지 했답니다. 고난의 산에 이르렀을 때 그는 전혀 개의치 않았고, 사자를 만났을 때에도 두려워하지 않았습니다. 왜냐하면 그의 두려움은 그런 것들에 대한 것이 아니라 자신이 과연 결국 받아들여질 것인가였기 때문입니다.

아름다움의 집에 들어갈 때는, 주저하는 그를 제가 끌고 들어갔습니다. 집 안으로 들어온 후에 저는 그곳 처녀들에게 그를 소개하며 사귀어 보도록 권했습니다. 그러나 그는 부끄러워하며 사람들과 사귀기를 꺼렸습니다. 그는 혼자 있고 싶어 했지요. 하지만 그는 언제나 유익한 이야기를 좋아하여 종종 커튼 뒤에 숨어서 엿듣곤 했습니다. 또한 그는 옛 물건들 구경하기를 좋아했으며, 그것들을 마음 깊이 새기곤 했습니다. 후에 그는 내게 이렇게 말했습니다. 자기는 앞서 묵었던 두 곳, 즉 좁은 문과 해석자의 집에 들어가기를 바랐지만 감히 들여보내 달라고 청할 용기가 나지 않았다고요.

우리가 아름다움의 집에서 나와 겸손의 골짜기로 내려갈 때, 제 평생에 그렇게 잘 내려가는 사람은 처음 보았답니다. 왜냐하면 그는 마지막에 행복해지기를 바라고 현재의 비참함에는 전혀 개의치 않았기 때문이지요. 예, 제가 보기에 그 골짜기와 두려움 씨는 통하는 데가 있는 것 같았습니다. 왜냐하면 그가 순례 길을 가는 동안 그 골짜기에 있을 때만큼 기뻐한 적이 없었거든요.

거기서 그는 땅에 눕기도 하고 골짜기에서 자라는 꽃에 입을 맞추기도 했습니다.^{아 3:27~29} 또 아침에 동틀 때 일찍 일어나서 골짜기를 둘러보며 이리저리 걷곤 했습니다.

그런데 우리가 음산한 죽음의 골짜기 입구에 이르렀을 때, 나는 그를 잃어버리는 줄 알았습니다. 그가 되돌아가려고 해서가 아니라(그는 항상 되돌아가는 것을 질색했지요) 두려움에 사로잡혀 죽어 버릴 것 같았기 때문입니다. 〈아, 도깨비들이 날 잡아먹을 거야! 도깨비들이 날 잡아먹을 거야!〉 이렇게 외치는데, 제가 어떻게 감당할 수가 없더군요. 그가 어찌나 크게 울어 댔는지 아마 귀신들이 들었다면 〈옳거니〉 하며 우리를 덮쳤을 것입니다.

그런데 놀랍게도 그 골짜기는 우리가 다 지나가도록 아주 조용했는데, 제 평생 그런 일은 전에도 없었고 후에도 없었습니다. 마치 우리의 주님께서 두려움이 지나갈 동안에 골짜기에 있는 적들을 막아 주시고 아무도 그를 방해하지 말라는 특별 명령이라도 내리신 것처럼 여겨지더군요.

그에 대한 이야기를 다 늘어놓으면 듣기에 너무 지루할 터이니 한두 가지 이야기만 더 하고 그만두기로 하죠. 우리가 허영의 시장에 왔을 때, 그는 시장 안에 모든 사람들과 싸울 듯이 거칠게 행동했습니다. 그가 너무도 열을 올리며 사람들이 어리석다고 질책하고 다녔기 때문에, 우리가 몰매나 맞지 않을까 걱정이 될 정도였어요. 마법의 땅을 지날 때도 그는 정신이 아주 말짱했습니다. 그런데 다리 없는 강가에 이르러서는 다시 우울해져서 말했습니다. 〈이제 나는 물에 빠져 영영 죽을 거야. 수만 리 길을 달려왔건만 평안한 주님의 얼굴을 보지도 못하다니.〉

그런데 여기서도 저는 매우 놀라운 일을 보았습니다. 강물이 얕아지기 시작했습니다. 제 평생 강이 그렇게 얕아진 것은 처음이었습니다. 마침내 그는 무릎에도 못 미치는 물을 걸어서 건넜습니다. 그가 하늘의 도시 성문을 향해 올라갈 때 저는 그에게 작별을 고하며 천국에서 그를 환영해 주기를 바란다고 말했습니다. 그러자 그는 〈그럴 겁니다. 그럼요〉라고 말했습니다. 이렇게 우린 서로 헤어졌고, 다시는 그를 보지 못했습니다.

정직 그렇다면 그는 결국 잘된 것 같군요.

담대 예, 그럼요. 저는 그 점에 대해 추호도 의심하지 않습니다. 〈그는 참으로 순수한 영혼의 소유자였습니다.〉 다만 항상 열등감에 젖어 있었기 때문에, 항상 삶이 버겁고 다른 사람들도 괴롭게 했던 것입니다.롬 14:21 그는 누구보다 죄의식이 강했습니다. 남에게 해 끼치는 일을 너무 두려워해 율법적으로 허용된 일조차 남에게 누가 될까 봐 스스로 포기하는 일도 종종 있었습니다.

정직 그런데 왜 그렇게 착한 사람이 평생 우울하게 살았을까요?

담대 거기에는 두 가지 이유가 있습니다. 첫째는 현명하신 하느님의 뜻으로 그렇게 된 것입니다. 어떤 사람은 피리를 불어야 하고, 어떤 사람은 곡을 해야 합니다.마 11:16~18 말하자면 두려움 씨 같은 사람은 베이스 연주자였던 것입니다. 그와 그의 동료들은 저음을 내는 색벗 연주자였는데, 그 음조가 다른 악기의 음조에 비해 더 음울했던 것입니다. 물론 어떤 사람들은 베이스가 음악의 기초라고 말하기도 하지만요. 나는 마음의 괴로움이 느껴지지 않는 신앙 고백을 절대 믿지 않습니다. 연주자가 조율할 때 가장 먼저 튕기는 현은 대개 저음인 베이스 현입니다. 하느님께서도 인간의 영혼을 조율할 때 가장 먼저 베이스 현을 튕기시죠. 다만 두려움 씨의 단점이라면 끝까지 베이스 이외의 다른 현을 연주하지 못했다는 것이지요.

내가 이렇게 비유적으로 말하는 것은 젊은 독자들의 지혜로 성숙하게 하려는 뜻도 있지만, 「요한의 묵시록」에서 구원받은 사람들이 음악가 무리로 비유되고 있기 때문이다. 그들은 보좌 앞에서 나팔과 수금을 연주하며 노래 부른다.계 8:2

정직 당신의 말씀을 들어 보니 그는 참 열성적인 사람이었군요. 고난의 산과 사자와 허영의 시장은 조금도 두려워하지 않았고 오직 죄와 죽음과 지옥만을 두려워했으니까요. 이는 그가 하늘나라에 들어갈 수 있을까에만 관심을 가졌기 때문입니다.

담대 옳은 말씀입니다. 그를 괴롭힌 문제가 바로 그런 것이었습니다. 어르신께서 잘 보셨습니다. 그는 순례자의 생활에서 실제적으로 겪는 어려움이 힘들어서, 마음이 약해서 두려워한 것이 결코 아니었습니다. 「잠언」에 일렀듯이 불화살을 쏘아 대는 미친놈이 길을 막았을지라도 그는 자기 갈 길을 나아갔을 것입니다. 그러나 마음속에서 그를 억누르고 있던 것들은 어느 누구라도 쉽게 떨쳐 버릴 수 없었을 겁니다.

크리스티애너 두려움 씨 이야기는 제게 큰 도움이 되었습니다. 저는 세상에 저 같은 사람이 없다고 생각했는데, 듣고 보니 그분과 저는 어느 정도 공통점이 있네요. 다만 두 가지가 다르긴 합니다. 그는 그 큰 괴로움을 밖으로 드러냈으나 저는 그것을 마음속에 간직하고 있었습니다. 그리고 그는 괴로움에 짓눌려 감히 들여보내 달라고 문을 두드리지 못했지만 저는 괴로움 때문에 더 크게 문을 두드렸지요.

자비 저도 한 말씀 드리지요. 제게도 그러한 문제가 있었어요. 낙원을 잃어버리고 불의 연못에 빠지는 게 아닌가 하는 두려움이 다른 것들을 잃는 두려움보다 훨씬 컸어요. 아, 천국에서 살아가는 행복을 얻을 수만 있다면, 세상의 것들을 다 버려도 좋다고 생각했어요.

마태오 제 마음에도 항상 두려움이 깃들어 있어서, 구원받기에는 아직 멀었다고 생각했어요. 하지만 그분처럼 좋은 분도 그런 두려운 감정을 갖고 있었다니, 저도 걱정할 것이 없겠군요.

야고보   두려움이 없으면 은총도 없는 것이지요. 그렇다고 지옥을 두려워한다고 해서 항상 은총이 있다고 하지 않지요. 그럼에도 하느님을 두려워하지 않는 곳에는 분명 은총이 있을 수 없어요.

담대   잘 말했다. 야고보야, 네가 정곡을 찔렀구나. 〈야훼를 경외하는 것이 지혜의 근원〉^{시 111:10}이라고 했거든. 그 같은 근원이 없는 이에게 중간이나 끝은 없단다. 자, 이제 우리는 작별 인사를 하고 두려움 씨에 관한 이야기를 마치지요.

> 두려움, 당신은 하느님을 너무나 두려워하고
> 이 세상에 있을 동안 당신의 원칙을 저버리는
> 행위를 두려워했지요.

> 또한 당신은 불의 연못과 구덩이를 두려워했지요.
> 하지만 누구나 그것들을 두려워하니
> 당신처럼 지혜가 없는 자들은 자멸하고 말았다오.

나는 그들이 계속해서 이야기를 나누며 길을 가고 있는 것을 보았다. 담대가 두려움의 이야기를 마치자 정직 노인이 〈자의〉 이야기를 꺼냈다. 「제 뜻대로는 순례자인 체했지만, 나는 그가 이 길 입구의 좁은 문으로 들어오지 않았다는 사실을 눈치챘지요.」

담대   어르신은 그것에 관해 그와 이야기해 보셨습니까?

정직   예, 한두 번이 아니었소. 하지만 그는 항상 자기 이름처럼 제 뜻대로 행동했어요. 그는 다른 사람들이나 주장이나 증거 같은 것에 전혀 무관심했습니다. 그는 마음 내키면 하고, 그렇지 않으면 죽어도 하지 않았다오.

담대　그렇다면 그는 어떤 원칙을 갖고 있었나요? 어르신께서는 알고 계시지 않겠습니까?

정직　그는 순례자들의 미덕뿐 아니라 악덕을 따라도 된다고 주장했소. 그 두 가지를 다 행할지라도 틀림없이 구원받을 수 있다는 거요.

담대　아무리 훌륭한 사람이라 할지라도 순례자들의 미덕뿐 아니라 악덕을 따르게 되는 죄를 지을 수 있지요. 만약 그가 이런 의미로 이야기했다면 크게 비난할 바는 아닙니다. 왜냐하면 우리는 결코 악행을 전혀 저지르지 않고 살 수 없기 때문입니다. 그래서 우리 모두 조심하고 또 노력해야 하는 것입니다. 그러나 제 생각에, 그의 주장은 이런 게 아닌 듯하군요. 제가 올바르게 이해했는지 모르겠지만, 당신 말은 그가 악행을 그대로 용납한다는 뜻인 것 같습니다.

정직　예, 바로 맞혔소. 그는 그렇게 믿고 또 그렇게 행했다오.

담대　도대체 무슨 근거로 그렇게 주장하는 겁니까?

정직　글쎄, 그는 성경이 자기주장을 뒷받침한다는 거요.

담대　제발, 정직 어르신, 구체적으로 예를 들어 주십시오.

정직　그러죠. 그는 하느님의 사랑을 받았던 다윗이 다른 사람의 아내와 동침한 일을 지적하며, 자기도 그럴 수 있다고 했소. 또 솔로몬이 여러 명의 아내를 두었으니 자기도 그럴 수 있다고요. 또 사라와 애굽의 경건한 산파들과 라합 등이 거짓말했으니 자기도 그럴 수 있다고 합니다. 또 제자들이 주님의 명령을 듣고 남의 나귀를 끌어왔으니 자기도 그럴 수 있다고 합니다. 그리고 야곱이 속임수를 써서 아버지의 유산을 가로챘으니 자기도 그럴 수 있다 하더군요.

담대　너무나 상스러운 생각이군요. 그가 정말 그런 주장을 했습니까?

정직 나는 그가 성경을 가져와 세세하게 들춰 가며 목소리 높이는 것을 직접 들었소.

담대 세상에, 도저히 용납될 수 없는 억지 이론입니다.

정직 제 말뜻을 올바로 이해해야 하오. 그는 아무나 이런 일을 할 수 있다고 주장하는 것이 아니오. 다만 그런 일을 행한 성경의 인물들처럼 미덕을 갖춘 사람이라면 그럴 수 있다고 주장하는 것이지요.

담대 하지만 그런 엉터리 결론이 어디 있습니까? 이는 마치 어떤 선한 사람이 계속 잘해 오다가 한번 실수로 죄지은 것을 보고는, 자기도 죄를 범할 수 있다고 억지를 쓰는 것이지요. 또한 어린애가 갑자기 불어오는 바람이나 돌부리에 걸려 진창에 넘어져 옷 버린 것을 보고는, 자기도 일부러 진창 속에 넘어져 돼지처럼 뒹굴어도 괜찮지 않냐 하는 것과 같지요. 정욕에 눈먼 자가 아니고서야 누가 그런 생각을 할 수 있겠습니까? 하지만 성경의 말씀은 언제나 진리입니다. 〈그들이 걸려 넘어진 것은 말씀을 순종하지 않은 탓이며 또한 그것이 그들의 운명이기도 했습니다.〉벧전 2:8

그리고 악행을 마구 저지르는 이들이 경건한 이들의 미덕을 가질 수 있다는 그의 가정은 다른 것들 못지않게 허황된 것입니다. 그것은 마치 개 한 마리가 〈내가 오늘 냄새나는 똥물을 핥았으니 아기나 마찬가지네〉라고 말하는 것과 같습니다. 하느님 백성의 죄악을 똑같이 저지른다고 결코 그들의 미덕을 소유했다는 표시가 될 수 없습니다. 그런 의견을 가진 사람이 마음속에 사랑이나 믿음을 지녔는지 의심스럽습니다. 물론 어른신도 그 사람의 이론을 강력히 반박하셨으리라 믿습니다. 어르신께서 반박하자 그가 무슨 변명을 합디까?

정직 예, 그는 자기 의견에 반대로 행하기보다는 어쨌든 자기 의견에 따라 행하는 것이 더 정직하다고 하더군요.

담대 참 고약한 대답이군요. 정욕이 나쁘다고 여기면서 어쩌다 정욕에 빠지는 일도 나쁜데, 일부러 죄를 짓고 정욕을 변호하는 것은 더 나쁜 일입니다. 전자는 보는 이들이 뜻하지 않게 비틀거리게 하지만, 후자는 그들을 함정으로 이끕니다.

정직 그 사람처럼 말은 하지 않아도 그런 마음을 품은 사람은 많습니다. 그러니 사람들이 순례 생활을 소홀히 여기는 거죠.

담대 옳습니다. 참으로 통탄할 일이지요. 하지만 낙원에 계신 왕을 두려워하는 이는 모두 뿌리치고 나오게 될 겁니다.

크리스티애너 세상에는 참 이상한 주장들이 많네요. 죽을 때가 임박해서 회개해도 충분하다고 말하는 의견도 있으니까요.

담대 그건 어리석은 짓입니다. 일생 동안 일주일에 40킬로미터를 달려야 하는 사람이 죽기 직전 일주일 동안 평생 해야 할 여행을 하겠다고 미루면 어찌 되겠습니까?

정직 옳소. 그러나 순례자로 자처하는 사람들 대부분이 그런 어리석은 일을 저지르고 있소. 보다시피 나는 노인이고, 오랫동안 이 길을 여행하며 많은 일을 겪고 또 보았죠.

처음에는 마치 온 천하를 휘어잡을 듯 덤비다가 며칠 못가 광야에 쓰러져 약속의 땅을 보지도 못하고 죽는 사람도 있었소.

그리고 반대로 처음에는 아무 약속도 못 받고 순례자가 되어 하루도 견디지 못할 것 같던 사람이 결국엔 훌륭한 순례자가 되는 것도 보았지요.

어떤 사람은 앞으로 급히 내달리다가 잠시 후에는 다시 뒤로 급히 돌아가기도 합니다.

어떤 사람은 처음에는 순례자 생활에 대해 매우 좋게 이야기하다가, 조금 지나면 정반대로 말하지요.

어떤 사람들은 처음에 낙원을 향해 출발할 때는 긍정적으로 〈그런 곳이 있어〉라고 말하다가, 천국에 거의 다 와서는 〈그런 곳은 없어〉 하며 돌아서기도 한답니다.

또 자기의 순례 길을 막는 자가 나타나면 해치우겠다고 호언장담하며 떠난 사람들이 거짓된 경고에 놀라 믿음과 순례 길, 그리고 모든 것을 버리고 도망쳐 버렸다는 소식도 들었소.

그들이 계속 길을 가고 있을 때 어떤 사람이 달려와 그들을 보고 말했다.「신사 분들, 그리고 연약한 아녀자 분들, 목숨이 아깝거든 얼른 피하시오. 저 앞에 강도들이 있습니다.」

그러자 담대가 말했다.「얼마 전 작은 믿음을 습격했던 세 강도들인 모양이군. 우리도 단단히 대비합시다.」그러고는 계속해서 길을 갔다. 모퉁이를 돌 때마다 강도들이 나타날까 열심히 살폈지만 강도들이 담대에 대한 소문을 들었는지 아니면 다른 일을 벌이고 있는지 크리스티애너 일행에게는 나타나지 않았다.

이때 그들은 매우 지쳐 있었으므로 크리스티애너가 자신과 아이들이 쉴 만한 여관이 있었으면 좋겠다고 하자, 정직 노인이 말했다.「조금만 더 가면 여관이 하나 있습니다. 주님의 존경받는 제자 〈가이오〉가 사는 곳이지요.」^{롬 16:23} 일행은 가이오의 집에 가기로 결정했는데, 노인이 가이오에 관해 칭찬한 것이 크게 작용했다. 여관 문은 두드리지 않고 들어가는 것이 관례였으므로, 그들은 문 앞까지 와서 그냥 안으로 들어갔다. 그들이 주인을 부르자 안에서 사람이 나왔다. 그들은 거기서 하룻밤 묵을 수 있느냐고 물었다.

가이오　예, 신사 분들. 당신들이 진실된 순례자라면 숙박하실 수 있습니다. 이 집은 순례자들을 위한 곳이니까요.

여관 주인이 순례자들을 사랑하는 사람이어서 크리스티애너와 자비와 소년들은 더욱 기뻤다. 그들은 주인에게 방을 청했고, 주인은 크리스티애너와 아이들과 자비가 쓸 방 하나와, 담대와 정직 노인이 쓸 방 하나를 보여 주었다. 그때 담대가 말했다.

담대　친절한 가이오 씨, 저녁 좀 부탁드려도 될까요? 순례자들은 종일 여행하느라 몹시 지쳐 있습니다.

가이오　시간이 너무 늦어서 밖에 나가 음식을 구해 오기는 어렵습니다. 그러나 괜찮으시다면 지금 집에 있는 것들로 대접하겠습니다.

담대　이 댁에 있는 것만으로도 괜찮습니다. 제가 아는 한, 이 집에는 맛있는 식재료가 떨어진 적이 없으니까요.

그러자 가이오는 주방으로 내려가 〈일미〉라는 이름의 요리사에게 순례자들을 위해 저녁을 준비하라고 일렀다. 그리고 다시 올라와 이렇게 말했다.「자, 선한 친구분들, 잘 오셨습니다. 제게 여러분을 모실 수 있는 집이 있어 아주 기쁩니다. 괜찮으시다면 저녁이 준비되는 동안 유익한 이야기나 함께 나누는 것이 어떻습니까?」일행 모두 가이오의 제안에 동의했다.

가이오　이 연세 지긋한 마님은 어느 댁 부인이시고, 또 이 젊은 아가씨는 어느 댁 따님이십니까?

담대　이분은 예전에 순례자였던 크리스천의 부인이시고,

아이들은 그의 아들들이지요. 그리고 이 아가씨는 부인과 잘 아는 이웃인데, 부인과 함께 순례 길을 떠나게 되었지요. 소년들은 모두 아버지의 뒤를 이어 그의 발자취를 따르려 애쓰고 있지요. 예, 이분들은 오래전 크리스천이 누웠던 장소나 발자취만 보면 기쁨으로 가슴이 설레고, 어떻게 해서든 같은 자리에 눕고 발자국도 맞춰 보고 싶어 한답니다.

가이오 이분이 크리스천의 부인이라고요? 그리고 애들이 크리스천의 아들들입니까? 나는 크리스천의 아버지와 그의 할아버지까지 다 알고 있습니다. 그 가문에서는 훌륭한 분들이 많이 나왔지요. 그 조상 분들은 처음에 안티오키아에 사셨답니다.^{행 11:26} 크리스천의 선조들은 참 훌륭한 분들이었습니다. 아마 부인도 남편으로부터 이야기를 들으셨을 것입니다. 그들은 순례자들의 주인이신 하느님과 주님의 길과 주님을 사랑하는 사람들을 위해 드높은 덕성과 큰 용기를 보여 주었지요. 나는 당신 남편의 친척 여러분들이 진리를 위해 시험을 견뎌 냈다는 소식을 들었습니다. 남편 분의 선조들 가운데 한 분인 스데파노는 머리에 돌을 맞아 돌아가셨고,^{행 7:59~60} 같은 세대인 야고보는 칼에 찔려 세상을 떠나셨습니다. 바울로와 베드로는 물론이거니와, 당신 남편의 문중 어른들 가운데 이그나티우스라는 분은 사자들에게 던져졌고, 로마누스라는 분은 뼈에서 살을 점점이 도려내는 고통을 당했으며, 폴리캅이라는 분은 화형을 당하면서도 대장부다움을 잃지 않았습니다. 그 밖에도 광주리에 갇혀 뜨거운 햇빛 아래 매달린 채 말벌들의 먹이가 된 분이 계셨는가 하면, 자루에 담긴 채 바다에 던져져 돌아가신 분도 계셨습니다. 순례자 생활을 사랑해서 상처 입거나 살해당한 크리스천 가문의 조상들을 일일이 꼽아 보자면 한이 없습니다. 그리고 당신 남편이 이렇게 네 명의 아들을 남기고 갔다니 참으로 기

뽑니다. 부디 이 아이들이 아버지의 명성을 이어받아 그의
발자취를 따르며 아버지가 계신 하늘나라에 이르기를 바랍
니다.

담대 선생님, 정말 이 아이들은 유망한 소년들입니다. 이
들은 진심으로 아버지의 길을 따르기로 결심한 것 같아요.

가이오 내 말이 그 말입니다. 이제 크리스천의 가족은 온
땅에 더욱 널리 퍼지겠지요. 그러니 크리스티애너 부인께서
는 아들들의 배필이 될 처녀들을 찾아보십시오. 그래서 아버
지와 조상들의 이름이 세상에서 사라지지 않도록 해야 할 것
입니다.

정직 이런 가문이 몰락하거나 대가 끊긴다면 애석하지요.

가이오 수가 줄어들 리는 있을지라도 아주 몰락할 수는
없을 것입니다. 그러나 크리스티애너 부인께서는 제 충고를
받아들여 가문을 튼튼히 하시길 바랍니다. 부인, 당신과 친
구분인 자비 아씨를 함께 뵈니 제 마음이 참 즐겁습니다. 두
분은 잘 어울리시네요. 감히 조언을 한 마디 한다면 좀 더 가
까운 관계가 되는 것은 어떻습니까? 자비 아가씨가 괜찮다고
한다면, 당신의 맏아들 마태오를 주십시오. 그것이 이 땅에
서 당신 자손을 살아 남게 하는 길입니다.

그리하여 혼사는 성사되었고, 얼마 후 그들은 결혼했는데
자세한 이야기는 나중으로 미루자.

가이오는 계속해서 말했다. 「이제 제가 여자의 입장에서
이야기해 보겠습니다. 여자 때문에 죽음과 저주가 세상에 들
어왔다고 비난하지만,[창 3] 생명과 건강 역시 여자들에게서 비
롯되었습니다. 하느님께서 당신의 아들을 보내시어 여자의
몸에서 나게 하셨지요.[갈 4:4] 예, 하와 이후의 여인들은 어머니
하와의 행동을 무척 혐오했습니다. 그래서 구약 시대의 여성

들은 행여 자기가 구세주의 어머니가 될 수 있지 않을까 하는 기대로 자식을 낳았습니다.

반복되는 말이지만 구세주가 오셨을 때 천사나 남자들보다 앞서 기뻐했던 이들은 여자였습니다. 성경을 보면 남자들은 그리스도께 동전 한 닢 갖다 드린 적이 없지만, 여자들은 그분을 따르며 가진 것을 바쳐 헌신적으로 그리스도를 공양하였습니다. 눈물로 예수의 발을 씻은 자도 여인이요, ^{요 11:2} 예수의 장례를 위해 그의 몸에 기름을 부은 이도 여자였습니다. 예수께서 십자가를 지고 가실 때 슬피 운 것도 여자요, 십자가에서 내려진 예수를 뒤따라간 것도 여자요, 그를 장사지낼 때 무덤 곁에 앉았던 이도 여자였습니다. 예수께서 부활하시던 날 아침에 맨 처음 본 사람들도 여자였고, 그가 부활하신 소식을 제자들에게 처음 전해 준 사람도 여자였습니다. 그러므로 여인들은 많은 은총을 받고 있으며, 그러므로 여자들은 남자들과 더불어 생명의 은혜를 함께 누리고 있음을 보여 줍니다.」^{마 27:55~56, 61, 눅 24:22~23}

때맞춰 저녁 준비가 거의 다 되었다는 요리사의 전갈이 왔다. 그리고 한 사람이 올라와 식탁보를 펴고 그 위에 접시와 소금과 빵을 차례로 놓았다.

그러자 마태오가 말했다. 「이 식탁보를 깔고 저녁 준비가 이루어지는 것을 보니 어느 때보다 식욕이 생기는군요.」

가이오 세상에서 배운 모든 교리가 너에게 천국에서 베푸는 위대하신 왕의 만찬석에 앉고자 하는 열망을 더 크게 일으키길 바란다. 우리가 여기서 받는 모든 설교나 책, 예식들은 우리가 하느님 집에 도착했을 때 벌어지는 잔치에 비하면 마치 식탁 위에 놓인 접시와 소금에 불과하단다.

그리고 저녁이 들어오기 시작했는데, 가장 먼저 그들 앞에 놓인 음식은 쳐든 어깨 살과 흔든 가슴살이었다.레 7:32~34 이 음식들은 그들이 식사할 때 우선 하느님께 찬양과 기도를 올려야 함을 의미했다.히 13:15 쳐든 어깨 살은 다윗이 자기 마음을 하느님께 들어 올린 것을 뜻하며, 흔든 가슴살은 다윗이 심장이 있는 가슴 쪽에 수금을 대고 연주한 것을 뜻한다. 이 두 접시의 음식은 갓 요리해 신선하고 맛이 있어 일행 모두 즐거운 마음으로 배불리 먹었다.

다음에 들어온 것은 피처럼 붉은 포도주였는데, 가이오가 말했다.「마음껏 드십시오. 이것은 하느님과 사람의 마음을 흥겹게 하는 참된 포도나무 과즙입니다.」일행은 포도주를 마시며 즐거워했다.

그다음으로 잘 풀어진 우유 한 그릇이 들어오자 가이오가 말했다.「소년들에게 이것을 주어, 이를 마시고 자라게 하십시오.」벧전 2:1~2

다음에는 버터와 꿀이 담긴 그릇이 들어왔다. 가이오가 말했다.「자, 판단력과 이해력을 향상시키고 기분을 북돋우는 데 좋은 음식이니 마음껏 드십시오. 우리 주님께서는 어릴 때 이 음식을 즐겨 드셨지요. 그가 악을 버리고 선을 택할 때까지 버터와 꿀을 먹으라 했습니다.」사 7:15

그다음으로 아주 맛있는 사과 한 접시가 들어오자, 마태오가 이를 보고 말했다.「사과는 뱀이 우리 시조 할머니를 꾈 때 이용했던 과일인데, 우리가 먹어도 될까요?」

그러자 가이오가 이렇게 답했다.

우리는 사과 때문에 꾐에 빠졌다네.
그러나 우리 영혼을 더럽힌 것은 사과가 아니라 죄였네.
금지된 사과를 먹으면 피가 썩지만

허락된 사과를 먹으면 유익하리니.
주님의 비둘기인 그대 교회여, 그분의 잔을 마시라.
사랑에 지친 자들이여, 그의 사과를 먹으라.^{아 2:5}

그러자 마태오가 말했다. 「저는 얼마 전에 과일을 먹고 앓은 적이 있기 때문에 망설여져요.」

가이오 금지된 과일을 먹으면 병이 나지만, 주님께서 허락하신 과일은 괜찮단다.

이런 이야기를 나누는 동안 호두가 담긴 또 다른 접시가 들어왔다.^{아 6:11} 그때 누군가 이런 말을 했다. 「호두는 연약한 이빨을 상하게 합니다. 특히 어린아이의 이빨을요.」 이 말을 들은 가이오가 말했다.

어려운 성경 말씀은 모두 호두 같다네. (호두를 사기꾼이라 부르지는 않으리)
그 껍질은 알맹이를 감싸 아무나 멋대로 먹지 못하게 한다네.
껍질만 벗기면 부드러운 살을 먹을 수 있으니,
여기 가져왔으니 그대는 까서 드시길.

그리고 나서 그들은 즐거운 마음으로 오랫동안 식탁에 앉아 이야기 꽃을 피웠다. 그러다 정직 노인이 말을 꺼냈다. 「선한 주인 양반, 호두를 까는 동안 괜찮으시다면 이 수수께끼를 풀어 보시겠습니까?」

더러는 사람들에게 미친 사람 취급을 받는 사람이 있었

는데

그는 많이 던져 버릴수록 더 많이 얻었지요.

일행은 가이오가 어떻게 대답할까 궁금해하면서 주의를 집중했다. 잠시 묵묵히 앉아 있던 가이오가 대답했다.

가난한 자들에게 자선을 베푸는 자는
훗날 열 배나 더 되는 복을 돌려받으리.

그러자 요셉이 말했다. 「선생님, 저는 선생님께서 그 수수께끼를 푸실 것이라고는 생각지 못했어요.」

가이오가 말했다. 「나는 이런 훈련을 많이 받았단다. 경험보다 더 훌륭한 가르침은 없으니까. 나는 주님으로부터 친절하라는 가르침을 받았고, 경험을 통해 친절한 것이 유익하다는 사실을 깨달았지. 인심이 후하면 더욱 부자가 되지만, 인색하게 굴면 오히려 궁해진다.^{잠 11:24} 자신이 부자가 되려 해도 아무것도 가질 수 없고 자신을 가난하게 만들려 해도 큰 부자가 될 것이다.」^{잠 13:7}

이때 사무엘이 어머니 크리스티애너에게 속삭였다. 「엄마, 이 집 주인은 참 훌륭한 분이에요. 여기 한동안 머물면서 마태오 형님과 자비 누님을 결혼시켜요.」

이 말을 들은 주인 가이오가 말했다. 「그것참 좋은 생각이다.」 그리하여 그들은 한 달 이상 거기 머물렀으며, 자비는 마태오와 결혼식을 올렸다.

그들이 거기 머무는 동안, 자비는 예전처럼 옷을 만들어 가난한 사람들에게 나누어 주었다. 이 때문에 순례자들 사이에서는 그녀를 칭찬하는 소리가 높았다.

이제 다시 우리의 이야기로 돌아가 보자. 저녁 식사 후 소년들은 여독으로 매우 피곤해하며 잠자리에 들고 싶어 했다. 그러자 가이오가 사람을 불러 그들을 방으로 안내하라고 했다. 이때 자비가 말했다. 「제가 그들을 침실로 데려 가겠어요.」 자비는 소년들의 잠자리를 봐 주었고, 그들은 곧 잠이 들었다. 그러나 나머지 사람들은 앉아 밤새 이야기꽃을 피웠다. 순례자 일행과 가이오는 뜻이 너무 잘 맞아 차마 잠자리에 들 수가 없었다. 주님에 대한 이야기, 자신들과 여행에 대한 이야기를 한참 하자니, 아까 가이오에게 수수께끼를 냈던 정직 노인이 꾸벅꾸벅 졸기 시작했다. 그러자 담대가 그에게 말을 걸었다. 「아니, 선생님, 꽤 졸리신 모양이군요. 자, 정신 차리시고 제가 내는 수수께끼를 한번 풀어 보시지요.」 정직 노인이 말했다. 「어디 들어 봅시다.」

담대가 말했다.

남을 죽이려 하는 자는 먼저 정복당해야 하고,
밖에서 살려는 자는 먼저 집 안에서 죽어야 한다.

정직 노인이 말했다. 「하! 어려운 수수께끼로군. 풀기도 어렵지만 실천은 더 어려워. 자, 주인장, 원하신다면 이 문제를 당신에게 넘겨 드릴 테니 풀어 보시구려. 나는 당신 말을 듣고 있을 테니까.」

가이오가 말했다. 「안 됩니다. 이건 어르신께 드린 문제입니다. 사람들이 어르신의 대답을 기다리고 있지 않습니까?」

그러자 노신사가 대답했다.

죄를 없애려면
먼저 은혜로 정복당해야 하고,
남에게 나 자신을 인정받으려면

자기 자신을 죽여야 한다.

가이오가 말했다. 「옳습니다. 훌륭한 교리이며, 경험을 통해서도 배울 수 있습니다. 우선 은총이 나타나 그 영광으로 영혼을 정복해야만 진심으로 죄를 미워하는 마음이 생깁니다. 더욱이 죄가 영혼을 얽어매는 사탄의 밧줄이라고 할 때, 그 결박에서 풀려나지 않고서야 어떻게 사탄과 대적하겠습니까?

둘째, 사리에 밝고 은총을 아는 사람이라면 자신의 부패 때문에 노예가 된 자가 살아 있는 은총의 증거물이 될 수 없다는 사실을 잘 알 것입니다.

지금 막 생각난 이야기가 하나 있는데, 들을 만할 겁니다. 두 남자가 순례 길을 떠났는데, 한 사람은 젊었고, 한 사람은 나이가 많았습니다. 젊은이는 자신의 부패한 마음과 싸워 꺾어야만 했고, 노인은 몸이 노쇠해 그런 마음도 약해져 있었지요. 젊은이는 노인과 함께 꾸준히 가벼운 발걸음을 내디디며 나아갔습니다. 그렇게 그 두 사람이 똑같이 보이는데, 과연 누가 더 은총의 빛을 강하게 내뿜고 있을까요?」

정직 물론 젊은이지요. 왜냐하면 최대 난적과 싸운다는 것은 젊은이가 강하다는 것을 가장 잘 보여 주는 셈이니까요. 특히 그가 자신의 난관에 비해 절반도 못 되는 난관과 싸우는 노인과 발걸음을 맞추어 나아간다는 것은 놀라운 일이지요.

반면 나는 노인들이 엉뚱하게 자화자찬에 빠지는 것을 종종 보았다오. 그들은 세월이 흐르며 자연스럽게 감퇴되는 정욕을 마치 부패와 싸워 영광스럽게 이긴 것처럼 꾸며 대지요. 그러나 실제로 크나큰 은총을 입은 노인들은 세상만사가 공수래공수거라는 사실을 알고 있으므로 젊은이들에게 가장 적절한 충고를 해줄 수 있소. 그래도 젊은이와 노인이 함께 순례 길을 갈 경우, 젊은이는 자신의 내면에서 은혜가 작용함을 온전히 느낄 수 있는 이점을 누리지요. 노인 쪽의 부패한 마음이 적더라도 말이오.

그들은 동틀 때까지 계속 이야기했다. 소년들이 잠에서 깨어 일어나자, 크리스티애너는 아들 야고보에게 성서를 한 장 읽어 보라고 했다. 야고보가 「이사야」 53장을 모두 읽자 정직 노인이 물었다. 「성서 말씀에 왜 구세주께서는 마른땅에서 나오는 햇순 같아 고운 모양이나 풍채가 없다고 했을까?」

담대 제가 대답해 드리죠. 우선 마른땅에서 나오셨다는 것은 예수 탄생 당시 유대 교회가 종교로서 활기와 정신을 대부분 잃어버렸다는 뜻입니다. 둘째, 고운 모양이나 풍채가 없다는 말은 불신자들이 그를 보고 하는 말입니다. 우리 왕자님의 마음을 들여다볼 안목이 없는 불신자들이 그분의 초라한 행색만 보고 판단한 것입니다. 그들은 보석이 보잘것없는 돌덩어리 속에 있다는 사실도 모르고, 자신들이 발견한 보석을 알아보지 못하고 던져 버리는 사람들과 같습니다.

이때 가이오가 말했다. 「그러고 보니 마침 잘 오셨습니다. 제가 알기로는 담대 씨는 무기를 능란하게 다루신다고 하던데, 괜찮으시다면 잠시 휴식한 후에 들판으로 나가 좋은 일을 한 가지 해보시지 않으시겠습니까? 여기서 2킬로미터가량 떨어진 곳에 선을 죽임이라는 거인 하나가 살고 있는데, 왕의 대로에 자주 나타나 사람들을 괴롭힙니다. 그자는 도둑 떼의 두목으로, 제가 그의 소굴을 알고 있으니 가서 그를 처치해 버렸으면 좋겠습니다.」

이 말에 모두들 동의했다. 담대는 칼과 투구와 방패로 무장했고, 나머지 사람들은 창과 몽둥이를 들고 나섰다.

거인이 있는 곳까지 온 일행은 심약이라는 사람을 붙잡고 있는 거인을 발견했다. 그는 길을 가다가 거인의 부하들에게 잡혀 끌려왔던 것이었다. 심약의 몸을 샅샅이 뒤진 거인은 이제 막 그를 산 채로 뜯어 먹으려던 참이었다. 거인은 사람을 산 채로 잡아먹는 놈이었다.

그러다가 무기를 든 담대 일행이 동굴 입구에 서 있는 모습을 보고 그들을 향해 무엇 하러 왔느냐며 소리를 질렀다.

담대　너를 잡으러 왔다. 네가 왕의 대로를 지나는 수많은 순례자들을 잡아 죽였으니 우리가 그 복수를 하려는 것이다. 자, 얼른 굴 밖으로 나오너라.

그러자 거인은 무기를 들고 밖으로 나와, 둘은 싸우기 시작했다. 한 시간쯤 싸우고 나서 그들은 숨을 돌리느라 잠시 멈춰 서 있었다.

선을 죽임　어찌하여 너희는 내 땅을 침범했느냐?
담대　아까 말한 대로 순례자들이 흘린 피의 대가를 치러 주기 위해서다.

그들은 다시 싸움을 시작했다. 거인이 일단 담대를 뒤로 밀쳐 냈다. 하지만 다시 앞으로 나선 담대가 용감하게 칼로 거인의 머리와 옆구리를 내리치자 거인은 무기를 놓쳤다. 그러자 담대는 그를 죽이고 머리를 잘라 버렸다. 그들은 거인의 머리를 가지고 여관으로 돌아왔으며, 순례자인 심약도 데리고 왔다. 집에 이르자 그들은 가족들에게 머리를 구경시킨 후 높이 매달았다. 전에도 악한들의 머리를 잘라 그렇게 매달아 놓곤 했는데, 이는 누구라도 그런 짓을 하지 말라는 경고의 표시였다.

그러고 나서 그들은 심약에게 물었다. 「어쩌다가 그에게 붙잡혔습니까?」 그 불쌍한 사람이 대답했다.

심약 보시다시피 저는 이렇게 병자입니다. 죽음이 하루 한 번씩은 제 집 문을 두드리곤 하여, 이대로 집에 있다가 안 되겠다 싶어 순례 길을 떠나 여기까지 왔습니다. 저는 〈불확실〉이란 마을에서 왔는데, 그곳은 저와 제 아버지가 태어난 고향입니다. 저는 몸도 약하지만, 정신도 약하기 그지 없지요. 그러나 기어가는 것밖엔 할 수 없다 해도 최선을 다해 순례자의 길을 가고자 합니다. 제가 이 길 입구의 문에 도착했을 때, 그곳 주인님께서는 융숭하게 대접해 주셨습니다. 그분은 저의 연약한 외모와 약한 마음을 거부하지 않으시고 여행에 필요한 것들을 챙겨 주시며 끝까지 희망을 버리지 말라고 격려해 주셨습니다. 해석자의 집에 도착해서도 저는 친절한 대접을 받았답니다. 해석자께서는 저에게 고난의 산이 너무 험하다고 판단하시고 하인을 시켜 저를 높은 곳까지 업어다 주셨답니다. 뿐만 아니라 다른 순례자들도 많이 도와주셨습니다. 아무도 저처럼 느린 사람과 동행하려 하지는 않았지만, 자주 제게 다가와 용기를 주면서 마음이 약한 자들에게 위안을 주는 것이 주님의 뜻이라고 말해 주고는 다시 자기 길을 가곤 했습니다.^{살전 5:14} 〈습격의 오솔길〉에 들어섰을 때 이 거인이 나타나 저에게 한판 겨루자며 준비하라고 하더군요. 그러나 애석하게도 저는 워낙 심약해서 감히 그에게 대들 엄두도 못 냈습니다. 그래서 그가 저를 붙잡았던 것입니다. 그래도 그가 저를 죽이지는 않을 것이라 생각했지요. 거인의 굴에 끌려갔을 때도 원해서 그곳에 간 것이 아니니 다시 살아서 나올 것이라 믿었습니다. 왜냐하면 저는 순례자가 악한에게 붙잡히더라도 주님에 대한 믿음을 온전히 품고 있으면 그분의 섭리에 의해 결코 악한이 목숨을 앗아 가지 않게 하신다는 말을 들었기 때문입니다. 제가 강도를 당한 것처럼 보이고 실제로 강도를 당하기도 했지만, 보시다시피 저는 무사히 살아서 빠져나오지 않았습니까? 그래서 저는 모든 일을 주관하시는 하느님과 그분의 도구가 되어 주신 여러분께 깊이 감사를 드립니다. 앞으로 또 어떤 공격을 당할지 몰라도 저는 굳게 결심했습니다. 뛰어갈 수 있으면 뛰어가고, 뛸 수 없으면 걸어가고, 걸을 수 없으면 기어서라도 이 길을 갈 것입니다. 무엇보다도 저는 저를 사랑해 주신 하느님께 감사드립니다. 제 앞에 놓인 길을 나아갈 각오가 섰습니다. 보다시피 저는 연약한 마음을 가졌지만, 제 마음은 이미 다리 없는 강 너머에 가 있습니다.

정직　당신은 혹시 얼마 전에 순례 길을 떠났던 두려움 씨를 모르십니까?

심약　알다마다요. 그는 멸망의 도시에서 북쪽으로 4킬로미터쯤 떨어진 우둔이란 마을에 살았는데, 제 고향도 그 마을에서 그쯤 되는 거리이지요. 하지만 우리는 잘 아는 사이였습니다. 그분은 제 아버지의 동생, 다시 말해 제 삼촌이셨거든요. 그분과 저는 성미가 아주 비슷했지요. 저보다 키가 좀 작았지만, 우리는 매우 비슷하게 생겼답니다.

정직　내가 그럴 줄 알았지요. 나는 두 사람이 친척이라는 걸 한눈에 알 수 있었다오. 눈언저리도 닮았군요. 그리고 말투도 아주 비슷하네요.

심약　우리 두 사람을 아는 이들은 대부분 그렇게 말합니다. 제가 보기에도 그분과 저는 많이 비슷해요.

가이오   선생, 기운을 내십시오. 그리고 저희 집에 오신 걸 환영합니다. 무엇이든 원하는 게 있으면 주저하지 말고 청하십시오. 무슨 요구건 하인들에게 시키시면 기꺼이 받들어 모실 것이오.

심약   참으로 이렇게 환영해 주실 줄 몰랐습니다. 마치 짙은 먹구름 너머로 밝은 햇빛이 비치는 것 같군요. 선을 죽임 거인이 저를 잡아 더 이상 나아가지 못하게 한 것이 이런 환대를 염두에 둔 게 아니었을까요? 저를 가이오 님 댁으로 오게 하기 위해 그 거인이 일부러 제 돈을 턴 게 아니냐는 거죠. 어쨌거나 결과적으로 그렇게 되었네요.

심약과 가이오가 이런 이야기를 나누고 있을 때 누군가 달려와 문간에서 소리쳤다. 그곳에서 2킬로미터쯤 떨어진 곳에서 〈부정〉이라는 순례자가 벼락을 맞아 그 자리에서 죽었다는 것이었다.

심약   아뿔싸! 그가 죽다니! 이곳으로 오기 며칠 전에 만났는데, 그때 그는 보호자가 되어 주겠다고 약속했지요. 선을 죽임 거인에게 붙잡혔을 때도 우리는 함께 있었는데, 거인을 보자 그는 재빨리 피해 도망쳤어요. 그러고 보니 도망갔던 그는 죽었고, 붙잡혔던 나는 살았군요.

> 금방 죽임당할 것 같던 이는
> 종종 처참한 곤경에서 구원받고,
> 죽음의 얼굴을 한 하느님의 섭리가
> 종종 비루한 이에게 생명을 선사하는구나.
> 나는 잡히고 그는 도망하였으나
> 운명이 엇갈려 그는 죽고 나는 살았네.

이즈음에 마태오와 자비는 결혼식을 올렸고, 가이오는 자기 딸 〈페베〉를 마태오의 동생 야고보에게 아내로 주었다. 이후 일행은 열흘 정도 가이오의 집에 더 머물며 순례자들이 으레 하는 대로 즐거운 시간을 보냈다.

그들이 떠날 때가 되자, 가이오는 잔치를 베풀어 주었다. 모두 먹고 마시며 즐거워했다. 출발하기 전에 담대가 주인에게 숙박비 청구서를 달라고 했지만 가이오는 자기 집에서는 숙박비를 순례자 본인에게 받지 않는다고 했다. 순례자들의 숙박비를 모두 적어 두면 1년에 한 번씩 선한 사마리아인이 지불한다고 했다.^{눅 10:33~35} 비용이 얼마이건 틀림없이 돌아와 값을 치르겠다고 그가 약속했다는 것이다.

담대 친애하는 주인장, 그대는 형제, 곧 나그네들을 위해 무엇이든 성실하게 처리하고 있습니다. 저희가 교회 앞에서 그대의 사랑에 관하여 증언했습니다. 우리가 하느님께 합당한 일꾼이 되도록 그대가 도와서 떠나보내면 그대는 좋은 결실을 얻을 것입니다.^{요삼 1:6}

그러고 나서 가이오는 손님들에게 작별 인사를 했다. 그는 특별히 심약에게 각별히 인사하면서 여행 도중에 마실 음료수도 나누어 주었다.

일행이 문밖으로 나갈 때 심약이 주저하는 눈치를 보이자, 담대가 말했다. 「자 심약 씨, 우리와 함께 갑시다. 다른 사람들에게도 그렇듯 내가 당신의 안내자도 되어 드릴 테니 염려 마십시오.」

심약 아! 제 처지와 비슷한 동맹자 한 명만 있으면 좋겠어요. 여러분은 모두 활기차고 건강하지만, 보시다시피 저는 나약하므로 차라리 여러분 뒤에서 천천히 가겠습니다. 온갖 약점을 지닌 저로선 여러분이나 저 자신에게 부담이 되고 싶지 않으니까요. 이미 말씀드렸듯이, 저는 몸과 마음이 연약해서 다른 사람들은 견딜 수 있는 일에도 버텨 내지 못할 것입니다. 남들처럼 잘 웃지도 않고, 화려한 옷도 좋아하지 않고, 쓸데없는 질문도 싫어합니다. 저는 너무 연약한 사람이라 남들이 거리낌 없이 하는 일에도 상처받게 될 것입니다. 또 저는 아주 무식한 신자라 진리를 다 알지 못하지요. 간혹 누가 주님 안에서 즐거워하는 모습을 보면 괴롭습니다. 저는 그렇게 할 수 없으니까요. 저는 강한 자들 가운데 있는 약한 자, 건강한 이들과 함께한 병자로 꺼져 가는 등불과도 같은 신세입니다. 미끄러지는 사람은 태평무사한 사람들이 생각하기에 꺼져 가는 등불이나 매한가지여서 저는 어찌해야 할지 모르겠습니다.^{욥 12:5}

담대 그러나 형제여, 제게는 연약한 마음을 위로하고 나약한 이를 도우라는 사명이 있습니다.^{롬 14:1} 당신은 반드시 우리와 함께 가야 합니다. 우리는 당신을 기다려 줄 것이며, 필요하다면 언제든 도울 것이고, 더러는 당신을 위해 말이나 행동을 절제할 것입니다. 우리는 당신 앞에서 〈의심스러운 변론〉 따위는 벌이지 않을 것입니다. 당신을 뒤에 남겨 두고 가기보다 우리가 모든 것을 맞추겠습니다.

그들이 가이오의 대문 앞에서 이런 이야기로 열을 올리고 있을 때, 주저라는 사람이 양손에 지팡이를 짚고 나타났다. 그 역시 순례 길을 가고 있었는데, 심약이 그에게 말했다.

심약 보세요, 어떻게 여기까지 오셨습니까? 방금 저는 동행이 될 만한 사람이 없다고 한탄하던 참인데, 당신이 제 마음에 쏙 드는군요. 잘 오셨습니다. 착한 주저 씨, 이제 우리 서로 도와 가며 동행하십시다.

주저 저도 당신과 동행한다면 기쁘기 그지없겠습니다, 심약 씨. 따로 가는 것보다는 함께 가는 것이 좋지요. 자, 이렇게 만났으니 지팡이 하나를 빌려 드리겠습니다.

심약 아닙니다. 고맙습니다만 절름발이가 되기 전까지는 지팡이를 짚고 싶지 않습니다. 혹시 개가 달려들면 지팡이가 필요할지도 모르겠군요.

주저 착한 심약 씨, 저나 제 지팡이가 필요하시다면 언제든 말씀하십시오. 기꺼이 내드리겠습니다.

일행은 다시 여행을 떠났다. 담대와 정직 노인이 앞장서 나아갔고, 크리스티애너와 소년들이 그 뒤를 따랐으며, 심약과 지팡이를 짚은 주저가 맨 뒤에서 갔다. 이때 정직 노인이 말했다.

정직 자, 담대 씨, 우리가 길에 들어섰으니, 우리보다 앞서 간 순례자들의 행적 중에 유익한 이야기를 들려주시지요.

담대 기꺼이 이야기해 드리죠. 예전에 크리스천이 겸손의 골짜기에서 아폴리온과 대결한 이야기를 들으셨을 것입니다. 그리고 그가 얼마나 힘겹게 음산한 죽음의 골짜기를 지나갔는지도 들으셨겠죠. 뿐만 아니라 믿음과 바람둥이 마님과 첫 사람 아담, 불만, 수치를 만난 이야기도 들으셨을 겁니다. 사람이 길을 가다 보면 그 넷 같은 사기꾼 악당들을 종종 만나게 되는 법입니다.

정직 예, 그 이야기들은 모두 들은 것 같소. 착한 믿음이 수치를 만났을 때 가장 심한 욕을 봤지요. 수치는 정말 끈질긴 자였으니까요.

담대 예, 그 순례자가 제대로 지적했지요. 그자는 이름과 전혀 어울리지 않았어요. 그는 수치라곤 눈곱만큼도 모르는 자이니까요.

정직 그런데 선생님, 크리스천과 믿음이 수다쟁이를 만난 곳이 어디였소? 그도 유명했지요.

담대 그자는 참으로 뻔뻔스러운 바보입니다만, 많은 사람들이 그를 따르고 있습니다.

정직 하마터면 믿음이 그에게 속아 넘어갈 뻔했지요.

담대 예, 하지만 크리스천이 재빨리 그의 정신을 차리게 해주었습니다.

이렇게 이야기하는 가운데, 그들은 크리스천과 믿음이 전도자를 만나 허영의 시장에서 겪을 일을 미리 듣던 곳에 이르렀다.

담대 이 근처에서 크리스천과 믿음은 전도자를 만났지요. 전도자는 그들에게 허영의 시장에서 그들이 당하게 될 고난을 미리 알려 주었습니다.

정직 아, 그렇소? 그런데 전도자가 그들에게 읽어 준 말씀은 참 어려운 부분이었던 것 같소.

담대 그렇습니다. 하지만 전도자는 그들에게 용기를 주었지요. 게다가 그들은 또 어땠습니까? 그들은 사자와도 같았으며, 얼굴은 차돌같이 얼굴빛이 변치 않았습니다. 그들이 재판관 앞에 섰을 때 얼마나 당당했는지 기억나십니까?

정직 그럼요, 믿음은 용감하게 고난을 이겨 냈지요.

담대 예, 그의 용감한 행위는 헛되지 않았습니다. 소문에 의하면, 소망을 비롯한 몇몇 사람들이 그의 죽음을 통해 개심했다고 하니까요.

정직　그랬군. 여러 가지 일들을 잘 아시니 계속 해주시오.

담대　허영의 시장을 통과한 크리스천이 길에서 만난 사람들 중에 사심이 가장 능글맞았지요.

정직　사심이라! 그는 어떤 사람이었소?

담대　그 친구는 아주 철저한 위선자였습니다. 그는 세상 풍조에 따라 종교를 믿었고, 너무나 교활하게도 신앙 때문에 손해나 고난은 조금도 겪으려 하지 않았습니다. 경우에 따라 신앙 방식을 바꾸는 데 능했지요. 그의 아내도 남편 못지않았습니다. 그는 이랬다 저랬다 자기 의견을 바꾸었으며, 자기가 한 것에 대해 변명하기까지 했습니다. 그러나 제가 들은 바에 의하면, 그는 자신의 사심으로 인해 비참한 종말을 맞았다고 하더군요. 그리고 그의 자녀들 가운데서도 하느님을 참되게 경외하는 사람은 나오지 않았다고 합니다.

이즈음에 그들은 허영의 시장이 서는 허영의 도시가 보이는 곳까지 왔다. 일행은 마을 가까이 온 것을 깨닫고 어떻게 그 마을을 통과해야 할 것인가에 관해 의논했는데, 서로 의견이 분분했다. 마침내 담대가 말했다. 「여러분도 아시겠지만, 저는 종종 순례자들의 안내자가 되어 이 마을을 지나가곤 했습니다. 그러다 이곳의 〈므나손〉이라는 사람과 알고 지내게 되었는데, 그는 키프로스 태생으로 주님의 오랜 제자입니다. 그 댁에 우리가 묵을 만한 처소가 있으니, 괜찮으시다면 그리 갑시다.」

정직 노인이 말했다. 「그럽시다.」「저도 좋습니다.」크리스티애너가 말했다. 심약도 찬성하였고, 모두들 좋다고 했다. 여러분도 짐작하겠지만, 그들이 마을 외곽에 도착했을 때는 황혼 무렵이었으나 담대는 므나손의 집으로 가는 길을 잘 알고 있었으므로 문제가 없었다. 집 문 앞에 이르자 담대가 주인의 이름을 불렀고, 그의 음성을 아는 노인이 곧 나와 문을 열어 주어 일행은 안으로 들어갔다. 집주인인 므나손이 말했다. 「오늘은 얼마나 걸어오셨습니까?」 사람들이 대답했다. 「우리 친구 가이오 님 집에서부터 걸어왔습니다.」 므나손이 응수했다. 「먼 곳에서 빨리도 오셨군요. 피곤하실 테니 이리들 앉으십시오.」 일행은 모두 자리에 앉았다.

담대   자 여러분, 기분은 어떠십니까? 제 친구 집에 오신 것을 환영합니다.

므나손   저 또한 여러분을 환영합니다. 원하시는 것은 모두 말하십시오. 할 수 있는 한 구해 드리겠습니다.

정직   우리가 간절히 원한 건 안식처와 좋은 친구들이었소. 그런데 지금 두 가지 다 얻은 것 같구려.

므나손   안식처라면 보고 계시는 바로 여기가 그곳입니다. 그러나 좋은 친구란 시험을 당할 때에 비로소 드러나지요.

담대   그럼 순례자들을 방으로 안내해 주시겠습니까?

므나손   그럽시다.

그는 순례자들에게 각각 방을 정해 준 다음, 매우 훌륭한 식당으로 안내했다. 거기서 일행은 모두 모여 식사하고 각자 잠자리에 들 때까지 이야기를 나눌 것이었다.

그들이 자리를 잡고 잠시 여독을 풀고 나자, 정직 노인이 집주인에게 마을에 선한 사람들이 운영하는 가게가 있느냐고 물었다.

므나손   더러 있습니다. 그러나 나쁜 사람들이 운영하는 가게에 비하면 매우 적지요.

정직   그 가게 주인들을 좀 만나 볼 수 있겠소? 순례 길을 가는 이들이 선한 사람들을 만나는 것은 드넓은 바다를 떠다니는 중에 달과 별을 보는 것과 마찬가지거든요.

이 말을 들은 므나손이 발로 바닥을 탕탕 치자, 그의 딸 〈은혜〉가 올라왔다. 그는 딸에게 말했다. 「은혜야, 내 친구들인 〈통회〉, 〈거룩〉, 〈성도 사랑〉, 〈무허위〉, 〈참회〉에게 가서, 우리 집에 손님들이 와 계시는데 오늘 저녁에 만나 뵙고 싶어 하신다고 전해라.」

은혜가 저들을 부르러 간 지 얼마 안 되어, 그들이 왔다. 인사를 나눈 후 그들은 함께 식탁에 앉았다.

이때 집주인 므나손이 말했다. 「이웃 여러분, 보시다시피 우리 집에 낯선 손님들이 오셨습니다. 이분들은 순례자들로, 시온 산에 가기 위해 먼 길을 오셨습니다.」 그러고는 손으로 크리스티애너를 가리키며 말했다. 「여기 계신 부인이 누군지 아시겠습니까? 바로 순례자 크리스천의 아내 크리스티애너 부인이십니다. 크리스천이라면 믿음 형제와 함께 우리 마을에서 치욕스러운 대우를 받았던 분이지요.」 이 말에 그들은 깜짝 놀라 일어서며 말했다. 「은혜가 부르러 왔을 때만 해도 크리스티애너 부인을 만나게 되리라고는 꿈에도 생각지 못했습니다. 참으로 놀랍고도 기쁜 일입니다.」 그들은 크리스티애너에게 안부를 묻고, 아이들을 가리키며 크리스천의 아들들이냐고 물었다. 그녀가 그렇다고 대답하자, 그들은 아이들에게 말했다. 「너희가 사랑하고 섬기는 임금님께서 너희를 아버지처럼 훌륭하게 만드시고, 그가 평안히 계신 곳까지 이끄시길 바라마.」

정직 (그들이 모두 자리에 다시 앉자, 통회를 비롯한 그곳 사람들에게 물었다) 지금 이 마을 형편은 어떻소?

통회　장이 서는 동안 우린 무척 바쁩니다. 일이 번거로울 때는 마음과 정신을 올바르게 유지하기가 무척 힘듭니다. 이런 곳에 살면서 우리같이 장사를 하는 사람은 매일 매 순간 주의해야 한답니다.

정직　이웃들은 어떻소? 이제 좀 잠잠해졌소?

통회　예전보다는 많이 온건해졌습니다. 여러분도 크리스천과 믿음이 우리 마을에서 당한 일을 알 겁니다. 그러나 최근에는 더 누그러졌다고 할 수 있죠. 제가 생각하기에는, 믿음의 피가 아직까지 그들의 마음을 무겁게 누르는 것 같아요. 그를 화형에 처한 후 그들도 부끄러운지 더 이상 사람을 화형시키진 않습니다. 예전에는 우리가 거리에 나다니기를 겁냈는데, 이제는 머리를 들고 다닐 수 있습니다. 그때만 해도 신앙을 고백하는 이들을 혐오했지만, 지금 이 도시 일부에서는 특히(여러분도 아시다시피 우리 도시는 꽤 큽니다) 신앙을 존경스러운 것으로 여깁니다.

그리고 나서 통회는 순례자들에게 말했다.「순례 여행길은 어떠셨습니까?」

정직　길이야 여행자들이 흔히 보는 길이었지요. 어떤 때는 깨끗하고 어떤 때는 더럽고, 어떤 때는 오르막길이고 어떤 때는 내리막길이었다오. 하여튼 평탄할 때는 드물었지. 언제나 순풍을 만난 것도 아니었고, 길에서 만나는 이들이 누구나 다 친구는 아니었소. 도중에 우리는 이미 여러 번 고난을 겪었고, 앞으로 어떤 일을 겪게 될지 모르지만, 의롭게 살고자 하는 자는 고난을 당하리라는 어른들 말씀이 옳다는 사실을 깨달았소.

통회　지금 고난이라고 말씀하셨는데, 어떤 고난을 당하셨습니까?

정직 그건 우리의 안내자인 담대 씨에게 물어보시오. 그가 가장 잘 설명해 줄 테니까.

담대 우리는 벌써 서너 번 죽을 고비를 넘겼지요. 첫 번째는 크리스티애너와 아이들의 목숨을 노리는 두 명의 악한들이 덤벼들었지요. 그러고 나서 우리는 피투성이 거인과 철퇴 거인, 선을 죽임 거인 등을 만나 고초를 겪었지요. 마지막 거인은 그가 우리를 괴롭혔다기보다는 우리가 그를 괴롭혔다고 할 수 있습니다. 어찌 된 일이냐면, 우리 주인과 교우를 잘 돌봐 주는 ^{롬 16:23} 가이오 씨의 집에 머물 때였는데, 하루는 가이오 씨가 우리에게 무기를 들고 나가서 순례자들을 괴롭히는 악한들을 찾아보지 않겠느냐고 하더군요. 그 집 근처에 악명 높은 원수가 하나 살고 있다는 소식이 들렸기 때문입니다. 그자가 자주 출몰하는 곳이 어디인지는 그곳에 사는 가이오 씨가 저보다 더 잘 알고 있었습니다. 우리는 가이오 씨의 안내로 부근을 샅샅이 뒤지다가 마침내 거인의 동굴 입구를 찾아냈지요. 우리는 기뻐하며 정신을 가다듬었습니다. 우리가 굴에 접근하여 안을 들여다보니, 그가 무지막지한 힘으로 이 불쌍한 심약 씨를 억지로 소굴로 끌고 들어가 막 죽이려 하고 있었습니다. 그러나 그는 우리를 보자 또 다른 먹이가 왔다고 생각했는지 이 가엾은 사람을 굴 안에 두고 밖으로 나왔습니다. 우리가 전력을 다해 달려들고 그도 억세게 대항했지만, 결국 그는 땅에 거꾸러졌습니다. 우리는 그의 목을 잘라 길가에 매달아 앞으로 그런 불경한 짓을 저지르는 자들에게 경고가 되게 했지요. 제 말이 사실임을 여기 계신 심약 씨가 증명해 줄 것입니다. 이분은 사자 입에서 구원받은 어린 양 같은 분입니다.

심약 모두 사실입니다. 저는 그 사건을 통해 고통과 평안을 얻었습니다. 거인이 금방이라도 제 뼈를 뜯어먹으려고 위협할 때 고통스러웠지만, 담대 씨와 그의 친구들이 무기를 들고 저를 구하러 오는 것을 보았을 때 평안을 얻었습니다.

거룩 순례 길을 가는 사람들이 반드시 지녀야 할 두 가지는 용기와 흠 없는 생활입니다. 용기가 없으면 그들은 결코 순례 길을 나아가지 못할 것이요, 생활이 단정치 못하면 순례자의 이름을 더럽히게 될 것입니다.

성도 사랑 저는 여러분에게는 이런 경고가 쓸데없기를 바랍니다. 하지만 이 길을 가는 사람들 중에는 스스로를 속세에 낯선 순례자라기보다 순례에 낯선 자로 자처하는 자가 많이 있습니다.

무허위 사실입니다. 그들에게는 순례자들의 절제 있는 생활과 용기가 없습니다. 그들은 똑바로 나아가지 않고, 모두 이리저리 오락가락하고 있습니다. 한쪽 신은 안쪽을, 다른 쪽 신은 바깥쪽을 향합니다. 게다가 그들의 바짓가랑이는 여기저기 해지고 찢어져 주님을 욕되게 합니다.

참회 그러니 저들이 고통을 당할 수밖에 없지요. 그러한 오점과 흠들을 깨끗이 없애지 않는다면 그러한 순례자들과 그들이 가는 순례 길에 은총이 내려질 수 없습니다.

그들이 이렇게 앉아 이야기를 나누며 시간을 보내고 있는 동안 식탁에는 저녁 식사가 차려졌다. 일행은 저녁을 먹고 지친 몸에 기력을 회복한 다음 잠자리에 들어갔다. 그들은 시장 안에 있는 므나손의 집에 오랫동안 머물렀는데, 그사이 므나손은 자기 딸 은혜를 크리스티애너의 아들 사무엘에게 아내로 주었고, 또 다른 딸 마르다는 요셉에게 아내로 주었다.

마을이 예전 같지 않아 그들은 오랫동안 거기 머물 수 있었다. 순례자들은 이 마을의 선량한 사람들을 더 많이 사귈 수 있었으며, 베풀 수 있는 한 봉사도 많이 했다. 이곳에서도 자비는 항상 그렇듯 가난한 이들을 위해 여러 일을 했다. 그녀 덕분에 배가 부르고 등이 따뜻해진 사람들은 그녀를 축복하였고, 그녀는 마을 신자들의 자랑이 되었다. 그리고 은혜와 페베와 마르다로 말할 것 같으면 그들 역시 천성이 착해 그곳에서 많은 선행을 베풀었다. 또한 그들은 아이들을 많이 낳아, 전에 말했듯이 크리스천 가문이 이어지게 되었다.

그들이 거기 머무는 동안 숲에 사는 괴물 하나가 마을에 내려와 많은 사람들을 죽였다. 뿐만 아니라 그 괴물은 어린 아이들을 납치해서 자기 젖을 빨도록 가르쳤다. 그러나 마을에는 괴물과 대적해 싸울 용기를 지닌 이가 없었고, 그가 오는 소리만 들어도 모두들 줄행랑을 쳤다.

괴물은 지상에 사는 짐승과는 달랐다. 몸은 용처럼 생겼고, 일곱 개의 머리와 열 개의 뿔이 있었다.[계 17:3] 괴물은 어린 이들을 크게 해치고 다녔는데, 어떤 여인이 이 괴물을 조종하고 있었다. 또 괴물은 사람들에게 조건을 제시하였는데, 자기 영혼보다 세속적인 삶을 더 사랑하는 자들이 거기에 응해 괴물의 수하가 되었다.

이때 담대는 이 탐욕스러운 뱀의 발톱과 아가리에서 마을 주민들을 구하기 위해 므나손의 집에 머무는 순례자들을 만나러 온 사람들과 의논한 끝에 이 괴물과 싸우기로 했다.

그리하여 담대, 통회, 거룩, 무허위, 참회는 모두 무기를 챙겨 괴물과 싸우러 갔다. 처음에 괴물은 매우 사납게 굴며 경멸하는 눈초리로 적들을 노려보았다. 그러나 무장한 억세고 용감한 사나이들은 힘껏 싸워 괴물을 쫓아 버린 다음 므나손의 집으로 돌아왔다.

독자 여러분이 알아 두어야 할 점은, 괴물은 특정 시기에 마을로 내려와 어린이들을 납치한다는 것이다. 그래서 담대와 용사들은 이 시기에 맞추어 감시하다가 계속해서 괴물을 공격했다. 어느 시간이 흐르고 계속 공격을 받은 괴물은 상처를 입어 절름발이가 되었고, 예전처럼 마을 사람들과 어린 이들을 괴롭히지도 못했다. 어떤 이들은 괴물이 그 상처 때문에 분명 죽을 것이라고 확신했다.

이 사건으로 말미암아 담대와 그 친구들은 마을에서 명성이 자자했고, 아직 물욕에 빠져 있는 사람들조차 그들에게 찬사와 존경을 보냈다. 덕분에 순례자 일행은 그곳에서 심한 박해를 받지 않았다. 물론 개중에는 두더지처럼 아무것도 보지 못하고, 짐승처럼 아무것도 이해하지 못하는 천박한 사람들도 있었다. 이들은 담대와 그 친구들을 전혀 존경하지 않았고, 그들의 용기와 모험심에도 별 관심이 없었다.

이제 순례자들은 출발할 때가 되어 여행 준비를 했다. 그들은 친구들을 불러들여 의논한 끝에, 각자 시간을 내어 서로 예수님의 보호를 바라는 기도를 드리기로 했다. 친구들은 다시 그들에게 약한 자와 강한 자, 여자와 남자들이 쓸 물건과, 그 밖의 물건들을 마련해 주었다.

마침내 일행은 길을 떠나게 되었고, 친구들은 적당한 곳까지 그들을 바래다주고 서로를 위해 왕이신 하느님의 보호를 바라는 기도를 드린 뒤 헤어졌다.

담대를 앞세운 순례자 일행은 계속해서 길을 갔는데, 여자와 아이들은 몸이 약해서 무리가 되지 않을 만큼 천천히 나아갈 수밖에 없었다. 이를 본 주저와 심약은 그들의 처지를 더 많이 이해하게 되었다.

그들은 마을을 떠나 친구들과 작별한 후에 곧 믿음이 순교당한 곳에 이르렀다. 일행은 잠시 걸음을 멈추고 서서 믿음이 자신의 십자가를 제대로 질 수 있도록 도와주신 하느님께 감사드렸다. 그들은 믿음이 용감하게 고통을 당했던 덕분에 일행이 마을에서 은혜를 입었음을 깨닫고 거듭 감사드렸다.

이후 그들은 계속 길을 가면서 크리스천과 그의 동료 믿음에 관해, 믿음이 죽은 후 소망이 크리스천의 동행이 된 이야기를 나누었다.

이제 그들은 물욕의 산에 다다랐다. 이곳은 데마가 은광 때문에 순례의 길을 버린 곳이었고, 사심도 여기서 광산에 들어갔다가 죽었다는 이야기가 있어 일행은 이 일들을 깊이 묵상하며 길을 걸었다. 그러다가 그들은 오래된 기념물 하나가 물욕의 산과 마주하고 서 있는 곳에 이르렀다. 그것은 소돔과 악취 나는 호수가 보이는 곳에 세워진 소금 기둥이었다. 이 광경을 본 일행은, 예전에 크리스천이 생각했듯 그토록 유식하고 총기 있는 사람들이 일순간 눈이 멀어 여기서 곁길로 빠져들었는지 의아하게 생각했다. 결국 그들이 인간의 본성에 대해 내린 결론은, 인간은 남이 당한 피해를 보고도 타산지석으로 삼지 못하며, 특히 그것이 어리석은 눈에 매혹적으로 비칠 때 더욱 그러하다는 것이었다.

나는 그들이 기쁨의 산 어귀의 강가에 도착한 것을 보았다. 그 강 양편에는 멋진 나무들이 자라고 있었는데, 과식했을 때 그 나무의 잎사귀를 먹으면 효과가 있었다. 또 사시사철 푸른 초원이 펼쳐져 편히 누워 쉴 수 있었다.

강 이쪽 초원에는 여러 개의 양 우리가 있었으며, 어린 양들과 순례 중인 여자들이 낳은 아기들을 양육하기 위해 지은 집이 있었다. 이 집에는 이들을 맡아 보살피는 사람도 있었는데, 그는 동정심 깊은 분이어서 양팔로 어린 양들을 끌어모아 품 안에서 보살피며, 상냥하게 이끌었다.^{사 40:11} 크리스티애너는 네 며느리들에게 손주들을 그분한테 맡길 것을 권했다. 「아기들은 이 물가에서 안전하게 살면서 튼튼하게 자랄 거다. 하나라도 잃어버리는 일이 없겠지만, 만약 하나라도 곁길로 가거나 길을 잃는다면 어떻게 해서든 이분께서 다시 찾아 주실 거다. 또한 이분은 상처를 싸매 주시고 아픈 데는 낫게 해 주실 거야. 여기서 아이들은 먹고, 마시고, 입는 것에 부족함이 없을 것이고, 도둑이나 강도로부터도 보호받을 거다. 왜냐면 이분은 자기 목숨을 버리고서라도 자기에게 맡겨진 무리를 하나하나 잃어버리지 않게 지켜 주실 테니까.^{요 10:16} 뿐만 아니라 여기서 아이들은 훌륭한 교육과 훈계를 받으면서, 바른길을 가도록 배우게 될 거다.^{에 34:11~16} 알다시피 이건 정말 적지 않은 혜택이지. 그리고 여기에는 너희들도 보듯이 깨끗한 물과 푸른 풀밭, 우아한 꽃들과 온갖 나무들과 몸에 좋은 과일들이 있다. 이 과일들은 마태오가 따먹고 병이 났던 베엘제불 정원의 과일 같은 것이 아니라, 쇠약한 이에게는 건강을 찾아 주고 건강한 사람에게는 그 건강을 더하게 하는 과일이란다.」

이 말을 들은 며느리들은 즐거운 마음으로 아기들을 목자에게 맡겼다. 그들이 용기를 얻어 그렇게 할 수 있었던 것은 그곳이 왕께서 관할하시는, 어린이들과 고아를 위한 탁아소였음을 알았기 때문이었다.

계속 길을 나아가던 그들은 곁길 초장에 이르렀다. 예전에 크리스천은 친구 소망과 함께 이 초장 울타리를 넘어 들어갔다가 절망 거인에게 잡혀 의심의 성에 갇힌 적이 있었다. 일행은 거기에 앉아 어떻게 하면 좋을지를 의논했다. 이제 자신들은 힘도 강하고 담대 같은 인도자도 있으니 거인을 공격해 그 성을 무너뜨리고, 그곳에 순례자들이 잡혀 있으면 더 큰 곤경에 빠지기 전에 구하는 것이 좋지 않겠느냐는 의견이었다. 그러나 사람마다 의견이 달랐다. 한 사람은 거룩하지 않은 땅에 들어가는 것이 합당한지를 따졌고, 다른 사람은 목적이 좋으면 상관없다고 말했다. 이때 담대가 말했다.「목적이 좋으면 상관없다는 주장이 늘 옳은 것은 아니지만, 저는 죄에 대항해 악을 정복하고 선한 진리의 싸움에 임하라는 명령을 받았습니다.^{요일 2:13~14} 제가 절망 거인을 그냥 둔다면 과연 누구와 선한 싸움을 벌일 수 있겠습니까? 그러므로 저는 그 거인을 죽이고 의심의 성을 파괴하기 위해 가겠습니다. 자, 누가 저와 함께 가시겠습니까?」 정직 노인이 말했다. 「내가 가겠소.」 「우리도 가겠습니다.」 이제 강한 젊은이들로 장성한 크리스티애너의 네 아들 마태오와 사무엘과 야고보와 요셉도 자청하고 나섰다. 그들은 자기들이 돌아올 때까지 심약과 지팡이를 짚은 주저를 여자들의 보호자로 길에 남겨 둔 채 싸우러 떠났다. 절망 거인이 아주 가까운 곳에 사는 것은 사실이었지만, 길에서 벗어나지 않는 한, 어린아이라도 능히 그들을 인도할 수 있을 만큼 그곳은 안전했다.^{사 11:6}

담대와 정직 노인과 네 명의 젊은이는 절망 거인을 찾기 위해 의심의 성으로 올라갔다. 성문에 도착한 그들은 이례적으로 시끄럽게 문을 두드렸다. 이에 늙은 거인이 대문으로 나왔고, 그의 아내 자포자기도 뒤따라 나왔다. 거인이 말했다. 「도대체 누가 이렇게 무례하게 문을 두드려 나를 귀찮게 하느냐?」 담대가 대답했다. 「나 담대가 그랬다. 나는 순례자들을 천국으로 인도하는 안내자로서 하늘나라 왕의 신하이다. 대문을 열고 나와 싸울 준비를 해라. 나는 네 머리를 베고 의심의 성을 무너뜨리러 왔다.」

그러자 자기는 거인이라서 누구도 자기를 이길 수 없다고 여기던 절망 거인은 속으로 생각했다. 〈지금까지 내가 천사들도 정복했거늘, 담대가 나를 두렵게 하겠는가?〉 거인은 무장을 하고 밖으로 나왔다. 그는 머리에 강철 투구를 쓰고 가슴에는 불의 흉갑을 착용했으며, 발에는 철 구두를 신고, 손에는 큰 곤봉을 들었다. 이제 여섯 명의 사나이들이 앞뒤에서 거인을 포위 공격했다. 거인의 아내 자포자기가 남편을 도우러 오자 정직 노인이 단칼에 그녀를 쓰러뜨렸다. 목숨을 건 치열한 싸움 끝에 절망 거인도 땅에 쓰러졌다. 그는 여러 개의 목숨을 지녔다는 고양이처럼 죽지 않으려고 힘겹게 버둥거렸는데, 담대가 그의 머리를 베자 그제야 숨을 거두었다.

그들은 의심의 성을 부수기 시작했다. 여러분도 짐작하겠지만 거인이 죽어 일은 쉽게 진행되었다. 그들은 7일 동안 성을 허물었다. 성 안에서 낙심과 그의 딸 질겁을 발견했는데, 이들은 거의 아사 직전이었으나 목숨은 붙어 있었다. 독자 여러분이 의심의 성 뜰 여기저기에 널려 있는 시체들과 지하실에 가득 차 있는 사람 뼈를 보았다면 깜짝 놀랐을 것이다.

담대와 동료들은 공을 세운 후에 낙심과 그의 딸 질겁을 보호해 주었다. 그 두 사람은 비록 절망 거인에 의해 의심의 성에 갇혀 지냈으나 정직한 사람들이었기 때문이다. 그들은 거인의 시체를 돌무더기 아래 묻은 다음 그의 머리를 들고 길가로 나와 동료 순례자들에게 보여 주었다. 심약과 주저는 절망 거인의 머리를 확인하고 뛸 듯이 기뻐했다. 크리스티애너는 필요하다면 비올을 켜고 며느리 자비는 류트를 켤 수 있었는데, 너무나 즐거운 나머지 그들은 악기를 잡고 연주하기 시작했다. 그러자 주저가 얼른 낙심의 딸인 질겁의 손을 잡고 함께 길 위에서 덩실덩실 춤을 추었다. 비록 한 손에 지팡이를 쥔 채 춤출 수밖에 없었지만 멋지게 발을 맞추었다. 또한 소녀의 춤 솜씨도 칭찬할 만한 해서 음악에 멋지게 발을 맞추었다.

그러나 낙심은 음악에 별 관심을 보이지 않았다. 게다가 굶어 죽을 지경이었으므로 춤보다는 먹을 것을 원했다. 크리스티애너가 낙심의 시장기를 덜어 주려고 정신 나게 하는 음료수를 조금 나누어 준 다음 먹을 것을 마련해 주었다. 잠시 후 그 노신사는 정신을 차리고 기력을 회복했다.

> 비록 의심의 성이 무너지고,
> 거인 절망의 머리를 베었으나,
> 죄악으로 다시 성을 짓고,
> 절망 거인을 되살릴 수 있나니,

꿈에 보니, 담대는 이 모든 일을 마치고 장대 끝에 절망 거인의 머리를 매달아 큰길 옆에 세웠다. 그 장대는 예전에 크리스천이 훗날 오는 순례자들에게 거인의 영지에 들어가지 말 것을 당부하려고 세웠던 기둥 바로 맞은편에 세워졌다. 그러고 나서 그는 기둥 아래 대리석에 다음과 같은 시를 새겨 넣었다.

> 한때 이름만으로도 순례자들을 떨게 하던
> 그자의 머리가 여기 걸려 있다.
> 그의 성곽은 헐리고, 그의 아내 자포자기도
> 용감한 담대의 손에 죽음을 맞이했도다.
> 낙심과 그의 딸 질겁 또한
> 담대에 의해 목숨을 건졌으니,
> 의심스러운 자는 눈을 들어 저 머리를 보라.
> 그러면 회의가 사라지고 만족하리라.
> 의심하던 절름발이도 이 머리를 보자
> 두려움을 떨치고 춤추었도다.

이처럼 용감하게 의심의 성을 무너뜨리고 절망 거인을 죽인 그들은 계속 길을 재촉해 마침내 기쁨의 산에 도착했다.

이곳은 예전에 크리스천과 소망이 여러 장소를 둘러보며 새롭게 힘을 얻던 곳이었다. 일행은 거기 있는 목자들에 대해서도 알고 있었는데, 목자들은 예전에 크리스천에게도 그랬던 것처럼 일행이 기쁨의 산에 온 것을 환영했다.

목자들은 담대(이미 그를 잘 알고 있었다)의 뒤를 따르는 사람들이 굉장히 많은 것을 보고 말했다. 「선생님, 일행이 참 많으시군요. 이 모든 사람들을 어떻게 만나셨습니까?」 그러자 담대가 이렇게 대답했다.

먼저 여기 크리스티애너 부인과 그의 일행,
곧 아들들과 며느리들이 있습니다.
극(極)을 향해 도는 북두칠성처럼 나침반을 따라
방향 잡는 배의 키처럼
죄악을 떠나 은총을 향하여
와 본 적 없는 이곳에 왔습니다.
다음으로 순례 길을 가는 정직 노인이 있고,
여기는 진실한 마음을 가진 주저,
그리고 한사코 뒤처지지 않으려 한 심약,
다음에는 선량한 낙심과 그의 따님 질겁입니다.
우리가 이곳에서 환대받을 수 있는지, 혹은
더 가야 하는지 솔직하게 알려 주십시오.

그러자 목자들이 말했다. 「참 기분 좋은 분들이시군요. 자, 여러분을 환영합니다. 우리는 약한 자나 강한 자나 가리지 않고 모두 받아들이니까요. 우리 주님께서는 우리가 가장 보잘것없는 사람에게 어떻게 대접하는지 보고 계십니다. 여러분이 연약하다고 해서 대접에 소홀할 수는 없지요.」^{마 25:40} 그러고 나서 목자들이 일행을 궁전 문으로 데리고 갔다. 「들어

오십시오, 심약 씨. 들어오십시오, 주저 씨. 들어오십시오, 낙심 씨와 그분의 따님인 질겁 양도요.」 그리고 목자들은 안내자에게 말했다. 「담대 씨, 우리가 특별히 저분들의 이름을 부른 것은 그들이 중간에 여행을 포기할까 봐입니다. 그러나 당신과 나머지 사람들은 강건하니 원하는 대로 하십시오.」 담대가 말했다. 「여러분의 얼굴에 은총이 환히 비치는군요. 정녕 여러분이 내 주님의 목자들임을 알겠습니다. 당신들은 이 병든 이들의 어깨나 옆구리를 밀지 않았고, 궁전으로 나아가는 그들의 길에 꽃을 뿌려 주셨습니다.」^{에 34:21}

몸과 마음이 연약한 자들이 먼저 궁전 안으로 들어가고 담대와 나머지 사람들은 그 뒤를 따랐다. 그들이 자리에 앉았을 때도 목자들은 연약한 이들에게 먼저 말했다. 「무얼 드시겠습니까? 여기서는 폭식하는 이들에게 경고를 주는 음식뿐만 아니라 연약한 자들을 일으켜 세우는 음식도 만든답니다.」

목자들은 순례자들에게 소화하기 쉬우면서도 맛있고 영양 많은 음식을 대접했다. 식사가 끝나자 일행은 각자 정해진 방에 들어가 휴식을 취했다. 아침이 되자 높은 산들이 밝은 태양 아래 빛났다. 목자들은 언제나 순례자들이 떠나기 전에 몇 가지 진기한 것들을 구경시켜 주므로, 목자들은 일행이 준비를 마치고 기운 차리기를 기다려 들판으로 데리고 나가 예전에 크리스천에게 보여 주었던 것들을 하나하나 보여 주었다.

다음으로 목자들은 일행을 몇 군데 새로운 장소로 인도하였다. 첫 번째 간 곳은 〈경이의 산〉이었는데, 거기서 그들은 저 멀리서 어떤 사람이 말로 언덕을 이리저리 집어 던지는 장면을 보았다. 순례자들은 그것이 무엇을 의미하느냐고 물었다. 목자들이 대답했다. 「저 사람은 큰 은혜의 아들입니다(큰 은혜에 관한 내용은 『천로 역정』 1부에 있다). 그가 저러고 있는 것은 길에서 넘어지고 떨어지고, 어떤 어려움을 당하더라도 어떻게 하면 믿음으로써 어려움을 이겨 내고 그 길을 나아갈 수 있는지를 가르치기 위해서입니다.」^{막 11:23~24} 그러자 담대가 말했다. 「나도 그를 알고 있습니다. 그는 누구보다 뛰어난 사람이지요.」

그다음에 목자들은 일행을 〈결백의 산〉으로 데리고 갔다. 그곳에는 흰옷 입은 사람이 하나 있고, 〈편견〉과 〈악의〉라는 두 사나이가 그를 향해 진흙을 던지고 있었다. 그러나 아무리 진흙을 던져도 잠시 뒤 흙은 모두 떨어져 나갔고, 그의 옷은 다시 흙먼지 하나 없이 깨끗해졌다.

이에 순례자들이 물었다. 「저건 무슨 뜻입니까?」 목자들이 대답했다. 「저 사람의 이름은 〈신실〉인데, 그가 입고 있는 흰옷은 그의 생활이 결백함을 보여 줍니다. 진흙을 던지는 이들은 그의 착한 행실을 미워하는 사람들입니다. 그러나 보시다시피, 흙은 그의 옷에 조금도 묻지 않습니다. 세상에서 진정 결백하게 살아가는 사람들은 다 이렇습니다. 사람들이 아무리 그에게 더러운 누명을 씌우려 해도 헛수고입니다. 왜냐하면 하느님께서는 금방 그들의 결백을 빛으로 드러나게 하시고 저들의 의로움을 대낮처럼 밝게 하실 테니까요.」

그러고 나서 목자들은 일행을 〈자선의 산〉으로 데려갔다. 거기에선 어떤 사람이 옷감 한 필을 앞에 놓고 주위에 서 있는 가난한 사람들에게 겉옷과 속옷을 만들어 주고 있었는데 그럼에도 그의 옷감은 전혀 줄어들지 않았다.

순례자들이 물었다. 「이건 무슨 의미입니까?」 목자들이 말했다. 「가난한 자들을 돕고자 하는 마음으로 일하는 사람에게는 결코 부족함이 없다는 것입니다. 남에게 물을 주는 자는 자신도 물을 얻게 됩니다. 옛날 어느 과부가 선지자에게 빵을 만들어 주었으나, 그 과부의 밀가루 그릇은 조금도 줄

지 않았습니다.」^{왕상 17:8~16}

목자들은 일행을 데리고 또 다른 곳으로 갔다. 거기서 그들은 〈바보〉라는 사람과 〈팔푼이〉라는 사람이 에티오피아의 흑인을 씻겨 주고 있는 모습을 보았다. 두 사람은 흑인을 백인으로 만들려고 씻겨 주고 있었지만 그들이 씻기면 씻길수록 흑인의 피부는 더 검게 변했다. 그 모습을 본 일행은 목자들에게 저것이 무슨 뜻이냐고 물었다. 목자들이 말했다. 「이는 악한 인간에 관한 가르침입니다. 그런 자에게는 아무리 좋은 평판을 얻으려 해도 결국 혐오감만 커집니다. 먼 옛날 바리새인들이 그러했으며, 모든 위선자들이 그런 운명이겠죠.」

이때 마태오의 아내 자비가 시어머니 크리스티애너에게 말했다. 「어머님, 저는 흔히 지옥으로 가는 샛길이라 부르는 저 언덕의 동굴을 보고 싶은데요.」 시어머니가 목자들에게 며느리의 생각을 전하자, 목자들은 언덕 기슭에 있는 동굴로 가서 그것을 열더니 자비에게 잠시 귀를 기울여 보라고 했다. 그녀가 문에서 귀를 기울여 들으니 이런 소리가 들렸다. 「평화와 생명의 길에서 내 발길을 돌이키게 한 아버지를 저주하노라.」 또 다른 목소리가 들려왔다. 「아, 이 몸이 갈가리 찢어지는 한이 있더라도 생명과 영혼을 살렸어야 했는데!」 또 다른 소리도 들렸다. 「만약 다시 살아난다면 나는 아니라고 하는 한이 있더라도 이곳에 다시 오지 않을 테야!」 자비가 서 있는 땅바닥이 흔들리며 마치 두려움에 떨면서 신음하는 것 같았다. 그녀는 얼굴이 하얗게 질려 뒤로 물러섰다. 「이곳에서 빠져나오는 자는 축복받은 사람들이네요.」

목자들은 이 모든 것을 다 보여 준 후에 그들을 다시 궁전으로 데려와 융숭하게 대접했다. 그런데 자비는 거기서 본 물건 하나가 무척 탐났지만 아직 나이가 어리고 임신 중이었던 터라 부끄러워 차마 말을 꺼내지 못했다. 그녀가 불편해하는 기미를 눈치챈 시어머니가 어디 아프냐고 묻자 자비가 대답했다.「식당에 거울이 하나 걸려 있는데, 거기에 자꾸 마음이 끌려요. 그걸 갖지 못하면 꼭 아기를 유산할 것 같아요.」그녀의 어머니가 말했다.「목자들에게 네가 그걸 꼭 갖고 싶어 한다고 말해 보마. 아마 안 준다고 하지는 않을 거다.」그러나 자비는 말했다.「하지만 그분들께 제 욕심을 드러내는 것 같아 부끄러워요.」다시 어머니가 말했다.「아니다, 아가야. 그런 물건을 갖고 싶어 하는 것은 부끄러운 일이 아니라 오히려 미덕이란다.」자비가 다시 대답했다.「그러면 어머니, 목자들에게 그것을 팔지 않겠느냐고 한번 물어봐 주세요.」

그 거울은 참으로 매우 귀한 것이었다. 이 거울의 앞면을 보면 사람의 모습이 비치지만, 뒷면을 보면 순례자의 주님 얼굴과 모습이 보였다.^{약 1:23} 거울을 통해 그분의 얼굴을 본 사람들의 말을 들어 보면 주님의 가시 면류관뿐 아니라 그분의 손과 발, 옆구리의 상처 자국까지 다 볼 수 있다고 한다. 참으로 희한하게도 그 거울은 마음만 먹으면 주님의 모습을 볼 수 있게 해주었다. 그분의 살아 있는 모습이나 죽은 모습, 지상에 계실 때 모습이나 하늘에 계신 모습, 모욕당하시는 모습이나 높이 올림 받으실 때 모습, 고통당하실 때 모습이나 다스리려고 오시는 모습을 모두 볼 수 있다고 한다.^{고전 13:12, 고후 3:18}

그래서 크리스티애너는 따로 목자들을 찾아갔다. 목자들의 이름은 각각 지식, 경험, 경계, 성실이었다. 크리스티애너가 말했다.「제게 임신한 며느리가 있는데, 이 집에서 본 어떤 물건을 꼭 갖고 싶어 합니다. 그걸 얻지 못하면 꼭 유산할 것 같다고 하네요.」

경험 그녀를 부르십시오. 무엇이든 도움이 될 만한 것은 그녀에게 다 드릴 테니까요.

자비가 오자 그들이 물었다. 「갖고 싶은 것이 무엇입니까?」 그녀가 얼굴을 붉히며 말했다. 「식당에 걸려 있는 큰 거울입니다.」 그러자 성실이 식당으로 달려가 거울을 떼어다가 기쁜 표정으로 그녀에게 주었다. 이에 자비는 머리 숙여 감사를 표하면서 말했다. 「이렇게 큰 호의를 베풀어 주시다니 정말 감사합니다.」

목자들은 다른 젊은 여인들에게도 각자 원하는 물건들을 주고 그 남편들에게는 담대와 함께 절망 거인을 죽이고 의심의 성을 허물어뜨린 공로를 크게 치하했다.

그리고 목자들은 크리스티애너와 며느리들의 목에 목걸이를 걸어 주고, 귀에는 귀고리, 이마에는 보석을 달아 주었다.

순례자들이 다시 길을 떠나기로 마음먹자, 목자들은 평안한 여행이 되기를 빌어 주었지만 예전에 크리스천 일행에게 했던 것처럼 특별히 주의 사항을 일러 주지는 않았다. 왜냐하면 모든 일을 잘 알고 있는 담대가 안내자로 동행하므로 위험이 닥쳐오면 적절하게 주의를 줄 수 있기 때문이었다.

전에 크리스천 일행은 목자들로부터 주의를 받았지만, 막상 실천에 옮겨야 할 순간에 그것을 잊고 말았다. 그러므로 크리스티애너 일행이 크리스천 일행보다 더 유리했다. 다시 순례 길에 오른 그들은 노래를 불렀다.

보라, 순례자들이 쉬어 갈 수 있는
휴식처가 얼마나 적절히 자리 잡고 있는가를!
우리의 또 다른 삶을 안식처와 생의 목표로
삼은 우리들을 흔쾌히 영접해 주었노라.

그들이 보여 준 신기한 것들을 통해
우리는 비록 순례자이나 즐겁게 살 수 있고
그들이 준 진귀한 것들을 통해
우리는 어디를 가든 순례자임을 증거할 수 있다네.

목자들과 작별한 그들은 얼마 가지 않아 전에 크리스천이 배교 마을에서 온 변절을 만난 곳에 이르렀다. 여기서 안내자인 담대는 크리스티애너 일행에게 주의를 줄 필요가 있음을 느끼고 말문을 열었다. 「이곳이 바로 크리스천이 변절을 만났던 곳입니다. 그의 등에는 배반자라는 낙인이 찍혀 있었지요. 그 사람에 관해 몇 가지 말씀드리자면, 그는 남의 충고를 절대 듣지 않는 사람이라 일단 타락한 뒤에는 누굴도 그를 설득해 돌이킬 수 없었습니다.

그가 십자가와 무덤이 있는 곳에 도착했을 때, 어떤 사람이 그것들을 보라고 타일렀지요. 그러나 변절은 이를 갈고 발을 구르면서 자기는 고향으로 돌아갈 결심이 굳게 섰다고 악을 썼지요. 그는 좁은 문에 이르기 전에 전도자를 만났습니다. 전도자가 그에게 악수하며 다시 순례 길을 가도록 권했지만 변절은 그에게 맞서면서 심한 모욕을 준 후에 담을 넘어 도망치고 말았습니다.」

그러고 나서 일행은 다시 계속 길을 갔다. 예전에 작은 믿음이 강도를 만났던 곳에 다다르니 얼굴이 피투성이인 한 남자가 긴 칼을 들고 서 있었다. 담대가 물었다. 「당신은 누구요?」 남자가 대답했다. 「저는 〈진리의 용사〉라는 사람이며, 하늘나라를 향해 가는 순례자입니다. 제가 길을 가고 있는데, 갑자기 세 사람이 나타나더니 세 가지 제안 중 하나를 선택하라더군요. 자기네 편이 되든가, 고향으로 되돌아가든가, 이도 저도 아니면 이 자리에서 죽든가 하라는 것입니다. 첫 번째 제안에 대해서는 오랫동안 내가 진리의 사람으로 살아 왔는데, 이제 와서 도둑놈들과 운명을 함께할 수 없다고 대답해 주었습니다.잠 1:10~14 그러자 그들은 두 번째 제안에 대해서는 어떻게 생각하느냐더군요. 그래서 저는 고향 이야기를 해주었습니다. 만약 제가 고향에서 편안했다면 결코 고향을 버리지 않았을 테지만, 그곳은 제게 맞지 않고 유익하지도 않았기 때문에 고향을 버렸다고요. 그랬더니 세 번째 제안에 관해서는 어떻게 생각하느냐고 묻더군요. 그래서 저는 고귀하고 값진 제 생명을 쉽게 내줄 수는 없다고 말했지요. 뿐만 아니라 너희는 내게 이래라 저래라 할 이유가 없으니 괜히 간섭했다가는 혼날 줄 알라고 호통쳤지요. 그러자 그 세 놈들, 곧 〈난폭〉과 〈무분별〉과 〈독단〉이 칼을 뽑아 들고 덤비더군요. 저도 칼을 뽑아 함께 싸울 수밖에요.

그 세 명을 상대로 세 시간 이상 싸웠습니다. 보시다시피 그자들은 제게 몇 군데 칼자국을 남겨 주었고, 저 또한 그들에게 상처를 냈지요. 그들은 방금 도망쳤는데 당신들이 오는 소리를 듣고 도망간 것 같습니다.」

담대 혼자서 세 명을 상대하다니, 무척 불공평했네요.

진리의 용사 사실입니다. 그러나 진리 편에 서 있는 사람에게는 적의 수가 많고 적음이 문제가 아니지요. 누군가가 이렇게 말하지 않았습니까? 〈그 군대 진을 치고 에워쌀지라도 나는 조금도 두렵지 아니하리라. 군대를 몰아 달려들지라도 나는 그 속에서 마음 든든하리니.〉시 27:3 그리고 저는 한 사람이 온 군대와 싸웠다는 이야기도 읽었습니다. 삼손이 나귀 턱뼈로 몇 사람이나 죽이지 않았습니까?

담대 왜 구해 달라고 소리치지 않으셨습니까?

진리의 용사 저는 제 왕이신 하느님께 소리쳤습니다. 그분은 늘 제 말을 들으시고 보이지 않는 손길로 도와주시지요. 저는 그것으로 충분합니다.

담대 참으로 가치 있는 행동을 하셨습니다. 그 칼을 좀 보여 주시겠습니까? (그가 칼을 주자, 이를 받아 들고 잠시 살펴보다가 말했다) 아하, 이것은 바로 예루살렘의 검이군요.

진리의 용사 그렇습니다. 누구든 칼을 좀 쓴다는 사람이 이 칼을 손에 넣으면, 감히 천사들과도 겨뤄 볼 수 있지요. 어떻게 내리치는지만 알면 이 칼을 잡는 것을 결코 두려워할 필요가 없습니다. 이 칼날은 무뎌지는 법이 없으며, 살과 뼈뿐 아니라 영과 혼까지도 찌르고 쪼갤 수 있습니다.^{엡 6:12~17, 히 4:12}

담대 한데 그렇게 오랫동안 싸우시고도 피곤해하지 않으시니 이상하군요.

진리의 용사 저는 칼이 손에 딱 붙을 정도로 싸웠습니다. 칼이 마치 내 팔에서 돋아난 몸의 일부처럼 느껴지고,^{삼하 23:10} 손가락을 통해 피가 흐를 때 가장 용기가 넘쳐 싸울 수 있었습니다.

담대 훌륭하십니다. 당신은 죄에 맞서 피 흘려 가면서까지 대항하셨군요.^{히 12:4} 이제 우리와 같이 머물고 함께 다닙시다. 우리는 당신처럼 순례 여행 중입니다.

일행은 그를 데려다가 상처를 씻어 주고 자신들이 가진 먹을거리를 대접한 다음 그와 함께 길을 떠났다. 담대는 진리의 용사를 만난 것이 기뻤다. 그는 어디서나 제 몫을 해내는 사람을 특히 좋아하는데 진리의 용사가 바로 그런 사람인 것을 알 수 있었다. 일행 중에는 연약한 사람들도 있었으므로 그들을 위해 진리의 용사에게 여러 가지 질문을 던졌다. 「당신은 어느 지방 출신입니까?」

진리의 용사   저는 〈흑암의 땅〉이란 곳에서 왔습니다. 거기서 태어났으며 부모님은 아직 거기 계십니다.

담대   흑암의 땅이라! 그 마을은 멸망의 도시와 같은 해변에 있지 않습니까?

진리의 용사   그렇습니다. 이제 제가 순례 길을 떠난 이유를 말씀드리지요. 어느 날 우리 마을에 〈진담〉이라는 분이 오셔서 멸망의 도시 출신인 크리스천이 행한 일, 곧 그가 어떻게 아내와 자식들을 떠나게 되었고, 순례자로 어떻게 살아갔는지 알려 주었습니다. 또 크리스천이 도중에 그를 훼방 놓으려고 나타난 뱀 아폴리온을 죽인 일과, 어떤 길을 거쳐 목적지에 도착했는가를 알려 주었습니다. 그리고 순례 길 중간에 머문 숙소에서 어떤 영접을 받았으며, 특히 하늘나라의 문에 이르렀을 때 그가 대단히 환영받았다는 이야기를 들려 주었습니다. 거기서 크리스천은 나팔 소리와 함께 빛나는 자들의 영접을 받았다고 하더군요. 그를 맞이할 때 모든 하늘나라의 종들이 기쁨으로 일제히 울리기 시작했고, 그의 몸에는 금으로 만든 옷이 입혀졌다고 했습니다. 그 밖에 다른 것들은 말할 것도 없겠지요. 한마디로 그가 들려준 크리스천과 그의 여행에 관한 이야기가 내 마음에 불을 질러 그를 따르지 않고는 배길 수 없었습니다. 부모님도 나를 막을 수는 없었지요. 그래서 저는 부모님 곁을 떠나 이렇게 순례의 길을 걷게 된 것입니다.

담대   당신은 좁은 문을 거쳐 오셨겠지요?

진리의 용사   아무렴요, 물론이지요. 그 문을 거쳐 들어오지 않으면 모든 게 허사라고 진담 씨가 일러 주셨으니까요.

담대   (크리스티애너에게) 보세요, 당신 남편의 순례 길과 그것을 통해 얻은 축복의 소식이 도처에 전파되고 있지 않습니까?

진리의 용사　세상에, 이분이 크리스천의 부인이십니까?

담대　예, 그렇습니다. 이들은 그의 네 아들들입니다.

진리의 용사　그래요? 이들도 순례 길을 가는 겁니까?

담대　물론이죠. 그들도 아버지의 뒤를 따르고 있습니다.

진리의 용사　그야말로 기쁜 일이군요. 함께 떠나기를 거절하던 가족들이 자기 뒤를 따라 하늘나라 문 앞에 온 것을 보면 그 착한 크리스천이 얼마나 기뻐할까요?

담대　그에게 큰 위안이 되다마다요. 의심할 여지가 없지요. 거기서 자기 처자를 만난다면 자신이 천국에 들어간 일 다음으로 기쁠 것입니다.

진리의 용사　그렇게 말씀하시니 한 가지 여쭤 볼 게 있습니다. 어떤 이들은 우리가 하늘나라에서 서로를 알아볼 수 있을지 궁금해하던데요.

담대　그들이 천국에서 스스로를 알지 못하거나, 그곳에서 축복 속에 있는 자신들을 기뻐하지 못하리라 생각하십니까? 그들이 자신을 알고 축복을 누릴 수 있다면, 다른 사람들과 그들의 행복을 즐거워하지 못할 이유가 있겠습니까?

다시 말씀드리지만, 가족들은 제2의 자신이라 할 수 있으니 비록 천국에서는 그 관계가 사라진다 하더라도 그들을 못 보는 것보다는 보는 편이 훨씬 더 기쁠 것이라는 게 당연한 이치가 아닐까요?

진리의 용사　예, 당신의 말씀을 대강 알아듣겠습니다. 제가 순례 길을 떠나게 된 것에 관해 이제 더 물어보실 것은 없으십니까?

담대　있습니다. 당신이 순례자가 되려고 했을 때 부모님께서는 찬성하시던가요?

진리의 용사　전혀요. 그분들은 무슨 수를 써서라도 저를 집에 묶어 두려고 설득하셨지요.

담대 그분들이 뭐라고 하며 반대하시던가요?

진리의 용사 부모님께서는 순례 생활이 하릴없는 생활이라고 하셨어요. 그리고 만약 내가 나태하지 않다면, 결코 순례자가 되려 하지는 않을 거라고 말씀하시더군요.

담대 그 밖에 또 무슨 말씀을 하셨습니까?

진리의 용사 예, 그리고 또 순례 길은 세상에서 제일 위험한 길이라고 하셨어요.

담대 그 길의 어디가 위험한지 말씀하시던가요?

진리의 용사 예, 여러 군데 지적하며 말씀하셨습니다.

담대 예를 들면요?

진리의 용사 부모님은 크리스천이 거의 질식사할 뻔한 절망의 늪에 대해 말씀하셨습니다. 그리고 좁은 문에 들어가기 위해 문을 두드리는 사람들을 쏘려고 베엘제불 성에서 기다리는 궁수들에 관해서도 말씀하셨지요. 숲과 어두운 산, 고난의 산, 사자들과 세 명의 거인들, 그러니까 피투성이, 철퇴, 선을 죽임 등에 대해서도 말씀하셨습니다. 뿐만 아니라 겸손의 골짜기에는 고약한 마귀가 출몰하는데, 하마터면 거기서 크리스천이 목숨을 잃을 뻔했다고 말씀하시더군요. 게다가 음산한 죽음의 골짜기에는 도깨비들이 우글거리는 데다, 빛이 곧 어둠이고 길에는 함정과 구덩이와 덫으로 가득하다고 하시더군요. 부모님은 또 절망 거인과 의심의 성과 거기서 죽었던 순례자들 이야기도 하셨습니다. 더욱이 제가 위험한 마법의 땅도 지나야 한다고 하시더군요. 그리고 마지막으로 다리 없는 강을 만나는데, 그 강이 저와 하늘나라를 가로막고 있다고 하시더군요.

담대 그 말씀뿐이었습니까?

진리의 용사 아니요. 그 외에도 부모님께서는 이 길에 착한 사람들을 잘못된 길로 이끌려고 기다리는 악한 사람들과 사기꾼들이 우글거린다고 하시더군요.

담대 그들이 어떻게 한다고 설명하시던가요?

진리의 용사 그분들 말씀은, 세속 현자가 사람을 속이기 위해 숨어 기다린다고 했습니다. 그리고 허례와 위선이 끊임없이 길에서 서성이며, 사심, 수다쟁이, 데마 등도 날 미혹하려 덤빌 거라고 하셨습니다. 아첨쟁이는 나를 그물에 옭아 넣으려 할 것이고, 풋내기 무지는 하늘나라 문을 향해 나와 함께 가는 척하다가 지옥으로 가는 샛길인 언덕 옆의 구멍으로 꾀어 들이려 할 것이라고 말씀하셨습니다.

담대 그 이야기만으로 당신은 기가 죽고도 남았겠네요. 부모님 말씀은 그것으로 끝났습니까?

진리의 용사 천만에요. 또 있었습니다. 부모님은 많은 사람들이 천국의 영광을 찾을 수 있을까 싶어 그 오래된 길에 들어섰다가 한참 만에 돌아오는 사람들이 많았다고 하셨어요. 순례 길을 떠나 돌아온 사람들을 세상 사람들은 바보라고 놀린다고 하더군요. 부모님은 이런 사람들의 이름을 여럿 알고 계셨습니다. 고집쟁이, 온순, 불신, 겁쟁이, 변절, 늙은 무신론자 외에도 몇 명 더 있었습니다. 이들 중 몇몇은 꽤 멀리까지 가서 천국을 발견하려고 노력했지만, 결국 한 사람도 찾지 못하고 돌아와서는 여행이 터럭만큼도 유익하지 않았다고 말했답니다.

담대 그 외 또 당신의 기를 꺾는 말씀은 없으셨습니까?

진리의 용사 있었습니다. 그분들은 순례자 두려움에 관해서도 말씀하셨는데, 두려움은 너무나 고독한 길을 가느라 한 시도 편안한 시간을 보낸 적이 없었다고 하셨어요. 또 낙심은 그 길을 가다가 굶어 죽은 것 같다고 하시더군요. 그리고 깜박 잊을 뻔했는데, 크리스천 자신도 하늘나라 면류관을 바라고 그런 위험을 무릅썼다가 결국 시커먼 강물에 빠져 한

걸음도 못 가고 질식해 죽었다는 소문이 나돌기도 했습니다.

담대 그런 말을 듣고도 당신의 용기가 꺾이지 않았던 것이로군요!

진리의 용사 예, 아무렇지도 않게 여겼습니다.

담대 어떻게 그럴 수 있었습니까?

진리의 용사 저는 진담의 말이 옳다고 굳게 믿었고, 그 때문에 모든 것을 물리칠 수 있었습니다.

담대 그래서 당신이 승리한 겁니다. 바로 믿음의 승리입니다.

진리의 용사 그렇습니다. 저는 믿었기 때문에 집을 떠나 이 길에 들어섰고, 도중에 나를 방해하는 모든 것들과 맞서 싸웠지요. 믿음으로 여기까지 오게 된 것입니다.

진정한 용기를 보고자 하는 자여,
이리 오라.
바람이 불고 날씨가 궂어도
여기 있는 자는 한결같으리.
어떤 것도
그의 용기를 꺾지 못하며,
순례자가 되겠다는
그의 첫 맹세를 꺾지 못하리라.

음울한 이야기로
아무리 그를 공격해도
말하는 자들만 당혹스러우리니
그의 힘은 더욱 강해지네.
사자도 그를 놀라게 못하니,
거인과 싸우더라도

순례자의 권리를
포기하지 않으리.

도깨비들과 못된 악귀들도
그의 용기를 꺾지 못하네.
마침내 생명을 얻을 것을
알고 있으니
헛된 망상은 자취를 감출 것이니라.
그는 사람들의 말에도 두렵지 않으니
밤낮으로 힘써서
순례자가 되리라.

이즈음 그들은 마법의 땅에 들어서고 있었다. 그곳의 공기는 저절로 사람을 졸리게 만들었다. 또 여기저기 널린 마법에 걸린 정자 주변을 제외하면 전부 가시나무와 찔레로 덮여 있는데, 사람이 그 정자 위에 올라가 앉거나 그 안에서 한번 잠이 들면 영원히 깨어나지 못한다는 소문이 돌았다. 일행은 줄지어 이 수풀을 지나갔다. 안내자인 담대가 맨 앞에 서고, 진리의 용사가 제일 뒤에 섰다. 진리의 용사는 악귀나 용, 거인 또는 도둑들이 뒤를 기습하여 해를 끼치지 못하도록 경계하는 임무를 맡았다. 그들은 이곳이 위험한 지역이라는 걸 알고 있었으므로 저마다 칼을 뽑아 들고 앞으로 나아가며, 최대한 서로를 격려했다. 담대는 심약에게 자기를 바짝 따라오라고 일렀고, 낙심은 진리의 용사 바로 앞에서 나아갔다.
얼마 못 가 자욱한 안개와 어둠이 그들을 휘감는 바람에 꽤 오랫동안 서로의 모습을 거의 볼 수 없었으므로 그들은 소리를 질러 서로의 위치를 확인하며 길을 걸어야 했다.
건장한 남자들도 걷기가 힘든데 몸과 마음이 모두 연약한 여자와 아이들은 어떠했을지 짐작할 수 있다. 그럼에도 그들은 앞서 인도하고 뒤에서 호위하는 이들의 격려를 받아 가며 비교적 빨리 움직여 나갔다.

또한 그 길은 진흙 투성이였으므로 걷기가 매우 힘들었다. 게다가 이 지역에는 여행객들이 쉴 만한 여관이나 음식점이 하나도 없었다. 그래서 일행은 불평하고 헐떡거리며 한숨을 내쉬었다. 어떤 이는 덤불에 걸려 쓰러지는가 하면 어떤 이는 진흙에 빠져 꼼짝 못했다. 아이들은 진창에서 신을 잃어버리기도 했다. 한 사람이 〈나 넘어졌어요〉라고 외치면 다른 사람이 모두들 〈어디 계세요?〉라고 외치고, 또 다른 사람은 〈나무 덤불에 걸려서 꼼짝 못하겠어요. 도저히 빠져나가지 못하겠어요〉라고 말했다.

그러다가 그들은 한 정자에 이르렀다. 이 정자는 안락했으며, 순례자들이 쉬어 가기에 안성맞춤인 듯 보였다. 정교하게 장식된 처마에는 나뭇잎이 아름답게 드리워져 있고, 벤치와 등받이 의자들도 있었다. 또 안에는 피곤한 이들이 기대기 좋게 푹신한 소파도 있었다. 지저분한 길에서 힘들게 고생한 순례자들에게는 이 모든 것이 유혹이었음에 틀림없었다. 그러나 일행은 안내자인 담대의 충고에 늘 주의를 기울였으므로 누구도 거기서 쉬어 가려 하지 않았다. 담대는 위험이 닥칠 때마다 경고하며 어떤 위험인지 성실하게 일러 주었으므로 일행은 위험이 닥치면 정신을 굳게 가다듬고 서로를 격려했다. 그들이 본 정자의 이름은 〈게으른 자의 친구〉였는데, 이 정자는 지친 순례자들을 꾀어 들이기 위해 만든 것이었다.

그때 나는 꿈에서 그들이 이렇게 쓸쓸한 땅을 가다가 마침 길을 잃어버리기 좋은 곳에 다다른 것을 보았다. 밝은 곳이라면 안내자인 담대가 잘못된 길을 알아보고 충분히 알려 줄 수 있었겠지만 워낙 어둡다 보니 그는 일단 멈춰 섰다. 안내자의 주머니에는 하늘나라로 가는 모든 길을 보여 주는 지도책이 있었다. 그는 부싯돌을 꺼내 불을 밝히고 지도책을 펼쳤다. 지도에는 현재 자리에서 오른쪽으로 조심스레 나아가라고 되어 있었다. 그가 여기서 주의 깊게 지도를 보지 않았다면, 크리스티애너 일행은 아마 진흙탕 속에 빠져 허우적대다 질식해 죽었을지도 모른다. 그들 바로 앞에, 그리고 너무나 깨끗한 이 길이 끝나는 지점에 깊이를 알 수 없는 진흙 구덩이가 있었기 때문이다. 이 구덩이는 오로지 순례자들을 빠뜨리기 위해 파놓은 것이었다.

이때 나는 순례 길을 떠나는 사람이라면 누구나 이런 지도를 꼭 하나 휴대하여 어느 쪽으로 가야 할지 망설여질 때, 그것을 펴봐야겠다고 생각했다.

그들은 계속 이 마법의 땅을 지나가다가 한길 가에 서 있는 또 다른 정자를 보았다. 정자 안에는 두 사람이 누워 있었는데, 그들의 이름은 부주의와 무모였다. 이 두 사람은 순례 길을 가다가 이곳에 이르러 피곤을 참지 못해 잠깐 쉬려고 앉았다가 이내 잠든 것이었다. 이들을 본 순례자들은 걸음을 멈추고 가련한 생각에 머리를 저었다. 그리고 일행은 잠든 자들을 그냥 두고 갈 것인지 아니면 가서 그들을 깨울 것인지 의논했다. 결국 그들은 두 사람에게 가서 그들을 깨우되, 정자의 의자에 앉거나 그 외 휴게 시설에 몸을 기대지는 않도록 주의하기로 했다.

그들은 정자에 들어가 두 사람의 이름을 부르며(안내자는 이전부터 그들을 알고 있는 것 같았다) 말을 걸었지만 그들은 아무 대답도 하지 않았다. 이어 안내자가 그들의 몸을 흔들며 온갖 방법으로 그들을 깨우려 하였다. 그러자 두 사람 중 하나가 말했다. 「내게 돈이 생기면 갚아 줄게.」 이 말에 안내자는 머리를 저었다. 다시 또 다른 사람이 말했다. 「칼을 쥘 힘이 있는 한, 나는 끝까지 싸울 테다.」 이 말을 듣고 소년 중 하나가 웃음을 터뜨렸다.

크리스티애너가 말했다. 「이게 무슨 말입니까?」 안내자가 말했다. 「잠꼬대하는 겁니다. 이들은 아무리 때리거나 찌르거나 무슨 짓을 해도 이런 식으로 대답할 것입니다. 저들은 마치 예전에 높은 파도가 치는데도 돛대 꼭대기에서 잠을 자며 〈술이 깨면 또 마셔야지〉 하고 말하던 사람과 같습니다.^{잠 23:34~35} 아시다시피 사람들은 잠꼬대를 하면서 온갖 말들을 하지만, 그런 말들은 믿음이나 이성에서 나오는 말들이 아닙니다. 그들의 말에는 일관성이 없습니다. 순례 길을 가는 것과 여기 앉아 쉬는 것 사이에 일관성이 없듯이 말입니다. 불행히도 부주의한 사람들이 순례 길을 가면 십중팔구 이렇게 되고 말지요. 마법의 땅이 순례자들의 적들이 우글거리는 마지막 피신처 중 하나이기 때문입니다. 보시다시피 이곳은 순례 길의 거의 끝에 있지 않습니까? 그래서 이곳은 우리 적들에게 더 유리합니다. 왜냐하면 적들은 〈이 바보들이 오랫동안 걸어왔으니 지쳐서 이쯤에선 앉아 쉬고 싶을 거야. 여행도 거의 끝나 가니 정신 상태가 풀어지겠지〉 하고 여기기 때문입니다. 그래서 이 마법의 땅은 순례의 종착인 뿔라의 땅에 아주 가까이 있는 것입니다. 그러므로 순례자들은 각각 자신을 돌아보아 여기 잠들어 있는 사람들처럼 누구도 깨울 수 없는 잠에 빠지지 않도록 주의해야 합니다.」^{벧전 1:19}

순례자들은 몸을 떨며 계속 길을 가고자 했다. 그리고 남은 길을 조금 밝게 갈 수 있도록 안내자에게 등불을 켜 달라고 부탁했다. 아직 지독한 어둠이 사방에 깔려 있었지만 안내자가 불을 켜서 그들은 등불의 도움을 받아 앞으로 나아갈 수 있었다.

그러나 극도로 지치기 시작한 아이들은 순례자들을 사랑하시는 왕께 기도하여 좀 더 길을 가기 편하게 해달라고 부르짖었다. 그러자 얼마 안 있어 바람이 일더니 안개를 몰아가 버려 공기가 다소 맑아졌다.

하지만 아직 마법의 땅을 벗어난 것은 아니었고, 다만 서로의 모습을 좀 더 잘 보면서 길을 갈 수 있을 뿐이었다.

그 땅을 거의 벗어날 무렵, 가까운 앞쪽에서 누군가 고민에 빠진 듯한 심각한 소리가 들렸다. 일행이 주의 깊게 살피며 나아가 보니, 예상대로 한 사람이 무릎을 꿇고 손과 눈은 위로 향한 채 말을 하고 있었는데, 하늘에 계신 분께 기도하는 것 같았다. 그들은 가까이 다가갔지만 감히 무슨 말을 하고 있냐고 물을 수 없어, 끝날 때까지 조용히 기다렸다. 그는 말을 마치자마자 일어나선 하늘나라를 향해 달려가기 시작했다. 그러자 담대가 그를 불렀다. 「여보시오, 순례자 양반, 보아하니 하늘나라를 향해 가시는 모양인데 그렇다면 우리 동행합시다.」 이 말에 그 사람은 곧 걸음을 멈추었다. 일행이 그에게 다가갔을 때, 정직 노인이 그를 보고 말했다. 「이 사람은 내가 아는 분입니다.」 이에 진리의 용사가 말했다. 「그래요? 누군데요?」 정직 노인이 대답했다. 「내 고향 사람인데 이름은 〈불굴〉입니다. 그는 참으로 의롭고 착한 순례자입니다.」

그들이 서로 마주하자 불굴이 정직 노인에게 말했다. 「어허! 정직 아저씨 아니십니까?」 그가 대꾸했다. 「그렇소, 바로 나요. 불굴이 맞군.」 「이 길에서 아저씨를 만나다니요! 얼마나 기쁜지 모르겠습니다.」 「자네가 무릎 꿇고 있는 것을 보고 참 기뻤지.」 그 말에 불굴은 얼굴을 붉혔다. 「아니, 그것을 보셨습니까?」 「그랬지. 그 모습을 보고 진심으로 기뻤다니까.」 「그걸 보고 무슨 생각을 하셨습니까?」 「내가 무슨 생각을 했을 것 같은가? 길에서 정직한 사람을 만났으니 동행이 될 수

있겠구나 했지.」그러자 불굴이 빠르게 받았다. 「아저씨 생각
이 잘못된 게 아니라면 저도 참 좋겠습니다. 그러나 제가 아
저씨 생각처럼 좋은 사람이 못 된다면, 저는 혼자서 모든 것
을 감당해 나가야 합니다.」 정직 노인이 대답했다. 「그게 사
실이지. 하지만 자네의 경외심으로 보아 순례자들의 주님과
자네 영혼이 올바른 관계를 맺고 있다는 확신이 드네. 〈항상
경외하는 자는 복되리라〉 했잖은가?」

진리의 용사　그런데 형제여, 무슨 일로 그렇게 무릎을 꿇
고 있었는지 그 이유를 말씀해 주실 수 있겠습니까? 당신에
게 특별히 은혜로운 자비가 내린 겁니까? 아니면 다른 이유
가 있습니까?

불굴　아시다시피 우리는 지금 마법의 땅에 들어와 있습니
다. 저는 혼자 걸어오면서 이 길이 얼마나 위험하고, 여기까
지 왔다가 끝내 죽임을 당해 목적지에 이르지 못한 순례자들
이 얼마나 많은가를 곰곰이 생각하고 있었습니다. 또한 저는
이곳에서 죽는 사람들이 어떻게 죽었는지에 대해서도 생각
했습니다. 여기서 죽는 사람들은 중병으로 죽는 것이 아니
며, 고통 속에서 죽어 가는 것도 아닙니다. 왜냐하면 그들은
욕망과 쾌락으로 잠을 자기 시작해 죽음의 여행을 떠나기 때
문이죠. 죽음이라는 질병의 뜻에 순순히 따르는 것입니다.

정직　(그의 말을 가로막았다) 자네도 정자에서 잠들어 있
는 두 사람을 보았는가?

불굴　예, 저도 부주의와 무모가 거기 누워 있는 것을 보았
습니다. 제가 알기론 그 두 사람은 죽고 난 후 몸이 썩을 때까
지 누워 있을 거라고 합니다.^{잠 10:7} 하여간 제 이야기를 계속
하겠습니다. 이미 말씀드린 대로 제가 한참 생각에 빠져 걷
고 있노라니 옷을 잘 차려입은 나이 든 여인 하나가 다가와

제게 세 가지를 주겠다고 제안하더군요. 그 세 가지란 그녀의 몸과 돈주머니와 침대였습니다. 사실 저는 무척 졸리고 피곤했습니다. 또 부엉이 새끼처럼 빈털터리였지요. 이 사실을 그 마녀가 알고 있었던 것 같아요. 저는 한두 번 그녀의 제안을 거절했는데, 그녀는 모르는 척하며 미소 짓더군요. 다음에는 막 화를 냈지만 그녀는 전혀 개의치 않았습니다. 그녀는 다시 제안하면서 만약 제가 그녀에게 복종한다면 저를 위대하고 행복하게 만들어 주겠다고 말하더군요. 자기는 세상의 여주인이라고 하면서 자기가 인간들을 행복하게 만든다고도 말했습니다. 그때 제가 그녀의 이름을 물었더니 자기 이름은 〈물거품〉 마님이라고 했습니다. 이 말에 저는 더욱더 그녀를 멀리했지만, 여자는 계속 따라오며 저를 유혹했어요. 그래서 아까 보신 것처럼 무릎을 꿇고 손을 쳐들어 왕께 도와 달라고 외치면서 기도를 했지요. 여인은 당신들이 오자마자 떠나고 말았습니다. 그래서 저는 계속하여 이 위대한 구원에 대해 감사의 기도를 올렸지요. 저는 그녀가 저에게 유익함을 주려는 것이 아니라 저의 여행을 중지시키려는 속셈인 줄 굳게 믿었기 때문입니다.

　정직　의심할 것 없이 그녀는 나쁜 의도를 갖고 있었던 게 분명하군. 그런데 이야기를 듣고 보니 나도 그녀를 보았거나 이야기로 읽은 적이 있는 것 같네.

　불굴　아마 보기도 하고, 읽기도 하셨을 겁니다.

　정직　물거품 마님이라! 혹시 키가 크고 아주 요염하게 생기지 않았던가? 얼굴이 약간 거무스름하고.

　불굴　맞습니다. 바로 그 여자였어요.

　정직　청산유수 같은 말솜씨에 말끝마다 미소를 흘리지?

　불굴　역시 맞습니다. 꼭 그렇게 하더군요.

　정직　또 옆구리에는 큰 돈주머니를 차고 있지 않던가? 그리고 마치 돈을 만지는 것이 큰 즐거움인 양 자주 주머니에 손을 넣어 만지작거리지는 않던가?

불굴 맞습니다. 지금 그 여자를 눈앞에 보면서 말씀하신다 해도 더 이상 잘 설명하실 수는 없을 것입니다.

정직 그렇다면 그녀를 그린 이가 훌륭한 화가요, 그녀의 이야기를 쓴 사람이 잘 썼다고 할 수 있겠군.

담대 그 여자는 마녀입니다. 이 지역이 마법에 걸려 있는 것도 그녀 때문입니다. 그러므로 누구든 그녀의 무릎을 베고 눕는 자는 단두대의 도끼날 밑에 드러눕는 것과 같고, 그녀의 아름다움에 한눈파는 자는 하느님의 원수가 될 것입니다. 순례자의 원수들을 화려한 모습으로 꾸며 주는 자도 그녀이고, 많은 순례자들을 중도에서 포기하게 만든 것도 그녀입니다. 또 그녀는 험담하고 다니기를 무척 좋아합니다. 그래서 그녀와 그 딸들은 항상 순례자들의 뒤를 바짝 따르면서 속세의 생활이 그 어떤 곳의 생활보다 더 훌륭하고 좋다며 떠들어 댑니다. 그리고 그녀는 뻔뻔스럽고 정숙하지 못한 여자라 아무 남자하고나 이야기를 한답니다. 가난한 순례자들은 경멸하고 비웃으면서도 부자들은 항상 존경하지요. 어떤 곳에 간교한 꾀로 돈을 많이 번 자가 있으면, 그녀는 집집마다 찾아다니며 그 사람을 칭찬합니다. 그녀는 축제와 연회를 무척 좋아하지요. 그래서 그녀는 항상 잔칫상을 찾아다닌답니다. 어떤 지방에서는 그녀가 여신이라는 소문이 퍼져 더러 그녀를 숭배하는 사람들도 있습니다. 그녀는 일부러 시간을 내어 공개적으로 곳곳에서 속임수를 벌이기도 한답니다. 거기서 그녀는 자기가 그 어느 누구보다 착하다고 떠들어 댑니다. 그녀는 누구든 자기를 사랑해 주고 따르면 그 자식의 자식들과도 함께 살아 준다고 약속하지요. 또 어떤 특별한 장소에서 특별한 사람들에게는 물 쓰듯이 돈을 쓴답니다. 그녀는 남들로부터 추앙

받고 칭찬받기를 좋아하며, 남자들 품에 안기기를 좋아합니다. 자기 물건을 칭찬하는 데는 지칠 줄 모르고, 자기를 좋게 여기는 자들을 가장 사랑한답니다. 그녀는 자기의 권유를 따르면 왕국과 면류관을 주겠다고 약속하지만, 그녀의 충고를 받은 많은 사람들을 교수대로 보내고 그 수효의 만 배도 더 되는 사람들을 지옥으로 보내지요. ^{요일 2:15, 약 4:4}

불굴　아, 그러니 내가 그녀를 거절한 것이 얼마나 큰 은혜인지 모르겠군요! 그녀가 날 어디로 끌고 가려 했을까요?

담대　어디인지는 하느님 말고는 알 사람이 없지요. 하지만 일반적으로 그녀는 당신을 어리석고 해로운 욕심에 떨어뜨려 파괴와 멸망에 빠지게 했을 것이 분명합니다. ^{딤전 6:9}

그녀는 압살롬을 꾀어 아버지에게 반항하게 했고 여로보암을 유혹해 주인을 거역하게 만들었습니다. ^{왕상 12:25~33} 또 유다에게는 주님을 팔아넘기게 하고, ^{마 26:14~16} 데마를 유혹하여 경건한 순례 생활을 접게 만들었습니다. 그 밖에도 그녀가 끼친 폐해는 헤아릴 수 없을 정도입니다. 그녀는 임금과 백성들 사이를 이간시키고, 부모와 자식들, 이웃과 이웃, 남편과 아내 간에 불화를 일으킬 뿐 아니라, 한 인간 속에서 육체와 정신을 갈라 놓기도 합니다. 그러니 착한 불굴 씨, 당신은 당신의 이름대로 살다가 모든 일을 마쳤을 때 굳게 서시기를 바랍니다.

두 사람의 대화를 듣는 순례자들은 기쁨과 전율로 범벅이 되었다. 그러나 결국 그들은 이러한 노래를 부르며 길을 걸었다.

순례자들이 얼마나 많은 위험을 만나며,
적들은 얼마나 많은지,

죄악으로 인도하는 길 또한 얼마나 많은지
죽을 운명인 우리 인간은 알 수 없네.

약간의 수렁은 가까스로 피했으나
여전히 진흙탕 속에 뒹굴게 되네.
뜨거운 석쇠를 피할지라도
이내 불 속에 빠지는 자들이 있다네.

　그 후 나는 그들이 뿔라 땅에 들어서는 것을 보았다. 그곳은 밤낮으로 태양 빛이 비치는 곳이었는데, 그들은 잠시 누워 지친 몸을 쉬었다. 이 나라는 순례자들이 모든 것을 공동으로 사용하며, 과수원과 포도원이 다 하늘나라 왕의 것이었으므로 순례자들은 마음대로 과일들을 따먹을 수 있었다. 종이 계속 울리고 나팔 소리가 감미롭게 들려왔기 때문에 잠을 이룰 수 없어 그들은 쉬던 자리에서 곧 일어났다. 그러나 몸은 마치 단잠을 자고 일어난 듯 가볍고 상쾌했다. 거리에서는 순례자들이 또 마을에 들어왔다는 소리가 들려왔다. 어떤 사람들은 오늘 그만큼의 순례자들이 강을 건너 황금 문 안으로 들어갔다고 외쳐 댔다. 그들은 다시 소리쳤다. 「방금 한 무리의 빛나는 자들이 마을에 왔다.」 이런 말을 듣고 우리는 순례자들이 길에 더 있음을 알 수 있었다. 왜냐하면 빛나는 이들은 순례자들을 시중들고 슬픔 당한 이들을 위로하러 왔기 때문이다. 자리에서 일어난 순례자들은 여기저기 산책했는데, 그들의 귀는 천상의 소리로, 그들의 눈은 천국의 환상으로 가득 차 있었다! 이 땅에서 그들은 자신들의 몸과 마음에 거슬리는 것은 하나도 듣지도, 보지도, 만지지도, 냄새 맡지도, 맛보지도 않았다. 다만 그들이 다리 없는 강의 물을 맛보았을 때 물 맛이 혀에서는 약간 씁쓸했으나 배 속에서는 달콤했다.

이곳에는 이전 모든 순례자들의 이름과 그들이 행한 유명한 행적을 모두 기록한 역사책이 있었다. 또한 누가 건널 때는 강물이 불어나고 누가 건널 때는 강물이 줄어든다는 소문이 떠돌았다. 강물은 어떤 이들에게는 거의 말라 버리고, 어떤 이들에게는 둑까지 가득 차곤 했다는 것이다.

이 마을의 어린아이들은 왕이신 하느님의 정원에 들어가 꽃으로 화환을 만들어 사랑을 담아 순례자들에게 걸어 주었다. 그 정원에는 또한 장뇌, 감송, 사프란, 창포, 육계 등의 약초와 유향, 몰약, 침향 등 온갖 나무들이 자라고 있었다. 순례자들이 머무는 동안 그들의 방에는 이 향료들을 두어 향기로 가득하게 하였고, 그들이 강을 건너갈 때가 되면 그들의 몸에 향료를 발라 강 건널 준비를 하였다.

그들이 그곳에서 머물며 복된 시간이 오기를 기다리고 있을 때, 하늘나라로부터 전령이 순례자 크리스천의 아내 크리스티애너에게 중요한 소식을 갖고 왔다는 소문이 마을에 퍼졌다. 전령은 그녀가 사는 집을 수소문해 찾아와 서한을 한 통 전달했다. 그 내용은 이러했다. 〈착한 여인이여, 평안하십시오. 주인님께서 당신을 부르신다는 소식을 전하러 왔습니다. 주인님께서는 열흘 이내에 당신이 불멸의 옷을 입고 그의 앞에 서기를 기대하고 계십니다.〉

이 서한을 읽어 준 전령은 자신이 왕의 사자임을 증거하는 표시를 주며 그녀에게 속히 떠날 준비를 하라고 명했다. 그 표시는 사랑으로 끝을 날카롭게 만든 화살이었다. 이 화살을 심장에 꽂으면 서서히 그러나 확실히 효과를 발휘하여 그녀를 지정된 시간에 떠나게 해준다고 했다.

크리스티애너는 자신이 일행 중에서 제일 먼저 강을 건너게 되었음을 깨닫고, 안내자인 담대를 찾아가 자초지종을 말했다. 담대는 그 소식에 진심으로 기뻐하며 자기에게도 전령이 와주면 참으로 기쁠 것이라고 말했다. 크리스티애너는 안내자에게 자기가 여행을 떠나는 데 준비해야 할 것들을 다 알려 달라고 부탁했다. 담대는 그녀에게 이것저것 알려 준 다음 살아남아 있는 자기들이 그녀를 바래다주겠다고 말했다.

그러고 나서 크리스티애너는 아이들을 불러 축복해 준 후 그들의 이마에 찍힌 표시가 온전히 남아 있으며 옷도 희고 깨끗하니 안심되고 기쁘다고 말했다. 마지막으로, 그녀는 자신이 소유한 약간의 물건들을 가난한 사람들에게 모두 나눠 준 뒤 아들과 며느리들에게 왕의 사자를 맞이할 준비를 하라고 당부했다.

안내자 담대와 자식들에게 이와 같이 말한 다음 크리스티애너는 진리의 용사에게 말했다. 「선생님, 당신은 언제나 진실한 분임을 보여 주셨습니다. 그러니 앞으로도 죽음에 이를 때까지 충성하십시오. 그러면 나의 왕 하느님께서 생명의 면류관을 주실 것입니다. 그리고 제 자식들을 돌봐 주세요. 그 아이들이 약해지는 것 같으면 위로해 주십시오. 제 며느리들은 모두 신실하게 살아왔으니 그 아이들에게 약속된 것이 기필코 성취되리라 믿습니다.」 그러고 나서 그녀는 불굴에게 반지를 하나 주었다.

그다음 정직 노인에게 그녀는 이렇게 말했다. 「당신은 참 이스라엘 사람이셔서 간사함이 전혀 없습니다.」^{요 1:47} 그러자 정직 노인이 대답했다. 「시온 산으로 떠나시는 날, 날씨가 맑고 강이 말라붙어 쉬 건너가시기를 바라오.」 이에 크리스티애너가 말했다. 「날씨가 궂든 좋든 저는 기꺼이 갈 겁니다. 여행 중 일기가 어떻든 거기 도착하면 편히 앉아 쉬면서 젖은 몸을 말릴 수 있을 테니까요.」

이때 착한 주저가 찾아오자 크리스티애너가 말했다. 「여기까지 여행하느라 어려움을 겪으셨지만 훗날 당신의 휴식은 더욱 달콤할 것입니다. 그러나 늘 깨어 준비하십시오. 생각지 못하던 때에 왕의 사자가 올지 모릅니다.」마 24:42~44

그 후 낙심과 그의 딸 질겁이 들어오자 크리스티애너는 그들에게 말했다.「당신들은 절망 거인과 의심의 성에서 구원받은 일을 기억하고 영원토록 감사하십시오. 그 은혜에 힘입어 당신들은 여기까지 안전하게 도착하셨습니다. 그러나 조심하되 두려움을 버리고, 근신하며 끝까지 소망을 놓지 마십시오.」벧전 1:13

그러고 나서 크리스티애너는 심약에게 말했다.「당신은 거인 선을 죽임의 입에서 건져 냄을 받아 생명의 빛 안에서 영원토록 살면서 평온한 마음으로 왕을 뵐 수 있게 되었습니다.시 56:13 다만 제가 당신계 충고하고 싶은 일은, 부르심을 받기 전에 주님의 선하심을 의심하거나 쉽게 두려워하는 마음을 회개하라는 것입니다. 그리하여 주께서 오실 때 이 허물 때문에 부끄러워 그 앞에 서서 얼굴 붉히는 일이 없도록 하십시오.」

이제 크리스티애너가 떠날 날이 왔다. 길에는 그녀가 길 떠나는 것을 보러 나온 사람들로 가득했고, 강 너머에는 크리스티애너를 성문까지 모셔 가기 위해 내려온 말과 마차들이 가득했다. 강가에 다다른 그녀는 배웅 온 사람들에게 작별 인사를 하고 강으로 들어서서, 마지막 말을 남겼다.「주여, 당신과 함께 살며 당신을 축복하기 위해 제가 갑니다.」

크리스티애너를 기다리던 이들이 그녀를 데리고 사라지자, 그녀의 아들과 친구들은 처소로 돌아갔다. 크리스티애너는 하늘나라의 문을 두드리고 들어가 예전에 남편 크리스천이 받았던 모든 환영 예식을 받았다.

그녀가 떠나자 아이들은 눈물을 흘렸지만, 담대와 진리의 용사는 잘 조율된 수금과 소고를 연주하며 기뻐했다. 그러고 나서 그들은 모두 각자의 처소로 돌아갔다.

얼마 후 마을에 다시 전령이 왔는데, 이번에는 주저의 차례였다. 수소문해서 주저를 방문한 전령이 말했다. 「당신이 사랑하였으므로 왔고, 비록 지팡이를 짚었으나 성실히 뒤따라온 분의 이름으로 문안드립니다. 당신에게 왕께서 부활절 이튿날 당신과 함께 하늘나라 왕국에 있는 그분의 식탁에서 식사하기를 바라신다는 말씀을 전하러 왔습니다. 그러니 이제 여행 떠날 준비를 하십시오.」

그러고 나서 전령은 그에게도 자신이 왕의 사자임을 증거하는 표시를 주면서 말했다. 「내가 너의 금잔을 깨뜨리고 은줄을 풀어 놓았노라.」^{전 12:6}

그 후에 주저는 동료 순례자들을 불러 다음과 같이 말했다. 「하느님께서 제게 사람을 보내셨습니다. 분명 조만간 당신들께도 하느님의 사자가 방문하실 것입니다.」 그리고 그는 진리의 용사에게 자신의 유언장을 만들어 달라고 부탁하였다. 그가 남길 유산이래야 지팡이와 선한 소원들밖에 없었으므로 그는 이렇게 말했다. 「이 지팡이들은 제 뒤를 따라올 아들에게 남겨 주렵니다. 그와 함께 제 아들이 저보다 더 훌륭한 순례자가 되기를 바라는 백 가지 따뜻한 소원들도 아들에게 물려주고 싶습니다.」

그 후 그는 담대에게 친절히 안내해 주어 고맙다는 인사를 하고 총총히 여행을 떠났다. 그는 강가에 이르자 이렇게 말했다. 「이제는 더 이상 지팡이들이 필요 없구나. 저 너머에 말과 마차가 나를 위해 준비되어 있으니.」 그가 한 마지막 말은 이러했다. 「반갑도다, 생명이여!」 그리고 그는 떠나갔다.

그 후에 전령은 심약의 방문 앞에서 나팔을 불며 그에게 인사했다. 전령은 안으로 들어와 말했다. 「나는 당신의 주인님께서 당신을 원하신다는 전갈을 전하러 왔습니다. 이제 곧 당신은 광명 어린 주님의 얼굴을 뵙게 될 것입니다. 그리고 제가 전하는 소식이 진실이라는 표시로 이것을 받으십시오. 〈창밖을 내다보는 자들이 흐려지리라.〉」^{전 12:3}

그러자 심약은 친구들을 불러 자신이 받은 전갈을 전하고, 전갈이 사실임을 증거하는 표지로 받은 것을 보여 주며 말했다. 「저는 아무에게도 남겨 줄 것이 없으니 유언장은 쓰지 않아도 되겠지요? 나의 연약한 마음은 이제 버려두고 가렵니다. 제가 갈 그곳에서는 이런 마음이 소용없을 테니까요. 그리고 아무리 가난한 순례자에게라도 그런 마음은 줄 필요가 없습니다. 진리의 용사 씨, 제가 떠난 후 당신이 이 마음을 거름 더미 속에 묻어 주시겠습니까?」 이 모든 말을 마친 후 그는 떠날 날이 오자 다른 사람들처럼 강으로 들어갔다. 그의 마지막 말은 이러했다. 「믿음과 인내를 굳게 잡으시오.」 그러고 나서 그는 강 저쪽으로 건너갔다.

여러 날이 지난 후 이번에는 낙심이 부르심을 받았다. 전령은 그에게 와서 다음과 같은 전갈을 전했다. 「두려워 떠는 자여, 다음 주일에 당신의 왕을 영접할 수 있도록 준비하라는 말씀을 전하러 왔소. 당신이 모든 의심에서 벗어나 구원받게 된 것을 소리 높여 기뻐하시오.」

이어 왕의 사자가 말했다. 「내 전갈이 참된 것임을 증거하는 표시로 이 말씀을 받으시오. 〈그에게는 메뚜기도 짐이 될 것이니라.〉」 이 말을 들은 낙심의 딸 질겁은 자신도 아버지와 함께 가고 싶다고 말했다. 낙심은 친구들을 불러 말했다. 「잘 아시다시피, 저와 제 딸아이는 여러분 모두를 많이 귀찮게 했습니다. 그러므로 저와 제 딸은 이런 유언을 남기고 싶습니다. 우리가 떠난 이후 어느 누구도 우리가 가진 낙심과 천한 공포심을 물려받지 못하게 하십시오. 내가 죽으면 그런 것들이 다른 사람에게 옮겨 가려 할 것을 잘 압니다. 쉽게 말씀드리자면 그들은 우리가 처음 순례자가 되었을 때 받아들인 망령이었는데, 이후로는 도저히 그들을 떨쳐 버릴 수가 없었습니다. 그들은 어슬렁거리며 자기들을 받아 줄 순례자들을 찾겠지만 우리를 생각해서라도 결코 그들을 받아들이지 못하게 하십시오.」

떠나갈 시간이 되자 그들은 강가로 내려갔다. 낙심의 마지막 말은 이러했다.「밤이여 안녕! 낮이여 오라!」그의 딸은 노래를 부르며 강을 건넜는데, 아무도 그녀의 말을 알아들을 수는 없었다.

얼마 후 다시 전령이 마을에 나타나 정직 노인의 거처를 물었다. 그의 집에 찾아온 전령은 정직 노인에게 다음과 같은 사연의 서한을 전해 주었다.「오늘부터 7일 후에 아버지 하느님의 집, 주님 앞으로 오라는 명령이 떨어졌습니다. 이 전갈이 사실이라는 증표로 이 말씀을 드립니다. 〈음악하는 여인들은 다 쇠할 것이니라…….〉」^{전 12:4} 그러자 정직 노인은 친구들을 불러 말했다.「이제 나는 죽지만, 유언장은 쓰지 않겠소. 정직은 나와 함께 갈 것입니다. 뒤에 오는 이들에게 정직에 관해 말씀해 주십시오.」그는 떠날 날이 되자 강가로 내려갔다. 그때 강물이 심히 불어 몇 군데에서는 강둑까지 물이 찼다. 그러나 정직 노인은 생전에 〈선한 양심〉이라는 사람과 거기서 만나기로 약속한 바 있었기 때문에, 그가 와서 정직의 손을 잡고 도와주어 무사히 강을 건널 수 있었다. 정직 노인이 마지막으로 남긴 말은 〈은총이 다스린다〉였으며, 비로소 그는 세상을 떠났다.

그 후 진리의 용사가 같은 전령의 전갈을 받았다는 소문이 파다하게 퍼졌다. 그리고 그는 그 부르심의 전갈이 진실하다는 표시로 〈항아리가 샘 곁에서 깨어졌느니〉라는 말씀을 들었다고 했다.전 12:6 그는 이 말씀을 이해하고 친구들을 불러 말했다. 「이제 나는 내 아버지의 집으로 갑니다. 여기까지 오는 동안 많은 어려움을 당했지만 결코 후회하지 않습니다. 내 칼은 나의 뒤를 따르는 순례자에게 주겠으며, 제 용기와 기술은 응당 그것들을 가질 만한 자에게 주겠습니다. 내 몸에 난 상처와 흉터들은 그대로 가지고 가서 내게 보상을 내리시는 그분을 위해 내가 이만큼 싸웠다는 증거로 삼겠습니다.」 그가 떠나갈 때 많은 사람들이 강가로 나와 그를 배웅했는데, 강으로 들어가면서 그는 이렇게 말했다. 「죽음아, 네 독침은 어디 있느냐?」 물로 더 깊이 들어가면서 그는 다시 말했다. 「죽음아, 네 승리는 어디 갔느냐?」고전 15:55 그가 강을 건너자 강 저편에서는 나팔 소리가 울려 퍼졌다.

그 뒤 불굴이 부르심을 받았다. 이 불굴은 마법의 땅에서 무릎을 꿇고 기도하다가 순례자 일행을 만난 사람이었다. 전령이 그에게 서한을 직접 전해 주었다. 서한에는 그의 주인님께서 더 이상 그와 떨어져 있을 수 없으니 속히 다른 삶을 살 준비를 하라는 내용이 들어 있었다. 이에 불굴은 깊은 생각에 잠겼다. 그러자 주의 사자가 말했다. 「내가 전달한 전갈이 사실임을 의심할 필요가 없습니다. 진실의 표시로 이 말씀을 드리죠. 〈두레박 바퀴가 우물 위에서 깨어지리라.〉」전 12:6 그는 안내자인 담대를 찾아가 말했다. 「선생님, 여행하는 동안 당신과 좀 더 오래 동행하지 못한 것이 유감이었습니다. 당신을 만나 함께했던 하루하루가 저에게는 아주 유익했습니다. 저는 집을 떠날 때 아내와 다섯 자식들을 두고 왔습니다. 당신은 좀 더 많은 거룩한 순례자들을 안내하기 위해 다시 주인님의 집으로 돌아갈 줄 알기에 부탁드립니다. 부디 돌아가시거든 제 가족들에게 사람을 보내 저에게 일어난 일과 앞으로 일어날 일을 모두 알려 주십시오. 가족들에게 제가 얼마나 행복한 마음으로 이곳에 도착했으며, 지금까지 얼마나 복되게 살았는지도 일러 주십시오. 또 크리스천과 그의 아내 크리스티애너에 관한 이야기도 해주십시오. 크리스티애너가 아들들과 함께 남편 뒤를 따라와 얼마나 행복하게 살다가 갔는지 말씀해 주십시오. 가족들을 위해 기도하고 눈물을 흘리는 것 말고는 제가 남겨 줄 것이 별로 없습니다. 그들이 이 소식을 듣고 깨달음을 얻게 된다면 그것으로 족합니다.」

불굴은 주변을 정리한 다음 서둘러 떠나야 할 때가 되자 강으로 내려갔다. 이때 강물은 아주 잔잔했다. 강 중간쯤 갔다가 걸음을 멈춘 불굴은 강 이편에서 그를 배웅하는 친구들에게 말했다.

「이 강은 지금까지 많은 사람들에게 공포의 대상이었고, 나 역시 은근히 두려워하고 있었는데, 지금은 편안히 여기서 있습니다. 저는 예전에 이스라엘 민족이 이 요단 강을 건널 때 언약궤를 멘 제사장들이 발을 딛고 섰던 곳에 와 있습니다.^{수 3:17} 실제로 이 강물은 맛을 보면 쓰고 몸에 닿으면 차갑지만 내가 가는 곳과 저편에서 나를 기다리는 마차들을 생각하면 내 마음은 이글거리는 숯불처럼 뜨겁습니다.

지금은 여행 마지막이고 모든 고난의 나날도 끝났습니다. 나는 나를 위해 가시관을 쓰시고 얼굴에 침 뱉음을 당하신 주님의 얼굴을 뵈러 갑니다.^{마 27:29~30}

지금까지 나는 남의 이야기와 믿음으로만 살아왔지만 앞

으로는 주님을 친히 뵙고 그분과 함께 즐거이 살 것입니다. 나는 주님의 말씀 듣기를 좋아했고, 지상에서 주님이 행하신 발자취를 살피며 그 발자취를 따르고자 애를 썼습니다.

주님의 이름은 제게 마치 사향주머니와 같으며 어떤 향기보다 더 달콤합니다. 그의 음성은 무엇보다 더 감미로웠습니다. 나는 햇빛을 보는 것보다 그의 얼굴을 보고 싶어 했지요. 나는 그분의 말씀을 먹고살았고 내 약점을 고치는 해독제로 사용했습니다. 그는 나를 붙들어 주셨고 나를 죄악에 빠지지 않게 해주셨습니다. 그의 길을 따르는 동안 제 발은 힘을 얻었습니다.」

이렇게 말하는 동안 그의 용모가 변했으며, 그의 힘 있는 허리는 굽어졌다.^{전 12:3} 그는 〈내가 당신께 가오니 나를 받으소서〉라는 말을 남기고 사람들의 시야에서 사라졌다.

그러나 강 건너편 넓은 지대에 말과 마차, 나팔 부는 자, 피리 부는 자, 노래하는 자, 현악기 연주하는 자 들이 가득 모여 하늘나라의 아름다운 문으로 줄지어 올라가는 순례자들을 환영하는 모습은 영광스럽기 짝이 없었다.

크리스티애너가 데리고 온 네 아들과 그들의 처자는 내가 그곳을 떠나올 때까지 그대로 머물러 있었다. 내가 돌아온 이후 들은 소식에 의하면, 그들은 여전히 거기 살면서 교회를 확장시키고 있다 한다.

만약 내가 또다시 그 길을 지나갈 기회가 있다면 여기서 못다 한 이야기들을 원하는 이들에게 들려주겠다. 나의 독자들이여, 그동안 안녕!

성전(聖戰)을 마치며 저자가 드리는
순례자 이야기에 대한 변호

어떤 이들은 『천로 역정』이 나의 작품이 아니며,
그들의 형제를 빼앗아 부유해진 자들처럼
내가 타인의 이름과 명성을
가져온 것처럼 말한다.
혹은 내가 아비 노릇 하기를 즐겨 서자를 두거나
필요할 경우
거짓을 말해 갈채받는다고 말한다.
하느님께서 나, 존을 회개하도록 만드신 이래
나는 그런 일을 경멸하므로 결코 쓰레기처럼 행동하지 않
았다.
이로써 내가 나의 순례자들을 변호하는 이유로 족하리라.

그것은 내 마음으로부터 솟아나
나의 머리와 손가락 마디마디를 거쳐
내가 잡은 펜으로 이어지더니,
마침내 종이 위에서 유려한 문장으로 이어져 갔다네.

양식과 소재 또한 모두 내 것이니,

나 이외에 아무도 이런 작품을 내놓지 않았다네.
이전의 어느 누구도
책이나 기지, 구술, 손 또는 펜으로
거기에 몇 마디를 더한다거나 혹은 반 구절도 쓰지 못했
노라.
그런즉 전체는 물론 모든 구석이 나의 것이라네.

또한 그대의 눈은 지금 전작과 마찬가지로
같은 마음, 같은 머리, 같은 손가락, 같은 펜으로부터
솟아 나온 양식과 소재에만 쏠리는구나.
모든 선한 사람들이 거짓 없이 증언하나니,
이 세상에서 오직 나만이
이것을 내 작품이라 부를 수 있으리.
사람들의 촌평을 기대하지 않았고
내 명예를 더럽힐 유혹이 존재했으므로
나는 아무런 가식 없이 작품을 저술하였고,
또 그러한 추측들로부터 거리를 두었다네.
철자 수수께끼로 내 이름을 입증하니,
Nu hony in a B[4]와 같이 쓰노라.

존 버니언

4 존 버니언이 자신의 이름 철자 John Bunyan을 가지고 만든 애너그램.
이는 〈New honey in a bee〉의 의미로 직역하면 〈벌의 새로운 꿀〉, 〈벌이 지닌
새로운 꿀〉, 의역하면 〈열심히 탐구하는 자가 얻은 새로운 양분〉이라고 풀이
된다.

인간 영혼의 궁극적 지향점을 제시한
비유 문학의 대가, 존 버니언

우리에게 잘 알려진 『천로 역정(天路歷程)』의 원제는 〈The Pilgrim's Progress〉로, 영어의 원뜻을 옮기면 종교적 색채가 짙은 〈순례자의 여정(旅程)〉이 된다. 한글 제목이 이렇듯 원래 의미와 거리감이 있는 〈천로 역정〉으로 선택된 데는 작품에서 다룬 도덕적 가치관과 이에 따른 영적 각성이 기독교도는 물론 모든 사람들에게도 적용될 수 있다는 취지를 고려한 듯하다.

한글 제목이 이처럼 된 또 다른 이유를 찾으려면 개화기 외국 서적들이 한국에 소개된 역사를 살펴봐야 한다. 선교사로 와 있던 캐나다인 제임스 스카스 게일James Scarth Gale은 1895년 〈텬로력뎡〉이라는 제목으로 이 책의 1부를 번역 출간했다. 이 『텬로력뎡』은 풍속 화가로 유명한 김준근이 마흔두 장의 판화를 그려 넣어 목판 인쇄로 출판되었는데, 한국 출판 역사상 가장 아름다운 책으로 손꼽히기도 한다. 또 얼마 전까지는 중국이나 일본이 아닌 서양의 소설이, 그것도 서양 언어에서 직접 한국어로 옮겨진 것은 이 『텬로력뎡』이 최초라고 알려져 있었다. 그리고 〈텬로력뎡〉이라는 제목은 우리보다 앞서 1865년에 같은 제목을 달고 출간된 중국어판의 영향도 적지 않게 받았다고 짐작된다. 존 버니언John Bunyan의 의도나 작품에 대한 보다 풍부한 이해를 위해서라면 이 책의 제목이 〈순례자의 여정〉이 되었어야 했다. 그러나 각종 사전에 〈천로 역정〉이라는 표제어가 등재되어 있고, 기독교도뿐만 아니라 일반 독자들에게도 〈천로 역정〉이라는 제목이 더 친숙할뿐더러 이미 고유 명사처럼 자리 잡힌 개념이어서 이 번역서의 제목을 〈천로 역정〉이라고 정하게 되었다.

『천로 역정』은 그 인기만큼이나 많은 원서 판본이 존재한다. 이 중에 1907년 영국 에브리맨스 라이브러리Everyman's Library에서 출판한 *The Pilgrim's Progress*는 다른 판본에는 실리지 않은 시(詩)들을 한 편도 빠짐없이 수록해 놓았다. 짧게는 2행에서 길게는 20행에 이르는 이 시들은 존 버니언의 작품을 이해하는 데 꼭 필요한 중요한 문학적 장치이다. 영문학사에서 『천로 역정』은 우화소설로서 중요한 산문으로 분류되지만, 작품 곳곳에 삽입한 시들은 그가 산문뿐만 아니라 운문에도 깊은 조예가 있었음을 보여 준다. 수많은 순례 과정을 그린 『천로 역정』은 개개의 순례 과정을 산문으로 보여 준 뒤 다시 시의 형태로 응집해 놓았다. 이렇게 순례의 여정은 작품 구성 면에서 시와 산문의 배치를 통해 이어지고 내용 면에서도 통합을 이루었다. 시는 때로는 내용을 압축하고 때로는 시적 상징어를 통해 영적인 메시지를 전하는 역할을 한다. 이렇듯 존 버니언은 글의 다양한 형태, 즉 운문과 산문의 조화를 통해 그가 목표한 바를 달성하고자 했다.

『천로 역정』은 저자 존 버니언의 내적 체험을 승화시킨 작품으로, 인간이 영적으로 각성하고 도덕적 가치관을 확립해 가는 과정을 기독교 교리를 중심으로 다루고 있다. 그의 작품은 시대를 초월하여 읽는 이의 마음에 호소하는 신비한 동력을 지니고 있는데 정작 저술 동기에 대한 버니언의 말은 지극히 단순하다. 존 버니언은 책머리 〈책에 대한 저자의 옹호〉라는 글에서 『천로 역정』을 집필한 데는 특별한 목적이 없었음을 밝혀 놓았다. 세상의 독자들에게 보여 줄 의도가 없었고, 그저 즐거운 마음으로 펜을 들고 몇 자 적다 보니 마치 실타래에서 실이 풀리듯 자신의 생각이 풀려나왔다고 진술하고 있다. 이렇듯 뚜렷한 목적이 없었음을 알리고 있지만 작품 속의 내용은 분명 도덕적 교훈과 영적인 가치관으로 가득 차 있으며 그 중심에는 기독교 교리가 자리를 잡고 있다. 버니언이 개신교 중에서도 침례교 설교자였던 점을 고려하면 이는 극히 자연스러운 것이다. 그리고 올바른 영적 가치관의 정립과 이를 성취하려고 늘 묵상하며 고뇌했던 그의 지적, 정신적 노고를 글로 풀어낸 것이므로 독자를 의식한 집필은 그의 의도 밖에 있었을 것이다.

하지만 1부와 달리 2부에서는 자신의 순례기가 하느님의 진리를 포함하고 있으며 생의 수수께끼를 찾는 이들에게 좌표를 제시할 뿐만 아니라 그들 심신에 위안을 줄 것이라는 기대감을 표명함으로써 이 책을 집필한 목적을 드러내고 있다. 특히 2부에서는 1부와 마찬가지로 비유법을 사용한 자신의 태도를 더욱 명확히 밝혔다. 그에 따르면 비유법을 사용하지 않은 글보다 모호한 비유법을 사용한 글이 읽는 이의 상상력을 더욱 효과적으로 자극하여 읽은 이의 마음과 머리에 전하고자 하는 메시지를 더욱 빠르게 안착시킨다는 것이다. 또한 진리를 전하는 예언자의 말이나 성서의 글귀가 상징, 암시, 은유, 우화 들로 가득 차 있음을 지적하면서 자신이 비유법을 사용한 점을 옹호했다. 마치 성서처럼 이런 비유와 은유를 사용한 버니언의 남다른 의도는, 독자들의 혼란을 가

중시키거나 고상하고 현학적인 자신의 문체를 자랑하려던 게 아니라 종교적 진리를 가장 효율적으로 드러내고자 했다는 데 있다. 실제로도 그의 문장은 솔직 담백하고, 평이한 언어로 구성되어 있다.

17세기 영문학을 대표하는 존 버니언은 베드퍼드셔의 가난한 땜장이 아들로 태어났다. 그는 초보적인 교육 과정을 마치고 난 뒤 곧바로 아버지로부터 땜장이 기술을 전수받았다. 버니언의 내면적인 삶은 그의 영적 자서전인 『가장 사악한 죄인에게 넘치는 은총*Grace Abounding to the Chief of Sinners*』에 세세히 기록되어 있다. 이 책에서 우리는 그가 비천한 가문 출신이라는 것, 단 두 권의 종교 서적을 지참금으로 가져온 어느 여인에게 장가들었다는 것, 그리고 의회군에서 군대 생활을 했다는 것 등 그의 삶의 일면도 엿볼 수 있다. 그는 자신의 죄를 깨달은 한 인간이 하느님의 은총에 인도되어 영적 위기의 순간들을 극복하고 새로운 탄생과 구원의 확신에 이르는 길을 보여 주기 위해 이 책을 썼지만, 우리는 바로 그 자신의 이야기, 즉 미천하고 죄 많은 한 사람의 땜장이가 어떻게 해서 많은 이들에게 감동을 주는 두려움 없는 설교자가 되었는지를 살펴볼 수 있다.

가난 때문에 체계적으로 교육받을 기회를 누리지 못한 그가 어떻게 불멸의 명작을 남길 수 있었을까? 그에게는 체계적인 교육을 통한 지식은 별로 중요하지 않았다. 오히려 다른 작가에게서 발견하기 힘든 풍부한 영적 상상력과 성서에 바탕을 둔 문학적 보화들이 그 안에 가득 차 있었다. 영문학의 대가 중에는 정규적인 문학 수업과 체계적인 교육을 통해 지적 보화를 저장했던 존 밀턴, T. S. 엘리엇 등이 있는 반면, 타고난 직관이나 감성 등을 바탕으로 자신만의 끊임없는 깊은 사색과 훈련을 통해 일상의 경험을 문학적 소재로 삼는 탁월한 자질을 지닌 윌리엄 셰익스피어 등과 같은 이들이 있다. 물론 버니언은 후자의 대열에 속한다. 유수의 문학 작품보다 직접 보고 느낀 자연이 윌리엄 워즈워스에게 더욱 훌륭한 시적 영감을 제공했듯이, 버니언에게는 성서와 경건한 종교 서적들이 그의 문학 세계를 형성하는 데 크게 기여했다. 수많은 작품에서 다룬 영적, 도덕적 가치관에 관한 내용은 말할 것도 없고 작품 속에 구현된 다양한 문학적 기법, 예를 들면 대화체를 활용한 문체, 비유법의 사용, 꿈의 환상 기법 등에 이르기까지, 그의 문학 세계는 종교 서적, 특히 성서에 크게 의존하고 있다. 꾸준한 정독을 통한 성서에 대한 명석한 해석과 풍부한 이해, 이에 뒤따른 깊은 묵상과 성찰, 자신을 둘러싼 상황들에 대한 고뇌가 한데 어우러져 그의 작품 세계가 빛을 발하게 되었다.

그러나 존 버니언이 종교성 짙은 알레고리를 바탕으로 『천로 역정』을 집필한 배경을 알려면 당시의 종교적 상황과 이에 무관하지 않은 저자 자신의 상황을 살펴보아야 한다. 영국의 종교 분쟁이 본격적으로 시작된 것은 헨리 8세가 성공회를 탄생시킨 1534년이었다. 헨리 8세는 성공회를 만들고 나서 가톨릭교도와 청교도 들을 혹독하게 박해하기 시작했다. 이 와중에 수많은 가톨릭교도와 청교도 들이 화형을 당하거나 교수형에 처해졌다. 헨리 8세의 뒤를 이어 왕위에 오른 메리 여왕은 가톨릭을 국교로 선포하고 이번에는 성공회 교인들과 청교도들을 박해했다. 혹독한 탄압의 결과로 그녀가 얻은 별명은 〈피의 메리Bloody Mary〉였다. 메리 여왕의 뒤를 이어 등극한 엘리자베스 1세 여왕은 헨리 8세의 딸이었으므로 부친이 탄생시킨 성공회를 다시 국교로 세웠다. 그녀는 언니인 메리와 달리 종교적 유화 정책을 펴긴 했지만 가톨릭과 청교도주의를 금하는 〈종교 통일령Act of Uniformity〉을 제정했다. 이 와중에도 청교도들은 꾸준히 세력을 확장해 찰스 1세가 즉위할 즈음에는 국회 의석을 상당수 차지했다. 왕위에 오른 찰스 1세는 성공회의 도움으로 왕권의 지위 강화를 모색했다. 이러한 국왕의 정책은 청교도들이 대부분의 의석을 차지하고 있던 국회의 반감을 얻었고, 결국 국왕은 국회를 적으로 간주하게 되고 국회도 왕권에 정면으로 도전하면서 영국은 8년간의 내란, 즉 청교도 혁명에 휩싸이게 된다.

버니언은 1644년부터 3년 동안 국교에 반대하여 비(非)국교인 청교도 의용군에 가담했다. 내란은 의회파의 승리로 끝나고 찰스 1세는 단두대의 이슬로 사라졌다. 이어 등극한 찰스 2세는 왕권을 강화하고 청교도에 대한 박해를 시작한다. 이 무렵 버니언은 개신교 설교자로 활동하고 있었다. 1660년 찰스 2세가 유화 정책을 약속했음에도, 영국 국교회는 비국교파 사람들을 박해하고 침묵시키기 시작했다. 버니언은 불법 집회를 주관했다는 명목으로 로우어 삼젤이라는 마을에서 체포됐다. 체포령이 내려졌다는 것을 이미 알고 있었고 도망갈 여유도 있었으나 버니언은 당당히 연행에 응했다. 감옥은 면허가 없는 비국교파 목사들로 만원을 이루었고, 존 버니언도 그 수감자들 중의 한 사람이었다. 그리하여 그는 12년 동안을 베드퍼드 감옥에서 동료 죄수들에게 설교도 하고 종교 서적 집필도 하면서 보냈다. 이 기간 동안 그는 성서를 더욱 깊이 있게 읽었을 것이며, 인간의 영성과 종교의 진리에 관해 깊이 사색하고 묵상하는 시간도 가졌을 것이고, 훗날 집필에 소중한 자료로 사용될 영감 넘치는 단상들이 그의 뇌리에 수도 없이 차곡차곡 쌓였을 것이다. 감옥에서 풀려나오자마자 존 버니언은 한 침례교단에 가입했고, 설교자로 그리고 종교 서적 작가로서의 생을 시작했다. 그의 대표작 『천로 역정』은 감옥에서 쓰였고, 1부가 1678년에 출간되었는데 1685년에 제10판이 출판될 정도로 큰 인기를 끌었다.

종교적 우의 소설(寓意小說)로 분류되는 『천로 역정』은 버니언이 말한 것처럼 〈영원한 목표를 추구하는 한 인간의 모습을 그리고 있다. 그가 어디서 왔으며, 어디로 가는지, 또한 그가 어떤 일을 하는지를 보여 준다.〉 더불어 왜 인간은 무의미하게 사멸하는가에 대한 각성을 촉구하고, 참다운 종교 생활의 의미, 하느님의 은총, 세상의 지식과 영적인 지식의 차이, 인간이 품는 죄의식이나 양심 등에 관한 다양한 가치관과 기독교 교리를 다루고 있다.

작품 1부인 〈꿈의 비유 In the Similitude of a Dream〉는 한 꿈꾸는 자가 꿈속에서 크리스천을 목격하면서 시작되어 크리스천이 좁은 문을 지나 천국에 이르는 과정으로 끝난다. 꿈의 형식을 빌려 비유하는 문학적 기법은 버니언 이전 시대인 중세에 유행했었다. 꿈꾸는 자는 꿈속에서 환영을 보게 되는데 그 내용은 주로 영적 가치 및 기독교 교리에 입각한 우의적인 것이다. 고대 영문학 작품으로는 작자 미상의 시 「십자가의 꿈 The Dream of the Rood」, 중세 영문학 작품으로는 윌리엄 랭글런드의 『농부 피어스 *The Vision of Piers Plowman*』 등을 들 수 있다. 하지만 제대로 된 교육을 받지 못한 버니언이 이러한 작품들에서 그 기법을 터득했을 것 같지는 않아 보인다. 오히려 자신이 평생 함께하며 깊이 있게 탐색했던 성서, 특히 성서 속에서 꿈을 매개로 전개되는 많은 일화들에서 자신만의 독특한 문학적 기법을 개발했을 것으로 추정된다. 『천로 역정』은 구원의 길을 가는 영혼의 역정을 그린 알레고리이다. 버니언은 이 알레고리를 통해 개인적인 경험을 객관화시켜 모든 이들에게 삶과 종교의 의미를 안겨 주는 보편적인 경험으로 전환시켰다.

1부의 주된 내용은 크리스천이라는 상징적 이름을 지닌 주인공이 동행하기를 거부하는 아내와 가족을 남겨 두고 멸망의 도시를 떠나 홀로 천상의 도시로 찾아가는 과정이다. 크리스천이 택한 순례의 길은 굴곡이 심한 인생행로를 상기시키는데 그 길에는 예기치 않은 복병들이 기다리고 있어 그는 그것들을 헤치고 나아가야 한다. 그 순례의 길은 시간의 경과에 따라 저절로 도달되는 과정이 아니라 천국을 염원하는 확고한 신앙심, 세속의 유혹을 거부하는 순례자의 결단과 의지 여하에 달려 있다. 그 길은 천하의 공로이기도 하지만, 거인, 야생 동물, 도깨비 들과 지옥의 사자인 무시무시한 사탄이 곳곳에 도사리고 있는, 크리스천이 그들과 싸우지 않으면 나아갈 수 없는 위험한 길이기도 하다. 어렵게 십자가까지 도달하여 이제까지 등에 지고 온 무거운 짐이 풀려 벗겨지면서 크리스천은 구원을 약속받으나, 그에게는 아직도 거쳐야 할 어려운 길들이 많이 남아 있다. 절망과 고통과 싸우면서 많은 유혹을 물리치는 가운데 끊임없이 시험받으며 크리스천은 마침내 지상의 낙원에 당도하고, 이곳에서 죽음의 강을 건너 천상의 도시에 도달하기 직전 마지막 휴식을 취하게 된다. 1부가 나온 지 6년 만에 완성된 2부에서는 크리스천의 아내 크리스티애너가 네 명의 아들을 이끌고 〈자비〉라는 아가씨와 함께 남편의 뒤를 좇아 순례의 길을 떠나 이윽고 하늘의 도성에 이른다는 내용을 담고 있다.

크리스천과 크리스티애너는 순례의 길에서 많은 인물들을 만난다. 전도자, 세속 현자, 무신론자, 위선자 등의 인물들은 영적으로 구원받고 진리를 발견하는 과정에서 도움이 되거나 방해가 되는 인물들이다. 의인화된 이 추상 인물들은 우리 주위에서 흔히 접할 수 있는 군상들을 대표한다. 인간사의 모든 영역에서 직, 간접적으로 영향을 끼치는 이들의 모습에 독자들은 친숙함을 느끼고 즉각적인 감흥을 얻을 수 있을 것이다. 따라서 독자들은 작품 속에서 크리스천과 크리스티애너의 상황에 쉽게 몰입되어 버니언이 바라던 도덕적 판단의 중심에 서게 된다. 여기에는 무관심한 사람들의 마음까지도 움직일 수 있는, 버니언이 자주 사용한 평이하지만 깊이를 품고 있는 그의 대화체 언어가 한 몫을 한다.

또한 크리스천과 크리스티애너는 인간들 이외에도 인간의 영적, 종교적 생활에 영향을 미치는 다양한 세상의 가치, 애전(돈 사랑), 세상 집착, 비리, 믿음, 소망 등을 만난다. 이것들은 인간의 형상으로 의인화되었는데, 일상적인 인간사와 직접적으로 연관되어 있을 뿐만 아니라 예수의 행적에 관한 비유를 상기시키기도 한다. 이렇게 의인화된 상징적 인물들은 단순히 추상적 개념으로서의 존재가 아니라 실재하는 존재로 그려져 있어서 그가 인간 심리 묘사에 얼마나 뛰어난 작가인지 보여 준다. 또 허영의 시장, 절망의 늪, 음산한 죽음의 골짜기 등의 장소는 사람들의 영적 생활을 방해하는 요소로 매우 생생하게 묘사되어, 버니언의 알레고리가 살아 있다는 느낌을 준다. 이 상징적 장소들은 의인화된 인물들과 어우러져 버니언이 노린 인간의 도덕적, 영적 상태를 묘사하는 데 자주 등장한다. 의인화된 〈온순〉은 진리와 영적 생활에 관심을 가져 좁은 문의 순례를 염원하나 수렁에 빠지고 〈절망의 늪〉에서 헤어나지 못하게 된다. 이는 세상의 역경과 유혹을 극복하지 못해 결국 좌절하고 영적 생활을 단념한 채 세상에 안주하는 무리의 이미지를 투영한다.

주인공 크리스천은 평범한 인간을 대변하는 것처럼 비치지만 사실 그의 시작은 범인과 사뭇 다른 양상을 띠고 있다. 〈어떻게 하면 좋겠습니까?〉라는 그의 질문에서 알 수 있듯이, 그는 처음부터 구원에 주목했고 구원받는 방법에 대해 깊이 고뇌했다. 즉, 다양한 세상사에 몰두해 있는 평범한 사람들과 달리 영적 문제에 깊은 관심을 가졌으며 그 해결책을 찾기 위해 고뇌한다. 더욱이 그가 등에 진 무거운 짐은 다름 아닌 죄의식을 상징하는 양심의 짐으로, 그가 이미 마음으로는 순례의 여정에 들어섰음을 암시한다.

크리스천은 순례 초기에 기독교 교리를 전한 성자나 설교자를 암시하는 전도자, 해석자, 믿음, 소망 등의 논리 정연한 논조에 크게 영향을 받는다. 크리스천은 주로 듣는 입장을 취하며 자신의 견해나 주장을 보류한다. 이는 크리스천이 아직 지적으로나 영적으로 미숙한 상태에 있으며, 향후 전개되는 순례에서 점차 성장하고 성숙할 것임을 암시한다. 그 과정은 그가 만난 애전, 무지, 소망 등과의 대화나 논쟁을 통해 차츰 모습을 드러낸다.

저급한 물질적 가치관을 대변하는 〈애전〉은 자신의 실리를 채우고 목적을 달성하기 위해 양심 따윈 괘념치 않는, 더 나아가 종교마저 목적 달성을 위해 이용하는 물질 만능주의자이다. 크리스천은 이전에 만난 믿음과 전도자와의 대화에서 보여 준 수동적인 자세를 벗고 기독교 지식으로 무장한 성숙하고 당당한 기독교인의 태도를 보여 준다. 예수를 팔아 넘긴 유다의 예를 들어 〈이 세상의 쾌락을 위해 종교를 믿는 자는 결국 이 세상의 쾌락을 위해 종교를 버릴 것이다〉라며 종교의 참의미와 세속적인 물질관 사이의 차이를 설명한다.

이런 크리스천은 〈무지〉와의 논쟁에서 더욱 성숙한 모습을 보여 준다. 추상적으로만 믿음의 의미를 간직한 〈무지〉에게 이번에는 성서에 나오는 사도 바울로의 구원론에 바탕을 두고 믿음의 참의미에 대해 설파한다. 즉 구원은 인간의 의로운 행위로 말미암은 것이 아니고 인간의 죄를 구원하기 위해 자신의 몸을 희생 제물로 바쳐 고난을 직접 경험한 그리스도의 은혜를 이해하고 믿는 데서 출발한다고 설명한다. 이는 그리스도의 의로움을 깨닫고 그리스도의 은혜로 구원받는다는 기독교 핵심 교리이다. 이제 크리스천의 영적 지식은 초보적인 교리 수준을 뛰어 넘어 순례에서 만난 전도자의 설교를 연상시키듯 높은 수준에 이르렀다.

크리스천의 성숙한 면모는 〈소망〉과의 대화에서 정점에 이르게 된다. 그는 〈야훼를 두려워 섬기는 것이 지혜의 근본이다〉라는 성서 말씀을 언급하며 함께 죄로부터 구원을 받고자 하는 마음에서 두려움이 생겨나고, 이 두려움은 인간의 영혼으로 하여금 구원받기 위해 그리스도를 철저히 붙들게 한다는 나름의 해석을 가미한다.

크리스천이 경청하거나 그가 이해하고 있는 교리는 때로 난해해 보이기도 한다. 하지만 버니언이 의도하고 작품 전체를 관통하여 면면히 흐르는 일관된 내용, 즉 영적 가치의 중요성, 인생의 궁극적 목적에 대한 비전 등은 독자들의 가슴을 울리며 스스로 자문하게 한다. 크리스천처럼 영적으로 각성하고 성숙할 계기를 마련해 주는 셈이다.

버니언은 인간의 영혼 상태를 규명한 탁월한 인간 탐구자이다. 그의 업적은 여기서 멈추지 않았다. 인간 영혼의 궁극적인 지향점인 구원에 대한 실마리를 제공하고 있다. 그는 그 신비로운 작업에 독자들이 기꺼이 몰입할 수 있도록 다양한 문학적 장치를 설정한 탁월한 예술가이다. 또 글과 말(설교)로, 인간 영혼의 정화를 위해 심혈을 바친 그의 삶 자체

또한 그의 작품 『천로 역정』을 연상케 하는 극적인 무대라고
할 수 있다.

앞서도 밝혔듯이, 번역 대본으로는 1907년에 처음 출간되
고 1985년에 수정된 Everyman's Library의 *The Pilgrim's
Progress*를 참고했다.

이동일

존 버니언 연보

1628년 출생   11월 영국 중부에 위치한 베드퍼드Bedford 근처 엘스토우Elstow에서 아버지 토머스 버니언Thomas Bunyan과 어머니 마거릿 벤틀리Margaret Bentley 사이에서 세 명의 아들 중 장남으로 태어남. 아버지는 한때 여유 있는 지주였으나 가세가 기울어 버니언이 출생할 무렵 놋쇠 세공인으로 일하며 가난한 생활을 영위하고 있었음. 아버지의 열악한 재정 상태로 버니언은 제대로 학교 교육을 받지 못했으나 베드퍼드 문법 학교에 잠시 재학하며 읽고 쓰기에 필요한 초보적인 교육은 받을 수 있었음.

1638년 10세   베드퍼드 문법 학교를 그만두고 아버지에게 일을 배움. 영적 자서전이라 할 수 있는 『가장 사악한 죄인에게 넘치는 은총*Grace Abounding to the Chief of Sinners*』에 의하면 어린 시절에는 이렇다 할 종교적 영향을 받지 않았고 오히려 천진난만하고 순진하게 자라났다고 함.

1643년 15세   6월과 7월, 어머니와 누이 마거릿Margaret을 연거푸 잃고 슬픔에 빠지면서 죽음과 연결된 생의 공허함을 체험함.

1644년 16세   아버지의 재혼. 시민 혁명 와중에 의회군 병사로 징집당함. 청교도 혁명을 주도했던 올리버 크롬웰Oliver Cromwell이 지휘하는 의회파 군대에 입대. 크롬웰이 농사를 짓다가 후에 청교도주의Puritanism의 중심지가 된 헌팅턴 마을이 버니언의 고향 가까이에 있

었기 때문. 군대 생활로 그는 이전과는 전혀 다른 경험을 하게 되며, 무
엇보다 잠재해 있던 종교적 감성을 자극하는 기회가 됨. 특히 뉴포트
파넬에 배치되면서 엄격한 청교도주의에 큰 영향을 받음.

1647년 ¹⁹세   군대가 해산하자 고향인 엘스토우로 돌아와 아버지의
가업인 땜장이 일을 계속함.

1649년 ²¹세   신앙심 깊은 가난한 여인과 결혼함. 아내의 이름은 알려
져 있지 않음. 경건한 부모 아래서 자라 신앙이 두터웠으며, 혼수 대신
『천국을 향한 평신도의 길*The Plain Man's Pathway to Heaven*』과
『경건의 실천*The Practice of Piety*』 이렇게 두 권의 종교 서적을 가져
왔다 함. 생활은 무척 빈궁했으나 버니언은 종교 서적을 읽으며 부인과
함께 경건한 신앙생활을 함.

1650년 ²²세   6월 첫딸 메리Mary가 눈이 먼 채로 태어나 버니언보다
먼저 죽음. 그 후 둘째딸 엘리자베스, 그리고 존과 토머스 등 세 명의
자녀를 둠.

1653년 ²⁵세   난폭한 군인이었다가 회개한 뒤 베드퍼드의 침례교 목
사가 된 존 기퍼드John Gifford의 인도로 교회에 참석함. 버니언은 그
의 설교에 큰 감화를 받음. 일종의 회심(悔心)을 경험한 뒤 결국 개종
하여 침례를 받음.

1655년 ²⁷세   고향인 엘스토우를 떠나 베드퍼드로 이사. 기퍼드 목사
가 죽자 버니언은 집사로 선출됨. 근처의 여러 마을을 돌아다니며 설교
를 함. 순수한 열정이 담긴 설교가 많은 이들에게 감명을 주어 설교자
로서의 자질을 인정받음.

1656년 ²⁸세   퀘이커 교도를 대표하는 논객인 에드워드 버로스
Edward Burroughs와 격렬한 신학적 논쟁을 벌임. 버로스가 『평화의
복음에 관한 진정한 믿음*The True Faith of the Gospel of Peace*』을 발
표하자, 이에 맞서 『몇 가지 복음의 진리 천명*Some Gospel-Truths
Opened*』을 발표함. 버니언 특유의 세심한 종교적 감수성 외에도 천부
적인 문학적 재능이 담겨 있음. 아내 사망.

1657년 29세 『복음의 진리 천명 옹호*A Vindication of Gospel-Truths Opened*』 발표.

1658년 30세 성서에 나오는 〈부자와 나사로〉의 일화를 바탕으로 쓴 『지옥의 탄식*A Few Sighs from Hell*』 발표. 지옥에서 겪는 인간 영혼의 고통을 묘사한 독특한 상상력이 돋보임.

1659년 31세 엘리자베스Elizabeth와 재혼. 그녀와의 사이에 두 자녀를 둠. 『천로 역정*The Pilgrim's Progress*』의 핵심 내용으로 간주되는 구원론을 다룬 『율법과 신의 은총에 관한 교리 해설*The Doctrine of the Law and Grace Unfolded*』 발표. 이 책에서 버니언은 자신이 제대로 된 교육을 받은 적이 없으며 비천한 가정과 가난한 시골에서 자랐다고 술회.

1660년 32세 찰스 2세에 의해 왕정복고가 이루어지자 청교도 정부는 몰락하고, 국교인 성공회Church of England 이외의 종파에 대한 탄압이 시작됨. 국교회 교회에 참석을 거부하면 벌금이 부과되고, 비국교도의 집회에 참석하는 자는 법령에 복종할 때까지 감금되며, 3개월이 경과해도 복종하지 않은 경우 국외로 추방됨. 또한 국교회 이외의 다른 종파의 설교를 하지 않겠다는 선서를 해야만 목사 자격이 부여되는 법령이 제정됨. 버니언은 불법 집회를 주관했다는 명목으로 로우어 삼젤Lower Samsell이라는 마을에서 체포됨. 체포령이 내려졌다는 것을 이미 알고 있었고 도망갈 여유도 있었으나 버니언은 당당히 연행에 응함.

1661년 33세 목사인 버니언의 설교가 법에 위배되었다 하여 1월에 재판을 받아 3개월간 베드퍼드 감옥에 수감됨. 감옥에서 풀려나오나 다시는 설교를 하지 말라는 당국의 명령을 어겨서 1672년까지 12년 동안 다시 감옥 생활을 함. 옥중에서 버니언은 저술 활동에 많은 시간을 할애. 부인 엘리자베스는 버니언의 석방을 위해 동분서주하며 헌신적인 노력을 기울임. 버니언이 뜻을 굽히지 않아 추방의 위기에 처하지만 4월 사면을 받고 추방을 면함. 시집 『유익한 명상*Profitable Meditation*』 발표.

1663년 35세 영국 국교회의 〈기도서The Book of Common Prayer〉 사용에 대한 반대 의견을 서술한 『기도론*I Will Pray*』 집필. 기독교인들의 실천 도덕을 해설한 『기독교인의 몸가짐*Christian Behavior*』 집필, 출간. 이외에 시집 『옥중 명상*Prison Meditation*』 등 집필.

1665년 37세 『죽은 자의 부활*Resurrection of the Dead*』 집필. 『성도*The Holy City*』 출판.

1666년 38세 영적 자서전이자 『천로 역정』과 함께 버니언의 대표작으로 꼽히는 『가장 사악한 죄인에게 넘치는 은총』 출판. 자신의 죄를 깨닫게 된 한 인간이 하느님의 은총에 인도되어 정신적인 위기를 극복하고 새로운 탄생과 구원의 확신에 이르는 길을 보여 주려고 씀. 또 미천하고 죄 많은 한 땜장이인 자신이 어떻게 다른 이들에게 감동을 주고 두려움 없는 설교자가 되었는지 담고 있음.

1672년 44세 1월 21일 베드퍼드의 비국교도 교회로부터 목사로 초빙됨. 3월 찰스 2세의 〈신교 자유령〉에 의해 감옥에서 풀려나고 다시 열정적인 선교 활동에 전념함. 기독교 근본 정신에 위배되지 않는다면 다른 종파의 교리도 수용할 수 있다는 버니언의 종교관을 엿볼 수 있는 『나의 신앙 고백*Confession of My Faith*』 출판.

1675년 47세 신교 자유령이 철회되고 다시 국교회의 종속을 강요하는 선서 조례*Test Act*가 공포되어, 다시 베드퍼드 브리지*Bedford Bridge*에 있는 시골 감옥에 수감됨. 6개월 만에 풀려났는데, 수감된 동안 그의 위대한 저서 『천로 역정』을 씀.

1678년 50세 감옥에서 집필한 『천로 역정』 1부 〈꿈의 비유*In the Similitude of a Dream*〉 출간. 1685년까지 10판이 출판되었을 정도로 큰 인기를 끎.

1679년 51세 『하느님을 두려워하는 마음을 논함*A Treatise of the Fear of God*』 발표.

1680년 52세 『악인의 생애와 죽음*The Life and Death of Mr. Badman*』 출판. 이 작품은 18세기에 유행한 사실주의 소설의 형식을 취하고 있어 문학사적으로 큰 의의를 지님. 내용은 악인의 장례를 앞두고 현인과 용의주도한 자가 등장하여 악인의 구원받지 못할 일생을 회상하는 것.

1682년 54세 『천로 역정』과 같은 알레고리를 사용한 『성전 *The Holy War*』 출판. 악마에게 빼앗긴 인간 영혼을 되찾는 과정을 그리고 있는데, 버니언 자신의 소년병 시절의 추억, 중세 기사들의 전통, 천년 왕국, 천사의 타락과 같은 요소들이 복합적으로 연계되어 극적인 분위기를 자아냄.

1683년 55세 『양심의 문제에 관하여 *A Case of Conscience*』 출판.

1684년 56세 『천로 역정』 2부 출판. 그 외에 『그리스도교의 성스러운 생활의 아름다움 *Seasonal Counsel or Suffering Saints in the Furnace — Advice to Persecuted Christians in Their Trials & Tribulations*』 출판. 『천로 역정』 1부가 큰 인기를 얻자 위작들이 쏟아져 나와서 2부를 집필한 것으로 추정. 1부가 나온 지 6년 만에 완성된 2부에는 크리스천의 아내가 네 명의 아들을 이끌고 〈자비〉라는 아가씨와 함께 남편의 뒤를 좇아 순례의 길을 떠나 이윽고 하늘나라에 이른다는 내용이 담김.

1685년 57세 『바리새인과 세리(稅吏)에 관한 강연 *A Discourse Upon the Pharisee and the Publican*』, 『7일째 안식일의 본질과 영속성 *Perpetuity of Seventh-Day Sabbath*』 등 출판.

1686년 58세 74편의 운문시가 포함된 동시집 『소년 소녀를 위한 책 *A Book for Boys and Girls*』 출판.

1688년 60세 『구원받는 예루살렘의 죄인 *The Jerusalem Sinner Saved*』 출판. 8월 31일 런던으로 가던 중 비를 맞고 심한 열병에 걸려 스노 힐 Snow Hill에 있는 친구 존 스트러드윅 John Strudwick의 집에서 숨을 거둠. 런던의 번힐 필즈 Burnhill Fields 묘지에 묻힘.

열린책들 세계문학 **144** 천로 역정

옮긴이 이동일 1955년 전남 진도에서 태어났다. 런던 리치먼드 칼리지에서 영문학을 전공하고 런던 대학UCL에서 석사 학위를, 동 대학원에서 고대 서사시 『베오울프』 연구로 박사 학위를 받았다. 현재 한국외국어대학교 영어대학 영문학과 교수로 재직하며 고대 및 중세 영문학에 관한 연구를 하고 있다. 지은 책으로 『고대 영시 비평 I』, 『영국 문학 산책』, 『영국 문학 기행』, 『이동일 교수의 영어 이야기』 등이 있으며, 옮긴 책으로 『베오울프』, 『영국 교회사』, 『캔터베리 이야기』, 『가윈 경과 녹색 기사』, 『세계 민담 전집(영국편)』, 『아더 왕과 원탁의 기사』, 『멜라니』 등이 있다.

지은이 존 버니언 **옮긴이** 이동일 **발행인** 홍예빈 · 홍유진
발행처 주식회사 열린책들 **주소** 경기도 파주시 문발로 253 파주출판도시
전화 031-955-4000 **팩스** 031-955-4004 **홈페이지** www.openbooks.co.kr
Copyright (C) 주식회사 열린책들, 2010, *Printed in Korea.*
ISBN 978-89-329-1144-104840 **ISBN** 978-89-329-1499-2 (세트)
발행일 2010년 10월 30일 세계문학판 1쇄 2022년 4월 15일 세계문학판 8쇄

이 도서의 국립중앙도서관 출판예정도서목록(CIP)은 서지정보유통지원시스템 홈페이지(http://seoji.nl.go.kr)와 국가자료공동목록시스템(http://www.nl.go.kr/kolisnet)에서 이용하실 수 있습니다.(CIP제어번호 : CIP2010003786)

열린책들 세계문학
Open Books World Literature

각 권 8,800~15,800원